O
GAROTO
NO
CONVÉS

O GAROTO NO CONVÉS
JOHN BOYNE

Tradução
LUIZ A. DE ARAÚJO

2ª edição
1ª reimpressão

COMPANHIA DAS LETRAS

Copyright © 2008 by John Boyne

Grafia atualizada segundo o Acordo Ortográfico da Língua Portuguesa de 1990, que entrou em vigor no Brasil em 2009.

Título original
MUTINY ON THE BOUNTY

Capa
KIKO FARKAS E ANDRÉ KAVAKAMA / MÁQUINA ESTÚDIO

Imagem da capa
ISTOCK

Preparação
ANTONIO CARLOS SOARES

Revisão
GABRIELA UBRIG TONELLI
LARISSA LINO BARBOSA

Dados Internacionais de Catalogação na Publicação (CIP)
(Câmara Brasileira do Livro, SP, Brasil)

Boyne, John
  O garoto no convés / John Boyne ; tradução Luiz A. de Araújo. — 2ª ed. — São Paulo : Companhia das Letras, 2013.

  Título original : Mutiny on the Bounty
  ISBN 978-85-359-2337-7

  1. Ficção histórica 2. Ficção irlandesa I. Título

13-09256   CDD-823.9

Índice para catálogo sistemático:
1. Ficção histórica: Literatura irlandesa 823.9

2014

Todos os direitos desta edição reservados à
EDITORA SCHWARCZ S.A.
Rua Bandeira Paulista, 702, cj. 32
04532-002 — São Paulo — SP
Telefone: (11) 3707-3500
Fax: (11) 3707-3501
www.companhiadasletras.com.br
www.blogdacompanhia.com.br

Para Con

Sumário

PRIMEIRA PARTE
A proposta   13

SEGUNDA PARTE
A viagem   39

TERCEIRA PARTE
A ilha   149

QUARTA PARTE
A barca   223

QUINTA PARTE
O retorno   299

Referências   323

INGLATERRA
Spithead

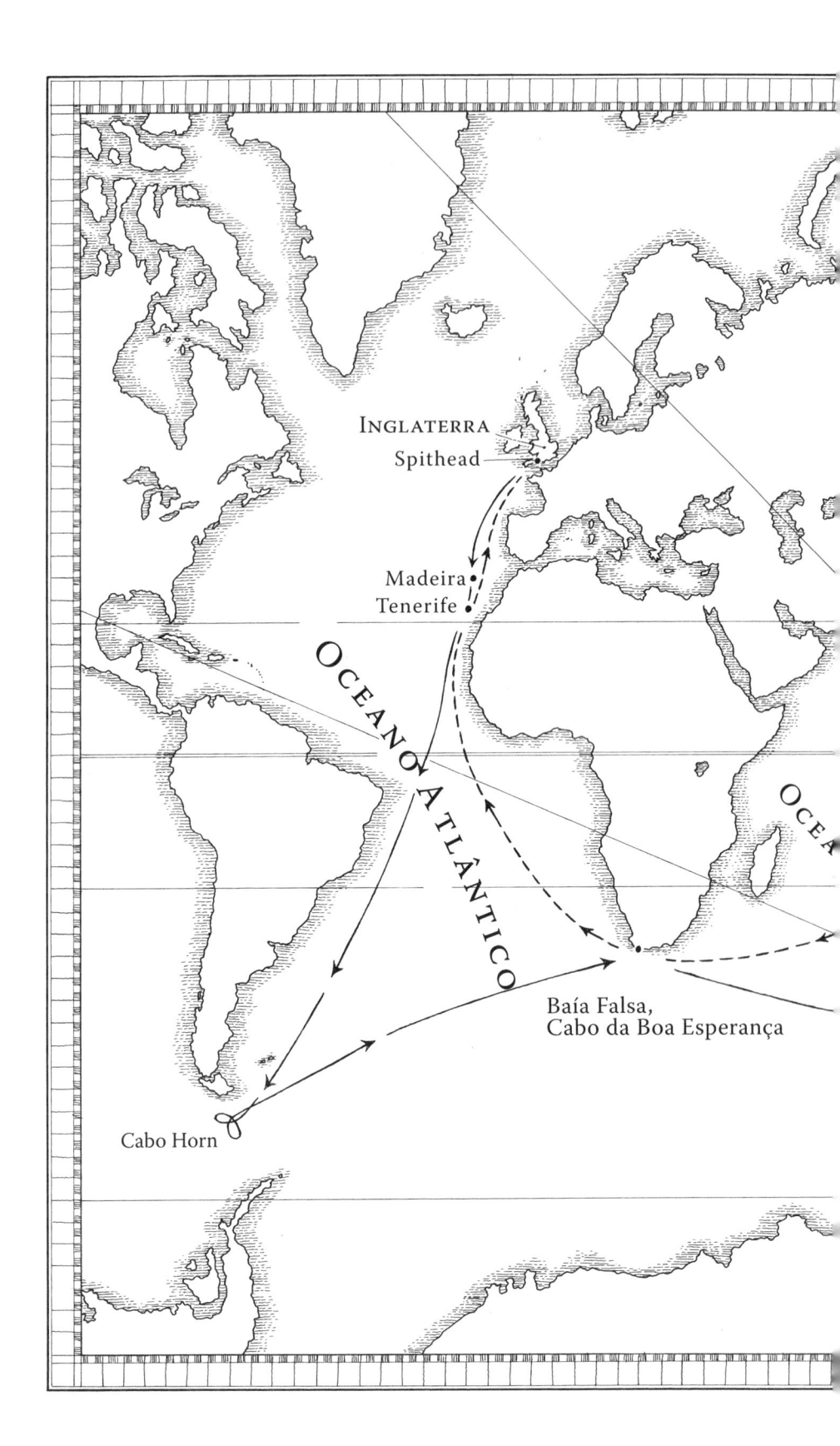

Madeira
Tenerife

OCEANO ATLÂNTICO

Baía Falsa,
Cabo da Boa Esperança

Cabo Horn

VIAGEM do BOUNTY

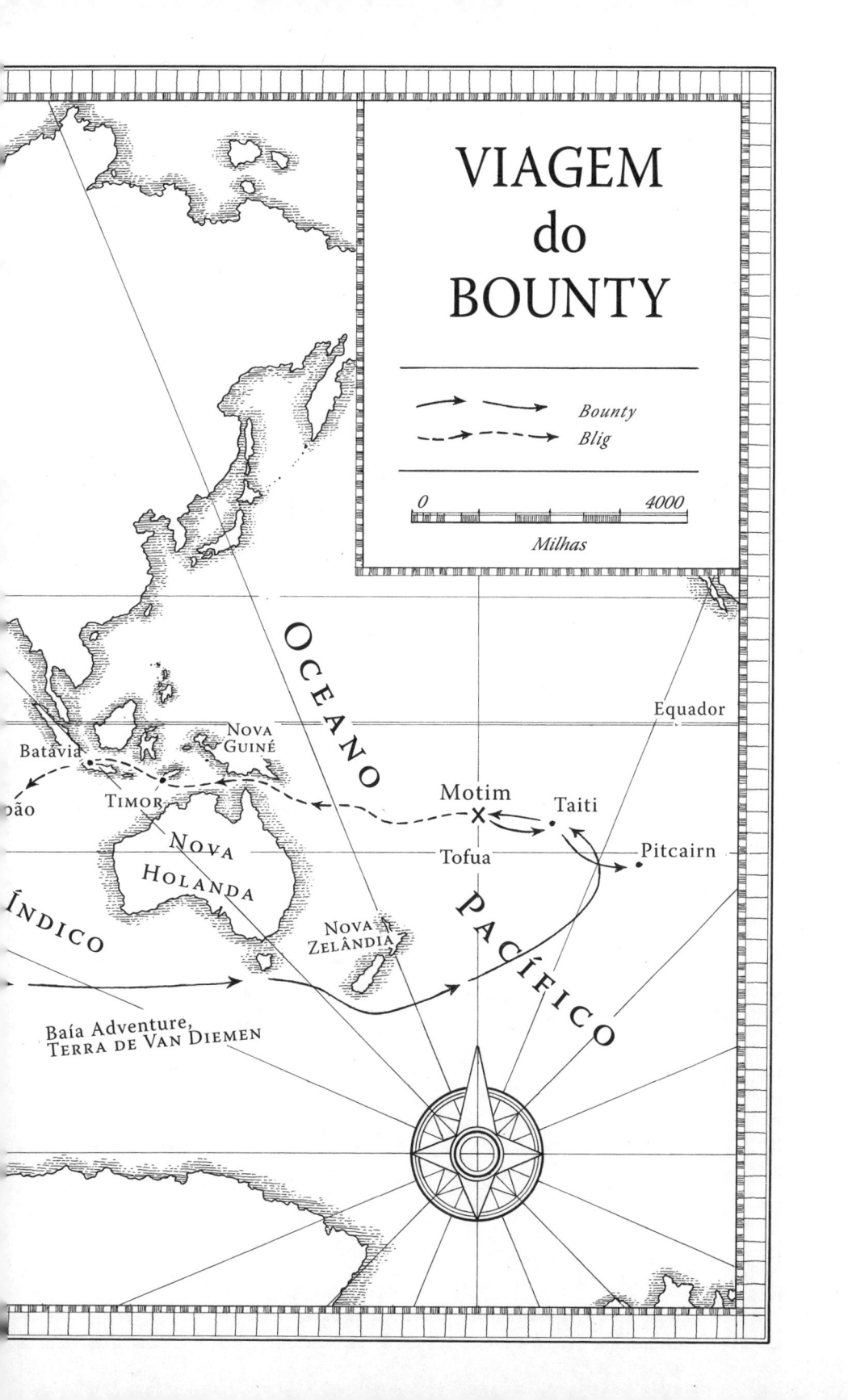

→ → → *Bounty*
–→ –→ *Blig*

0 — 4000
Milhas

OCEANO

Equador

Batávia
NOVA GUINÉ
Motim
Taiti
ão
TIMOR
Tofua
Pitcairn
NOVA HOLANDA
ÍNDICO
NOVA ZELÂNDIA
PACÍFICO
Baía Adventure, TERRA DE VAN DIEMEN

Map

- ÍNDIAS ORIENTAIS
- ILHAS SALOMÃO
- Batávia
- Semarang
- Java
- Surabaya
- Timor
- Cupão
- Nova Guiné
- Estreito de Endeavour (Estreito de Torres)
- Mar de Timor
- Oceano Índico
- Nova Holanda (Austrália)
- Nova Gales do Sul
- Port Jackson
- Baía Botany
- Terra de Van Diemen

VIAGEM da LANCHA do BOUNTY

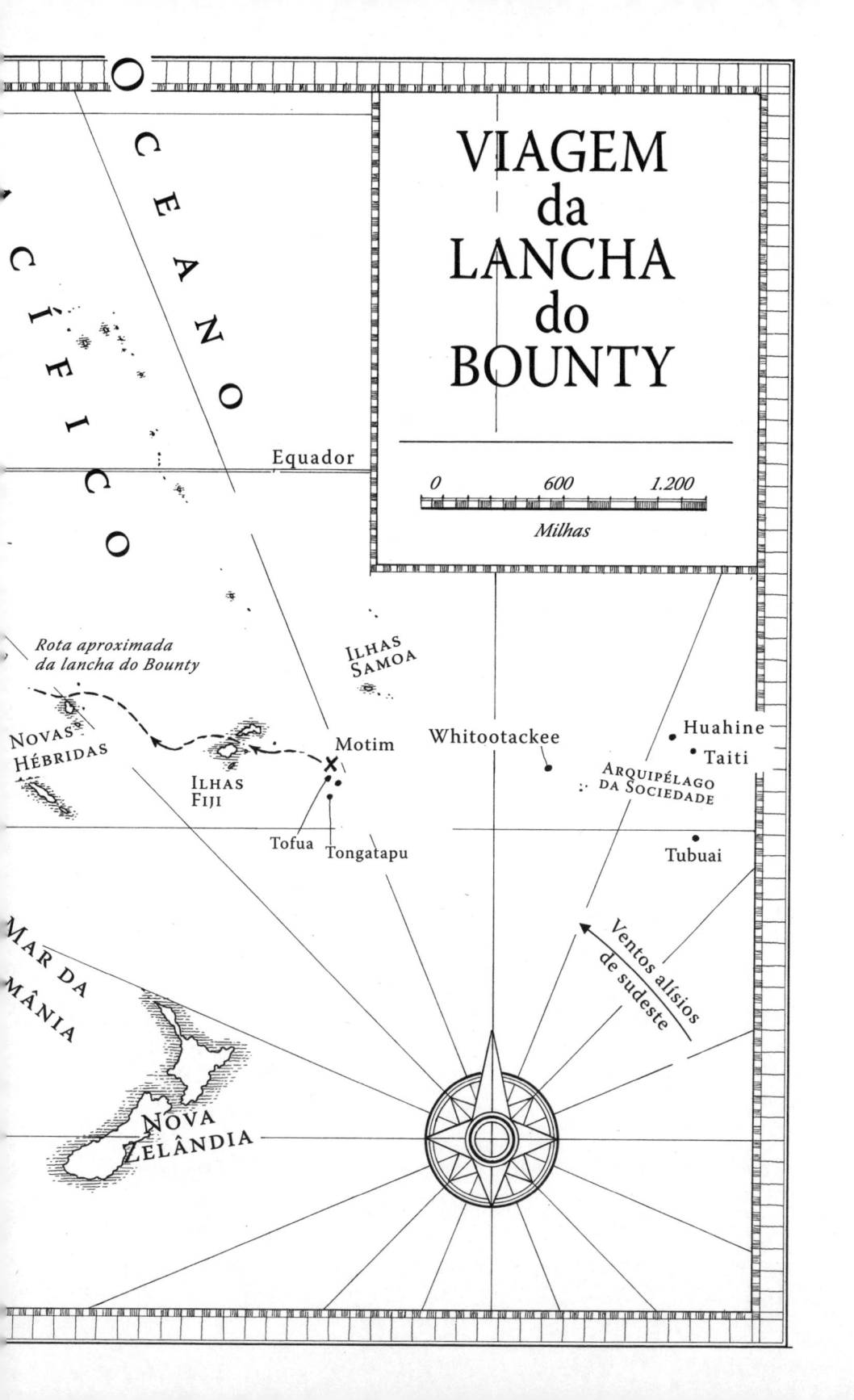

OCEANO PACÍFICO

Equador

0   600   1.200
Milhas

Rota aproximada da lancha do Bounty

ILHAS SAMOA

Motim

Whitootackee

Huahine
Taiti

ARQUIPÉLAGO DA SOCIEDADE

NOVAS HÉBRIDAS

ILHAS FIJI

Tofua   Tongatapu

Tubuai

MAR DA TASMÂNIA

NOVA ZELÂNDIA

Ventos alísios de sudeste

PRIMEIRA PARTE
A proposta
PORTSMOUTH, 23 DE DEZEMBRO DE 1787

1.

Era uma vez um fidalgo, um homem alto, com ares de superioridade, que todo primeiro domingo do mês aparecia no mercado de Portsmouth a fim de abastecer sua biblioteca.

Eu o identificava logo pela carruagem, conduzida por um cocheiro. Era preta de um preto nunca visto; no alto, porém, tinha uma fileira de estrelas prateadas, como se o sujeito estivesse interessado num outro mundo que não este. Ele passava a maior parte da manhã fuçando as bancas de livros montadas em frente às livrarias ou correndo os dedos na lombada dos que ficavam lá dentro nas estantes; tirava uns para olhar as letras escritas, passava outros de uma mão para outra enquanto examinava a encadernação. Juro que ele quase chegava a cheirar a tinta das páginas de tanto que as aproximava do rosto. Em certos dias, ia embora com caixas repletas de volumes, as quais ele mandava prender com uma corda na capota da carruagem para que não caíssem. Outras vezes, ficava satisfeito quando achava um único volume que lhe despertasse o interesse. Mas, enquanto ele abria a carteira para pagar as compras, eu sempre dava um jeito de surrupiar alguma coisa do seu bolso, pois esse era meu ofício na época; pelo menos um dos meus ofícios. De quando em quando, furtava um lenço, e Floss Mackey, uma conhecida minha, cobrava uns tostões para desmanchar o monograma bordado — MZ —, e então eu o vendia por um *penny* a uma lavadeira, e esta, por sua vez, passava-o adiante com um bom lucro, o qual lhe garantia o gim e o picles de cada dia. Havia ocasiões em que o homem largava o chapéu numa carroça em frente a uma loja de artigos masculinos, e eu também o furtava para trocá-lo por um saco de bolinhas de gude e uma pena de corvo. Às vezes tentava bater-lhe a carteira, mas ele a guardava bem, como fazem os cavalheiros; quando a tirava para pagar o livreiro, eu percebia que era do tipo que gostava de levar o dinheiro consigo e eu jurava que um dia aquilo ia ser meu.

Falo nisso agora, bem no começo desta narrativa, para contar uma coisa que aconteceu numa daquelas manhãs de domingo em que o ar estava inusitadamente quente para a semana do Natal; e as ruas, inusitadamente tranquilas. Achei decepcionante já não haver cavalheiros nem damas fazendo compras naquela época, pois estava de olho num almoço especial, dali a dois dias, para comemorar o nascimento do Salvador, e precisava de um *shilling* para pagá-lo. Mas lá estava ele, o meu fidalgo particular, muito bem-vestido e deixando um rastro de colônia por onde passava, e eu a zanzar atrás dele à espera do momento de dar o bote. Normalmente, seria preciso que uma manada de elefantes atravessasse o mercado para distraí-lo das suas leituras; mas, naquela manhã de dezembro, ele resolveu olhar para mim e, por um instante, cheguei a pensar que havia me descoberto e que eu estava liquidado, muito embora ainda não tivesse cometido nenhum delito.

"Bom dia, rapazinho", disse ele, tirando os óculos, e me examinou esboçando um sorriso, bancando o metido. "Bela manhã, não acha?"

"Para quem gosta de sol no Natal", respondi com petulância. "Eu não gosto."

O cavalheiro pensou um momento, estreitou os olhos e, inclinando um pouco a cabeça para o lado, mediu-me de alto a baixo. "Bom, isso tem explicação", disse, parecendo não saber ao certo se concordava ou não. "Você preferia que estivesse nevando, imagino. Os meninos geralmente preferem."

"Os meninos, talvez", retruquei, empinando o corpo para mostrar toda a minha estatura, que não chegava nem perto da dele, mas era maior do que a de alguns. "Os homens não."

Ele sorriu e continuou me examinando. "Desculpe-me", disse, e eu notei um sotaque, um leve sotaque. Francês, quem sabe, embora o dissimulasse muito bem. "Não tive intenção de insultá-lo. É evidente que você já tem uma idade respeitável."

"Exatamente", concordei, fazendo uma leve mesura. Tinha completado catorze anos dois dias antes, na noite do solstício, e decidira dali por diante não deixar ninguém me tratar como criança.

"Eu já o vi por aqui, não é?", perguntou ele, e eu pensei em ir embora sem responder, já que não tinha tempo nem vontade de conversar fiado, mas preferi ficar. Se ele fosse francês, como eu acreditava, aquele lugar era meu, não dele. Quer dizer, pelo fato de eu ser inglês.

"Pode ser que sim", respondi. "Eu não moro muito longe."

"E eu posso perguntar se acabo de descobrir um *connoisseur* das artes?", prosseguiu o homem, e eu enruguei a testa, pensando, colhendo suas palavras como carne num osso e empurrando a língua no canto da boca para que ficasse saliente, daquele jeito que fazia Jenny Dunston me chamar de deformado e imprestável. Uma coisa é típica dos cavalheiros: nunca dizem com cinco palavras aquilo que podem dizer com cinquenta. "O que o traz aqui é o amor à literatura, suponho?", perguntou então, o que me irritou e me deu vontade de soltar um palavrão, dar meia-volta e ir procurar outro otário. Mas ele soltou uma gargalhada, como se eu fosse um idiota, e ergueu diante de mim o pacote que estava segurando. "Você gosta de livros?", indagou enfim, simplificando a linguagem. "Gosta de ler?"

"Gosto", admiti, meio pensativo. "Mas nem sempre tenho livros para ler."

"Não, imagino que não", disse ele tranquilamente, examinando minha roupa dos pés à cabeça, e suponho que tenha percebido, pelo variegado da indumentária, que naquele momento eu não estava nadando em dinheiro. "Mas um jovem como você devia ter sempre acesso aos livros. Eles enriquecem o espírito, sabe? Fazem perguntas sobre o universo e nos ajudam a compreender um pouco mais o nosso mundo."

Eu assenti com um gesto e desviei o olhar. Não estava acostumado a conversar com fidalgos e era maluquice fazer isso numa manhã como aquela.

"Eu só perguntei...", prosseguiu ele, como se fosse o próprio arcebispo de Canterbury fazendo sermão a uma plateia de um só, mas sem desanimar pela falta de ouvintes, "só perguntei porque tenho certeza de já o ter visto por aqui. Isto é, no mercado. Principalmente perto das livrarias. É que eu tenho em alta estima os jovens leitores. Meu sobrinho, ora, não consigo fazê-lo ir além do frontispício de qualquer livro que abra."

Era verdade que eu sempre fazia negócio nas livrarias, mas somente porque elas eram um bom lugar para enganar os trouxas, apenas isso; afinal, só quem tem dinheiro sobrando é que compra livros. Mas a pergunta, embora não fosse uma acusação, deixou-me irritado, de modo que resolvi esticar um pouco a conversa e ver se conseguia ludibriá-lo.

"Bem, eu adoro uma boa leitura", disse, esfregando as mãos e fazendo cara de mais estudioso do que filho do duque de Devonshire, todo abotoadinho na roupa de ver Deus, de orelhas limpas e dentes escovados. "Ah, adoro mesmo. Aliás, tenho vontade de visitar a China se um dia arranjar tempo fora das minhas atividades atuais."

"A China?", perguntou o cavalheiro, olhando para mim como se eu tivesse vinte cabeças. "Desculpe, você disse a China?"

"Isso mesmo", respondi, com uma leve reverência, imaginando por um momento que, se ele me achasse educado, talvez fizesse de mim o seu criado e me mantivesse no luxo; uma mudança de situação, sem dúvida, e nada desagradável.

O homem continuou me encarando, e eu desconfiei que ele tivesse entendido mal aquilo tudo, pois parecia bem confuso com o que eu acabava de dizer. Na verdade, o sr. Lewis — que cuidou de mim durante meus primeiros anos, e em cujo estabelecimento eu morava desde que me conheci por gente — só me deu dois livros na vida e ambos contavam histórias ambientadas na China. O primeiro falava num homem que viajava para lá num barco caindo aos pedaços e era obrigado a executar uma infinidade de tarefas para que o imperador lhe desse a mão de sua filha. O segundo tinha um enredo divertido e era cheio de ilustrações, e o sr. Lewis o mostrava de vez em quando e me perguntava se ele me servia de exemplo.

"Aliás, cavalheiro", disse-lhe, avançando um passo e relanceando seus bolsos para ver se havia um ou dois lenços extraviados tentando pular para fora em busca de liberdade e de um novo dono, "pode parecer pretensioso da minha parte, mas sonho ser escritor de livros quando crescer."

"Escritor", disse ele rindo, e eu fiquei petrificado, o rosto como de granito. Assim se comportam os fidalgos. Por mais que se mostrem simpáticos à primeira vista, basta você expressar o desejo de subir na vida, talvez de um dia também chegar a ser fidalgo, e eles o tomam por idiota.

"Desculpe-me", disse o homem, notando a minha contrariedade. "Não foi por zombaria, garanto. Pelo contrário, aprovo sua ambição. Você me pegou de surpresa, só isso. Escritor", repetiu, vendo que eu continuava calado, sem aceitar nem rejeitar o pedido de desculpas. "Ótimo, espero que se saia bem, senhor...?"

"Turnstile, cavalheiro", me apresentei, tornando a inclinar o corpo por força do hábito — hábito, aliás, que estava tentando perder, pois minhas costas não precisavam de tanto exercício assim, e nem os grã-finos de adulação. "John Jacob Turnstile."

"Pois lhe desejo muita sorte, senhor John Jacob Turnstile", disse ele com uma voz que me pareceu quase agradável. "As artes são um empreendimento admirável para um rapaz que pretende se aprimorar. Aliás, eu dedico a vida a estudá-las e fomentá-las. Confesso que sou bibliófilo desde o berço e que isso enriqueceu minha vida e proporcionou às minhas noites a mais gloriosa das companhias. O mundo precisa de bons contadores de história e talvez você venha a ser um deles se perseguir seu objetivo. Conhece bem as letras?", perguntou, virando um pouco a cabeça para o lado como um mestre-escola aguardando resposta.

"A, B, C", respondi com a voz mais impostada que me saiu. "Acompanhadas de suas compatriotas de D a Z."

"E tem boa caligrafia?"

"O sujeito que cuida de mim disse que a minha letra lembra a da mãe dele, e *ela* era ama de leite."

"Neste caso, recomendo-lhe comprar muito papel e tinta, meu rapaz. E comece logo, pois essa arte leva tempo e exige muita concentração e revisão. Você espera ganhar dinheiro com isso, não?"

"Espero, *sir*", respondi... e então aconteceu uma coisa estranhíssima! Descobri que, na minha cabeça, eu já não estava representando uma farsa para ele, pensava em como seria bom ser escritor. Porque eu *tinha gostado* muito das histórias que lera sobre a China e porque, no mercado, *passava* a maior parte do tempo perto das livrarias, embora houvesse muito mais otários nas proximidades das lojas de tecidos e das tabernas.

Dando a impressão de já ter encerrado a conversa, o cavalheiro tornou a pôr os óculos no nariz. Mas, antes que ele desse meia-volta, eu tive a audácia de lhe fazer uma pergunta.

"*Sir*", disse, com um patente nervosismo na voz, a qual tentei controlar tornando-a mais grave. "O senhor me dá licença?"

"Pois não."

"Se eu *quiser* ser escritor", prossegui, escolhendo as palavras com cuidado, pois queria que ele me desse uma resposta sensata, "se eu *quiser* mesmo tentar uma coisa dessas, já que aprendi as letras e tenho boa caligrafia, por onde devo começar?"

O homem riu um pouco e deu de ombros. "Bom, eu reconheço que nunca tive o toque criativo. Sou mais patrono que artista. Mas, se eu fosse contar uma história, acho que tentaria encontrar a situação primordial, aquele ponto singular da narrativa que põe tudo em movimento. Eu procuraria esse momento e começaria a história a partir dele."

Ele acenou a cabeça, dispensando-me enfim, e voltou às suas compras. Eu fiquei pensativo.

A situação primordial. O momento que *põe tudo em movimento.*

Isso eu menciono aqui e agora porque, *para mim*, o momento que pôs tudo em movimento foi justamente o encontro, dois dias antes do Natal, com aquele fidalgo francês, sem o qual talvez eu não tivesse vivido nem os dias radiantes nem os tenebrosos que estavam por vir. Sem dúvida, se ele não estivesse lá naquela manhã de Portsmouth, se não tivesse deixado o relógio fora do bolso do colete, a rebrilhar de modo tão tentador, talvez eu não avançasse um passo para transferi-lo do opulento calor do forro de seu sobretudo para o frio conforto dos meus andrajos. E é improvável que me afastasse dele com cautela, do modo como aprendi, assobiando uma melodia simples para simular a naturalidade do sujeito mais despreocupado do mundo, totalmente entregue a atividades honestas. E, com toda certeza, eu não teria ido para a entrada do mercado, satisfeito por saber que já havia ganhado o dinheiro daquela manhã, tinha portanto com que pagar o sr. Lewis e, dali a dois dias, estaria me refestelando com a ceia de Natal.

E, se não tivesse feito *aquilo*, não me seria dado o prazer de ouvir o apito penetrante de um policial, de ver a multidão voltar para mim o olhar enfurecido, com os membros prontos para agir, nem de sentir a cabeça moída ao bater nos paralelepípedos quando um grandalhão e bem-intencionado palhaço pulou em cima de mim, deixando-me atordoado e colado ao chão.

Nada disso teria acontecido e é possível que eu nunca tivesse história para contar.

Mas aconteceu. E eu a tenho. Ei-la.

2.

Fui levado repentinamente! levaram-me como a um saco de batata, um saco de batata já em forma de purê. São esses os momentos em que a vida não é da gente, em que os outros o agarram e o levam e o obrigam a ir aonde você não tem a menor intenção de ir. E isso eu devia saber, já que, em catorze anos, havia passado mais momentos assim do que mereça. Mas, quando se ouve o apito e a multidão ao redor se vira e fita na gente olhos malignos, pronta para acusar, processar e julgar, ora, nesse instante você pode tanto cair de joelhos e rogar a Deus que o faça sumir no ar quanto ter esperança de escapar sem o nariz sangrando ou um olho roxo.

"Parem!", gritaram para além do amontoado de gente, mas eu não tinha como saber quem era, coberto que estava pelo peso de quatro comerciantes e de uma mulher meio idiota que se colocara por cima da turba e gritava, ria, batia palmas como se não tivesse presenciado acontecimento melhor no ano todo. "Parem! Vocês vão esmagar esse menino!"

Era raro ouvir alguém defendendo um jovem delinquente da minha laia, e jurei agradecer ao que gritou aquelas palavras se um dia voltasse a ver a luz do dia. Sabendo das indignidades que me aguardavam, fiquei contente em passar alguns momentos ociosos estendido nos paralelepípedos, com uma casca de laranja comprimida nas narinas, o resto de uma maçã podre encostado nos lábios e um enorme e imundo traseiro acomodado na orelha esquerda.

Mas não tardou para que uma fresta de luz se abrisse em meio à confusão de corpos em cima de mim, e eles foram se levantando um a um, o peso sobre o meu pobre esqueleto começou a diminuir gradualmente, e quando o dono do gordo e sujo traseiro saiu de cima da minha cabeça, passei mais um momento estendido no chão, olhando para cima e tentando avaliar as minhas opções. Logo, porém, vi a mão de um policial se aproximar e me agarrar a lapela sem a menor cerimônia.

"Levante já, moleque", disse ele, colocando-me de pé. Para minha vergonha, cambaleei um pouco, tentando recuperar o equilíbrio, e as pessoas que assistiam à cena riram de mim.

"Ele está bêbado", gritou não sei quem, uma grande calúnia, pois nunca tomo um trago antes da hora do almoço.

"Um larápio?", perguntou o policial, sem fazer caso do mentiroso.

"Isso mesmo, *foi* um larápio", eu disse, tentando sacudir a poeira e me perguntando até onde conseguiria chegar se me soltasse com um safanão e desandasse a correr. "Ele tentou roubar o relógio do cavalheiro e, se não fosse eu para agarrá-lo e chamar a polícia, teria roubado mesmo. Um herói, isso é o que sou, só que esse gordo idiota pulou em cima de mim e só faltou me matar. O *ladrão*", acrescentei, apontando para um lugar qualquer, e todos viraram a cabeça um momento mas logo tornaram a olhar para mim, "correu para lá."

Olhei à minha volta, procurando avaliar a reação da multidão, sabendo perfeitamente que ali não havia nenhum cretino capaz de acreditar numa mentira tão deslavada. Mas eu estava tentando pensar depressa, e me ocorreu o seguinte:

"Era um irlandês." Disse isso porque os irlandeses eram detestados em Portsmouth por seu cafajestismo e maus modos e devido ao costume de procriar com as próprias irmãs, de modo que era fácil pôr a culpa neles de tudo que escapasse à retidão e à legalidade. "Ele falava uma língua impossível de entender, sabe, tinha cabelo vermelho e olhões esbugalhados."

"Mas então", disse o guarda, olhando para mim de cima para baixo, ele era tão alto que parecia capaz de voar, "o que é isso?" E, enfiando a mão no meu bolso, tirou o relógio do fidalgo francês; eu fiquei olhando para ele, com os olhos saltados de surpresa.

"Que sem-vergonha", gritei com ultraje na voz. "Aquele vândalo herege! Ai, estou perdido! Ele o enfiou aqui, juro, enfiou no meu bolso antes de fugir. Os irlandeses fazem essas coisas, sabe, quando percebem que não vão conseguir escapar. Tentam pôr a culpa nos outros. Para que eu ia querer um relógio? Sou dono do meu tempo!"

"Pare de mentir", disse o policial, sacudindo-me outra vez para que eu obedecesse e me segurando de um modo que eu juro que estava até meio assanhado para o meu lado. "Vamos ver o que mais você escondeu nessa roupa imunda. Aposto que passou a manhã toda roubando."

"De jeito nenhum", gritei. "É mentira. Escute aqui!" Apelei para a turba que nos cercava, e adivinhe o que aconteceu: a mulher idiota se aproximou e enfiou a língua na minha orelha! Eu recuei de um salto, pois só Deus sabia por onde aquela língua tinha andado e eu não queria sentir o gosto de sua goela.

"Para trás, Nancy", ordenou o policial, e ela retrocedeu, pondo aquela mesma língua imunda para fora, em minha direção, com ar de desafio. O que eu não daria por uma faca bem afiada naquele instante, ela ficaria sem língua em dois tempos.

"Enforca o garoto", gritou um homem, um sujeito que eu sabia que gastava em gim tudo quanto ganhava na sua banca de frutas e não tinha nada de ficar me acusando.

"Deixa ele com a gente, seu guarda", gritou outro, um moleque que já fora preso uma ou duas vezes e devia ficar do meu lado por conta disso. "Deixa ele aqui que a gente ensina a diferença entre o que é dele e o que é dos outros."

"Seu guarda, por favor... com licença?", pediu uma voz mais delicada, e quem abriu caminho na multidão foi nada menos que o cavalheiro francês, justamente ele, que tinha todo o direito de condenar minha alma à danação eterna; reconheci nele o mesmo homem que, menos de cinco minutos antes, havia tentado impedir meu aniquilamento debaixo do monte de carcaças fedorentas. A turba, sentindo a presença de um cavalheiro, cindiu-se como se desse espaço a Moisés atravessando o mar Vermelho. Até o policial afrouxou um pouco a força de suas garras e o encarou. Eis o que uma voz inteligente e um casacão de luxo são capazes de fazer por um pobre-diabo, e, naquele momento, eu tomei a decisão de um dia possuir as duas coisas.

"Bom dia, senhor", disse o policial, tentando falar com um pouco mais de elegância, o cão imundo querendo se igualar ao cavalheiro. "O senhor é a vítima deste pivete?"

"Seu guarda, creio que posso depor a favor do rapazinho", respondeu o grã-fino, dando a impressão de que toda aquela confusão era por culpa dele, não minha. "Meu relógio estava preso ao meu corpo de modo inconveniente e em perigo iminente de cair no chão, e nenhum mestre relojoeiro seria capaz de reparar o dano causado pela queda. Creio que o rapazinho simplesmente o apanhou para devolvê-lo. Nós estávamos conversando sobre literatura."

Houve um breve silêncio, e confesso que até eu quase acreditei em suas palavras. Seria possível que eu fosse tão vítima daquela circunstância infeliz quanto qualquer um? Acaso seria solto sem mais nenhum ataque ao meu caráter e bom nome, e talvez até com uma carta de recomendação de uma pessoa investida de autoridade? Olhei para o policial, que se pôs a pensar um instante. A multidão, no entanto, percebendo que seu passatempo ia chegar ao fim e que o devido curso e o devido castigo seriam interrompidos, empunhou o cassetete no lugar dele.

"Isso é uma vergonha, seu guarda", gritou alguém, escarrando as palavras com tanta força que tive de me agachar para me esquivar daquela boca abominável. "Eu vi com os meus próprios olhos ele enfiar o relógio no bolso."

"Viu mesmo?"

"E não é a primeira vez", rosnou outro homem. "Esse moleque me roubou cinco maçãs quatro dias atrás, e eu não recebi um só *penny* em troca."

"Eu não seria louco de comer suas maçãs", gritei, pois era uma mentira terrível. Eu tinha surrupiado só quatro maçãs e uma romã para fazer pudim. "São todas bichadas."

"Oh, não o deixe dizer isso", gritou a mulher ao lado dele, sua esposa esfarrapada, com uma cara medonha a ponto de deixar qualquer um vesgo. "Nosso problema é permanente", acrescentou ela, dirigindo-se ao aglomerado de gente, os braços estendidos. "É um problema permanente!"

"Esse pirralho não presta", bradou outra voz, e eles estavam sentindo cheiro de sangue, só isso. Ninguém quer enfrentar uma turba hostil nessas ocasiões. Aliás, eu estava até meio contente com a presença do policial, pois, não fosse ele, o povo teria me arrancado os braços e as pernas, com ou sem cavalheiro francês.

"Por favor, seu guarda", disse este, acercando-se mais e recuperando o relógio como se o policial fosse metê-lo no próprio bolso num piscar de olhos. "Tenho certeza de que o rapaz pode ser solto se reconhecer o que fez. Você se arrepende dos seus atos, menino?", perguntou-me, e dessa vez não pensei em corrigir o uso da palavra.

"Se eu me arrependo?", perguntei. "Deus é testemunha de que me arrependo de tudo. Aliás, nem sei o que deu em mim. Foi o capeta, sem dúvida. Mas eu me arrependo em homenagem ao dia de Natal. Arrependo-me de todos os meus pecados e juro que, quando sair daqui, não vou pecar mais. O que Deus uniu, nenhum homem há de separar", acrescentei, recordando o pouco do Evangelho que ouvi na vida para exibir minha devoção.

"Ele está arrependido, seu guarda", argumentou o francês, espalmando as mãos num gesto de magnanimidade.

"Mas confessou o furto!", rugiu um homem com uma barriga tão grande que um gato podia se deitar nela e dormir um bom sono. "Leve-o! Prenda-o. Dê-lhe umas boas chicotadas! Ele confessou o crime!"

O policial sacudiu a cabeça e olhou para mim. Entre seus dois dentes da frente via-se o resto do que me parecia ser o guisado do almoço; só de olhar fiquei com enjoo. "Você está preso", informou com voz grave. "E vai pagar por seu crime abominável."

A multidão aplaudiu aquele herói recém-coroado e se virou em uníssono ao ouvir o barulho de um veículo estacionando atrás da carruagem do cavalheiro francês; era nada menos do que o coche da polícia. Meu coração quase parou quando vi outro policial às rédeas; num instante, ele apeou e foi abrir a porta traseira, que era gradeada.

"Para dentro", disse o primeiro com voz sonora para todos ouvirem. "E, no fim da nossa viagem, o juiz o espera, de modo que você já pode começar a tremer de medo da sua magnificência." Juro que o sujeito era um verdadeiro canastrão de circo.

A festa acabara, eu sabia, mas mesmo assim cravei os pés com firmeza nos espaços entre os paralelepípedos. Pela primeira vez na vida, estava sinceramente arrependido dos meus atos, mas não por ter cometido um erro na minha moralidade pessoal. Estava arrependido por ter cometido muitas e muitas vezes os mesmos atos no passado e, embora aquele policial não me conhecesse, no lugar aonde me levavam não faltava quem me conhecesse muito bem, e eu sabia que a punição não ia corresponder ao delito. Mas ainda me restava um recurso.

"Senhor", gritei, voltando-me para o francês, muito embora o policial já estivesse me puxando para a sepultura. "Por favor, senhor, me ajude. Tenha pena. Foi um acidente, juro. Comi muito açúcar no café da manhã, foi o que aconteceu, e isso pôs minhoca na minha cabeça."

Ele me fitou, e eu vi que estava ponderando as minhas palavras. Por um lado, devia se lembrar da conversa agradável que tínhamos tido menos de dez minutos antes e do meu abundante conhecimento das terras da China, sem falar na minha ambição de escrever livros, coisa que ele aprovava inteiramente. Por outro, ele fora roubado, nem mais nem menos, e o que era errado era errado.

"Seu guarda, eu me recuso a dar parte", gritou ele enfim, e eu agradeci ao Todo-Poderoso tal como o cristão deve ter agradecido quando Calígula, aquele monstro hediondo, ergueu o polegar para ele no Coliseu, deixando-o viver e lutar uma vez mais.

"Estou salvo!", gritei, desvencilhando-me do policial, mas ele foi ágil e tornou a me agarrar.

"Nem pensar", disse. "Muitas testemunhas presenciaram seu ato, e você precisa pagar pelo que fez. Do contrário, vai voltar aqui de novo para roubar."

"Mas, seu guarda", continuou o francês, "eu o absolvo do crime!"

"O senhor por acaso é Jesus Cristo?", perguntou o policial, e a turba explodiu numa gargalhada. O guarda não esperava aquela aprovação — seus olhos brilharam de entusiasmo com o fato de todos o acharem um sujeito fantástico, além de divertido. "O rapaz vai ser levado ao magistrado e, de lá, para o calabouço, com toda certeza, esse meliante vai pagar a sua atrocidade."

"Isso é monstruoso...", foi a resposta, mas o policial não lhe deu ouvidos.

"Se o senhor tem algo a dizer, diga ao magistrado", recomendou, encerrando a discussão e, já a caminho do coche, levando-me consigo.

Eu me joguei no chão para dificultar a vida do sujeito, mas ele continuou me arrastando na rua úmida, e ainda me lembro muito bem da cena, meu traseiro batendo nas pedras enquanto me puxavam até a porta do coche. Doía; eu não sabia ao certo por que estava fazendo aquilo, mas sabia que não ia me levantar para facilitar o trabalho dele. Antes comer um besouro.

"Acuda, senhor", gritei quando me jogaram no coche e bateram a porta com tanta violência que por pouco não arrancou meu nariz. Agarrei as grades e fiz a cara mais suplicante de que era capaz, o próprio retrato da inocência menosprezada. "Acuda, faço tudo que o senhor mandar. Passo um mês engraxando suas botas todo santo dia! Lustro seus botões até ficarem brilhando!"

"Leva ele embora!", bradou a multidão, sendo que alguns chegaram a atirar legumes podres em mim, aquela corja. Os cavalos se puseram em movimento, e lá fomos nós, eu atrás, sem saber o destino que me aguardava quando me colocassem perante o juiz, o qual me conhecia muito bem de outras ocasiões e não ia ter um pingo de compaixão.

Quando viramos a esquina, a última coisa que vi foi a imagem do francês com a mão no queixo, como a se perguntar o que fazer agora que eu estava nas garras da lei. Tirou o relógio do bolso para ver a hora... e adivinhe o que aconteceu! O relógio escapou de sua mão e caiu. Era evidente que o vidro se quebraria com o impacto. Com raiva, ergui as mãos e tentei me acomodar um pouco no restante da viagem, mas não havia nem sombra de conforto na traseira daquele veículo.

Ele não fora concebido para consolar ninguém.

3.

Jesus de misericórdia, mãe santíssima, como se a vida não fosse dura o bastante, os policiais fizeram o possível para passar por todos os buracos do caminho até o tribunal do magistrado; desde que saímos de Portsmouth, o coche sacudiu mais do que camisola de noiva. Para eles, tudo bem, tinham uma almofada macia debaixo do traseiro, mas e eu? Nada além do metal duro que servia de assento para os que eram levados a contragosto. (E as vítimas de acusação falsa?, pensei. Obrigadas a sofrer tamanha indignidade!) Tratei de afundar ao máximo no canto do veículo, segurando as barras da grade na esperança de amortecer os solavancos, pois a alternativa era passar toda a semana seguinte sem poder sentar, mas foi inútil. Eles estavam fazendo aquilo de propósito, os moscas-mortas, para judiar de mim. E, enfim, quando chegamos ao centro de Portsmouth e eu achei que aquela provação fosse acabar, o coche continuou rodando, passou pelas portas fechadas da Justiça e seguiu adiante por uma péssima estrada.

"Ei", gritei, esmurrando como louco o teto da minha gaiola. "Ei, vocês aí em cima!"

"Cale a boca aí embaixo, senão você leva uma cacetada", respondeu o segundo policial, o que segurava as rédeas, não o que me arrancou da minha honesta roubalheira naquela manhã.

"Mas vocês erraram o caminho", tornei a gritar. "Já passaram pelo tribunal."

"Então você conhece o lugar, hein?", riu. "Eu sabia que você já tinha visto muitas vezes o tribunal por dentro."

"E hoje não vou ver?", perguntei, e não foi com orgulho que tive de admitir que estava ficando meio nervoso, pois acabávamos de sair da cidade. Sabia de casos de rapazes que eram levados pela polícia e nunca mais voltavam; tudo podia acontecer. Coisas indizíveis. Mas eu não era um mau garoto, pensei. Não tinha feito nada para merecer tal sorte. Além disso, sabia que o sr. Lewis logo estaria me esperando com a féria matinal, e, se eu não chegasse, ia ser um deus nos acuda.

"O magistrado de Portsmouth está viajando esta semana", foi a resposta. Dessa vez o guarda se mostrou até simpático, e eu pensei que eles só estivessem me levando para fora da cidade e pretendessem me soltar num lugar qualquer e me mandar fazer meu trabalho em outra freguesia, proposta à qual eu não me opunha em princípio. "Está em Londres, imagine. Sendo condecorado pelo rei. Pelos serviços prestados à legislação do país."

"O Jack Doidão?", perguntei, pois conhecia bem aquele juiz velho e sacana por ter tratado com ele mais de uma vez. "Por que o rei resolveu fazer uma coisa dessas? Não achou ninguém melhor a quem dar medalha?"

"Cale a boca, moleque", rosnou o policial. "Do contrário, vai ter uma acusação a mais na lista."

Voltei a me sentar e resolvi me fechar em copas. A julgar pelo caminho escolhido, estávamos indo para Spithead; na minha penúltima prisão, um ano antes (também acusado de furto, lamento confessar), eu havia cumprido pena em Spithead. Na ocasião, fiquei à mercê de uma criatura maligna, um tal sr. Henderson, sujeito com uma pinta no meio da testa e a boca cheia de dentes podres, que fez observações sobre o caráter dos garotos da minha idade como se eu fosse o representante de toda a cambada. Condenou-me ao açoite, e o meu traseiro ficou uma semana ardendo que nem uma plantação de urtigas, e eu pedi a Deus para nunca mais ser julgado por aquele homem. Mas, olhando para fora do coche, tive certeza de que íamos justamente para lá e, quando me convenci disso, fiquei morrendo de medo e achei ótimo tê-los obrigado a me arrastarem aos trancos e barrancos nos paralelepípedos e também ter sido jogado para todos os lados pelos solavancos do coche, pois era grande a chance de o meu traseiro ficar tão entorpecido na chegada ao tribunal que eu não ia sentir nada quando baixassem minhas calças e me lambassem o couro.

"Ei!", gritei, indo para o outro lado do coche e dirigindo-me ao primeiro policial, já que havíamos estabelecido uma espécie de relação durante a prisão. "Ei, seu guarda! A gente não vai para Spithead, vai? Diga que não."

"Como posso negar se é para lá mesmo que a gente vai?", e riu como se tivesse contado uma piada engraçadíssima.

"Não vai, não!", disse baixinho dessa vez, pensando nas consequências daquilo, mas o desgraçado mesmo assim me ouviu.

"Claro que vai, meu jovem larápio, e lá você vai receber o tratamento adequado aos seus roubos e a você mesmo. Sabe que há países em que decepam a mão de quem mexe nas coisas dos outros sem autorização? Você bem que merece um castigo assim."

"Mas aqui não", gritei em tom desafiador. "Aqui não. Está querendo me intimidar? Esse tipo de coisa não acontece aqui. Este país é civilizado, e nós tratamos com respeito os nossos decentes e honestos ladrões."

"Onde então?"

"No estrangeiro", respondi, voltando a me sentar no coche, decidido a não conversar mais com aquela dupla de ignorantes. "Na China, por exemplo."

Quase não se disse mais nada depois disso. Durante o restante do trajeto, porém, ouvi os dois idiotas cacarejarem como um par de galinhas velhas no terreiro, e estou certo de também ter ouvido o barulho de um caneco de cerveja passando entre as patas imundas deles, o que também explica o fato de termos diminuído a velocidade a meio caminho de Spithead e de um dos policiais — o condutor — haver parado o coche e saído para esvaziar a bexiga na beira da estrada. Vergonha ele não tinha nenhuma, pois até se virou e tentou apontar o fluxo para a grade a fim de me acertar, e o outro policial riu tanto que quase caiu lá de cima de tão histérico. Pena que não despencou e rachou o crânio na queda, teria sido um espetáculo e tanto.

"Saia daqui, porco sujo", gritei, recuando para o fundo do coche, longe da linha de tiro, mas ele se limitou a rir e a guardar o pinto antes mesmo de terminar, molhando a calça com o último restinho, tão pouco era o respeito que tinha por si e pela farda. A polícia é uma força terrível, todo mundo sabe disso, mas também é uma caterva que não vale um tostão. Toda vez que topo com um policial, invariavelmente sinto vontade de lhe chutar o traseiro.

Chegamos a Spithead uma hora depois, e os dois palhaços tiveram o grande prazer de abrir a porta do coche e me puxar para fora, torcendo-me os braços como se eu fosse um bebê que não queria sair da barriga da mãe na hora do parto. Juro que quase me arrancaram os ossos das articulações, e nem quero imaginar o que podia ter acontecido comigo na ocasião.

"Vamos lá, moleque", disse o primeiro policial, o que me prendeu, sem dar a mínima para os meus protestos contra tanta violência. "Chega de atrevimento. Para dentro."

O tribunal de Spithead não chegava aos pés do de Portsmouth, e os magistrados de lá eram o rancor em pessoa. Não havia um que não quisesse ser transferido para a capital do condado, pois todo mundo sabe que, na capital, os criminosos são muito melhores do que no interior. Em Spithead não acontecia nada, só um ou outro caso de bebedeira ou pequeno furto. Um ano antes, tinha havido uma grande celeuma por causa de um homem que pegou uma mocinha à força, mas o juiz o soltou pelo fato de ele possuir vinte hectares e ela não ter onde cair morta. A coitada que agradecesse o privilégio de ter tido intimidade com o ricaço, disse o magistrado, e isso parece que não agradou muito a família da moça;

e o que aconteceu uma semana depois? O juiz apareceu morto dentro de um fosso, com um buraco na cabeça do tamanho de um tijolo (e o tijolo serenamente jogado na beira da estrada). Todo mundo sabia quem tinha feito aquilo, mas ninguém disse nada. Ele, o dono dos vinte hectares, mudou-se imediatamente para Londres, antes que lhe acontecesse a mesma coisa, e vendeu a terra a uma família cigana que sabia tirar a sorte nas cartas e cultivar batatas com aspecto de vaquinhas.

O guarda me arrastou por um corredor comprido, que eu já conhecia da minha visita anterior, e nós avançamos com tanta pressa que pensei que acabaria caindo de novo. Seria o meu fim, pois o piso era de duro granito e não teria pena de uma cabecinha mole como a minha. Meus pés iam dançando no chão atrás de mim, enquanto o guarda me puxava.

"Devagar", gritei. "Para que tanta pressa?"

"Devagar", murmurou o policial, rindo e falando sozinho, imaginei. "Devagar! Onde já se ouviu uma coisa dessas?"

Súbito, virou para a direita e abriu uma porta, e eu, tomado de surpresa pela brusca mudança de rumo, acabei perdendo o apoio e levei um tombo ao entrar na sala de audiência, arrebentando-me todo. E, antes que me levantasse, todos os presentes se calaram e todas as cabeças e perucas se voltaram para mim.

"Sossegue esse menino!", esbravejou o magistrado na tribuna — e adivinhe quem era, nada menos que o sr. Henderson novamente, aquela criatura grisalha, mas tão caquética, com quarenta ou quarenta e cinco anos nas costas, que na certa já estava com *influenza* mental e não ia se lembrar de mim. Afinal, eu havia estado lá só uma vez. Dificilmente me tomariam por um criminoso profissional.

"Desculpe-me, meritíssimo", disse o policial, sentando-se e me obrigando a sentar no banco ao seu lado. "Um caso tardio, infelizmente. Portsmouth está fechado."

"Eu sei disso", respondeu o senhor Henderson, fazendo cara de quem deu uma dentada num furão infecto e engoliu tudo de uma vez. "Parece que os tribunais de lá estão mais interessados em colecionar acoladas e bugigangas do que propriamente em distribuir justiça. Aqui em Spithead é diferente."

"Sem dúvida", concordou o policial, balançando a cabeça com tanta veemência que pensei que ela ia se soltar do pescoço e sua decapitação talvez me desse oportunidade de fugir. A segurança das portas, notei com satisfação, não era lá grande coisa.

"Muito bem, voltemos ao caso de agora", disse o senhor Henderson, desviando a vista de nós e fitando-a no homem postado diante dele, que parecia arrasado, muito arrasado mesmo; segurando o boné com as duas mãos, trazia uma expressão aflita estampada nas feições cavalares. "Senhor Wilberforce, o senhor é uma desgraça para a comunidade, e acho bom para todos se passar uma temporada fora de circulação." Fez questão de pronunciar as palavras com nojo e superioridade, o calhorda.

"Meritíssimo, se for do seu agrado", choramingou o réu, tentando empinar o corpo, mas talvez estivesse com as costas travadas, pois não conseguia ficar em posição vertical. "Eu tinha meio que perdido o juízo quando ocorreu o incidente, essa é a verdade. A minha querida e santa mãezinha, que passou desta para melhor apenas umas breves semanas antes do meu erro de cálculo, apareceu para mim numa visão e disse que..."

"Chega de besteira!", rosnou o senhor Henderson, batendo o martelo na tribuna. "Juro por Deus Todo-Poderoso que, se o senhor disser mais uma palavra sobre a sua querida e santa mãezinha, eu o condeno a ir se encontrar com ela imediatamente. Não pense que vou hesitar em fazer isso!"

"Pouca-vergonha!", exclamou uma mulher, e o juiz olhou para o público, um olho fechado, o outro de tal modo arregalado que uma palmada na nuca com certeza faria seu globo ocular saltar da órbita e rolar no chão feito uma bolinha de gude.

"Quem disse isso?", trovejou ele, e até o policial ao meu lado estremeceu. "Eu quero saber quem foi que disse isso!", insistiu o magistrado elevando a voz, mas, como não obteve resposta, sacudiu a cabeça e olhou para todos nós com cara de quem acabava de ser sangrado por uma sanguessuga e tinha gostado da experiência. "Beleguim", disse a um policial de ar espavorido postado ao seu lado. "Mais um pio dessa *súcia*" — e proferiu esta palavra como se estivesse diante da ralé da ralé, e devia estar mesmo, mas, fosse como fosse, não deixou de ser uma descortesia medonha —, "mais um pio de qualquer um, e todos serão acusados individualmente de desacato. Entendeu bem?"

"Sim, senhor", respondeu o beleguim, acenando a cabeça rapidamente. "Claro, eu entendi muitíssimo bem."

"E quanto ao senhor", prosseguiu o juiz, olhando para o pobre, infeliz e desgraçado espectro de homem que titubeava na teia à sua frente, "três meses de masmorra... e Deus permita que o senhor aprenda a lição e não a esqueça tão cedo."

O coitado pelo menos recobrou a dignidade e balançou a cabeça como se estivesse plenamente de acordo com a sentença. Ele foi logo levado para baixo, onde uma mulher — imagino que sua esposa — quase o matou de tanto espremê-lo; o beleguim os separou à força. Eu a observei de longe e não teria desprezado aquele abraço apertado, ainda que ela fosse pele e osso e eu estivesse com o rosto banhado de lágrimas, e soubesse da gravidade do que me aguardava — fiquei levemente excitado.

"Agora diga, beleguim", rosnou o juiz, alisando a toga e já fazendo menção de se levantar. "Por hoje é tudo?"

"Devia ser", foi a resposta nervosa do policial, como se temesse também ir mofar no calabouço se ele se atrevesse a reter seu superior na sala de audiência, "mas ainda temos o moleque que acaba de chegar."

"Ah, sim", acedeu o magistrado, lembrando-se de mim. Tornou a se acomodar na cadeira e me encarou. "Venha, menino", ordenou tranquilamente, mostrando-se contente por ainda não ter acabado de distribuir miséria. "Suba no banco dos réus, onde é o seu lugar."

Eu me levantei, afastando-me do primeiro guarda; outro policial agarrou meu braço e, com os dedos cravados quase até o osso, colocou-me num lugar em que o velho Henderson, o canalha, pudesse me ver bem. Eu também o fitei e tive a impressão de que sua pinta havia crescido desde o nosso último encontro.

"Eu já o conheço, não é mesmo?", disse ele serenamente, mas, antes que eu respondesse, o policial — *o meu* policial — levantou-se e começou a tossir para chamar a atenção, e é óbvio que todas as caras se voltaram para ele. Juro que o homem tinha jeito para a coisa: devia ter tentado o teatro, o escroto.

"Peço licença para informar ao tribunal...", começou, tornando a recorrer à voz afetada que não enganava ninguém. "Peço licença para informar ao tribunal que, nesta manhã, eu detive a criatura miserável que agora está aí, perante Vossa Excelência, no ato ilícito e criminoso de se apossar de um relógio que não era da sua conta nem lhe pertencia por ser propriedade de outra pessoa..."

"Quer dizer, furtando?", atalhou o juiz.

"Exatamente, meritíssimo", respondeu o policial, um tanto humilhado pela concisão.

"E então?", perguntou o senhor Henderson, inclinando-se para me encarar. "O que você me diz, moleque? É verdade? Cometeu esse crime abominável?"

"É um terrível mal-entendido", respondi com voz suplicante. "Eu comi muito açúcar no café da manhã, essa é a culpa de tudo."

"Açúcar?", surpreendeu-se o magistrado. "Beleguim, o garoto disse que foi vítima de excesso de açúcar?"

"Acredito que sim, meritíssimo."

"Ora, a resposta não deixa de ser sincera", disse ele então, coçando a cabeça e fazendo com que um chuvisco de pó caísse nas pregas da toga, que ficou toda salpicada de neve. "O açúcar não faz bem aos meninos. Põe minhoca na cabeça deles."

"É o que eu também acho, Vossa Sabedoria", concordei. "Pretendo evitar isso daqui por diante e chupar uma bala de mel quando me der vontade."

"Bala de mel?", gritou ele, olhando para mim como se eu tivesse proposto chicotear o príncipe de Gales para espantar o tédio. "Ora, moleque, isso é pior ainda. Você precisa é de mingau de aveia. Mingau de aveia é que faz bem. Já fez bem a muitos garotos que trilharam o caminho errado na vida."

Mingau, sem dúvida! Eu bem que aceitaria uma tigela de mingau de aveia todo dia no café da manhã se dispusesse do dinheiro necessário para isso. Mingau! A verdade é que os magistrados ignoram totalmente o mundo de gente como eu. Mas são eles quem nos julgam. E, no entanto, nenhuma política...

"Pois é isso que eu vou comer daqui por diante: mingau de aveia", prometi, inclinando um pouco a cabeça. "No café da manhã, no almoço e na janta, se arranjar dinheiro."

O juiz tornou a se inclinar e repetiu a pergunta que eu torcia para que ele esquecesse: "Eu já o conheço, não é mesmo?"

"Não sei", respondi, esforçando-me para não dar de ombros, coisa que os magistrados detestam. Dizem que é falta de educação. "O senhor me conhece?"

"Como você se chama, menino?"

Pensei em dar nome falso, mas os policiais me conheciam, de modo que só me restou dizer a verdade, já que mentir me prejudicaria ainda mais. "Turnstile", respondi. "John Jacob Turnstile. Inglês de Portsmouth."

"Ah!", exclamou ele, cuspindo uma rodela enorme na serragem do chão, aquele porco imundo. "Maldita Portsmouth!"

"Há de ser, Vossa Magnificência", apressei-me a dizer para agradá-lo. "No dia do Juízo Final. Não tenho a menor dúvida."

"Quantos anos você tem, menino?"

"Catorze, *sir*."

Ele passou algum tempo lambendo os beiços, e eu cheguei a ver uns grotescos dentes pretos se mexerem no escuro cânion da sua boca, ameaçando soltar-se das gengivas. "Você esteve aqui há um ano." Apontou para mim o dedo ceroso, do tipo que se vê num cadáver exumado. "Agora eu me lembro. Outro furto, se não me engano."

"Um mal-entendido", arrisquei. "Uma brincadeira de mau gosto, nada mais."

"Você foi açoitado por isso, não é mesmo? Eu nunca esqueço uma cara que aparece no meu tribunal ou um traseiro na minha sala de açoite. Agora diga a verdade, e pode ser que Deus o poupe."

Eu fiquei pensando. A expressão "pode ser" tem uma infinidade de significados, e nenhum deles era útil para mim. Mas não havia a menor vantagem em mentir, pois o juiz podia consultar os prontuários num piscar de olhos. "O senhor tem boa memória", admiti. "Eu fui condenado a doze chicotadas."

"E nenhuma delas foi demais", retrucou ele, baixando a vista e fazendo uma anotação na papelada à sua frente. "Eu o declaro culpado, John Jacob Turnstile, de ato criminoso", prosseguiu com voz mais calma, voz que sugeria que perdera totalmente o interesse por mim e queria ir jantar. "Culpado de furto, menino ruim. Leve-o para baixo, beleguim. Doze meses de cárcere."

Eu arregalei os olhos e, confesso, senti o coração saltar no peito, horrorizado. Doze meses de xadrez? Ao sair, eu já não seria o menino que era, tinha certeza. Virei-me para o guarda, o *meu* guarda, e é bem verdade que ele olhou para mim com cara de muito arrependimento de me ter levado para lá, pois ninguém na sala de audiência tinha achado a pena adequada. Umas chicotadas seriam mais do que suficientes.

"Meritíssimo...", balbuciou o policial, o *meu* policial, mas o senhor Henderson já tinha saído precipitadamente rumo ao seu gabinete, sem dúvida para receber instruções dos senhores do inferno, e o beleguim me agarrou e começou a me levar.

"Não tem remédio", disse com tristeza. "Você precisa ter coragem, garoto. Precisa ser firme."

"Ter coragem?", repeti com incredulidade. "Ser firme? No xilindró durante doze meses?"

Há tempo de coragem e tempo de dar ao amigo uma pistola carregada para que ele deixe o mundo com honra, e esse era o meu tempo agora. Fiquei com as pernas bambas e, antes que me desse conta, saí pela porta, saí para o quê? Para um ano de tormento e violação? De fome e crueldade? Eu nem me atrevia a pensar.

4.

Que dureza, meu Deus! Reconheço que desci a escada da sala de audiência para as celas, no porão, com o coração oprimido e cheio de péssimas expectativas. O dia se iniciara radiante, mas, em questão de horas, tinha adquirido um aspecto tão sombrio que eu não parava de me perguntar que outros tormentos o destino me reservava. Conseguira devorar meio arenque defumado e uma gema de ovo no café da manhã, no estabelecimento do sr. Lewis, e tinha ido ao mercado sem me preocupar com nada neste mundo. Mantive com o cavalheiro francês uma conversa intelectual, e eu sou do tipo que gosta de um pouco de discurso intelectual de vez em quando. E o relógio dele, do qual me apoderei com tão pouco esforço, podia facilmente ser a salvação da lavoura para mim, pois era uma peça excelente, com correia sólida e aspecto saudável, e o joalheiro devia ter lhe cobrado algumas libras; se o tivesse conservado, podia levá-lo a um sujeito caolho conhecido meu que comprava e vendia bens roubados, e ganharia meia coroa. Mas agora tudo estava perdido. Eu me achava na cadeia, preparando a alma para sofrer sabe Deus quantas agruras e indignidades.

Acaso sou orgulhoso demais para recordar as lágrimas que se formaram nos meus olhos enquanto eu esperava? Não, não sou.

O beleguim me levou para baixo, onde eu aguardaria o transporte para o mundo subterrâneo, e me trancafiou numa sala fria e vazia, apenas com a pedra do chão para sentar. Sem dizer uma palavra de escusa ou explicação, jogou-me na cela que eu ia dividir com o sr. Wilberforce, o sujeito condenado antes de mim. Ao entrar, dei com o grandalhão casca-grossa sentado no vaso, e seus movimentos criavam um fedor descomunal que me fez recuar o máximo possível, mas a porta se fechou às minhas costas, de modo que não me restou outra coisa a não ser enfrentar com coragem aquela inhaca. Afinal, dali por diante ele seria meu companheiro.

"O velho bastardo também te mandou para baixo, hein?", perguntou ele, sorrindo, pois a miséria gosta de companhia. Calado, me sentei no canto mais distante da cela e abracei os joelhos dobrados sob o queixo. Uma fortaleza me cercava. Olhei para os meus pés e me perguntei quanto tempo continuaria calçando aqueles sapatos depois que fosse transportado para a minha nova morada. E pensei no sr. Lewis e na enrascada em que eu estaria metido quando ele descobrisse o que me aconteceu; por muito menos, já o tinha visto espancar meninos até quase matá-los.

"Mandou", respondi. "E injustamente também."

"Do que ele te acusou?"

"Eu roubei um relógio", expliquei sem coragem de lhe dirigir o olhar, pois ele acabara de se levantar e examinava o conteúdo do vaso feito um médico ou um velho farmacêutico. "Mas o sujeito roubado recuperou o relógio na mesma hora. Ele não teve prejuízo nenhum. Então, eu pergunto, que crime cometi?"

"Você não contou isso para o velho bastardo?", perguntou o sr. Wilberforce, e eu sacudi a cabeça. "Quanto tempo vai pegar?", quis saber ele então.

"Doze meses."

O homem assobiou entre os dentes e sacudiu a cabeça. "Não é pouco. Caramba, palavra que não é pouco. Quantos anos você tem, garoto?"

"Catorze."

"Vai ter muito mais quando for solto daqui a um ano", prognosticou sem dissimular a alegria: uma ótima notícia para quem estava na minha situação. "Eu mesmo fui para lá quando tinha só um ou dois anos a mais do que isso e prefiro nem contar o que me aconteceu. Você ia perder o sono se eu contasse."

"Então não conte. Guarde seus conselhos e meta-se com a sua vida, velho bêbado."

Wilberforce me encarou e franziu o lábio. Como íamos ser transportados juntos e alojados no mesmo lugar, eu sabia que era bom iniciar a nossa relação com uma atitude rude para ele entender que eu não ia me deixar escravizar por causa da pouca idade.

"Pode me chamar de bêbado o quanto quiser, moleque", disse ele, levantando-se e pondo as mãos no quadril como se estivesse posando para sua própria estátua, a ser colocada na Pall Mall. "É uma calúnia mesmo."

"Eu ouvi o velho Henderson dizer a mesma coisa", retruquei com entusiasmo. "Por isso te deu três meses de xadrez. E ela estava lá fora, chorando sem parar, tua mulher, não estava?"

"Ah, minha mulher", disse ele, comprimindo os olhos quando eu tomei o nome dela em vão. "O que tem ela?"

"Se esfregando num cara, é o que ela estava fazendo quando me trouxeram para cá. Cochichando no ouvido dele a ponto de revirar o estômago de qualquer um, e olhando para ele de um jeito que dizia que ela não ia ficar na mão por causa de você."

"Ora, seu bastardinho", rosnou ele, avançando contra mim, e eu percebi que tinha sido um erro provocá-lo, pois quando ele se aproximou vi que era bem maior do que eu tinha imaginado e que estava com os punhos cerrados, pronto para me fazer um grande estrago. Por sorte, na hora em que ele estendeu a mão e me arrancou do lugar em que eu descansava no piso de pedra, viraram uma chave na porta e a abriram, e eis que o beleguim apareceu outra vez. Olhou rapidamente para nós dois em nossa infeliz situação, eu agarrado pela garganta, pendurado a alguns centímetros do chão, e o homem com o punho já pronto para me esmurrar.

"Por um triz ele não acaba com você", disse o beleguim com toda naturalidade, como se estivesse pouco ligando para o que acontecia conosco e até quisesse assistir ao massacre.

"Dá o fora e me deixa terminar isto aqui", disse o sr. Wilberforce. "Ele caluniou minha mulher, e só se eu for muito frouxo não vou tomar satisfação."

"Pois seja frouxo", disse o beleguim, avançando e afastando-o com um sopapo; o meu agressor, então, me largou o pescoço e eu caí no chão, não pela primeira vez naquele dia. Passei os dedos na laringe para ver se as cordas vocais ainda estavam intactas e se eu voltaria a cantar um dia. Pensei com meus botões que meu corpo, por baixo da roupa, devia ter se transformado num arco-íris com todos os tons de roxo e preto devido à violência que havia sofrido nas últimas horas.

"De pé, garoto", ordenou o beleguim com um gesto de cabeça, e a muito custo tentei me levantar.

"Não consigo", gemi com voz fraca. "Estou todo arrebentado."

"De pé", repetiu, dessa vez mais severamente, e avançou um passo com tanta hostilidade que tratei de recuperar o equilíbrio e me pôr na vertical.

"Nós vamos já para a cadeia?", perguntei, porque, embora não me agradasse a ideia de ficar mais tempo ali com meu companheiro violento, eu não estava nada contente com a perspectiva de passar um longo tempo encarcerado. "Não vai haver outro julgamento para a gente assistir antes de ir embora? Será que não sobrou nenhum pecador em Spithead?"

"Você vem comigo", disse o beleguim, segurando meu braço e me puxando para fora da cela. "E você fica aí mesmo por enquanto", acrescentou, dirigindo-se ao sr. Wilberforce. "Quando o coche chegar, eu venho te buscar."

"Vê se não solta esse moleque!", gritou meu ex-amigo ao me ver escapar inesperadamente das suas garras. "Ele é uma grande ameaça para a sociedade, juro que é. Se houver lugar só para um de nós no calabouço, é justo que fique ele, já que foi condenado a doze meses e eu só vou pegar um quarto disso."

"Cala a boca", disse o beleguim, puxando a porta. "Ele vai pagar direitinho o crime que cometeu, juro que vai."

"Não se preocupe, eu dou lembranças à sua mulher", gritei para ele quando a porta da cela se fechou, e, um instante depois, ouvi o sr. Wilberforce se precipitar sobre ela e socá-la com fúria.

"E agora, seu guarda? O que vai me acontecer?", perguntei quando ele se virou e enveredou pelo corredor comigo atrás; foi o primeiro que não me arrastou feito um cachorro na coleira.

"Vem logo, moleque, e pare de fazer perguntas. O senhor Henderson deseja uma audiência."

Meu coração quase parou quando ouvi tal coisa. Será que o danado do velho tinha pedido mais informações à polícia de Portsmouth e concluíra que eu não prestava mesmo e que doze meses de cadeia era pouco para mim? Talvez me mandasse passar mais tempo engaiolado, ou primeiro me condenasse à chibata.

"Para que isso, afinal?", perguntei, louco para saber e poder preparar minhas alegações.

"Só Deus sabe", respondeu ele dando de ombros. "Você pensa que o juiz conta as coisas para um sujeito como eu?"

"Não", admiti. "Você não está à altura dele."

O homem parou e me encarou, mas se limitou a sacudir a cabeça e seguiu adiante. Tive a impressão de que ele não tinha pavio tão curto quanto os outros por lá. "Vem, moleque", ordenou. "E não faça corpo mole se souber o que é melhor para você."

Eu sabia perfeitamente o que era melhor para mim e bem que queria lhe explicar. Para mim, o melhor era ser posto logo em liberdade nas ruas de Spithead, com apenas uma repreensão e a promessa, da minha parte, de dedicar a vida, dali por diante, a auxiliar os pobres e aleijados e nunca mais pôr os olhos em coisas que não fossem minhas. Mas não disse nada. Limitei-me a obedecer e acompanhá-lo até chegarmos a uma porta grande de carvalho. Ele bateu ruidosamente; e me passou pela cabeça que, do outro lado daquela porta, estava a minha salvação ou a minha perdição. Respirei fundo e me preparei para o pior.

"Entre!", gritaram lá dentro, e o beleguim abriu a porta e se afastou para o lado a fim de me dar passagem. Não me surpreendi ao constatar que o gabinete do magistrado era muito mais bonito do que os outros cômodos que eu tinha visto até então no tribunal. A lareira estava acesa e, na mesa, havia uma travessa de carnes e uma tigela de sopa: o jantar do velho crápula. O sr. Henderson estava ali sentado, com um guardanapo enfiado no colarinho, comendo às pressas. Diante disso, meu estômago acordou e começou a reivindicar seus direitos; lembrei que eu não comia desde cedo e tinha sofrido muito naquele dia.

"Aí está ele", disse o sr. Henderson, olhando para mim. "Entre, entre, moleque, e empine o corpo quando eu falar com você. Obrigado, beleguim", acrescentou em tom mais alto, dirigindo-se ao guarda. "Por enquanto é só. Pode fechar a porta."

O homem obedeceu, e o juiz sorveu mais uma lenta colherada de sopa, limpando a boca com o guardanapo e tirando-o do colarinho. Reclinou-se, estreitou os olhos e, espetando o dedo no ar ao mesmo tempo que lambia os lábios, encarou-me. Tive a impressão de que eu era o prato seguinte no seu cardápio.

"John Jacob Turnstile", disse após um prolongado silêncio, arrastando cada sílaba como se meu nome fosse um poema. "Que grande larápio você é."

Eu estava a ponto de responder com uma firme negativa, mas senti um frio na espinha, como quando um fantasma paira na sala ou alguém pisoteia o túmulo da gente, e tive a sensação de outra presença perto de mim. Virei a cabeça com a rapidez de um raio e adivinhe quem eu vi sentado numa poltrona às minhas costas, totalmente invisível no momento em que entrei no gabinete? Nada menos que o fidalgo francês, aquele de quem eu havia roubado o relógio de manhã. Surpreendido, deixei escapar um palavrão, e ele sorriu e sacudiu a cabeça, mas o sr. Henderson não admitia expressões chulas em seu gabinete.

"Olha a boca suja, moleque", gritou, e eu me voltei para ele e olhei para o chão.

"Mil desculpas, Vossa Santidade", pedi. "Não foi por falta de respeito. As palavras saíram da minha boca antes que eu tivesse tempo de jogar fora as mais feias."

"Esta é a casa da lei", disse ele. "Da lei do rei. E eu não deixo que a sujem com uma língua imunda como a sua."

Eu assenti com um gesto, mas fiquei calado. O silêncio retornou ao recinto e eu pensei que o cavalheiro francês fosse falar, mas ele não disse nada, de modo que coube ao sr. Henderson iniciar a conversa:

"Jovem Turnstile. Você conhece o cavalheiro sentado aí atrás?"

Uma vez mais, eu me virei e olhei para ele, queria ter certeza de que os meus olhos não haviam me enganado; depois, tornei a fitar o magistrado, balançando a cabeça, encabulado. "Conheço, para a minha eterna desonra", respondi. "É o mesmo homem diante do qual eu me cobri de vergonha hoje de manhã. Por causa dessa infâmia é que estou perante o senhor."

"Infâmia é pouco, jovem Turnstile", retrucou o juiz. "Muito pouco mesmo. Você procedeu como um monstro, uma peste pior do que o mais desclassificado punguista."

Cheguei a pensar em dizer que eu era exatamente isso, um punguista desclassificado, e a culpa era do mundo em que fui criado sem nunca ter conhecido a proteção de uma mãe nem de um pai, mas o bom senso entrou em ação e fiquei de bico calado, sabendo que não eram essas as palavras que ele queria ouvir.

"Eu me arrependo muito do que fiz", preferi dizer e, voltando-me para o francês, fui quase sincero. "O senhor foi bom para mim hoje cedo. E o modo como falou comigo fez com que me sentisse melhor do que sou. Peço desculpas por tê-lo decepcionado. Se eu pudesse corrigir meus erros, corrigiria."

O fidalgo balançou a cabeça; isso me fez pensar que minhas palavras o tinham comovido e, para minha surpresa, percebi que eu falara com franqueza. Ele *foi* atencioso comigo quando começamos a conversar. E *falou* comigo como se houvesse mais do que uma maçaroca de teias de aranha entre minhas orelhas, tratamento que raramente me dispensavam.

"E então, senhor Zulu?", indagou o juiz, olhando para o francês. "Esse moleque serve?"

"É Zéla", disse o fidalgo com voz cansada, e eu imaginei que ele tivesse corrigido a pronúncia errada mais de uma vez desde que entrou no gabinete. "Eu não sou de origem africana, senhor Henderson. Sou natural de Paris."

"Peço desculpas, senhor", sorriu o magistrado.

Tive certeza de que ele pouco se importava e simplesmente queria encerrar a entrevista o mais depressa possível. Olhei para o cavalheiro e me perguntei quem ele era, afinal, para ter tanta autoridade sobre um cão raivoso da laia do sr. Henderson.

"Serve como uma luva", respondeu o sr. Zéla. "Qual é a sua altura, menino?", perguntou.

"Pouco mais de um metro e cinquenta, senhor", disse, corando um pouco, pois sempre me chamavam de baixinho, e esse era um fardo que eu tinha carregado a vida inteira.

"E tem catorze anos, certo?"

"Exatamente catorze anos", confirmei. "E dois dias", acrescentei.

"A idade perfeita", disse ele, levantando-se e se acercando de mim. Era um belo homem, confesso. Alto e magro, com ar elegante e um toque de generosidade no olhar, o tipo da pessoa que não infernizava a vida de ninguém. "Você se incomoda de abrir a boca para mim?", perguntou.

"Se ele se incomoda?", riu o magistrado Henderson. "Que importa ele se incomodar ou não? Abra a boca, moleque, e faça o que o cavalheiro mandar!"

Sem ligar para a gritaria à minha esquerda, concentrei a atenção no fidalgo francês. Ele pode me ajudar, pensei. Quer me ajudar. Abri a boca e ele segurou meu maxilar com uma mão — que coube nela perfeitamente — e olhou para dentro, para os meus dentes. Eu me senti um cavalo.

"Muito sadio", decidiu pouco depois. "Como um garoto como você consegue conservar os dentes em tão bom estado?"

"Eu como maçã", expliquei com a voz firme. "Sempre arranjo uma. Maçã faz muito bem para os dentes, pelo menos é o que me dizem."

"Bom, para você fez bem, com certeza", disse ele, sorrindo um pouco. "Erga os braços, garoto."

Eu estendi os braços e ele apalpou os meus flancos, depois o meu peito, mas com gestos de médico, não para se aproveitar. Não parecia ser desse tipo.

"Você parece um garoto saudável. Forte, com boa ossatura. Um pouco baixo, mas isso não faz mal."

"Obrigado, senhor", disse-lhe, fingindo não ter ouvido o último comentário. "Muita bondade sua."

O sr. Zéla fez que sim e olhou para o sr. Henderson. "Acho que serve", disse com entusiasmo. "Serve perfeitamente."

Sirvo para quê? Para ser solto agora? Eu olhei para um e para outro, sem entender o que falavam.

"Você é um moleque de sorte", disse o sr. Henderson, pegando um osso no prato e chupando-o de um modo que me deu enjoo. "Que tal se livrar dos doze meses de prisão, hein?"

"Ah, seria muito bom. Estou arrependido dos meus pecados, eu juro."

"Tanto faz estar arrependido ou não", disparou ele, escolhendo outro naco de carne e examinando primeiro as melhores partes. "Senhor Zéla, quer ter a bondade de informar ao moleque o que o espera?"

O fidalgo francês voltou à sua poltrona e me mediu da cabeça aos pés, dando a impressão de avaliar alguma coisa, e então acenou a cabeça como se tivesse tomado a decisão final. "Sim, está resolvido", disse mais para si próprio do que para o juiz. "Você já esteve no mar, garoto?", perguntou.

"No mar?", repeti, achando graça. "Eu não."

"E gostaria de ir? O que você acha?"

Eu refleti um instante. "Pode ser que sim, senhor", disse com cautela. "Fazer o quê?"

"Há um navio ancorado não muito longe daqui. Um navio com uma missão especial de grande importância para Sua Majestade."

"O senhor conhece o rei?", perguntei, arregalando os olhos por estar na presença de um homem que podia ter estado na presença da realeza.

"Eu tive a enorme satisfação de conhecê-lo", respondeu o fidalgo tranquilamente, mas não de modo a me induzir a pensar que ele fosse um sujeito importantíssimo por causa disso.

Saiu-me um palavrão de assombro, o que fez o sr. Henderson dar um murro na mesa e responder com outro nome feio.

"Esse navio", prosseguiu o sr. Zéla, sem fazer caso do pequeno incidente, "deve partir em missão ainda hoje, e surgiu um probleminha, mas um probleminha que nós achamos que você, meu caro Turnstile, pode nos ajudar a solucionar."

Eu fiz que sim e tratei de acelerar toda aquela história em meu cérebro a fim de compreender o que iam exigir de mim.

"Ontem à tarde", continuou ele, "um rapazinho, aliás, um garoto da sua idade, que tinha a função de criado do capitão, caminhou pelo bailéu do navio numa velocidade inadequada e o piso de madeira estava molhado. Bem, o importante na história é que ele quebrou as pernas e não pode andar, muito menos navegar. Comenta-se que havia bebido, mas isso não tem a menor importância na nossa conversa. É preciso arranjar um substituto o mais depressa possível, pois o navio se atrasou muito devido ao mau tempo e precisa levantar âncora ainda hoje. O que você acha, meu caro Turnstile, está disposto a se aventurar?"

Eu fiquei matutando. Um navio. Criado do capitão. Era melhor aceitar.

"E a cadeia?", perguntei. "Eu fico livre dela?"

"Só se você se comportar maravilhosamente bem no navio", interveio o sr. Henderson, aquele elefante velho e ignorante. "Do contrário, cumpre a pena quando voltar. E triplicada!"

Eu fiz uma careta. Era um dilema e tanto. "E a viagem?", perguntei ao sr. Zéla. "Posso saber quanto tempo vai durar?"

"Dois anos, creio", respondeu o fidalgo, dando de ombros como se esse tempo não fosse nada para ele. "Já ouviu falar em Otaheite?", perguntou. Eu pensei um pouco e fiz que não com a cabeça. "E no Taiti?", prosseguiu. "Também é conhecido por esse nome." Tornei a sacudir a cabeça. "Bom, não faz mal. Logo essa sua ignorância será sanada. O destino do navio é Otaheite. Com uma missão muito especial. E, depois de cumprir a missão, o barco retorna à Inglaterra. Ao chegar, você vai receber salário de seis *shillings* por semana durante todo o período que tiver passado fora e, além disso, será absolvido do seu crime. O que lhe parece, meu amigo? Está disposto?"

Eu tentei fazer as contas de cabeça para descobrir quanto seriam seis *shillings* por semana durante dois anos, mas não tinha inteligência para tanto; só sabia que ia ficar rico. Deu-me vontade de abraçar o francês, apesar da sua fidalguia.

"Eu agradeço muito", disse-lhe, as palavras saíam atropeladamente da minha boca, tal era o meu medo de que ele retirasse a oferta. "É com muita gratidão que aceito sua proposta, e garanto que vou fazer meu serviço em altíssimo padrão o tempo todo."

"Então está combinado", sorriu ele, levantando-se e pousando a mão no meu ombro. "Mas não podemos perder tempo. O navio zarpa às quatro horas." Enfiou a mão no bolso e tirou o relógio, mas enrugou a testa quando deu com o vidro e os ponteiros quebrados. Olhou para mim antes de guardá-lo sem fazer nenhum comentário. "Senhor Henderson?", perguntou. "Que horas são?"

"Três e quinze", respondeu o magistrado, que, entediado com a nossa conversa, se concentrara apenas na comida.

"Então temos de nos apressar", disse o sr. Zéla. "Posso levar o garoto, senhor?"

"Pode, pode", foi a resposta. "E cuide para que eu nunca mais volte a ver a sua cara por aqui, ouviu bem, seu ladrãozinho de merda? Do contrário, vai se arrepender amargamente."

"Claro, Excelência. E obrigado por sua generosidade", acrescentei, acompanhando o sr. Zéla porta afora e rumo à vida nova. Naturalmente, ele foi pelos corredores com a velocidade normal de qualquer pessoa, o que me obrigou a correr atrás dele. Mas, por fim, estávamos do lado de fora, onde sua carruagem nos esperava. Subi depois dele, o coração disparado, ávido por voltar a respirar liberdade e ar fresco. Eu ia sair da Inglaterra e viver uma aventura. Se havia um garoto mais sortudo neste mundo, eu não sabia seu nome nem sua situação.

"Com licença, senhor", disse quando partimos, "posso saber o nome do navio e o do capitão do qual serei criado?"

"Eu não lhe contei?", perguntou ele, surpreso. "O barco é a fragata *Bounty*, de Sua Majestade, e está sob o comando de um homem muito capaz e grande amigo meu, o tenente William Bligh."

Balancei a cabeça e tratei de gravar os nomes na memória; na época, eles não significavam nada para mim. Viramos uma esquina e tomamos o caminho do porto. Eu não olhei para trás nem uma vez, não olhei à minha volta para guardar lembrança das ruas que conhecia tão bem, não perdi um segundo olhando para os paralelepípedos em que eu havia passado talvez mais de uma década roubando e furtando, não pensei nem de passagem no estabelecimento no qual tinha sido criado e no qual haviam me roubado a inocência uma centena de ocasiões. Só tinha olhos para o futuro e para as emoções e peripécias que me esperavam.

Ah, que garoto ingênuo! Eu não tinha a menor ideia do que me aguardava.

SEGUNDA PARTE
A viagem
23 DE DEZEMBRO DE 1787 — 26 DE OUTUBRO DE 1788

1.

Logo que pus os pés no convés do *Bounty*, o céu se fechou de repente e começou a chover. Foi como se a própria Providência tivesse olhado para o navio no porto e para as almas a bordo, decidido que não dava a mínima para nenhum de nós e pensado que até seria divertido atormentar aquele bando de idiotas desde o primeiro instante.

O sr. Zéla despediu-se de mim no cais, e eu não me envergonho de confessar que quase tive um ataque de nervos quando ergui a vista e examinei aquela que seria a minha morada nos dezoito meses seguintes — dois anos, talvez — da minha vida. A mera ideia já era de soltar o intestino.

"O senhor não vai embarcar?", perguntei, cheio de esperança, pois, apesar do pouco que nos conhecíamos, tinha começado a considerá-lo como uma espécie de benfeitor e até amigo, já que, naquele dia, havia me socorrido em três ocasiões.

"Eu?", surpreendeu-se o francês e, rindo, sacudiu a cabeça. "Não, não, meu caro. No momento, infelizmente, tenho de cuidar de muitas responsabilidades aqui na Inglaterra. Por mais que me atraia a ideia de uma vida de aventuras, sou obrigado a declinar o prazer dessa viagem, a me despedir de você e a lhe desejar *bonne chance*."

Não sei por que ele falava assim. Se aquela conversa mole e adocicada tivesse saído de outros lábios, eu ficaria enojado, mas era como se as expressões mais simples morassem em outro país que não o dele. Tentei pensar numa resposta igualmente inteligente, mas ele tornou a soltar o verbo antes que meu cérebro conseguisse alcançar meus lábios. Os fidalgos são assim. Não param de falar, pensam que o silêncio é um pedido de bis da plateia.

"Não é o maior navio que eu já vi", disse ele dubiamente, cofiando as suíças e enrugando um pouco a testa. "Mas é muito bom, isso eu garanto. E vai levá-lo até lá em segurança. *Sir* Joseph se encarregou de lhe dar robustez, palavra."

"Se não afundar, já está bom", eu disse, sem saber nem querer saber quem era esse tal de *sir* Joseph.

Ao ouvir isso, o sr. Zéla olhou para mim e sacudiu rapidamente a cabeça: "Meu caro, nunca fale assim a bordo. Os marinheiros são uma gente esquisita. Têm mais superstições do que os antigos de Roma e da Grécia juntos, e eu estou certo de que, durante a viagem, você vai vê-los examinar as vísceras dos albatrozes caídos para prever o tempo. Um comentário desses pode transformar seus novos colegas em grandes inimigos. Pense nisso e tenha juízo".

Eu concordei com um gesto, mas pensei cá comigo que eles deviam ser, de fato, uma gente esquisitíssima, pois não podiam ouvir um garoto dizer o que pensava sem achar que tinha chegado o fim do mundo. No entanto, fui esperto o suficiente para perceber que o sr. Zéla conhecia o mundo muito mais do que eu, de modo que registrei o que ele disse e resolvi tomar cuidado com as palavras durante a viagem.

Ficamos ali mais algum tempo. Eu fixei o olhar no pedaço de madeira que servia de prancha de embarque e nos homens que se movimentavam com muita pressa no convés, como se estivessem com fogo no rabo, puxando cordas e apertando sei-lá-o-quê; e cheguei a me perguntar se não valia a pena dar no pé naquele mesmo instante, simplesmente fugir do francês e me meter numa das ruas laterais, nas quais tinha certeza de que o deixaria para trás caso ele me perseguisse (coisa que eu duvidava). Olhei para a esquerda e para a direita, vi a oportunidade e já ia disparar a correr quando o sr. Zéla — como que lendo meu pensamento — agarrou o osso do meu ombro e me conduziu ao meu destino.

"Chegou a hora de embarcar, mestre Turnstile", disse, e sua voz sonora e grave cortou os meus planos qual faca quente na manteiga. "O navio já vai zarpar, e com um atraso de vários dias. Está vendo o sujeito lá no alto da escada acenando para nós?"

Olhei na direção apontada e, puxa vida, postado no convés, sem demonstrar um pingo de vergonha, estava uma criatura de aparência abominável, com cara de fuinha — toda feita de pontos e arestas e bochechas chupadas —, agitando os braços no ar como se acabasse de fugir de um manicômio. "Sim", respondi. "Estou. Que coisa horripilante."

"É o senhor Samuel", informou o fidalgo. "O tesoureiro do capitão. Está à sua espera e vai orientá-lo no trabalho. Um homem íntegro", acrescentou depois de uma pausa, mas seu tom de voz me fez duvidar; era como se ele estivesse dizendo isso só para me tranquilizar. Eu me virei e tornei a olhar para trás, onde ficava a liberdade, mas desisti e sacudi a cabeça. Lá estava eu, com catorze anos de idade, um mestre em algumas coisas — bater carteiras, certos tipos de vigarice — e um palerma em outras. Claro que podia ir para a capital, tinha malandragem para isso, e, com um pouco de sorte, decerto conseguiria ganhar a vida; mas aqui, na minha frente, o que havia era coisa muito diferente. Uma oportunidade de me aventurar e ganhar dinheiro. Ao contrário dos marujos a bordo, eu não era de perder tempo com superstições, mesmo assim me perguntava se não era o destino que, por algum motivo, me levara àquele momento e àquela embarcação.

E havia mais uma coisa em que eu não queria pensar. O sr. Lewis. Ele que me criou. A vida que eu ia abandonar. A distância que aquele homem era capaz de percorrer para me recapturar. Isso me deu um calafrio, e eu tornei a olhar para o navio.

"Certo", disse, balançando a cabeça. "Agora vou me despedir e, mais uma vez, quero lhe agradecer por ter me salvado." Apertei sua mão com vigor; ele achou meu gesto divertido, o asno. "O senhor me prestou um grande serviço e talvez um dia eu retribua."

"Retribua sendo um ótimo criado do capitão", pediu o francês, pondo a mão no meu ombro como se eu fosse seu próprio filho, não um vagabundo qualquer que ele achou na rua. "Seja honesto e leal, John Jacob Turnstile, e eu saberei que não cometi um erro ao escolhê-lo hoje e livrá-lo da prisão."

"Vou ser", prometi antes de me despedir mais uma vez e caminhar pela prancha em direção ao maluco, devagar a princípio, depois um pouco mais depressa, à medida que minha confiança aumentava a cada passo.

"Você é o menino-fâmulo?", perguntou o fuinha, lá no alto, com uma voz capaz de rachar vidro. Foi como se as palavras desviassem de suas cordas vocais e saíssem pelas cavidades nasais.

"John Jacob Turnstile", disse, estendendo-lhe a mão na esperança de travar conhecimento com ele de maneira amigável. "Muito prazer."

O homem olhou minha mão como se eu lhe estivesse oferecendo a carcaça de um gato infestado de vermes e convidando-o a beijá-la. "Eu sou o senhor Samuel, o contador do capitão", apresentou-se, encarando-me como se eu tivesse acabado de sair rastejando de debaixo de um bote para me colocar diante dele, todo coberto de lapas e limo, fedendo à água pútrida em que flutuávamos. "Sou um superior seu."

Eu assenti com um gesto. Pouco sabia da vida no mar, só mesmo o que contavam os marinheiros que entravam e saíam do meu pequeno mundo em Portsmouth, mas era ladino o suficiente para desconfiar que os homens a bordo do *Bounty* conheciam bem o seu lugar no encadeamento das coisas e que, muito provavelmente, eu estava na parte mais baixa da hierarquia.

"Neste caso, é um grande prazer erguer a vista para o senhor do meu pobre lugarzinho aqui embaixo, e glorificar sua magnificência", disse quando o sr. Samuel fez menção de me levar para dentro.

Ele parou e cravou em mim um olhar que teria assustado até um chinês. "O que é isso?", perguntou, contorcendo ainda mais a cara, e me arrependi do que havia dito, pois quanto mais tempo passássemos ali, mais molhados nós dois ficaríamos, já que a chuva não parava de aumentar. "O que foi que você disse, menino?"

"Eu disse que espero aprender com o senhor", respondi num tom mais inocente. "Não era para eu estar aqui, o senhor sabe. O posto era de outro rapaz, mas ele o perdeu."

"Eu sei", rosnou com cara feia. "E sei mais do que você, lembre disso, senão acaba se dando mal. E é bom não acreditar no que os outros disserem, porque aqui ninguém nunca fala a verdade. O jovem Smith, o tal fâmulo, levou um tombo por azar: eu não tive nada a ver com isso."

Achei melhor não responder, mas tomei a decisão de me firmar bem nas pernas quando o sr. Samuel estivesse por perto. Talvez os tesoureiros ou contadores não morressem de amores pelos criados; apesar do pouco que eu sabia, assim deviam ser as coisas no mar. Mas não tive muito tempo para pensar nisso, pois já estávamos atravessando o convés, ele com a cabeça baixa, os olhos no chão, entre as fileiras de marujos que ficaram olhando fixamente para mim à nossa passagem, ainda que sem fazer nenhum comentário. Eram mais velhos do que eu, quase todos entre quinze e quarenta anos, calculei, mas não parei para conferir. Podia me apresentar depois. O diabo era que aqueles caras me deixavam nervoso; eram todos maiores do que eu, e me olhavam de cima a baixo, tal como fazia o sr. Lewis quando ficava assanhado, e eu não queria me deparar com aquele tipo de comportamento agora que era dono do meu nariz e não dependia de ninguém, só de mim.

"Ande logo, moleque", gritou o sr. Samuel, apesar de eu estar acompanhando seu passo. "Não tenho tempo a perder com você. Quem mandou chegar atrasado?"

Antes que eu pudesse formular uma resposta e explicar que o meu tempo, naquele dia, tinha estado inteiramente em mãos alheias, ele abriu uma escotilha no chão, revelando uma escada que dava na coberta, e desceu direto, sem me dizer uma palavra; meus pés demoraram um pouco a se acostumar com os estranhos degraus e eu desci devagar, segurando as laterais com mãos nervosas.

"Depressa, menino", gritou o fuinha, e eu tratei de correr e quase pisei os calcanhares dele ao segui-lo por um corredor até o fim da embarcação, onde ele abriu a porta de um amplo salão cercado, em ambos os lados, de janelas que se aproximavam à medida que o navio se estreitava, formando uma ponta. Era um espaço imponente, claro, arejado e seco, e eu cheguei a me perguntar se era lá que eu ficaria. Tinha dormido em muitos lugares piores, sem dúvida. Mas naquele salão, curiosamente, não havia nenhuma mobília, e em ambos os lados viam-se várias dezenas de caixotes compridos enfileirados junto à parede e — coisa misteriosíssima para mim — centenas e centenas de vasos de cerâmica verde, todos vazios e cuidadosamente encaixados uns nos outros, que chegavam à altura de um metro ou até mais. Os caixotes tinham buracos circulares no fundo, de cerca de cinquenta por trinta de largura, e fendas nos lados, de maneira que, mesmo empilhados, ventilavam o que estivesse guardado dentro ou debaixo deles.

"Mãe do céu, para que tantos vasos?", perguntei, surpreso, fazendo a besteira de pensar que seria natural o fato de dois membros da Marinha de Sua Majestade entabularem uma conversa civilizada, mas minha ilusão se esfumou quando o fuinha deu meia-volta e quase espetou o dedo na minha cara, atitude digna da lavadeira que ele não deixava de ser.

"Não é da sua conta, moleque", gritou, a saliva acumulada nos cantos da boca, sem a menor vergonha de seu comportamento. "Ninguém trouxe você aqui para ficar fazendo perguntas, ouviu? Você está aqui para ser criado. E não se fala mais nisso."

"Peço perdão humildemente, senhor", disse, curvando-me muito diante dele, tanto que meu traseiro ficou todo no ar. "Retiro a pergunta sem rancor. Nem sei como pude presumir que podia perguntar uma coisa dessas."

"Veja lá como se comporta, este é o conselho que lhe dou", rosnou, entrando por outra porta que dava para um espaço menor, um corredor com outras duas portas, uma de cada lado, e um cortinado no fundo.

"Aquela porta", disse ele, apontando para uma delas com o dedo nodoso. "Aquela é do senhor Fryer, o imediato."

"A porta é dele?", perguntei com toda inocência.

"A cabine atrás da porta, seu ignorante", berrou o fuinha. "O senhor Fryer só está abaixo do capitão. Você vai escutar bem o que ele disser e tratar de obedecer direitinho, do contrário sofre as consequências."

"Sim, senhor. Tratar de obedecer direitinho."

"E atrás daquela cortina fica o alojamento dos oficiais. O jovem senhor Hallett e o senhor Heywood. E ainda o senhor Stewart, o senhor Tinkler e o senhor Young. Eles são aspirantes e estão acima de você. E ainda há os ajudantes do imediato, o senhor Elphinstone e o senhor Christian."

"Eu estou acima deles?"

"Eles são muito superiores a você", disparou o sr. Samuel feito um velho crocodilo pronto para decapitar uma criatura inferior. "Muitíssimo superiores, aliás. Em todo caso, você não vai ter muito a ver com eles. A sua responsabilidade é com o capitão, não se esqueça. A cabine dele é esta aqui." Dirigiu-se à outra porta e bateu rapidamente, fazendo um sonoro ratatá capaz de despertar um defunto; em seguida, encostou o ouvido na ombreira. Como ninguém respondeu, abriu-a e se afastou para um lado para que eu a visse. Senti-me como numa excursão turística e tive certeza de que ele não me deixaria tocar em absolutamente nada para não emporcalhar as superfícies com minhas patas imundas.

"O alojamento do capitão", disse então. "Menor do que devia ser, é claro, isso porque o navio necessita de mais espaço para as plantas." Apontou com o beiço para o salão enorme pelo qual acabávamos de passar, aquele repleto de vasos e caixotes.

"Plantas?", perguntei, estranhando o fato. "Então os vasos são para isso?"

"Nada de perguntas, já disse!", gritou, avançando para mim como um animal pronto para dar o bote. "Faça apenas o que mandarem, mais nada, se não quiser se prejudicar."

Na hora em que ele dizia essas palavras, um homem abriu a porta dos oficiais, saiu e, ao nos ver ali, vacilou um instante. Alto, de cara vermelha, era magro feito um esqueleto. Seu nariz também chamava a atenção. O sr. Samuel calou-se de pronto e tirou o barrete, inclinando várias vezes a cabeça, como se o imperador do Japão tivesse se materializado diante dele para que lhe servissem o jantar.

"Que barulheira", reclamou o oficial, metido naquela farda azul-clara de botões dourados que eu já tinha visto muitas vezes em Portsmouth. "E bem na hora de zarpar." Falou num tom estranho, como fingindo que aquilo não tinha a menor importância, que era pura conversa-fiada, mas, se o barulho não cessasse, ele nos esfolaria vivos.

"Desculpe, senhor Fryer", disse o fuinha. "É que este moleque me faz gritar, mas ele acaba aprendendo. É muito jovem e vai aprender, eu dou um jeito para que aprenda."

"Quem é esse menino, afinal?", quis saber o sujeito, olhando para mim com o cenho franzido, aparentemente surpreso com a presença de um estranho a bordo. E eu, todo metido a besta, dei um passo à frente, a mão já estendida, e ele olhou para ela com ar divertido, como se não compreendesse o gesto, mas logo esboçou um sorriso e a apertou como um cavalheiro.

Eu me apresentei:

"John Jacob Turnstile. O novo empregado."

"Novo empregado? Onde? Aqui no *Bounty*?"

"Se o senhor não se opuser, senhor Fryer", interferiu o sr. Samuel, metendo-se entre nós e obstruindo a visão que tínhamos um do outro, tanto que fui obrigado a inclinar o corpo um pouco para a direita a fim de espiar de novo o sr. Fryer, aproveitando a ocasião para lhe endereçar um sorriso muito especial, todo dentes e lábios. "O senhor Smith sofreu uma queda e fraturou as pernas. Foi necessário arranjar um criado substituto para o capitão."

"Ah", fez o sr. Fryer, balançando a cabeça. "Entendo. E o substituto, imagino, é você, mestre Turnstile."

"Eu mesmo."

"Excelente. Pois seja muito bem-vindo. Se prestar bons serviços, você vai ver que o capitão e os oficiais são ótimas pessoas."

"É o que eu pretendo", afirmei, pois lá podia haver dedos-duros e, portanto, valia a pena tentar fazer o trabalho de um modo decente para que o senhor Zéla soubesse que eu não o havia decepcionado.

"Muito bem", disse ele, afastando-se. "Que mais nós podemos pedir?" E, com essas palavras, subiu a escada e se foi.

Então o sr. Samuel se voltou para mim com a cara pegando fogo; não tinha gostado nada do fato de o sr. Fryer me tratar bem. "Seu pulha", disparou. "Bancando a bichinha para ele, hein?"

"Eu fui educado, nada mais", protestei. "Não é o que devo ser?"

"Você não vai durar muito aqui com essa atitude, isso eu garanto", ameaçou, e logo apontou para uma tarimba jogada num canto perto da cabine do capitão. "E é ali que você vai dormir", disse, e eu olhei com assombro para o lugar, pois era um cantinho em que qualquer um podia passar sem me ver, dia e noite, e pisar na minha cabeça.

"Ali?", perguntei. "Quer dizer que não tem uma cabine para mim?"

O fuinha soltou uma gargalhada de jumento e sacudiu a cabeça; então, agarrando meu braço, arrastou-me de volta à cabine do capitão. "Está vendo isso aí?", perguntou, dirigindo meu olhar para quatro pesados baús espalhados no chão, cada qual um pouco menor do que o vizinho.

"Estou."

"São as roupas e os pertences do capitão. É para esvaziá-los um por um. E guardar o conteúdo nos armários e prateleiras. *Muito bem guardados.* E depois pôr uma caixa dentro da outra e tirá-las do caminho. Entendeu as instruções, moleque, ou você tem miolo muito mole para isso?"

"Acho que entendi", respondi, revirando os olhos, "embora sejam complicadas."

"Então ande logo. E não me apareça no convés enquanto não tiver terminado."

Examinei os baús e notei que estavam todos trancados, por isso me virei para pedir a chave, mas o fuinha já tinha sumido. Ouvi seus passos atrapalhados afastarem-se lá fora e, agora que estava só e sem nada para me distrair, reparei no balanço do navio, da esquerda para a direita, e me lembrei das histórias que tinha ouvido de gente que enjoava no mar até se acostumar àqueles movimentos. Gente fraca, sempre imaginei, pois eu tinha estômago de avestruz. Tornei a entrar na cabine e fechei a porta.

Eu não precisava de chave para abrir os baús, o sr. Lewis me ensinara muito bem a resolver esse problema. Na escrivaninha do capitão, havia uma boa quantidade de objetos espalhados que serviam de ferramenta para arrombar os cadeados; escolhi uma pena de escrever bem pontiaguda. Enfiei-a então delicadamente no fecho e, após escutar atentamente o estalo da mola, dei-lhe o conhecido tranco para soltar o ferrolho e abrir o baú.

Seus pertences não me surpreenderam, correspondiam exatamente ao que eu esperava encontrar. Algumas fardas diferentes, umas mais elegantes que as outras, as quais presumi que fossem para quando ele concluísse o que tinha de concluir e, enfim, precisasse desfilar bem-vestido diante dos selvagens. Também havia indumentárias leves e muita roupa de baixo bem mais chique do que qualquer roupa de baixo que eu tinha usado na vida e, é justo dizer, bem mais confortável. Quase tão macia como a de mulher, pensei. Não faltava quem gostasse de experimentar a vestimenta dos outros, mas eu não era desse tipo, de modo que trabalhei rapidamente, guardando tudo no devido lugar com o máximo cuidado possível e procurando não amassar nem sujar nenhuma peça, pois, afinal de contas, aquela era a minha nova ocupação e eu estava decidido a me sair bem.

No baú menor, encontrei alguns livros — muita poesia e uma edição das *Tragédias* do sr. Shakespeare — e um maço de cartas atadas com uma fita de seda vermelha, o qual coloquei na escrivaninha do capitão. E, enfim, tirei três retratos emoldurados. O primeiro era de um cavalheiro de peruca branca e nariz comprido e vermelho. Tinha olhos muito fundos e dirigia ao retratista um olhar carregado de desprezo homicida; ponderei que não valia a pena ter divergências com aquele senhor. O segundo, porém, era bem mais agradável ao meu gosto. Uma moça de bonitos cachos e nariz de botão, o olhar meigamente voltado para o alto; imaginei que fosse a esposa ou namorada do capitão, e meu coração se acelerou um pouco quando a examinei, pois ela me deixou meio excitado. O terceiro retrato era de um menino, um garoto de oito ou nove anos, e eu soube logo quem era. Após alguns minutos, eu me aproximei da escrivaninha e os coloquei em ambos os lados para que o capitão os visse quando estivesse escrevendo o diário de navegação. Mas, quando ia me afastar, o barco jogou inesperadamente e tive que me agarrar ao canto da mesa para não cair.

Hesitei um instante antes de endireitar o corpo outra vez. Na cabine havia apenas uma janelinha, e a chuva batia nela implacavelmente. Eu me aproximei com passos trôpegos e limpei o vidro embaciado, mas não vi quase nada; quando tornei a me afastar, o navio se inclinou para o lado oposto e, dessa vez, caí e por pouco não bati a cabeça no canto de um dos baús do capitão.

Passados alguns momentos, o equilíbrio se restaurou e resolvi guardar um baú dentro do outro, como mandou o fuinha, e tirá-los do caminho para não me machucar caso escorregasse de novo. Terminada a tarefa, fui para a porta, os braços estendidos, segurando em qualquer coisa que me ajudasse a conservar a posição vertical.

Lá fora, o corredor estava deserto, e quando passei pelo salão em que estavam os vasos de cerâmica, a caminho da escada mais adiante, o navio tornou a balançar, atirando-me para um lado e meu estômago para o outro, e senti uma grande pressão crescer dentro de mim, bem no fundo, uma pressão diferente de qualquer enjoo que já tivera na vida. Demorei um pouco para organizar as ideias e, com muito esforço de concentração, soltei pela boca um jato de gás cuja inesperada violência me fez encolher, e a única coisa que me ocorreu foi subir a escada e respirar.

Acabava de constatar que a vida de marujo não servia para mim e decidi pedir mil desculpas ao sr. Zéla e voltar para o lugar de onde viera — com ou sem calabouço. Mas, quando cheguei ao alto da escada e saí, olhei à minha volta, não havia terra visível; já estávamos em pleno mar! Escancarei a boca para gritar a algum dos homens que corriam de um lado para outro, mas a voz não saiu, e o rumor das ondas e a violência da chuva e do vento eram tais que ninguém ia me ouvir.

Tentando enxugar a chuva do rosto, tive certeza de avistar o sr. Fryer ao longe, ao lado de outro homem que parecia dar ordens e apontava para as coisas à esquerda, à direita e no centro; de repente, ele agarrou um marinheiro que ia passando, apontou para outra coisa, e o homem fez que sim e saiu correndo naquela direção. Resolvi ir até lá pedir-lhes para fazerem o navio dar meia-volta e me deixarem no porto. Quando, porém, dei o primeiro passo no convés, outro balanço forte da embarcação me arremessou para trás, fazendo-me perder o equilíbrio e rolar escada abaixo, e eu caí sobre o meu já machucado traseiro. Meu estômago tornou a virar e achei bom não ter comido nada desde cedo, de modo que não tinha o que vomitar. Ao olhar para cima, no entanto, a distância até o convés me desanimou e retornei para o lugar de onde tinha vindo, desmoronando na pequena tarimba perto da cabine do capitão, onde me deitei de lado, dando a cara para a parede e abraçando a barriga com força, rezando para que o navio ou meu estômago parassem de girar, o que fosse mais solícito.

Então tudo ficou ótimo durante algum tempo, meu corpo até relaxou. Instantes depois, no entanto, percebi que estava tudo perdido e virei em alta velocidade, peguei o urinol que estava ao lado do catre e vomitei nele copiosamente várias vezes, até meu estômago se esvaziar por completo e só expelir ar.

E como terminou meu dia, aquele dia diferente de todos os que tinha vivido e que tantas mazelas me causou? Não sei. Peguei no sono e acordei várias vezes — o corpo caturrando ao ritmo demoníaco do navio, a cabeça escorregando sem parar para fora da tarimba a fim de vomitar no urinol — e enfim caí num estupor. Em nenhum momento tive certeza absoluta de haver sentido uma presença ao meu lado, um desconhecido que levava embora o urinol e trazia outro limpo, e retornava pouco depois com um pano úmido e o colocava na minha testa.

"Isso vai passar, companheiro", disse em voz baixa e bondosa esse sei-lá-quem. "Deixe o corpo se acostumar ao sobe e desce, e logo isso passa como tudo na vida."

Tentei enxergar meu generoso protetor, mas a névoa dos olhos encobriu-lhe a fisionomia, e eu me virei, enterrando o corpo dentro dele próprio ao mesmo tempo que gemia e chorava. Veio então um grande silêncio, um sono sem sonhos, e eu voltei a despertar para a luz do dia, para a estabilidade, para o gosto ruim nos lábios, na língua, e para uma fome devastadora, maior do que qualquer uma que havia sentido até aquele dia, mas que tornaria a sentir — e durante muito tempo — até o final de minhas aventuras.

2.

Para minha grande surpresa, só depois de dois dias inteiros no mar foi que meu corpo voltou ao estado anterior e pude percorrer os deques sem medo de cair. Claro que, no começo, andava sem firmeza nos pés e não podia confiar nas entranhas durante muito tempo, mas o vômito constante finalmente acabou — e por isso, pelo menos, eu podia agradecer.

O catre baixo no qual passei esses dias e noites de horror resultou surpreendentemente confortável, mas ao olhar para ele agora, já de pé, a única coisa que eu recordava eram as horas infindáveis de solavancos e reviravoltas que tanto mal-estar me causaram. Ouvia os homens passarem por mim quando estava jogado no leito de enfermo, as botas a ressoarem com firmeza no piso de madeira e cobre lá embaixo, e eles conversavam alegremente enquanto trabalhavam, sem dar a mínima para o infeliz que jazia num fosso de agonia aos seus pés, aquele bando de egoístas. Na verdade, a única pessoa que me tratou com um pouco de bondade desde que subi a bordo foi o sujeito misterioso, o desconhecido que esvaziou meu urinol na primeira noite (e depois muitas outras vezes) e colocou uma compressa fria na minha testa suada para que a febre parasse de me atormentar. Decidi descobrir o nome daquele bom coração na primeira oportunidade e mostrar-lhe um pouco de gratidão.

Na tarde em que recuperei a saúde, arrisquei uma incursão longe do canto do navio no qual havia passado tanto tempo prostrado, muito atento ao balanço do navio e procurando adaptar meus passos a ele, e finalmente concluí que meu corpo tinha se habituado às mudanças de equilíbrio e que agora tudo ficaria bem. Atravessei a cabine grande em que ficavam os vasos e caixotes e fui para a escada. Mas alguém vinha descendo, correndo, em minha direção; adivinhe quem? Nada menos que o fuinha, o sr. Samuel.

"Então já sarou, hein?", gritou, detendo-se um instante e me encarando com muito nojo no olhar, como se eu tivesse cochichado uma obscenidade ao ouvido da senhora sua mãe.

"Eu estava doente", respondi em voz baixa, pois, apesar de recuperado, ainda não tinha condições de travar um duelo verbal com um sujeito daquele naipe. "Mas acho que agora melhorei."

"Puxa, que maravilha", disse ele, destilando veneno com seu sorriso torcido. "Talvez seja o caso de parar o navio e soltar uma salva de seis tiros de canhão para comemorar."

Eu sacudi a cabeça. "Não necessariamente. Seria uma vergonha gastar munição à toa. O médico me ajudou, creio. É a ele que devo agradecer?"

"O médico?", riu o sr. Samuel, olhando para mim como se eu fosse um retardado. "O doutor Huggan nem sabe da sua existência. Afinal de contas, você não é nada. Acha que um homem com as responsabilidades dele ia se incomodar com a saúde de um zé-ninguém da sua laia?"

"Bom, alguém se incomodou", protestei. "Pensei que..."

"Aqui é mais fácil a gente ver você do que ver o médico", atalhou o fuinha. "Ele está de porre desde que subiu a bordo. Não tenha a vaidade de pensar que alguém neste barco iria cuidar de você; todos aqui são seus superiores, até o mais pé de chinelo, portanto não se iluda, porque todo mundo está pouco se lixando para o seu bem-estar."

Só me restou exalar um suspiro. Ele era o tipo do sujeito que tinha sempre o mesmo discurso. "Queria comer alguma coisa", disse-lhe depois de algum tempo. "Se é que há o que comer."

O sr. Samuel revirou os olhos e avançou um passo, medindo-me dos pés à cabeça e retorcendo os lábios com repugnância. "E eu sou o quê?", perguntou. "Seu mordomo por acaso? Deixe para comer depois. Primeiro vá se trocar. Ninguém aguenta seu fedor. Você fede mais do que um cachorro morto que ficou apodrecendo ao sol."

Olhei para o meu corpo e, naturalmente, continuava com a roupa que vestira dias antes em Portsmouth. E os dias que passei sendo jogado de um lado para outro na minha tarimba, suando feito um cavalo e vomitando feito uma criança de colo, deixaram-na mais do que emporcalhada.

"Eu não tenho outra muda", expliquei. "Fui trazido para cá às pressas."

"Claro que não tem, sua besta. Queria o quê, trazer bagagem para cá? Você não é cavalheiro, e não pense que é só porque dorme perto do alojamento dos cavalheiros. Eu já arranjei farda para você, uma farda de MC."

"MC?"

"É, e, se disser que não sabe o que é isso, eu jogo você no mar por ignorância. É para usá-la o tempo todo, Tutu, só a tire para dormir. Entendeu?"

"Meu nome é Turnstile", corrigi, certo de que ele sabia. "John Jacob Turnstile."

"E eu com isso? Venha comigo, moleque."

O fuinha me conduziu rápida e animadamente por um corredor que eu ainda não tinha visto, tirou do avental um enorme molho de chaves, abriu uma porta, entrou numa sala escura, mas não tardou a sair para me medir dos pés à cabeça, fazer-me girar como um pião e resmungar umas obscenidades. Tornou a desaparecer lá dentro e, segundos depois, voltou segurando uma calça comprida, larga, uma túnica clara, um casaco azul-marinho e um par de tamancos.

"O lavatório é ali", disse, apontando para uma porta no fundo do corredor. "Dê um jeito de tirar esse fedor do corpo e depois vista isto. E cuidado para não se sujar. Hoje à noite, você vai servir o capitão à mesa e precisa estar apresentável."

"Mas eu ainda não o conheço", reclamei. "Como vou saber quem ele é?"

O sr. Samuel soltou uma gargalhada que mais parecia um latido. "Você vai saber", disse. "O senhor Hall, o cozinheiro, vai estar lá para lhe dar instruções. Agora não quero ouvir mais nenhuma palavra. Lave-se e vista-se, são as minhas ordens; sou seu superior, portanto, obedeça."

Eu fiz que sim e fui para a porta indicada; lá dentro, encontrei apenas dois enormes barris cheios de água e, ao lado deles, um caixote para subir. Torci a cara. Eu não sou porco e não foram poucas as vezes que tinha usado os banhos públicos de Portsmouth — o sr. Lewis vivia me xingando de maricas pelo tanto que eu gostava de me lavar, dos pés à cabeça, duas vezes por ano, sem falta —, mas não sabia quantos marinheiros já tinham usado a água daqueles barris, e a ideia me revirou o estômago. No entanto, estava sentindo o cheiro ruim da sujeira no meu corpo, sem falar no vômito que me manchava a camisa e me empesteava as narinas, de modo que só me restou tirar a roupa e mergulhar. A água estava fria — gelada, cheguei a soltar um grito —, mas por sorte a sala era escura, pois eu não queria ver as coisas que podiam estar flutuando lá dentro, e o que os olhos não veem o coração não sente. Meus pés mal tocavam o fundo, por isso precisei ficar com o queixo bem erguido para não afundar de vez e me afogar, mas fiz isso com muito cuidado, já que não tinha a menor intenção de deixar meus olhos e minha boca entrarem em contato com aquele líquido insalubre. Depois de um ou dois minutos lá dentro, não mais do que isso, saí e fiquei saltitando e agitando os braços e as pernas no chão para me secar e poder pôr a farda. Procurei um espelho para ver meu reflexo, mas lá não havia esses luxos; saí para o corredor e fui até o lugar de onde tinha vindo em busca de comida.

3.

Por sorte, quase não havia o que fazer naquela história de servir à mesa do capitão, e isso me deixou mais contente do que um porco na lama, pois eu nunca tinha servido o jantar a ninguém, muito menos a um sujeito capaz de me jogar no mar por conta de um trabalho malfeito, e eu não sabia nem por onde começar. Nunca tivera emprego na vida. O sr. Lewis, que me criou, ensinou-me a fazer certas coisas para ganhar o pão de cada dia — bater carteiras e assemelhados, roubar honestamente e coisas parecidas —, mas nunca a exercer uma atividade que envolvesse salário e outras expectativas.

Certa vez, um dos meus irmãos lá do estabelecimento do sr. Lewis, um rapaz chamado Bill Holby, arranjou emprego e, quando ele voltou para casa e deu a notícia, foi como se tivesse aberto as portas do inferno. Haviam lhe oferecido colocação numa taberna de Portsmouth, e, ao saber disso, o sr. Lewis disse que aquilo era uma escandalosa ingratidão: onde já se viu criar um garoto e lhe ensinar um ofício para que o sacana viesse dizer um dia que não queria saber de nada e ia se dedicar a um trabalho honesto em troca de um salário honesto! Na época, eu era muito pequeno e me escondi num canto, morrendo de medo quando o sr. Lewis tentou atacá-lo com o ferro da lareira; mas Bill, que era forte e maior do que quase todos nós, enfrentou-o, arrancou-lhe o ferro da mão e ameaçou dar-lhe umas bordoadas por tudo que o sr. Lewis o obrigou a fazer durante anos. "Fique sabendo que eu estou fora disso", lembro-me de tê-lo ouvido gritar, olhando para ele com uma cara capaz de assustar o pior italiano. "Se eu pudesse salvar esses meninos, arrancá-los das suas garras..." Cheguei a pensar que Bill ia matá-lo, tal era a sua fúria, e a ideia me deixou em pânico, mas ele acabou jogando o ferro no chão, com um berro terrível, como se desprezasse a si próprio mais do que a qualquer outra pessoa. Depois olhou para todos nós e nos mandou fugir antes que o sr. Lewis nos corrompesse como o havia corrompido.

Na época, eu achei Bill horrivelmente ingrato; afinal, o sr. Lewis nos dava cama, comida e agasalho contra a chuva. Hoje não penso assim. Mas, naquele tempo, eu tinha só cinco ou seis anos e Bill já havia passado por tudo o que ainda me esperava.

Quando eu ia saindo da cabine do capitão, onde havia esticado a roupa de cama na tentativa de fazer com que parecesse limpa, o cozinheiro saiu da cozinha, olhou para mim e soltou um grito como se eu fosse um clandestino surpreendido roubando no setor mais sacrossanto da embarcação.

"Quem é você?", trovejou, embora eu estivesse elegantíssimo na minha linda farda nova, coisa que lhe devia ter dado pelo menos uma ideia, caso ele tivesse algum vestígio de inteligência.

"O novo menino-criado", apressei-me a responder, pois ele era um sujeito grandalhão com umas patolas capazes de me transformar em mingau se resolvesse usá-las. A notícia da minha chegada, obviamente, não era considerada interessante a ponto de ser proclamada aos quatro ventos.

"O criado do capitão? Não seja mentiroso, moleque. O criado é John Smith, e eu o conheço porque é meu subordinado."

Mãe de Lúcifer, será que não havia uma única criatura a bordo daquele navio que pensasse em outra coisa diferente de sua posição na escala?

"Quebrou as pernas", expliquei, retrocedendo um passo. "Um acidente no bailéu. Eu estou no lugar dele."

O homem espremeu os olhos e se inclinou um pouco, farejando-me como se eu fosse uma peça de carne e ele quisesse ter certeza de que estava fresca antes de me fatiar em bifes. "Eu vi você, moleque, então não ia ver?", rosnou em voz baixa, espetando o dedo no espaço entre as minhas costelas. "Todo encolhido naquele canto ali, vomitando feito um condenado."

"Ah, sim, era eu mesmo. Não estava passando bem." Imaginei que talvez fosse ele o benfeitor desconhecido que me auxiliou quando eu estava doente. "Foi o senhor que pôs compressa em mim?"

"Pôs o quê?"

"E esvaziou meu penico?", arrisquei, e, puxa vida, ele deu a impressão de que ia me espancar e depois me atirar no mar.

"Eu não tenho saúde para escutar seus disparates", disse enfim, fervendo lentamente como um caldeirão em fogo baixo. "Em todo caso, John Smith era uma besta inútil e pior do que ele ninguém pode ser, nem mesmo você, por isso vou lhe dizer o que é para fazer. Já sabe quais são seus deveres?"

Fiz que não com a cabeça. "Não, senhor. Ninguém me disse nada até agora. Talvez por eu ter ficado tão doente nos últimos dias, e depois, quando acordei..."

"Amigo", disse o cozinheiro, erguendo a mão para me silenciar e endereçando-me algo remotamente parecido com um sorriso. "Eu não quero saber de nada."

Isso me calou na hora, não tenho vergonha de contar, e eu fechei a boca e o medi de alto a baixo. O sr. Hall era um homem de meia-idade, de barba eriçada e com um eterno brilho de transpiração, e o fedor que vinha da cozinha em que trabalhava não era de abrir o apetite de ninguém. Entretanto, eu gostei dele e não sabia dizer por quê.

"Qual é o seu nome afinal?"

"John Jacob Turnstile. Para servi-lo."

"Na verdade, é para servir o capitão", resmungou o cozinheiro. "Não que a gente tenha capitão, é claro."

"Como assim?", perguntei, e ele se limitou a rir.

"Você não sabe que o *Bounty* é um navio sem capitão?", perguntou. "Ora, é um bom presságio para você."

Eu enruguei a testa. Aquilo não tinha o menor sentido, pois o sr. Zéla havia dito que o capitão Bligh era um grande amigo dele e o sr. Samuel, o calhorda fuinhoso, confirmara várias vezes esse fato.

"Em todo caso, a comida está pronta e eles aguardam lá dentro, portanto, mexa-se", prosseguiu, levando-me para a cozinha e mostrando uma fileira de pratos e travessas de prata, todas com tampa. "É só levar a comida até a copa do capitão, colocá-la na mesa e depois se sentar no chão, no canto da cabine, para o caso de alguém precisar de você. Sirva primeiro o sr. Bligh, ouviu? Ele é o que está à cabeceira da mesa. Pode encher os copos dos oficiais quando estiverem vazios, mas fique de boca fechada o tempo todo, entendeu?"

"Entendi", respondi, pegando as primeiras travessas e saindo. Não sabia o que esperar quando chegasse à tal copa, que ficava atrás da cabine do capitão, pois ainda não tinha espiado pelo buraco da fechadura da porta. Ao passar pela escrivaninha, reparei que os retratos que eu lá colocara tinham mudado de posição — o da senhora e o do menino estavam no lado direito; o do velho carrancudo, no esquerdo — e que o maço de cartas com a fita vermelha desaparecera; desconfiei que as cartas eram de natureza pessoal e que ele as havia escondido dos possíveis curiosos. Pela porta do fundo, ouvi gente conversando e, por sorte, o sr. Fryer apareceu atrás de mim quando eu estava tentando anunciar minha presença e entrar.

"Melhorou, mestre Turnstile?", perguntou-me, abrindo a porta para mim, e eu balancei rapidamente a cabeça e acrescentei "sim, senhor, obrigado, senhor" quando nós dois entramos.

Quatro homens já estavam lá dentro, sentados à comprida mesa, e o sr. Fryer foi o quinto. À cabeceira, achava-se um senhor que não devia passar dos trinta e três anos, e eu soube na hora que era para servi-lo que haviam me levado a bordo.

"Ah, aí está o senhor Fryer!", exclamou ele, olhando por cima da minha cabeça e abrindo um sorriso para o homem que acabava de entrar comigo. "Até pensamos que tivesse caído no mar."

"Desculpe-me, senhor", respondeu o imediato, acenando levemente a cabeça ao se sentar. "Estava no convés, conversando com um dos homens sobre o nosso curso, e ele teve um acesso de tosse, imagine, e eu lhe fiz companhia até a tosse passar."

"Ótimo, ótimo", disse o capitão, mal reprimindo o riso. "Espero não ter um problema grave logo no início da viagem."

O sr. Fryer sacudiu a cabeça e afirmou que estava tudo bem. Serviu-se de vinho enquanto eu punha a travessa na mesa e tirava a tampa, revelando uma ninhada de frangos grelhados que me deu água na boca.

"E quem mais está aqui?", indagou o capitão, olhando para mim. "Pelas minhas barbas, acho que o morto ressuscitou e veio nos servir. Já está recuperado, garoto? Pronto para cumprir seu dever?"

Palavra de honra que eu nunca fui de me deixar intimidar facilmente por quem quer que fosse, nem mesmo pelos que andavam fardados ou ocupavam posição de poder, mas estar na presença do capitão — pois presumi que era o capitão que estava me dirigindo a palavra — fez-me trepidar por dentro, e, sem aviso prévio nem expectativa, percebi que estava sentindo um curioso desejo de impressioná-lo.

"Sim, senhor", respondi, engrossando a voz para que ele me julgasse maduro para a minha idade. "Tenho a satisfação de informar que minha saúde está plenamente restaurada."

"A saúde dele está plenamente restaurada, cavalheiros", gritou alegremente o capitão, erguendo o cálice de vinho para os companheiros. "Ora, isso bem que merece um brinde, não acham? À eterna prosperidade do garoto, do mestre Turnstile!"

"Ao mestre Turnstile!", bradaram todos, batendo os copos, e confesso que, embora estivesse orgulhoso pelo fato de ele já saber o meu nome, fiquei vermelho de vergonha e saí de lá o mais depressa possível. Quando voltei com a batata e os legumes, eles já estavam atacando a carne, aqueles selvagens encardidos.

"...mesmo assim, eu continuo confiando nas cartas de navegação", dizia o capitão a um oficial à sua esquerda quando eu reapareci, e ele nem notou minha presença. "É verdade que levei em consideração vários planos de emergência — seria negligência não fazer isso —, mas, se os outros conseguiram passar pelo Horn, por que o *Bounty* não conseguiria?"

"Os outros não tentaram passar em pleno inverno, senhor", argumentou o rapaz, que era bem mais jovem. "O que eu digo é que vai ser difícil. Não impossível. Difícil. E convém ter isso em mente."

"Ora, ora, quanto pessimismo, cavalheiro", disse o capitão com jovialidade. "Eu não quero saber de pessimismo no meu navio. Prefiro o escorbuto. O que você me diz, mestre Turnstile?", gritou, virando-se para mim tão de repente que eu quase derrubei o jarro de vinho. "Você também está desanimado como o senhor Christian?"

Eu o encarei e abri e fechei a boca várias vezes, tal como um peixe com o anzol espetado no beiço, sem ter a menor ideia do que eles estavam discutindo. "Peço perdão, senhor", disse, fazendo o possível para ser educado. "Eu estava concentrado no meu trabalho e não sei do que o senhor está falando."

"O que é isso, garoto?", perguntou ele, enrugando a testa como se não pudesse me entender, coisa que me deixou ainda mais desconcertado.

"Eu não prestei atenção, senhor. Estava concentrado no trabalho."

Fez-se um breve silêncio à mesa, e o capitão me endereçou um olhar inquisitivo antes de lamber os lábios e continuar. "O senhor Christian", explicou, apontando com o queixo para o cavalheiro à sua esquerda, um jovem de vinte e um ou vinte e dois anos. "O senhor Christian duvida que um navio como o nosso tenha sido construído para enfrentar as tempestades do Horn. Para mim, ele é do contra. O que você acha?"

Eu hesitei. Na verdade, não podia acreditar que ele quisesse realmente saber a opinião de um pobre coitado inexperiente como eu e achei que estava apenas zombando de mim. Mas todos ficaram me olhando, e tive que responder. "Não sei o que dizer, senhor", balbuciei enfim, sem ter a menor ideia do que era o tal Horn, pois não consultara o mapa da nossa viagem quando zarpamos. "Esse é o nosso rumo?"

"Claro que é. E juro a todos vocês que, além disso, nós vamos passar pelo Horn em tempo recorde. O capitão Cook conseguiu, e nós também vamos conseguir."

Então a coisa mudou totalmente de figura. Mostre-me um garoto que não conheça ou não venere o capitão James Cook, e eu lhe mostro um garoto sem olhos nem orelhas nem razão.

"Nós estamos seguindo os passos do capitão?", perguntei, já de olhos arregalados e orelhas em pé.

"Bom, vamos pelo mesmo caminho. Quer dizer que você é um admirador dele?"

"O mais ardente de todos", respondi com prazer. "E, se ele conseguiu, nós podemos tentar."

"Está vendo, Fletcher?", gritou o capitão, triunfante, dando um murro na mesa. "Até este garotinho acha que nós vamos conseguir, e olhe que ele passou as últimas quarenta e oito horas vomitando as tripas como um bebê de colo. Acho que você pode tomar uma lição de coragem com o menino."

Não olhei para o sr. Christian. As palavras do capitão e a atmosfera que se seguiu à mesa fizeram-me pensar que mais valia evitar o olhar daquele homem.

"O senhor precisa nos contar mais acerca das suas viagens com o capitão Cook, *sir*", disse outro oficial após um prolongado silêncio, e, na verdade, esse cavalheiro era um garoto não muito mais velho do que eu, não parecia ter mais que quinze primaveras. "Elas me interessam particularmente por causa do meu pai, *sir*, que chegou a apertar a mão do capitão no palácio de Blenheim." E acrescentou, olhando para mim: "Por favor, menino, encha meu copo". Juro que, se estivéssemos em Portsmouth ou no primeiro andar do estabelecimento do sr. Lewis, eu teria tomado aquilo por um desafio e não hesitaria em esquentar a orelha dele.

"Pois seu pai era um homem de sorte, senhor Heywood", disse o capitão, revelando-me o nome do sujeito. "Porque ainda não nasceu um homem mais bravo e sábio do que o capitão Cook, e todas as manhãs eu agradeço a Deus a oportunidade que tive de servir sob seu comando. No entanto, acho que nós fazemos bem em pensar nas dificuldades que vamos enfrentar na viagem. Seria descuido não considerá-las, senhor Christian, e o senhor é muito sensato quando diz que..."

Ele hesitou um instante e então estreitou os olhos, pousando o garfo ao lado do prato e olhando para mim, que acabava de servir o vinho ao sr. Heywood.

"Acho que por ora é tudo, mestre Turnstile", disse-me, baixando um pouco a voz. "Pode esperar lá fora, no corredor."

"Mas o senhor Hall me mandou ficar aqui para o caso de os senhores precisarem de alguma coisa", contrapus, talvez com excessiva ansiedade, pois o jovem Heywood olhou para mim e gritou como se eu fosse um vira-lata que ele podia chutar quando lhe desse na telha.

"Você ouviu o que o capitão disse", rosnou, e as enormes pústulas da sua cara ficaram vermelhas de raiva, aquele monstro horroroso. "Faça o que o senhor Bligh manda, menino, do contrário eu mesmo lhe ensino o que é obediência."

"Por que você não tenta, seu bostinha?", eu disse, avançando e puxando-lhe o nariz, esbofeteando-o e derrubando o jantar em sua calça, atitude que provocou animadíssimos gritos de aprovação nos outros oficiais lá reunidos. Não! Tudo isso só aconteceu na minha imaginação, pois, embora não fizesse muito tempo que estava a bordo do *Bounty*, eu conhecia a vida no mar o bastante para saber que não devia responder a ninguém que envergasse farda branca, nem mesmo a um sujeitinho da minha idade e, ainda por cima, feio como o diabo.

"Sim, senhor", respondi, levantando-me e abrindo a porta. "Peço desculpas humildemente, *sir*. Mas vou ficar a um pulo daqui, caso o senhor precise de alguma coisa."

"A um pulo daqui!", riu o sr. Christian, e o capitão também sorriu. "Cuidado com ele!", disse, trocando um olhar de cumplicidade com o jovem Heywood, e eu percebi que a coisa estava começando mal para mim com aquela dupla de rufiões.

Em todo caso, saí, voltei para o corredor e fiquei andando de um lado para outro, imaginando as coisas que podia ter dito ou feito, e, entre as minhas idas e vindas, adivinhe quem saiu da cozinha! Só podia ser o cozinheiro Hall, que olhou para mim com mais pena do que raiva.

"O que foi que eu disse?", perguntou. "Eu não mandei ficar lá dentro para o caso de precisarem de você?"

"Me mandaram sair", respondi. "Contra a minha vontade. Se dependesse de mim, eu ficava lá dentro."

"Você se comportou mal?"

"De jeito nenhum! Respondi à pergunta que me fizeram e enchi os copos de vinho; e, então, o capitão me mandou ficar esperando aqui fora."

O sr. Hall refletiu um momento e deu de ombros, aparentemente satisfeito com minha resposta. "Bom, com certeza eles queriam discutir algo que ainda não é para os seus ouvidos. Afinal, você é novato aqui."

"Eu sei", disse, farto daquilo. "E vocês todos são meus superiores. Até os ratos do porão mandam em mim. Já entendi."

Ele sorriu um pouco, mas só por um momento, e pareceu mudar de ideia quanto ao seu rompante de humanidade. "Venha, entre aqui, meu valente camarada", disse. "Aposto que uma gororoba quente na pança não vai lhe fazer mal."

Tinha razão, não ia me fazer mal nenhum, e eu fiquei muito agradecido. E, para minha surpresa, quando eu estava comendo o guisado, ele disse: "Reconheça, até que a ceia de Natal não está tão ruim assim". Essas palavras me fizeram parar de comer e lembrar o dia em que estávamos, um dia que eu tinha esquecido, o dia — só agora me ocorria — em que pretendia gastar os meus lucros ilícitos no Leitão Retorcido, numa boia caprichadíssima para comemorar o nascimento do Senhor, e não naquele navio, em pleno mar, sem um amigo ou irmão por perto.

No estabelecimento do sr. Lewis, ninguém rezava, pois ele não admitia essas coisas, de modo que eu não tinha o hábito de agradecer as tantas glórias que floriam o meu caminho; o sr. Lewis dizia que rezar era coisa de papistas e sodomitas. Hoje, olhando para trás, acho essa afirmação até um tanto sofisticada para ter saído de seus lábios feridentos.

"O que o senhor queria dizer?", perguntei ao sr. Hall depois de algum tempo, erguendo os olhos do prato. "Quando disse que o navio não tem capitão. Como não tem? Quer dizer, e o capitão Bligh? Eu acabo de lhe servir frango grelhado."

"Ora essa, que grande mistério, hein?", disse ele, erguendo uma panela e vertendo a raspa do fundo numa tigela para uso posterior. Talvez o almoço do dia seguinte. "O senhor Bligh não é *capitão*, é *tenente*. O *Bounty* não é um navio da Marinha, entende? Não vê o tamanho dele? Não tem nem noventa pés de comprimento, nem isso. Não passa de um *cutter*. Nada mais. Eu já estive em navios da Marinha quando era moço. Isto aqui não é nada.

"Um *cutter*", repeti em voz baixa, tentando recuperar o delicioso pedaço de tutano que me escorregava pelo queixo; eu não era louco de desperdiçar comida. "E o que é um *cutter* quando está no mar? Não é a mesma coisa que um navio da Marinha?"

"Muito menos. Nós temos três mastros e um gurupés, não viu?" Eu sacudi a cabeça e ele riu na minha cara, mas não para zombar de mim, apenas de surpresa. "Você não sabe nada do mar? Isto aqui não passa de um *cutter*, e um *cutter* fretado, por causa disso é que não tem capitão, é comandado por um tenente. E ele recebe soldo de tenente, que é mais do que você e eu ganhamos juntos, mas bem menos do que ele gostaria de receber. Bem, nós o chamamos de capitão, é claro, mas é mais por cortesia do que por qualquer outra coisa. Ele é apenas tenente, como o Fryer. Se bem que o Bligh seja superior ao Fryer, claro. É superior a todos nós."

4.

Naquela mesma noite, quando já fazia tempo que o jantar terminara e os oficiais haviam retomado suas ocupações, eu retornei à mesa, por ordem do sr. Hall, a fim de levar pratos e copos de volta à cozinha, onde os lavei com cuidado antes de tornar a guardá-los no armário da copa do capitão. Não eram meros pratos e talheres velhos os usados pelos oficiais, faziam parte da bagagem pessoal do capitão Bligh, um presente da senhora sua esposa no início da nossa viagem, e eram tirados das prateleiras e recrutados à força toda vez que ele recebia seus subordinados imediatos para jantar. Mas eu não estava acostumado àquele tipo de trabalho e demorava um tempão para executá-lo até o fim, pois lavar e enxugar são uma verdadeira dor de cabeça e duram uma eternidade quando a água não está quente o suficiente nem os trapos secos o bastante para cumprir a função. No entanto, eu trabalhava com empenho, pois queria deixar a cozinha o mais limpa possível para que o cozinheiro do navio continuasse tendo boa impressão de mim. Afinal, o sr. Hall era o encarregado da comida de todos os homens, de modo que me pareceu sensato procurar ter nele um aliado.

Quando fechei a porta para passar outra vez pela cabine do capitão, tive uma grande surpresa: o capitão em pessoa estava sentado à escrivaninha, já de camisolão, iluminado apenas por uma vela na mesa, parecendo mais um espectro do que um homem. Levei um susto e quase deixei escapar um grito, mas consegui me controlar a tempo e não bancar o maricas diante dele.

"Eu o assustei", disse uma voz tranquila atrás da escrivaninha, e ele empurrou um pouco a vela para que eu o pudesse ver melhor. Notei que os retratos da moça e do menino estavam agora ainda mais perto do capitão e que ele escrevia uma carta; um maço de papéis à sua frente, a pena e o tinteiro bem à mão. Desconfiei que ele olhava alternadamente para as palavras no papel e para os retratos. "Desculpe-me", acrescentou em voz baixa e tristonha.

"Não, *sir*, capitão, *sir*", apressei-me a dizer, sacudindo a cabeça e sentindo o coração voltar a bater no ritmo normal. "A culpa foi toda minha. Eu devia ter imaginado que o senhor estava aqui. Acabo de limpar a sua copa, só isso."

"Muito agradecido", sorriu ele, baixando a vista e retomando a escrita. Eu o observei um momento. Não era alto nem baixo, nem gordo nem magro, muito bonito para ser chamado de feio e muito feio para ser chamado de bonito. Enfim, um sujeito comum e corrente, mas com aquele olhar inteligente que imagino que os cavalheiros adquirem na escola.

"Boa noite, capitão", despedi-me, já a caminho da porta.

"Turnstile", chamou ele de supetão, e eu dei meia-volta, pensando que talvez tivesse cometido um erro no trabalho e fosse ser repreendido. "Aproxime-se um pouco, sim?" Eu avancei alguns centímetros em sua direção, e o capitão tornou a empurrar a vela, colocando-a entre nós, na beira da escrivaninha. "Mais perto", sussurrou com voz melodiosa, e eu me adiantei até ficar a cerca de um metro dele. Cheguei a me perguntar se ele ia se assanhar para o meu lado, mas a verdade é que não o considerava esse tipo de gente. "Estenda as mãos", ordenou. Eu estiquei os braços e mordi o lábio, achando que ia levar uma palmatoada por conta de um crime ignorado. E fiquei algum tempo assim, até ele guardar a pena; então segurou minhas mãos, virou-as e as examinou com cuidado. "Bem sujas, hein?", disse, olhando para mim com ar decepcionado.

"Eu tomei banho hoje de manhã", apressei-me a dizer. "Palavra que tomei."

"Pode ser, mas suas mãos... suas unhas..." Sacudiu a cabeça com asco. "Você precisa se cuidar mais, garoto. Todo mundo precisa. A limpeza e higiene são a chave do sucesso numa viagem marítima. Se todos conservarmos a saúde, iremos mais longe. E o navio vai ser feliz e nós vamos chegar logo ao nosso destino e sem incidentes. O resultado? Voltamos para casa e para os nossos entes queridos o mais depressa possível e teremos cumprido a nossa missão, pela glória do rei. Entende?"

"Sim, senhor", respondi, balançando a cabeça e jurando dali por diante escovar as unhas de quinze em quinze dias se isso o deixasse satisfeito. Hesitei, sem saber se devia lhe fazer a pergunta que rodopiava na minha cabeça desde a conversa no jantar. "Capitão", disse enfim, "é verdade que o senhor navegou sob o comando do capitão Cook?" Sabia muito bem da insolência da minha observação, mas não liguei; queria saber, só isso.

"É verdade, sim, meu rapaz", respondeu Bligh, esboçando um sorriso. "Na época, eu era pouco mais do que um menino. Vinte e um anos de idade quando embarquei no *Resolution* na qualidade de imediato. Como o capitão Fryer aqui, embora ele seja muito mais velho do que eu era então. O capitão Cook me chamava de prodígio. Desconfio que foi a minha habilidade em desenhar mapas que me garantiu o posto, mas isso eu estudei, meu jovem, e estudei muito. Trabalhei anos e anos com ele e aprendi o ofício observando-o." Estendendo a mão, pegou o retrato do homem zangado na escrivaninha, ficou olhando para ele, e, de repente, eu me lembrei daquela cara: claro, era o próprio capitão Cook. Achei estranho não o ter reconhecido antes, mas, afinal, os retratos que eu vira do grande homem não o mostravam naquele estado de fúria. Por que será que o capitão havia escolhido justo aquele para guardar de lembrança? "Eu estava com ele no fim, sabe? Quando o mataram...", começou a contar, mas eu, idiota, interrompi o fluxo do relato.

"Quando ele foi assassinado?", perguntei, sem fôlego, arregalando os olhos. "O senhor estava lá? Viu tudo?"

O capitão Bligh me encarou e franziu a testa; deve ter notado a minha avidez por informações, mas acho que não confiou nos meus motivos; e tinha razão, pois os detalhes obscenos da morte do capitão Cook me fascinavam como a qualquer garoto. Fazia anos que eu ouvia relatos contraditórios dos marinheiros, dos que passavam uma temporada em Portsmouth ou dos que iam nos visitar no estabelecimento do sr. Lewis, mas todos diferiam bastante e provinham de um amigo ou um irmão ou um primo que conhecia um sujeito que havia navegado com o capitão Cook até o fim. Eu não conheci nenhum homem que tivesse estado lá, que tivesse visto com os próprios olhos os acontecimentos daquela tarde terrível. Só agora. E só se fosse louco não tentaria saber tudo tim-tim por tim-tim.

"Vá dormir, menino", disse o capitão, desviando a vista e me dispensando.

"Um dia longo e cheio de afazeres espera por você; você ainda tem um bom tempo pela frente para se recuperar de seu mal-estar."

Aquiesci, desapontado, maldizendo intimamente tê-lo interrompido. Mas, quando me aproximei da porta para sair da cabine escura, uma coisa me chamou a atenção; numa prateleira do lado de dentro da porta, havia um pano branco, exatamente a compressa fria que o meu desconhecido e gentil benfeitor punha na minha testa quando eu estava doente, o mesmo que esvaziava meu urinol quando eu vomitava. Ao ver aquilo, olhei uma vez mais para o capitão; e ele, percebendo o que havia atraído o meu olhar, enrugou a testa como se preferisse que eu não tivesse visto nada.

"Tenho certeza de que não vou mais precisar usar isso nesta viagem", disse por fim.

"Capitão...", balbuciei, assombrado com a minha descoberta, pois juro que, naqueles dias terríveis, tinha chegado a pensar que ia morrer, mas ele se virou para o outro lado e me despediu com um gesto.

"Vá dormir, garoto", ele disse, e como resposta eu fiz aquilo que me determinara fazer a partir daquele dia, durante o tempo que durasse nossa viagem, fosse em bons ou maus momentos.
Obedeci.
Só me restou obedecer.

5.

Os primeiros dias a bordo do *Bounty* transcorreram sem incidentes. Embora o tempo tivesse sido inclemente no Natal, acabou serenando, e o navio seguiu aproado ao extremo sul da América do Sul com a intenção de contornar o cabo Horn. Eu fazia o que estava ao meu alcance para prestar um bom serviço ao capitão, cuja cordialidade com que me tratara logo depois de eu recuperar a saúde foi descaindo em indiferença com o passar das semanas. Eu limpava sua cabine, servia-lhe o café da manhã, o almoço, o jantar e a ceia, arrumava sua cama, lavava sua roupa de baixo, o tempo todo esperando que ele se dispusesse a satisfazer a minha curiosidade sobre o capitão Cook, mas isso não aconteceu. A maior parte das horas de vigília, ele as passava no convés do navio, onde os homens ouviam, agradecidos, seus conselhos e orientações, e as horas que ficava na cabine eram dedicadas a manter em dia o diário de navegação e a escrever suas cartas. Eu, por minha vez, estabeleci como meta travar conhecimento com o máximo possível de homens a bordo, já que me sentia isolado e só, mas não tardei a compreender que isso não era nada fácil. A maioria dos marinheiros não se dispunha a trocar um gracejo nem simplesmente a conversar com um tripulante humilde como eu, e descobri que eu passava a maior parte do tempo debaixo do convés, percorrendo uma espécie de triângulo entre o salão dos vasos e caixotes, a cozinha, onde o sr. Hall preparava as refeições da tripulação, e a cabine e a despensa do capitão, sem contar com a companhia de ninguém, só com a minha própria. Em compensação, via os oficiais com muita frequência nesses dias, já que estavam todos alojados em cabines com beliche no fundo do corredor que eu chamava de meu, com exceção do sr. Fryer, que, na qualidade de imediato, tinha direito de ser o habitante exclusivo de uma cabine pequena. Mas tampouco eles se dignavam a me dirigir a palavra.

Cometi o erro de subir ao convés bem quando a procela estava no apogeu e, no momento em que minha cabeça emergiu no pandemônio, senti a força da chuva, do granizo e da neve atacar a minha linda carinha com tal violência que pensei que ia sair sangue. À minha volta, os homens corriam de um lado para outro, puxando cabos e alterando a direção das velas, cada qual entregue à sua faina e a gritar frases breves, concisas, que não tinham o menor sentido para mim, ignorante que era na arte da navegação. Virei-me à procura da escotilha pela qual havia saído, porém mal consegui abrir os olhos o suficiente para localizá-la. Nesse momento, ouvi um grito forte lá no alto e, erguendo a vista, tive tempo de observar William McCoy — um MC ou marinheiro de convés, pois finalmente descobrira o significado dessas letras — despencando da vela do mastaréu do joanete de proa, aquela parte do mastro do navio imediatamente abaixo do sobre de proa, e por pouco não continuou escorregando pelo velacho e o próprio traquete até se esborrachar no deque, onde por certo teria partido o crânio e espalhado o cérebro feito uma melancia caída. Por sorte, no último instante, conseguiu segurar-se num estai e, agarrado com uma só mão, ficou oscilando feito um enforcado até apoiar o pé num cabo e voltar a trepar e subir para um lugar seguro. Confesso que a cena me deixou horrivelmente assustado.

Dias antes, eu me informara sobre o *design* do navio, estudando a planta afixada na parede da cabine do capitão Bligh. O *Bounty* era um *cutter* de três mastros, sendo que o de gata e o grande tinham quatro velas cada um, uma real, uma de joanete, uma de mezena e uma vela. Na ré da embarcação, o mastro de gata tinha praticamente uma só vela. Na vante, havia duas, uma à frente da outra, a bujarrona e a do mastaréu de velacho, e a popa contava com uma vela de ré, que servia para nos impelir para as águas e estabilizar o leme. Claro que eu ainda não tinha aprendido a manipular cada uma delas para governar o navio e singrar águas revoltas como as que então estávamos enfrentando, mas jurei continuar estudando durante a viagem e ser um marujo mais capaz do que exigia a minha atual ocupação.

"Turnstile", berrou o capitão Bligh, retornando à sua cabine no auge de um furacão, a farda tão ensopada que eu imaginei que ele fosse pegar *influenza*. (Certa vez, um garoto do estabelecimento do sr. Lewis contraiu essa doença e, antes que ele contagiasse o resto do pessoal, foi jogado no olho da rua sem a menor contemplação. Era muito amigo meu — nós dormimos um ano lado a lado —, mas não voltei mais a vê-lo. Ouvi dizer que passou desta para melhor, mas nunca obtive provas disso.) O capitão vinha pressionando as mãos contra ambos os lados do corredor para não perder o equilíbrio, e, enquanto isso, o *Bounty* continuava a ser jogado para cima e para baixo, da esquerda para a direita, com uma força que parecia capaz de separar meu estômago do resto do corpo, cada um com uma vida e carreira próprias. "Que diabo deu em você agora?"

"Capitão", disse, levantando-me de um salto, pois estava sentado, num canto perto da minha tarimba, onde podia firmar os pés no chão e as mãos nas paredes. "O que aconteceu? Nós estamos perdidos?"

"Não seja burro, garoto", disparou ele, dirigindo-se à cabine. "Eu já enfrentei noites bem piores. Isso aí é uma calmaria, tenha a santa paciência. Levante-se e mostre um pouco de coragem antes que eu ponha um vestido em você e comece a chamá-lo de Maria."

Eu voltei à vertical, com medo de ser considerado covarde pelo capitão, e tentei segui-lo até a cabine, mas o balanço do navio e os gritos desesperados no convés me retiveram.

"Deus do céu!", exclamei, perdendo momentaneamente a compostura. "O que está acontecendo lá em cima? O que houve com os homens?"

"Com os homens?", perguntou, virando-se e franzindo o cenho. "Não aconteceu nada com ninguém, garoto, e eu vou ficar muito agradecido se você parar de tomar o nome do Todo-Poderoso em vão nesta cabine. Por que a pergunta?"

"Mas eles estão aos berros", disse-lhe, sem dissimular o pavor. "O senhor não escuta? Talvez estejam sendo jogados no mar e não vai sobrar quem pilote o navio. Vamos ajudá-los? Ou mandar alguém ajudá-los?"

Enquanto eu falava, um enorme lençol de água arremeteu contra a janela da cabine com tamanho ímpeto que quase caí desmaiado outra vez. O capitão apenas olhou para aquele lado como se tivesse sido molestado por uma mosca que se podia enxotar com a mão. "Ninguém está gritando", disse. "Minha nossa, moleque, será que você ainda não conhece o uivo do vento? Ele está soprando nos deques, provocando-nos, desafiando-nos a avançar. Esses uivos são os seus gritos de guerra! O rugido é a sua força! Você ainda não sabe nada do mar?" Sacudiu a cabeça e me encarou como se eu fosse o idiota mais idiota do mundo; e ele, um mártir obrigado a me suportar. "Como se os homens deste navio", prosseguiu, "do *meu* navio, gritassem de medo. Estão todos ocupados com o trabalho. Como você devia estar, portanto vá cumprir seu dever, menino, antes que eu lhe dê um bom motivo para gritar. E quero água fervendo para o chá, e já."

"Sim, capitão", disse, mas fiquei observando-o tirar os mapas e as cartas marítimas das prateleiras em que ficavam guardados, e abri-los, colocando pesos nos cantos para ficarem estendidos.

"Já, Turnstile!", rugiu ele. "Chá para três, se der para fazer esse grande favor."

Fui correndo à cozinha e procurei o sr. Hall, mas ele não estava; em ocasiões como aquela, eu descobrira que quase todos os homens iam para o convés acompanhar as tentativas de nos manter na superfície. Somente uns poucos ficavam na coberta. Por ora, eu era um deles, já que não tinha utilidade para ninguém. Outro que se mantinha longe do trabalho pesado, notei, era o médico do navio, o dr. Huggan, que até então eu só tinha visto duas vezes e parecia estar permanentemente bêbado e enfurnado na sua cabine. O terceiro era o sr. Heywood, que nunca subia ao primeiro convés nos momentos de confusão e sempre tinha um problema urgentíssimo a resolver na parte mais segura do navio, o grande poltrão.

Ao retornar com a chaleira e o chá, o capitão examinava os mapas e cartas com um monóculo, observado pelo imediato, o sr. Fryer, e por seu auxiliar, o sr. Christian. Os dois estavam muito atentos, isso era indiscutível: o primeiro, com a cara vermelha e a expressão ansiosa, esforçando-se para que ouvissem cada palavra sua; o segundo parecia que acabara de dar um mergulho e, ocupado com seu penteado, dava a impressão que não estávamos correndo o menor perigo. Aliás, no momento em que entrei na cabine, ele se pôs a examinar a sujeira das unhas. Era um belo rapaz, isso eu reconheço.

"Capitão, nós não podemos continuar desafiando os elementos durante muito tempo", dizia o sr. Fryer quando entrei. "As ondas estão arremetendo em vastas extensões; o convés está quase submerso. Temos de capear."

"Capear?", gritou o sr. Bligh, tirando os olhos do mapa e sacudindo a cabeça. "Capear? Inconcebível, *sir*! O *Bounty* não capeia, não enquanto eu for o comandante aqui! Nós vamos correr com o tempo!"

"Sem um *drogue*, *sir*?", perguntou o sr. Fryer, arregalando os olhos. "Isso é sensato?"

Na época, eu não sabia que utilidade tinha um *drogue* para impedir que o navio fosse abalroado de popa pelas ondas, mas aquilo me pareceu importante e lamentei não termos nenhum.

"Sim, senhor Fryer", insistiu o capitão. "Sem *drogue*."

"Mas, *sir*, se nós ajustarmos as velas e rumarmos a sotavento, temos uma chance de pelo menos manter nossa posição."

"Mas que chatice manter a nossa posição", suspirou o sr. Christian com voz distraída, como se pouco lhe importasse tomar esta ou aquela decisão e dando a entender que adoraria voltar ao seu beliche e lá ficar até que se chegasse a uma conclusão satisfatória. "Pessoalmente, eu continuaria avançando. Afinal, nós temos um programa a cumprir, não temos? E pôr o navio à capa seria uma grande perda de tempo. Não foi para isso que embarquei no *Bounty*."

"Senhor Christian, o senhor não é a pessoa mais indicada para discutir esta questão", retrucou o sr. Fryer, endereçando-lhe um olhar furibundo. "E convém lembrar que seu lugar é lá no convés com o senhor Elphinstone. Este assunto é para o capitão e para mim."

"E eu quero lembrar, sr. Fryer, que cabe ao capitão decidir quem ele convida ou deixa de convidar à sua cabine", gritou o sr. Bligh, levantando-se e encarando o imediato com ódio no olhar. "Fui eu que convidei Fletcher para esta conversa e sou eu que o dispenso, não o senhor, meu caro imediato. Não o senhor. Entendeu?"

Fez-se silêncio. A vítima desse ataque olhou para um e para outro, o rosto ainda mais vermelho, então encarou diretamente o capitão e fez que sim.

"Muito bem, senhor Christian", disse o sr. Bligh, puxando a aba do casaco, na tentativa de se recompor, ao mesmo tempo que se voltava uma vez mais para o ajudante de imediato, e eu juro que nunca o tinha visto tão zangado. "O que o senhor diz? Acha que devemos correr com o tempo?"

O sr. Christian hesitou um momento, olhou de relance para o sr. Fryer e, dando de ombros, respondeu com a mesma voz entediada e irreverente: "Eu sinto que o *Bounty* consegue. As tormentas são terríveis, como diz o sr. Fryer, isso eu não discuto, mas quem vai dominar os mares, elas ou nós? Afinal, somos ingleses. E convém não esquecer que o capitão Cook conseguiu, não é verdade?".

As palavras mágicas acabavam de ser pronunciadas, eu sabia — de bobo o sr. Christian não tinha nada —, e o capitão, com ar de triunfo, voltou-se para o sr. Fryer. "Muito bem", disse. "O que me diz, John Fryer?"

"Capitão, o senhor está no comando do navio, e eu, naturalmente, cumprirei as suas ordens", respondeu ele, derrotado.

"Ora se cumprirá!", replicou o capitão, coisa que me pareceu uma grosseria, pois a resposta do sr. Fryer tinha sido muito educada. Não deixei de reparar no ar divertido do sr. Christian, e fiquei matutando acerca disso. "Os dois", disse então o capitão, enxugando um fio de suor na testa e afastando-se a fim de abrir o diário de bordo, "para cima, os dois. Dê ordem de correr com o tempo, senhor Fryer. Vamos passar a noite toda abrindo caminho à força na tempestade, e a próxima noite também e, se necessário, a noite seguinte, sim, mesmo que nos afoguemos na tentativa. Quero todos os homens no convés com o navio perfeitamente equilibrado de bombordo a estibordo, de amura a bolina, e vamos correr com o tempo, *correr com o tempo*, eu digo, até ficar livres dessa situação. Temos uma missão a cumprir, cavalheiros, e, com a graça de Deus, vamos cumpri-la. Fui claro?"

Os dois homens assentiram com um gesto e se retiraram da cabine, então eu servi o chá do capitão — já não havia necessidade das outras duas xícaras — e o coloquei na mesa ao seu lado. Sem olhar para mim nem agradecer, ele continuou fazendo anotações no diário, a pena a arranhar o papel com tanta força e ferocidade que temi que o rasgasse; quando a molhava no tinteiro, fazia-o com fúria, salpicando a escrivaninha de tinta azul, deixando manchas para eu limpar mais tarde, antes que secassem. Cheguei a abrir a boca para lhe dizer uma coisa, mas pensei duas vezes e achei melhor dar meia-volta e sair, fechando a porta silenciosamente.

6.

Aquela foi uma noite escura. Fiquei na minha tarimba, sem conseguir dormir, sem saber se alguma caturrada iria acabar virando o navio e provocando a morte de todos. Sei lá por que voltei a pensar naquela manhã do fim de dezembro em que eu, feliz da vida, saí vagando pelas ruas de Portsmouth atrás de uma ceia de Natal, sem nem imaginar o que o destino me reservava. Pensei até no sr. Lewis, que cuidava de mim desde pequeno, e me perguntei se ele, àquela altura, já estava informado do meu paradeiro. Tomara que não. Certamente deve ter me esperado até tarde, a mim e a meus ganhos, ou pelo menos a parte que lhe entregava, e, como não apareci, deve ter começado a se irritar. E, quando se iniciou o trabalho noturno, ele deve ter se enfurecido para valer, pois, nos últimos doze meses eu era muito solicitado pela clientela, bem mais do que me convinha. Que esquisito foi recordar, para minha eterna vergonha, que nunca pensei em deixá-lo, apesar de tudo que ocorria em seu estabelecimento, e mesmo que eu, com a minha esperteza, tivesse forjado um plano de fuga, o mais provável era que fracassasse e acabasse numa situação ainda pior do que a de agora. Aquele monstro devia estar se mordendo de raiva por eu ter conseguido fugir dele. Cheguei a imaginá-lo no tribunal, exigindo indenização pelo meu sequestro e recebendo um rotundo não como resposta, pois que direito tinha sobre mim afinal? Não era meu pai, e a única coisa que eu fazia para ele era roubar e trapacear. Além de mais aquilo.

No entanto, se o sr. Lewis pusesse as mãos na minha carcaça quando eu voltasse, seria o meu fim. Ele me cortaria a garganta de orelha a orelha e ainda diria que era muito justo.

7.

O dia seguinte amanheceu radiante e fresco, e eu, surpreso por ter conseguido dormir, só abri os olhos ao ouvir os poderosíssimos berros do capitão, que me atravessaram a cabeça e quase fizeram meus globos oculares saltarem nas órbitas.

"Turnstile! Onde, diabos, você se meteu, garoto?"

Saltei da tarimba e, vestindo-me atropeladamente, corri para a porta da cabine, bati e entrei como se estivesse às voltas com uma série de deveres importantes, não dormindo no meu catre e sonhando com um maricas da minha terra. O capitão estava novamente abrindo as cartas náuticas; o sr. Christian fumava cachimbo ao seu lado.

"Até que enfim!", exclamou ele, irritado, fuzilando-me com os olhos. "Por que tanta demora, menino? Você tem de vir assim que eu chamar, entendeu?"

"Mil perdões, capitão", pedi, fazendo uma rápida reverência. "Às suas ordens. O que o senhor deseja?"

"Mais água quente", disse ele bruscamente, a única resposta que sabia dar a qualquer coisa que lhe perguntassem. "E chá. Esta é uma bela manhã, Turnstile", acrescentou com jovialidade. "Uma belíssima manhã para estar vivo e no mar, prestando bons serviços ao rei!"

Eu fiz que sim e fui correndo para a cozinha, enchi uma panela com a água do fogão, levei-a à cabine e a pus diante dos dois. Surpreendeu-me a ausência do sr. Fryer, afinal de contas, ele era o segundo no comando do navio e, portanto, superior ao sr. Christian. Mas não estava presente.

"Excelente", disse o capitão, unindo as mãos. "Não, não, Fletcher, com licença", acrescentou quando este fez menção de servir a bebida. Eu olhei de relance para o sr. Bligh; sua farda estava escura e manchada devido à energia que ele devia ter queimado durante a noite para nos devolver à segurança e a águas calmas. Seus olhos pareciam cansados e sua barba pedia uma navalha. Já o sr. Christian era o próprio modelo do garboso oficial da Marinha, tal como os exibiam nas vitrines das alfaiatarias de Londres. Parecia que tinha passado a noite na cama limpíssima de um bordel parisiense e havia dormido oito horas depois de fazer aquilo não uma nem duas, mas três vezes. Tive certeza de que também exalava um vago perfume, e só Deus havia de saber onde o tinha arranjado.

"Turnstile", disse o capitão, voltando-se para mim e, por um instante, eu cometi a asneira de pensar que também ia ser incluído nas suas consultas e confabulações. "Os livros, ali na prateleira, e os meus papéis. Ficou tudo fora do lugar durante a tempestade. Arrume-os, sim? Eu não tolero desordem. É o tipo da coisa que me deixa doente."

"Sim, capitão", disse, contente por ter uma tarefa que me permitia passar mais algum tempo na companhia dos dois e fazer de conta que eu era um lobo do mar como eles.

"Devo elogiá-lo, capitão", disse o sr. Christian, que, aparentemente, nem dera pela minha presença. "Ontem à noite, houve momentos em que eu cheguei a temer pela sua segurança. O senhor não teve nem um momento de dúvida, teve?"

"Nem um momento, Fletcher", respondeu o sr. Bligh com veemência, inclinando o corpo na cadeira para enfatizar as palavras. "Nem um momento sequer. Se há uma coisa que a experiência no mar me ensinou é que a gente percebe a qualidade de um navio no instante em que o aborda pela primeira vez. E, sabe, no momento em que pus os olhos no *Bounty*, no porto de Deptford, eu soube exatamente do que ele era capaz. Foi o que eu disse a *sir* Joseph naquela manhã. Que, com mar agitado ou não, este navio nos levaria em segurança até o outro lado — e tinha razão, não tinha? Santo Deus, eu estava coberto de razão!"

Mais uma referência ao tal *sir* Joseph. Eu não sabia se ele estava a bordo ou não, mas, caso estivesse, ainda não tinha dado o ar da sua graça.

"Entretanto", disse o jovem oficial, inspecionando as unhas para ter certeza de que continuavam limpas desde a última vez que as havia examinado, segundos antes, "é preciso ter muito caráter para correr com o tempo como o senhor correu. Os homens sempre o admiraram, *sir*, o senhor sabe disso. Mas, esta manhã, juro que estavam dispostos a erguer uma estátua de ouro em sua homenagem."

O sr. Bligh soltou uma gargalhada e sacudiu a cabeça. "Ora essa, não", disse, mas eu vi que estava satisfeitíssimo com o que acabava de ouvir. "Disso não há a menor necessidade. É o ofício de qualquer comandante de navio, coisa que um dia você vai descobrir por si só, Fletcher, quando estiver no comando do seu navio. Sabe, eu tenho em mente um objetivo particular que não revelei a ninguém. Posso lhe fazer uma confidência?"

"Vou ficar muito honrado, *sir*", respondeu ele, imprimindo à voz um leve toque de entusiasmo. Eu fiquei um pouco mais alerta, interessadíssimo.

"Acontece, meu caro Fletcher", prosseguiu o capitão, "que eu não tenho a intenção de cumprir a missão *ipsis litteris*, muito embora pretenda obedecer às nossas ordens como se fossem a própria Bíblia. Mas também tenho a intenção de voltar a Spithead com a tripulação intacta, sem uma baixa e sem uma punição. Que acha desta minha ambição, *sir*?"

Antes de responder, o sr. Christian enrugou ligeiramente a testa, pensando na ideia do capitão.

"Eu rezo para que não haja baixas", respondeu com cautela, e deu a impressão de estar escolhendo as palavras a dedo, como sempre fazia. "Mas sem punição? Sem nenhum castigo? Será possível?"

"Ah, talvez seja uma esperança vã, eu reconheço", disse o sr. Bligh com um gesto de desdém. "Mas você tem notícia de uma missão como a nossa, que tenha coberto uma distância tão grande e durante tanto tempo, cuja tripulação tenha retornado sem nenhum açoite, nenhuma chibatada?"

O sr. Christian meneou a cabeça: "Não, capitão. Nunca se ouviu falar."

"Mas não seria uma proeza e tanto?", continuou o outro, entusiasmando-se com o tema. "Uma viagem pacífica? Isso não levaria o almirantado de Londres a acordar e registrar a nossa existência? Uma tripulação trabalhando harmoniosamente nunca dá motivo para que o látego apareça. Eu acredito que podemos fazer isso, Fletcher. Acredito sinceramente."

Meu pensamento disparou enquanto eu arrumava e limpava. Açoite? Chibatada? Látego? Claro que eu sabia, pela conversa dos marinheiros dos barcos atracados em Portsmouth, que isso era normal em qualquer viagem marítima, mesmo em tempos modernos como o nosso, mas não imaginava que tal coisa pudesse acontecer a bordo do *Bounty*.

"Então eu lhe desejo sucesso, *sir*", disse o sr. Christian, erguendo a caneca para brindar. "E é claro que, depois da sua façanha de ontem, os homens não vão querer decepcioná-lo." Hesitou um instante e desviou o olhar ao pronunciar a frase seguinte. "Atrevo-me a dizer que o senhor Fryer deve estar contente por ter se equivocado."

"Hum?", fez o capitão, erguendo o olhar, desmanchando levemente o sorriso. "O que foi, Fletcher?"

"O senhor Fryer. Eu estava pensando que todos nós cometemos erros, e hoje ele deve estar contente, já que estamos singrando ótimas águas e avançando tão depressa com o vento de proa; contente com o fato, ontem à noite, de o senhor não ter cedido ao desejo dele de pôr o navio à capa."

Bligh pensou um pouco. "Bom, ele fez bem em propor isso", disse em voz baixa, em tom conciliador. "Nessas situações, é preciso considerar todas as possibilidades. Seria negligência não fazer isso."

"Naturalmente, naturalmente", apressou-se a concordar o sr. Christian. "Por favor, não me entenda mal, capitão. Nem me passou pela cabeça sugerir que tenha sido uma sugestão covarde da parte dele."

"Covarde...?" O sr. Bligh refletiu um momento e então sacudiu a cabeça, mas sem muita convicção. Eu senti. As palavras do sr. Christian estavam se depositando em sua mente. "Se nós tivéssemos capeado, íamos ficar naquelas águas, sem avançar um centímetro", disse com firmeza. "Eu não vi alternativa senão correr com o tempo. E sabia que conseguiríamos, Fletcher. Eu *sabia*."

"Eu também, capitão", disse alegremente o sr. Christian, como se a ideia tivesse sido exclusivamente dele. "Agora, se o senhor me der licença, capitão, precisam de mim lá no convés."

"Claro, claro", respondeu o sr. Bligh, que parecia perdido em pensamentos; se o cérebro fizesse barulho quando calculava suas ideias, desconfio que eu teria ficado surdo com o que se passava na cabeça dele naquele momento.

"Ah, Fletcher", disse ele repentinamente quando o sr. Christian estava saindo da cabine. "Durante o dia, quero que acendam fogueiras para secar a roupa dos homens. Não devem trabalhar de roupa molhada. É malsão e anti-higiênico."

"Claro, *sir*, vou providenciar."

"E dê uma ração extra de fumo e rum a cada um hoje, em reconhecimento ao trabalho de ontem à noite."

"Nós perdemos algumas provisões na tormenta, capitão", disse com cautela o sr. Christian. "Será que convém dar esse prêmio aos marujos neste momento?"

"Eles precisam saber que eu valorizo o trabalho bem-feito", retrucou o capitão com determinação. "E é bom para o moral depois de tanta fadiga. Cuide disso, Fletcher, por favor."

"Claro. É muita generosidade a sua."

"Ah, e mais uma coisa...", lembrou o sr. Bligh, levantando-se e dele se aproximando vagarosamente, com uma expressão de grande perplexidade. Vacilou um pouco antes de falar, como se estivesse inseguro quanto às suas palavras ou planos. "O sr. Fryer... será que ele está no convés?"

"Acredito que sim, capitão. Embora eu não o tenha visto hoje. Quer que eu mande o menino procurá-lo?", perguntou o jovem oficial, apontando para mim com o polegar.

"Quero", disse lentamente o capitão, coçando o queixo enquanto falava, mas logo sacudiu a cabeça como se tivesse mudado de ideia. "Não. Não, não importa. Eu vou..." Pensou mais um pouco antes de tornar a sacudir a cabeça. "Não há necessidade. Nós estamos em segurança e avançando, isso é o que importa agora. Não vamos falar mais no assunto. É tudo, sr. Christian."

O ajudante de imediato fez um rápido gesto afirmativo e foi para o convés, certamente para criar mais confusão no caminho.

Eu concluí mais algumas tarefas na cabine e na copa enquanto o capitão voltava a consultar suas cartas e retomava o diário de navegação, e não foi muito tempo depois que se ouviu um berro altíssimo no convés. Tinham avistado terra. O nosso primeiro porto de escala, no qual poderíamos repor as provisões do navio e consertar algumas velas rasgadas.

Santa Cruz.

8.

Depois de quase um mês no mar, eu não cabia em mim de contente com a ideia de sair do *Bounty* e pisar terra firme. Já estava habituado ao balanço do navio, criara "pernas de marujo", como dizia o capitão Bligh, e conseguia comer e beber a minha ração sem a sensação de estar engolindo uma concha de laxante. Contudo, não tinha a menor ideia de como era o porto de Santa Cruz — nome que nunca ouvira antes da nossa viagem — e não sabia o que havia lá para forrar o estômago. Aliás, só descobri que ficava na costa portuguesa naquela mesma manhã, quando o dr. Huggan, o médico de bordo, passou por mim cambaleando e exaltando as virtudes do conhaque português e dirigindo-se ao bailéu mais depressa do que eu achava possível para um homem corpulento como ele.

Eu também queria ir, é claro, e fiquei torcendo para que me convidassem a acompanhar um grupo de MCs que o capitão estava mandando a terra para reabastecer o navio, mas, para minha grande decepção, não me convidaram. Fiquei chateadíssimo, já que não queria perder a oportunidade de explorar pessoalmente uma cidade nova; nunca tinha posto os pés em solo estrangeiro e me perguntei se notariam meu sumiço, pois eu não fazia parte da equipe de nenhum oficial, só do capitão, e ele já estava em terra e não me levara consigo. Não tenho vergonha de admitir que me passou pela cabeça a ideia de ficar sozinho em Santa Cruz e, caso a minha geografia estivesse certa, de lá iria para a Espanha e começaria vida nova com o nome de Pablo Moriente, num lugar em que o sr. Lewis nunca me encontraria. Sabia muito bem que a pena para a deserção era a forca, mas me considerava ligeiro de pernas e tinha certeza de que conseguiria fugir sem dificuldade. Infelizmente, antes que terminasse de arquitetar meu plano, fui descoberto e convocado ao trabalho pelo jovem e asqueroso sr. Heywood.

"Você aí, Tutu", disse ele, enfiando a cabeça pela fresta da porta da cabine do capitão e pilhando-me no ato de estudar as cartas geográficas para planejar melhor a fuga. "Que diabo está fazendo aqui embaixo?"

"Com o seu perdão, *sir*", respondi, fazendo uma longa reverência, como se ele fosse o príncipe de Gales; e eu, um lacaio de Liverpool, a fim de ridicularizá-lo. Heywood, aquela besta, era só um ano mais velho que eu e nem mais alto nem mais bonito, diga-se de passagem. "Achei que devia fazer o trabalho para o qual fui posto a bordo desta nave e arrumar o alojamento do capitão."

"Você estava espiando as cartas."

"Para melhor entender a diferença entre latitude e longitude, *sir*, coisa que nunca me explicaram direito; como o senhor sabe, eu sou tremendamente ignorante em navegação, já que não tenho instrução como o senhor."

Ele estreitou os olhos e ficou me encarando, tentando achar uma ou duas palavras que pudessem ser classificadas de insubordinação. "Você vai ter muito tempo para ampliar seu conhecimento do que quer que seja quando voltarmos para o mar", disse, olhando rapidamente à sua volta, pois quase nunca o convidavam a entrar naquele recinto sagrado, e era evidente que ficava ressentindo pelo fato de eu passar lá a metade das minhas horas de vigília. "Suba já ao convés."

Fiz que não com a cabeça. "Lamento dizer que não posso, *sir*. O capitão é capaz de me estripar se eu não fizer o meu trabalho."

"O seu *trabalho*", disse ele, cuspindo as palavras, "é exatamente aquilo que eu ou qualquer outro oficial da Marinha de Sua Majestade disser que é o seu trabalho, e eu o estou mandando ir para o convés ajudar os homens na faxina, e é isso o que você vai fazer, ouviu? E fazer já!"

Eu comecei a enrolar as cartas bem devagar, na vã esperança de que ele acabasse saindo, achando que eu ia obedecer, e me esquecesse, mas não tive essa sorte.

"Ande logo com isso", disparou o imundo Heywood, sem sair do lugar e falando como se estivéssemos às voltas com uma urgência terrível e o mundo fosse acabar se eu não fizesse exatamente o que ele mandava, e sem demora. "O navio não se limpa sozinho."

A vida inteira eu topei com sujeitos como o sr. Heywood e nunca me dei bem com nenhum deles. Nos anos passados, no estabelecimento do sr. Lewis, a maioria dos meus irmãos — pois eu os considerava irmãos — eram garotos que haviam sido criados comigo, garotos que acabaram indo parar lá porque não tinham como sobreviver, jovens camaradas que ouviram falar que havia um homem ali perto, um homem que acolhia meninos de rua e lhes dava trabalho, roupa e comida, sem saber a quê o tal trabalho era capaz de levar, nem que eles seriam obrigados a pagar o alimento e o alojamento. Como nos conhecíamos desde pequenos, quase todos nos entendíamos perfeitamente no geral, mas, nas ocasiões em que chegava um carinha mais velho, um daqueles sujeitos que o sr. Lewis levava para lá pelo fato de estar encantado com ele, ah, não imagina a confusão que um rapazinho desses era capaz de armar. Ele dava uma olhada e logo percebia que tinha rivais dispostos a disputar o afeto do sr. Lewis — quanta burrice! — e pensava que, se não se afirmasse depressa, os meninos mais ou menos da sua idade iam jogá-lo na rua e mandá-lo ganhar a vida em outra freguesia. Esses caras eram encrenca na certa, e confesso que eu era um dos que inventavam pequenas extravagâncias para que eles dessem o fora e nos deixassem em paz; fico envergonhado quando penso nisso. Pois o sr. Heywood lembrava muito aqueles sujeitinhos. Eu desconfiava que os oficiais o tratavam mal por ser jovem, inexperiente e feio como a peste — juro que não dava prazer nenhum olhar para ele com aquele cabelo gorduroso e escuro e a cara coberta de espinhas que ameaçavam explodir a qualquer momento como o vulcão de Pompeia —, sem contar que ele tinha um ar estranho, parecia que o haviam acordado de repente e obrigaram-no a se vestir e trabalhar antes que pudesse saber que horas eram. E os barulhos que vinham do seu beliche durante a noite! Não me agrada escrever uma coisa tão vulgar, mas aquele cara dava a impressão de passar a metade da sua vida desperta com tesão e a outra metade a tocar-se as partes.

Mais ou menos um terço do pessoal do navio estava no convés naquela manhã luminosa em frente a Santa Cruz: alguns no cordame, consertando as velas; outros nos deques, de quatro, com baldes de água, esfregões e escovas; e mais uns marujos que retornavam da cidade com as provisões para a viagem. O asqueroso sr. Heywood olhou à sua volta e apontou para dois homens ajoelhados perto do cabrestante, limpando o chão.

"Lá, Tutu", disse.

"É Turnstile", disparei, pronto para esbofeteá-lo pela insolência.

"Não me interessa", respondeu ele com a mesma rapidez. "Você vai trabalhar com Quintal e Sumner. Eu quero esse deque tão limpo que dê até para se jantar no chão, entendeu?"

"Perfeitamente, *sir*", disse quando ele deu meia-volta para se afastar. "E terei muito prazer em servir seu jantar."

"O quê?", perguntou, girando o corpo.

"Eu vou limpar o deque, *sir*. O senhor tem razão."

"Você sabe muito bem que o capitão põe a higiene acima de tudo..."

"Ah, eu sei disso, *sir*", disse, bancando o presunçoso. "Sei muito bem. Aliás, uma noite dessas, nós estávamos juntos na cabine dele, nós dois, e ele virou para mim e disse 'mestre Turnstile, se há uma coisa que eu aprendi na minha carreira a serviço de Sua Majestade...'"

"Eu não tenho tempo para as suas histórias idiotas", gritou o sr. Heywood — ou melhor, latiu, pois ele não passava de um cão sarnento —, e eu tive certeza de que estava morrendo de raiva, já que ele detestava imaginar que o capitão e eu trocássemos confidências daquele jeito. A verdade, no entanto, é que isso acontecia mesmo, pois nas semanas anteriores eu descobrira que o capitão passava um bom tempo falando comigo, quando eu estava na sua presença, e contava coisas que talvez não contasse aos marinheiros ou aos oficiais. Desconfio que era porque não me considerava um deles, e sim o seu criado particular, um confidente dos seus pensamentos íntimos, tal como se considera um médico, e tinha razão, pois eu gostava de me imaginar um amigo leal — isto é, a não ser quando estava planejando fugir das garras do rei Jorge. Mas eu continuava chateado por não ter sido autorizado a ir me esbaldar em terra; para mim, foi um golpe duro e cruel. "O capitão quer este navio lavado e escovado de amura a bolina enquanto nós guardamos o suprimento e fazemos alguns consertos", prosseguiu o sr. Heywood, e, como se não bastasse, coçou vigorosamente os miúdos quando me dirigiu a palavra, o porcalhão encardido. "Portanto, comece a trabalhar agora mesmo."

Eu concordei com um gesto e, obediente, acerquei-me dos dois homens que, por sua vez, ergueram a cabeça, entreolharam-se rapidamente e sorriram. Eu não tinha passado muito tempo no convés desde a nossa partida de Spithead em dezembro, e, para ser franco, alguns marinheiros a bordo me enchiam de medo. Havia conhecido muita gente de maus bofes — os amigos do sr. Lewis eram um odioso grupo de rufiões como não se vê a toda hora —, mas os homens a bordo pareciam dispostos a assassinar qualquer um por qualquer insignificância. Horrorosos, isso é que eles eram. E fedorentos. E sempre mastigando as gengivas ou catando sei lá o que na cabeleira desgrenhada. O primeiro dos dois homens que agora me aguardavam era Matthew Quintal, um sujeito grandalhão de mais ou menos vinte e cinco anos e musculoso feito um touro; ao passo que o segundo, John Sumner, era talvez um pouco mais velho e de constituição menos robusta, e obviamente contava com a proteção do seu senhor e mestre.

"Bom dia", disse eu, e imediatamente me arrependi de ter pronunciado tais palavras, pois me fizeram parecer o maricas mais maricas de todos os tempos. Devia ter iniciado o meu trabalho sem dizer nada.

"Ora, um bom dia para você também", disse Quintal, e o sorriso ancho que ele me deu deixou-me nervoso. "Não acredito que o nosso pequeno lorde tenha feito o grande favor de sair do fundo da coberta, subir a escada e se juntar aos camelos que trabalham."

Eu dei de ombros e, tirando um escovão do balde, ajoelhei-me no deque para começar a esfregação infernal. "Não pense que eu vim porque quis", disse, olhando-o diretamente nos olhos. "Preferia estar deitado no meu beliche, contando os dedos e coçando o saco a ficar aqui, de quatro, com vocês. Mas aquele porco imundo do sr. Heywood fez questão. Por isso eu vim."

Surpreso com a minha resposta, Quintal me encarou um instante, mas logo riu e sacudiu a cabeça. "Puxa, que resposta sincera", disse, voltando a esfregar o chão, coisa que levou Sumner a fazer o mesmo. "Quem aqui não queria fazer só o que lhe desse na telha?", acrescentou, olhando para a praia, e eu segui a direção de seu olhar e avistei três rapazinhos invertidos parados na pedra fria mais além, olhando para o *Bounty* e rindo e apontando para os homens que trabalhavam no cordame. "Ah, caramba", prosseguiu, assobiando entre os dentes. "O que eu não daria para passar dez minutos sozinho com um ou dois deles, ou com os três."

"Você ia mostrar uma coisa para eles, aposto que ia, hein, Matthew?", disse Sumner, e percebi logo quem era o escravo naquela relação. "Ia lhes ensinar uma ou duas coisas sobre uma ou duas coisas, não?"

"Ah, se ia!", exclamou Quintal, segurando e sacudindo o negócio que tinha entre as pernas. "Um mês é tempo demais para um homem ficar sem mulher. O que você acha, garoto?", perguntou-me com um sorriso indecente. "Puxa", gritou então, "nem o seu nome eu sei, não é mesmo?"

"Turnstile", informei. "John Jacob Turnstile. Encantado em conhecê-lo, acredite."

"Eles o chamam de Tutu", riu Sumner, o palhaço, escancarando a boca e exibindo os dentes pretos que lhe restavam e que eu seria capaz de quebrar sem dificuldade.

"Eles quem?", quis saber Quintal.

"Os oficiais", respondeu, tentando zombar de mim. "O senhor Heywood, por exemplo."

Quintal fechou a cara. "O garoto diz que o nome dele é Turnstile", rosnou. "Então é assim que vamos chamá-lo", e eu aproveitei para dar um belo sorriso a Sumner.

"O que está acontecendo aqui?", disse uma voz acima de nós, e era o sr. Heywood que voltara para nos atenazar. "Eu estou ouvindo muita conversa-fiada, homens. Continuem trabalhando, do contrário vão se arrepender."

Os três reiniciamos a limpeza, e eu passei alguns minutos sem dizer nada, até que o pulha encardido se afastou para "brincar" consigo mesmo, sem dúvida, e então Quintal — que, embora tivesse me defendido contra Sumner, ainda me dava medo — sacudiu a cabeça e jogou a escova no balde, espirrando água em meu rosto com a força do gesto e me obrigando a enxugar a espuma dos olhos. "Olhe ali", disse ele, e eu me virei e vi quatro homens — agora sei como se chamavam: Skinner, Valentine, McCoy e Burkett — que acabavam de subir a bordo do *Bounty* carregando cestos de frutas, todos com a boca manchada de vermelho de tanto comer morangos no caminho, e um deles, Burkett, trançando o passo devido aos tragos que devia ter tomado. "Eu bem que podia ter ido com eles, mas o capitão me deu o trabalho manual. Caras sortudos!", acrescentou, sacudindo a cabeça. "E o tal Heywood, o sacana, também está furioso por ter ficado a bordo. Queria ter ido com o amiguinho, não é? Queria brincar com o sr. Christian, não?"

"O sr. Christian está em terra?", perguntei, fazendo o possível para remover do chão uma mancha de sangue que não queria sair de jeito nenhum.

"Quem devia ter ido era o sr. Fryer", disse Sumner. "Por direito, ele é que devia ter ido cumprimentar o governador com o capitão."

"O sr. Fryer está na coberta", contei, pois o tinha visto em sua cabine quando o sr. Heywood me tirou do conforto lá de baixo para a faina daqui de cima.

"É, e não está nada contente", disse Quintal. "O capitão anunciou que ia passar umas horas em terra e convidou o sr. Christian para acompanhá-lo. 'Capitão', disse o sr. Fryer — eu estava a uns cinco metros deles na ocasião —, 'capitão, não sou eu que devo acompanhá-lo, na qualidade de imediato?' Pois o capitão olhou para ele e até deu a impressão de que ia mudar de ideia, mas, bem naquele momento, reparou que eu estava observando — e não quis ser visto mudando uma ordem, imagino, então mandou o sr. Fryer ficar no comando do navio e disse que o sr. Christian é que ia com ele. Bom, como você pode imaginar, o sr. Christian tratou de sair daqui o mais depressa possível, e, quando ele ia saindo, o jovem sr. Heywood, que está tão apaixonado pelo sr. Christian quanto um homem pode ficar por outro, enxergou uma oportunidade de também ir, mas levou a breca no mesmo instante e lhe mostraram qual era o seu lugar. Garanto que é por isso que está tão fulo agora."

Eu fiz que sim. Não conseguia entender por que o capitão tinha tanta simpatia pelo sr. Christian; lá embaixo, na coberta, havia observado mais de uma vez essa parcialidade, desde o início da nossa viagem, e me parecia que o auxiliar de imediato estimulava a antipatia do sr. Bligh pelo sr. Fryer, a qual, aos meus olhos, provinha unicamente da animosidade pessoal entre os dois homens. Não tinha opinião definida sobre nenhum oficial, apenas notara que este trabalhava muito e dominava bem o ofício e que aquele era o dândi do navio e passava mais pomada no cabelo do que eu considerava saudável. Mas o sr. Christian tinha outra qualidade que me confundia: era o único homem a bordo que não fedia. Se isso se devia ao excesso de lavagem ou à escassez de trabalho, eu não sabia.

"Bom dia, rapazes!", gritaram na praia, e os três olhamos para lá e vimos os frangotes acenando para nós, jogando beijinhos. "Peguem este, sim?", gritaram. "Guardem num lugar bem quentinho."

"Vou guardá-lo num lugar bem fácil de achar se vocês quiserem", gritou Quintal, e os três, na praia, se desmancharam de rir como se tivessem ouvido a piada mais engraçada do mundo, mas não era o caso. "Ah, eles me fazem formigar dentro da calça, juro que fazem", disse ele em voz baixa, e Sumner começou a rir, e eu senti o rosto arder, pois jamais gostei desse tipo de conversa.

"O que é que há, Turnstile?", perguntou Quintal, vendo o meu rubor. "Será que você tem medo de mulher?"

"Eu não", apressei-me a responder, pois o prestígio era a coisa mais importante a bordo de um navio e eu tinha de me defender.

"Então já andou com uma ou outra, hein?", indagou ele, inclinando-se e pondo a língua para fora e sacudindo-a de um modo tão sórdido que me deu gana de vomitar. "Fornicou uma ou outra na zona de Portsmouth, hein? Lambeu-as de cima a baixo, por dentro e por fora?"

"Aproveitei o que deu para aproveitar", respondi, sem parar de esfregar e sem olhar para ele, temendo que descobrisse a verdade. "Mais do que daria para ele aproveitar", acrescentei, apontando com o beiço para Sumner, e vi que este ficou com vontade de me esmurrar ao ouvir isso, mas não teve coragem por causa da simpatia de Quintal por mim.

"É mesmo?", disse Sumner em voz muito baixa, e tornou a repeti-lo em voz mais baixa ainda, e cheguei a sentir seus olhos me escarafunchando, mas não lhe dei o prazer de erguer a vista, pois sabia que, se o fizesse, ele veria a resposta escrita na minha testa e saberia perfeitamente que eu nunca tinha andado com mulher e que as experiências que vivera não tinham sido nada boas, nada mesmo.

E então, antes que um de nós pudesse dizer qualquer coisa, fomos atingidos por uma onda violenta que se levantou de repente naquele mar aparentemente tão sereno, e eu, tomado de surpresa, comecei a pestanejar, engasgado, cuspindo a água que me entrara na boca, certo de que ia morrer afogado. Quando tornei a abrir os olhos e olhei para a esquerda, dei com o asqueroso em pessoa, o abominável sr. Heywood, com um balde enorme nas mãos pegajosas, cujo conteúdo ele acabava de atirar em nós, ensopando os três.

"Isto é para enxaguar o chão e calar a boca de vocês", disse ele, já se afastando, e o que eu não teria dado por uma chance de derrubá-lo e cobri-lo de bordoadas. Mas talvez a vida de marujo já estivesse tendo efeito sobre mim, pois não fiz nada, limitei-me a continuar trabalhando, com uma pontada na têmpora, e até achei bom, pois Quintal e Sumner acabaram esquecendo nossa conversa e, por ora, eu pude manter em segredo a minha inexperiência com as mulheres e a verdade do meu passado.

9.

Com o paiol de mantimentos repleto e o navio consertado, levantamos âncora antes que eu me desse conta; mas, bem na hora em que nos íamos fazer de vela, houve um contratempo que deixou o capitão vários dias de mau humor. Eu estava recolhendo o prato e a caneca do almoço — que em geral era só um pedaço de peixe e uma batata, já que o sr. Bligh não comia muito durante o dia —, quando ele tirou os olhos do diário e mostrou-se cheio de vida e alegria, tão contente estava por termos zarpado.

"E então, mestre Turnstile", disse, "o que achou de Santa Cruz?"

"Não sei dizer, *sir*", respondi de pronto. "Eu só a vi de longe, não pus os pés em seco durante a nossa estada. Vista do convés do *Bounty* parecia muito bonita."

Lentamente, o capitão pousou a pena na escrivaninha e olhou para mim com um esboço de sorriso nos lábios, mas logo me encarou com desconfiança, e isso me fez ficar tão vermelho que desviei a vista e comecei a arrumar as coisas mais à mão para que ele não notasse.

"Que insolência é essa?", perguntou então. "Você está sendo insolente comigo, mestre Turnstile?"

"Eu não, *sir*", respondi, sacudindo a cabeça. "Peço perdão, *sir*, caso as palavras me tenham saído um pouco mais rudes do que eu pretendia. Só quis dizer que não posso responder à sua pergunta pelo fato de não ter tido a experiência direta do lugar. Já o senhor Fryer, o senhor Christian e o senhor Heywood..."

"Eles são oficiais da Marinha de Sua Majestade", atalhou Bligh num tom de voz bem mais glacial. "E, nessa qualidade, têm certos direitos e deveres a cumprir durante a nossa permanência em terra. É bom você se lembrar disso caso aspire a uma função mais importante. É o que se pode chamar de benefício do trabalho árduo e da promoção."

Suas palavras me tomaram de surpresa, pois confesso que nunca tinha pensado nisso. Para ser franco comigo mesmo, e sempre tentava, eu bem que gostava do meu posto de criado do capitão — eram muitas e variadas as responsabilidades associadas ao meu trabalho e, na verdade, nenhuma delas chegava a ser penosa em comparação com as tarefas dos MCs —, e ele me dava certo prestígio na tripulação, com a qual estava começando a me mesclar com mais segurança e sucesso. Mas aspirar a levar vida de oficial? Eu duvidava muito que algo assim figurasse no destino de John Jacob Turnstile. Afinal, poucos dias antes eu estava pensando seriamente em fugir do navio e me entregar à existência de desertor na Espanha. Uma vida e tanto, imaginava. Cheia de aventura e romance. A verdade era que, quando se tratava de opor a minha lealdade às expectativas do rei com a que eu nutria por meus desejos egoístas, o velho Jorge não tinha a menor chance, coitado.

"Sim, senhor", disse-lhe, pegando umas fardas que ele havia jogado num canto e separando-as em duas pilhas: as que eu precisava lavar e passar, um trabalhinho bem ingrato, e as que aguentavam mais um turno de trabalho.

"É um bonito lugar, sem dúvida", prosseguiu ele, voltando a se ocupar do diário. "Um lugar intacto, eu diria. Aliás, acho que a senhora Bligh gostaria muito de passar uma temporada lá; talvez eu volte um dia numa viagem particular."

Eu concordei com um gesto. O capitão falava na esposa de vez em quando e lhe escrevia com frequência, sempre na esperança de passarmos por uma fragata a caminho da Inglaterra, a qual levaria a correspondência para ela. A pequena pilha de cartas que ficara semanas na gaveta da escrivaninha havia desaparecido, por certo depositada nas mãos seguras das autoridades de Santa Cruz, e tive a impressão de que ele já ia iniciar uma nova coleção.

"A senhora Bligh está em Londres, *sir*?", perguntei com todo respeito, tomando o cuidado de não transpor a linha invisível que nos separava, mas ele balançou a cabeça com vigor e pareceu alegrar-se em falar nela.

"Sim, está. A minha Betsey. Uma mulher excelente, Turnstile. O dia em que ela aceitou meu pedido de casamento foi o mais feliz da minha vida. Está esperando a minha volta com o nosso menino, William, e as nossas filhas. Um belo garoto, não?" Virou o retrato do filho para que eu o visse, e era verdade, ele parecia um provável amigo, e foi isso que eu lhe disse. "Alguns anos mais moço que você, é claro", acrescentou, "mas desconfio que vocês dois seriam bons amigos caso se conhecessem."

Eu preferi não dizer nada, já que era improvável um sujeito do meu meio fazer amizade com um do dele, mas o capitão estava me tratando tão bem que achei até grosseiro da minha parte discordar dele. Dei mais uma olhada na cabine para ver se estava tudo em ordem, e me surpreendi ao avistar junto à janelinha uns vasos, que tinham sido tirados da cabine grande contígua e agora lá estavam bem visíveis, cheios de terra até a borda e com pequenos rebentos começando a brotar.

"Vejo que você está observando meu jardim", disse o sr. Bligh com jovialidade, levantando-se e atravessando a cabine para examiná-los. "Bonitos, não acha?"

"Essas plantas é que são o foco da nossa missão, *sir*?", perguntei na minha ignorância, e bastou-me pronunciar as palavras para perceber como eram idiotas, pois ainda havia centenas de vasos vazios no cômodo vizinho e, se tudo fosse só aquilo, que grande perda de tempo e energia não seria a nossa viagem.

"Não, não", respondeu ele. "Não seja ridículo, Turnstile. Essas são umas plantinhas que eu achei ontem, quando fiz uma excursão botânica nas montanhas com o sr. Nelson."

O sr. Nelson era uma figura que sempre entrava e saía da cabine do capitão, mas que inicialmente tinha me dado a impressão de não ter responsabilidades oficiais. Entretanto, eu soubera outro dia pelo sr. Fryer que ele era o botânico do navio e que seus deveres só começariam, na verdade, quando tivéssemos cumprido a primeira parte da nossa missão, a qual eu ainda ignorava.

"Resolvi plantar umas sementes", explicou o capitão, passando os dedos com cuidado na terra úmida, "só para ver se vingam a bordo. Neste primeiro vaso, plantei uma campânula, uma espécie exótica que dá bagas comestíveis quando estão maduras. Você a conhece?"

"Não, senhor", respondi, pois sabia tanto da vida vegetal quanto dos hábitos sexuais dos arganazes.

"É uma bonita flor", disse ele, virando-a ligeiramente para a vigia. "Amarela como o sol. Você nunca viu tanta luminescência. E este aqui é um orobal. Por acaso você já estudou a flora exótica, Turnstile?"

"Não, senhor", repeti, olhando para os brotinhos ali plantados, perguntando-me no que se transformariam.

"Você podia conhecer o orobal pelo nome de ginseng", retrucou ele, e eu voltei a negar com a cabeça, deixando-o intrigado. "Francamente", disse, como se aquilo fosse causa de uma enorme surpresa. "O que é que ensinam nas escolas de hoje em dia? O sistema educacional está nos doldrames, *sir*. Ouça bem, atolado nos doldrames."

Eu abri a boca para informá-lo que nunca tinha visto uma sala de aula na vida, mas desisti por medo de que isso também fosse considerado uma insolência.

"O orobal é uma planta maravilhosa de se cultivar", prosseguiu o sr. Bligh. "É diurético, sabe, coisa de grande utilidade numa viagem como a nossa."

"É o quê?", perguntei, pois nunca tinha ouvido aquela palavra.

"Diurético", repetiu ele. "Mas que coisa, Turnstile, será que preciso explicar tudo? Tem propriedades analgésicas e pode induzir o sono num homem frágil. Acho que também vai vingar se receber o devido cuidado."

"Quer dizer que eu devo regar essas plantas para o senhor?"

O capitão balançou a cabeça com veemência. "Ah, não. É melhor não mexer nelas. Não é que eu não confie em você, entenda; pelo contrário, você tem se mostrado um fâmulo excelente" — outra vez aquela palavra que eu detestava —, "mas prefiro cuidar delas pessoalmente e nutri-las para que cresçam. Assim eu tenho um *hobby*, compreende? Você não tem *hobbies*, Turnstile? Em casa, com a sua família em Portsmouth, não tinha um passatempo só seu? Uma frivolidade qualquer para matar o tempo?"

Surpreso com a *ingenuidade* daquele homem, eu o encarei e fiz que não com a cabeça. Foi essa a primeira vez em que o capitão indagou sobre a minha vida na Inglaterra, sobre a minha família, e logo percebi que ele estava erroneamente convencido de que eu tinha família. Claro, ele não conversara com seu amigo Zéla antes da minha chegada ao *Bounty* — eu simplesmente fui colocado a bordo no último momento para substituir o tal jumento destrambelhado que quebrou as pernas —, e se tivesse talvez soubesse um pouco mais da minha situação. Como isso não aconteceu, supunha que todos os meninos do mundo eram criados como o seu filho, e nisso estava lamentavelmente equivocado. Os ricos sempre consideram ignorantes os garotos como eu, mas às vezes demonstram ignorância igual ou maior, se bem que de outro tipo.

A noção de família era quase inexistente para mim. Nunca tinha tido essa felicidade. Não me lembrava de pai nem de mãe; a minha recordação mais antiga era a de uma lavadeira da rua Westingham, que me deixava dormir no seu chão e comer à sua mesa desde que eu levasse frutas da feira para o jantar, mas ela me vendeu ao sr. Lewis quando eu tinha nove anos e disse, no dia em que me levaram embora, que eu ia ser feliz e muito bem tratado em seu estabelecimento. Lá não havia família para mim. Havia amor, é claro, até certo ponto. Mas família não.

"Pode ser que isto lhe interesse, Turnstile", ia dizendo o capitão, e eu retornei ao aqui e agora; ele estava roçando com delicadeza as folhas de uma plantinha no terceiro vaso. "A artemísia. Quando vinga, é uma grande ajuda para o aparelho digestivo de qualquer um que estiver com as dificuldades que eu lembro que você teve quando nós nos metemos ao largo. Pode ser muito útil se..."

Uma forte batida na porta da cabine interrompeu a aula, nós nos viramos e demos com o sr. Christian ali parado. Ele endereçou ao capitão um breve aceno com a cabeça e, como de costume, não fez caso de mim. Acho que me considerava um pouco menos interessante do que o revestimento de madeira das paredes ou a vidraça das janelas. "O navio levantou âncora, *sir*", disse. "O senhor queria ser informado."

"Excelente notícia", disse o capitão. "Excelente notícia! E como esta escala valeu a pena, Fletcher. Você agradeceu a amabilidade do governador?"

"Claro que sim, *sir*."

"Ótimo. Então pode dar a salva de artilharia quando quiser." O capitão voltou a olhar para as plantas, mas, percebendo que o sr. Christian não saíra, tornou a se virar. "Sim, Fletcher? Mais alguma coisa?"

O sr. Christian estava com cara de quem tinha um segredo, mas não queria ser o mensageiro encarregado de revelá-lo. "A salva de artilharia, *sir*", disse enfim. "Não convém poupar a nossa pólvora seca por ora?"

"Que absurdo, Fletcher!", riu o capitão. "Os nossos anfitriões foram muito solícitos. Não podemos partir sem um gesto de respeito; seria um vexame. Você já viu isso, é claro. Uma saudação mútua, da nossa parte, agradecimento; da deles, votos de boa viagem."

O sr. Christian titubeou visivelmente, e tenho certeza que o capitão notou tanto quanto eu. A atitude do ajudante de imediato ficou pairando no ar como o cheiro ruim de carne podre até que abrissem uma janela para ventilar. "Creio que não retribuirão a saudação, *sir*", disse finalmente, desviando o olhar.

"Não retribuirão?", perguntou o sr. Bligh, fazendo uma careta e aproximando-se dele. "Eu não entendo. Você e o senhor Fryer deram ao governador os nossos presentes de despedida?"

"Sim, senhor, nós demos. E é claro que o senhor Fryer, na qualidade de imediato do navio, discutiu a questão da salva com o governador, já que isso competia a ele como oficial mais graduado. Quer que eu o chame para explicar?"

"Com os diabos, Fletcher, não me interessa a quem competia o quê", disparou o capitão, cuja voz ia ficando mais irritada a cada minuto; detestava ficar desinformado das coisas que se passavam à sua volta, particularmente quando percebia uma descortesia. "Eu só estou perguntando por que, diabos, não vão retribuir a saudação se eu acabo de dar ordens de..."

"Eles *iam* retribuir", atalhou o sr. Christian. "Seis tiros cada um, como de praxe. Infelizmente, o senhor Fryer foi obrigado a revelar o fato de... devido às circunstâncias do nosso navio e da sua patente..."

"Da *minha* patente?", perguntou Bligh devagar, como se estivesse tentando se adiantar para descobrir onde aquela conversa ia terminar. "Eu não...?"

"Por ser tenente", explicou o sr. Christian. "Não capitão. O fato do nosso navio, devido ao seu tamanho, não merecer um..."

"Sei, sei", disse o sr. Bligh, dando-nos as costas para que não observássemos a sua cara, falando com voz subitamente triste. "Eu entendo bem isso." Tossiu diversas vezes e fechou os olhos um momento, levando a mão à boca. Quando voltou a falar, foi num tom grave e depressivo. "Claro, Fletcher. O governador não vai retribuir a saudação de um oficial menos graduado do que ele."

"Em suma, acho que é isso", murmurou o sr. Christian.

"Bem, o senhor Fryer fez bem em informar o governador", prosseguiu o capitão, embora não parecesse acreditar em nenhuma palavra. "Seria altamente inconveniente se ele depois descobrisse a verdade, poderia até prejudicar suas relações com a Coroa."

"É possível que sim, *sir...*" começou a dizer o sr. Christian, mas o capitão o calou com um gesto.

"Obrigado, senhor Christian. Pode ir para o convés. O senhor Fryer está lá, suponho?"

"Sim, senhor."

"Então que fique por lá mesmo, droga, por enquanto. Dê o andamento, senhor Christian. Cuide para os homens ficarem atentos."

"Sim, senhor", respondeu ele, dando meia-volta e saindo da cabine.

Eu lá fiquei, sem jeito, passando o peso do corpo de uma perna para outra. Era evidente que o capitão estava se sentindo humilhado pelo ocorrido, mas não queria mostrar nenhuma emoção. A questão do seu status o irritava muito, particularmente por ser de conhecimento de toda a equipagem. Procurei dizer algo para abrandar um pouco a situação, mas nada me ocorreu, até que tornei a olhar para a minha esquerda e lá vi uma salvação.

"E essa planta, capitão?", disse, apontando para o quarto e último vaso na prateleira. "O que é?"

Bligh virou a cabeça devagar e ficou olhando para mim, como se tivesse esquecido completamente a minha presença, depois olhou para o vaso que eu indicara e sacudiu a cabeça. "Obrigado, Turnstile", disse com voz grave e entrecortada. "Pode ir agora."

Abri a boca para dizer não sei o quê, mas mudei de ideia. Quando saí e fechei a porta da cabine, senti o navio fazer-se mansamente ao mar e ainda cheguei a ver o capitão sentar-se à escrivaninha, não para pegar a pena, mas para alcançar o retrato da esposa e roçar delicadamente o dedo em seu rosto. Fechei bem a porta e decidi ir para o convés e ficar de olho na praia que ia desaparecendo atrás de nós, pois só Deus sabia quando eu voltaria a ver terra.

10.

Pouco tempo depois, começou a dança.

Navegamos durante semanas — o *Bounty* se aproximava cada vez mais do equador, progredindo vigorosamente a vinte e cinco, a vinte, a quinze graus de latitude. Eu acompanhava todo dia o nosso progresso nas cartas que o capitão Bligh conservava em sua cabine, muitas das quais (ele me contou) havia desenhado a partir das viagens anteriores com o capitão Cook. Eu lhe pedi que me falasse mais das viagens que fizeram juntos, mas ele sempre achava um motivo para não contar nada, de modo que só me restava imaginar as aventuras que ambos tinham vivido e dramatizar o heroísmo deles na minha fantasia. Entrementes, as tormentas vinham com ímpeto e se amainavam, os ventos sopravam forte e serenavam, e, no navio, o estado de espírito parecia inextricavelmente ligado aos elementos da natureza, com dias de ótimo humor intercalados com outros em que a atmosfera ficava carregada de tensão. Em geral, agora, o sentimento entre o capitão e os oficiais e o capitão e os marinheiros era positivo e eu não via razão para que não continuasse assim. Estava claro que o sr. Fryer jamais seria o favorito do capitão como o sr. Christian, mas nenhum dos dois se mostrava incomodado com esse fato e, pelo que se podia ver, o imediato do navio cumpria seus deveres sem rancor nem queixa.

No decorrer dessas semanas, comecei a passar mais tempo no convés e, geralmente, ficava acocorado com três ou quatro guardas-marinha que, fumando cachimbo e bebendo sua ração de cerveja, contavam histórias das esposas e namoradas que deixaram em terra. Na maior parte das noites, um homem acabava sendo vítima das pilhérias dos outros e, de vez em quando, saía uma briga porque um marujo acusara a mulher do outro de cometer adultério quando ele estava no mar. Certa ocasião, vi de perto John Millward fechar o tempo com Richard Skinner por conta de uma besteira qualquer e olhei para o sr. Christian e o sr. Elphinstone, os oficiais do convés, para que interferissem e impedissem o derramamento de sangue que se seguiu; para minha surpresa, porém, eles deram as costas para a pancadaria e se afastaram. Mais tarde, naquela mesma noite, o sr. Christian me surpreendeu dormindo quando estava a caminho da sua cabine e, chutando a minha tarimba com o bico da bota, me fez rolar e cair no chão, tombo que resultou num galo enorme na minha cabeça.

"Maldição!", gritei, surpreso, arrancado de um lindo sonho em que eu era um rico proprietário muito benquisto pelos pobres, mas felizes, servos que trabalhavam nas minhas fazendas e me proporcionavam conforto nas longas noites escuras. "Que diabo...?" Mas não precisei concluir a pergunta, pois ao erguer a vista, na minha posição horizontal, vi o auxiliar de imediato ali de pé, olhando para mim e balançando a cabeça com desprezo.

"Cale essa boca, Tutu, seu moleque endiabrado", disse, inclinando-se e me oferecendo a mão. "Eu só queria acordá-lo, não jogá-lo fora do beliche. Você é do tipo nervosinho? Nunca vi um cara pular assim."

"Não, senhor Christian", respondi, tentando recuperar a dignidade assim que levantei. "Não sou vítima dos meus nervos. Mas também não estou acostumado a levar pontapé na bunda em plena madrugada."

As palavras me saíram sem que eu tivesse tempo de pensar se eram sensatas, e o meu arrependimento aflorou logo que vi seu sorriso desaparecer e seus olhos se amiudarem. Olhei para o chão e me perguntei se ele ia prosseguir com aquilo e me chutar até o convés e até o fundo do mar. A única coisa capaz de impedi-lo, pensei, era que o esforço podia fazê-lo transpirar, e isso o deixaria feio e despenteado, coisa que detestava mais do que tudo na vida.

"Em primeiro lugar, não é madrugada nenhuma, Turnstile, é apenas tarde da noite", disse ele enfim, esforçando-se para controlar a raiva. "E, quando o capitão sai, o seu fâmulo também tem de sair, e, neste momento, o capitão está lá em cima, no convés. Em segundo lugar, suponho que você acordou tão assustado que se esqueceu de si próprio por um momento e nem percebeu com quem estava falando."

Eu fiz que sim, humilhado. Quando tornei a erguer os olhos, vi a sombra de um sorriso em seus lábios e dei graças a Deus por não ser condenado a passar o resto da viagem a ferros.

"Muito bem", disse ele. "Acho que você ficou perturbado com o desentendimento que houve lá em cima, não?"

"Desentendimento?", perguntei, confuso. "Se o senhor está se referindo à briga de Millward com Skinner, sim, fiquei, porque Skinner vai passar pelo menos uma semana sem andar direito."

"E imagino que você não saiba por que nem eu nem o senhor Elphinstone tentamos separar os dois homens."

Eu não disse nada. Claro que estava pensando nisso, e ele sabia; porém, não me competia sugerir tal coisa. Portanto, banquei o esperto e fiquei de bico calado.

"Esta é sua estreia no mar, não é mesmo, Tutu?", perguntou ele, e eu confirmei com um gesto. "A gente aprende certas coisas depois de passar algum tempo nos oceanos. E uma delas é deixar os homens se extravasarem quando têm necessidade. Eles não gostariam que um oficial se intrometesse num momento desses. Pelo contrário, ficariam ressentidos. Mesmo Skinner, o pobre idiota, ficaria contrariado apesar da surra que levou. É a natureza dos marujos. Não há mulheres com que se expandir, por isso um se alivia com o outro. Aposto que *você* já sabe disso, não sabe?"

Olhei para o sr. Christian e corei como nunca na vida. Que diabo ele queria dizer com aquilo? Eu nunca havia comentado com ninguém a bordo a minha vida anterior ao *Bounty*; acaso aquele sujeito conseguia ler no meu rosto coisas que eu imaginava mais do que escondidas? Ele continuou me encarando como se enxergasse até o fundo da minha alma e — sei lá por quê — senti as lágrimas me arderem no fundo dos olhos.

"Bom", disse enfim o sr. Christian. "Chega de conversa. Para o convés, Tutu. O capitão deseja falar à tripulação."

Eu atravessei a cabine grande, seguido por ele, sentindo seus olhos cravados o tempo todo nas minhas costas e, pela primeira vez desde que saí de Spithead, percebi como aquele navio era pequeno. Embora eu estivesse acostumado a espaços exíguos — no estabelecimento do sr. Lewis mal cabia uma agulha —, agora, a caminho do convés e acompanhado do ajudante de imediato, a única coisa que eu queria era ficar em paz, não precisar responder a ninguém, ter um quarto só meu, onde ninguém me visse. Doce ilusão. Tais delícias não eram para moleques andrajosos como eu.

No convés, o capitão parecia atacadíssimo. Ia de um lado para o outro enquanto os homens se aglomeravam, gritando para que entrassem depressa em fila. A luz começava a se extinguir e as águas estavam razoavelmente calmas quando ele nos dirigiu a palavra:

"Marujos, hoje faz um mês que estamos no mar e, como vocês sabem, ainda temos um longo caminho até que a nossa missão comece de fato. Ninguém aqui está no mar pela primeira vez..."

"Com exceção do jovem Turnstile", atalhou o sr. Christian, empurrando-me para o centro do convés, pelo menos chamando-me pelo nome certo, e o capitão se virou para mim.

"*Quase* ninguém está no mar pela primeira vez", corrigiu-se. "E, como vocês sabem muito bem, o espírito dos homens começa a decair e seu corpo se desintegra se não se exercitar regularmente. Eu já reparei que vários aqui estão com ar letárgico e muito pálidos, e decidi então tomar duas providências para melhorar o nosso estado."

Ouviu-se um rumor geral de aprovação na maruja, os homens se entreolharam e se puseram a murmurar propostas de aumentar a ração e a quantidade de cerveja, mas o sr. Elphinstone se apressou a impor silêncio, mandando-os calar a boca e prestar atenção ao comandante.

"Tudo foi bem até agora", prosseguiu Bligh, e imaginei que estivesse um pouco nervoso, em suas palavras, dirigindo-se a quarenta ouvintes adultos e jovens. "Não perdemos nenhum homem, graças à Providência, e eu me atrevo a dizer que talvez tenhamos estabelecido um novo recorde, na Marinha de Sua Majestade, do maior número de dias sem que se haja tomado uma só medida disciplinar."

"Hurra!", bradaram os marujos em uníssono, e o capitão Bligh ficou visivelmente satisfeito com a reação.

"Para recompensar seus bons serviços e manter cada marujo o mais saudável possível, proponho alterar os turnos de guarda do navio a partir de amanhã. Em vez de dois turnos de doze horas cada um, haverá três de oito para que todos tenham o benefício de oito horas no beliche para descansar os olhos e dormir. Vocês hão de concordar que isso possibilitará uma equipagem mais forte e alerta para enfrentar as águas difíceis que nos aguardam."

Renovaram-se os rumores de aprovação entre os marinheiros, e notei claramente que o estado de espírito do capitão se animou com aquela reação, pois abriu um sorriso largo quando eles o aclamaram com gritos de entusiasmo. No entanto, bem nesse momento, o sr. Fryer adiantou-se um ou dois passos para acabar com seu bom humor. Eu não conseguia entender por que aquele homem fazia tanta questão de agir como agia.

"Capitão", disse, "o senhor acha isso sensato, considerando que..."

"Mas que diacho, homem!", rosnou Bligh, com uma voz que silenciou a todos de pronto, e confesso que até eu tive um sobressalto ao ouvi-lo e faltou pouco para que pulasse no mar. "O senhor não consegue entender uma ordem quando a escuta, senhor Fryer? Eu sou o comandante do *Bounty* e, quando digo que haverá três turnos de guarda de oito horas cada um, significa que haverá três turnos de guarda de oito horas cada um — não dois nem quatro, e sim três —, e eu não admito nenhum questionamento. Entendeu, senhor Fryer?"

Eu olhei — todos olhamos — para o imediato, e, se o capitão ficou subitamente vermelho de raiva, o outro ficou de repente lívido de perplexidade. A cólera do comandante tinha surgido do nada, e agora lá estava o sr. Fryer de boca aberta, como que a preparar a frase que ele pretendia concluir. Mas não disse uma palavra; momentos depois, fechou a boca e voltou, calado, para o seu lugar, os olhos pregados no chão. Sua cara era capaz de coalhar leite. Eu olhei de relance para o sr. Christian e sou capaz de jurar que vi a sombra de um sorriso em seu rosto.

"Mais algum comentário?", gritou o capitão, mirando à sua volta com olhos inquietos. Tenho de admitir que fiquei surpreso com a rapidez com que a atmosfera no convés passou do bom humor para a tensão, e não sabia se devia atribuir a culpa ao sr. Fryer ou ao capitão. Parecia que, aos olhos deste, aquele era incapaz de fazer qualquer coisa que prestasse, e eu não sabia por quê.

"Muito bem, esta é a primeira questão", disse ele então, enxugando a testa com o lenço. "A segunda diz respeito ao exercício. Todo homem a bordo — *todo homem* — deve fazer uma hora de exercício por dia na forma de dança."

Os murmúrios se reiniciaram, e todos nos entreolhamos, certos de que tínhamos ouvido mal.

"Desculpe, *sir*", disse o sr. Christian cautelosamente, escolhendo muito bem as palavras para não sofrer o mesmo que o sr. Fryer, "por acaso o senhor disse *dança?*"

"Sim, senhor Christian, o senhor me ouviu corretamente, foi isso que eu disse: dança", respondeu o capitão com veemência. "Quando servi a bordo do *Endeavour*, eu mesmo fui um dançarino regular, como todos os homens sob as ordens do capitão Cook, que sabia como eram bons para a saúde os movimentos constantes que a pessoa faz quando dança. É por isso que o senhor Byrn está a bordo. Para nos prover de música. Venha para a frente, senhor Byrn, por favor."

Da última fila de marinheiros, surgiu, segurando sua rabeca, a avelhentada figura do sr. Byrn, com quem eu tinha conversado uma única vez, durante a viagem, sobre as vantagens relativas da maçã sobre o morango.

"Ei-lo", disse o capitão. "O senhor Byrn vai nos entreter diariamente com uma hora de música entre as quatro e as cinco, e eu quero todos os homens dançando no convés. Entenderam?" A equipagem disse "sim" com a cabeça, e eu vi que todos achavam a ideia esquisitíssima. "Ótimo", prosseguiu o capitão. "Senhor Hall", chamou então, gesticulando para o cozinheiro do navio, "adiante-se." O sr. Hall, que vinha sendo bom para mim desde que subi a bordo, hesitou um instante antes de obedecer. O capitão olhou ao seu redor e me fitou nos olhos. "Mestre Turnstile. Já que nós o identificamos como a única pessoa a bordo que nunca navegou..."

O meu coração mergulhou tão fundo e tão depressa no peito que pensei que, na volta, ia saltar pela minha boca. Fechei os olhos um instante e imaginei a humilhação que ia sofrer. Ser obrigado a dançar com o sr. Hall na frente de toda a tripulação! Não tinha escolha. Na escuridão dos meus olhos cerrados, surgiu a imagem do sr. Lewis, sorrindo, zombando de mim, quando a porta se abria e os cavalheiros entravam na sala, sorrindo para mim e meus irmãos, ao mesmo tempo que se preparavam para a Seleção Noturna.

"Você terá a honra de escolher um par para o senhor Hall", disse o capitão.

Eu abri os olhos e pisquei. Será que tinha ouvido bem? Não me atrevia a acreditar. "Como, *sir*?", indaguei.

"Ande, menino", impacientou-se o capitão. "Escolha logo um par para dançar com o senhor Hall para que o senhor Byrn comece a tocar."

Eu olhei para os homens e todos desviaram a vista. Nenhum quis trocar um olhar comigo de medo de ser escolhido e ter de se submeter à mesmíssima humilhação que eu acabava de imaginar para mim.

"Qualquer um, *sir*?", perguntei, olhando uma vez mais para os marinheiros, pensando no castigo que o escolhido me infligiria assim que tivesse oportunidade.

"Qualquer um, Turnstile, qualquer um", rosnou Bligh alegremente. "O exercício faz bem a qualquer um. Mesmo porque vocês não passam de uns fracotes."

Nesse momento, o navio se inclinou ligeiramente a estibordo, e eu, sentindo no rosto uns respingos de água, retrocedi à semana anterior, quando, sem a menor cerimônia, despejaram um balde na minha inocente pessoa, e fiz minha escolha num piscar de olhos.

"Eu escolho o senhor Heywood, *sir*", disse, e, apesar do barulho do vento e das ondas, não foi difícil ouvir suspiros de alívio em todo o convés.

"O que foi que você disse?", indagou o capitão, voltando-se para mim, um tanto surpreso.

"Ele disse que escolhe o senhor Heywood", gritou um dos homens.

O sr. Bligh olhou bem para o marujo antes de tornar a me fitar com desconfiança, matutando. Eu tinha escolhido um oficial, e isso ele não esperava. Presumira que ia escolher um guarda-marinha ou um MC. Mas, por outro lado, havia me convidado a escolher qualquer um diante de toda a tripulação e agora não podia voltar atrás sem comprometer sua dignidade.

Eu olhei ao meu redor e vi o calhorda postado bem junto aos marujos, com cara de trovão, as espinhas fervendo de ódio, mirando-me com tanta peçonha nos olhos que me perguntei se não havia cometido o maior erro da minha vida.

"Então é o senhor Heywood", disse enfim o capitão, e olhou para o oficial.

"Capitão, eu objeto...", apressou-se a dizer o espinhento, mas o sr. Bligh não deu a mínima.

"Venha, senhor Heywood, sem objeções, por favor. Todos os homens precisam se exercitar, e um rapagão como você devia até ficar contente. Avance já. Senhor Byrn, o senhor conhece *Nancy o' the Gales*?"

"Conheço, *sir*", respondeu o músico, abrindo um largo sorriso. "E também conheci a mãe dela."

"Então toque", disse o capitão, sem fazer caso da observação. "Vamos, senhor Heywood, *sir*, sem demora!", rosnou, tentando simular bom humor, embora sua voz vacilasse quase com a mesma cólera que, menos de cinco minutos antes, havia sentido pelo sr. Fryer.

Assim que a rabeca começou a soar, o capitão se pôs a bater palmas no ritmo da música, e, no mesmo instante, os homens o imitaram, enquanto o sr. Heywood e o sr. Hall hesitavam, frente a frente. Então, com muita cortesia, este recuou um passo e, tirando o boné, fez uma longa reverência, estabelecendo-se assim como o cavalheiro naquele "casal" e sendo saudado com o fervoroso aplauso e as gargalhadas dos colegas.

"Senhor Heywood, a mulher adúltera!", gritou alguém, e o oficial se voltou, furioso, pronto para atacar, mas o capitão interveio com rapidez.

"Dance, senhor Heywood", ordenou. "Sorria, e pode ser que o senhor também se divirta."

O sr. Hall se pôs a bailar como se sua vida dependesse daquilo, as mãos no ar, socando os pés no chão numa espécie de *jig* irlandês e, ao mesmo tempo, sorrindo como louco, achando que, já que era para bancar o palhaço na frente dos outros, o melhor a fazer era tratar de ganhá-los para o seu lado e poupar-se da zombaria depois. O sr. Heywood, por outro lado, titubeava no dançar, mostrando-se cada vez mais constrangido; mas, quando o capitão mandou todos os outros homens entrarem na dança, ele foi cercado pela multidão e eu o perdi de vista, se bem que não me atrevi a fitá-lo nos olhos depois de o ter escolhido.

"Você acha que foi sensato?", perguntou o sr. Christian, atrás de mim e falando-me diretamente ao ouvido, coisa que me sobressaltou. Quando, porém, me virei para lhe dar uma resposta, ele havia desaparecido. Nesse momento, o capitão me puxou pelo braço e, jogando-me naquela confusão, mandou-me participar do baile.

Levei palmadas nas costas em sinal de agradecimento por ter feito uma escolha que agradou a todos e, além disso, por ter conseguido ridicularizar um oficial — justamente o que eles mais detestavam. Eu, no entanto, bem que me perguntei se a minha escolha não fora a mais idiota de todas as que tinha feito desde que decidi bater a carteira do fidalgo francês dois dias antes do Natal.

O furto, eu acabei pagando com a minha liberdade; desconfiava que o sr. Heywood ia cobrar um preço ainda mais alto.

11.

Não tardou muito para que ele se vingasse de mim, e, quando o momento chegou, tive certeza de que eu ia pagar a minha insolência com a própria vida. Ao recordar os acontecimentos daquela manhã terrível, ainda estremeço de raiva e temo tão desesperadamente pela minha existência que até desejo estar uma vez mais na companhia daquele sujeito para fazê-lo sentir o pavor que senti. Confesso que, ao iniciar esta parte da minha história, tive de percorrer três vezes a minha sala e tomar um ou dois copos de aguardente, tamanha é a dor dessa lembrança.

Quinze dias depois que o capitão Bligh me incumbiu de escolher o par do sr.

Hall, o meu prestígio a bordo aumentou bastante. Quando eu ia para o convés, os homens até me chamavam de "mestre Turnstile", não mais "Tutu"; passaram a se dirigir a mim com um recém-descoberto senso de igualdade entre todos nós, e, ao conversar com os MCs, eu já me sentia muito mais à vontade do que meses antes, quando do meu embarque no *Bounty*. Nem mesmo os marinheiros mais agressivos me intimidavam como outrora, e, quando alguém se engraçava comigo nas sessões noturnas de dança — pois muitos gostavam de afirmar que eu era gracioso como as bichas que eles conheciam —, eu pagava com a mesma moeda. Em suma, sentia que estava me tornando um membro da equipagem.

Quem me conhecia desde menino sabia que eu gostava muito de dormir. Não me custava nada pegar no sono mesmo no relativo desconforto da tarimba baixa junto à cabine do capitão, e, depois que zarpamos, logo descobri que meus sonhos ficaram muito mais vívidos do que no tempo em que eu dividia um leito com meus irmãos no estabelecimento do sr. Lewis. Se isso era efeito do balanço do navio ou do grude horrendo que o sr. Hall tinha a caradura de chamar de jantar, eu não sabia, mas meus sonhos eram repletos de criaturas misteriosas e terras estranhas, povoados de lindas donzelas que me chamavam à sua alcova e de aventuras de tal natureza que me deixavam com tesão quase toda noite. Esses sonhos já não me atemorizavam como no começo, e eu estava tão habituado a eles que nem me assustei quando abri os olhos, na penumbra daquele início de manhã, e dei com uma besta colorida pairando sobre mim, os dentes arreganhados, os olhos ferozes, o dedo apontado diretamente para o meu coração, a sibilar repetidamente a mesma palavra cheia de ódio. "*Girino*", dizia a criatura, cochichando com agressividade as sílabas, a voz grave, repetia sem parar "*Girino, girino, girino pegajoso*".

Pestanejando furiosamente fiquei alguns segundos olhando para aquela visão, sem saber por que eu não despertava do curioso sonho — pois só podia ser um sonho —, mas nada me fazia retornar à relativa banalidade do meu lar flutuante. Passado um momento, como a imagem não se dissolvesse ante meus olhos, esfreguei o rosto e recuei um pouco no beliche, ao mesmo tempo que recobrava a consciência, e tratei de me afastar daquela coisa horrenda ao perceber, apavorado, que não era nenhuma alucinação provocada pela mistura de rum com queijo ingerida pouco antes de dormir, e sim a mais pura realidade. Da minha própria vigília. A criatura à minha frente era de carne e osso, e estava mascarada e pintada. A surpresa me tirou o fôlego, e eu me perguntei se não era melhor saltar da tarimba o mais depressa possível, sair correndo, atravessar a cabine grande e subir ao convés, onde os marinheiros decerto me defenderiam, já que agora eu gozava do status de herói. No entanto, antes que pudesse fazer qualquer coisa, um punhado de figuras parecidas surgiu atrás do monstro, todas emitindo aquele silvo horroroso como o eco da voz do seu amo e senhor. "*Girino*", repetiam cem cessar, "*Girino, girino, girino pegajoso*".

"O que é isso?", gritei, oscilando entre o medo e a incredulidade, pois agora que estava com os olhos bem abertos via que o monstro e seus cinco escravos não eram bestas mitológicas vindas dos abismos para me atormentar, e sim guardas-marinha vestidos com uma roupa bizarra que tinham encontrado sei lá onde, de cara pintada, comportando-se como atores numa farsa. "O que vocês querem?", perguntei, mas antes que eu pudesse dizer outra palavra, dois escravos — os quais percebi, apesar da maquiagem, que eram o guarda-marinha Isaac Martin e o ajudante de carpinteiro Thomas McIntosh — avançaram, agarraram-me e me ergueram; cada qual ficou com uma mão sob um ombro meu e a outra sob meu jarrete, e me levantaram no ar em meio às comemorações dos demais até que seu chefe, o tanoeiro Henry Hilbrant, conduzisse o cortejo pela cabine grande e até a escada do convés.

"Larguem", eu gritava, dividido entre o desafio e o desespero, mas acabei ficando sem voz, tal era o meu assombro diante do ataque inesperado. Agora sabia qual era o possível objetivo daquilo. Os homens que me prendiam estavam entre os que se aliaram alegremente a mim nos dias anteriores; até então, não tinham dado sinal de que pretendiam me agredir. Eu não me lembrava de havê-los ofendido uma única vez, e não conseguia entender por que tinham me arrancado do sono e muito menos a natureza de sua curiosa fantasia. Embora estivesse com medo, confesso que não deixei de achar a coisa um tanto divertida, curioso que estava para saber aonde me levavam e com que intuito.

O dia começava a clarear quando eles saíram ao convés, e os homens que lá haviam se aglomerado estavam banhados da luz amarelada, nevoenta, que nos cercava, uma garoa fina nos molhava a cabeça. Para minha surpresa, toda a tripulação do *Bounty* parecia à minha espera no convés, com exceção do capitão e dos oficiais mais graduados — o sr. Fryer, o sr. Christian e o sr. Elphinstone —, mas eu vi a minha nêmesis, o sr. Heywood, um tanto afastado dos marujos, observando os acontecimentos à distância e sorrindo como se mal pudesse esperar as delícias do que iria acontecer, o que obviamente significava que eu não ia receber os parabéns pelos fatos anteriores. Olhei para ele só de relance, pois a visão que tive na direção oposta foi suficiente para me deixar de olhos parados e com a respiração suspensa.

Eu já notara que, quando o capitão Bligh reunia os homens no convés para lhes falar, eles disputavam lugar aos safanões, irrequietos, passando o peso do corpo de uma perna para outra durante o discurso e sem manter um mínimo de ordem nas filas irregulares, atitude que parecia não indispor o comandante. Mas, naquela manhã, estavam todos enfileirados numa formação de cinco homens de profundidade por meia dúzia no comprimento. Quando enfim me puseram no chão, os marujos que me carregavam agarraram-me os ombros com firmeza para eu não sair correndo, e aquelas mãos rudes me segurando causaram muita preocupação ao meu jovem coração, e eu só queria fugir do fato abominável que estava prestes a ocorrer.

Mas qual era o aspecto mais temível de todos? Acaso o fato de me terem tirado da cama de uma hora para outra? A roupa estranhíssima que usavam? Ou sua simples presença no convés quando uns deviam estar roncando no beliche e outros prestando o turno de guarda? Não, não, nada disso. Era o silêncio. Ninguém falava nada, e o único barulho que se ouvia era o bater das ondas nos costados da embarcação quando começamos a avançar lentamente no chuvisco.

"O que é isso afinal?", gritei, tentando parecer animado, como se eu pouco ligasse para aquilo tudo e tivesse subido ao convés de livre e espontânea vontade justamente naquele horário, justamente naquela manhã e justamente daquele modo. "O que está acontecendo?"

De repente, as filas se abriram no centro, revelando uma cadeira que tinha sido caprichosamente pintada de amarelo-claro e colocada na vante do convés. John Williams, outro guarda-marinha, que sempre era visto proseando com o sr. Christian e seu grande puxa-saco Heywood, estava sentado na cadeira, a cara toda pintada de vermelho e uma grinalda na cabeça. Ergueu o dedo e apontou para mim.

"Esse aí é que é o girino?", trovejou, engrossando a voz de propósito. "O tal girino viscoso?"

"Este mesmo, Majestade", responderam os dois marinheiros que me prendiam. "John Jacob Turnstile."

Majestade?, pensei, tentando entender a brincadeira, pois, se John Williams era rei, eu era um lagarto coberto de escamas.

"Tragam-no", ordenou *Sua Majestade*.

Eu bem que preferia ficar onde estava, com os pés pregados no chão, mas meus dois guardas me empurraram, e os homens foram então fechando o círculo ao meu redor até me deixarem diante daquele sujeito ridículo, e ficaram me observando, os olhos brilhando com uma mistura de violência, cupidez e do próprio diabo.

"John Jacob Turnstile", disse ele então. "Sabe por que você está perante o tribunal do rei Netuno?"

Eu olhei para ele e fiquei sem saber se devia rir na sua cara ou cair de joelhos, pedindo misericórdia. "Do rei Netuno?", perguntei. "E quem ele é quando não está fantasiado?" Tentei falar com calma, mas até eu notei o nervosismo em minha voz e amaldiçoei minha covardia.

"Você está diante do rei Netuno", disse um dos marinheiros, e eu fiz uma careta e sacudi a cabeça. "Trema na sua presença, girino pegajoso, trema!"

Eu sacudi a cabeça. "Nem aqui nem na China. Esse aí é John Williams, o que cuida da vela da mezena."

"Silêncio!", gritou Williams. "Responda à minha pergunta. Você sabe por que está perante este tribunal?"

"Não", respondi, sacudindo a cabeça. "Se é um jogo, ninguém me ensinou as regras, portanto..."

"Você é acusado de ser um girino", interrompeu-me Williams. "Um girino pegajoso. Confessa-se culpado?"

Pensei nisso e olhei ao meu redor, desejando muito voltar para baixo, para o conforto do meu beliche, mas o olhar dos homens bastou para me fazer entender que uma tentativa de fuga só podia terminar em lágrimas. "Não sei o que é isso", confessei enfim. "Portanto, duvido que eu seja culpado."

Williams estendeu os braços e olhou para os homens. "Hoje nós finalmente vamos passar pela magnífica linha central que divide o globo em dois", anunciou com voz sonora e teatral, "o norte do sul, hemisfério de hemisfério, essa marca que nós chamamos de Grande Equador, e, diante disso, Netuno exige o sacrifício dele. Um girino. Uma pessoa a bordo que nunca passou pela curva equatorial."

Eu cheguei a abrir a boca, mas não consegui dizer uma palavra. Pensei nas histórias que ouvira dos rituais praticados quando os navios cruzavam o equador, das coisas que faziam com os marinheiros virgens que nunca tinham passado por essa linha, mas não consegui me lembrar dos detalhes. No entanto, sabia que aquilo não era nada bom.

"Por favor", disse. "Eu preciso servir o café do capitão. Não posso voltar para o meu..."

"Silêncio, girino!", bradou o rei Netuno, e eu estremeci de surpresa. "Servos", disse ele então, olhando para os homens à esquerda e à direita, "mostrem o girino."

Eles me soltaram um instante, mas logo depois alguém atrás de mim me segurou para que me arrancassem a camisa. Os marinheiros comemoraram aos berros, e eu gritei para me largarem, porém outras mãos me agarraram, puxaram meu calção e, por mais que eu esperneasse e me debatesse, despiram-no, e em seguida livraram-me rapidamente da cueca. Em poucos segundos, eu me vi no centro do convés nu como no dia em que nasci, sem nada além das mãos para tapar a vergonha. Ergui a vista bem quando o sol ia saindo de trás de uma nuvem e fiquei momentaneamente ofuscado, e o efeito disso combinado com o meu medo de lá estar com as coisas de fora, para não falar na minha apreensão com o que ainda podia acontecer, deixou-me atordoado, de pernas bambas, e eu senti a mente retornar a momentos do passado que eu tanto procurava esquecer. Momentos em que a minha humilhação foi igualmente brutal.

> *...é um bom garoto senhor Lewis um bom garoto mesmo e de onde você é amiguinho de Portsmouth talvez você conheça lá um bom amigo meu um menino da sua idade garanto chamado George Masters você conhece o George não que fantástico eu tinha mesmo a impressão de que garotos como você quer dizer garotos bonitos fazem companhia uns aos outros você não...*

"Nós recebemos a denúncia dos seus crimes, e o mais grave deles é você se passar por irlandês", prosseguiu o rei, e eu sacudi a cabeça para me concentrar em suas palavras ao mesmo tempo que o encarava com assombro.

"Eu nunca fiz isso", disse, horrorizado com a ideia. "Nem seria capaz. O único irlandês que conheci era um sujeito nascido e criado em Skibbereen, e foi enforcado por roubo no Execution Dock."

"O que vocês acham do girino, homens?", gritou o rei, e todos ao meu redor berraram "Culpado!", e ele arreganhou um sorriso brutal para mim. "O castigo por se fazer passar por irlandês é comer uma maçã irlandesa", sentenciou.

Eu balancei a cabeça devagar. Se aquela humilhação consistia em ficar nu na frente da equipagem do navio e comer uma fruta... bem, achava que já tinha sofrido indignidades piores na vida, sim, e tornaria a sofrê-las, sem dúvida. Então vi o sr. Heywood se aproximar com algo na mão e me perguntei se ele não teria cuspido na maçã ou feito coisa pior. Do que aquele asno não seria capaz? Podia tê-la esfregado sei lá em que lugar, apesar de toda a empáfia do calhorda. Mas, quando ele me entregou a coisa, eu arregalei os olhos, pois não era nenhuma maçã, nem irlandesa nem de lugar nenhum.

"Mas isso é uma cebola", eu disse, erguendo o olhar.

"Coma logo, girino!", gritou o rei, e eu sacudi a cabeça, pois não havia meio, na verde terra do Criador ou na água azul do demônio, de eu comer aquela porcaria. Nesse momento, um dos homens me deu um forte pontapé no traseiro, derrubando-me no convés, deixando-me com um machucado que eu sabia que ia doer uma semana. "Coma!", berrou.

Não vendo alternativa, eu pus aquela coisa podre na boca e tentei mordê-la com casca e tudo.

"É para engoli-la inteira", disse Netuno.

"Mas eu vou passar mal", choraminguei, e ainda diria mais se o sr. Heywood não tivesse arremetido com tão péssimas intenções estampadas no rosto; só me restou pegar a cebola e enfiá-la na boca. Tentei escancarar os maxilares e cravar os dentes nela a fim de abrir espaço para respirar, mas a essência do bulbo me sufocou; fiquei sem ar e com o rosto banhado de lágrimas. "Por favor", tornei a dizer, pondo-me de lado para esconder um pouco a nudez, embora minha bilola já estivesse mais do que encolhida de medo do ataque que talvez planejassem contra ela. "Não sei o que vocês querem que eu faça, mas..."

"Girino, você também é acusado de conspirar para pôr fogo na Catedral de Westminster", rugiu Netuno, e dessa vez eu me limitei a sacudir a cabeça ante a demência da ideia de afirmar a minha inocência. "O que vocês acham do girino, homens?", perguntou ele, e uma vez mais se ouviu o clamor "Culpado!", seguido de um furioso sapateado. "Então ele está condenado a beijar a filha do artilheiro", anunciou o rei dos mares.

Novos aplausos e berros comemoraram a sentença. Logo em seguida, arrastaram-me pelo convés e me suspenderam atravessado por cima de um dos canhões; um homem me segurava pela frente e outro pelos tornozelos. Uma dor intensa me sacudiu o corpo quando o meu peito bateu com violência no metal frio e meus joelhos se dobraram. Pensei que sabia o que se seguiria e me pus a lutar e a gritar. Mas, não, estava enganado, pois um dos guardas-marinha apareceu com uma lata de tinta e uma brocha e, para minha grande humilhação, pintou de vermelho todo o meu traseiro; depois, me viraram e ele também pintou meu pingolim. Num ato contínuo e sem aviso prévio, eles me tiraram de cima do canhão e me levaram de volta ao lugar inicial, e o rei ergueu as mãos, gritando "Continuem!".

Todos os homens avançaram ao mesmo tempo, e eu notei que agora muitos portavam pedaços de pau e outros objetos para me espancar, e foi o que fizeram. Bateram em todo o meu corpo sem dó nem piedade, visando principalmente o traseiro e a bilola. Cheguei a levantar as mãos para me defender, mas sem resultado, eles eram tantos e eu um só, e comecei a sofrer uma dor única e constante no corpo, não uma série de pancadas, enquanto golpeavam, batiam e me rasgavam a pele, e eu achei que ia perder os sentidos em meio àquele tumulto.

...há umas coisas que eu gosto de fazer e o senhor Lewis me informou que nisso ninguém é melhor do que você é verdade tomara que sim pois aqui dentro tenho uma moeda de seis pence *para dar se você me agradar você é um garoto bom para agradar a gente não é talvez possa me propor um jeito de me dar prazer pode pensar em qualquer...*

Não sei quanto tempo durou o espancamento, mas, de repente, os homens se afastaram, e não foi preciso me segurar para que não fugisse, pois eu caí no convés, um olho semicerrado e inchado, a dor a maltratar cada fibra do meu corpo. Fiquei de costas, já sem pensar em me esconder, pois a minha vergonha não era nada em comparação com meu sofrimento físico. Com o olho bom, olhei para cima, e o sol continuou a me atordoar, mas um vulto encobriu momentaneamente a luz, e não era outro senão o sr. Heywood, que vinha terminar o serviço.

"*Sir*", gritei, cuspindo o sangue da boca, sentindo que meus dentes não eram meus, um gosto ruim na língua. "Me ajude, *sir*", tentei dizer, mas apenas pude ouvir as palavras, tão inaudíveis me saíram da garganta.

"Mais um castigo, girino", disse ele tranquilamente, e eu o vi abrir a própria calça, pôr o pinto para fora e esvaziar a bexiga em mim. O calor da urina fez a minha pele arder, mas eu não tinha como me esquivar, tão arrebentado me achava naquele momento. Heywood devia estar bem apertado, pois aquela humilhação durou uma eternidade; quando finalmente terminou e fechou a calça, afastou-se e informou os homens de que era preciso me lavar, e, uma vez mais, todos comemoraram aos berros.

Dessa vez, um novo par de mãos me pegou e me levou até a amurada, onde muitos outros me agarraram sem que eu soubesse para quê; só algum tempo depois, ao ouvir o barulho de uma corda grande sendo puxada e amarrada, percebi que a prendiam na minha cintura. Embora mal pudesse ficar de pé, eu a agarrei, tentando desesperadamente desatá-la, mas a corda era muito pesada e estava bem presa. *Vou ser enforcado*, pensei com horror. Tinha visto dois homens enforcados, ambos assassinos, um dos quais não era mais velho do que eu, e ele se urinou todo no patíbulo quando puseram a corda em seu pescoço, e eu vi que teria o mesmo destino, pois minha bexiga ameaçava se esvaziar de medo.

"Socorro", gritei. "Alguém me acuda. Por favor. Eu faço o que vocês quiserem."

...isso é o que eu quero tenho umas ideias é claro e você não vai dizer não senão o senhor Lewis ficará sabendo o motivo ora não fique com essa cara não me diga que nunca lhe pediram para fazer isso um menino bonito como você sabe muita coisa não sabe ajoelhe-se já garoto assim...

Agarraram-me, ergueram-me e me puseram sentado na borda da amurada do navio. Eu apoiei as mãos nos lados para me firmar, claro que tinham me colocado lá para pagar mais algum crime de que me acusavam, e então eis que avistei nada menos que o sr. Christian saindo da coberta, e ele, vendo-me lá empoleirado, todo machucado, nu como um recém-nascido, abriu um sorriso e bateu palmas.

"Senhor Christian", tentei gritar, mas as palavras mal alcançaram meio metro além de mim, tão acabado eu estava. "Senhor Christian... socorro, *sir*... Eu vou ser assassinado..."

Assassinado! A última palavra que pronunciei antes que o pé enorme do rei Netuno me atingisse a barriga, fazendo com que eu caísse de costas da amurada e mergulhasse no Oceano Atlântico. A corda se apertou no meu peito e eu arquejei, apavorado, ao mesmo tempo que afundava, a boca cheia de água salgada, sem poder respirar, tendo por único pensamento o de morrer afogado sem saber por quê. Içaram rapidamente meu corpo por entre as ondas, ao longo do costado do navio, e eu fui puxado naquela direção a uma velocidade tal que tive certeza de que a morte havia chegado. Sorvi o ar com avidez enquanto a corda era puxada para logo mergulhar outra vez, e, depois disso... depois disso... o resto foi silêncio.

Começou não muito tempo depois do meu décimo primeiro aniversário. Fazia quase dois anos que eu morava com o sr. Lewis e, durante esse tempo, descobri que ele era uma estranha mescla de bondade com crueldade, um homem que tomava conta de todos os meninos sob os seus cuidados, mas que, quando incitado pelos mais velhos, era capaz de proferir os piores insultos e provocar cenas de violência e horror que enchiam de medo as noites da minha cabeça infantil.

"Você gosta daqui, John Jacob, não gosta?", ele me perguntava de quando em quando naqueles primeiros anos; sempre dava a impressão de gostar muito de mim e me tratava com uma generosidade inusitada. "E está aprendendo muita coisa comigo, não?"

"Ah, sim", eu dizia, acenando rapidamente a cabeça, e, afinal, como não lhe ser grato? Não era ele que me dava comida e água e me oferecia cama toda noite, sendo que eu podia muito bem ter de passar as horas tardias numa valeta na beira da estrada? O seu estabelecimento era o único lugar em que me sentia verdadeiramente em casa e lá não faltavam meninos da minha idade com quem conversar. "Eu agradeço muito, senhor Lewis, o senhor sabe disso."

"Sim, eu também acho que sim. Você é um bom garoto, John Jacob, um dos melhores."

Desde o começo, ele me ensinou a arte de punguear, que era a principal atividade de todos naquela casa, coisa que aprendi melhor do que ninguém. Não sei se isso *estava no meu sangue ou na minha natureza, mas eu tinha mão leve e rápida, e isso vinha muito a calhar quando vagava pelas ruas de Portsmouth para me apropriar das coisas que eu queria e de que ele precisava. De fato, entre os meus irmãos de lá, eu era conhecido por levar a maior féria para casa no fim do dia: carteiras, lenços, moedas, bolsas de mulher — tudo em que conseguisse pôr as mãos. Às vezes, um policial pegava um garoto no ato de afanar, mas nenhum jamais delatou o sr. Lewis. Eu mesmo fui preso algumas vezes, mas não abri a boca. Ele tinha domínio sobre nós, sobre todos nós. De onde vinha esse controle, eu não sei. Talvez fosse a solidão ou a segurança daquela aparência de família. Talvez fosse o fato de nenhum de nós jamais ter conhecido coisa diferente na vida. Talvez fosse o medo de ser jogado na rua.*

Nunca havia menos de doze moleques morando lá e nunca mais de dezoito. A maioria tinha menos de doze anos, mas sempre havia quatro ou cinco entre doze e dezesseis, e eles é que eram os mais complicados. Lembro-me de muitos garotos amigos meus, que cuidavam de mim, mas, quando chegavam a essa idade, ficavam taciturnos e calados. Eu sabia que o sr. Lewis arranjava um trabalho diferente para cada um de nós quando crescíamos, mas não sabia que trabalho era esse. Em todo caso, à noite, quando o sol tinha se posto e a lua já ia alta, esses garotos mais velhos eram colocados diante de um espelho, com uma bacia de água na frente, e recebiam ordem de lavar a cara e pentear o cabelo, depois eram levados ao último andar da casa, onde passavam algumas horas na chamada Seleção Noturna. Nenhum de nós podia sair da cama nesse período, mas ouvíamos os passos pesados dos cavalheiros subindo a escada até o último andar e descendo algumas horas depois, mas não tínhamos ideia do que se passava lá em cima. E, na nossa ignorância, não dávamos importância a nada disso.

Mas os rapazes do andar superior tinham de ser substituídos quando ficavam mais velhos, e o sr. Lewis os expulsava da casa. Uma noite, pouco depois do meu décimo segundo aniversário, ele se sentou na minha cama e passou o braço pelos meus ombros.

"Diga uma coisa, John Jacob, meu bom amigo, você ainda se acha um bebê ou está disposto a fazer um trabalho mais importante que tenho em mente para você?" Eu sabia que estava sendo convocado para trabalhar no quarto do último andar e fiquei orgulhoso pelo fato de ser escolhido entre os pequenos para essa função. Respondi que estava disposto, e ele me ajudou a lavar o rosto e pentear o cabelo, depois recuou um passo e me examinou com ar orgulhoso.

"Ah, sim", disse. "Sim, sem dúvida. Você também é um garoto e tanto. Tão lindo. Que rapazinho popular vai ser. Você vai me enriquecer, juro."

"Obrigado, sir", disse-lhe, sem entender o que ele queria dizer com aquelas palavras.

"Muito bem, como é a sua primeira noite, vai ser um pouco mais cômodo para você. Não queremos nenhum dos outros meninos lá em cima. Vai ser tudo só para você. Gostou da ideia?"

Eu disse que sim, e ele se mostrou ainda mais satisfeito que antes, mas logo ficou subitamente sério e se ajoelhou no chão para me olhar nos olhos.

"Mas diga uma coisa", pediu com ar desconfiado: "Eu posso confiar em você, não?"

"Claro que pode, sir."

"E está agradecido pelo lar e os amigos da sua idade que eu lhe dei? Não vai me decepcionar?"

"Não, sir", respondi. "Eu nunca faria uma coisa dessas."

"Ah, bom. Gostei de ouvir isso. Estou muito contente com o que você diz, John Jacob. Muito contente mesmo. E você vai fazer o que mandarem, não vai? Sem criar problemas?"

Eu fiz que sim, agora um pouco mais nervoso, mas ele ficou satisfeito com a resposta, e pouco depois nós subimos — só os dois — ao último andar, onde eu nunca tinha posto os pés desde a minha chegada ao estabelecimento anos antes. Sempre quis saber como era aquilo e imaginava que tivesse mobília escassa e atmosfera árida como os cômodos em que morávamos no térreo, mas qual não foi a minha surpresa quando a porta se abriu para uma bela sala de estar com um confortável sofá e várias poltronas macias. No fundo, duas portas davam para dois quartos, e eu vi que cada qual tinha uma cama fofa e uma bacia de água.

"E então, John Jacob?", perguntou o sr. Lewis. "Que acha disto aqui?"

"Muito bonito, sir. Lindo."

"Sim, é verdade. Eu procuro mantê-lo confortável. Mas agora que já viu tudo, entenda que há um trabalho a fazer, um trabalho importantíssimo para o bem-estar da nossa família feliz."

Eu engoli em seco e balancei a cabeça lentamente. Estava ficando desconfiado e, por mais que ele parecesse achar uma grande lisonja levar-me sozinho para lá, eu preferia que os meus irmãos mais velhos estivessem presentes para me fazer companhia e me dar segurança. Ia dizer alguma coisa nesse sentido quando ouvi passos na escada lá fora e, pouco depois, uma batida na porta.

"Faça tudo que mandarem, garoto, para que não lhe aconteça nada de ruim", disse o sr. Lewis ao abrir a porta.

Fez-se a um lado para dar passagem a um homem de meia-idade com casacão grosso e cartola. Eu não o conhecia, mas não tive a menor dúvida de que era um ricaço. Estava na cara.

"Boa noite, senhor Lewis", disse ele, entregando-lhe a bengala e entrando.

"Boa noite, sir", sorriu o sr. Lewis, inclinando-se um pouco, coisa que eu nunca o tinha visto fazer. "Que bom que o senhor voltou a nos visitar."

"Ora, eu prometi voltar, não prometi, caso o senhor tivesse algo novo a oferecer e..." Ele hesitou ao me ver no canto da sala, onde eu tinha dado um jeito de me refugiar, e arregalou os olhos de surpresa. "Oh, senhor Lewis", disse então, "desta vez o senhor se superou."

Com a porta já fechada, o cavalheiro se aproximou de mim, a mão estendida. "Boa noite, meu jovem. Encantado em conhecê-lo."

"Boa noite, sir", balbuciei quase sem voz, apertando-lhe a mão.

Ele achou graça nisso e se voltou para o sr. Lewis. "O senhor prometeu uma coisa especial", disse, ainda surpreso. "Mas eu não imaginei... Onde foi que o arranjou?"

"Ah, ele está comigo há alguns anos, não é John Jacob? Só que ainda não foi usado. É a sua primeira noite."
"Jura?"
"Basta olhar para ele, sir."
O ricaço virou-se para me examinar, já não sorria, e pôs a mão no meu rosto. Eu me encolhi levemente ao sentir seus dedos na bochecha, sem saber o que aquele sujeito queria de mim, e ele balançou a cabeça devagar e sorriu.
"O senhor não mentiu", disse, endireitando o corpo e entregando ao sr. Lewis algo que tirou do bolso. "Há um extra aí, o senhor vai ver. Pela sua generosidade em me convidar a participar."
"Ora, muito obrigado, sir. Então fiquem à vontade. Com licença."
"Obrigado", disse o homem. "Mas, senhor Lewis", acrescentou quando o outro ia saindo. "Pode deixar a bengala aqui mesmo."
"Como quiser, sir", respondeu ele. E, um segundo depois, nós dois ficamos a sós.
Isso aconteceu mais de três anos antes da minha chegada a bordo do Bounty. Nesse período, quase toda noite eu ficava no último andar do estabelecimento do sr. Lewis, com três ou quatro irmãos, satisfazendo as necessidades e os desejos dos cavalheiros que pagavam para ter prazer. Não me lembro da cara de nenhum deles. Mal recordo o que faziam. Aprendi a não pensar nessa experiência e a ser Turnstile lá embaixo e John Jacob lá em cima. Comecei a não pensar no que fazia. Mesmo porque geralmente não durava mais do que meia hora. Eu não ligava; nem sequer me sentia vivo.
E então, numa tarde, na antevéspera do Natal, furtei o relógio do sr. Zéla e, no fim daquele mesmo dia, fui levado para longe de tudo.

Despertei com um sobressalto, os olhos pregados no teto. Algo tinha me acontecido, mas o quê? Que dia é hoje? Só pode ser segunda-feira, pois o sr. Lewis não traz seus cavalheiros para cá nas segundas; é o nosso dia de folga, um dia depois do Dele.
Não. Este não é o estabelecimento do sr. Lewis.
Eu estava num navio.
No *Bounty*.
Meu corpo estremeceu de pavor quando as lembranças retornaram — o sequestro, o desnudamento, a esfrega, a pintura, os maus-tratos, o pontapé, o afogamento —, e eu deixei escapar um grito de dor e juro que pensei que estava torrando no inferno. Tentei olhar para baixo, mas meu corpo estava coberto com uma manta grosseira e não tive coragem de erguê-la para examinar os traumas que ocultava.
"Então você acordou?", perguntou uma voz ao meu lado, e eu tentei virar a cabeça e olhar para o capitão Bligh, que se agachava.
"Os homens...", cochichei. "Os homens... senhor Heywood... senhor Christian..."
"Pare de falar, mestre Turnstile. Você precisa repousar um pouco mais. Vai ficar bom. Já vi girinos passarem por coisa muito pior. A navegação é uma ativi-

dade supersticiosa, meu jovem amigo, e os homens são mais crédulos do que um punhado de velhas. Se não pudessem fazer o que acham certo, Deus sabe do que eles não seriam capazes. Quando o navio passa pelo equador, o rei Netuno precisa receber o seu sacrifício. Outros já passaram por isso. Eu mesmo passei há muitos anos. E ouvi dizer que você enfrentou tudo com muita coragem. Agora é um marujo veterano com lepas no lombo e merece um presente."

Levantou-se, entrou na cabine e, pouco depois, voltou com um pedaço de pergaminho, o qual desenrolou cerimoniosamente. "Os homens deixaram isto aqui para você", disse. "Quer que eu leia?"

Eu o encarei sem dizer sim nem não, mas ele deve ter tomado o meu silêncio por anuência, pois o desenrolou e examinou as palavras no alto.

"Uma proclamação", anunciou com uma voz severa que me lembrou o monstro que me torturou no convés. "Considerando que, por nossa Decisão Real, o bravo John Jacob Turnstile, outrora girino pegajoso, adentrou o nosso domínio no dia de hoje. Pelo presente, declaramos que é da nossa Real Vontade conferir ao companheiro acima mencionado a Liberdade dos Mares. Caso ele caia no mar, ordenamos a todos os *tubarões, golfinhos, baleias, sereias* e outros habitantes das profundezas que se abstenham de maltratar a sua pessoa. E, ademais, ordenamos a todos os *marinheiros, soldados* e outros que não percorreram o Nosso Domínio Real que o tratem com o devido respeito e a devida cortesia. Firmado por mim em Nossa Corte a bordo do HMS *Bounty*, no equador em latitude, neste oitavo dia de fevereiro do ano da graça de 1788. Assinado, Câncer, Alto Funcionário da corte de Netuno Rex."

Tornou a enrolar o pergaminho e sorriu para mim. "Um belo texto antigo, não?", perguntou. "Orgulhe-se, meu rapaz. Você é mais forte do que imagina. Pode ser que um dia tenha motivos para se lembrar disso."

Eu fechei os olhos e tentei engolir, mas estava com a garganta tão dolorida que foi como mastigar pedregulho. Não sabia o que me magoava mais: a miséria e a violência que sofri nas mãos dos marinheiros ou a decepção por constatar que o capitão não só aprovava aquelas coisas como sabia o que estava acontecendo no convés e não moveu uma palha para me salvar.

E fiz um juramento na minha tarimba, um maltratado resto do que eu era quando me deitei para dormir na noite anterior. Jurei que, se alguma vez tivesse a chance de largar aquele navio e fugir para sempre, eu o faria. Se surgisse a oportunidade, sairia do *Bounty* para nunca mais voltar nem para o navio, nem para o sr. Lewis, nem para a Inglaterra.

Jurei com o Todo-Poderoso por testemunha.

12.

Antes das minhas aventuras a bordo do *Bounty*, no tempo em que eu ainda era prisioneiro do estabelecimento do sr. Lewis, em Portsmouth, se me perguntassem qual era a minha impressão da vida no mar, eu responderia que devia ser repleta de aventura, emoção e bravura. O trabalho era pesado, sem dúvida, mas cada manhã ensolarada por certo oferecia um novo desafio.

No entanto, com o transcorrer dos meses, percebi que estava redondamente enganado na minha percepção da vida sobre as ondas, pois, na verdade, os dias se sucediam da maneira mais cansativa possível e quase nunca acontecia algo interessante que marcasse uma diferença espetacular entre aquele que a gente estava aguentando e o anterior ou o posterior. É por isso que, ao contar a minha história, prefiro narrar os estranhos momentos que separavam um dia do outro e me ofereciam algo minimamente interessante. Mas, entre cada um deles, não havia senão longos e maçantes dias e noites a vogar, com tempo às vezes bom, às vezes ruim, com uma gororoba insossa para comer e na companhia de gente que não instigava a imaginação nem o intelecto. De modo que é fácil entender por que a menor alteração na nossa rotina provocava grande entusiasmo nos homens. E, numa manhã ensolarada, talvez dez dias depois da minha mortificação ao atravessar a linha do equador, um acontecimento aliviou um pouco o monótono passar das horas.

Na ocasião, eu estava na cozinha do navio, preparando o almoço do capitão, e, apesar da sua benevolência, o cozinheiro estava de olho em mim para que nenhum bocado da comida melhor, reservada para o capitão e os oficiais, fosse parar na minha barriga enquanto eu preparava o prato.

"Você emagreceu, jovem Tutu", disse ele, medindo-me de alto a baixo e usando o apelido que agora corria de boca em boca na tripulação e que eu já desistira de corrigir. "Não tem comido?"

"Tenho comido tão bem quanto uns e tão mal quanto outros", retruquei sem olhar para ele, porque estava meio deprimido naquela manhã, morrendo de tédio, e sem a menor vontade de continuar a conversa.

"Ora, garoto, o mar é assim mesmo. No dia em que você embarcou, eu disse ao senhor Fryer: chegou um moleque que já comeu muito bem na vida. Se houver um desastre, é só enfiar uma maçã na boca dele, assá-lo no forno, e a gente tem comida para um mês."

Eu larguei a faca e olhei para ele com raiva. Nada mais ridículo do que me chamar de superalimentado, justo eu que fora levado das ruas de Portsmouth para o tribunal e, de lá, para o convés do *Bounty* e nunca tinha comido uma comida decente na vida. Era bem verdade que toda noite, às sete horas, antes que chegassem os abastados clientes tardios, havia um jantar até que sofrível no caldeirão do sr. Lewis, mas meus irmãos e eu sempre disputávamos aos tapas os melhores pedaços do cozido, coisa nada fácil já que este não passava de caldo e cartilagem.

"Quem tentar me comer acaba com uma faca espetada na barriga", eu disse, baixando a voz e fazendo o possível para mostrar que estava falando sério e que não valia a pena se meter comigo. "Eu não sou jantar de marinheiro."

"Ora essa, Tutu, não seja tão mal-humorado. Afinal, o que há com você ultimamente? Anda mais calado do que rato de igreja e fica circulando por aí com cara de quem preferia ser enforcado a viver num navio."

"Não faltava mais: justo o senhor me fazer essa pergunta", disse, fungando, pois o sr. Hall era um dos que aplaudiram quando me amarraram e me jogaram naquele que pensei fosse o meu túmulo aquático.

Nós dois permanecemos em silêncio, e eu continuei picando as cenouras do almoço do capitão Bligh, mas alguma coisa ficou pairando entre nós em meio àquele silêncio, tanto que cheguei a achar que o sr. Hall tivesse se zangado com o que eu acabara de dizer. Fiquei com o corpo meio tenso, aguardando para ver se ele ia me atacar, mas o vi pegar uma panela de água fervente e relaxei, certo de que não entendera o sarcasmo das minhas palavras.

"É melhor deixar de lado essa sua raiva", disse o sr. Hall. "Aqui neste navio não lhe aconteceu nada que não tenha acontecido a cada homem da equipagem. Você tem vida mansa em comparação com alguns e precisa aceitar esses momentos e seguir adiante sem rancor. É isso que transforma um menino num homem do mar."

Não respondi, muito embora as palavras que flutuaram na minha cabeça se referissem ao fato de eu nunca ter pedido para ser homem do mar, não querer ser homem do mar e pretender parar de ser homem do mar na primeira oportunidade, mas achei melhor guardá-las para mim. Entretanto, uma bolha fervia aqui dentro, e, enquanto eu picava a cenoura, pensei em como seria fácil voltar a faca contra mim e acabar de vez com o fastio e a raiva daqueles dias. A ideia me surpreendeu, pois eu já suportara coisa pior na vida, sim, e com um sorriso nos lábios, mas a perspectiva de muitos outros longos meses a bordo, sofrendo só Deus sabe quais indignidades, bastava para me transtornar. Ergui a faca e fiquei olhando para a lâmina, que tinha sido amolada naquela manhã e estava afiadíssima; porém, antes que outra maluquice se apoderasse da minha mente, ouviu-se uma gritaria lá em cima, no convés, e o sr. Hall e eu nos entreolhamos, surpresos.

"Suba", disse ele, como se eu precisasse da sua autorização para fazer o que me desse na telha. "Vá ver o que aconteceu, se quiser. Eu termino isso para você."

Eu fiz que sim, indagando se ele não se arrependia um pouco de ter participado dos acontecimentos anteriores, mas me desfiz dessa ideia e subi ao convés, sob o sol inclemente, e vi os homens aglomerados na amurada, olhando para uma vela no horizonte. Nada melhor que o arrependimento e os pedidos de desculpa, mas certas coisas que acontecem na vida de uma pessoa ficam tão impressas na memória e tão gravadas no coração que é impossível esquecê-las. São como um ferrete.

"Voltem para os seus postos, homens", gritou o sr. Fryer, passando entre os marinheiros, que se dispersaram rapidamente, mas mantiveram um olho focado no oeste; o entusiasmo de uma interrupção da rotina era tal que a recordação servia de tema de conversas durante dias e dias.

"Eu achava mesmo que íamos vê-lo", disse o capitão Bligh, aproximando-se do senhor Fryer e tomando-lhe a luneta para olhar. "O *British Queen*: um baleeiro, creio. Dias atrás, pensei que os nossos caminhos iam se cruzar, mas, como ele não apareceu, achei que tínhamos perdido a oportunidade. Envie um sinal, senhor Fryer. Ele está a caminho do cabo da Boa Esperança. Vamos mandar um escaler para lá com uma mensagem. Onde diabos está Turnstile?", perguntou, olhando à sua volta, e, como naquele momento eu ia em sua direção, quase colidiu comigo ao se virar. "Ah, você está aqui, garoto. Ótimo, ótimo. Desça à minha cabine, sim? Há quatro ou cinco cartas na primeira gaveta da escrivaninha. Traga-as, vamos mandá-las para que sejam encaminhadas."

"Sim, senhor." Desci correndo, como se não trazer as cartas o mais depressa possível fosse capaz de destruir a grande empolgação que nos aguardava. Pelo estudo dos mapas do capitão Bligh, eu sabia que o cabo da Boa Esperança ficava no extremo sul do continente africano, uma direção totalmente oposta à nossa, já que rumávamos para o cabo Horn, na ponta mais meridional das Américas, mas o baleeiro podia entregar a correspondência às autoridades de lá para que a enviassem — muito devagar — aos destinatários na Inglaterra. Pela primeira vez, ocorreu-me que seria bom ter a quem escrever, mas, se eu pegasse pena e papel, o que dizer e a quem? Obviamente não podia escrever ao sr. Lewis, que não teria o menor interesse pelas minhas aventuras e só desejaria que eu voltasse logo para enfrentar a sua ira. A um dos meus irmãos, talvez; mas ele decerto trocaria o segredo por algum favor do seu algoz. Eu não tinha ninguém. Era uma ideia tola.

Tirei o maço de cartas do lugar onde estava e me voltei para a porta. Nesse momento, porém, percebi que o capitão se esquecera de lacrar o envelope de cima, de modo que a missiva estava à disposição de quaisquer olhos que a quisessem ler. Olhei para a porta, não havia ninguém ali; do lado de fora reinava o silêncio, pois a maior parte da tripulação estava no convés, contemplando a vela do *British Queen*. Sei lá o que me levou a ler a carta. Possivelmente o fato de ter oportunidade e também por eu pensar que ela talvez me desse uma ideia do que passava pela cabeça do capitão, coisa que despertava um pouco a minha curiosidade. Possivelmente porque, na minha ilusão e vaidade, achei que o capitão podia ter escrito algumas palavras a meu respeito e eu queria saber o que ele dizia, se me aprovava ou me achava um zero à esquerda. Em todo caso, qualquer que fosse a razão, afastei-me da porta, coloquei as cartas lacradas na cadeira ao meu lado, abri a de cima e comecei a lê-la. Cito de memória e muitas palavras podem estar erradas, mas acho que captei o significado geral.

Minha queridíssima Betsey,

assim começava e, oh, juro que achei graça em imaginar o capitão chamando alguém de queridíssimo sei-lá-o-quê, o maricão. Mas, na escrivaninha, o retrato de sua esposa mostrava uma mulher bonita, capaz de assanhar qualquer homem, de modo que não havia por que zombar dele.

Até que estamos avançando bem com a nossa pequenina nau e creio que contornaremos o Horn no domingo de Páscoa. O tempo nos tem sido favorável até agora...

Não pude acreditar que ele tivesse a coragem de dizer tal coisa, afinal, nós não havíamos passado por provações inconcebíveis nas primeiras semanas de viagem? Ninguém a bordo parecia lembrar como tinha sido difícil, mas eu lembrava.

Devo acreditar que conseguiremos chegar a Otaheite antes do previsto? Eu rezo para que assim seja, pois nossa estada lá pode ser mais prolongada do que esperamos, e quem sabe como há de ser a viagem de volta, mas, como cada dia que passa me aproxima um pouco de ti, meu coração só pode estar repleto de felicidade.

Aqui eu hesitei, dividido entre o constrangimento e o sentimento de que não devia ler a carta de um homem para a esposa, mas tinha chegado longe demais e agora nada me deteria.

Todos os homens trabalham muito, e eu aperfeiçoei as instruções permanentes de modo que tenham tempo para DORMIR, tempo para TRABALHAR e tempo para o LAZER. O resultado é uma equipagem feliz, e é um orgulho para mim contar que até agora não tive motivo para punir um só marujo. Acaso já houve um navio na Marinha de SM que tenha passado tantas semanas no mar sem chibata? Creio que não, e espero que os marinheiros fiquem agradecidos.

O meu objetivo é chegar a Otaheite com teias de aranha no açoite de nove cordas, e acredito que vou conseguir! Introduzi a dança à noite, adotando a rotina do capitão do Endeavour, e, embora tenha havido tumulto no começo, à parte uma ou outra palhaçada que eu tolerei bem, creio que agora os homens estão contentes com o exercício e o praticam de bom humor. Isso me lembra a nossa última noite na casa de sir Joseph, quando se desejou boa sorte na viagem, e eu te tomei nos braços e nós dançamos entre os outros, e foi como deslizar no chão. A dança me trouxe à lembrança aquela véspera de Natal antes do nosso feliz casamento, quando juntos patinamos no lago congelado do Hyde Park, lado a lado, o meu braço enlaçando tua linda cintura, e eu já sabia que era o mais sortudo dos homens e um sujeito feliz.

E, assim, meu pensamento se volta para ti, minha queridíssima, e para o nosso filho e as nossas lindas filhas, e confesso que meus olhos se umedecem quando penso em ti ao pé da nossa alegre lareira, o tricô na mão, e recordo as noites felizes que juntos passamos no...

"Tutu."
Confesso que nunca na vida eu pulei tão alto como no momento em que minha leitura foi interrompida por uma voz baixa e grave. Estava tão mergulhado nas palavras do capitão que não ouvi os passos se aproximando pelo corredor nem notei quando abriram um pouco mais a porta, e sei lá quanto tempo continuei lendo a carta antes que ele falasse.
"Senhor Christian", disse com o rosto abrasado, apressando-me a juntar as cartas e fingindo não ter cometido nenhum ato de indiscrição. "O capitão me mandou apanhar estas cartas. Há um navio..."
"E mandou lê-las antes de entregá-las?"
"Não, *sir*", respondi, procurando me mostrar ofendido com a ideia, mas sabendo que seria dificílimo simular inocência: a evidência era insofismável. "Eu não fiz nada disso! Eu..."

"Então você, com a sua vastíssima erudição, só estava verificando se havia erros, não é mesmo? A caligrafia está boa? A prosa é elegante?"

"Senhor Christian", disse, avançando um passo e sacudindo a cabeça, sabendo já que o único modo de sair daquele enguiço era me entregar à sua misericórdia. "Eu não tinha intenção, *sir*, palavra que não. Ela caiu aberta na minha frente. Só li uma ou duas linhas e já ia para o convés..."

O oficial não me ouviu, pois acabava de abrir a carta e a estava examinando rapidamente, as pupilas escuras se moviam para lá e para cá, absorvendo o conteúdo. Ele era um leitor veloz, pois virou o papel e leu o verso bem mais depressa do que eu.

"O senhor vai contar para o capitão, *sir*?", perguntei, temendo que o orgulho do sr. Bligh por não ter açoitado nenhum homem a bordo se arruinasse naquele mesmo dia e que fosse eu a primeira desgraçada vítima.

O sr. Christian expirou ruidosamente pelo nariz e ficou pensando. "Quantos anos você tem, Tutu?", perguntou.

"Catorze, *sir*", respondi, olhando humildemente para o chão para ele ficar com pena de mim.

"Aos catorze anos, eu roubei um cesto de maçãs do vizinho do meu pai. Comi-as numa sentada, sem saber que tinham sido separadas para os porcos, pois fazia dias que estavam estragadas. Passei quase uma semana de cama, às voltas com a doença do estômago e a dos intestinos, e, durante todo esse tempo, meu pai não me castigou nem ralhou comigo, pelo contrário, cuidou de mim até eu sarar. E, quando voltei a me levantar, totalmente curado, ele me levou ao seu escritório e me bateu tanto, mas tanto, que até hoje, quando vejo uma maçã, eu me lembro logo dessa surra. Mas nunca mais roubei, Tutu, palavra de honra. Nunca mais pensei em roubar."

Eu acenei a cabeça e fiquei calado. Percebi logo que aquele discurso não admitia réplica.

"Leve as cartas para o convés", ordenou então. "Não vou comentar este incidente com o capitão, porque, quando me lembro do meu tempo de menino, sei como é fácil cometer um erro."

Eu exalei um longo suspiro de alívio, pois, assim como não queria ser açoitado, sabia que tampouco queria que os homens me tachassem de bisbilhoteiro ou que o capitão pensasse mal de mim. "Obrigado, senhor Christian", disse. "Nunca mais faço isso, juro."

"Sim, sim", respondeu, dispensando-me com um gesto. "Vá para o convés. E, quem sabe, Tutu, você não me faz um favor se um dia eu precisar?"

Ele falou muito baixo, e eu vacilei à porta. "O senhor, *sir*?", perguntei. "Mas que favor eu poderia lhe fazer? O senhor é oficial, eu não passo de..."

"Sim, eu sei", atalhou, sacudindo a cabeça. "Uma ideia absurda. Mesmo assim, vamos tê-la em mente, está bem? Caso aconteça."

Não tive escolha senão concordar e correr para o convés, onde ouvi o capitão Bligh gritando meu nome, prestes a perder a oportunidade devido à minha demora. E agora estou aqui, falando no quanto uma mudança na rotina pode ser interessante e interromper a sequência normal de dias enfadonhos da vida no mar. O resto daquele dia eu passei no escaler com o sr. Fryer, velejando até o *British Queen*, onde entregamos as cartas e prestamos nossas homenagens, e depois retornando ao *Bounty*. Mas eu me lembro, por acaso, do que se falou e se fez durante todo esse tempo e toda essa viagem? Não. Porque não consegui pensar senão na minha gratidão ao sr. Christian por ter me salvado e decidi que, se um dia ele me pedisse — coisa que eu não podia imaginar —, eu faria o possível e o impossível para pagar a minha dívida.

Eu era um garoto ignorante naquele tempo, não sabia nada do mundo nem dos homens.

13.

Quando eu morava em Portsmouth, no estabelecimento do sr. Lewis, raramente pensava no mar, um vizinho tão conhecido que a gente mal lembrava que existia. Minhas manhãs e tardes, no entanto, eram preenchidas pelo burburinho dos marinheiros que vagavam pela cidade, flertando com as mulheres, embebedando-se nas tavernas, criando toda espécie de confusão quando desembarcavam, depois de meses — às vezes anos — no mar, com uma única coisa em mente. Porém, uma vez satisfeitas as suas sórdidas necessidades, aqueles homens que haviam passado tanto tempo juntos, longe de se alegrar em ficar uns dias separados, reuniam-se para beber, e, da janela que dava para o Twisty Piglet, meus irmãos e eu ouvíamos suas conversas.

"Ele era um tártaro", talvez dissesse um deles sobre seu antigo capitão. "Mesmo que viva cem anos, eu me recuso a subir a bordo com aquele cara. Juro que me recuso."

"Se visse agora aquele bastardo na rua", replicou o outro, "eu me levantava, cuspia na cara dele e diria 'Desculpe, *sir*, lamento dizer que nem o vi parado aí na minha frente'."

Sempre havia um terceiro homem à mesa que, tendo bebido menos que os companheiros, sacudia a cabeça e dizia em voz tão baixa que eu era obrigado a pôr a cabeça para fora e apurar os ouvidos para escutar. "Se agora eu topasse com o capitão Fulano de Tal, aquele porco fedorento, e acreditem, rapazes, o meu caminho logo voltará a cruzar o dele, pegava a minha faca e abria um talho nele da barriga até a garganta e ainda cortava a língua dele. E, quando o largasse sangrando na sarjeta, deixava o açoite de nove cordas enfiado na sua boca."

Tais conversas eram extremamente empolgantes para um garotinho como eu e me persuadiam de que todos os capitães das fragatas de Sua Majestade eram monstros miseráveis, violentos ao extremo, e instilavam tanto ódio nos homens sob o seu comando que era um milagre eles passarem anos e anos no mar e retornarem sem os assassinar. Por isso tive tanto medo do capitão Bligh no começo, pois que sabia eu de homens como ele a não ser o que ouvia da boca de marinheiros beberrões e infelizes? Naturalmente, com o passar dos meses, descobri que ele não era de modo algum o que eu esperava, e me perguntava se não tinha tido a sorte de topar com o único capitão bonzinho da Marinha ou se os homens estavam totalmente equivocados e todos eram assim. Talvez os homens é que fossem maus. O fato é que passei a gostar do capitão e a respeitá-lo, embora continuasse magoado com ele devido a minha humilhação no equador e achava que, quando chegasse o dia de nos separarmos — pois com certeza esse dia ia chegar, já que nada me convenceria a voltar à Inglaterra —, eu lamentaria despedir-me dele.

Sua preocupação com a higiene a bordo chamava a atenção, nunca na história da cristandade há de ter existido um sujeito tão cuidadoso com o asseio do corpo. Muito amiúde, o sr. Bligh punha os homens em fila e examinava as unhas de um por um para ver se estavam sujas, e o marujo que não correspondesse às suas expectativas era obrigado a ficar escovando os dedos, num balde de água, até que o sol do meio-dia o cozinhasse. Os joelhos dos tripulantes — e de vez em quando os meus também — criavam bolhas de tanto tempo que passavam de quatro, escova na mão, lavando os conveses, já que o capitão vivia dizendo que um navio sem sujeira nos conservaria saudáveis e garantiria o sucesso da viagem, que era a sua verdadeira meta. E, uma noite no jantar, quando o sr. Elphinstone lhe perguntou se era verdade que o capitão Cook mandava desinfetar os deques com vinagre, nosso capitão asseverou que era exatamente assim e ficou de cara amarrada por ter esquecido de fazer o mesmo e determinou que tal providência fosse tomada na primeira hora. Mas, se havia uma coisa de que ele se orgulhava mais que de todas as outras — e isso estava na carta à sua esposa que, para minha desgraça, eu li —, era o fato de nenhum homem a bordo ter sido punido durante os nossos meses de navegação. Por certo, havia momentos de tensão no navio e quase todo dia se ouvia um oficial mandar um marinheiro deixar de ser molenga, do contrário ele ia ver o que era bom para a tosse, mas não houve açoitamento nem espancamento desde que zarpamos em Spithead antes do Natal, e eu sabia muito bem que o capitão esperava manter a coisa exatamente assim até que nós, ou melhor, até que *eles* voltassem à Inglaterra, fosse quando fosse.

De modo que não me surpreendi ao ver o seu ar infeliz e decepcionado na tarde em que chegamos a quarenta e sete graus de latitude e todos os membros da equipagem foram chamados ao convés para o julgamento de Matthew Quintal.

Deus sabe que não sou e nunca fui um garoto violento. Eu até tive nos anos anteriores um ou outro arranca-rabo com meus irmãos, mas sempre coisa sem importância — um xingamento que acabava num soco, numa luta no chão com muito bracejar e espernear —, mas a gente logo parava, pois via o quanto o sr. Lewis se divertia com essas refregas. Ele se sentava junto à lareira e ficava assistindo com olhos desvairados, cacarejando sua risadinha de velha caduca, gritando "Isso, Turnstile, senta a pua nele", ou "Bate sem dó, Michael Jones, torce o nariz dele, arranca a orelha dele!". Nós, irmãos, brigávamos, claro, mas brigávamos por nós mesmos, não para diverti-lo, e, quando ele se envolvia, parávamos na hora e trocávamos um aperto de mão, declarávamo-nos bons amigos e saíamos abraçados. E eu me alegrava quando a coisa terminava assim, pois não gosto de briga nem acho a menor graça no sofrimento alheio.

Mas e Matthew Quintal? Santo Deus, foi difícil não sentir prazer em vê-lo diante da tripulação, enfrentando as acusações que, todos sabíamos, ele não tinha como contestar, pois Quintal era o marinheiro do *Bounty* de quem eu menos gostava e o que mais me atemorizava. Por que isso? Porque já o conhecia de antes, por isso.

Alguma coisa está errada neste relato, garanto. Escrevi tantas páginas sem contar que já conhecia um dos camaradas a bordo do nosso vistoso barco? Bom, eu não fui tão desonesto quanto você talvez pense, pois, quando digo que o conhecia, significa que conhecia o tipo e podia ver, pelo seu olhar e pelo modo como ele me observava, que cedo ou tarde chegaria a hora em que aquele sujeito ia querer de mim aquilo que eu já tinha sido obrigado a dar, mas que não queria dar nunca mais.

Em toda parte, topava com os olhos dele grudados em mim. Quando eu estava no convés do navio, talvez esfregando o chão ou aprendendo (como aprendia) a disposição das velas e o nosso modo de navegar, sentia aqueles olhos queimarem as minhas costas. Na coberta, nas noites de tormenta, quando eu ia ouvir a rabeca no alojamento da tripulação, Quintal sempre dava um jeito de ficar ao meu lado e me obrigar a cantar, coisa que eu detestava, pois a voz sempre esteve em último lugar na lista dos meus talentos e era capaz de fazer um corvo cair do céu, fulminado, se eu cantasse um pouco mais alto.

"Ah, pare com isso!", gritava Quintal, tapando os ouvidos e sacudindo a cabeça como se a Morte em pessoa estivesse cantando para ele, muito embora ele próprio me tivesse pedido para cantar. "Pare, Tutu, melhor ser surdo. Como é possível uma voz tão horrorosa sair de um menino tão lindo... quem podia imaginar, hein, pessoal?" E os homens caíam na gargalhada, é claro, e me agarravam para me calar, e o peso daqueles corpos em cima de mim deixava-me transtornado, pois me lembrava Portsmouth, e a coisa que eu mais queria era esquecer aquele lugar e tudo quanto tinha feito lá e fora obrigado a fazer. E, sempre que algo assim acontecia, eu sabia que Quintal o tinha provocado, e Quintal se encarregaria de realizá-lo.

"Você não vai muito com a minha cara, Tutu, vai?", perguntou-me certa vez, e eu dei de ombros, incapaz de fitá-lo nos olhos.

"Eu não gosto nem desgosto de ninguém a bordo", respondi. "Não sou de ter opiniões."

"Mas acha que pode vir a ter afeto por mim?", quis saber ele então, inclinando-se, arreganhando um sorriso e pondo em mim uns olhos tão ameaçadores que a única coisa que eu pude fazer foi correr e me refugiar no santuário da minha tarimba perto da cabine do capitão, e não tenho a menor vergonha de confessar que, mais de uma vez, dei graças a Deus pela sua feliz localização.

O mar tinha serenado na tarde em que nos levaram ao convés. O crime de que o acusavam, ele o cometera dois dias antes, mas foi impossível ler a acusação até terminarem as tempestades — cuja frequência vinha aumentando quase dia a dia nesse período; aliás, era tão raro navegar em águas mansas que chegava a ser uma vergonha desperdiçá-las com essas coisas. O comandante se postou no convés com a equipagem reunida ao seu redor, e o sr. Quintal ficou diante dele, cabeça baixa.

"Senhor Elphinstone", bradou o capitão Bligh com uma voz que me pareceu teatral, e tenho certeza de que até os homens na popa o ouviram. "Apresente a lista de acusações, *sir*!"

O sr. Elphinstone se adiantou e, com desprezo no olhar, mediu Quintal de alto a baixo; atrás dele, o sr. Christian e o sr. Heywood estavam juntos como sempre — pois eram como um par de ervilhas na vagem, um todo arrumadinho, o cabelo lambuzado de pomada, e o outro parecia ter sido esfregado várias vezes por baixo da quilha por ter brincado com suas espinhas —, e o sr. Fryer, atrás deles, se mostrava mais perturbado que de costume, aquele varapau desengonçado.

"Matthew Quintal", disse o sr. Elphinstone, "hoje o senhor está perante nós acusado do crime de roubo. Eu afirmo que o senhor roubou um queijo e, quando foi acusado disso, insubordinou-se contra um oficial."

"As acusações estão corretas, senhor Quintal?", indagou o capitão, os dedos enfiados na lapela. "O que o senhor tem a dizer?"

"Sim, é verdade", respondeu o marinheiro, balançando a cabeça. "Eu peguei o queijo; não posso dizer que não e ficar com a consciência limpa. Estava com fome e vi o queijo, embora não me lembre do crime, não posso esquecer como o queijo me fez bem."

Os marinheiros soltaram um grito de aprovação, e o capitão os encarou antes de calá-los com um grito.

"E a segunda acusação? A de insubordinação. Foi contra quem, senhor Elphinstone?"

"Contra o senhor Fryer, *sir*."

Ao ouvir esse nome, o capitão enrugou a testa e olhou à sua volta. "E onde está o senhor Fryer?", perguntou, pois, no lugar em que estava, a porta da cozinha o impedia de ver o imediato. "Com os diabos", gritou, já vermelho de raiva. "Eu não ordenei que todos os homens, marinheiros e oficiais, se apresentassem no convés..."

"Eu estou aqui, *sir*", disse o sr. Fryer, avançando, e o capitão Bligh girou nos calcanhares para encará-lo. Por um momento, tive a impressão de que ficou decepcionado ao vê-lo, pois, caso ele não houvesse comparecido ao convés, sempre havia a possibilidade de também acusá-lo de insubordinação.

"Ora, não se esconda na sombra feito um rato com medo do gato, homem", gritou o sr. Bligh. "Venha para a luz do sol para que eu o veja."

Ouviu-se um abafado rumor entre os marujos, e eu os vi trocarem olhares enviesados; ninguém ignorava que o capitão não se dava bem com o imediato, mas raramente este era tratado com tanto desprezo na frente da equipagem. O sr. Fryer ficou rubro como um tomate quando se aproximou do capitão, sabia que todos estávamos observando-o em busca de um sinal de fraqueza.

"Este homem, caso o senhor tenha escutado", prosseguiu o capitão, e eu me perguntei se sua cólera não se devia principalmente ao fato de ter perdido a tal façanha disciplinar impecável, "é acusado de um ato de insubordinação para com o senhor. Procede?"

"Ele faltou com o respeito, *sir*", disse o sr. Fryer. "É o que eu diria. Mas, no caso, acho exagero falar em insubordinação."

O capitão Bligh olhou, surpreso, para ele. *"Acha exagero falar em insubordinação?"*, perguntou, torcendo a voz de modo que soasse quase tão empolada quanto a do sr. Fryer, provocando risinhos nervosos entre os homens. "Isso é uma resposta, *sir*? Não me venha com as suas maquinações linguísticas, por favor. Foi ou não foi insubordinação?"

"*Sir*, eu dei pela falta de um queijo", explicou o sr. Fryer, "e suspeitei que Quintal o tivesse pegado, porque antes o vi rondando o paiol de mantimentos e lhe chamei a atenção por indolência. Logo depois, eu o procurei no convés e o acusei do roubo do queijo, e ele me disse..." Hesitou, olhou para Quintal, que lhe endereçou um sorriso, como se tudo aquilo não passasse de uma farsa terrível, e olhou para o chão, como se não quisesse ter a menor participação no que estava por vir.

"Desembuche, homem", gritou o capitão. "O que foi que ele disse? O que alegou?"

"Prefiro não repetir as palavras, *sir*."

"Prefere não repetir as palavras?", riu o capitão, olhando ao seu redor com surpresa. "Ouviu isso, senhor Elphinstone? Senhor Christian? O senhor Fryer prefere não repetir as palavras! E eu posso saber por quê?", continuou de forma ainda mais afetada. "Por que o senhor prefere não repetir as palavras?"

"*Sir*, com todo respeito, é que eu as considero impróprias para serem ditas em público."

"E eu considero que, quando o comandante lhe faz uma pergunta, ou o senhor responde, ou será também acusado de insubordinação!", berrou o capitão Bligh. Eu fiquei sem fôlego. Olhando para o sr. Christian, vi que até ele estava um pouco chocado com aquela frase proferida na frente de toda a tripulação. "Por isso vou repetir a pergunta, senhor Fryer — e não a repetirei pela terceira vez, senhor Fryer, e deixar por isso mesmo —, o que o senhor Quintal disse quando foi acusado de roubar o queijo?"

"*Sir*, as palavras exatas que ele disse foram que lamentava ter surrupiado o alimento", respondeu o sr. Fryer, agora em alto e bom som e sem vacilar. "Mas acrescentou que tinha prazer em confessar o crime e que, aos seus lábios, o queijo foi tão delicioso quanto a velha teta da mãe do capitão."

Eu fiquei boquiaberto — não estou exagerando, meu queixo caiu literalmente — e juro que pensei que o próprio mar se paralisou de assombro ao ouvir as palavras do sr. Fryer. Tive a impressão de que as aves marinhas titubearam em seu voo, lá no alto, e se entreolharam como se nem mesmo elas pudessem acreditar. Achei que a terra hesitou em sua rotação quando o Todo-Poderoso parou e olhou para nós, cá embaixo, tentando entender aquilo. As palavras foram ainda mais inesperadas pelo fato de o sr. Fryer ser conhecido como um homem muito religioso, incapaz de dizer coisa pior do que "droga" ou "maldição", e que em hipótese alguma faria referência à teta de uma dama. O tempo passou devagar depois que ele falou, e ninguém se atreveu a dizer uma palavra. Cá comigo, eu comecei a lembrar um poema obsceno que um dos meus irmãos havia me ensinado um ou dois anos antes — referia-se a uma menina pobre na cidade, da qual ninguém tinha dó — e o recitei várias vezes mentalmente, contando as vezes que chegava ao verso final (foram três) antes que se ouvisse a voz do capitão Bligh.

"Como, *sir*?", disse ele, mostrando-se tão espantado quanto teria ficado se o sr. Fryer tivesse tirado uma truta do bolso traseiro e com ela batido três vezes na sua cara, com toda força. "Desculpe, acho que eu entendi mal. Repita, por favor."

"Eu disse que Quintal admitiu ter roubado o queijo, mas afirmou que este lhe agradou o paladar tanto quanto a..."

"Silêncio, homem, eu ouvi muito bem na primeira vez!", disparou o capitão, coisa que me pareceu injusta, levando em conta que ele mesmo acabava de mandá-lo repetir. "Quintal", disse então, virando-se para o marujo e fuzilando ódio com os olhos, "que tipo de cachorro você é afinal?"

"Dos piores", respondeu o marujo, ainda gracejando, certo de que depois seria aplaudido pelos colegas e ciente de que não adiantava procurar uma saída para a embrulhada em que se metera, pois a chibata lá estava para ser usada. "Um cachorro bem ruinzinho mesmo, com uma feia deformidade na alma. Impossível adestrar um vira-lata como eu."

"Isso é o que nós vamos ver, *sir*", retrucou o capitão. "Sem dúvida, isso é o que nós vamos ver agora mesmo. Senhor Morrison, onde o senhor está?" O mestre de navio, o sr. Morrison, abriu caminho na turba e se aproximou, o açoite de nove cordas já enrolado na mão. O coitado passara meses aguardando a sua estreia e estava satisfeitíssimo com a oportunidade. Só faltou pigarrear e esperar um pequeno aplauso antecipado. "Duas dúzias de chibatadas no senhor Quintal, por favor", gritou o comandante. "Aí nós vamos saber se é possível domesticar esse cachorro ou se ele não tem salvação mesmo."

Quintal foi levado para a frente, tiraram-lhe a camisa e o amarraram na cordoalha perante a tripulação, os braços e as pernas estirados a cada lado do corpo. Todos ficamos observando num misto de horror e entusiasmo, pois aquilo não deixava de ser uma interrupção na rotina cotidiana, e, como não ocorrera nenhum incidente parecido nos meses anteriores, cada um de nós, na nossa sede de vexame e sangue, estava ávido por ver o que ia acontecer.

A chibata — um pedaço de corda de cerca de meio metro de comprimento, com nove prolongamentos na ponta, cada qual com três nós — não me pareceu tão temível quanto eu esperava, e, de fato, ao receber as primeiras chicotadas, Quintal soltou apenas um grito, tal como a gente faz quando está dormindo e é subitamente chutado por um desconhecido. Mas na terceira ele fez uma careta. A quarta lhe arrancou um berro. E, a partir da quinta, a cada golpe que lhe vibrava o mestre de navio, seguia-se um urro de dor capaz de virar o estômago de qualquer um, até o meu, por mais que eu detestasse aquele sujeito. O castigo rasgou vergões em suas costas, e, antes que o número de chicotadas tivesse chegado a dois algarismos, estavam todos sangrando. Nós contamos mentalmente as vergastadas, e quando somaram treze, catorze, quinze, imaginei que o capitão fosse mandar parar, pois Quintal já parecia desmaiado — o corpo inerte, as costas transformadas num mapa de dor e vincos sangrentos —, mas a ordem não veio, e o mestre de navio continuou até completar as vinte e quatro, só então parou e, enrugando a testa, olhou para o capitão Bligh.

"Levem-no para baixo", ordenou este. Os marinheiros apressaram-se a desatar as cordas e Quintal caiu prostrado no convés. Quatro colegas o carregaram no mesmo instante, pois era comum a prática de açoitar um homem e depois mandá-lo ao cirurgião para que tratasse das feridas — a grande ironia do mar, pensei —, mas ele ainda estava vivo, tanto que, quando passou por mim, carregado, deixando um rastro de sangue no chão, ergueu os olhos e latiu. Juro que latiu feito o cachorro que ele dizia ser, fazendo-me saltar para trás, aquele asno.

"Façam o favor de lavar o convés", ordenou o capitão, dando meia-volta. "E desinfetem-no com vinagre. Todos os oficiais, por favor, apresentem-se imediatamente na minha cabine."

Desceu a escada acompanhado do sr. Christian, do sr. Heywood, do sr. Fryer e do sr. Elphinstone. Eu os segui, pois não era impossível que quisessem chá. Já estavam começando a trazer os baldes quando desci, e vi que os homens estavam resmungando acerca do castigo infligido a um deles, alheios ao fato de se tratar de um ladrão e de um desbocado.

"Cedo ou tarde, isso tinha que acontecer, *sir*", ponderou o sr. Christian quando eles se reuniram na cabine do capitão, e eu fiquei do lado de fora para impedir a intrusão de outros e, é claro, também para escutar a conversa. Não me envergonho disso. "Não desanime. É bom que os homens vejam a disciplina ser imposta de vez em quando, para que saibam qual é o seu lugar."

"Eu não estou decepcionado, senhor Christian", disse o capitão, cuja voz continuava trêmula de raiva. "E não tenho medo de mostrar quem manda e quem não manda nesta nau. Duvida disso, *sir*?"

"Não, capitão. Claro que não. Eu só quis dizer que..."

"Já o senhor, senhor Fryer", prosseguiu ele, aproximando-se do imediato, "deve ter adorado a cena que presenciou, imagino."

"Eu, *sir*?", espantou-se o outro. "Por que eu haveria de...?"

"O senhor notificou o incidente, não? Há dois dias, se não me engano?"

"Sim, eu o informei quando aconteceu, e o senhor decidiu, com toda razão, que a punição teria de esperar até que estivéssemos em águas mais calmas..."

"Eu estava com toda razão, senhor Fryer? Com toda razão? Que bom contar com a sua aprovação, *sir*. Por acaso o capitão de um navio precisa da aprovação do imediato? Trata-se de uma nova norma da lei naval da qual eu não fui informado?"

"Não tive a intenção de ofendê-lo, *sir*."

"Com os diabos, homem", gritou tão alto o sr. Bligh que tenho certeza de que assustou as hesitantes aves marinhas que adejavam no céu. "Que inferno! O senhor teve dois dias inteiros para me contar a causa da infração e o que fez? Disse não sei o quê sobre um queijo roubado e um ato de insubordinação..."

"O senhor não me perguntou..."

"Não me interrompa quando eu estou falando, *sir*! Não me interrompa!"

Acercou-se tanto do sr. Fryer que até podia beijá-lo se lhe desse vontade, mas suas palavras eram verdadeiros urros, os mais altos que eu já tinha ouvido saírem daquela cabine. "Maldito seja, *sir*, não interrompa quando um superior se dirige ao senhor! Ouviu bem, *sir*? Ouviu?"

"Sim, capitão", murmurou o sr. Fryer.

"O senhor teve dois dias inteiros, senhor Fryer. Dois dias inteiros para me informar do nível do insulto, e quando é que eu fico sabendo pela primeira vez? No convés. Antes da punição. Na frente de todos os oficiais e de todos os marujos. Não lhe parece que o senhor devia ter me informado antes?"

O sr. Fryer demorou a responder ou se explicar, sem dúvida para ter certeza de que o capitão havia terminado sua diatribe.

"Eu tentei lhe contar ontem de manhã, *sir*", respondeu lenta e cautelosamente. "Disse que ele tinha feito um comentário indecente que não se devia repetir na frente da tripulação, e o senhor..."

"O senhor disse isso, *sir*!", bradou o capitão, arrojando-se com violência pela cabine, jogando papéis para todos os lados para que eu os recolhesse mais tarde. "O senhor disse isso!?"

"Disse, capitão", respondeu o sr. Fryer com firmeza. "Eu estava exatamente neste lugar e..."

"Agora o senhor está me chamando de mentiroso, senhor Fryer?", perguntou ele, aproximando-se do imediato outra vez. "Diga claramente. Está me chamando de mentiroso? Senhor Christian, o senhor é testemunha desse insulto."

Fez-se um prolongado silêncio. Eu fiquei morrendo de vontade de enfiar a cabeça pela porta para ver a cara do sr. Fryer, ou melhor, para ver a cara de todos os oficiais, pois nenhum presenciara tamanha reprimenda nos meses de viagem, mas receei que, se o fizesse, o capitão, em sua fúria, me decapitasse.

"Eu devo ter me enganado, *sir*", disse enfim o sr. Fryer.

"Sim! Enganado!", berrou o capitão, triunfante. "Os senhores ouviram, cavalheiros, ele se enganou. Não sei se é o caso de mandar açoitá-lo também."

"*Sir*", disse o sr. Elphinstone, intrometendo-se temerariamente na conversa. "O senhor Fryer é um oficial diplomado. Não pode ser açoitado."

"Cale-se, senhor Elphinstone", interveio o sr. Christian, que pelo menos teve o tino de entender que o capitão falara por falar, não se tratava de uma ameaça.

A interrupção dos dois homens deve ter tomado o sr. Bligh de surpresa, pois olhou para os lados, à procura da sua cólera, e depois para a porta, e eu fui muito lerdo para me esconder, e ele me pilhou espreitando. "Turnstile!", gritou, e eu fiquei com o coração na mão, pois aquele homem não estava em condições de ouvir nenhum arrazoado e, se tinha gana de açoitar mais alguém, lá estava eu, o único dos presentes sem diploma nenhum que o protegesse. "Venha já aqui com esse seu traseiro magro e feridento!"

Eu entrei com todo cuidado, ansioso por me manter longe de tudo. Olhei-os um por um. O sr. Fryer estava pálido, mas não parecia zangado. O sr. Christian e o sr. Elphinstone mostravam-se ansiosos, ao passo que o jovem sr. Heywood, o pulha, dava a impressão de estar adorando o drama e de não ter se divertido tanto desde a última vez que espremeu uma espinha.

"Capitão?", eu disse, pronto para pedir perdão por qualquer coisa que precisasse ser perdoada, independentemente de ser culpado ou não.

"Turnstile, você vai escrever uma coisa para mim", disse o capitão. "Com data de hoje. Fletcher, Christian, promovido a tenente e imediato do navio. John Freyer, conserva sua patente e passa a ser auxiliar do senhor Christian em todas as suas funções, tal como ele o solicitar."

"*Sir*, eu protesto..." começou a dizer o sr. Fryer, mas o capitão, transtornado de ódio, girou nos calcanhares para encará-lo.

"Protesta, é?", gritou. "Protestar contra mim? Vá se danar, seu encalhado... Vá se danar! O senhor me insultou e insultou minha família no convés do navio e ainda quer que eu tolere essa traição? Talvez na escola, *sir*, quando os que mandavam eram os da sua laia. Sendo marinheiro, sim, como era o meu dever. Mas aqui, não! No *Bounty*, não! Eu sou o capitão, pouco importa a minha origem, e o senhor é meu subordinado, seja qual for o título do seu pai. E o senhor obedece às minhas ordens, *sir*! Não obedece? Faz o que eu mando, entendeu bem?"

O sr. Fryer o encarou, e juro que suas narinas estavam dilatadas como as de um cavalo com calor.

"Entendeu bem, *sir*?", tornou a bradar o capitão, e o sr. Fryer finalmente fez um lento gesto afirmativo:

"Como o senhor disse, o capitão é o senhor."

"Sim, sou eu", asseverou o sr. Bligh, arrumando o casaco e tentando se acalmar. "Capitão de todos, desde os oficiais até os marinheiros de convés e os meninos de cabine, e que ninguém esqueça isso. Senhor Christian, está satisfeito com sua promoção?"

"Estou, *sir*", respondeu o sr. Christian, e eu notei seu esforço para não sorrir muito nem estufar o peito mais do que devia. Já seu amigão, o sapo espinhento, só faltava explodir de prazer.

"Ótimo, então estão dispensados", disse o capitão. "Fora todos daqui, seu bando de feridentos."

Um por um, os oficiais se retiraram da cabine, mas eu titubeei e fiquei a sós com o capitão, que se sentou na sua cadeira, onde não podia ser visto do corredor, e passou as mãos na cabeça, depois olhou para mim. "Turnstile", disse em voz baixa, com um ar tão triste e devastado que me deu pena, apesar da sua raiva. "Você também pode sair."

"Um chá, *sir*?", ofereci. "Ou um licor? Um copo de conhaque, talvez?"

"Pode ir", repetiu ele num quase sussurro, e eu vacilei só um instante antes de fazer que sim e obedecer.

Uma última observação. Ao sair me deparei no corredor com o triunvirato do sr. Christian, do sr. Heywood e do sr. Fryer, este de frente para os outros dois, e o sr. Christian com a mão no braço do sr. Fryer.

"*Não*, Fletcher", disse este com rispidez. "Você conseguiu o que queria."

"John...", começou a dizer o sr. Christian, e o imediato riu.

"Ah, quer dizer que agora eu sou 'John'? Há uma hora, eu era '*sir*'."

Eles se entreolharam, e então o sr. Christian deu de ombros e se afastou, seguido, naturalmente, do calhorda que não merecia nome.

O sr. Fryer se virou e me viu, encarou-me algum tempo, então deu meia-volta, entrou em sua pequena cabine e fechou a porta sem ruído.

14.

Pensando bem, foram muitos os períodos difíceis durante a viagem no *Bounty* — dias de fome, dias de exaustão, dias em que a extensão da água à nossa volta nos cegava ou quase nos enlouquecia de delírio —, mas nada foi tão terrível quanto os vinte e cinco dias que passamos tentando contornar o Horn; quase um mês da vida de cada um entregue à luta contra a natureza, doidas criaturas que éramos, e não conseguimos avançar mais do que umas minguadas léguas.

O navio mudara um pouco após o episódio do açoitamento de Matthew Quintal e a consequente promoção do sr. Christian. A tripulação passou a trabalhar mais e ficou mais tranquila, tanto que eu cheguei a acreditar que o novo tenente talvez tivesse razão quando dizia que os marinheiros gostavam de ver um pouco de disciplina imposta de vez em quando; isso lhes dava ânimo. Os oficiais pareciam divididos em dois campos: de um lado, o capitão, o sr. Christian e o sr. Heywood, o imbecil pustuloso, e, do outro, o sr. Fryer; o sr. Elphinstone ficava no meio, tentando preservar a paz entre todos. Pela natureza da minha função, eu passava mais tempo com eles do que qualquer outro a bordo, mas mantinha a cabeça baixa, como de hábito, e procurava fazer bem o meu trabalho.

O mar se alterou súbita e dramaticamente quando chegamos à altura do paralelo 50, como se tivesse passado semanas de olho na nossa pequena embarcação para então decidir que já bastava, nós podíamos ser ótimos rapazes, mas era chegada a hora de nos mandar de volta para o lugar de onde viemos. E, assim, os ventos irromperam de tal modo que eu mal podia abrir os olhos no convés, tão determinados estavam a nos derrubar. E a chuva desabou até se transformar em granizo para nos saraivar a cabeça como pedras lançadas do céu ou como uma praga do Egito. Em seguida, as ondas engrossaram e passaram a rugir enfurecidas e a mergulhar profundamente antes de se erguer diante de nós e arremeter contra a nossa proa, bramindo feito um leão encolerizado, as horrendas fauces prontas para engolir qualquer um que perdesse o equilíbrio por um segundo que fosse, muito embora, para minha surpresa, ainda não tivessem feito uma só vítima. Já não havia tempo para dramas pessoais ou picuinhas a bordo, pois todos os homens faziam o possível e o impossível para nos manter à tona e vivos. Até a dança foi provisoriamente cancelada, pois só os mais incuráveis dementes ficariam sapateando e rodopiando enquanto furacões acometiam à nossa volta. Às vezes, a procela dava a impressão de não acabar mais, e minha função passou a incluir também a faina de manter seco o espaço da coberta, desde a cabine grande, em que ficavam guardados os vasos, até a minha tarimba e as portas das cabines do capitão, do sr. Fryer e dos outros oficiais. E era uma tarefa muito mais difícil do que parecia, pois, cada vez que um oficial surgia à minha frente, sacudindo o casacão, a coberta tornava a se alagar com o que parecia ser a metade do oceano. Muitas e muitas vezes, eu subia a escada correndo para fechar a escotilha e, quando retornava ao meu posto, constatava que estava aberta de novo. O uivo incessante do vento nos meus ouvidos dava-me uma tremenda dor de cabeça, e, com o transcorrer dos dias, o sr. Fryer — nada menos do que o pobre sr. Fryer — teve a infelicidade de sugerir que o Horn era intransponível.

"Intransponível, senhor Fryer?", perguntou o capitão com voz cautelosa, certa noite em que estavam reunidos com o sr. Christian, talvez uma semana ou dez dias depois do início daquela horrível tormenta. "Acaso foi isso que o senhor Hicks disse ao capitão Cook quando tentaram contornar o Horn?"

"Não, *sir*", respondeu ele, procurando manter a voz calma para não atiçar a índole terrível do sr. Bligh. "Mas era outra estação do ano e, com todo respeito, Zachary Hicks foi cuidadoso com suas expectativas na época. Esta tempestade não vai acabar. Faz semanas que começou."

"E as velas?", perguntou o capitão. "Em que estado se encontram?"

"Estão aguentando", admitiu o imediato. "Pelo menos até agora. Tenho medo de pensar no que pode acontecer se um mastro se partir ao meio. Será a nossa perdição, creio eu."

O capitão assentiu e tomou um gole de chá. A relação dos dois homens tornara-se mais cortês desde que a borrasca se abatera sobre nós. Eu, por minha vez, começava a respeitar o sr. Fryer, pois ele havia aceitado sem queixas a promoção do sr. Christian e parecia fazer tudo pelo bem do navio e da nossa missão. Aparentemente, seus comentários não irritavam tanto o capitão como antes, mas este andava bem-humorado, pois, ao que tudo indica, a coisa de que ele mais gostava na vida era um desafio como o que estávamos enfrentando.

"Os ventos que soprem e o mar que se revolte quanto quiser, nós vamos seguir adiante", disse enfim, pousando firmemente a mão na mesa à sua frente, como que para encerrar a conversa. "Vamos continuar, meus bons camaradas, e vamos sair ilesos do outro lado da besta-fera, tal como o capitão Cook. E, antes que qualquer um dos senhores tenha tempo de dar graças a Deus, dirigiremos o rumo ao norte-noroeste, em direção a Otaheite, com os telescópios abertos para avistar terra."

Ninguém disse nada durante algum tempo. Sem dúvida, o nosso fogoso capitão esbanjava confiança. E, às vezes, não passava de um desvairado.

"Há a questão dos homens, *sir*", arriscou o sr. Christian.

"Os homens?", indagou o capitão, voltando-se para ele. "O que há com os homens? Estão trabalhando bastante, não?"

"Muito", respondeu o oficial. "São marinheiros ingleses, *sir*, todos eles. Mas a esperança deles está balançando. Eles não sabem como vamos passar por isso. Avançamos tão pouco na semana passada e, agora, muitos estão sofrendo com o resfriado e a tremedeira."

"Eles não precisam *saber*, senhor Christian", disparou o capitão. "Precisam obedecer."

"Estão com medo, *sir*", disse o sr. Heywood, endireitando o corpo, e juro que foi a primeira vez que o vi dar uma opinião numa reunião daquelas; desconfio que foi a primeira vez na vida, pois todos olharam para ele, e a sua cara ficou mais afogueada que de costume, e eu pensei que as espinhas iam ter uma erupção violenta e matá-lo de vez, coisa que não faria mal a ninguém.

"Estão com medo?", perguntou calmamente o capitão, coçando o queixo e pensando um pouco. "É mesmo? Ora, ninguém tem nada a temer, pois eu vou livrá-los desta tempestade e eles vão me agradecer e se orgulhar dos seus próprios atos. Em todo caso, é melhor aumentar a ração por ora", concluiu. "Uma porção extra de sopa e rum para todos uma vez por dia. Isso lhes dará energia, não acham?"

"Ótimo, *sir*", concordou o sr. Christian.

Estabeleceu-se uma paz incômoda entre os oficiais e o capitão, e reconheço que a minha relação com o sr. Christian andava cada vez mais tensa. Foram muitas as ocasiões em que o encontrei esperando o capitão na cabine — e isso nenhum oficial tinha autorização de fazer — e bebendo o conhaque do sr. Bligh enquanto aguardava. Quando eu entrava e o encontrava nessa atitude, ele erguia o copo, desafiador, e brindava à minha saúde, e a única coisa que me restava era agradecer-lhe a honra e dar o fora.

Algumas noites depois, eu estava na semiescuridão do convés, aproveitando que a agitação do mar havia serenado um pouco; a lua, que estava cheia, apareceu no céu como um gigantesco florim que eu podia embolsar com a mesma facilidade com que embolsara outros. Sei lá que intuição me levou para junto da amurada, e eu ergui a vista, fechando um olho e estendendo a mão para pegar a esfera entre o polegar e o indicador, coisa provavelmente esquisita para quem porventura me observasse; mas os homens estavam muito ocupados em manter o navio à tona, e os que já haviam terminado o plantão se encontravam no beliche, tirando uma ou duas horas de sono, de modo que meus atos não preocupavam ninguém. Fechei os olhos um instante e imaginei que o barulho havia desaparecido e tudo era paz ao meu redor, tudo solidão e felicidade naquela estranha plataforma ambulante que agora era o meu lar.

"Que diabos você está fazendo aqui, Tutu?", indagou uma voz às minhas costas, e foi tal o meu sobressalto que por pouco não caí no mar, onde ninguém iria poder me salvar.

"Senhor Christian, *sir*", disse, levando a mão ao peito para sentir as fortes batidas do coração e impedi-lo de me saltar pela boca. "Que susto o senhor me deu."

"E você me surpreendeu. Vi um garoto miserável parado na proa, olhando para o mar, e pensei que não podia ser o jovem Tutu! Ele nunca sai da segurança e do conforto da coberta, nunca vem aqui onde os marinheiros tanto se esfalfam."

Eu hesitei um momento, avaliando o nível do insulto, pois era evidente que ele estava me chamando de covarde, e eu sabia que ninguém podia me atribuir esse defeito. Em mais de uma ocasião, tinha lutado com todos os meus irmãos no estabelecimento do sr. Lewis, e esbofeteara também alguns homens que tomaram mais liberdades do que lhes dava direito o dinheiro que eles pagavam ao meu benfeitor. Eu nunca me esquivei de um confronto.

"O meu trabalho é na coberta, *sir*", disse com orgulho, sem tomar conhecimento da calúnia. "Tenho de estar à disposição do capitão quando ele precisar de mim."

"Claro que tem, Tutu", sorriu. "Claro que tem! Ora, como você ia escutar todas as conversas a bordo se não pudesse se esconder atrás da porta e grudar a orelha no buraco da fechadura? Ora, se a gente tivesse uma lareira a bordo, tenho certeza de que você passaria a maior parte do tempo lá dentro."

Ofendido, abri a boca e tornei a fechá-la, depois sacudi a cabeça. "Uma coisa eu devo dizer, senhor Christian", respondi enfim, controlando-me para não o chamar de mentiroso descarado, pois dizer tal coisa a um oficial, principalmente ao queridinho do capitão, era o mesmo que pedir para tornar a beijar a filha do artilheiro, e eu tinha jurado nunca mais chegar perto daqueles lábios encardidos. "Não tenho culpa se a minha tarimba fica perto das cabines dos oficiais."

"Ah, não misture as coisas desse jeito, garoto", riu ele, segurando-se com firmeza no parapeito do navio e respirando fundo pelo nariz. "Eu sempre disse que, a bordo das fragatas de Sua Majestade, não existe melhor fonte de informação do que o criado do capitão. Você escuta tudo, não perde nada. É o centro da casa."

Eu concordei com um gesto. "Bom, deve ser verdade, *sir*, presumo que seja."

"E aposto que você também tem opinião sobre todos aqui."

Eu sacudi a cabeça. "Não me cabe ter opinião, *sir*. O capitão não me pede conselho, se é isso que o senhor quer saber."

Ao ouvir essas palavras, o sr. Christian caiu na gargalhada e sacudiu a cabeça. "Ah, seu bobinho", disse. "Será que alguma vez você chegou a acreditar que eu achava que ele lhe pedia conselho? Quem é você, afinal, senão um menino malcriado, sem família nem educação? Por que um homem como o senhor Bligh ia olhar para você, a não ser para pedir uma xícara de chá ou mandá-lo arrumar a cama à noite?"

Eu fiquei cismadíssimo quando ele disse isso, pois era uma mentira das mais deslavadas, uma calúnia que não podia passar em brancas nuvens. Para tratar da segunda acusação, em primeiro lugar, eu tinha toda a instrução necessária. Conhecia o alfabeto e era capaz de contar até cem ou mais e, além disso, sabia as capitais de metade da Europa, graças a um volume intitulado *Um livro de informações úteis e pertinentes para os jovens cavalheiros modernos* que o sr. Lewis tinha na prateleira, à parte os livrinhos ilustrados que seus ilustres fregueses ficavam folheando à noite, quando chegavam para beber e se distrair. Sabia cozinhar ovo, cantar o hino do rei e dar bom-dia a uma dama em francês, e não eram muitos os meninos capazes disso em Portsmouth.

Em segundo lugar, em relação à primeira acusação — a de eu não ter família —, ora essa, o que ele sabia sobre isso? Era bem verdade que eu quase não me lembrava da minha vida antes de ter ido morar com o sr. Lewis, porém os meus irmãos naquele estabelecimento, embora fossem criaturas toscas, não deixavam de ser meus irmãos, e eu daria a vida por qualquer um deles, se fosse preciso.

"Não sou tão burro quanto o senhor imagina, *sir*", disse enfim, agora esbanjando coragem, pois o vento tornara a se intensificar e o mar, mais agitado, cuspia água no nosso rosto; mas nós ficamos ali, nenhum dos dois queria ser o primeiro a fugir.

"Ah, claro que não. Não, você é tão esperto que até lê a correspondência do capitão, assim como pode obter qualquer informação que ele não queira passar para o resto da oficialidade." Eu me abstive de contestar a acusação, mas desviei a vista e senti o rosto corar mesmo àquela hora da noite, com a escuridão ocultando a minha traição. "Puxa, você ficou calado, Tutu", disse ele então. "Será que pus o dedo na ferida?"

"Aquilo foi um erro, *sir*. Um equívoco que qualquer um pode cometer."

"E você acha que é assim que o capitão enxergaria a história? Acha que ele lhe daria uma palmada nas costas e diria que você é um ótimo rapaz por cometer esse equívoco, ou o penduraria pelos tornozelos no alto do traquete, até a morte, e depois deixaria o vento e o granizo darem fim à sua carcaça?"

Eu mordi a língua, pois a minha vontade era de chamar o sr. Christian de uma penca enorme de nomes, mas, para começar, o único culpado pela enrascada em que me metera era eu mesmo. Por fim, dei meia-volta para retornar à coberta, mas ele me agarrou o braço, cravando os dedos no osso, e me puxou para perto de si.

"Não vá embora assim, seu vira-lata sarnento", rosnou ele, e eu cheguei a sentir o fedor do seu hálito de caldo de carne. "Não esqueça quem eu sou. Ou você me respeita, ou vai ver com quantos paus se faz uma canoa."

"Preciso voltar para o capitão, *sir*", disse, ansioso para fugir da violência que se estampava em seus olhos.

"E quanto tempo ele ainda pretende continuar com esta loucura?", perguntou o sr. Christian, e eu fiz uma careta, sem saber se havia compreendido o que ele queria dizer.

"Que loucura? A quem o senhor está se referindo?"

"Ao capitão, idiota. Quanto tempo ele pretende nos obrigar a tentar passar pelo Horn antes de aceitar a derrota?"

"A vida inteira e mais seis meses", respondi, aprumando o corpo para defender a honra do capitão. "Garanto que ele nunca vai aceitar a derrota, disso o senhor pode ter certeza."

"A certeza que eu tenho é de que todos vamos perecer no fundo do mar, essa é a minha certeza se esta maluquice não acabar logo. Você vai lhe dizer, ouviu? Diga que já chega. Nós temos de voltar!"

Foi a minha vez de cair na gargalhada. "Eu não posso dizer uma coisa dessas, *sir*. O senhor mesmo afirmou que ele não me dá ouvidos. Eu sirvo para arrumar a cabine e lavar e passar farda, só isso. Ele não pede a minha opinião sobre os ancoradouros."

"Então avise-o da insatisfação dos homens. Se ele perguntar, diga que eles estão afundando sob o peso dessa porcaria. Você tem acesso a ele, e isso é uma coisa preciosíssima numa casca de noz minúscula como a nossa. Dê um jeito para que o cretino saiba do estado de espírito da tripulação. Para que saiba que os marinheiros acham que ele os está levando para a perdição. Eu prometi aos homens que nós vamos dar meia-volta e..."

"*O senhor* prometeu, *sir*?", surpreendi-me, pois, embora soubesse que o sr. Christian fazia de tudo para ficar bem com os homens, ele era um grande hipócrita e não fazia senão insultá-los pelas costas para o capitão.

"Alguém precisa conservar a sanidade neste barco, Tutu. E alguém precisa entender que nós estamos aqui para cumprir uma missão, não para competir com um defunto." Eu não disse nada; sabia de quem ele estava falando e não queria admitir que talvez estivesse coberto de razão. "E, se esse alguém tiver de ser eu..."

Eu me livrei dele com um safanão e ainda o encarei antes de recuar um ou dois passos. "Se esse alguém tiver de ser o senhor... o quê?", perguntei com desconfiança, sem saber ao certo o que ele queria dizer.

O sr. Christian mordeu o lábio, dando a impressão de que estava morrendo de vontade de estender as mãos e me estrangular ali mesmo. "Dê um jeito de fazê-lo entender", resmungou, chegando tão perto de mim que me salpicou o rosto de saliva.

"Preciso descer", eu disse, afastando-me em meio ao rugir da tempestade, a roupa colada à pele de tão ensopada de chuva gelada.

"Pense bem no que eu disse", gritou às minhas costas, mas quase não o ouvi.

Corri para a escada e, ao chegar lá embaixo, descobri que todo o trabalho que fizera na coberta tinha sido inútil, pois o chão estava mais molhado que nunca. Apressei-me a pegar os panos e a trabalhar antes que o capitão saísse da cabine; mas, quando abri a porta e olhei para dentro, vi que ele não estava e seu casacão havia desaparecido. O sr. Bligh também se achava no convés, ajudando nos piores momentos, um capitão entre os marinheiros, um homem entre seus próprios homens, e o admirei mais ainda por isso.

Outra semana passou sem que nada mudasse. O tempo piorou; os marujos foram ficando cada vez mais exaustos. O barco era arremessado pelos mares com tanto ímpeto que, em cem ou mil ocasiões, eu me perguntei se aquela não era a última noite que respirava e se meus pulmões já não estariam encharcados de água salgada quando raiasse o dia. O capitão modificara uma vez mais os turnos de trabalho, de modo que passávamos só algumas horas no convés por vez. O resultado, no entanto, foi que os homens voltavam aos beliches de olhos vidrados, quase cegos e tremendo, confusos devido ao açoite que a tormenta vibrava neles, já sem noção do tempo e com muito pouco repouso para combater a natureza quando subiam novamente ao deque.

Nós estávamos perto do paralelo 60, faltavam-nos, portanto, apenas alguns graus de longitude para capear e contornar o Horn, mas ficou cada vez mais claro que tal coisa não ia acontecer. Toda manhã o capitão registrava a nossa posição na carta e no diário de bordo, e, na manhã seguinte, mal tínhamos avançado; em certas ocasiões, chegávamos a recuar e perdíamos um dia inteiro na tentativa de retomar posição.

Finalmente, os oficiais se reuniram na cabine do capitão Bligh, por ordem dele, e a cada um eu servi uma caneca de água quente com um pouquinho de porto, para dar gosto e doçura, enquanto aguardavam sua presença. Quando ele apareceu, estava molhado da cabeça aos pés e ficou meio surpreso ao ver os oficiais ali, muito embora fizesse menos de uma hora que os havia convocado por meu intermédio.

"Boa noite, cavalheiros", disse em tom depressivo, aceitando a caneca que lhe ofereci com um exausto movimento da cabeça. "Péssimas notícias, receio. Nós quase não avançamos em oito dias."

"Senhor, ninguém conseguiria navegar neste mar", disse o sr. Fryer em voz baixa. "Com esta tempestade, é impossível."

O capitão ficou um momento calado, depois exalou um longo suspiro, uma pesada inspiração e expiração, e eu vi que finalmente estava derrotado. "Palavra que eu pensei que fôssemos conseguir", murmurou depois de algum tempo, erguendo os olhos e dando-lhes um sorriso amarelo. "Eu me lembro... me lembro de quando estávamos no *Endeavour*, enfrentando um momento assim, e um dos oficiais — seu nome me escapa — disse ao capitão que era impossível vencer a natureza, e ele apenas sacudiu a cabeça e disse que seu nome era capitão Cook, ele recebera ordens diretamente do rei Jorge e, portanto, a natureza tinha de ser domada, tinha de obedecer ao rei. E Cook a domou. Parece que eu, infelizmente, não tenho a mesma capacidade."

Fez-se um silêncio acanhado na cabine. Era verdade que ele não conseguira fazer o que seu grande herói havia feito, mas ainda tínhamos uma missão a cumprir e não podíamos ficar sem capitão. Cheguei a pensar que o sr. Bligh estivesse prestes a renunciar ao posto e a colocar o sr. Christian no comando de todos nós, mas ele se levantou, roçou o dedo na carta, pigarreou para temperar a garganta e então, sem se dirigir a ninguém em particular, anunciou: "Vamos voltar".

"Vamos voltar", repetiu mais alto, como se precisasse ouvir sua própria voz reiterando a decisão para acreditar que assim seria. "Vamos virar o navio e rumar para o leste, contornando o cabo da Boa Esperança, no extremo sul da África, e então prosseguir em direção à Tasmânia, abaixo de Nova Zelândia, e depois para o norte, rumo a Otaheite. Isso acrescentará dez mil milhas à nossa viagem. Lamento, mas não vejo alternativa. E, se alguém vê, que fale agora."

O silêncio se prolongou. Ficamos todos aliviados com a decisão enfim tomada, pois achávamos inconcebível continuar muito mais tempo naquela tormenta sem perder totalmente a razão, quando não a própria vida, mas a ideia de adicionar uma distância tão grande ao nosso trajeto nos desanimou.

"É a decisão certa, *sir*", disse então o sr. Fryer para quebrar o silêncio, e o capitão olhou para ele e esboçou um sorriso; eu nunca o tinha visto tão triste.

"Quando virarmos, senhor Fryer, e quando chegarmos a águas mais bonançosas, quero a roupa de todos os homens lavada e seca e que todos recebam ração extra. Vamos deixá-los descansar, e os oficiais assumirão deveres suplementares se for preciso. Eu mesmo vou assumi-los, se necessário. Podemos nos abastecer quando chegarmos à África."

"Claro", respondeu. "Devo dar a ordem ao senhor Linkletter?" Linkletter era o contramestre e timoneiro encarregado de pilotar o navio durante a manobra.

O capitão fez que sim, e o sr. Fryer saiu da cabine; quando ficou claro que já não havia o que dizer sobre a questão, os demais oficiais o imitaram.

"E então, mestre Turnstile?", perguntou o capitão quando ficamos a sós, voltando-se para mim com um leve sorriso. "O que você acha? Está decepcionado com o seu velho capitão?"

"Orgulhoso dele, *sir*", disse com entusiasmo. "Juro que se eu fosse obrigado a enfrentar esta tempestade mais um dia, teria me rendido totalmente a ela. Os homens vão ficar agradecidos, o senhor sabe. Já não podiam fazer nada."

"São bons marinheiros", respondeu o sr. Bligh, balançando a cabeça. "Trabalharam muito. Mas a viagem que temos pela frente não vai ser fácil. Eles sabem disso?"

"Sim, senhor."

"E *você* sabe disso, Turnstile? Ainda temos de percorrer um longo caminho para chegar ao nosso destino. Está disposto a isso?"

"Sim, senhor", repeti e, pela primeira vez, senti que estava mesmo, pois, agora que vislumbrava o fim da viagem, estava ainda mais determinado a não aguentar além do necessário todo aquele tormento e a dar um jeito de fugir do *Bounty* e nunca mais voltar para a Inglaterra. Sabia que meu destino estava nas minhas próprias mãos.

15.

Estabeleceu-se uma curiosa atmosfera a bordo do *Bounty* nos dias que se seguiram à decisão do capitão Bligh. Não havia um homem que não sentisse alívio por termos desistido de tentar transpor o Horn, mas a ideia de estender de tal modo o nosso percurso mergulhou-nos numa tristeza que nem mesmo a ração extra oferecida pelo capitão foi capaz de consolar. Que esquisitos ficamos naquela semana, dançando juntos à noite para nos exercitar, mas de cara amarrada e com muito tédio no coração. Todavia, o capitão teria feito bem em nos perguntar o que queríamos que ele fizesse, já que os próprios marujos estavam convencidos da impossibilidade de seguir a nossa rota original; creio que ele passaria anos parado no mesmo lugar, tentando contornar o Horn, caso os homens o apoiassem.

Eu havia criado o hábito de comer com Thomas Ellison, um garoto da minha idade que tinha sido recrutado marinheiro de convés. Ele, às vezes, parecia ser uma das pessoas mais infelizes que eu já conhecera, pois seu pai, um oficial da Marinha, meteu-o no navio apesar de ele não ter aptidão nem interesse pelo mar. Santa mãe de Deus, como Thomas reclamava da vida. Quando o sol não estava quente demais, era o vento que o congelava. Quando seu beliche não era insuportavelmente duro, a coberta é que pesava muito. No entanto, apesar disso, nós tínhamos a mesma idade e passávamos juntos algumas horas agradáveis, embora ele tivesse mania de se gabar do seu posto de MC e de menosprezar a minha condição de mero criado. A diferença não significava bulhufas para mim. Mesmo porque meu trabalho era mais leve.

"Eu queria era estar em casa no verão", disse Ellison uma tarde em que estávamos comendo e, olhando para o mar que nos levaria à África, fez uma cara de dar dó. "O meu time de críquete vai sentir falta de mim, com certeza."

Não pude deixar de rir ao ouvir isso. Um time de críquete, era só o que faltava! Eu tinha sido criado muito longe dos times de críquete.

"Críquete? Eu nunca joguei. Nunca me interessei."

"Nunca jogou?", perguntou, tirando os olhos da meleca que o sr. Hall havia preparado para nós e olhando para mim como se no meu ombro esquerdo estivesse nascendo mais uma cabeça. "Que diabo de inglês você é que nunca jogou críquete?"

"Escute aqui, Tommy. Existem ingleses que já jogaram e ingleses que nunca jogaram. Eu sou um que nunca jogou."

"*Senhor* Ellison, Tutu", apressou-se a corrigir, pois, embora se dignasse a conversar comigo pelo fato de ninguém mais lhe dirigir a palavra, Thomas também gostava de me lembrar o meu lugar, coisa, aliás, que acontecia tanto a bordo do navio quanto em terra. Quem tem confiança em si não precisa lembrar os outros do seu status social superior, mas os que não a têm acham necessário nos empurrar isso goela abaixo vinte vezes por dia. "Não esqueça que eu sou marinheiro de convés e você não passa de um lacaio."

"Tem razão, Tommy", respondi, baixando a cabeça com humildade. "Senhor Ellison, aliás. Eu sempre esqueço a diferença porque passo muito tempo com o capitão e os oficiais, quer dizer, devido à minha função, enquanto vocês aqui em cima ficam lavando o convés. Eu esqueço completamente de mim nos meus delírios."

Ele estreitou os olhos e me encarou, mas logo sacudiu a cabeça e olhou para o mar, exalando um longo e dramático suspiro, o mesmo que teria exalado se fosse a principal atriz de uma peça de teatro indecente.

"Claro, não é só do críquete que eu tenho saudade", disse ele, tentando me despertar a curiosidade.

"Não?"

"*Só* dele, não. Há outros... prazeres na minha terra que eu gostaria de reviver."

Eu balancei a cabeça, passei o dedo na tigela e o lambi, pois, por pior que fosse a comida do *Bounty*, só um louco varrido não raspava o prato. Era, sem dúvida, um grude insípido que raramente satisfazia o apetite, mas bem-feito, saudável e, o mais importante, não dava diarreia, e isso já era uma grande coisa.

"Sei", eu disse depois de algum tempo, pois aquela era uma das ocasiões em que sabia que ele queria me contar uma coisa, mas eu não tinha certeza de que a queria ouvir. Pelo menos não o estimularia com perguntas a que ele responderia mesmo que eu não as fizesse.

"Quer dizer, prazeres mais pessoais, entende?", acrescentou Ellison.

"Vocês têm boas árvores frutíferas na sua terra?", perguntei. "Chegou a época da colheita? O pessoal está todo no campo? Morangos, talvez, ou groselha."

Ele olhou furtivamente para os lados para se certificar de que não havia ninguém por perto e se inclinou em atitude conspirativa. Eu recuei, mas ele me segurou o ombro e puxou-me para mais perto; cheguei a pensar que eu o estava excitando.

"Há uma moça", contou. "A senhorita Flora-Jane Richardson. Filha de Alfred Richardson, o taberneiro. Você já deve ter ouvido falar nele. É conhecidíssimo em Kent."

"Sei muito bem quem é", disse, embora nunca tivesse ouvido esse nome na vida e estivesse pouco ligando. "Um cara decentíssimo, nunca meteu os pés pelas mãos em nenhum lugar da Inglaterra."

"Você acertou. É um sujeito excelente mesmo. Mas a filha, Flora-Jane, e eu combinamos uma coisa", confidenciou Ellison, sacudindo-se numa risadinha e corando feito uma donzela. "Ela prometeu me esperar e, na véspera da minha partida para Portsmouth, coisa que eu não queria fazer mas fui obrigado, me deixou beijar sua mão, e sabe de uma coisa? Eu beijei."

"Seu grande espertalhão", disse, inclinando-me para trás e abrindo a boca como se ele acabasse de me contar o segredo mais assombroso do mundo, um detalhe do pior escândalo jamais ouvido por gente ou bicho. "Que malandro. Você encostou mesmo a boca na mão dela? Minha nossa, então está praticamente casado com a moça. Já escolheu nome para os filhotes?"

Vi logo que ele não gostou da minha resposta, pois inclinou o corpo para trás, ficou ainda mais vermelho e contraiu os lábios, irritado.

"Você está caçoando", disse, apontando o dedo para mim.

"De jeito nenhum!", exclamei, chocado com a calúnia.

"Está se mordendo de inveja, Tutu, essa é a verdade. Aposto que você nunca viu a senhorita Flora-Jane Richardson na vida. Provavelmente nunca ninguém o beijou."

Foi a minha vez de perder o senso de humor. O sorriso murchou nos meus lábios; e o riso, no meu coração. Abri a boca para replicar, mas não achei palavras, só me saiu um balbucio que o fez zombar de mim. Era verdade, eu não conhecia Flora-Jane Richardson nem nenhuma outra donzela: a vida não me levou a esse tipo de encontro. Isso nunca me foi permitido. Meu coração começou a bater um pouco mais depressa e eu fechei os olhos; as imagens que tentava separar de mim começaram a retornar. As noites no estabelecimento do sr. Lewis. Meus irmãos e eu enfileirados junto à parede, prontos para servir quando mandassem. Os cavalheiros que entravam nos mediam de alto a baixo, punham o dedo sob o nosso queixo e nos erguiam o rosto, chamando-nos de coisa linda. Eu era apenas um menino quando ele me levou para lá; não tinha culpa de nada, tinha?

"Sabe o que dizem de Otaheite?", perguntou Ellison, e eu o fitei, sem entender suas palavras, ofuscado pelo sol.

"Como assim?"

"Das mulheres de lá? Sabe o que dizem?"

Eu sacudi a cabeça. Não sabia nada de Otaheite, tampouco me ocorrera perguntar. Para mim, era apenas uma terra no fim da viagem, onde se colheria fruta-pão e onde talvez eu pudesse fugir daquela servidão, caso não tivesse fugido antes.

"Andam todas peladas como no dia em que nasceram", disse ele com alegria.

"Ah, essa não!", exclamei, admirado.

"É verdade. Os homens a bordo não falam noutra coisa. Esse é um dos motivos por que querem chegar lá o mais depressa possível. Para cair em cima delas. O pessoal de lá não é como nós, entende? Não é gente decente. Não tem civilização como a Inglaterra, quer dizer, nós podemos fazer tudo com elas, podemos pegá-las quando der na telha. E elas adoram, pelo fato de nós sermos civilizados. E também não têm vergonha nenhuma de andar nuas; por isso não cobrem o corpo."

"Por mim, se forem bonitas, não precisam ter vergonha mesmo."

"E não é só isso, elas são disponíveis", disse ele, outra vez com aquela risadinha, e juro que me deu vontade de esbofeteá-lo para que se comportasse como quem tem alguma coisa pendurada entre as pernas, não como uma dondoca.

"Disponíveis?"

"E como!"

Fiquei esperando para ver se ele acrescentava alguma coisa, mas não disse nada.

"Como assim, disponíveis?"

"Elas são *disponíveis*", repetiu, como se repetir a palavra servisse para explicar alguma coisa. "Disponíveis para qualquer um. Para quem quiser. Elas são assim. Não ligam."

Eu balancei a cabeça. Agora sabia do que Ellison estava falando, pois eu mesmo já tinha sido descrito nesses termos em mais de uma ocasião e sabia o que era ser "disponível".

"Ah. É verdade."

"Só sei que eu não vou perder tempo se elas forem mesmo disponíveis", disse ele então, batendo palmas de prazer.

"E a senhorita Flora-Jane Richardson? Já a esqueceu?"

Ele desviou a vista. "É diferente. Claro que homem tem de ter mulher, uma mulher decente que lhe dê filhos e cuide da casa."

"Quer dizer que vai casar com ela?", perguntei, bufando. "Você não passa de um moleque."

"Sou mais velho que você", disparou; embora tivéssemos a mesma idade, Ellison era três meses mais velho. "E vou casar com a senhorita Richardson, sim, mas até lá, se as moças de Otaheite forem assim como dizem, não sou eu que vou..."

Uma dura pancada no meu ombro fez com que me virasse. E dei com mais um da nossa idade, o torpe sr. Heywood, quase pairando em cima de mim, espremendo as espinhas.

"Então você está aqui, Tutu", disse. "Devia ser açoitado por vadiagem. Não ouviu gritarem o seu nome?"

"Não", respondi, levantando-me e quase caindo outra vez, pois minhas pernas estavam formigando por terem ficado muito tempo cruzadas, sem circulação. "Quem está me chamando?"

"O capitão", respondeu Heywood com um suspiro, como se levasse o peso do mundo nas costas e o barco dependesse dele para flutuar. "Ele quer tomar chá."

Eu assenti com um gesto, afastei-me deles e desci à cabine sem parar de pensar nas mulheres de Otaheite. E vou contar a verdade: torci para tudo ser mentira. Torci para que elas fossem moças decentes, cristãs, e se conservassem vestidas e recatadas, porque eu não queria participar daquela imundície. Não tinha conhecido mulher na vida e não queria conhecer. A minha experiência em coisas de natureza física era triste e dolorosa e, acima de tudo, era assunto do passado: isso eu havia decidido. Mas, durante vários anos, quase não pensara nisso. Até certo ponto, tinha gratidão ao sr. Lewis. Afinal de contas, ele me dava de comer. E de vestir. Além de uma cama com lençol limpo todo dia primeiro do mês. E, se o sr. Lewis não me houvesse tirado da rua quando eu era pequeno, o que teria sido de mim?

Eu tive um irmão, um garoto um ou dois anos mais velho chamado Olly Muster, um dos colegas mais solicitados no estabelecimento do sr. Lewis graças ao narizinho arrebitado e aos lábios rosados que faziam mulheres adultas se virarem e piscarem para ele na rua. Pois Olly e eu éramos mais do que meros irmãos no estabelecimento do sr. Lewis, nós éramos *irmãos* mesmo, se é que dá para acompanhar meu raciocínio. Ele já morava lá quando eu cheguei, e, como o sr. Lewis costumava colocar todo garoto novo junto com um mais antigo para que se habituasse, acabei sendo favorecido pela sorte, pois Olly foi designado para cuidar de mim. A maioria dos meninos mais velhos judiava dos novatos — era o que deles se esperava —, mas Olly não. Nunca houve alma mais decente na terra. Nunca um rapazinho mais gentil e bom respirou o ar deste planeta, e eu quebro a cara de quem disser o contrário.

Naqueles primeiros dias, nós dois íamos para o nosso beliche quando o sol se punha, e mais de uma vez ele me perguntou se não havia, em algum lugar, uma família disposta a me acolher.

"Por que eu ia querer isso?", indaguei. "Eu já não tenho um lar aqui?"

"Se fosse possível chamar isto de lar", disse ele. "Esta casa não serve para você, Johnny. Vá embora enquanto pode. Eu me arrependo muito de não ter ido."

Eu não gostava de ouvi-lo falar assim, pois temia acordar um dia e não o encontrar roncando na cama ao meu lado, mas não tinha palavras para contrapor. Olly estava lá fazia um bom tempo e sabia muito mais do que eu. Naquela época eu era inocente. O sr. Lewis ainda não me revelara o meu verdadeiro trabalho. Ainda não me obrigara a participar da Seleção Noturna. Entretanto, como eu era muito pequeno para fazer qualquer outra coisa, Olly me treinou na arte da punga, que era a atividade diurna dos meus irmãos, e eu não podia ter encontrado mestre melhor, pois ele era capaz de tirar a coroa da cabeça do rei em plena coroação, sair da Abadia e voltar a Portsmouth com ela na cabeça sem que ninguém percebesse.

Acontece que as coisas não iam bem entre Olly e o sr. Lewis, eu sabia disso, e, com o passar dos meses, pioraram. Eles brigavam sempre e, às vezes, o sr. Lewis ameaçava expulsá-lo do estabelecimento; apesar de toda a sua bravata, Olly tinha medo de ir embora e sempre acabava cedendo. Havia um certo cavalheiro, um homem cujo nome você deve conhecer, por isso não o menciono aqui; vamos chamá-lo apenas *sir* Charles. (E, se você pensa que o conhece dos *jornais*, particularmente quando o assunto é *política*, não está longe da verdade.) *Sir* Charles era um frequentador assíduo e quase sempre chegava bêbado; aos berros, chamava o Olly, que era seu favorito, e o sr. Lewis mandava-o ir com *sir* Charles para o quarto dos cavalheiros.

Uma noite, houve uma grande comoção lá dentro; súbito, a porta se abriu e eis que *sir* Charles saiu correndo em nossa direção, a cabeça toda coberta de sangue, a mão no lado do rosto, tropeçando na própria calça enquanto corria. "Ele me mordeu!", gritava. "O moleque me arrancou a orelha! Aleijou-me! Socorro, senhor Lewis, por favor, estou sangrando."

Assustadíssimo, o sr. Lewis saltou da cadeira e o acudiu; e, ao afastar a mão dele para examinar o estrago, todos os garotos lá reunidos soltamos um grito terrível, pois, no lugar em que ficava a orelha, havia apenas uma sangueira sem fim. Quando olhamos para o corredor, vimos Olly Muster completamente nu, o rosto todo sujo de sangue, cuspindo a orelha, que repicou no chão e foi parar num canto. "Chega", gritou com uma voz que não parecia a dele. "Agora chega, entenderam? Ponto final!"

Ah, armou-se então uma confusão dos diabos. Foi preciso chamar um médico para atender *sir* Charles, e este pegou o ferro da lareira para matar Olly, e o teria conseguido se o sr. Lewis não determinasse que não haveria homicídios em sua casa, pois seria a ruína de todos nós. Obviamente, *sir* Charles não deu parte à polícia, pois isso criaria problemas também para ele. Mas o sr. Lewis levou Olly embora, e ninguém nunca mais o viu. Eu vagava pelas ruas na esperança de encontrá-lo, na esperança de que ele me encontrasse, e já que ia partir talvez me levasse consigo e nós seríamos irmãos em outro lugar qualquer. Meus olhos, porém, nunca o localizaram e, por mais que eu indagasse, ninguém sabia dizer o seu paradeiro. As últimas palavras que ele disse antes de partir foram de advertência; levou-me a um canto e me recomendou fugir, assegurou que eu valia mais do que aquilo tudo, tinha de fugir antes que aquela sordidez passasse a fazer parte de mim. Mas eu era muito novo para compreender e só via o meu jantar no fim do dia e o colchão em que dormia. Entretanto, quando ele partiu, fui escolhido para tomar seu lugar. Por mais vergonhoso que seja, devo contar que passei então a conhecer melhor esse *sir* Charles. Era um homem de preferências muito peculiares.

O sr. Lewis lhe disse que eu estava disponível. E agora me diziam que havia mulheres igualmente disponíveis em Otaheite. Eu não queria participar daquilo.

"Extraordinário, não?", ouvi uma voz dizer quando me aproximei da cabine, na coberta. "O senhor Fryer já tem trinta e cinco anos nas costas e continua no mesmo posto, aqui no *Bounty*, que o senhor ocupava no *Resolution* com apenas vinte e um."

"Mas agora o posto é seu, Fletcher", foi a resposta. "Embora você seja um ano mais velho, não?"

"Sim, senhor. Estou com vinte e dois."

Eu bati na porta e os dois homens se viraram. "Até que enfim, Turnstile", disse o capitão com voz jovial. "Pensei que você tivesse caído no mar."

"Desculpe, *sir*. Eu estava almoçando com o senhor Ellison e nós começamos a conversar sobre..."

"Está bem, está bem", atalhou ele rapidamente, pois não dava a mínima para as coisas que me diziam respeito. "Não faz mal. Chá para o senhor Christian e para mim, por favor. Estamos precisando muito."

"Sim, senhor", disse, avançando para pegar o bule e as xícaras.

"Vinte e dois", prosseguiu, dirigindo-se ao sr. Christian. "Uma bela idade. E, quem sabe se, quando você tiver a minha, trinta e três anos, acredite, talvez seja capitão de um navio. De um navio igual ao *Bounty*."

O sr. Christian sorriu, e eu saí da cabine, trêmulo. Um navio comandado por ele? Ora essa, a gente ia passar o dia escovando a farda e penteando o cabelo diante do espelho e nunca se afastaria mais que uma milha de terra. A ideia era uma farsa, mas, mesmo assim, deu-me algo divertido em que pensar enquanto preparava o chá e me tirou da cabeça a lembrança do estabelecimento do sr. Lewis, sem falar na perspectiva das moças disponíveis de Otaheite. Uma dupla vantagem.

16.

Ninguém consegue enfrentar a vida sem que a sorte lhe sorria um pouco de vez em quando, e só se tivesse perdido o juízo eu negaria que ela me sorriu quando nós arribamos a False Bay, uma enseada em que o *Bounty* aportou antes de passar pelo cabo da Boa Esperança, no extremo meridional da África. Fazia semanas que eu esperava uma oportunidade de sair do navio e fugir, e eis que, por fim, ela chegava inesperadamente e eu vislumbrava a minha chance.

Todo dia eu acompanhava nosso progresso nas cartas, na cabine do capitão Bligh, e sabia que tínhamos feito um bom tempo nas águas que nos levaram da tempestuosa América do Sul à ensolarada África do Sul. Houve muita alegria e alívio entre os homens quando finalmente avistamos terra no horizonte. Largamos ferro, e o sr. Christian e o sr. Fryer foram — juntos — à praia ver se o ambiente era amigável, e, quando voltaram, informaram que podíamos passar uma semana lá para reabastecer o navio e fazer os consertos para o resto da viagem à Austrália e a Otaheite. Também entregaram ao capitão Bligh um convite para jantar com o comandante Gordon, que dirige a colônia holandesa de False Bay. Na noite do jantar, estendi a sua melhor farda na cabine e estava examinando o terreno local nos mapas na parede quando ele entrou para trocar de roupa.

"Turnstile, o que há com você, garoto?", perguntou, irrompendo alegremente na sala. "Não tem nada melhor a fazer do que ficar zanzando por aí? Anime-se, seja útil. Não falta trabalho no convés caso você não tenha o que fazer aqui embaixo."

"Sim, senhor, desculpe, *sir*", disse, desejando estudar um pouco mais o mapa, pois estava procurando possíveis rotas de fuga na região ao redor da enseada.

"O que você está olhando afinal?"

"Onde, *sir*?", perguntei, nervoso.

"Você estava olhando os meus mapas", disse o capitão, aproximando-se e examinando-os com desconfiança. "Por quê? Será que finalmente começou a se interessar pela vida náutica?"

Eu senti o rosto arder e foi como se tivesse passado um momento, uma hora, uma vida inteira enquanto eu procurava uma resposta; por fim, lembrei-me do início da minha história e disse de supetão, sem ligar para o ridículo da afirmativa:

"A China, *sir*. Estava procurando a China."

"A China?", indagou o capitão Bligh, enrugando a testa e encarando-me como se eu estivesse bêbado e falando besteira. "Por que, diabos, você resolveu procurar a China no mapa da África?"

"É que eu não sabia ao certo onde ficava", expliquei. "Li dois livros sobre a China, sabe, e fiquei muito interessado."

"É mesmo?", perguntou, agora mais disposto a acreditar em mim. Em seguida, virou-se para ver se a farda estendida não estava amassada. "E esses livros que você leu eram sobre o quê?"

"O primeiro era de aventura. Uma série de peripécias que acabavam num casamento. O segundo..." Hesitei, recordando que o segundo livro era picante, com estampas bem indecentes. "O segundo era mais ou menos a mesma coisa", disse então. "Outra aventura. Parecida."

"Entendo. E onde você arranjou esses livros, posso saber? Não me lembro de tê-lo visto se distraindo com leitura a bordo do *Bounty*."

"Eram do senhor Lewis. O homem que cuidava de mim quando eu era pequeno."

"O senhor Lewis? Não me lembro de ter ouvido você falar nesse nome."

"Eu não falei. O senhor nunca perguntou onde eu morava antes de vir para o *Bounty*."

O capitão voltou-se lentamente e me fitou com desconfiança, tentando descobrir se eu estava sendo insolente, imagino, embora não estivesse. Era apenas uma afirmação. O silêncio pairou no ar durante algum tempo, mas ele enfim suspirou e tornou a se ocupar da sua roupa.

"Pode sair agora enquanto eu me troco", disse. "Espero ter uma noite muito agradável, e palavra que acho que a mereço."

Pelo jeito, a noite foi bem mais agradável do que ele imaginava, pois só tornei a vê-lo ao amanhecer do dia seguinte, quando ele, com o bico da bota, me empurrou da minha tarimba para o chão, acordando-me sem a menor cerimônia, coisa a que eu estava me acostumando cada vez mais.

"Venha, garoto", disse com entusiasmo. Resta saber como ele conseguia estar tão desperto e, ainda por cima, com um ar tão espigaitado àquela hora da madrugada. "Hoje nós dois vamos a terra."

"A terra?", perguntei, arregalando os olhos, pois finalmente tinha oportunidade de sair daquele maldito navio. "Nós dois?"

"Sim, nós dois", disparou, subitamente amuado (aquele homem era inigualável em termos de mudança de humor). "Eu sempre tenho de repetir tudo que lhe digo, Turnstile... por que isso? *Sir* Robert vai me levar às montanhas para me mostrar parte da flora magnífica que ornamenta essa terra e eu quero levar umas mudas para *sir* Joseph, em Londres."

Eu acenei a cabeça e tratei de me recompor. Ele já ia se afastando pelo corredor, de modo que desconfiei que não me caberia o luxo de forrar o estômago; no entanto, eu precisava muito disso para poder acompanhar o ardor do capitão. (De lá para cá, não topei com outro homem capaz de sobreviver com tão poucas horas de sono e ainda conservar o vigor.) No convés, o capitão deu algumas ordens ao sr. Christian, que olhou para mim, intrigado.

"Talvez seja melhor eu ir com o senhor, capitão", disse o grande puxa-saco. "O senhor Fryer ou o senhor Elphinston pode tomar conta do navio. Por que levar Tutu, *sir*? Ele não passa de um criado."

"Um ótimo criado", contraveio o capitão, batendo nas minhas costas como se eu fosse seu filho. "O mestre Turnstile será responsável por colocar as mudas no cesto para mim. Eu preciso de você aqui, Fletcher. Mantenha os homens ocupados com os reparos. Não quero ficar na África mais do que o necessário, embora, como se pode ver, seja uma distração agradabilíssima por alguns dias. Nós já perdemos muito tempo."

"Pois não, *sir*", suspirou o sr. Christian.

Preferi não lhe endereçar o olhar triunfante que estava guardando dentro de mim para não ser perseguido depois. Sabia que ele queria ficar mais tempo naquelas paragens, pois no navio já se espalhara o boato acerca do chamego que ele andava tendo por um rabo de saia local. Eu já estava na mira dele, não havia a menor dúvida.

Uma carruagem nos aguardava no fim da rampa de desembarque e, alguns minutos depois, o capitão e eu percorríamos as vias poeirentas, deixando para trás a sombra do navio.

"O senhor falou em *sir* Joseph, capitão", disse-lhe minutos depois, tirando os olhos da estranha região lá fora e fitando-o com curiosidade.

"Sim, falei."

"Aliás, já o mencionou muitas vezes nesta viagem. Posso saber quem é?"

Ele me olhou e sorriu. "Meu caro, você nunca ouviu falar em *sir* Joseph Banks?"

Eu sacudi a cabeça. "Não, senhor. Nunca. A não ser da sua boca, é claro."

O capitão ficou admirado com a minha inocência. "Ora, eu pensei que todo garoto da sua idade conhecesse e venerasse o nome de *sir* Joseph. Ele é um grande homem. Uma sumidade. Sem ele, nenhum de nós estaria aqui."

Cheguei a pensar que o sr. Bligh o estivesse comparando com o próprio Todo-Poderoso, mas foi apenas uma fantasia; eu não disse nada, continuei olhando para ele e esperando a resposta.

"*Sir* Joseph é o maior botânico da Inglaterra", disse enfim o capitão. "Ah! Eu disse da Inglaterra? Devia dizer do mundo. Um colecionar brilhante de plantas raras e exóticas. Um homem de muito gosto e sensibilidade. Faz partes de numerosos conselhos e comissões e orienta o senhor Pitt em muitas questões de interesse social e ecológico, como antes fez por Portland, Shelburne e Rockingham. Possui muitíssimas estufas e recebe tanta correspondência dos grandes botânicos do mundo que dizem que ele tem uma dúzia de secretários para responder a todos. E, acima de tudo, nossa missão foi ideia dele."

Eu balancei a cabeça, alheio à minha ignorância. "Entendo", disse, inclinando-me. "Um sujeito famoso, imagino. Capitão, posso perguntar mais uma coisa?"

"Pode."

"Esta nossa missão... qual é exatamente?"

Ele me encarou um momento, depois soltou uma ruidosa gargalhada e sacudiu a cabeça. "Meu caro, há quanto tempo nós estamos juntos no *Bounty*? Há cinco meses, não? E você passou todos os dias nas imediações da minha cabine ou dentro dela, ouviu a conversa dos oficiais e dos homens, e agora tem a coragem de dizer que não sabe qual é a nossa missão? Você consegue mesmo ser tão ignorante ou só está fazendo graça?"

"Desculpe, *sir*", pedi, reclinando-me no banco, o rosto corado de constrangimento. "Eu não queria que o senhor se envergonhasse de mim."

"Nada disso, quem pede desculpas sou eu", respondeu ele imediatamente. "Verdade, Turnstile, eu não estava debochando de você. Apenas quis dizer que essa questão deve ter passado muitas vezes pela sua cabeça desde que fizemos a vela, no entanto, esta é a primeira vez em que você toca no assunto."

"Fiquei com vergonha de perguntar, *sir*."

"Se não perguntar, nunca vai saber. A nossa missão é importantíssima, meu caro rapaz. Você naturalmente sabe das colônias escravistas da Inglaterra nas Índias Ocidentais, não?"

Eu não sabia absolutamente nada, por isso fiz a única coisa que me pareceu sensata naquelas circunstâncias. Balancei a cabeça e disse que sim.

"Pois bem", prosseguiu, "os escravos de lá... apesar da sua natureza selvagem, não deixam de ser homens e precisam comer. Mas a despesa da Coroa para sustentá-los, bom, eu não tenho as cifras exatas, sei que é uma despesa considerável. Há alguns anos, quando o capitão Cook e eu estávamos a bordo do *Resolution*, nós levamos para a Inglaterra diversas amostras da vida vegetal e alimentar que encontramos nas ilhas do sul do Pacífico, e, entre elas, um item especial conhecido como fruta-pão. É uma coisa extraordinária. Tem a forma de... de um coco, se você pode acreditar, mas nasce no chão. Uma excelente fonte de alimento e proteína e, além do mais, sua produção é barata. Vamos colher tantos milhares dessas frutas-pão quanto conseguirmos e os transportaremos para as Índias Ocidentais, onde serão replantados e crescerão, livrando a Coroa desse ônus tão grande."

"E mantendo os homens na escravidão."

"Como assim?"

"Nossa missão é baratear a escravidão."

Ele me encarou e vacilou antes de responder. "Você diz que... Turnstile, eu não entendo. Você acha que nós não devíamos alimentar os homens."

"Não, *sir*", disse, sacudindo a cabeça. Ele não era do tipo capaz de acompanhar a minha linha de raciocínio; era instruído demais e de uma classe social elevada demais para respeitar os direitos do homem. "Estou contente porque agora eu sei, só isso. Logo a cabine grande vai estar cheia de frutas-pão, espero."

"Assim que chegarmos e as colhermos, sim. Nós estamos participando de uma aventura de grande mérito, Turnstile", asseverou, balançando o dedo na minha frente como se eu fosse uma criancinha de colo. "Um dia, na velhice, você vai recordar e contar essa história aos seus netos. Talvez os escravos deles também se alimentem de fruta-pão, e você terá um orgulho enorme das suas realizações."

Eu concordei com um gesto, mas duvidei. Seguimos viajando em silêncio durante algum tempo, e eu olhei pela janela da carruagem, contente em pôr os olhos em coisa diferente da vastíssima água azul do oceano. Mas fiquei decepcionado ao ver que o terreno era quase totalmente verde e montanhoso e parecia não ter muitas estradas ou aldeias para as quais eu pudesse fugir.

Paramos no centro de um vilarejo, e a presença da nossa carruagem, assim como a de outra de igual esplendor, pareceu-me totalmente insólita. Quando chegamos, porém, um homem saiu de uma taberna e, de braços abertos, sorrindo com alegria, veio em nossa direção.

"William", gritou com voz cordial. "Que bom que você veio."

"*Sir* Robert", respondeu o capitão, saindo da carruagem e apertando-lhe a mão. "Eu não perderia isto por nada neste mundo. Trouxe o meu menino para carregar as mudas. Espero que o senhor não se incomode."

Fazendo uma careta, *sir* Robert mediu-me de alto a baixo e sacudiu a cabeça em sinal de reprovação. "Se você não se importar, William", disse, inclinando-se, "meu homem nos acompanha para isso. Quero discutir com você questões de Estado de natureza urgente, e seria inadequado fazê-lo na presença de estranhos. Eu imagino que ele seja confiável, mas..."

"Claro, claro", apressou-se a dizer o capitão Bligh, tirando os cestos das minhas mãos e recolocando-os na carruagem; outro sujeito mais velho que eu e de ar bem mais sério saiu da taberna com cestos e se aproximou. "Turnstile, pode voltar para o barco."

Olhei à minha volta, decepcionado, pois estava contando com uma longa caminhada e com uma oportunidade de ver a terra e planejar a minha rota. Isso deve ter transparecido, pois *sir* Robert notou minha expressão e me deu uma palmada nas costas.

"O pobrezinho está há muitos meses nesse barco", disse. "Se você não se opuser, William, ele fica esperando na taberna, onde pode almoçar, e mais tarde vocês voltam juntos."

O capitão pensou um pouco e então, para a minha grande satisfação, concordou. "Claro. É justo. Mas vamos começar, *sir* Robert. Estou ansioso para ver o máximo possível da sua vida vegetal. Como o senhor sabe, *sir* Joseph espera..."

Sua voz foi se distanciando à medida que os dois se afastavam, e eu me virei e vi vários criados de *sir* Robert gesticulando para mim; levaram-me para dentro e depois para fora, no sol.

"Não fique tão desconsolado", disse um deles enquanto eu caminhava. "Acredite, é muito melhor ficar aqui do que passar a tarde subindo e descendo morro."

"Você não diria isso se estivesse há pelo menos cinco meses a bordo de um navio", contrapus, mas a vista da comida que logo apareceu me fez mudar de ideia, já que meu prato continha carne, batata e verdura, tudo recém-preparado, um banquete que eu não esperava nem via desde antes do Natal.

Comi rápida e vorazmente enquanto vários membros do séquito de *sir* Robert conversavam comigo, tentando saber o máximo do nosso navio. Fazia várias décadas que existia a colônia holandesa de False Bay, e eu descobri que a maioria das pessoas que trabalhavam lá estavam tão ansiosas para retornar à Holanda quanto eu para fugir do *Bounty*. E acaso me deixariam a sós? Não, não deixariam. Por fim, consegui fazê-las falar em geografia; e, quando me informaram que a localidade mais próxima era a Cidade do Cabo, decidi ir para lá. Mas foi só à noitinha, quando serviram álcool, que finalmente consegui sair da taberna e ficar sozinho.

O sol se pusera, e fiquei surpreso pelo fato de o capitão e *sir* Robert ainda não terem voltado; achar agora a estrada seria bem mais difícil para mim. Não havia nenhuma sinalização e eu nada sabia da Cidade do Cabo, a não ser que ficava mais ou menos a noroeste do vilarejo, e resolvi arranjar um lugar onde me esconder durante a noite; na manhã seguinte, eu me orientaria pelo nascer do sol.

A bordo do navio, reinava o silêncio ou o barulho. Ou singrávamos águas sossegadas, e os homens ficavam calados, olhando para a frente e mantendo a embarcação em paz, ou navegávamos águas turbulentas, e eles criavam um grande clamor. No estabelecimento do sr. Lewis, só havia barulho: o dos meus irmãos, o das ruas lá embaixo, o dos cavalheiros com as bebidas. Mas aqui, neste estranho lugar, sem nada além das montanhas e colinas ao meu redor, imaginei ouvir a vida animal prestes a me atacar e a me transformar num bom jantar. Depois ouvi passos. E vozes. Sabia que os criminosos costumavam se esconder em lugares como aquele, mas me persuadi de que os ruídos eram apenas engodos da minha imaginação; no entanto, esses ruídos foram ficando cada vez mais altos, e percebi que, pelo mesmo caminho que eu tomara, vinham vindo homens na minha direção. Titubeei, olhei para a esquerda e para a direita no escuro e estava a ponto de correr em sentido contrário quando uma mão pousou pesadamente no meu ombro e eu soltei um grito de pavor.

"Turnstile", rosnou a voz. "Que diabo você está fazendo aqui?"

Meus olhos se adaptaram à escuridão e meus ouvidos reconheceram a voz.

"Capitão", disse. "Eu me perdi."

"Perdeu-se?", indagou *sir* Robert. "Você está a uns quinze minutos da taberna. Como veio parar aqui a esta hora da noite?"

Vendo que o capitão estava me olhando com surpresa, tratei de pensar depressa. "Eu saí para me aliviar, *sir*", expliquei. "Por isso me afastei bastante da taberna. Quando terminei, não consegui achar o caminho de volta. E vim parar aqui."

"Ainda bem que nós o encontramos", riu *sir* Robert. "Você podia ter passado a noite inteira andando por aí. Talvez acabasse chegando à Cidade do Cabo, estava indo exatamente nessa direção."

"A taberna não tem latrina?", perguntou o capitão, desconfiado.

"Tem, sim, senhor. Mas não pensei em usá-la pelo fato de eu ser apenas um criado. Pensei que estivesse reservada para os fidalgos."

Ele fez um gesto afirmativo e um sinal para que eu os seguisse, e não me restou senão obedecer, furioso por ter sido pego, por ter perdido a minha primeira oportunidade de fugir. O criado de *sir* Robert vinha carregado de cestos de mudas, raízes e plantas menores e, quando chegamos à carruagem, colocou-as cuidadosamente no chão, entre nós.

"Espero não ter exagerado", murmurou o capitão Bligh quando embarcamos. "Mas juro que eu podia ter colhido dez vezes essa quantidade, havia muita coisa interessante. Preciso entregar isto ao sr. Nelson quando estivermos a bordo, e mandá-lo cuidar bem de tudo. *Sir* Joseph vai ficar contente."

"Sim, senhor", disse, tentando divisar o navio à frente. A água apareceu de repente, como que saída do nada, e vi nossas velas altas oscilando na brisa.

"Turnstile", disse o capitão quando nos aproximamos do mar. "Aquela hora, quando o encontramos, você estava perdido *mesmo*?"

"Claro que estava", respondi, sem coragem de fitá-lo nos olhos. "Foi o que eu disse. Não conseguia achar o caminho de volta."

"Na Marinha de Sua Majestade, a punição para os desertores é severíssima. Não esqueça."

Eu não disse nada, limitei-me a olhar para fora, para o *Bounty*, o lugar em que tinha vivido nos últimos cinco meses e o qual, para minha surpresa, gostei de rever. Não deixava de ser um lar.

17.

Houve ainda um incidente antes que o navio deixasse a África do Sul para seguir viagem, incidente esse que deixou uma nuvem negra atrás de nós depois da nossa partida.

O *Bounty* foi muito maltratado pela inclemência da natureza desde que saiu da Inglaterra antes do Natal, e o chamado descanso de que os homens deviam ter fruído em False Bay foi anulado pelo trabalho quase tão árduo quanto o que padecemos em qualquer dia de tempestade no mar. Por outro lado, o capitão e os oficiais estavam gozando da hospitalidade de *sir* Robert e dos funcionários da colônia holandesa, e, como isso geralmente incluía jantares, as minhas noites já não eram trabalhosas como antes. Aliás, a única ocasião em que retomei as atividades regulares foi na véspera da nossa partida, quando *sir* Robert convidou todos os oficiais para um baile em sua residência e eu tive de limpar e engomar as fardas para o evento noturno. E valia a pena ver o bando de galãs que desembarcou naquela noite, todos limpos e reluzentes, prontos para se engraçarem com as damas, o cabelo lambido de brilhantina e a pele banhada em água-de-colônia. Somente o pobre sr. Elphinstone foi obrigado a ficar tomando conta do navio — e não achou graça nenhuma nisso —, mas bem feito para ele, pois, se nós da tripulação não podíamos participar da festa, por que ele poderia, justo ele que não contava com a simpatia de ninguém na tripulação.

No fim da tarde seguinte, eu estava no convés ajudando a encerar o madeirame com Edward Young, um guarda-marinha que, devido ao seu fervor religioso, tinha autorização para ir toda manhã a terra rezar na igreja local. Esse fato não me fazia gostar menos dele; carolice à parte, Edward era um homem razoável e simpático.

"Você vai sentir falta da igreja", disse-lhe, pois quando levantássemos âncora não lhe restaria senão cochichar suas orações ao Senhor quando estivesse no beliche. "Mas foi muita sorte a sua poder sair deste barco toda manhã, não acha?"

"Sim, o capitão foi muito generoso. E estou agradecido. Você devia ter ido comigo, Tutu. A Bíblia faria muito bem à sua vida."

Eu já estava pronto para lhe dar uma resposta da qual ele não ia gostar, mas eis que avistei a carruagem de *sir* Robert vindo em direção ao navio.

"Lá vem mais um a cuja vida o Todo-Poderoso podia fazer muito bem", comentou Young, apontando com o beiço para a carruagem. "Imagino que deve estar vindo convidar os oficiais a se entregarem a mais frivolidade em seu antro de perdição. A dança, a bebida e a volúpia carnal que ainda vai danar a alma deles."

"Eu nem sabia que o estavam esperando", eu disse, largando minha escova e olhando para o céu a fim de calcular a hora, uma habilidade que vinha aprendendo cada vez mais com o passar dos meses. "O capitão não disse nada."

Fiquei observando *sir* Robert sair da carruagem, parar um instante, olhar com ar malévolo para o *Bounty* e então se aproximar da rampa e subir até o alto, onde o sr. Elphinstone foi recebê-lo. Reparei que o sr. Heywood, o pulha, tratou de se refugiar às pressas num lugar em que não o vissem, mas não liguei para isso no momento, apenas constatei que ele era mesmo um grosseirão insociável, capaz de aproveitar a hospitalidade de um homem à noite e de esnobá-lo no dia seguinte.

"Boa tarde, *sir* Robert", cumprimentou-o o sr. Elphinstone, agindo como se fosse o dono da embarcação, não um dos oficiais menos graduados a bordo. "É um grande prazer recebê-lo. Isto me dá oportunidade de agradecer o..."

"Saia da frente, *sir*", rosnou *sir* Robert; espalmando a mão em seu peito, empurrou-o para o lado e passou por ele, sempre olhando para os lados, escrutando o convés com olhos fuzilantes. Então me viu num canto e, lembrando-se da minha fisionomia do nosso encontro no início da semana, veio em minha direção a uma velocidade tal que cheguei a retroceder uns passos, pensando que ele ia me bater. Examinei com toda urgência as possibilidades de tê-lo ofendido de algum modo, mas, por mais que procurasse, não achei nada. "Você", disse ele, apontando o dedo enorme para mim. "Eu o conheço, menino, não o conheço?"

"John Jacob Turnstile, *sir*. O criado do capitão."

"Seu nome não me interessa. Cadê seu patrão?"

Sir Robert estava rubicundo de ódio, e cheguei a pensar em não responder, com medo de que aquele encontro acabasse em violência. Tinha-o visto quase todos os dias que passamos em False Bay, mas nunca tremendo daquele jeito.

"Vou... eu vou avisar o capitão Bligh que o senhor solicita uma audiência", disse, fazendo menção de ir para a escada. "Tenha a bondade de aguardar aqui no convés, tome um pouco de ar."

"Obrigado, eu vou junto, se você não se importa", respondeu, seguindo-me tão de perto que, se eu parasse de repente, nós colidiríamos e eu levaria a pior, pois o homem era bem corpulento: um balofo, para ser exato. Eu teria me espatifado no chão. Um purê de Tutu.

"Esta aqui é a cabine grande", expliquei quando passamos por lá, pois, embora *sir* Robert estivesse à beira do colapso, achei divertido fingir que eu pouco me lixava para ele já que não tinha tido a delicadeza de querer saber o meu nome. "Como o senhor vê, temos centenas de vasos para as frutas-pão quando chegarmos a Otaheite, mas, por ora, estão empilhados aqui para estorvar a passagem. Com exceção, é claro, das plantas que o capitão trouxe da excursão botânica com o senhor. Agora estão sob os cuidados do senhor Nelson, ele é o..."

"Garoto, vou lhe dizer uma coisa e não quero repetir", atalhou às minhas costas, a voz trêmula e ameaçadora. "Feche essa boca e não abra mais. Não quero ouvir a sua patacoada."

Eu obedeci e me calei, pois o que estava por acontecer podia não ser coisa à toa e talvez *sir* Robert viesse com uma missão mais séria do que se imaginava; mas eu não tinha ideia de qual era. Não disse mais nada no resto da nossa curta viagem, a não ser para informá-lo que a cabine do capitão ficava um pouco mais adiante.

Quando lá chegamos, demos com a porta — excepcionalmente — fechada. O capitão Bligh quase nunca fechava a porta da cabine, preferia fazer com que os homens se sentissem à vontade para procurá-lo a qualquer hora do dia ou da noite para tratar de assuntos importantes. Mesmo durante a noite deixava-a entreaberta, o que era um transtorno para mim, pois ele roncava mais do que um urso, e eu, lá fora na minha tarimba, ouvia cada inspiração e expiração dele enquanto tentava pegar no sono e, muitas vezes, tinha vontade de asfixiar um de nós — ou os dois — com o travesseiro.

"Tenha a bondade de aguardar um momento, *sir*", pedi, dando meia-volta. "Vou avisar que o senhor chegou."

Sir Robert concordou com um gesto, e eu dei duas batidas rápidas na porta. Não houve resposta, de modo que tornei a bater, e dessa vez gritaram lá dentro "Entre!"; girei a maçaneta e entrei. O capitão estava conversando intensamente com o sr. Fryer, e os dois olharam, irritados, para mim.

"O que é, Turnstile?", perguntou o capitão com impaciência.

Notei que ele estava muito corado e exasperado e que o sr. Fryer, embora um tanto pálido, parecia cheio de determinação.

"Lamento incomodar, Vossa Magnificência", disse, esbanjando cortesia, "é que um visitante deseja lhe falar."

"Diga aos homens que agora eu não tenho tempo", repontou ele rapidamente, dispensando-me. "O senhor Christian e o senhor Elphinstone estão no convés. Podem se encarregar de qualquer besteira que..."

"Não é um marinheiro, *sir*", apressei-me a esclarecer. "É *sir* Robert. Da colônia."

O capitão abriu a boca, depois a fechou e ficou olhando para o sr. Fryer, que se limitou a arquear a sobrancelha como se dissesse que não estava surpreso com a identidade do recém-chegado. "*Sir* Robert está aqui?", perguntou o capitão num quase sussurro.

"Aí fora. Devo mandá-lo aguardar?"

"Sim", disse ele sem demora, cofiando a barba. Em seguida, olhou para o sr. Fryer e mudou de ideia. "Não, eu não posso fazer isso. Não posso deixar um homem desses esperar. Seria o cúmulo da grosseria e da descortesia! É melhor mandá-lo entrar. Senhor Fryer, o senhor fica?"

"Não sei se convém, capitão. O senhor não prefere que..."

"Pelo amor de Deus, *sir*, fique e mostre um mínimo de solidariedade pelo menos uma vez na vida", insistiu em voz baixa. "Mande-o entrar, Turnstile. Não. Ordem cancelada! Diga uma coisa. Em que estado ele se encontra?"

A pergunta me surpreendeu. Eu o encarei: "Como, *sir*?".

"Em que estado de espírito", repetiu, "como está seu humor. Alegre ou..."

"Amuado, *sir*", respondi, e me pus a pensar. "Eu diria que ele está mais para zangado."

"Certo", disse o sr. Bligh, levantando-se e exalando um grande suspiro. "Bom, então é melhor não o fazer esperar mais. Mande-o entrar."

Eu balancei a cabeça e fui abrir a porta: lá estava *sir* Robert andando de um lado para outro no corredor, as mãos unidas às costas, a cara pior do que uma nuvem negra prestes a fulminar raios por todos os lados.

"*Sir* Robert. O capitão vai recebê-lo."

Ele nem deu pela minha presença, o casca-grossa, simplesmente passou por mim e entrou na cabine. Mas qualquer aventura servia para afugentar o tédio reinante, e, como aquela era boa demais para passar em brancas nuvens, eu também entrei.

"*Sir* Robert", saudou o capitão já de mão estendida, procedendo como se estivesse muito honrado e mostrando-se bem menos nervoso do que pouco antes. "Que prazer. Eu..." Interrompeu-se de súbito, me viu parado no canto e fez cara feia. "É só isso, Turnstile."

"Pensei que o senhor ia querer chá, capitão", disse. "Ou que *sir* Robert desejasse um conhaque", acrescentei, pois o homem parecia terrivelmente hostil.

O sr. Bligh hesitou e me olhou com desconfiança antes de se voltar para o visitante. "Aceita um conhaque, *sir* Robert?"

"Não sei como são os homens do mar, mas eu não bebo conhaque antes do almoço, *sir*", disparou com raiva. "No entanto, exijo toda a sua atenção para o que vou dizer."

"Obrigado, Turnstile, pode sair", disse o capitão, e eu não tive remédio senão obedecer, mas não fechei totalmente a porta e, depois de averiguar se não havia ninguém naquela parte do barco, colei o ouvido nela, e foi a mesma coisa que estar lá dentro, principalmente com o volume da voz de *sir* Robert.

"O senhor com certeza sabe por que estou aqui, *sir*", disse ele.

"Não, não sei", respondeu o capitão. "Embora, naturalmente, seja uma satisfação recebê-lo. Quero aproveitar a oportunidade para agradecer ao senhor e à senhora sua esposa o magnífico baile de ontem. Eu adorei, assim como os meus oficiais, que..."

"Sim, os seus oficiais, *sir*", atalhou o outro com a mesma agressividade anterior. "Isso mesmo, os seus oficiais! É justamente a respeito deles que eu quero falar com o senhor, dos mesmos oficiais que se deleitaram com a hospitalidade da minha casa, comeram da minha comida e beberam do meu vinho. É sobre um desses oficiais que vim conversar com o senhor."

"É mesmo?", perguntou o capitão, ostentando bem menos segurança que antes. "Tenho certeza de que eles se comportaram como cavalheiros."

"A maioria, sim. Mas eu vim aqui para dizer que um deles se comportou feito um cachorro louco em dia de calor e vim exigir satisfação do senhor, pois juro que, se eu tivesse um cachorro como esse em casa, pegava minha pistola e o liquidava, e ninguém veria nenhum mal nisso."

Abriu-se um prolongado silêncio e eu bem que ouvi um murmúrio lá dentro, mas não consegui distinguir as palavras; *sir* Robert não tardou a falar alto outra vez.

"...na minha casa e foi apresentado à minha família e a todas as damas e cavalheiros de uma colônia em que, eu lhe asseguro, *sir*, nós trabalhamos muito e durante muito tempo para instituir lares, segurança e um estilo de vida cristão e decente. E o tal oficial se atreve a insultar uma donzela. Ora, não sei se este é o costume dos oficiais ingleses..."

"Garanto que não, *sir*", respondeu o capitão, agora também falando alto, pois, por menos que ele se dispusesse a ser maltratado em seu próprio navio, jamais admitiria que desrespeitassem os oficiais da Marinha de Sua Majestade. "Faço questão de declarar que, a bordo deste navio, não há um só homem que não tenha grande respeito pelo senhor e pela colônia que o senhor estabeleceu aqui na África do Sul. Eles o têm em alta estima, *sir*", acrescentou com veemência.

"Não me venha com chorumelas!", gritou *sir* Robert. "Respeito, é? Se eles têm tanto respeito, como é que aquele cão imundo foi capaz de fazer uma proposta tão sórdida a uma donzela? Ele pode estar acostumado a usar essa linguagem com as marafonas da Inglaterra, com as meretrizes e rameiras, as vadias e mulheres à toa, mas a senhorita Wilton é uma donzela cristã, decente e honrada, uma moça de boa família e respeitável, e, desde que ela perdeu o pai, eu passei a me interessar particularmente pelo seu bem-estar, de modo que, para mim, insultá-la desse modo é uma bofetada e uma ofensa pela qual exijo satisfação. Se eu soubesse que um oficial deste navio ia se comportar de maneira tão vil, nunca teria convidado nenhum dos senhores a conviver conosco, nem lhe teria dado a ajuda que o senhor solicitou esta semana. Fique sabendo que eu teria escorraçado todos!"

"Eu continuo profundamente agradecido pela sua hospitalidade, *sir*", redarguiu o capitão Bligh. "Profundamente agradecido." Calou-se uns instantes e, antes que voltasse a falar, eu tive certeza de que *sir* Robert e o sr. Fryer ficaram olhando para ele, aguardando que continuasse. "A acusação é grave", disse enfim. "E, assim como eu estou disposto a defender qualquer um dos meus homens até o fim, ou até que tenha motivos para não o fazer, fico envergonhado pelo fato de o senhor sentir necessidade de subir a bordo para apresentar semelhante queixa contra um deles. Agradeço tudo quanto fez por nós e, se o senhor aceitar, dou-lhe a minha palavra de cavalheiro e de oficial do rei Jorge que levarei essa acusação ao oficial em questão e tomarei todas as providências cabíveis. Garanto que não vamos passar por cima disso. Eu tomo muito a sério a cortesia e a decência e mais ainda o respeito devido às donzelas. Betsey, minha querida esposa, o comprovaria. Peço desculpas em nome dele, *sir*, e prometo fazer justiça."

Seguiu-se um longo silêncio enquanto *sir* Robert refletia. A reação do capitão era bastante aceitável e quase não havia o que acrescentar. Eu continuei junto à porta, louco para saber qual era a acusação e, mais importante ainda, contra quem, mas um barulho na cozinha do sr. Hall, ali perto, obrigou-me a me afastar para não ser pego escutando atrás da porta e acabar levando um pé de ouvido capaz de me deixar o resto do dia escutando um badalar de sinos. Todavia, fiquei zanzando pelo corredor, esperando que o cozinheiro voltasse ao lugar de onde tinha vindo para que eu pudesse colar a orelha à porta outra vez; pouco depois, porém, ela se abriu e o capitão Bligh e *sir* Robert saíram, e o primeiro olhou para mim com irritação.

"E os senhores vão partir mesmo?", perguntou *sir* Robert, que já não estava tão vermelho como quando irrompeu a bordo; aparentemente, acalmara-se com o acordo a que haviam chegado.

"Vamos, *sir*", respondeu o capitão. "Ainda temos uma longa viagem pela frente. Contornar a Austrália e seguir até Otaheite. Mais de dois meses, calculo."

"Então lhe desejo sorte e uma boa viagem", disse *sir* Robert, estendendo a mão. "Só lamento o nosso encontro ter acabado de modo tão decepcionante."

"Eu também, *sir* Robert, mas, por favor, tenha certeza de que vou tomar todas as medidas necessárias para redimir a nossa situação aos seus olhos e vou lhe escrever quando estiver satisfeito com o resultado da minha investigação." *Sir* Robert fez um gesto afirmativo, e o capitão se virou para mim. "Turnstile", disse com uma ponta de sarcasmo na voz, "já que você está fortuita e inesperadamente por perto, acompanhe nosso visitante até o convés."

"Claro, *sir*", respondi, sem coragem de fitá-lo nos olhos.

"Senhor Fryer, queira chamar o senhor Heywood e o senhor Christian, sim?"

"Pois não, *sir*", disse o sr. Fryer.

Minutos depois de ter acompanhado *sir* Robert ao convés em silêncio, eu estava de volta à coberta; e, como dessa vez o capitão não fechou totalmente a porta da cabine, pude escutar muito bem o interrogatório realizado lá dentro. Por sorte, não perdi muita coisa, pois o capitão nem quis ouvir o que o sr. Christian acabava de dizer.

"Não foi para discutir isso que o chamei", disse com voz severa. "E só lhe pedi para fazer companhia ao senhor Heywood porque o senhor também esteve no baile e talvez seja a pessoa a bordo que melhor conhece o caráter dele."

"*Sir*", disse o calhorda, "eu não sei do que o senhor foi informado, mas..."

"Quanto ao senhor", gritou o capitão de um modo que eu nunca o tinha ouvido gritar, nem mesmo em seus arranca-rabos com o sr. Fryer, nem mesmo depois do açoitamento de Matthew Quintal. "Trate de ficar de boca fechada, e bem fechada, enquanto eu não me dirigir ao senhor e lhe fizer uma pergunta e exigir resposta. O senhor me envergonhou, *sir*, e envergonhou este navio e a Marinha de Sua Majestade, entendeu? Sabe o que andam dizendo a nosso respeito na colônia de *sir* Robert? Portanto, fique calado até que o mande falar, do contrário, juro por Deus que eu mesmo me encarrego de açoitá-lo, ouviu bem?"

Silêncio. E, logo depois, um "sim, senhor" murmurado com uma vozinha fina e entrecortada.

Ninguém disse nada durante algum tempo, e eu ouvi os passos do capitão no assoalho. "Senhor Christian", disse ele enfim com voz mais calma, se bem que carregada de ansiedade, "diga uma coisa. O senhor passou boa parte da noite em companhia do senhor Heywood, não foi?"

"Boa parte. Mas não a noite toda."

"E conheceu a tal senhorita Wilton? Confesso que não me lembro de ter sido apresentado a ela."

"Sim, senhor", disse o sr. Christian. "Eu a conheci ontem."

"E o senhor, meu jovem. Já sabe da acusação?" Nenhuma resposta. "Pode falar!", gritou o capitão.

"Não, senhor, sinceramente, não. Eu estava no convés, fazendo o meu trabalho com os homens, quando o senhor Fryer subiu e disse que o senhor exigia a minha presença, e não tenho ideia do que sou acusado, juro."

"Ah!", riu o capitão. "Quer dizer que o senhor ignora totalmente do que *sir* Robert o acusa?"

"Sim, senhor."

"Neste caso, ou o senhor é inocente e foi terrivelmente caluniado, ou, além de tudo, é culpado de mentir descaradamente para o seu oficial comandante. Qual das alternativas?"

"Eu sou inocente, *sir*."

"Inocente do quê?"

"Do que me acusam, *sir*, seja lá o que for."

"Bom, é uma resposta abrangente", comentou o capitão, com raiva, depois de algum tempo. "E o senhor, senhor Christian, também ignora a acusação?"

"Eu confesso, *sir*", disse o sr. Christian com muita calma, "que não tenho conhecimento do que *sir* Robert acusa o senhor Heywood. Até agora, a minha impressão era de que tivemos todos uma noite agradável."

"A minha também, *sir*, a minha também!", exclamou o capitão. "Mas acabo de ser informado de que o senhor Heywood, tendo tido a honra de dançar várias vezes com a senhorita Wilton, uma pupila de *sir* Robert, diga-se de passagem..."

"Eu dancei com ela", atalhou o sr. Heywood. "Isso eu confesso. Dancei duas valsas e uma polca, mas achei que não havia nada de mal nisso."

"Duas valsas e uma polca?", indagou o capitão. "Neste caso, o que o levou a dar tanta atenção à moça?"

"Bem, *sir*", respondeu ele após uma breve hesitação, "não posso negar que ela era bonita. E uma ótima dançarina. Achei que ia gostar."

"Achou mesmo? E o que o senhor fez quando terminou a dança?"

"*Sir*, eu agradeci muito humildemente a gentileza com que ela me tratou e voltei para junto do senhor Christian."

"É verdade, senhor Christian?"

"*Sir*, foi uma longa noite", disse este. "E nós, todos nós, estávamos dançando e conversando com os outros convidados. Não me lembro do momento preciso, não tinha motivo para marcá-lo, mas falei com o senhor Heywood em muitas ocasiões, e, como sei que ele é um cavalheiro, tenho certeza de que é verdade."

"Muito bem, então nós temos uma divergência de opinião, *sir*", disse o capitão, exasperado. "Uma séria divergência de opinião. Pois a senhorita Wilton afirma que o senhor a convidou para dar uma volta no jardim para espairecer e que, no passeio, lhe fez uma proposta bastante indecente e imprópria."

"Juro que não, *sir*!", exclamou o sr. Heywood, e confesso que parecia tão ofendido com a imputação que eu mesmo cheguei a acreditar.

"Jura que não. Então o senhor afirma que não convidou a senhorita Wilton para passear?"

"Não a convidei, *sir*!"

"Neste caso, também não lhe agarrou a mão, nem a encurralou numa árvore, nem tentou beijá-la à força?"

"*Sir*, eu... eu protesto. Protesto com toda a veemência possível. Não sou dessa laia. É mentira."

"Ah, é mentira? Pois não é bem isso que ela diz. A senhorita Wilton diz que o senhor a brutalizou e tentou extorquir uma vantagem, e que, se ela não fosse mais alta e mais forte, ou seja, se não fosse capaz de empurrá-lo para longe, é possível que o senhor a tivesse comprometido para sempre e arruinado a sua vida. E, à parte isso, bem antes de *sir* Robert subir a bordo, eu soube por fonte fidedigna que o senhor estava bêbado, *sir*, e deu o vexame de contar uma anedota lasciva acerca das aventuras de uma imperatriz russa com o cavalo dela."

O sr. Heywood ficou um bom tempo calado, mas quando tornou a falar, foi com a voz mais baixa que eu ouvi na vida: "Capitão Bligh, eu dou a minha palavra de cavalheiro, a minha palavra de oficial do rei Jorge, Deus abençoe o seu santo nome, e a minha palavra de cristão, de cristão *inglês*, que os fatos que o senhor descreve não ocorreram. Pelo menos, não com a minha participação nessa loucura. Se a senhorita Wilton enfrentou uma situação infeliz com algum cavalheiro no baile e agora lamenta o fato, ela que o atribua a outro, mas não me envolva em sua aventura libidinosa, porque não fui eu, *sir*. Eu não, juro que não".

Seguiu-se um demorado silêncio, e quando o capitão voltou a falar, estava menos zangado do que antes e mais perplexo e irritado com toda aquela mixórdia. "Fletcher, o que você tem a dizer? Confesso que me encontro num verdadeiro tumulto de opinião."

"*Sir*, nós somos homens, não? As palavras aqui pronunciadas não vão sair desta cabine?"

"Claro que não, Fletcher", disse o capitão, parecendo intrigado. "Fale à vontade."

"Então, *sir*, o que eu tenho a dizer é o seguinte, e vou dizer do ponto de vista de uma pessoa que não viu nenhum dos acontecimentos narrados por *sir* Robert, o qual só pôde nos dar a versão de um dos dois personagens envolvidos. Eu conheço o senhor Heywood desde que ele era menino, é a pessoa mais ajuizada que conheci. Como ele é de família nobre, e das melhores, não posso acreditar que tenha tentado forçar uma dama, assim como não consigo imaginar o jovem Tutu saltando a amurada para dançar sobre as ondas."

E essa agora: o jovem Tutu. Ele podia ter me deixado fora da história.

"Quanto à senhorita Wilton", prosseguiu o sr. Christian, "confesso que ontem os nossos caminhos se cruzaram várias vezes e ela me falou um pouco das suas preferências, e eu não estou convencido de que seja tão pura como *sir* Robert talvez imagine. Parece que ela lê romances, *sir*, coisa bem pouco recomendável. E tinha uns modos, não sei como dizer. Modos de gente experiente, compreende, *sir*, que me levaram a pensar que se tratava de uma pessoa de caráter duvidoso."

Isso, com certeza, mudava tudo de figura. Eu bem que queria ver passarem o sr. Heywood, o calhorda, por baixo da quilha por abusar da moça; entretanto, por mais que o detestasse, não aceitava que fosse castigado com base na sórdida calúnia de uma prostituta.

"Isto é muito aflitivo", disse o capitão Bligh. "Muito aflitivo. Eu fico numa situação que me obriga a aceitar a sua palavra de cavalheiro, senhor Heywood, e deixar tudo como está, sem punições."

"É um alívio saber disso, *sir*."

"Mas saiba que não vou esquecer o incidente. Sei muito bem que onde há fumaça há fogo, mas vou deixar por isso mesmo. No entanto, estou de olho, senhor Heywood, ouviu bem? De olho no senhor."

"Sim, *sir*, e eu quero dizer..."

Não pude ouvir o resto da conversa, pois o sr. Nelson, o botânico, e o sr. Brown, seu ajudante, viraram a esquina a caminho da cabine grande, e esse fato me sobressaltou de tal modo que pulei para dentro da cabine dos oficiais a fim de esperar os dois desaparecerem. Enquanto isso, para meu desespero, ouvi a porta da cabine do sr. Bligh se abrir e os três homens saírem juntos.

"Turnstile!", gritou o capitão, e a única coisa que pude fazer foi ficar quieto, do contrário teria de explicar por que estava onde estava, e ser descoberto lá dentro seria a minha desgraça. "Onde foi que o menino se meteu?", acrescentou, tomando o caminho do convés, sem dúvida à minha procura. A minha intenção era esperar que o sr. Christian e o sr. Heywood fossem embora para sair do esconderijo; mas, para meu horror, o sr. Christian agarrou o pulha e o puxou para a cabine deles, e a minha única saída foi me agachar num canto escuro para não ser visto.

"Aqui dentro", disse o sr. Christian, fechando a porta, e eu fiz o que pude para controlar a respiração e evitar que notassem a minha presença. "Seu imbecil", rosnou ao mesmo tempo que desferia uma violenta bofetada no rosto do sr. Heywood, que soltou um gritinho de dor e irrompeu a chorar! "Nunca mais eu minto por você, ouviu?"

"Ela era uma puta", disse o sr. Heywood, cuspindo as palavras entre as lágrimas feito um garotinho castigado. "Por que dançou tantas vezes comigo se não era para me conhecer melhor?"

"Mulher nenhuma quer conhecer um idiota como você", disparou o sr. Christian. "Eu menti apenas para protegê-lo, mas juro que não vou fazer isso de novo. Da próxima vez em que se meter numa enrascada, você vai enfrentar as acusações sozinho, entendeu?" O sr. Heywood ficou em silêncio, sentado no beliche e enxugando os olhos. "E, se um dia eu precisar da sua ajuda, espero contar com ela, entendeu?"

"Uma sirigaita, isso é o que ela era", foi a resposta, a qual não satisfez o sr. Christian.

"Entendeu?"

"Entendi", soluçou o sr. Heywood.

Sem dizer mais nada, o sr. Christian saiu da cabine, e lá fiquei eu, no canto, desesperado para ir à latrina e sem poder me mexer até que o calhorda se recompusesse, enxugasse as lágrimas e saísse.

Muito bem, pensei, que bela situação. O pulha não prestava mesmo, não valia um tostão. Agora eu tinha prova disso.

18.

E então, para minha surpresa, a paz voltou durante algumas semanas.

O nosso vistoso barco levou-nos pelo Oceano Índico rumo à Austrália e, durante toda a viagem, tivemos a sorte de contar com tempo bom. As velas se mantinham içadas, infladas pelos ventos constantes. Os homens estavam de bom humor, cientes de que já havíamos passado pelo pior.

Nesse período, o único incidente digno de nota envolveu uma conversa pessoal dois dias antes da data prevista para a nossa chegada à Terra de Van Diemen, uma ilha do extremo sul da Austrália, quando eu estava a sós com o sr. Bligh em sua cabine, encaixotando a roupa de baixo e as fardas para quando chegássemos ao nosso destino. O capitão estava em ótima forma durante essa parte da viagem, e sua irritação com o comportamento do pulha na África do Sul dissipou-se um pouco, embora eu achasse que não fora totalmente esquecida.

"Então, Turnstile", disse ele quando eu estava trabalhando, "falta pouco para chegarmos a Otaheite. Aposto que você vai gostar de fugir do *Bounty* durante algum tempo."

Eu o encarei, surpreso com a palavra escolhida. Ele nada sabia da fuga que eu tinha em mente. "Bom, *sir*", respondi, "confesso que vai ser bom pisar em solo estável e passar umas semanas sem sentir o mundo se movendo debaixo dos meus pés."

"E ele se move?", perguntou o sr. Bligh, distraído. "Faz tantos anos que estou no mar que já nem noto isso. Pelo contrário, difícil para mim é pisar terra firme."

Eu acenei a cabeça e continuei trabalhando. O capitão tinha o costume de conversar comigo às vezes, geralmente quando não havia nada urgente a fazer a bordo e (eu notara) sempre que ele acabava de escrever uma carta para a esposa e o filho.

"Você merece elogio", prosseguiu depois de algum tempo. "Tem sido um ótimo criado. Esta é a sua primeira viagem, não?"

"Sim, senhor."

"Nunca tinha estado no mar?"

"Não, senhor."

"Então me conte", pediu, mostrando curiosidade, "o que o levou a embarcar?"

Eu soltei uma das fardas e suspirei. "Para dizer a verdade, *sir*, não tive muita escolha. Houve uma espécie de mal-entendido, lá em Portsmouth, que acabou me trazendo ao navio."

"Um mal-entendido? Posso saber qual?"

"Pode. Só que, para ser sincero com o senhor, acho que não foi bem um mal-entendido, e sim uma medida justa que tomaram comigo."

"Mas você acaba de dizer..."

"Era mentira, *sir*", disse, decidindo que não valia a pena esconder a verdade. "Construí um personagem para mim, uma espécie de ladrãozinho", expliquei. "Lenços, relógios, às vezes, com um pouco de sorte, uma bolsa ou uma carteira. E acabei sendo preso por furtar o relógio de um fidalgo francês na manhã em que o *Bounty* ia zarpar e, para dizer com todas as palavras, fizeram-me optar entre doze meses de calabouço ou o mar."

O capitão balançou a cabeça e tornou a sorrir. "Eu diria que você fez uma boa escolha", disse em voz baixa. "Não acha?"

"Sim, senhor", disse-lhe, sacudindo os ombros. "Considerando as alternativas."

Depois disso, ficamos calados algum tempo. Eu imaginava que o capitão passara a me ter em bom conceito durante a viagem, e eu decerto o admirava muito, pois era um homem justo e decente que dispensava o mesmo tratamento a marujos e oficiais, e estava sempre empenhado em nos manter saudáveis e bem alimentados e comprometido em cumprir a nossa missão o mais depressa possível. Mas percebi que ele estava me observando enquanto eu ia de um lado para o outro e, por fim, voltou a falar.

"Esse seu... hábito."

"Que hábito, *sir*?"

"De bater carteiras. Furtar. Dê o nome que quiser. Quanto tempo você andou fazendo isso?"

Senti a face corar um pouco ao ouvir essa pergunta, mas não queria mentir.

Já não me envergonhava do meu passado a ponto de não falar com franqueza se o capitão me pedisse, mas não queria que ele formasse uma opinião negativa a meu respeito e desmerecesse tudo de bom que eu porventura tivesse conquistado até então. Isso não tardaria a acontecer quando eu fugisse para sempre do navio e só lhe restasse decepção para me condenar.

"Pelo que me lembro, *sir*, foi o senhor Lewis — a pessoa que cuidava de mim — que me ensinou o ofício."

"Opa! Não chame isso de ofício, garoto; ofício dá ideia de trabalho honesto. Esse senhor Lewis, que tipo de homem ele é?"

Eu pensei um pouco. "Um homem mau, *sir*. A ruindade em pessoa."

"Sei", disse ele, balançando a cabeça. "É parente seu? Seu tio ou algo assim?"

"Não, senhor. Nada disso. Eu não tenho família. Pelo menos, nenhum parente de que me lembre. O senhor Lewis dirige um estabelecimento para meninos e me pegou quando eu era pequeno."

Ele franziu a testa. "Um estabelecimento? Uma espécie de escola ou coisa que o valha?"

"Mais ou menos. Lá a gente aprende, sem dúvida. Não aquilo que quer aprender, mas não deixam de ser lições."

Ele hesitou antes de tornar a falar e, quando o fez, suas palavras me surpreenderam: "Você fala nele com muito ódio. A sua voz chega a tremer de raiva, como se detestasse esse homem".

Eu abri a boca para responder, mas não encontrei palavras. O sr. Bligh tinha razão, de fato, eu sentia muito ódio quando pensava no sr. Lewis, mas não sabia que deixava isso transparecer quando falava nele.

"Bem, *sir*", eu disse, pensando no assunto, "aquilo lá não era nada bom."

"Mas, naturalmente, havia outros meninos. Garotos da sua idade?"

"Garotos de todas as idades até os dezesseis ou dezessete anos, *sir*. O senhor Lewis pegava os meninos aos cinco ou seis anos e ficava com eles até a maioridade. Só mandava embora os que não tinham habilidade para roubar ou não eram tão bonitos..."

"*Tão bonitos?*", espantou-se com o que eu acabava de deixar escapar. "Que diabo você quer dizer com isso?"

"Não sei, *sir*", apressei-me a responder. "Só quis dizer..."

"Que importância tem um garoto ser bonito ou não? Por acaso é preciso ser bonito para ser ladrão?" Ele ficou olhando fixamente para mim, e eu senti o rosto arder ainda mais e até pensei que minhas bochechas ficariam chamuscadas se nelas respingasse água e, para minha surpresa, notei que estava prestes a chorar de vergonha. Nunca imaginara ter semelhante conversa com o capitão e sentia desprezo por mim por me haver deixado arrastar a ela. "A não ser que...", disse ele então, pensando bastante e cofiando o queixo. Levantou-se e, afastando-se da escrivaninha, veio em minha direção. "Turnstile, que diabo de lugar era esse, o tal estabelecimento em que você foi criado?"

"Eu já contei, não contei?", gritei com rispidez, coisa que eu nunca tinha

143

feito na sua presença, coisa que ninguém a bordo se atrevia a fazer. "Um lugar ruim. Um lugar para o qual eu juro que não vou voltar. Prefiro morrer a voltar para lá, e o senhor não vai me fazer voltar, ninguém vai."

Ficamos muito tempo — uma verdadeira eternidade — ali parados, entreolhando-nos, e juro que a fisionomia do capitão refletiu a miséria que eu sentia aqui dentro pelas coisas que aconteceram comigo. Ele abriu a boca e acho que ia dizer palavras de consolo, mas o sr. Christian apareceu à porta naquele momento e nos distraiu.

"Capitão, talvez o senhor queira... Ah, desculpe", disse ele ao nos ver frente a frente. "Interrompi alguma coisa?"

"Não, Fletcher", respondeu o sr. Bligh, afastando-se de mim e pigarreando. "O que é?"

"Um inusitado cardume de golfinhos, *sir*, acompanhando o navio a bombordo e a estibordo. Pensei que ia lhe interessar."

"Claro, claro", resmungou ele de mau humor, sem olhar para o ajudante de imediato. "Eu já vou para o convés, Fletcher. Obrigado por avisar."

O sr. Christian balançou a cabeça e me endereçou um olhar curioso antes de sair, e eu retomei meu trabalho. Só queria que o capitão subisse logo ao convés para ver os golfinhos e me deixasse a sós com meus pensamentos; para minha alegria, ele foi até a porta, mas deu meia-volta e falou comigo pela última vez.

"Eu acho que tenho uma ideia das coisas pelas quais você passou, John Jacob", disse, chamando-me pela primeira vez pelo prenome. "Já ouvi falar nesses antros do vício. Saiba que você não vai voltar para lá, eu não deixo. Tenho interesse por você, mestre Turnstile, confesso que tenho. Você me lembra uma pessoa, uma pessoa de quem eu gosto muito."

Relanceou os retratos na escrivaninha, e eu segui seu olhar e pensei que ele não podia estar se referindo ao filho, que tinha a metade da minha idade e cara de poltrão. Mas não disse nada, e logo depois ele saiu. Eu ergui os olhos e, vendo-me sozinho, larguei as fardas, soltei-me numa cadeira, mergulhei o rosto nas mãos e chorei como um bebê, lembrando-me de todas aquelas coisas em que tentava nunca mais pensar.

19.

Trezentos e oito dias.

Foi o tempo que passei a bordo daquela canoa velha e enferrujada, o *Bounty*, até chegar ao nosso destino. Mas, para minha surpresa, durante cerca da metade desse período eu não fiquei de mal comigo nem com o meu lugar neste mundo. Passei muito tempo ressentido com a equipagem pelo que me fizeram na travessia do equador, mas depois esqueci isso como tantas outras coisas. Também dediquei muito tempo planejando minha fuga das garras da Marinha do rei, mas eram tão raras as ocasiões em que punha os pés em terra que também acabei apagando isso da mente. Quando o tempo e as águas mudaram e o cheiro do ar ficou um pouco mais doce, começaram a dizer que agora era questão de semanas, de dias, de horas, talvez de minutos para que um de nós avistasse terra e gritasse avisando, e fosse saudado por todos como herói.

Para preparar esse momento tão esperado, uma bela manhã, quando singrávamos o mar azul, o capitão reuniu toda a tripulação no convés, oficiais e marinheiros, para tratar de uma questão que ele qualificou de "urgentíssima". Via de regra, eu tinha ideia do tema a ser tratado nessas reuniões, pois o ouvia resmungar consigo, na cabine, as coisas que pretendia dizer ao grupo; mas, naquela manhã, eu não sabia de nada e achei que ele estava com um ar esquisito quando subiu num caixote para que todos o vissem.

"Muito bem, marujos", gritou, e juro que notei certo nervosismo em sua voz, "tudo indica que dentro de algumas horas o nosso navio chegará ao destino, e nós tivemos uma ótima viagem, concordam?"

Entre os homens, surgiu um murmúrio educado que, enfim, se transformou num generalizado gesto afirmativo. Ninguém podia negar que tínhamos tido uma boa performance. Pelas conversas dos marinheiros que zanzavam por Portsmouth, eu sabia que eles passavam por tempos bem mais difíceis e que, na Marinha, não faltavam capitães bem mais chegados à chibata.

"Nós sofremos um pouco com o mau tempo, isso é verdade", continuou o sr. Bligh. "Mas todos demos prova de muita coragem. E vimos a nossa viagem se estender como ninguém previa nem esperava. Mas, mesmo assim, nós a fizemos e aqui estamos, ilesos e bem. E eu acho justo dizer que não houve um registro disciplinar melhor em toda a história da Marinha britânica. Nós, oficiais, tivemos de impor a ordem em certas ocasiões, é claro, mas fico contente com o fato de ter havido apenas um açoitamento em milhares e milhares de milhas. Vocês deviam ser elogiados por isso, todos vocês."

"Eu prefiro a minha parte em ouro", gritou Isaac Martin, um marinheiro de convés, e todos aplaudiram.

"Cale a boca, seu idiota", gritou o sr. Heywood, o calhorda, avançando contra ele apesar do bom humor reinante. "Fique em silêncio quando o capitão lhe dirige a palavra."

"Não, não, senhor Heywood", disse o capitão em voz alta, agitando a mão no ar para impedir o cão de morder a presa. "Não há necessidade disso. O senhor Martin está coberto de razão e disse bem. Infelizmente, eu não tenho condições de oferecer recompensa financeira a nenhum de vocês, marujos, mas saibam que, se os cofres de *sir* Joseph Banks me pertencessem, todos seriam muito bem recompensados pelo trabalho que fizeram."

Seguiu-se uma salva de palmas, e eu reparei que todos a bordo se sentiam verdadeiros membros de uma tropa feliz agora que estava chegando o momento de nos libertarmos da nossa prisão.

"No entanto, tenho condições de lhes oferecer um pouco de lazer", prosseguiu o capitão alegremente. "Ninguém sabe quanto tempo vamos ficar em Otaheite colhendo fruta-pão. Haverá muito que fazer, é claro. Vamos colher e armazenar muitas plantas. O navio precisa de reparo. Mas espero que cada um de vocês tenha muito tempo para descansar; vou providenciar para que todo o trabalho na ilha seja dividido equitativamente entre oficiais e marinheiros.

Outro murmúrio de gratidão partiu da tripulação, e eu pensei que o discurso tivesse terminado; mas o capitão olhou para nós e fez uma careta, examinando o chão do convés antes de erguer a vista novamente, e, dessa vez, juro que vi rubor em seu rosto.

"Há uma questão... uma questão de certa importância, que eu quero abordar", disse enfim com mais nervosismo na voz do que antes. "Como muitos de vocês sabem, já visitei essas ilhas, quando era mais jovem, é claro, na companhia do saudoso capitão Cook."

"Deus abençoe seu santo nome!", gritou uma voz no fundo, provocando aplauso geral.

"Deus o abençoe", repetiu o sr. Bligh. "Deus o abençoe. Bem disse esse homem. Mas eu vou tocar no assunto porque o resto de vocês... bem, vocês são novos aqui e pode ser que não compreendam os costumes locais. Quero avisá-los que... que o povo que aqui reside não conhece a nossa cultura cristã."

Olhou para nós como se isso bastasse para explicar as coisas, mas os homens ficaram apenas olhando, sem saber ao certo a que ele estava se referindo.

"Quando falo na nossa cultura cristã, eu me refiro naturalmente ao modo como nos comportamos como homens, tanto aqui quanto na nossa terra, e ao comportamento... como dizer?... ao comportamento das nativas. Muito diferente do das nossas boas esposas, quero dizer."

"Tomara mesmo", gritou William Muspratt. "Para a minha eu tenho de dar uma pataca quando quero que ela beije o meu pingolim."

Ao ouvir isso, os homens explodiram numa gargalhada, mas o capitão ficou um tanto constrangido. "Senhor Muspratt, por favor", disse, sacudindo a cabeça. "Não há motivo para tanta vulgaridade. Não vamos nos rebaixar ao nível dos selvagens. Mas olhe aqui..." Vacilou um instante, tossiu, mostrando-se um pouco mais seguro. "Nós todos aqui somos homens, não? Vou falar claramente. As mulheres dessas ilhas... recebem os favores de muitos homens. Elas não têm discernimento, entendem? Isso não as desmerece, compreendam, elas são assim. Não são como nós, ligados definitivamente à esposa."

Ouviram-se alguns outros gritos, outras piadas, mas o capitão impôs silêncio. "Muitas delas têm doenças graves", disse. "Doenças venéreas, para chamar a coisa pelo nome. E o que eu recomendo a cada um de vocês é não se colocar numa situação em que possam contraí-las. É claro, homem é homem e vocês passaram muito tempo no mar, na companhia dos outros, mas eu lhes peço encarecidamente que pensem na saúde quando se associarem às nativas... e, se isso não for possível, peço-lhes que levem em conta a sua moral. Mesmo estando entre selvagens, nós continuamos sendo ingleses, entendem?"

Fez-se um silêncio absoluto entre os marujos, e eu previ uma estrondosa gargalhada a qualquer momento; mas, antes que isso acontecesse, ouviu-se uma voz à minha esquerda, a voz de George Stewart, um marinheiro de convés.

"Eu sou escocês", disse com seu sotaque arrastado. "Quer dizer que posso dormir com quem eu quiser, capitão?"

A tripulação caiu na gargalhada, e o sr. Bligh desceu do caixote, sacudindo a cabeça num misto de constrangimento e desilusão; em qualquer outro momento, semelhante observação dirigida ao capitão teria causado comoção, mas, tão perto do fim da viagem, a disciplina estava meio relaxada. "Olhe aqui, Turnstile", disse o sr. Bligh, agarrando-me o colarinho quando eu passei por ele. "Espero que pelo menos você tenha ouvido bem as minhas palavras."

"Claro, *sir*", respondi, embora deva confessar que não tinha a menor noção do que era doença venérea, só que não devia ser coisa boa.

"Duvido que uma nativa se engrace com o Tutu", disse o sr. Heywood, o pulha, aproximando-se de nós. "Ele é um paspalho, não acham?"

"Cale essa boca, *sir*", disse o capitão, afastando-se e deixando o oficial boquiaberto e humilhado. Eu pisquei para ele e tratei de dar o fora.

Na manhã seguinte bem cedo, com o sol ainda no horizonte, mas iluminando o suficiente para que se visse qualquer coisa distante à nossa frente, eu estava na proa do navio, sozinho com meus pensamentos. Havia poucos homens por perto; um deles era o sr. Linkletter, o timoneiro, que estava pilotando o navio e cantando *Sweet Jenny of Galway Bay* em voz baixa e melodiosa.

Em algum lugar do horizonte ficava a nossa ilha, pensei, e nela me aguardavam novas aventuras. Minha mente estava repleta de ideias sobre as nativas que havia meses dominavam as conversas dos homens. Diziam que elas andavam nuas como no dia em que nasceram, e isso me enchia de excitação e, ao mesmo tempo, de pavor. A verdade é que eu ainda não tinha conhecido mulher e a ideia me fazia perder o sono de tanta ansiedade; cheguei a me perguntar se não seria melhor ficar a bordo daquele navio para sempre e não ter de enfrentar as realidades que estavam por vir.

"Tutu", chamou o sr. Linkletter em voz baixa, terminando sua canção, mas eu não me virei. Tinha jurado nunca mais atender por aquele apelido.

"Turnstile", disse ele então, com um pouco mais de urgência, se bem que ainda em voz baixa.

Eu continuei calado. Ainda não estava disposto a desistir dos meus pensamentos; não estava pronto para o mundo.

"John", disse enfim o sr. Linkletter, e dessa vez eu me virei e vi que sorria para mim. Apontou com o queixo na direção para a qual eu estava olhando até então, e eu tornei a me virar, forçando a vista para enxergar melhor. "Olhe", insistiu, e, apesar de toda a ansiedade, senti meus lábios se dilatarem num sorriso, e a empolgação do momento me dominou de tal maneira que eu era capaz de pular no mar de tanto entusiasmo e começar a nadar.

Terra.

Nós tínhamos chegado.

TERCEIRA PARTE
A ilha
26 DE OUTUBRO DE 1788 — 28 DE ABRIL DE 1789

1.

No tempo em que eu não passava de um pirralho, o sr. Lewis costumava me chamar de imprestável, uma criatura incapaz de concluir um trabalho que tivesse iniciado. Esse era um dos muitos defeitos que ele me imputava nas suas crises de mau humor, quando, por exemplo, um dos meus irmãos voltava para casa com menos dinheiro do que devia ou quando um garoto se metia numa briga, machucava o rosto e ficava menos bonito e com menos possibilidade de ser escolhido na Seleção Noturna. Quando a gente não estava limpando a casa, estava batendo carteiras na rua ou, se não estivesse ocupado com isso, fazendo outras atividades que prefiro não mencionar. Mas acho que ele ficaria espantado se visse o trabalhão que tive até agora para escrever estas memórias.

Em suma, nós passamos pouco menos de um ano a bordo daquela bendita embarcação. A nossa estada na ilha durou a metade desse tempo, mas Deus sabe que nem por isso deixou de ser um período riquíssimo em acontecimentos. Pois, se a travessia foi muitas vezes difícil, além de cansativa, e se houve eventuais altercações entre MC e contramestre, guarda-marinha e oficial, capitão e arrais, apesar de tudo, nós geralmente continuávamos a ser uma tripulação feliz, satisfeita, e um grupo de homens que encarava o sr. Bligh como o nosso líder ungido, tal como o próprio Salvador ungiu o rei Jorge para nos governar. Tratava-se de uma confiança sagrada que ninguém jamais contestaria e, nesse aspecto, nós éramos uma comunidade praticamente unânime. Mas foi na ilha, onde já não estávamos confinados num espaço tão restrito como no mar, que as coisas começaram a mudar. Os homens mudaram; os oficiais mudaram; o capitão mudou. E acho que eu também mudei. Cada qual descobria uma coisa que nos sucedia de forma inesperada. Para o bem ou para o mal, os fatos que ocorreram e o prazer que neles tivemos destinavam-se a transformar a equipagem do *Bounty* em homens novos, e o resultado disso marcaria cada um de nós — do capitão ao criado — até o fim da vida.

2.

A primeira coisa que mudou foi a natureza da autoridade, e esta desabou num lugar inesperado. A separação entre os oficiais e os homens deixou de ser nítida como outrora, e isso deu a cada um o senso de individualidade que nos faltava quando éramos pouco mais que escravos marítimos a arrastar pelas águas, dia após dia, um casco de madeira e ferro. E, quando se dispensaram as fardas — e foi preciso dispensá-las devido ao calor escaldante que nos cozinhava —, ora, foi como se todos nós tivéssemos o mesmíssimo status.

Em Otaheite, não havia um só homem que medisse os dias tal como o fazíamos quando trabalhávamos a bordo. No navio, medíamos a vida pelas mudanças de turno, os dois e, por último, os três períodos em que estávamos ou no batente, ou de folga, ou dormindo; a passagem das horas ditava-nos o que fazer. Agora, na ilha, começamos a gozar de uma súbita liberdade e de um controle inesperado sobre o nosso destino. Já não notávamos o decurso do tempo do mesmo modo. O sol nascia e se punha em horários regulares, tenho certeza, mas ninguém prestava atenção. Estávamos em terra firme e, embora não faltasse o que fazer, era um tipo de trabalho bem diferente, e ninguém temia perder a vida de uma hora para outra como no período frio e borrascoso em que tentamos passar pelo Horn. Às vezes, quando recordava aquelas semanas traumáticas, tinha a impressão de que se tratara de uma existência totalmente diferente. E quando pensava no meu tempo nas ruas de Portsmouth então? Ah, era como um sonho que eu tinha tido depois de comer uma manga estragada. Que a maioria dos homens havia deixado esposa, amante, pais e filhos na Inglaterra era um fato inegável, mas, durante esses meses em Otaheite, foi como se eles nunca tivessem existido, tão pouco afloravam à nossa consciência.

E quanto à noção de fidelidade? Ora, não valia um tostão.

Na verdade, não é que fôssemos infelizes no mar. Afinal, nosso capitão sempre se mostrou justo e judicioso, mas uma coisa era estar às voltas com um trabalho regular que às vezes chegava a ser tolerável e às vezes parecia abominável, e outra muito diferente era ficar vadiando e passar o dia cochilando à sombra de uma árvore, com uma fruta madura pronta para se desprender do galho e cair nas nossas mãos acolhedoras. Esta segunda alternativa era bem mais agradável, não tenho a menor dúvida.

Mas veja só que coisa esquisita: já contei que levei vários dias para me habituar ao balanço do navio quando partimos de Spithead e iniciamos a nossa viagem; ainda me lembro do sofrimento que era arrojar no mar o conteúdo da minha barriga naqueles dias sombrios e miseráveis, e o meu estômago chega a revirar com a recordação. No entanto, não demorei menos a voltar a me acostumar com o chão sólido depois de tanto tempo longe dele. Quando pus os pés nas praias do nosso novo lar, esperava que a areia oscilasse de um lado para outro num ritmo constante, e não que ficasse parada debaixo de mim, como era natural. De fato, ao pisar pela primeira vez na ilha, achei difícil permanecer na vertical e tive de andar de pernas abertas para não passar pelo constrangimento de tropeçar. Os outros também sentiram isso, eu percebi. E nas primeiras noites, quando tentava dormir, longe de facilitar meu repouso, o silêncio e a paz ao meu redor enchiam minha cabeça de pensamentos curiosos e inesperados que me mantinham desperto, e confesso que, na terceira noite, eu estava tão cansado e precisando tanto de uma nova carga de energia que cheguei a pensar em pegar uma lancha, voltar para o *Bounty* e retomar meu lugar na tarimba próxima da cabine do capitão Bligh; mas sabia que era uma ideia ridícula e um ato absurdo e que iriam zombar de mim sem piedade quando o sol raiasse.

Para a maioria dos marujos, o nome da ilha era Otaheite. Alguns por vezes usavam a palavra "Taiti", pois este era o nome que figurava nos mapas e que o governo inglês adotou para batizar a nossa missão; mas o povo da ilha, os nativos, os homens e mulheres que passavam a vida naqueles morros e praias chamavam-na de Otaheite. Era a língua deles e este era o nome que o capitão usava por respeito à cultura daquela gente, e também porque assim o capitão Cook se referia à ilha, de modo que eu também passei a chamá-la de Otaheite. Os homens discutiam muito o significado da palavra em inglês — havia sugestões variadas e exóticas, algumas poéticas, outras vulgares —, o qual, para mim, era mais do que óbvio e simples: Paraíso.

Confesso que tive uma confusa mescla de sentimentos naquela tarde ruidosa em que lançamos âncora em frente à ilha e as primeiras lanchas começaram a remar para lá. Havíamos passado a maior parte do dia preparando a nossa arribada e, nesse meio-tempo, muitos nativos se aglomeraram na praia e iniciaram uma dança alegre e desordenada que me deliciava e aterrorizava ao mesmo tempo. Eles eram centenas, e eu não sabia se devia considerá-los amigos ou inimigos, de modo que fiquei afastado dos meus companheiros que se puseram a assobiar loucamente, no convés, quando as lanchas começaram a descer. E, quando eles avançaram, eu me detive, com medo de ir para aquele território desconhecido, com medo do que lá podia haver.

"Último a entrar e último a sair, hein, garotão?", sorriu o sr. Hall, sentando-se ao meu lado e olhando para a praia. Eu o encarei e fiz uma careta, pois não entendi bem a observação. "Você", explicou ele, "foi o último tripulante a subir a bordo do *Bounty* quando íamos zarpar, não foi? E também vai ser o último a desembarcar?"

"É que o capitão pode precisar de mim", disse, afastando rapidamente a ideia, pois temia que ele visse a apreensão estampada em meu rosto e me chamasse de poltrão. "Só saio quando ele sair."

"Neste caso você dormiu no ponto, garoto", riu, batendo nas minhas costas. "O capitão foi na segunda lancha, não viu? O senhor Christian foi na frente, na primeira, para se entender com os chefes, e, assim que ele fez sinal, o capitão partiu. Olhe, lá vai ele rumo à praia."

Isso me surpreendeu, pois, embora eu não tivesse visto o sr. Bligh circulando pelo navio nem perto da cabine, esperava que me levasse com ele quando fosse para a ilha, mas devia ter partido quando eu estava na coberta, encaixotando as últimas fardas. Na verdade, fiquei chateado e até um pouco magoado por ter sido abandonado, pois estava muito inseguro e contava com a proteção do capitão. Durante a viagem, tinha ouvido muitas histórias sobre as maravilhas daquela ilha, mas, em Portsmouth, também ouvira falar que, de uma hora para outra, tais idílios podiam se transformar em desgraça. Afinal, o capitão Cook não morrera brutal e cruelmente numa ilha igualzinha? Não haviam separado sua pele dos ossos, partes do seu corpo não se perderam para sempre enquanto o resto apodrecia no fundo do mar? E se a mesma sina estivesse reservada para nós? Para mim? Não me agradava nada a ideia de ser cozido, esfolado ou dissecado: nada disso combinava comigo.

"Puxa vida!", prosseguiu o sr. Hall, assobiando baixinho ao mesmo tempo que olhava para os nativos dançando na praia distante. "Vou lhe contar uma coisa, Tutu, eu gosto muito da sra. Hall — ela me deu seis meninas magrelas e mais quatro meninos, se bem que um deles seja burro feito uma porta —, mas ela não me acharia tão macho assim se eu não estivesse doido para desfrutar as delícias dessa ilha. Está vendo? Você consegue tirar os olhos delas?"

Era óbvio que ele estava se referindo às nativas que andavam pela praia ou se aproximavam do *Bounty* em canoas, jogando grinaldas na água, totalmente alheias ao fato de estarem seminuas. Bem que eu fiquei com vontade de olhar, mas não queria que os homens me vissem espiando as mulheres e me gozassem; então olhei para trás, e imagine que tolice a minha pensar que, depois de doze meses no mar, houvesse um único marinheiro interessado no que eu estava fazendo ou para quem estava olhando. Eles tinham coisa muito melhor para observar.

"Olhe!", gritei de repente, vendo uma grande agitação na praia. "O que é isso agora?"

Acabavam de sair do fundo do mato oito brutamontes com um trono enorme nos ombros e agora o estavam depositando cuidadosamente na praia; pouco depois, chegaram mais oito homens carregando o que parecia ser um segundo trono, este ocupado por uma criatura ricamente vestida cuja fisionomia não pude distinguir àquela distância. Os nativos se prostraram aos seus pés, e ele passou de um trono para o outro; só depois de vê-lo comodamente instalado foi que outros nativos embarcaram em canoas, todos aos gritos, estapeando a própria face de um modo bastante aflitivo, aproximaram-se da lancha do capitão, que, observei, estava flutuando já bem perto da linha da praia, e o escoltaram até a ilha.

O barulho ainda me fere os ouvidos. Pode ser que você tenha assistido na Trafalgar Square à comemoração de uma grande vitória sei lá em que guerra, talvez haja visto um monarca recém-coroado sair da Abadia de Westminster e acenar para os súditos. Mas, se não tiver presenciado o bulício dos ilhéus gritando e aplaudindo em toda parte, e se não tiver visto os marinheiros desesperados para conhecer aquela gente, não vai entender o súbito delírio que tomou conta de nós. Alguns homens saltaram no mar e foram a nado ao encontro dos nossos anfitriões. Outros se debruçaram na amurada e puxaram as nativas para dentro do próprio *Bounty* e as cobriram de beijos sem pedir licença. Só sei que, quando percebi, estava cercado de ilhas me pendurando flores no pescoço e me beliscando a bochecha com entusiasmo, como se a minha pele clara bastasse para excitá-las. Uma delas enfiou a mão por baixo da minha camisa e beliscou minha barriga, soltando gemidos de prazer como se eu fosse um sujeito lindíssimo, e isso me deu vergonha, mas eu não pude detê-la nem fugir.

Todas as meninas e mulheres que víamos estavam nuas da cintura para cima e eram tão lindas que não se veria nada igual em outro lugar, mesmo que se dessem doze voltas ao mundo. E a única coisa que os homens podiam fazer era olhar e festejar e pensar no tempo feliz que se inaugurava, pois todos ouvíramos as histórias dos marinheiros veteranos e sabíamos que aquele era um festim digno de homens que haviam passado um ano no mar sem desfrutar da companhia de uma mulher.

Confesso, isso me deixou com muito tesão.

3.

Perturbado com as atenções das ilhoas, eu me apressei a embarcar na lancha seguinte e cheguei à ilha a tempo de presenciar o primeiro contato do capitão com as lideranças locais. Ouvi um barulho infernal quando nos aproximamos da praia — os gritos empolgadíssimos dos ingleses que nos precederam e dos que nos acompanhavam, e uma espécie de aterrorizante, mas entusiasmada, ululação dos nativos dançando vigorosamente na areia. Para minha surpresa, no entanto, o tal bailado cessou no exato momento em que o capitão Bligh pisou em terra. Foi como uma grande orquestra que houvesse perdido o ritmo de repente porque o maestro deixou cair a batuta. Imaginei que fosse um costume local, pois, muito embora a gritaria me desse arrepios, o capitão parecia já esperar a comoção com que nos acolheram e também a sua súbita interrupção, de modo que ele não girou nos calcanhares para ordenar que voltássemos para a Inglaterra antes que nos comessem vivos.

"Vossa Majestade", disse o capitão, imprimindo à voz uma afetação de classe social ainda mais alta do que a dele. "Grande será a minha honra se o senhor ainda se lembrar de mim, William Bligh, tenente, da última visita que fiz à sua encantadora ilha quando, caso o senhor recorde, fui trazido pelo capitão James Cook do *Endurance*."

O homem instalado no trono ficou um bom tempo em silêncio e estreitou os olhos, sorriu, depois fez uma cara zangada, mas logo voltou a sorrir. Coçou o queixo no lugar em que ficaria o cavanhaque, mas ele não tinha nem sombra de pelo na cara, era tão imberbe quanto eu. "Bligh", disse enfim, pronunciando o nome como se fosse muito mais comprido do que permitiam as suas cinco míseras letras. "William Bligh", repetiu pouco depois, contemplando as lanchas lotadas de marujos que se aproximavam da sua praia. Tive a impressão de que ele não achava tanta graça naquela invasão quanto os seus conterrâneos. "Eu ter lembrança do senhor. O capitão Cook vai junto?"

O sr. Bligh olhou à sua volta e me avistou; aposto que, pela minha expressão, viu que eu não sabia o que pensar da formulação e da própria pergunta. Olhou para o chão, como para ter certeza de que acabava de tomar a decisão correta, e então voltou a encarar o interrogador e sorriu. "O capitão vai muitíssimo bem", disse sem corar, apesar do deslavado da mentira. "Tenho a alegria de informar que ele está gozando de uma mui merecida aposentadoria em Londres, de onde envia as mais calorosas saudações a Vossa Majestade."

Reconheço que fiquei de queixo caído ao ouvir a última afirmação. Nunca tinha visto o capitão mentir desde que o conhecera — pelo menos era o que eu achava, e, caso tivesse mentido, só podia ter sido em assuntos dos quais eu nada sabia —, e aquela era a afirmação mais disparatada que se ouviu desde o nosso embarque em Portsmouth; no entanto, nenhum dos homens presentes se surpreendeu. Agora muitas outras lanchas haviam chegado à praia, e os outros oficiais e a maior parte da tripulação estavam posicionados em torno do capitão.

"Por favor, devolver a meu saudação ao bravo capitão ir com ele", respondeu o rei da ilha, e o capitão Bligh fez uma graciosa reverência.

"Devolverei, Majestade, e, se me for permitido, quero lhe dar os parabéns, pois o seu inglês se aprimorou maravilhosamente desde a minha última visita. Vossa Majestade fala como um verdadeiro cavalheiro digno da corte do rei Jorge."

O monarca assentiu, contente com o elogio. "Eu obrigado", disse, inclinando muito a cabeça.

Os dois homens ficaram se entreolhando, e fiquei me perguntando qual dos dois ia falar primeiro. Enquanto eu esperava, porém, uns nativos apareceram com outro trono e o puseram na areia ao lado do soberano; e, para meu assombro, eis que saiu do mato um homem gigantesco, seminu, com o cabelo até a cintura e cara de quem acabara de engolir um besouro e não tinha gostado.

"Capitão Bligh", sorriu o monarca, "permitir apresentar o meu esposa Ideeah."

Tudo bem, é perfeitamente possível que você tivesse se aproximado e piscado para mim, e eu cairia de costas sem acreditar que aquela criatura fosse mulher, mas o pior é que era mesmo, pois, quando ela se sentou e passeou os olhos pelos presentes, seu cabelo se deslocou um pouco e o que eu vi foi um par de tetas tão grandes que podiam aleitar um filhote um ano sem parar. Olhei para o capitão, mas ele parecia menos perturbado do que eu com aquela aparição, chegou a desviar a vista de vergonha.

"Fascinado em conhecê-la, madame", disse, curvando-se mais uma vez, mas não tanto como para o rei. "Sua Majestade, o rei Tynah, teve a amabilidade de aceitar os cumprimentos do capitão Cook e do rei Jorge; permita-me estendê-los a Vossa Majestade, assim como as graciosas felicitações da rainha Carolina."

A rainha Ideeah, pois este era o nome da bruaca, mostrou-se contrariada com o que acabava de ouvir e, virando-se para o marido, falou rápida e dramaticamente numa língua que não pude entender, mas o altivo soberano repeliu suas palavras com um gesto de desdém, e ela se calou e baixou os olhos. Eu não pude deixar de ver as marcas que cobriam as mãos, o braço e mesmo parte do rosto dele. Linhas e desenhos, profundas gravuras em preto, azul e outras cores, que lhe davam a aparência de uma pintura, não de um homem. Os demais ilhéus tinham enfeites parecidos, mas de aspecto talvez menos exagerado. Era verdade que muitos marinheiros do *Bounty* também ostentavam tatuagens, mas eram palavras e ornamentos pequenos, os desenhos menores estendiam-se do pulso ao cotovelo e chegavam a ganhar vida quando o bíceps se dilatava, mas nada capaz de competir com o colorido ou a arte das imagens que adornavam o corpo de Tynah.

"Minha esposa aprende não língua inglesa de maneira tão maravilhosa que eu próprio", notificou o rei, e eu tive de pensar um pouco para decifrar suas palavras. "Mas, por favor, hoje cair no sono com alegria de saber que ela encantada com você."

Bem, eu achei aquela acolhida tão cordial quanto se podia esperar, e o capitão deu a impressão de pensar a mesma coisa, pois sorriu, olhou para o sr. Heywood — cuja cara estava tão vermelha ao sol que só faltava soltar fumaça pelas orelhas — e estalou os dedos. Nesse momento, reparei que o calhorda tinha nas mãos um estojo de madeira marchetada de tamanho médio, o qual eu tinha visto diversas vezes na cabine do capitão, mas nunca me ocorrera abrir ou examinar, pois o considerava apenas um item que os cavalheiros levavam consigo para guardar o rapé ou o livro de orações, dependendo do que lhe fosse mais importante.

"Senhor Heywood", chamou o sr. Bligh depois de algum tempo, já que o idiota não foi até ele imediatamente, e todos o olhamos, e eu vi que não estava prestando atenção à cena que se desenrolava à sua frente, estava era vidrado num grupo de garotas — bem mais bonitas, reconheço, que o horrendo mamute cabeludo sentado ao lado do rei Tynah —, lambendo-lhes a nudez com os olhos, e juro que suas espinhas só faltavam estourar de excitação.

"Senhor Heywood, *sir*", gritou então o capitão, e o pulha acordou, sobressaltado, no momento em que o sr. Christian lhe deu um empurrão, fazendo-o tropeçar e quase virar cambalhota na areia diante de nós, ato que me levaria a passar quinze dias às gargalhadas, mas não houve tombo. O capitão o encarou quando ele se aproximou, e eu vi seu rosto ficar mais vermelho ainda, pois, de tanto olhar para as garotas, ficou com tesão, coisa que ficou visível por baixo de seu calção largo. Entretanto, sem um pingo de vergonha na cara, como é comum em gente dessa laia, Heywood entregou a caixa ao sr. Bligh, que, por sua vez, se aproximou do rei — com excessiva cautela, achei, como se temesse que um movimento mais brusco resultasse numa flechada nas costas — e a abriu. Seguiu-se uma cena cômica, toda a multidão atrás do trono se inclinou e ficou pasma de prazer antes de recuar meneando a cabeça em sinal de aprovação.

"Que me seja permitido ofertar a Vossa Majestade este símbolo da nossa imorredoura amizade", discursou o capitão Bligh quando o soberano estendeu a mão e tirou o espelho do estojo. Uma bela peça, aliás, com borda de prata e ouro ao redor do vidro. O soberano olhou para o próprio rosto no espelho e não se mostrou impressionado com o que viu; mas, como se tratava de um homem que havia escolhido uma criatura dos abismos para esposa e companheira de cama, era impossível entender o seu gosto. Contudo, ele o aceitou afavelmente, tornou a guardá-lo no estojo e o entregou a um lacaio.

"Eu extasiar com o seu bondade", declarou com um ar que, para ser franco, me pareceu um pouco entediado, mas eis que então o inglês do rei migrou para o reino do superlativo. "Eu pode ousar esperar que a sua visita ser eterna?"

"Nós gostaríamos muito de ficar alguns meses, se Vossa Majestade consentir", respondeu o capitão. "O rei Jorge e o capitão Cook mandaram muitos outros presentes para o deleite de Vossa Majestade; agora se encontram a bordo da nossa nave, mas logo vamos trazê-los.

"Eu era infinitamente deliciado", disse o rei sem reprimir um bocejo. "E, enquanto vocês estavam aqui, há muitas coisas nós oferecer para vocês em troca?"

"Sua generosidade não tem rival", sorriu o capitão, e confesso que, nesse ponto, só lhe faltou tirar o rei para dançar uma valsa e os dois saírem rodopiando na areia, tal era o prazer que um sentia na companhia do outro. "E, já que Vossa Majestade pergunta, há uma coisa que a sua infinita magnanimidade nos pode conceder."

"Qual era?"

E foi então que veio à tona o tema fruta-pão.

4.

Dois dias depois da nossa chegada a Otaheite, o capitão me acordou de manhã cedo com suma delicadeza: encostando o bico da bota na minha caixa torácica e desalojando-me da rede. Despertei assustado e cheguei tão perto de boquejar uma praga que metade da frase me escapou antes que pudesse recolhê-la. Engoli em seco, nervoso, olhando para ele com um misto de constrangimento e medo, mas o capitão se limitou a sorrir.

"Cuidado com a língua, jovem Turnstile", disse, jogando um punhado de documentos em cima de mim. "Pode haver damas por perto. Aliás, que história é essa de ainda estar dormindo a estas horas?"

Ergui a sobrancelha e o mirei, desconfiado de que estava zombando de mim. De fato, o sol já ia alto, mas eu sabia muito bem que não tinha dormido mais do que duas ou três horas e queria passar muitas outras na rede.

"Pois não, capitão", respondi, tentando conter um bocejo. "O senhor precisa de alguma coisa?"

"Preciso da sua companhia, *sir*", foi a resposta. "E do uso dos seus braços para carregar esses pequenos itens. Hoje vou visitar Point Venus e acho que o passeio lhe fará bem. Você vai acabar ficando frouxo nesta ilha, todos os homens vão acabar assim. Já vi isso acontecer. Uma boa caminhada faz milagres."

Fechei a cara e escancarei um enorme bocejo, coisa que jamais teria feito se cada qual se achasse no seu devido lugar, lá embaixo na coberta; o capitão, vendo a minha atitude, sacudiu a cabeça com enfado. Duvidava que ele estivesse tão preocupado assim com a minha saúde e bem-estar físico, pelo contrário, apenas precisava de um serviçal, que era eu, mas isso não importava, pois, sem me dar tempo de dizer outra palavra sobre o assunto, girou nos calcanhares e se afastou para o leste, e a minha única escolha foi segui-lo de boca calada. Era uma manhã quente, lembro-me bem, e, como eu tinha bebido mais grogue do que devia na noite anterior, sofri alucinações durante o sono e não estava me sentindo nada bem. Olhei para a vastidão da ilha à minha frente e, quando alcancei o sr. Bligh, fiz uma pergunta indecorosa:

"Fica longe, *sir*?"

"Fica longe o quê?", indagou o capitão, voltando-se e encarando-me como se a minha presença fosse uma grande surpresa, e não algo que ele próprio exigira.

"Point Venus. O lugar aonde o senhor vai me levar."

Ele me olhou com ar intrigado, e eu cheguei a pensar que pela primeira vez na vida fosse rir de mim. "Eu não vou *levá-lo* a lugar nenhum, Turnstile. Você vai me acompanhar porque é o meu desejo. Mesmo estando em terra, eu continuo sendo o capitão e você continua sendo o meu criado, certo?"

"Sim, senhor."

"É o que acontece quando os navios aportam nestas ilhas", prosseguiu, agora olhando para a frente. "Isso eu já observei muitas vezes. Todos esquecem o seu lugar. A disciplina relaxa. A ordem natural das coisas se subverte. Se não tivéssemos feito uma viagem tão serena a Otaheite, confesso que estaria mais preocupado com essas questões." Gostei de saber que ele achava que a viagem fora serena. Para mim, tinham ocorrido mais dramas do que o necessário. "Mas, respondendo à sua pergunta, Turnstile, já que é tão importante para você", cedeu ele enfim, "não, não fica longe."

"Ainda bem, *sir*. Creio que hoje a minha saúde está um pouco comprometida."

"Não me surpreende. Não pense que suas farras não chegaram ao meu conhecimento. Saiba que tenho olhos e ouvidos em toda parte nesta ilha."

Eu não sabia se era verdade, pois, pelo que tinha visto na nossa breve permanência até então, os homens já haviam se acostumado à vida na ilha e estavam se adaptando muito bem. Parecia-me improvável que um deles se prestasse ao papel de informante ou dedo-duro. Talvez o capitão estivesse se sentindo um pouco isolado agora que a existência no espaço limitado do *Bounty* se achava temporariamente suspensa. Poder ver todos os homens sob o seu comando na hora que ele bem entendesse era outra coisa.

"Minhas farras, *sir*? Não sei do que o senhor está falando."

"Sabe que eu já tinha dezoito anos quando provei a primeira gota de álcool na vida?", retrucou, caminhando tão depressa que temi levar um tombo na tentativa de manter o mesmo passo. "E juro que não gostei. Claro que sei que vocês precisam de um pouco de lazer após uma viagem tão longa, foi o que prometi, aliás, mas isso não pode continuar assim. Nós temos um trabalho a fazer aqui, você sabe. O dever em primeiro lugar. Você não é muito mais velho do que o meu filho William. Se o encontrasse no estado em que o encontrei hoje, eu lhe daria um pontapé no traseiro e ele ainda ficaria agradecido."

Duvidei disso, mas preferi não dizer nada, simplesmente continuei acompanhando-o na subida.

"É curioso, mas eu tinha mais ou menos a sua idade na primeira vez em que estive em Otaheite", contou o capitão depois de um bom tempo. "Um pouco mais velho, talvez, mas não muito."

Eu balancei a cabeça e fiquei pensando. Sem dúvida, o sr. Bligh já era um homem maduro, trinta e três ou trinta e quatro anos talvez, fazia então entre uma e duas décadas que pisara naquelas praias pela primeira vez.

"Com o capitão Cook, *sir*?"

"Sim, com o capitão", respondeu com tristeza.

Eu hesitei antes de falar outra vez; andava com uma coisa na cabeça desde a nossa chegada à ilha, mas não encontrava palavras para a formular. "*Sir*", disse enfim, "posso perguntar uma coisa?"

"Claro que pode, Turnstile", riu. "Ora, por que isso? Será possível que você tem medo de mim?"

"Não, *sir*. É que o senhor pode não gostar da minha pergunta, e eu não tenho a menor vontade de ser açoitado." Isso eu disse por caçoada, mas, assim que as palavras saíram da minha boca, percebi que cometera um grande erro. Talvez não tenham sido as palavras propriamente, e sim o tom de voz, mas, seja como for, o capitão se virou e, de repente, sua atitude antes jovial ficou taciturna, como eu já vira acontecer algumas vezes.

"Açoitado? É isso que você pensa de mim depois de quase um ano de convivência? Que eu mandaria açoitar um menino por causa de uma pergunta boba?"

"Não, senhor", apressei-me a dizer, tentando desesperadamente salvar a situação, pois, embora estivesse cansado e preferisse ficar mais tempo na minha toca, a verdade é que eu gostava da companhia do capitão e queria que ele me visse com bons olhos. Nunca desfrutei do privilégio de ter pai, o sr. Lewis era a coisa mais parecida com isso que eu havia conhecido e ele nada tinha de recomendável; e o capitão vinha fazendo cada vez mais esse papel na minha vida. "O senhor não me entendeu..."

"Que absurdo você me fazer uma acusação dessas. Quantos açoitamentos você me viu aplicar desde que nós saímos de Portsmouth?"

"Só um, *sir*."

"Só um, *sir*", repetiu, balançando a cabeça ferozmente. "E sabe que isso constitui um recorde na Marinha britânica? Creio que, até agora, o menor número de açoitamentos a bordo de um navio que viajou a mesma distância que o nosso foi dezessete. Dezessete, Turnstile! E eu apliquei um e, mesmo assim, a contragosto. O nosso recorde disciplinar não tem um só rival, e eu acho que fui um grande amigo de vocês, meninos e homens."

Depois disso, pairou entre nós um longo silêncio. Vi que ele estava dividido entre a raiva e a mágoa, e que qualquer coisa que eu dissesse antes da hora só precipitaria ainda mais drama da parte dele, por isso achei melhor esperar um pouco para pedir desculpas.

"Eu me expressei mal, *sir*", disse enfim, conjurando o tom mais arrependido de que eu era capaz. "Não tive intenção de ofendê-lo."

"Daqui por diante, é melhor você pensar duas vezes antes de falar", resmungou, recusando-se a olhar para mim.

Juro que senti como se nós fôssemos um casal de velhos perdidos entre a paixão do amor e a do ressentimento. "Sim, é melhor", concordei. "Eu não sabia nada da vida a bordo de um navio antes de embarcar no *Bounty*, mas sei, pelo que me contaram os marinheiros que conheci em Portsmouth, que o açoite e o espancamento são a regra nos barcos, não a exceção como no nosso."

"Hum", fez ele, começando a se amansar. "Será que o resto da tripulação se dá conta disso? Não vejo nenhum sinal de gratidão da parte deles. Não que eu espere por isso. Um capitão não pode esperar ser amado pelos homens que trabalham sob o seu comando, mas me esforcei muito para criar uma atmosfera harmoniosa a bordo. Empenhei-me dia e noite. Mas, antes que isso tudo começasse, Turnstile, você ia me perguntar uma coisa."

"Sim, senhor", disse, lembrando-me então. "Queria saber por que o senhor disse ao rei da ilha que o capitão Cook lhe mandava saudações e que ele estava vivo e passando bem em Londres, já que o senhor sabe mais do que ninguém que ele..."

"Morreu? Claro que eu sei, garoto, afinal, estava com ele naquele momento terrível." O capitão suspirou e sacudiu a cabeça. "Você me considera mentiroso, talvez, mas a coisa é muito mais complicada. Tynah e o capitão Cook travaram uma grande amizade na última ocasião em que os ingleses visitaram estas ilhas, uma cordialidade que nos rendeu todas as coisas de que precisávamos naquela viagem e nos possibilitou cumprir com sucesso a nossa missão. Achei que, se Tynah soubesse que mataram o capitão em outra ilha, a nossa amizade poderia ficar prejudicada, pois talvez ele fosse pensar que eu desconfiasse dele. Talvez pensasse que nós voltamos para nos vingar. E talvez achasse melhor atacar primeiro. E, com isso, nós dificilmente conseguiríamos adquirir a fruta-pão, que é, sem dúvida, o único motivo pelo qual estamos aqui entre esses selvagens. Essas negociações são delicadas, garoto, e eu preciso ser muito cauteloso com os nossos anfitriões se quiser ser bem-sucedido."

Confesso que fiquei surpreso com o emprego da palavra *selvagens*; pensava que o sr. Bligh tinha mais respeito pelos ilhéus. Mas ele a pronunciou não para insultar, mas com o desprezo natural pelas outras formas de vida que só um cavalheiro inglês podia ter.

"Ah", fez o capitão, detendo-se um instante e olhando para uma clareira à nossa frente, que dava numa ribanceira sobre um vale. "Por aqui, Turnstile. Quero lhe mostrar uma coisa, se é que estou onde penso estar. Você vai achar interessante."

Eu o segui com cuidado, pois o terreno estava ficando incerto sob os meus pés e um passo em falso podia significar um escorregão e a queda no despenhadeiro; pouco depois, chegamos a um agrupamento de árvores altas, árvores que, aos meus olhos, deviam estar lá desde o início dos tempos. Não entendia por que o capitão me levara àquele lugar e o observei examinar atentamente a cortiça das árvores. Ia de uma para outra, tocando-as, estreitando os olhos e esquadrinhando-as, mas enfim deu a impressão de haver encontrado o que procurava, pois abriu um enorme sorriso e me chamou com entusiasmo.

"Aqui", disse, apontando para uma gravura na madeira. "Leia."

Eu me aproximei mais e forcei a vista. A escrita era difícil de distinguir, mas um exame atento revelou as palavras: *Wm Bligh, c/ Cook, abril de 1769.*

"É o senhor, *sir*", disse, espantado, virando-me para encará-lo.

"Sou eu", confirmou com prazer. "Subi até aqui com o capitão uma manhã para contemplar o vale lá embaixo e ele me deixou gravar meu nome na árvore. Nessa ocasião, ele disse que um dia eu seria capitão, talvez um grande capitão, e que, quando isso acontecesse, era possível que eu voltasse para cá a serviço do rei."

Assombrado por estar no mesmo lugar onde esteve o capitão Cook, eu estendi a mão para tocar na cortiça da árvore. Pensei que, se meus irmãos no estabelecimento do sr. Lewis me vissem naquele momento, ah, iam ficar verdes de inveja.

"Temos de continuar, garoto", disse ele pouco depois. "Há muito que ver em Point Venus. Mas achei que isto podia lhe interessar."

"Interessa, sim, *sir*", respondi. "Só não sei...", eu hesitei, sem saber se devia dizer tal coisa ou não.

"Não sabe o quê, Turnstile?"

"Se um dia eu vou ser um grande capitão", disse num tom quase constrangido, como se a mera ideia fosse ultrajosa até mesmo para mim.

No entanto, sua resposta me chocou e também me decepcionou, pois ele soltou uma gargalhada como eu nunca o tinha visto soltar. "Você, Turnstile? Ora essa, você não passa de um criado!"

"Eu vou crescer", protestei.

"A capitania dos navios da Marinha de Sua Majestade é para... como dizer? Bem, é para os de boa cepa, entende?, e os bem instruídos, cujo caráter é de calibre mais grosso do que o do homem da rua. Para que a Inglaterra continue sendo uma grande potência, é preciso conservar essa tradição."

Eu fiz uma careta, mas tentei não manifestar meu desprezo por aquelas palavras; ele parecia ignorar o quanto me insultava. Mas logo me dei conta de que um homem da classe dele não chegava sequer a imaginar que era possível insultar um membro da minha.

"Quer dizer que eu nunca vou melhorar?"

"Ora, você já está melhorando. Tem melhorado dia a dia a bordo do *Bounty*. Com certeza você agora sabe mais o que é um navio do que sabia quando embarcou."

Eu admiti que era verdade, que, apesar de tudo, agora conhecia as atividades cotidianas de um MC quase tão bem quanto os próprios MCs.

"Pois então, já é suficiente para você", disse ele. "Agora vamos", acrescentou, afastando-se de mim e subindo numas pedras que estavam no caminho, as quais, apesar do elevadíssimo status do capitão, se recusavam a sair para lhe dar passagem. "Eu queria rever o vale e revi. Vamos."

"Um momento, *sir*, por favor", pedi e, tirando a faca da cinta, ataquei a árvore com cuidado, mas, mesmo assim, com letra pior do que a dele. Irritou-me o fato de o meu nome ser tão comprido e o reduzi a um mero *Turnstile, c/ Bligh, 1789*.

"Pronto, *sir*", disse então, voltando-me para segui-lo morro acima, perguntando-me o tempo todo se ele tinha razão, se um garoto da minha situação estava condenado a sempre ser o que era, ou se havia um jeito de fugir do trabalho pesado e da obediência.

5.

A primeira vez que pus os olhos em Kaikala, eu estava deitado na praia, só de ceroulas, tostando ao sol do meio-dia, traçando no peito um lento vaivém com a ponta do dedo. Fazia mais de uma semana que a equipagem do *Bounty* chegara a Otaheite e os dias se escoavam de um modo que me parecia bem agradável. Em momentos como aquele, eu me dava conta do quanto era bom ser o criado do capitão, e não um marinheiro, já que eles tinham todo tipo de tarefas dia e noite, ao passo que eu gozava de um pouco mais de independência e nada se esperava de mim, a não ser que estivesse disponível quando o sr. Bligh precisasse.

Entretanto, naquela tarde, o capitão saíra com o sr. Christian e o sr. Elphinstone para fazer o mapa de uma parte da ilha que ainda lhe era desconhecida, na qual diziam que havia grande abundância de fruta-pão, e eu aproveitei sua ausência para me regalar com um merecido descanso ao sol. De papo para o ar, olhando o céu, sentia que seria mais do que feliz se pudesse passar o resto da vida naquela ilha paradisíaca; apesar de estarmos lá fazia pouco tempo, entre os homens já reinava a sensação palpável, da qual eu participava, de que nenhum de nós estava ansioso por ser chamado ao *Bounty* para a longa viagem de volta. Claro que eu já estava decidido a nunca mais pôr os pés na Inglaterra: bastava a ideia do que o sr. Lewis era capaz de fazer se me pegasse para que eu não titubeasse na minha resolução. A essa altura, não tinha dúvida de que uma discreta investigação por parte dele já o informara da minha prisão, do meu breve julgamento e reclusão e da oferta que me fizeram — e, já que não havia pagado os meus delitos em Spithead, eu teria, sem dúvida, de compensar a minha ausência quando regressasse. Mas isso me deixava num dilema danado: como fugir? Otaheite era uma ilha relativamente grande em comparação com outras pelas quais passamos, mas nem por isso deixava de ser uma ilha. Era nula a chance de um dia desaparecer e não ser descoberto. E o que aconteceria se eu fugisse? O açoite? A forca? Só existia uma punição legal para a deserção, e esse risco eu não estava disposto a correr. Tinha de haver outra saída. Só me restava esperar uma oportunidade.

Todavia, como eu estava deitado na areia, não eram planos de fuga que me passavam pela cabeça, e sim uma deliciosa fantasia que me transformava num menino de habilidades simiescas, capaz de saltar de árvore em árvore com toda segurança. Um devaneio gostoso a ponto de me permitir gozar de paz e serenidade, e eu teria ficado estendido na praia até que o capitão retornasse se não me tivessem chutado brutalmente um punhado de areia no rosto, o qual me atingiu os olhos e a boca, que, no momento, estava aberta num bocejo. Tossindo e cuspindo, abri os olhos para xingar e massacrar o miserável que havia me perturbado; mas, antes que pudesse tirar os grãos de areia dos olhos, ouvi a voz do calhorda cacarejar perto de mim.

"Tutu, seu mequetrefe preguiçoso, que diabo você pensa que está fazendo?"

Olhei para o sr. Heywood e fiz uma careta. "Estou me dedicando a uma contemplação", respondi, mantendo-me em posição horizontal no chão, o ato mais flagrante de desrespeito de que fui capaz, pois, em deferência ao seu santificado status, nós éramos obrigados a nos levantar de um salto quando um oficial se aproximava. Contudo, mudei ligeiramente de posição na areia para não ficar tão abaixo dele; tinha bem guardada na memória a lembrança daquele palhaço tirando o pinto para fora e urinando em mim durante a minha provação na passagem pelo equador.

"O quê?", indagou, pois seu grau de instrução era tão rasteiro que uma menininha de nove anos era capaz de vencê-lo em qualquer concurso de inteligência. "Contem... o quê?"

"Contemplação, senhor Heywood. Quer dizer, o momento em que o sujeito se perde em pensamentos e fica refletindo sobre o passado, o presente e o futuro em seus valores relativos. Deve ser um conceito novo para o senhor."

"O passado, o presente e o futuro?", riu com sarcasmo. "O seu passado é o de um menino de rua na imundície das sarjetas de Portsmouth; o seu presente é o do mais vil dentre os mais vis a bordo das fragatas de Sua Majestade; e o seu futuro é acabar como beberrão numa das masmorras do rei."

"Uma vidinha nada ruim, em suma. Agora, senhor Heywood, faça o favor de se afastar, está tapando o sol."

"Chega de atrevimento", retrucou com um pouco de insegurança na voz. Exalou um suspiro, como se o calor e a situação bastassem para distraí-lo de outra tentativa de afirmar sua autoridade. "Quer pelo menos se levantar para que o rei veja o gato?"

Levantei-me devagar e limpei a areia do corpo, pois uma ordem direta era uma ordem direta e eu sabia muito bem que podia sair ileso com algumas provocações, mas acabaria pendurado se o desobedecesse. Fiquei pensando no que era mais inusitado, se o fato de ele me considerar uma criatura felina ou suas pretensões régias, mas não achei resposta no momento, de modo que fiquei calado. Ele me olhou com aquela eterna mescla de desprezo e aversão. Quanto a mim, não me restou senão me perguntar por que o calor de Otaheite lhe queimava tanto a pele. Suas espinhas pareciam vulcões.

"Você é um vagabundo imprestável, Tutu", rosnou ele, e eu acabei perdendo a compostura.

"Turnstile! Meu nome é Turnstile, senhor Heywood. Johnn Jacob Turnstile. Será que é tão difícil para um sujeito como o senhor se lembrar disso? Uma pessoa supostamente de intelecto."

Ele deu de ombros. "Por mim, seu nome podia ser Margaret Delacroix, Tutu. Você não passa de um criado e eu sou oficial, o que significa..."

"Que o senhor manda em mim, eu sei", retorqui com um suspiro. "A esta altura, já conheço a hierarquia."

"Aliás, o que você estava fazendo?"

"Imaginei que fosse fácil de ver. O capitão saiu e vai passar a tarde fora com os oficiais superiores" — acrescentei isso para ridicularizá-lo, embora isso não fosse digno de mim —, "o que significa que tenho um pouco de tempo livre."

O sr. Heywood riu, sacudindo a cabeça. "Meu Deus, Tutu... *Turnstile*", disse ele dramaticamente, "você tem mesmo titica na cabeça, hein? Não há folga para os homens de Sua Majestade. O fato de o capitão não precisar hoje de você não significa que é para ficar vagabundeando por aí. Arranje o que fazer! Venha me perguntar o que precisa ser feito!"

"Ah", fiz eu, pensativo. "Eu não conhecia as regras. Mas não vou esquecê-las daqui por diante, embora, devo confessar, o capitão me dê muito pouca folga. Ele não aguenta ficar separado daqueles que considera dignos da sua atenção." Enquanto falava, cheguei à conclusão de que era eu o único culpado por aquela conversa que estava arruinando a minha tarde. Devia ter me escondido em vez de ficar deitado num lugar em que qualquer pulha podia me achar. Não voltaria a cometer esse erro.

"Eu preciso de você lá na plantação", disse o sr. Heywood, encerrando de repente a discussão. "Componha-se e venha comigo, por favor."

Naquela primeira semana, muitos tripulantes foram convocados para preparar um terreno numa parte próxima da ilha. O trabalho consistia em cavoucar e revirar a terra e, depois, abrir sulcos paralelos que se estendiam até certa distância. Eu o tinha visitado um ou dois dias antes, por falta do que fazer, e fiquei impressionado com o nível de atividade no tal roçado, mas procurei não deixar que me vissem para não ser chamado a participar. O capitão se reunira com o rei Tynah para lhe explicar o motivo da nossa missão — a colheita de fruta-pão —, e, após os devidos rapapés, o monarca concordou alegremente em nos deixar levar o quanto quiséssemos. Afinal, a ilha estava infestada daquela planta e não havia perigo de a extinguirmos. No entanto, ao contrário do que eu imaginava, o plano não era pegar a fruta-pão e levá-la para o navio; não, a ordem era plantar o máximo de mudas novas e depois transplantá-las para os vasos da cabine grande, só então seguiríamos para o nosso destino seguinte, as Índias Ocidentais, antes de voltar para a Inglaterra.

"Melhor não, se o senhor não se importar", eu disse, resolvendo ser educado para que ele me deixasse em paz. "O capitão pode voltar a qualquer momento e, se ele precisar de mim, tenho de estar disponível."

O sr. Heywood falou com firmeza: "O capitão não volta antes do pôr do sol. Não vai precisar de você tão cedo. Ele não o levou junto, levou?"

"Não, senhor. Deixou-nos os dois aqui."

"Portanto você está liberado para ajudar na plantação."

Eu abri a boca, à procura de mais uma desculpa que me desse o duplo prazer de me safar da labuta e, ao mesmo tempo, ver sua cabeça explodir de irritação, mas não achei nenhuma e, querendo ou não, fui levado para a região da ilha em que reinava o trabalho pesado.

Uma hora depois, lá estava eu, sachando a terra com nove outros tripulantes, meus braços protestando contra o estranho peso da enxada; o calor me castigava tanto que me despi até o limite da decência, mas, mesmo assim, o suor do meu corpo dava para lubrificar uma engrenagem. Se fosse mesmo para eu acabar ficando frouxo, como previa o capitão Bligh, não tinha ideia de quando isso ia acontecer. Sempre fui um garoto magrelo, mas os doze meses a bordo tiraram a escassa gordura do meu corpo, e juro que, quando passava o dedo na caixa torácica, eu sentia o reco-reco das costelas. Mas tinha músculos — todos eles adquiridos após a minha partida de Portsmouth — e um nível de energia que às vezes me surpreendia. Perto de mim, estava o guarda-marinha George Stewart, cuja pele clara só faltava pegar fogo, coisa que, eu sabia, ia lhe causar muita dor no fim do dia, e ele estava com cara de quem ia morrer de uma hora para outra. Por sorte, as nativas preparavam uma esquisita mezinha que, triturada num pilão, se transformava numa pasta e, de tardezinha, elas a passavam na pele dos marinheiros queimados. Eu desconfiava que eles até gostassem das queimaduras quando o resultado era aquele tratamento tão atencioso.

"Escute aqui, George Stewart", disse, e o calor devia ter me cozinhado um pouco o miolo para me levar a fazer uma sugestão tão besta, ainda que de brincadeira. "O que você acha de a gente tacar uma boa enxadada na cabeça do senhor Heywood e dar o fora daqui?"

Claro que foi apenas um gracejo, mas, pela expressão de Stewart, percebi na hora que havia cometido um erro. Ele me encarou com o desprezo que só o tripulante mais subalterno costumava me mostrar — na qualidade de criado do capitão, eu não tinha patente oficial no barco, o que significava que o mais inferior dentre os inferiores se achava no direito de me olhar de cima para baixo —, sacudiu a cabeça e retomou o trabalho.

"Não é para levar a sério", apressei-me a dizer. "Eu estava brincando."

Alguma coisa aqui dentro fez com que me arrependesse muito do tolo comentário, e estava prestes a me aproximar e explicar que aquilo não passava de uma pilhéria quando todos os homens se levantaram, largaram as enxadas e voltaram os olhos para o oeste, onde uma fila de quatro garotas vinha em nossa direção, cada qual com uma enorme vasilha de barro na cabeça. Caminhavam com facilidade e pareciam totalmente alheias ao peso que transportavam; achei que, mesmo que elas resolvessem apostar corrida, não deixariam cair uma só gota. Estavam sem nada além de uma faixa de pano enrolada na cintura para esconder a vergonha, mas, depois de uma semana lá, a tendência dos homens a assobiar e ficar olhando para seus seios diminuíra um pouco. A gente ainda olhava, e elas me deixavam tão excitado que eu batia punheta mais vezes por dia do que me parecia conveniente, mas, naquele momento, a única coisa que despertou nosso interesse foram as vasilhas em sua cabeça, pois continham algo mais especial para nós do que o corpo de qualquer beldade: estavam cheias de água fresca da bica.

Os homens correram ao seu encontro e baixaram as vasilhas para encher as canecas altas que ficavam à beira do roçado, e cada qual tratou de esvaziar a sua o mais depressa a fim de repetir tanto quanto possível antes que a água acabasse. Eu me atrasei um pouco e fui o último a ser servido; quando chegou a minha vez, minha caneca foi enchida pela última garota do grupo, uma que eu nunca tinha visto, mais ou menos da minha idade, talvez um pouco mais velha. Fiquei olhando enquanto ela me servia e descobri que meu palato seco podia ficar mais seco ainda. Peguei a caneca, mas não provei a água.

"Bebe", sorriu ela, e a brancura de seus dentes em contraste com o bronzeado da pele deixou-me deslumbrado por um instante, e obedeci à ordem como obedeceria se ela me mandasse tirar a faca da cinta do sr. Heywood e cortar minha garganta de orelha a orelha. Engoli a água às pressas, sentindo-a descer pelas entranhas, refrescando-me deliciosamente, e pedi mais um pouco, e ela tornou a me servir. Só que, dessa vez, inclinou a cabeça, mas continuou com os olhos fitos nos meus, sorrindo.

Vou encurtar a história e eliminar a linguagem floreada. Essa menina era Kaikala, palavra que significa "toda a frieza do mar e todo o calor do sol", e naquele exato momento eu me perdi. Fiquei preso em suas mãos. Ao meu lado, a conversa dos homens se reduziu a nada, e eu só despertei mesmo quando o sr. Heywood, o pulha, chegou, agarrou o braço dela e a levou embora.

"Ei, vejam só a cara de Tutu", gritou John Hallett, o garoto a bordo mais próximo da minha idade. "Ele perdeu o juízo."

Olhei à minha volta e todos estavam olhando para mim, alguns se divertindo, outros entediados. Sacudi a cabeça e voltei para o cabo da enxada, e quase não me lembro do trabalho daquela tarde, pois estava com a cabeça em outro lugar, num país que eu nunca visitara, num lugar que desejava poder chamar de lar.

6.

Embora a relação dos dois tivesse melhorado bastante no fim da nossa viagem a Otaheite e durante as primeiras semanas na ilha, houve outra briga feia entre o capitão Bligh e o sr. Fryer. Nessa ocasião, confesso que tomei as dores do imediato, pois ele foi espezinhado na discussão não só pelo próprio capitão como pelos tripulantes, que o culparam de tudo.

A encrenca começou com uma nonada tão ridícula que não teria havido consequência nenhuma se ela não tivesse levado a outra coisa, que, por sua vez, levou a outra, e que levou ao conflito. Mas, inicialmente, tudo girou em torno de um único fato: o capitão estava com diarreia.

Não havia um tripulante do *Bounty* que, desde a nossa chegada, não tivesse passado a comer e beber muito mais do que comia e bebia a bordo, e, embora a nossa pele e o nosso cabelo tivessem melhorado muito e já não houvesse nenhum caso de escorbuto, graças às vitaminas contidas na grande abundância de frutas e verduras frescas que havia na ilha, não faltou quem se excedesse e acabasse se dando mal. Um deles foi o capitão, que se apaixonou pelo mamão e um dia comeu tantos que ficou com o aparelho digestivo em pandarecos e não saía da latrina.

Naquela manhã, ao lhe servir o desjejum, eu percebi que alguma coisa andava errada com ele: a palidez do rosto, as olheiras profundas, o suor na testa, mas, estando com o pensamento totalmente concentrado em Kaikala, o meu novo amor, não dei importância a esses sinais.

"Bom dia, capitão, Vossa Santidade, *sir*", disse, esbanjando alegria e bom humor. "Que bela manhã, hoje o dia está mesmo lindo."

"Pelo amor de Deus, Turnstile! Se eu não o conhecesse, pensaria que você é irlandês", rosnou o capitão, olhando com ódio para mim. Não liguei para o xingamento. Quando passamos pelo equador, o próprio rei Netuno, aquela besta, me acusou de bancar o irlandês naquele rito em que eu era um girino pegajoso, o qual resultou na minha terrível provação. "A cada dia que passa, seu modo de falar fica mais perverso."

"Ah, não, capitão", apressei-me a dizer, sacudindo a cabeça. "Engano seu. Conheci muitos irlandeses quando morava em Portsmouth, isso eu reconheço, mas eram uns sujeitos esquisitíssimos que gostavam de se exprimir de maneira sentimental demais quando tomavam um trago, coisa que não paravam de fazer, por isso eu os esnobava o tempo todo."

"Sei, sei", respondeu ele como se eu fosse uma grande aporrinhação na sua vida; sentou no catre e, com cara cada vez mais contrariada, examinou o prato que eu havia trazido. Vi que não estava com humor para ouvir conversa mole, por mais tagarela que eu estivesse naquele dia. "Puxa vida, Turnstile, não lhe passou pela cabeça trazer um pouco de água fresca?"

Pensei que o sr. Bligh tivesse enlouquecido, pois, na bandeja, ao lado do pão e da fruta, havia uma jarra de água fresca que eu mesmo fora buscar na fonte menos de dez minutos antes.

"Está aqui, capitão", mostrei, empurrando-a um pouco. "Quer que lhe sirva uma caneca?"

"Eu não sou bebê", disparou, olhando para mim com ar surpreso, pois era curioso que não a tivesse visto. "Não preciso de ajuda para comer."

"À vontade, *sir*", disse, pegando as coisas que ele jogara no chão na noite anterior, como fazem os cavalheiros quando sabem que há um idiota para dar um jeito na sua desordem. O tipo da coisa que eles aprendem com a mãe. Fiz tudo de bico calado, pois já me dera conta de que o sr. Bligh não estava em condições nem com humor para bater papo. Seu estado de espírito vinha piorando com o passar das semanas, muito embora o nosso trabalho avançasse em ritmo acelerado. Mas eu desconfiava que ele não estivesse gostando da nova situação. Pela própria natureza das circunstâncias, havia dias em que nem chegava a ver alguns dos oficiais, e a última vez em que reunira a tripulação tinha sido na tarde em que avistamos terra. Ele sabia muito bem que os homens estavam curtindo o lado físico da sua permanência em Otaheite e tomando cada vez mais liberdades com as novas amigas.

Construíram para o capitão uma cabana especial à sombra de umas árvores à beira-mar, porém longe o suficiente para que o seu oleado não se molhasse. A maioria dos tripulantes dormia em redes na praia. Naturalmente, muitos já haviam arranjado uma mulher para passar a noite e não ficar sozinhos. Ou duas mulheres. Ou, no caso do sr. Hall, quatro mulheres e um rapaz, mas essa é outra história e não tem lugar neste livro, ele que a fosse discutir com a sra. Hall quando voltasse à Inglaterra. Como eu ainda estava por conhecer o sortilégio feminino, tentava desesperadamente não passar o tempo todo pensando no desejo de conhecê-lo. Mas a cabana do capitão era muito boa. Lá ele tinha escrivaninha com alguns mapas, o diário de bordo e também os informes cotidianos sobre a fruta-pão, lá passava boa parte do tempo fazendo anotações ou escrevendo para *sir* Joseph a respeito do progresso das plantas, embora eu não soubesse como pretendia enviá-las ao destinatário.

"Hoje as frutas não estão boas", reclamou o sr. Bligh, coisa que me surpreendeu, pois eu havia surrupiado algumas e as achara uma delícia. Doces e suculentas, bem do meu agrado.

"Não, *sir*?", perguntei, e ia continuar falando e, talvez, contradizê-lo quando ele, pegando-me desprevenido, saltou de repente do catre, cuspindo um palavrão, e se precipitou em minha direção a uma velocidade que me espantou. Pensei que a péssima qualidade da fruta o tivesse transtornado de tal modo que ele ia me jogar no chão e me assassinar, mas o capitão passou batido e se enfurnou na latrina, onde se aliviou com muita urgência e muita demora, tudo de um modo escandalosamente ruidoso e profundamente desagradável. Tive vontade de dar o fora, mas a manhã tinha sido reservada para que ele me atribuísse umas tarefas que deviam ser executadas durante o dia, e eu sabia que, azedo como ele estava, sair de lá sem autorização era procurar sarna para me coçar.

Quando o sr. Bligh finalmente reapareceu, veio com passos claudicantes e o rosto banhado de suor; suas olheiras estavam ainda mais fundas.

"O senhor está passando bem, *sir*?"

"Estou, estou", disse ele, empurrando-me para o lado a fim de voltar ao catre. "Mas já comi bastante. Não quero mais. Da próxima vez, traga uma coisa comestível, sim, menino? Não tenho estômago para ser envenenado desse jeito." Eu olhei para a bandeja. O capitão mal havia provado a comida, mas achei melhor não dizer nada; ia guardá-la para depois, na hora do almoço. "Você viu o senhor Christian hoje, Turnstile? Parece que agora o número de coletas diárias está diminuindo, e eu quero saber por quê."

"Eu o vi a uns cinco metros daqui", respondi. "Estava aí fora quando entrei, organizando os turnos de hoje."

"Só agora?", irritou-se. "Onde já se viu, menino, olhe a hora."

O capitão tornou a saltar do leito e vestiu um roupão antes de sair; deteve-se um instante quando o sol o atingiu e toldou a vista antes de pressionar a mão na testa, então seguiu adiante, acertando o passo, se bem que de cara cada vez mais amarrada. Não longe de nós, o sr. Christian e o sr. Fryer conversavam à toa quando ele os abordou tempestuosamente, exigindo saber que diabo estava acontecendo.

"Acontecendo com quem, *sir*?", perguntou o sr. Christian, e confesso que, naquela manhã, ninguém tinha o cabelo mais escuro à luz do sol. Estava sem camisa, e não era difícil entender por que as moças da ilha gostavam tanto dele; tinha um porte que parecia ter sido moldado pelo Todo-Poderoso a partir de um modelo de Sua própria autoria. Segundo os boatos no acampamento, ele já tinha andado com mais de uma dezena de nativas e estava decidido a passar todas pelas armas até o fim da jornada de sexta-feira.

"Com a fruta-pão, senhor Christian", gritou o capitão. "Até agora, nós transportamos menos de duzentas mudas para o viveiro, mas o cronograma diz claramente que ontem devíamos ter chegado a trezentas. Nesse ritmo, como elas vão amadurecer e ficar prontas para ser transportadas ao paiol de carga do navio?

O sr. Christian sacudiu o ombro de forma quase imperceptível e olhou de relance para o sr. Fryer, tentando ganhar tempo. "O nosso atraso é mesmo tão grande?", perguntou.

"Se eu estou dizendo, é porque é. E, aliás, isto é hora de organizar a ordem do dia? Os homens já deviam estar trabalhando há uma hora."

"Nós só estamos esperando Martin e Skinner voltarem, *sir*", disse o sr. Fryer, falando pela primeira vez, e eu, a alguns metros de distância, me perguntei por que ele não ficava calado, pois pouquíssima coisa enfurecia mais o sr. Bligh, que já estava tiririca, do que uma discussão com o imediato do navio.

"Esperando Martin e Skinner?" O capitão titubeou um pouco antes de prosseguir e chegou a soltar um leve gemido; eu tive certeza de que era a diarreia fazendo das suas. Ele passou o peso do corpo da perna direita para a esquerda, mas, mesmo assim, deu a impressão de afundar um pouco na areia. "Como assim 'esperando'?"

"Esperando que voltem da... do passeio de ontem", respondeu o sr. Fryer, escolhendo as palavras com cuidado."

"Do passeio?", repetiu o capitão, encarando-o como se o homem tivesse sofrido uma embolia. "Como do passeio? Por acaso isto aqui virou um circo?"

"Bem, *sir*...", respondeu o sr. Fryer, hesitando e rindo, e, tratando de dissimular o riso com uma tosse, retomou a expressão séria, "o senhor é um homem vivido. Tenho certeza de que entende."

"Eu não entendo coisa nenhuma, *sir*, a menos que o senhor me explique", bradou o capitão, e eu me perguntei se era só isso que ele queria dizer e suspeitei que não. "Que passeios são esses? Responda, *sir*!"

"Creio que eles se embrenharam um pouco na ilha para o esporte noturno com as nativas", explicou com jovialidade o sr. Fryer. "Voltam já, garanto."

O sr. Bligh ficou olhando para ele com estupefação, de queixo literalmente caído; tive até medo de pensar no que ia acontecer. Mas, para minha surpresa, ele apenas se virou para o outro oficial. "Senhor Christian", disse, "o senhor está me dizendo seriamente que..." Interrompeu-se uma vez mais e, contorcendo muito a cara, deixou escapar um grunhido de agonia. "Fiquem aqui, fiquem aqui. Nenhum dos dois está dispensado."

E tornou a desaparecer na cabana e, de lá, correu para a casinha; voltou momentos depois, estava ao mesmo tempo constrangido com a sua ausência e ainda mais bravo do que antes.

"A indolência aqui é demais para o meu gosto", rosnou, negando a ambos uma chance de falar primeiro. "E os senhores estão no centro disso, os dois. Zanzando por aí feito uma dupla de alcoviteiras enquanto os homens desertam..."

"*Sir*, ninguém desertou...", começou a dizer o sr. Fryer, mas o capitão não se deixou interromper.

"Desertaram do posto, mesmo que não tenham desertado do rei. Deviam chegar na hora marcada, prontos para o trabalho. É de tanto dormir na praia que estão ficando assim. Isso tudo precisa acabar já. O senhor, senhor Christian, é o responsável pelo viveiro. De quantos homens precisa em cada turno?"

"Bem, *sir*", disse o oficial, alisando a sobrancelha e examinando o estado das unhas enquanto pensava na resposta. "Creio que uma dúzia e meia é suficiente para cuidar das mudas, a metade trabalhando, a metade descansando."

"Então, senhor Fryer, os homens que não trabalham no viveiro, os que fazem o transporte durante o dia, esses voltarão ao navio toda tarde, ao terminar o serviço, e dormirão a bordo. Entendeu?"

Nós três que não tínhamos patente de capitão ficamos algum tempo calados, e gostei de ver o olhar de incredulidade trocado pelos dois oficiais. Quanto a mim, desejei que a diarreia do sr. Bligh fizesse um novo ataque de surpresa, levando-o a esquecer tal sugestão, pois até eu sabia a confusão que ela ia criar.

"Capitão", disse o sr. Fryer, "o senhor tem certeza de que convém?"

"Se convém? O senhor está questionando a minha decisão?"

"Só perguntei, *sir*", respondeu com paciência, "porque o senhor mesmo informou a equipagem que, quando chegássemos a Otaheite, o seu sacrifício durante a viagem seria recompensado e que as coisas na ilha seriam um pouco menos... regimentais. Contanto que o trabalho seja feito, não vejo nenhum mal em permitir que os homens tenham um pouco de lazer à noite. É bom para o moral e assim por diante."

Foi um belo discurso para ser pronunciado sem ter a sensação de que a sua cabeça ia ser separada do corpo, e, quando ele ainda estava falando, o sr. Christian trocou um olhar comigo e nós tivemos um momento de entendimento tácito: nenhum dos dois queria estar debaixo da tempestade que se armava.

"Senhor Fryer", disse enfim o sr. Bligh, e eu fiquei ainda mais nervoso ao notar que ele falava com voz calma e uniforme. "O senhor é uma verdadeira desgraça para a farda que veste, *sir*."

O oficial insultado ficou imóvel, boquiaberto, e o sr. Christian engoliu em seco, apreensivo, quando o libelo continuou.

"O senhor tem a coragem de me dizer que os homens se sacrificaram na viagem. Pois saiba que os homens não se sacrificaram, senhor Fryer. Eles fazem parte da Marinha de Sua Majestade, Deus abençoe o seu nome, e fazem o que fazem em nome de Sua Majestade e esse é o dever deles, *sir*; o dever jurado deles. E o seu dever, *sir*, é escutar cada palavra minha e obedecer a cada ordem minha e não me contestar. Por que nós precisamos ter sempre essas eternas discussões, senhor Fryer? Por que o senhor não se restringe a representar o papel para o qual o colocaram a bordo do *Bounty*?"

"*Sir*", respondeu o sr. Fryer um momento depois, e se manteve aprumado enquanto falava, e sua voz não tremeu, o que me causou admiração, "se são essas as suas ordens, é claro que vou cumpri-las. Mas quero deixar registrado que considero insensato punir a equipagem neste momento, e é isso que vai parecer, *sir*, uma punição, pela questão banal de dois homens terem chegado atrasados ao trabalho. Há melhores maneiras de resolver o problema do que quebrar uma promessa feita a todos."

"Maneiras que o senhor conhece bem, sem dúvida?"

"Permita que Fletcher e eu conversemos com a tripulação, *sir*. Podemos deixar claro que um pouco de diversão é uma coisa, mas que nós estamos aqui com uma missão a cumprir e..."

"Ninguém vai conversar com ninguém", atalhou o capitão em voz baixa, exausta, começando a empalidecer outra vez, e eu percebi que o piriri estava para atacar e ele ia ter de se aliviar. "Eu já falei e o senhor vai avisá-los, e o que eu disse vai acontecer. Assunto encerrado, entendeu?"

"Sim, senhor", disse o sr. Fryer com óbvia insatisfação na voz. "Como quiser."

"Isso mesmo, como eu quiser", retrucou o sr. Bligh. E o senhor, senhor Christian, daqui por diante, dê trela curta aos seus homens no viveiro e cuide para que cada um faça a sua parte, mas não haverá mais confraternização com... com..."

"Com quem, *sir*?", indagou o sr. Christian.

"Com as *selvagens*."

Nesse momento, o capitão chegou a dobrar o corpo de dor e foi obrigado a voltar uma vez mais à cabana, deixando o sr. Christian, o sr. Fryer e eu ali parados, numa mescla de assombro, desânimo e incerteza.

"O que você me diz disso?", perguntou o sr. Fryer.

O sr. Christian respirou fundo e sacudiu a cabeça. "Não vai ser fácil contar a eles", respondeu. "Vai haver muito descontentamento entre os marinheiros, isso eu garanto."

"Quem sabe se falarmos com ele mais tarde? Ou se você falar, Fletcher. O capitão lhe dá ouvidos."

Eu sabia que o sr. Fryer tinha razão, mas também sabia que a possibilidade de o sr. Christian tentar fazer o sr. Bligh mudar de ideia a fim de melhorar a vida da marujada era mais ou menos tão real quanto nascerem asas nas minhas costas e eu poder voar para um país repleto de comida e bebida, acompanhado de Kaikala para me dar prazer em todas as horas, desde agora e até o dia em que o Todo-Poderoso nos chamasse.

"Não sei, John", murmurou o sr. Christian. "Você já pensou que..." Nesse momento, ele se virou e, ao me ver, vacilou. "Tutu, que diabo você está fazendo aí?"

"Esperando o capitão voltar, *sir*", respondi com toda a inocência do mundo.

"Acho que ele não volta", ele disse. "Vá encontrá-lo. Talvez ele precise dos seus préstimos."

O último lugar onde eu queria ficar era naquela cabana, mas fui para lá com relutância e não vi o capitão; devia estar trancado na casinha, para variar.

E essa é a história de um caso de diarreia que levou a uma decisão impensada, a qual, por sua vez, plantou as primeiras sementes de insatisfação e da montanha de problemas que se seguiria. Se eu soubesse o que nos aguardava, teria colocado um pouco de noz-moscada e extrato de oliva no chá do capitão na noite anterior, pois todo mundo sabe que isso faz muito bem para o estômago e segura a diarreia.

7.

Esse foi o começo. A personalidade do capitão se alterou horrivelmente nas semanas seguintes, e comecei a suspeitar que o calor de Otaheite lhe andasse cozinhando o miolo, pois o homem bom e bem-humorado que eu conheci a bordo do *Bounty* se tornou irascível e inclinado a ter os piores acessos de raiva por qualquer detalhe.

Uma noite, quando ele só faltou me matar por causa de uma ninharia, o sr. Fryer chamou-me em particular e mereceu a minha eterna gratidão ao me perguntar sobre o meu bem-estar, interesse que ninguém tivera na vida, e muito menos depois de eu ter integrado aquela tripulação.

"Eu vou maravilhosamente bem", respondi, mentindo entre os dentes. "Um garoto numa ilha tropical, com o sol na cara e de barriga cheia. Do que posso me queixar?"

O sr. Fryer sorriu, e eu cheguei a temer que me desse um abraço. "Você é um bom rapaz, mestre Turnstile", respondeu. "Gosta muito do capitão, não?"

Pensei um pouco e respondi com cautela. "Ele é bom para mim", admiti. "O senhor não imagina o tipo de gente com quem eu lidei antes de conhecê-lo."

"Então procure não se ofender quando ele o repreender", disse o sr. Fryer. Se bem que repreender não fosse bem a palavra. Minutos antes, eu tinha lhe servido o chá, mas esquecera o limão, e juro que por pouco o sr. Bligh não sacou o cutelo. "O problema dos homens como o capitão", prosseguiu, "é serem antes de tudo navegadores. Quando a terra sob seus pés é sólida, quando eles não estão cercados de ondas, quando não entra cheiro da água salgada em suas narinas, ficam intratáveis e propensos à violência. É uma tendência ao mesmo tempo racional e irracional, eu o aconselho a não ligar para isso. O que eu quero dizer, Tutu, é que não vale a pena ficar magoado."

Havia outra possibilidade. Pelo que me constava, somente dois membros da tripulação do *Bounty* ainda não tinham provado os favores das nativas. Um deles era o capitão Bligh, que mantinha o retrato de Betsey o tempo todo por perto e que, diferentemente dos outros homens casados, mesmo dos mais graduados como os oficiais, considerava sagrado o juramento feito no dia em que se casou. Eu comecei a me perguntar se uma ou duas brincadeiras bem gostosas não melhorariam um pouco o seu humor; para o meu, teriam feito maravilhas. Porque, naturalmente, o outro tripulante que continuava intacto era eu.

Em todo caso, segui o conselho do sr. Fryer e fiquei agradecido. Um ano antes, quando nos conhecemos, eu o achava um sujeito difícil. Tinha um jeito, principalmente pela cara comprida de cavalo e as costeletas, que levava qualquer um a preferir evitá-lo. Mas era uma boa alma. Preocupado com os tripulantes e fiel aos deveres. E eu gostava dele por isso. Ao contrário do arrogante e vaidoso Fletcher Christian, que passava mais tempo se olhando no espelho do que pensando nos homens que se esfalfavam ao seu redor.

Quando voltei à cabana depois dessa conversa com o sr. Fryer, o capitão me mandou informar à tripulação que todos — oficiais e marinheiros — estavam convocados para uma reunião a bordo do *Bounty* naquela noite, pois ele desejava lhes dirigir a palavra em grupo e em particular. Fiquei com vontade de lhe pedir que me antecipasse o que pretendia discutir conosco, mas fiquei com medo de acabar escalpelado e esfolado antes mesmo de concluir a frase.

De modo que fiz o que o sr. Bligh pediu e, às sete da noite, toda a equipagem do *Bounty* voltou a se aglomerar no convés. Ao ver os homens juntos pela primeira vez desde a nossa chegada à ilha, pude avaliar o quanto eles haviam mudado naquelas semanas. Tinham a aparência muito mais saudável, sem dúvida. Estavam corados, curtidos de sol, sem vestígio das antigas olheiras, todos de ar alegre e animado, embora fosse evidente que a inesperada perspectiva de voltar para o barco os deixara um pouco nervosos. Já estavam com medo do dia em que o capitão desse a ordem de levantar âncora.

Os oficiais se postaram na frente, o sr. Fryer e o sr. Elphinstone adequadamente vestidos, ao passo que o sr. Christian e o sr. Heywood se apresentaram de ceroulas e com um camisão aberto no colarinho. Um acréscimo a bem da clareza: creio que o sr. Heywood estava embriagado.

Eu tive a sorte de não cruzar muito com nenhum dos dois em Otaheite. Como o sr. Christian era o responsável pelo viveiro, e o sr. Heywood o seu subcomandante, eles moravam e passavam a maior parte do tempo por lá mesmo. O capitão vistoriava a plantação diariamente e quase sempre voltava satisfeito com o que via; eu aproveitava essa sua ausência para limpar a cabana e lavar a roupa. Claro que eu ouvia dizer que, depois do trabalho que prosperava durante o dia, seguia-se um nível de bacanal capaz de humilhar gregos e romanos. Nunca tinha visto nada disso — ainda —, mas é que eu não pertencia àquele grupo e era muito próximo do capitão para ser convidado a participar da folia. Mas sabia muito bem que quase todos os tripulantes davam um jeito de ir para lá, na calada da noite, para brincar com as ilhoas e, como nenhuma delas era cristã, eles se uniam a elas sem o menor escrúpulo.

O capitão apareceu todo fardado no convés e respirou fundo enquanto examinava os seus comandados um a um. Lembrei-me do que o sr. Fryer me dissera sobre a sua necessidade de sentir o cheiro do mar nas narinas, e me perguntei se ele não estava fazendo um estoque para depois e enchendo os pulmões para se servir de pequenas doses durante a noite. Olhou para os oficiais e fez uma careta ao ver a indumentária do sr. Christian e do sr. Heywood, mas logo desviou a vista, sacudindo lentamente a cabeça.

"Marujos", disse alto, silenciando os murmúrios, "hoje eu os trouxe aqui porque já faz tempo que nos reunimos como tripulação. Queria...", interrompeu-se neste ponto, procurando a palavra adequada e a disse com certa repugnância, *"agradecer-lhes* o trabalho árduo que estão fazendo na ilha. Consultei o sr. Christian no viveiro esta tarde, assim como o sr. Nelson, o botânico, e posso confirmar que o trabalho vem se realizando de acordo com o plano e que, se continuarmos no ritmo atual, o sucesso da nossa missão está garantido.

"No entanto, quero alertá-los para uma ou outra coisa, já que ainda vamos passar pelo menos um mês nesta ilha, e é preciso assegurar que tudo continue indo tão bem quanto até agora. Vou apresentar uma lista de... não propriamente de regras; acho que a nossa equipagem pode passar sem isso. Digamos que é mais um rol de recomendações que desejo que todos tenham em mente no decorrer das próximas semanas."

Isso suscitou um novo rumor entre os marinheiros, mas como nada indicava que íamos ficar no navio e partir para a Inglaterra, não houve grande agitação.

"Primeiramente", continuou o capitão, "vocês com certeza sabem que os nativos da ilha acreditam que o capitão Cook ainda está vivo e reside em Belgravia. É claro que, na verdade, esse homem heroico foi assassinado por selvagens há alguns anos, selvagens de ilhas próximas daqui. Desejo que a mentira, se é que se pode usar essa palavra, seja mantida. Nós temos interesse em alimentar a ilusão de que continua existindo amizade entre o falecido capitão e o nosso anfitrião Tynah, que tem por ele o respeito e a reverência que todo inglês merece. Eu vou levar muito a sério os atos de qualquer tripulante que violar essa mentira.

"Em segundo lugar, sei que há certa quantidade de... *amizade* entre vocês, marujos, e as mulheres da ilha. Isso não tem nada de extraordinário, pois é óbvio que as damas daqui — e uso o termo no seu sentido mais amplo — carecem da decência das nossas esposas e namoradas na Inglaterra, portanto façam com elas o que bem entenderem, mas exijo que as tratem bem e que tomem cuidado com a saúde."

Essa observação foi recebida com uma ruidosa gargalhada e uma série de gritos obscenos que não vou repetir, pois não são dignos de mim. Passados alguns instantes, o capitão ergueu a mão, os marinheiros se acalmaram e ele voltou a falar.

"Como vocês sabem, nós levamos vários itens do navio à praia para nos ajudarem em nosso empreendimento, e o rei Tynah teve a bondade de nos oferecer facas e instrumentos cortantes. Todos devem cuidar bem deles e evitar que se percam ou sejam roubados. O valor de qualquer item perdido será descontado do salário do responsável."

Garanto que os homens não gostaram desse aviso e demonstraram isso, mas eu o achei decente. Alguém incapaz de cuidar das ferramentas com que trabalha não vale nada.

"Tenho certeza", prosseguiu o sr. Bligh, "de que nenhum de vocês pratica o ato de que vou falar agora, mas já aconteceu em viagens anteriores, em outros navios, de modo que convém lhes chamar a atenção. Todos os itens do navio, tudo quanto colhermos na ilha, qualquer parte dos nossos mantimentos, tudo, absolutamente tudo, é do rei, não de vocês nem meu, é tudo do rei. Portanto, aquele que se apropriar de qualquer coisa com o fim de vendê-la ou trocá-la cometerá uma violação gravíssima das normas vigentes e receberá o tratamento correspondente."

Eu olhei à minha volta e vi mais de uma cara culpada. Acontecia com regularidade, todos sabíamos — o próprio capitão sabia —, mas essa era a sua maneira de tentar pôr fim nisso.

"Vou designar um oficial para controlar a transação entre a ilha e o navio, como parte de um ato de comércio, e quem quiser adquirir alguma coisa na ilha deve pedir autorização diretamente a esse oficial. Senhor Christian", disse ele, voltando-se para o primeiro oficial, "eu pretendia lhe oferecer essa função."

"Obrigado, *sir*", respondeu o sr. Christian, quase esfregando as mãos de alegria, pois era óbvio que tal responsabilidade permitia ganhar muito mais dinheiro do que qualquer outra atividade a bordo. "Será um prazer..."

"Mas vejo que o senhor acha adequado aparecer no convés, diante da tripulação, em trajes menores e com o peito exposto."

Surpreso, o sr. Christian abriu um pouco a boca e corou; não estava acostumado a ser punido na nossa frente. "*Sir*?", balbuciou, nervoso.

"Acha a sua indumentária apropriada, *sir*? E, o nosso caro senhor Heywood, será que, se o senhor Christian resolver beber a água do banho, o senhor também a bebe?"

O pulha asqueroso olhou para ele, mas não disse nada.

"A disciplina está relaxando, cavalheiros", declarou o capitão, muito sério, mas não tanto quanto ia ficar nas semanas seguintes. "Eu lhes peço que não se apresentem seminus durante as atividades oficiais. Senhor Fryer, tenha a bondade de assumir a responsabilidade pelo comércio."

"Obrigado, *sir*", disse o sr. Fryer sem demonstrar um pingo de emoção, e devo admitir que gostei de vê-lo recompensado, e não amaldiçoado, pelo menos uma vez na vida.

"Então está terminada a palestra, marujos", disse o capitão num tom forçadamente jovial. "Creio que hoje vou dormir a bordo. Senhor Christian, conduza os homens do viveiro de volta à ilha. O resto permanece no *Bounty*."

E assim ficaram as coisas naquela noite, uma fieira de regras diante de nós, um oficial subalterno punido na nossa frente e, para todos, a sensação de que a temporada agradável que estávamos passando logo chegaria ao fim.

Mais depressa do que qualquer um esperava.

8.

Eis como a gente fazia as coisas. Toda tarde, por volta das quatro horas, o capitão se recolhia na cabana para a sesta. Como ele era muito madrugador, virava uma onça se não tivesse algumas horas de sono antes do jantar. Antes disso, eu deixava uma bacia de água fresca junto ao leito para que se lavasse ao despertar, caso eu ainda não tivesse retornado. E então saía.

Corria para o sul do acampamento e me embrenhava numa região de mata densa, uma flora que eu nunca tinha visto, porém mal chegava a olhar para ela ao passar, apressado, ávido por chegar ao meu destino. Não tinha a menor intenção de fazer turismo nem interesse pelas lindas flores silvestres; o prêmio que me esperava era muito mais saboroso. Eu continuava correndo e entrava à esquerda, depois à direita, saltava por cima de umas pedras que apareciam à minha frente de uma hora para outra, circundava um monte de árvores agrupadas em círculo como para proteger uma criatura na sua morada. E então chegava, com um senso de grande importância, a uma clareira em que a fauna da ilha passava ligeira; eu lhe dava tão pouca atenção quanto ela a mim.

Então começava a ouvir o murmúrio da água do riacho e a queda-d'água no lago abaixo, e percebia que estava perto; quando isso acontecia, já ficava todo excitado, pois sabia o que me aguardava. Ainda passava por outras árvores, por um súbito jorro de luz do sol, e, poucos minutos depois, era recebido pela visão que eu ansiava desde a última vez em que nos despedimos: Kaikala.

Ela era da minha idade, creio, talvez um ano mais velha. Talvez dois anos inteiros. Talvez três, para ser bem franco. E, quando sorria para mim, fazia-me sentir que nunca ninguém na minha vida me estimou tanto quanto ela, ou me considerou um garoto tão fantástico, provavelmente uma avaliação justíssima.

Kaikala não conseguia articular o nome John e muito menos Turnstile. Por sorte, tampouco tinha a intenção de me chamar de Tutu, e creio que brotariam lágrimas nos meus olhos se algum velhaco lhe ensinasse esse maldito apelido e ela achasse graça. E, assim, acabou adotando o meu nome do meio, Jacob, que ela pronunciava mais ou menos como Yay-Ko, e foi desse modo que nós dois, Kaikala e Yay-Ko, selamos a nossa aliança.

Era público e notório que todos os homens na ilha procuravam a companhia das mulheres — isto é, todos menos o capitão Bligh, cujo coração pertencia a Betsey lá em Londres. Na maior parte dos casos, não se tratava de assunto do coração, mas alguns rapazes mais jovens, como eu, menos acostumados ao carinho e à intimidade femininos do que os colegas mais maduros, às vezes confundiam aqueles sinais de ternura com uma coisa maior do que realmente era. Kaikala deixou claro, logo no dia em que nos conhecemos, que eu lhe pertencia e tinha de ser um escravo voluntário, disposto a ir aonde ela quisesse, quando ela quisesse, e a fazer o que ela mandasse. E eu aceitei o papel com entusiasmo e deleite. Quanto mais Kaikala exigia de mim, maior era o meu contentamento em satisfazer seus desejos; eu já não era o criado do sr. Bligh, era o servo dela. Quando estávamos deitados à beira do lago, acariciando-nos com delicadeza, os meus dedos agora capazes de explorar seus seios com a mesma liberdade com que apertariam a mão do capitão, ela quis saber da minha vida na Inglaterra.

"Eu moro em Londres", contei, bancando o grã-fino, muito embora nunca tivesse estado nem no norte de Portsmouth. "Tenho uma mansão pertinho de Piccadilly Circus. O piso é todo de mármore; e os corrimões, de ouro, mas como o ouro perdeu um pouco o brilho, avisei aos meus lacaios que quero tudo polido e lustrado quando eu voltar. No entanto, passo o verão na casa de campo, em Dorset. Londres é um tédio no verão, não acha?"

"Você é muito rico?", perguntou ela, arregalando os olhos.

"Bem, convém lembrar que é vulgar a gente dizer que sim", expliquei, cofiando judiciosamente o queixo. "Portanto, digamos que eu vivo bem. Muito, muito bem."

"Eu quero viver bem", disse ela. "Você tem muitos amigos Inglaterra?"

"Ah, claro que sim. Nós somos membros destacados da sociedade, minha família e eu. Veja, no ano passado, a minha irmã Elizabeth deu o seu baile de debutante e, em apenas dez dias, recebeu quatro pedidos de casamento e um coelho de cor especial de um admirador. Nesse meio-tempo, uma tia solteirona levou-a a uma excursão pela Europa, onde tenho certeza de que Elizabeth vai se meter em inúmeros mal-entendidos e alianças românticos, ela fala francês, alemão e espanhol."

Kaikala sorriu e desviou a vista, e eu vi que tinha gostado da ideia. Parecia nada conhecer do mundo exterior ao dela, mas, mesmo assim, sabia que ele existia e era melhor, e o queria para si.

"Mas então por que Yay-Ko nesse navio?", perguntou. "Não quer ficar Inglaterra e contar seu dinheiro?"

"Por causa do meu velho", disse com um suspiro terrível. "Ele fez fortuna com a navegação, entende, e, antes de passar o negócio para mim, quer que eu me familiarize com o mar. Horrivelmente antiquado, mas fazer o quê? A gente precisa agradar ao pai. Por isso ele arranjou esse emprego para mim. É um velho entrevado e, como talvez não tenha muito tempo de vida, queria ter certeza de que vai transferir a herança a um sujeito tarimbado no negócio. Mas eu sou o principal conselheiro do capitão Bligh", assegurei. "O *Bounty* já teria afundado se eu não estivesse a bordo."

"Capitão me dar medo. Olha para mim, e eu penso que ele quer me matar."

"O senhor Bligh é cachorro que late mas não morde", disse, sacudindo os ombros. "Basta eu lhe contar que você é uma garota maravilhosa, e o capitão passará a tratá-la de outro modo. Ele me ouve mais do que a ninguém."

"E os dois na roça", acrescentou Kaikala, sacudindo a cabeça e fazendo beicinho. "Eu não gosto deles."

"O senhor Christian e o senhor Heywood. O primeiro é um casquilho; e o outro, um calhorda, mas não precisa se preocupar com eles. Eu sou superior aos dois e eles têm de me obedecer. Se tentarem fazer alguma coisa desagradável com você, avise-me na mesma hora." Isso era o que eu mais temia, pois ouvira dizer que o sr. Christian havia tentado se aproveitar de Kaikala. Ou — pior ainda — que o sr. Heywood também havia tentado.

"Só homens malvados", suspirou ela em voz baixa. "Homens do seu navio bonzinhos, a maioria, mas eles não. Nos tratam mal. Tratam mal as moças. Muito medo deles."

Detectei qualquer coisa em sua voz que me fez querer saber mais e, ao mesmo tempo, preferir não escutar. Nunca me dei bem com o pulha nem com o dândi, mas, apesar disso, eles eram ingleses e não me agradava ouvir que se comportavam mal com as nativas.

"E o rei?", quis saber ela. "Rei Jorge. Você conhece?"

"Se conheço?", repeti com uma gargalhada, apoiando-me nos cotovelos. "Quer saber se eu o conheço? Ora essa, eu sou amigo de infância de Sua Majestade. Ele vive me convidando ao palácio, e nós ficamos fumando cachimbo ou jogando trunfo e conversamos até tarde da noite sobre os assuntos do Estado e tomamos vinhos finíssimos."

Kaikala ficou impressionada. "E damas?", perguntou. "Tem damas na corte?"

"Muitas damas. As mais lindas da Inglaterra."

Ela desviou a vista e fez beicinho. "Yay-Ko tem uma dama que ele ama na corte", disse com tristeza.

Eu me defendi com veemência: "Nunca! De jeito nenhum! Eu me preservei delas, esperando a melhor de todas. A mulher mais bonita, não da Inglaterra, mas do mundo. Por isso que vim a Otaheite. E foi o que descobri aqui."

Com essas palavras, tomei-lhe a mão, agindo de um modo tão idiota que, ainda agora, tenho vergonha de me lembrar, e me aproximei mais dela, desejando ficar para sempre com Kaikala naquele lugar.

"Eu faço você feliz", disse ela, empurrando-me para que eu ficasse deitado de costas, e sentando-se em cima de mim. "Você quer que Kaikala lhe dá prazer?"

"Quero", guinchei. Mas, quando ela estava abrindo o meu calção, senti o assanhamento, que até então ia de vento em popa, me abandonar até me reduzir à minhoquinha mais flácida do mundo. Sem dissimular a decepção, pois aquilo vinha acontecendo todo dia, Kaikala me fitou nos olhos.

"Que acontece? Yay-Ko não gosta de mim?"

"Gosto", respondi, defensivo; e, querendo ter a iniciativa, agi. Tomei seus seios na concha das mãos, porém, por mais prazer que tivesse naquele contato, não consegui transformá-lo em iniciativa nem em ação nenhuma. Minha cabeça se encheu de imagens do passado, do tempo do estabelecimento do sr. Lewis e de tudo quanto ele me obrigou a fazer. Se fechasse os olhos, chegaria a ouvir as botas dos cavalheiros na soleira e o toque-toque dos seus passos subindo a escada em direção aos meninos. Por isso, as nossas tardes sempre terminavam do mesmo jeito: eu voltava pela floresta, puxando o calção enquanto caminhava, e, ao chegar perto do acampamento, descobria que aquilo que pouco antes falhara estava cheio de vida outra vez; então me escondia no mato para ter um pouco de doloroso alívio antes de voltar para a cabana do capitão e para o trabalho.

Eu tinha ódio do sr. Lewis por tudo quanto ele me fizera. E queria me curar.

9.

A decisão do capitão Bligh de encarregar o sr. Fryer do intercâmbio entre os ilhéus e os tripulantes pareceu-me sensata no começo e, durante algum tempo, não houve nenhum incidente grave nem roubo nem comércio ilícito, pelo menos nenhum que tivesse chegado ao conhecimento do capitão. Contudo, certa manhã em que eu acompanhei o sr. Bligh à residência do rei Tynah, contaram-lhe algo que provocou outra reviravolta no nosso destino.

O monarca e o capitão se davam muito bem; aliás, em certas ocasiões eu tinha a impressão de que o sr. Bligh tinha mais respeito por Tynah do que pela maioria dos próprios oficiais. Quase diariamente nós íamos visitar Sua Majestade em casa para informá-lo do andamento da nossa missão e reiterar que o capitão Cook e o rei Jorge ficariam agradecidíssimos quando soubessem o quanto o irmão do Pacífico tinha colaborado para a execução dos seus planos. Era uma atitude condescendente, sem dúvida, e eu teria vontade de esbofetear qualquer um que me reservasse a indulgente arrogância com que o capitão tratava o seu anfitrião, mas o rei nativo era suscetível a tais lisonjas, e todos ficavam contentes, a coisa continuava e a missão ia se aproximando do final.

"Os homens", perguntou o monarca um dia, entre uma e outra xícara do líquido mucoso que os servos do rei preparavam para ele cotidianamente, uma mistura de banana, manga, água e um condimento desconhecido para mim, "comem bem na ilha, não?"

"Muito bem, Majestade, obrigado", respondeu o capitão Bligh, provando um dos refrescos mais leves que os criados tinham deixado na bandeja diante dele. "Veja... as provisões foram bem armazenadas em todas as escalas no caminho, e as frutas e verduras de Otaheite fazem a nossa alimentação ficar deliciosamente variada."

O rei concordou com um gesto muito lento, como se a questão de movimento fosse bastante inconveniente para um homem como ele, mas o fez com os lábios comprimidos, como se acabasse de sentir um gosto ruim na boca. "Sabe, eu penso em você com amizade, não, William?", disse, e ele é o único homem neste livro que eu vi se dirigir ao capitão com tal nível de intimidade.

"Claro, Majestade", respondeu o sr. Bligh, erguendo os olhos com cautela, pois sabia tanto quanto eu que só coisas ruins começavam com preâmbulos assim. "Eu também penso no senhor assim."

"E você e seus homens são bem-vindos às frutas e verduras da ilha, como você diz. São dádivas de Deus para todos que estão aqui. Mas porcos..." Ele sacudiu a cabeça e apontou o dedo enorme e tosco para o rosto do capitão. "Porcos não."

O sr. Bligh olhou fixamente para o rei e depois para mim como se não tivesse entendido bem o que fora dito. "Desculpe", sorriu com perplexidade. "Eu não compreendi, Majestade. Que porcos?"

"Não pode comer porcos nossos", fulminou o monarca, olhando para a frente como se o seu pronunciamento fosse suficiente e não houvesse necessidade de acrescentar mais nada.

"Mas, Majestade, nós não comemos o seu gado. O senhor deixou isso claro na nossa chegada, e nós temos honrado esse compromisso."

O rei olhou para ele e arqueou a sobrancelha. "*Você* não come, William, mas e os homens? Eles são outra história. Manda eles parar. Parar já. Muita desgraça entre nós se isso continua."

O capitão Bligh ficou algum tempo calado, apenas encarando o anfitrião e refletindo; depois baixou a cabeça e respirou fundo pelas narinas. Eu vi que estava furioso com o que acabava de ouvir. Suas ordens — e eu me lembrava de tê-las ouvido — foram bem claras e explícitas. A conversa dos dois homens azedou muito depois disso, e nós saímos da palhoça bastante humilhados.

Uma hora depois, o sr. Fryer foi convocado à cabana do capitão, onde este o submeteu a um interrogatório tão rigoroso que foi como se o imediato não fizesse outra coisa senão passear pela ilha e comer pernil.

"Quando nós chegamos, eu não deixei claro para todos que era proibido comer o gado da ilha, a menos que nos fosse servido pelos próprios ilhéus?"

"Claro, *sir*. E, pelo que me consta, nós todos acatamos essa norma."

"Pelo que lhe consta", retrucou o capitão, arreganhando os dentes feito um animal. "Muito bem, vamos ver até onde nós conseguimos chegar. O senhor me diz que não ouviu nenhum boato sobre porcos abatidos e assados ilegalmente?"

"Nunca, *sir*."

"Então só me resta acreditar na sua palavra. Mas o rei está convencido de que isso anda acontecendo, e eu imagino que tenha motivos para tanto. Ele não é do tipo que inventa histórias. E isso não vai ficar assim, senhor Fryer. Eu não admito desobediência. Vamos raciocinar." Sentou-se à escrivaninha e convidou o oficial a se sentar do outro lado; foi mais uma ocasião em que os dois homens deram a impressão de ter mais coisas em comum do que diferenças. "Seu trabalho o obriga a percorrer grande parte da ilha, não?"

"Sim, senhor."

"Se um homem quiser roubar um porco e levá-lo a um lugar qualquer para matá-lo e limpá-lo, assá-lo e comê-lo, a um lugar onde nem seus companheiros nem os oficiais sintam o cheiro da carne, aonde o senhor acha que ele vai?"

O sr. Fryer pensou um pouco, e eu vi a movimentação nervosa dos seus olhos enquanto ele esquadrinhava mentalmente o terreno agora tão conhecido. "É difícil dizer, *sir*", declarou enfim, uma resposta morna, indigna dele.

"Pense, homem", insistiu o capitão, contendo a raiva. "O senhor é inteligente, senhor Fryer. Se fosse o senhor, aonde iria?"

"Capitão, eu espero que o senhor não esteja insinuando..."

"Ora, eu não estou insinuando nada, meu caro", disparou o capitão. "Deixe a peruca bem-posta na cabeça, pelo amor de Deus. O que eu quero saber é, *se* o senhor fosse fazer uma coisa dessas, e nós temos certeza absoluta de que jamais a faria", acrescentou com sarcasmo, "mas, se o senhor *fosse* fazer uma coisa dessas, aonde iria?"

"É um enigma, capitão", disse o imediato. "A fruta-pão nasce em toda parte, de modo que os homens do senhor Christian e do senhor Heywood passam o dia percorrendo a ilha para colher os espécimes. Sentiriam cheiro de carne se fosse como o senhor diz. Porém..." Coçou o nariz enquanto pensava.

"O quê, senhor Fryer?"

"*Sir*, no litoral nordeste, há uma região de mata fechada, com árvores altas e vegetação muito densa para que a fruta-pão vingue. Não é muito longe daqui, aliás, fica a uns vinte minutos a pé. A mata colhe os ventos que sopram em sua direção e os prende lá, de modo que, teoricamente, para o criminoso que quiser esconder o cheiro da carne, o melhor lugar é esse."

O capitão balançou a cabeça. "O senhor acha provável?"

"Espero que não. Mas, para mim, é o único lugar em que tal coisa seria possível."

"Então vamos para lá", animou-se o capitão. "Nós dois, *sir*."

"Agora?"

"Agora, claro", disse ele, levantando-se com uma expressão alegre, satisfeito em ter finalmente algo construtivo para fazer, uma oportunidade de voltar a exercer a sua autoridade. "Tynah manifestou contrariedade com a nossa tripulação. Se isso continuar, pode ser que ele decida que já não somos amigos e se indisponha contra nós. Neste caso, todo o nosso trabalho aqui vai dar em nada. É isso que o senhor quer, senhor Fryer?"

"Não, claro que não."

"Então vamos. Turnstile, pegue a minha bengala."

E os dois saíram da cabana para a sua caminhada. Eu não sabia o que iam encontrar, se é que iam encontrar alguma coisa, mas tive pena do infeliz que lá estivesse caso o sr. Fryer tivesse razão.

Afinal, o capitão só estava esperando uma oportunidade como aquela.

As noites na ilha eram geralmente tranquilas. Terminado o trabalho, os homens se preparavam para comer e, depois, iam buscar prazer nas mulheres. Os nativos contentavam-se em ficar na praia, acendendo fogueiras, dançando, fazendo com que nos sentíssemos deuses entre os homens. Quando a praia se enchia de marinheiros e nativos, era sempre uma noite de muito riso e muita farra. E naquela noite, justamente a do dia em que o capitão e o sr. Fryer empreenderam a tal caminhada, a praia ficou mais cheia do que nunca, mas não havia risos no ar e nenhum potencial de licenciosidade ou dissipação de qualquer sorte.

A tripulação estava reunida e em forma, os oficiais postados nos lados, e cada homem parecia um sujeito que esquecera seu papel na vida e acabava de descer a terra como um raio. Correndo pela praia, cada vez mais aflitos, dezenas de nativos, na maior parte mulheres, bradavam e choravam desesperados.

E no centro dessa multidão estava o capitão Bligh, juntamente com o sr. Fryer e James Morrison, o mestre de navio; diante deles, amarrado a um toco, despido até a cintura, as costas nuas e expostas, achava-se o tanoeiro Henry Hilbrant.

"Marujos", anunciou o capitão, dando um passo à frente e dirigindo-se a nós, "eu já lhes falei acerca da disciplina e do seu relaxamento enquanto estivermos nesta ilha. Mas descobrir um ladrão entre nós ultrapassa todos os limites. Deixei claras para todos vocês as normas relativas ao comércio, à troca e ao roubo; hoje de manhã, o nosso anfitrião na ilha, Sua Majestade o rei Tynah, teve motivos para me repreender devido à perda contínua de seus leitões por culpa de um dos nossos. Horas depois, eu surpreendi o senhor Hilbrant sozinho com um desses ganhos ilícitos, empanturrando-se de torresmo. Empanturrando-se desavergonhadamente de torresmo, digo! E digo mais, isso eu não vou admitir. Senhor Morrison, adiante-se, *sir*, e faça a chibata cantar."

O mestre de navio distanciou-se alguns metros do sr. Fryer e, mostrando o açoite de nove cordas que trazia escondido às costas, sacudiu-o no ar para soltar as correias. Ao ver o aspecto do azorrague, as nativas soltaram um fortíssimo grito de dor que me cortou o coração.

"Ande logo", ordenou o capitão.

O sr. Morrison avançou e iniciou o castigo, e nós nos pusemos a contar mentalmente o número de chicotadas. Quando chegou a doze e continuou aumentando, eu percebi que já não conseguia tirar os olhos da cara de Hilbrant, que soltava um horrendo grito de agonia cada vez que o instrumento entrava em contato com a sua pele dilacerada. A única coisa mais atormentadora do que esse som era o alarido das nativas que nos cercavam, algumas das quais começaram a catar pedras na praia e a esfregá-las na testa, rasgando a própria carne e deixando o sangue banhar dramaticamente seu rosto. Os marujos as observavam, e eu vi a dor que sentiam, pois todos tinham formado estreitos vínculos com aquelas mulheres e não suportavam vê-las se flagelarem. Procurei Kaikala em vão, e achei bom ela ter preferido não participar da automutilação e, segundo eu supunha, ficar em casa.

O açoitamento finalmente cessou ao chegar a três dúzias, o que nos pareceu um preço exorbitante a pagar pelo roubo de um bicho tão ignorante quanto um porco, e desamarraram Hilbrant.

"Não haverá mais roubo", bradou o capitão, andando diante de nós, a cara desfigurada pela cólera, e juro que mal o reconheci naquele momento. Seu olhar encontrou o meu, e eu tive a impressão de que ele não me conhecia. Aquele não era o homem que cuidou de mim quando fiquei mareado no início da viagem, nem o que quase se comoveu ao saber a verdade do meu passado no estabelecimento do sr. Lewis. Tampouco era o pai bondoso e afetivo que me levou ao alto do morro para me mostrar seu nome gravado numa árvore, muitos anos antes, e me permitiu acrescentar o meu ao dele. Era outra pessoa muito diferente. Uma que estava desmoronando a olhos vistos.

Por um momento, o sr. Bligh parou de gritar e olhou para o ponto do mar onde se achava o *Bounty*, banhado pela luz da lua cheia. Eu observei sua fisionomia e a vi esfacelar-se quando o luar lhe iluminou os olhos; santo Deus, havia muita ternura em seu olhar, como se ele acabasse de entrar em seu quarto, em Londres, pela primeira vez depois de dois anos e estivesse vendo a sua amada Betsey sentada à penteadeira, de camisola, bem no instante em que ela o fitava e abria um sorriso de alegria pelo seu retorno. Ele engoliu em seco, arfou, e seus olhos encheram-se de lágrimas, então os desviou com relutância e tornou a nos encarar.

"Nós estamos aqui para trabalhar, marujos", urrou. "Não para roubar, não para vadiar, não para satisfazer nossos apetites carnais. É para trabalhar. Pela glória do rei Jorge! Que os procedimentos de hoje sirvam de lição para todos e de amostra do que vai acontecer ao próximo que se atrever a me desobedecer. Isto aqui vai parecer refresco, prometo que vai."

E então, exausto da sua própria ira, deu meia-volta e, com passos vacilantes, rumou para o seu alojamento, a cabeça ligeiramente inclinada de tristeza. Desesperados, os homens o observaram enquanto as mulheres continuavam a gritar e a ferir o próprio rosto.

Pensei que seria bom terminarmos o nosso trabalho o mais depressa possível e retornarmos ao *Bounty*, ao mar, à nossa viagem. Havia um demônio no ar entre nós, invocado não pelos marinheiros nem pelo capitão, e sim por aquelas duas criaturas gêmeas, o barco e a ilha: um a chamar de volta o seu capitão, a outra a arrastar seus novos cativos cada vez mais para o fundo.

10.

Não tenho vergonha de contar que, na primeira vez em que fiz amor com Kaikala, eu deixei escapar um grito de prazer igual aos muitos que já tinha ouvido na ilha. Estávamos no nosso cantinho à beira do riacho, perto da cachoeira, e ela havia me auxiliado e guiado até que meu desejo vencesse o nervosismo e eu finalmente conseguisse fundir-me a ela. Depois, quando estávamos deitados lado a lado, feito um casal de recém-nascidos, Kaikala tornou a me interrogar sobre a vida na Inglaterra.

"Eu tenho quatro cavalos", menti. "Dois para as minhas carruagens e dois para montar. Trato-os bem, é claro. Dou a eles a melhor aveia, mantenho-os limpos e escovados. Ou melhor, tenho um criado que faz isso para mim. Ele mora na cavalariça com os animais. Eu mando nele."

"Você tem criado que mora com cavalos?", perguntou ela, erguendo um pouco o tronco, apoiando-se no cotovelo e olhando-me com surpresa. Eu pensei um pouco. Não conhecia ninguém que criasse cavalos, portanto não sabia ao certo quem tratava deles e onde essa pessoa morava. Mesmo assim, sabia mais do que ela sobre isso, de modo que me senti à vontade para continuar mentindo.

"Bom... ele mora perto. Não propriamente na... não propriamente na cavalariça."

"Você deixa eu montar cavalo quando eu for na Inglaterra?"

Eu me apressei a fazer que sim, ansioso por lhe agradar. "Claro. Você pode fazer o que quiser. Vai ser mulher de um homem rico e famoso. Ninguém pode lhe dizer o que fazer ou deixar de fazer. Só eu, é claro, já que vou ser seu marido e há leis que regulam essas coisas."

Kaikala sorriu e tornou a se deitar. O tema casamento surgira no nosso encontro anterior, ocasião em que ela fez cada coisa para me excitar que nunca ninguém me fizera na vida, e só paramos, pouco antes de consumar a nossa relação, devido a um incidente infeliz que ocorreu quando ela estava brincando aqui com a minha coisa. Eu havia lhe dito que a levaria para a Inglaterra e faria dela uma dama finíssima, e Kaikala se entusiasmou com a ideia.

Sempre que eu ficava com ela, essas invencionices me vinham com facilidade e, no fundo, pareciam não ser mais do que mentirinhas inofensivas. Nunca me passou pela cabeça que ela realmente se imaginasse singrando os mares rumo a uma vida nova comigo nem que acreditasse nas tolices que eu dizia acerca da minha existência supostamente abastada na Inglaterra. Para mim, aquilo era apenas uma brincadeira, um mero faz de conta de jovens amantes só para sonhar uma vida diferente daquela que de fato vivíamos.

"Mas e você?", perguntei. "Não vai ficar com saudade da sua família, da sua terra? É bem provável que a gente nunca mais volte para cá, sabe?"

Ela sacudiu a cabeça: "Oh, não. Saudade não. Minha mãe e meu pai não gostam de mim mesmo. E um gosta do outro menos ainda. E, em todo caso, Yay-Ko, eu diferente deles."

"Diferente? Como diferente?"

Ela deu de ombros, e eu a vi descer distraidamente o dedo até o seio e contornar o círculo escuro no centro. Fiquei com vontade de beijá-la, mas, apesar de tudo que havíamos feito, não tive coragem. Não sem o devido convite.

"Quando eu era pequena, minha mãe contava dos homens que vieram aqui antes", explicou Kaikala. "Ela tinha minha idade, sabe, quando eles chegaram."

"Os homens que vieram antes? Quer dizer, o capitão Cook e o *Endeavour*?"

"Sim, eles. Minha mãe contava desses homens: que eram muito bons, trouxeram presentes e ficaram e toda hora faziam amor com mulheres." Surpreso, engoli em seco; Kaikala não se acanhava em contar aquilo, o que me despertou muita admiração. "Essa minha história favorita. Eu peço para ela contar muitas vezes. Mas sempre preciso imaginar na minha cabeça. Como era. Como eles eram. E pensao que, se eles voltarem aqui, me levam junto quando vão embora. Isto aqui paraíso para você, Yay-Ko. Para mim, prisão. A vida inteira presa aqui, sabendo que há mais coisa lá longe, sabendo que há um mundo que eu não vejo. E quero ver. Meus pais nunca vão embora daqui. Ninguém nunca vai embora daqui. Nunca vai me mostrar o mundo. Tanemahuta nunca vai me mostrar o mundo. Então eu esperao. E então você chega."

Eu balancei a cabeça, entendendo que, em qualquer lugar do mundo, as fantasias das pessoas tinham muito mais em comum do que a gente imaginava, e, pensando uma vez mais nas suas palavras, tropecei numa delas, numa que eu não tinha compreendido.

"O que você disse? Quem não vai nunca lhe mostrar o mundo?"

"Meus pais", sorriu ela.

"Depois deles."

Kaikala pensou um pouco, recordando. "Tanemahuta", disse. "Ele também não."

Eu arqueei as sobrancelhas e me ergui, olhando para ela com assombro. "Quem?", indaguei. "Nunca ouvi você falar nele."

"Ninguém", disse ela, sacudindo os ombros. "Ninguém especial. Meu marido, só isso."

Eu arregalei os olhos, fiquei boquiaberto. "Seu marido? Você é casada?" Era uma grande novidade para mim, e o assanhamento de estar ali com ela, completamente nu, murchou no mesmo instante.

"Eu *era* casada", esclareceu Kaikala como se fosse a coisa mais natural do mundo. "Ele morreu."

"Ah", fiz eu, um pouco aliviado, mas não inteiramente satisfeito. "Quando você se casou?"

"Não sei", respondeu ela, olhando para mim sem entender o porquê do meu interesse. "Eu tinha doze anos, acho."

"Doze? E ele, que idade tinha?"

"Pouco mais. A gente casou no aniversário de catorze anos dele."

Eu assobiei baixinho e tentei imaginar isso acontecendo lá em Portsmouth. Você ia para a cadeia por muito menos, eu sabia por experiência própria.

"O que aconteceu? Como ele morreu?"

"Faz um ano", disse Kaikala. "Um dia, ele caiu da árvore. Sempre fazia coisas malucas. Não era um menino inteligente. Não como você, Yay-Ko."

"Caiu de uma árvore?"

"E quebrou o pescoço."

Eu tornei a me deitar, pensativo, perplexo com o fato de ser a primeira vez em que ouvia falar em Tanemahuta. "Você o amava?", perguntei.

"Claro. Era meu marido. Eu amava ele toda manhã e toda noite e, às vezes, também de tarde." Fiz uma careta, desconfiado de que estávamos falando de coisas diferentes. "Por que pergunta? Ele está morto. Nós vivos. E você vai me levar para Inglaterra."

Eu assenti com um gesto. Não tinha a ilusão de que Kaikala fosse intacta quando nos conhecemos; afinal, ela própria me ensinou a fazer amor, arte na qual eu era de uma inabilidade triste e ainda tinha muito que aprender. E por que haveria de me falar no seu passado? Eu não lhe contava nada do meu, a não ser um punhado de mentiras mirabolantes. Ela notou que meu humor havia se alterado um pouco e, deitando em cima de mim, excitou-me outra vez.

"Yay-Ko ainda contente?", perguntou.

"Ah, sim", respondi depressa. "Contentíssimo, muito obrigado."

"Yay-Ko não me deixa aqui quando vai embora?"

"Não", prometi. "E, se preciso for, fico com você aqui na ilha."

Kaikala não gostou da resposta. "Mas eu não quero ficar na ilha", reclamou. "Quero partir."

"E vai. Quando eu for."

"Quando?"

"Em breve. O nosso trabalho está quase no fim e a gente vai partir. Então eu levo você comigo."

Isso a deixou satisfeita, e ela se inclinou para me beijar. Nós rolamos na relva e, pouco depois, eu estava em cima dela novamente, fazendo amor, perdido para todos os pensamentos do mundo, com exceção do ato a que estávamos entregues e do prazer que Kaikala me dava. Ou melhor, quase perdido. Pois, num instante infeliz, um estalido ali perto me distraiu. Eu parei e olhei à nossa volta.

"Que foi isso?"

"O quê?", perguntou ela, olhando também. "Não para, Yay-Ko, por favor."

Eu hesitei, convencido de que alguém estava escondido no mato, observando a nossa brincadeira, mas a floresta voltou aos seus ruídos naturais e eu sacudi a cabeça, presumindo que tivesse me enganado.

"Não é nada", disse, beijando-a. "Eu devo estar imaginando coisas."

Uma hora depois, saí da cachoeira, onde tomara banho antes de me despedir de Kaikala. Quando me aproximei dela, todo molhado e afastando o cabelo dos olhos, fiquei sem jeito, apesar de tudo que havíamos feito, ao vê-la observar a minha nudez.

"Pare de olhar", pedi, cobrindo-me.

"Por quê?"

"Eu fico com vergonha."

"O que é isso?", perguntou ela, arqueando as sobrancelhas; a palavra era totalmente desconhecida para os nativos.

"Não importa", eu disse, vestindo o calção e enfiando a camisa na cabeça. "Agora eu preciso ir, Kaikala. Logo o capitão vai sentir a minha falta, e é melhor não fazê-lo esperar."

Ela se levantou e me deu um beijo de despedida, e eu passei as mãos em suas costas e no seu quadril, e tasquei um beliscão com volúpia. Claro que estava excitado outra vez, mas não dava tempo para brincar; seria um inferno se o capitão precisasse de mim e não me achasse. Então nos despedimos, combinamos de nos encontrar na tarde seguinte e eu voltei para o lugar de onde tinha vindo, caminhando entre as árvores, deixando-as se fecharem às minhas costas no momento em que o lindo corpo de Kaikala desapareceu.

Quando a deixei sozinha no nosso lugar secreto, um sorriso de satisfação nos lábios, olhei para o chão e reparei nas minhas pegadas na relva, e todas apontavam para o lugar do qual eu vinha, o lugar onde todo dia fazia amor com Kaikala. Percebendo que qualquer um que passasse pelas redondezas podia vê-las, segui-las e nos encontrar, decidi tomar mais cuidado dali por diante.

Mas nem sempre eu sou esperto.

Só depois de alguns minutos foi que parei de repente, sentindo o rosto arder de constrangimento, raiva e desconfiança. Tornei a olhar para o chão. Eu não calçava botas para visitar Kaikala. Sempre ia descalço.

Aquelas pegadas não eram minhas.

11.

A gente faz cada uma na vida por amor; justamente por isso chego agora a uma parte da minha história que me dói contar e me humilha recordar.

Os habitantes da ilha tinham muitos costumes que nós, ingleses, não conhecíamos, mas um deles transformou-se numa espécie de moda entre os marinheiros: a arte da tatuagem. O primeiro a permitir que seus homens copiassem a tradição dos povos do Pacífico de adornar o corpo com motivos coloridos que ficavam indeléveis para sempre foi o capitão Cook em sua primeira visita às ilhas do Pacífico a bordo do *Endeavour*, em cuja tripulação figurava um jovem chamado William Bligh. Contam que, quando eles voltaram à Inglaterra, exibiram esses emblemas de experiência, e não foram poucas as damas que desmaiaram; mas, nos últimos dez ou quinze anos, tornara-se cada vez mais comum o marinheiro considerar a tatuagem um sinal de honra. Eu tinha visto muitas nos braços e no tronco dos que zanzavam pelas ruas de Portsmouth. Algumas eram desenhos pequenos e caprichados; outras, estampas vistosas, atrevidas e impetuosas, imagens que pareciam ganhar vida e até dançar para mim.

Pois, numa tarde em que estávamos nadando na nossa lagoa particular, Kaikala me propôs ingressar nesse grupo. Desde o incidente que me levou a acreditar que andavam espiando nossas travessuras, eu passei a tomar mais cuidado. Não que as normas do navio nos proibissem de formar aliança com as nativas; pelo contrário, a norma era justamente essa. Mas não me agradava a ideia de ser observado por outrem quando estava me regalando com aquelas delícias e, se eu descobrisse quem fazia isso, juro que lhe esquentava as orelhas.

Eu acabara de sair da água e estava correndo em torno do lago para queimar o excesso de energia e me secar quando notei Kaikala olhando para mim às gargalhadas. Parei na hora, desanimado com aquela zombaria por causa da minha nudez, mas quando lhe pedi explicações ela simplesmente deu de ombros e disse que eu era muito branco.

"Ora essa, eu sou da raça branca. Como você queria que eu fosse?"

"Mas você é branco *demais*. Yay-Ko parece fantasma."

Isso me deu o que pensar. Era bem verdade que, quando saí de Portsmouth, eu era um pobre rato branco, mas não tinha dúvida de que havia mudado — e para melhor — no curso das minhas experiências. Estava um ano e três meses mais velho, coisa visível no bom tamanho do meu corpo, na postura, na compleição, nas bochechas coradas, no comprimento do meu pingolim e na minha força de homem. Quanto à cor, ora essa, o sol de Otaheite me transformara por completo, pelo menos aos meus olhos, dando-me à pele um belíssimo bronzeado.

"Como você pode dizer uma coisa dessas?", perguntei. "Eu nunca fui tão moreno."

"Os ingleses são todos brancos como você?"

"Eu sou deliciosamente bronzeado", protestei. "Mas eles são branquelos, sim."

"Você não casa comigo com a pele tão clara", disse ela então e, com tristeza nos olhos, examinou o próprio corpo na água. Eu olhei para o mesmo lugar e me aproximei, curvando-me para tocar seu ombro.

"Por que isso?", indaguei. "Nós já não combinamos?"

"Você não vê homens aqui? Então sabe o que precisa fazer."

Eu suspirei. Havia algum tempo que vinha acontecendo, e a ideia não me agradava. Muitos tripulantes tinham se sujeitado ao processo de tatuagem. O calhorda do sr. Heywood, para minha enorme surpresa, foi um dos primeiros a adotar a moda, pondo na perna direita nada menos que um *triskelion*, a insígnia trípode da ilha de Man, sua terra natal. (Não foi surpresa para mim os seus berros terem chegado a todos os cantos da ilha e provavelmente até a Inglaterra quando nele aplicaram o enfeite.) Outros seguiram seu exemplo e o aprimoraram. James Morrison mandou brasonar no antebraço a data da nossa chegada a Otaheite. E até mesmo o sr. Christian se submeteu ao processo e ficou com um desenho esquisito nas costas, uma criatura desconhecida para mim, de braços estendidos, olhando para o observador como se o quisesse comer vivo. Recentemente, ele acrescentou motivos nativos nos braços, nos ombros e no peito, tanto que ficou parecendo mais nativo do que inglês.

"Para casar", informou-me Kaikala, "homem faz tatuagem."

"Bom, talvez uma pequena", sugeri, pois não tinha a menor vontade de enfrentar a dor. "Uma bandeirinha no meu ombro."

"Não, não", riu. "Homem não casa sem adorno adequado. Tatuagem protege contra maus espíritos, sela sua santidade dentro de você."

Eu torci o nariz e sacudi a cabeça. "Ah, não. Nem pensar." Sabia muito bem do que ela estava falando: semanas antes, tinha visto um garoto local passar pelo processo para se casar. Eis os fatos: suas nádegas foram inteiramente tatuadas de preto. O maluco passou meio dia estendido num bloco para que dois artistas fizessem o trabalho, um no hemisfério direito, o outro no esquerdo, e, apesar da dor que sentia, não soltou um grito durante toda a operação. Isso até me despertou certa admiração, mas o cara só podia ter endoidado de vez quando se levantou para mostrar ao mundo inteiro, a homens e mulheres, a pele recém-escurecida. Também ouvi dizer que, depois disso, o coitado passou quase quinze dias sem poder sentar; aliás, eu o vira no dia anterior e tive a impressão de que continuava andando com dificuldade.

"Sinto muito, meu bem, mas não vai dar. Mesmo que eu aguentasse a dor, mas não a aguento porque sou um grande covarde, não quero ficar com o bumbum pintado o resto da vida. Eu não poderia. Morreria de vergonha."

Kaikala ficou chateada, mas algo em minha voz ou nas minhas palavras deixou claro que eu estava falando sério, pois ela fez que sim e pareceu se conformar.

"Então talvez uma pequena", disse ela, repetindo a minha sugestão anterior.

Eu concordei com relutância; já que tinha de ser, que fosse. Afinal, queria lhe agradar.

E foi assim que, dias depois, eu caí nas mãos do tio de Kaikala, um mestre na arte da tatuagem, e lhe expliquei o que fazer e onde. Levei comigo uma vara grossa para cravar os dentes nela quando o homem estivesse criando a obra de arte. Não contei a ninguém, nem mesmo a Kaikala, qual era o desenho escolhido, nem permiti a presença dela enquanto a tatuagem não estivesse pronta e, na minha loucura, oh, santa mãe de Deus, na inocente loucura dos meus quinze anos, inventei uma coisa que, segundo eu acreditava, ia conservar o amor de Kaikala para todo o sempre. Expliquei meu plano ao tio, e ele me olhou como se estivesse diante de um louco varrido, mas eu não arredei pé, e o homem simplesmente deu de ombros, mandou-me tirar a roupa, pegou as tintas, aguçou os ossos de animais, que eram as ferramentas do seu ofício, e começou a criar a sua mais nova obra-prima.

Era tarde quando voltei ao acampamento e, já a certa distância, ouvi o sr. Bligh me chamar aos berros. A julgar pela voz, fazia tempo que estava me chamando, e eu tentei apertar o passo, mas a dor tremenda quase me impedia de andar. O suor molhava minha testa, e eu sentia a camisa grudada nas costas. Ainda bem que já era noite e a brisa fresca, soprando na minha direção, me aliviava um pouco a agonia.

"Turnstile", disse o capitão quando entrei na cabana. "Por onde, diabos, você andou, garoto? Não me ouviu chamar?"

"Peço desculpas, *sir*", disse, olhando para a cara da oficialidade reunida à mesa — o sr. Christian, o sr. Fryer, o sr. Elphinstone e o sr. Heywood, o pulha —, todos de cara amarrada. "Eu estava longe e perdi a hora."

"Com a namoradinha, aposto", disse o sr. Christian. "O senhor sabe, capitão, que o jovem Tutu perdeu a inocência?"

Eu olhei para o auxiliar do imediato e depois para o capitão, sentindo o rosto abrasado, pois não queria que discutissem minha privacidade na sua presença. Mas, graças a Deus, ele ficou constrangido e sacudiu a cabeça.

"Não gosto desse tipo de conversa, Fletcher", disse o capitão com indiferença. "Turnstile, chá, por favor, o mais depressa possível. Estamos todos precisando."

Eu fiz que sim e acendi o fogo para ferver a água, trocando um olhar com o sr. Heywood ao sair; ele estava com o lábio arreganhado de rancor, e eu percebi que não tinha gostado da tentativa do sr. Christian de troçar de mim. Talvez, pensei, soubesse quem era a minha amada e, tendo visto que era a criatura mais linda da ilha, a quisesse para si. Pus a chaleira no fogo e apanhei as xícaras, sempre tomando o cuidado de não irritar o meu machucado.

"Turnstile", disse o capitão, interrompendo sua conversa e olhando para mim. "Você está bem?"

"Mais ou menos, *sir*", respondi. "Mais ou menos."

"Parece que está mancando um pouco."

"Eu? Devo ter me sentado de mau jeito e fiquei com as pernas dormentes."

Ele enrugou a testa um instante, sacudiu a cabeça para apartar meu disparate e voltou a olhar para os oficiais. "Muito bem, então é amanhã de manhã", disse. "Por volta das onze horas?"

"Onze horas", murmuraram alguns oficiais, e eu notei um ar de tristeza.

O sr. Fryer me viu olhando e se dirigiu a mim. "Você ainda não sabe, Turnstile, imagino. Estava ausente... cuidando de outra coisa."

"Não sei o quê, *sir*?"

"O cirurgião Huggan", respondeu. "Foi salvo esta tarde."

Eu o encarei, tentando entender o que dizia. "Salvo?", perguntei. "Teve algum problema?"

"O senhor Fryer está dizendo que ele foi chamado", disse o sr. Elphinstone, deixando-me ainda mais confuso, pois não conseguia conceber a chegada de outro navio a Otaheite apenas para levar nosso médico beberrão de volta a Portsmouth.

"Morreu, Tutu, morreu", disparou o sr. Christian. "O doutor Huggan faleceu. Vamos enterrá-lo amanhã."

"Oh. Lamento saber, *sir*." Na verdade, eu estava pouco me lixando, pois não havia trocado mais do que uma dezena de palavras com o homem desde o começo da viagem. Ele vivia sempre bêbado e era tão obeso e tinha inclinações tais que aquele que se sentasse perto dele corria o risco de ser atingido por um gás.

"É, mas parece que você está precisando de um cirurgião, Turnstile", disse o capitão Bligh, levantando-se e vindo na minha direção. "O que aconteceu, menino? Está andando de modo esquisito e transpirando feito um cavalo exausto."

"Não é nada, *sir*, eu... ai!" Na tentativa de me afastar, fiz um movimento brusco e a dor nas minhas regiões meridionais foi tão extrema que eu pus as mãos no traseiro para aliviá-la.

"Você andou se tatuando, Tutu?", perguntou o sr. Elphinstone com voz jocosa.

"Não", respondi. "Quer dizer, sim. Mas não tem importância. É..."

"Meu Deus, já sei o que ele fez", atalhou o sr. Christian, levantando-se e sorrindo. "Pensa que vai casar com a marafona dele e mandou pintar a bunda de preto."

Por mais que eu me dispusesse a aturar aquela palhaçada, o fato de ele chamar Kaikala de marafona foi demais para mim, e eu tive muita vontade de desafiá-lo e exigir satisfação, mas achei melhor ficar calado por ora.

"Então vamos dar uma olhada, Turnstile. Se eu tiver razão, você vai ficar semanas sem poder sentar."

"Não, *sir*", gritei. "Deixe-me. Capitão, diga a ele!" Eu apelei para o sr. Bligh, mas ele estava bem ao meu lado com um leve sorriso nos lábios, achando aquilo divertidíssimo.

"Você não fez isso, fez, garoto? Será que resolveu bancar o nativo?"

"Pegue-o, William", gritou o sr. Christian, dirigindo-se não ao capitão, mas ao sr. Elphinstone. "Segure-o."

"Por favor, não", gritei quando ele agarrou meus braços e me girou. "Me largue. Capitão, mande-o parar..."

Era tarde demais: uma lufada de vento no meu traseiro nu revelou que tinham tirado as minhas calças e eu estava totalmente exposto. Calei-me e fechei os olhos. O ar era um verdadeiro bálsamo para a ardência: pelo menos isso.

"Mas aí não há nada", disse o capitão. "Eles não costumam pintar tudo?"

"Olhem!", exclamou o sr. Christian, apontando para a lateral da minha nádega esquerda. "Aqui. Mas é tão pequena que chega a ser insignificante!"

Devo ressaltar que não era tão pequena assim. Aliás, a tatuagem que adorna a minha pessoa tem quase cinco centímetros de largura e outros tantos de altura e pode ser claramente observada por quem tiver acesso a essa parte da minha anatomia.

"Mas o que é isso?", indagou o sr. Christian, intrigado. "Um nabo?"

"Acho que uma espécie de batata", arriscou o sr. Heywood, o calhorda, que se aproximara para ver de perto.

"Não, é um abacaxi", disse o sr. Fryer, que estava entre os observadores.

Todos os oficiais e o capitão se aglomeraram diante do meu traseiro nu, estudando-o atentamente.

"Está na cara que é um coco", disse o sr. Elphinstone. "Basta olhar para a forma e os detalhes."

"Não é nada disso, é, meu bom garoto?", quis saber o capitão Bligh, e juro que, pela primeira vez na vida, eu o vi soltar uma gargalhada. Até que valeu a pena, pois ele andava tão intratável ultimamente que cheguei a pensar que aquilo podia lhe fazer muito bem. "Isso não é nabo nem tomate nem abacaxi nem coco, é uma representação da ilha e comprova a passagem do jovem Turnstile por aqui. Não veem, cavalheiros?"

Os oficiais endireitaram o corpo e encararam o capitão, intrigados, e ele abriu um sorriso, estendendo os braços como para mostrar que se tratava de uma coisa bastante óbvia, e lhes contou o que era, fazendo com que os cinco quase se urinassem de tanto rir. Eu subi as calças e, tentando recobrar a dignidade, voltei para a chaleira a fim de preparar o chá, sem fazer caso dos gritos de escárnio e das lágrimas que lhes banhavam a face em meio às gargalhadas.

O capitão era, de longe, o mais perspicaz de todos ali, pois entendeu logo.

Era uma fruta-pão.

12.

Parece-me que um homem pode conviver com outros homens, convencido de que faz parte de uma comunidade, certo de comungar dos mesmos pensamentos e planos, sem nunca saber o que na verdade se passa. Mesmo agora, depois de tanto tempo, quando penso naquela época, continuo com a impressão de que a equipagem do *Bounty* cooperava em harmonia em Otaheite, colhendo fruta-pão, plantando sementes, cuidando dos brotos que medravam em algumas semanas, depois os transportava ao navio e os deixava aos cuidados do sr. Nelson. Os dias eram repletos de trabalho; e as noites, de diversão. Vivíamos de barriga cheia, dormíamos em colchão macio e os nossos desejos de homem eram plenamente satisfeitos. Havia incidentes, é claro — marujos que se zangavam por isso ou aquilo, queixas por conta de uma picuinha qualquer —, e, de vez em quando, o capitão perdia totalmente a cabeça pelo mero fato de estar em terra firme, mas, em suma, eu tinha certeza de que nós éramos um grupo feliz.

E isso se tornou ainda mais surpreendente na tarde do dia 5 de janeiro de 1789, na qual o sr. Fryer e o sr. Elphinstone apareceram na cabana do capitão com ar de grande aflição. O sr. Bligh estava ocupado em escrever uma carta para a mulher; e eu, em engomar a sua farda para o jantar que haveria naquela noite na residência do rei Tynah.

"Capitão", disse o sr. Fryer ao entrar, "podemos incomodá-lo?"

O sr. Bligh tirou os olhos do papel e, com um ar levemente distraído, examinou os dois. "Claro que podem, John, William", disse. Uma característica curiosa dele era a de tratar os homens com mais amabilidade quando estava entregue à reconfortante tarefa de escrever para a esposa. "Pois não?"

Eu olhei de relance, sem prestar muita atenção a princípio, mas, no momento em o sr. Fryer falou, interrompi o que estava fazendo e o encarei.

"*Sir*, não há outro modo de contar a não ser com todas as palavras. Três homens desertaram."

O capitão largou a pena e passou algum tempo olhando para o tampo da escrivaninha; eu o observei. Ele estava chocado, era evidente, mas não quis reagir por impulso. Ficou uns trinta segundos calado, só então tornou a erguer os olhos. "Quem?", perguntou.

"William Muspratt...", começou a dizer o sr. Fryer.

"O ajudante do senhor Hall?"

"Ele mesmo. E também John Millward e Charles Churchill, o mestre de armas."

"Não acredito."

"Lamento, mas é verdade, *sir*."

"O meu próprio mestre de armas está entre os desertores? O homem incumbido de policiar o navio transgrediu as suas leis?"

O sr. Fryer demorou um pouco, mas fez que sim; não havia necessidade de enfatizar a ironia da situação.

"Mas como?", quis saber o capitão. "Como vocês têm tanta certeza?"

"*Sir*, nós já devíamos tê-lo informado e disso eu assumo a responsabilidade. Ontem os homens não voltaram do trabalho, e eu imaginei que estivessem na farra com as mulheres. Minha intenção era repreendê-los severamente quando retornassem. Infelizmente, não deram sinal de vida hoje de manhã, não vieram trabalhar, e a tarde já está chegando ao fim e nada deles. *Sir*, reconheço que devia ter dado essa informação antes..."

"Está bem, senhor Fryer", atalhou o capitão, surpreendendo todos por, talvez, absolver o imediato de responsabilidade. "Não tenho dúvida de que o senhor fez o que achou correto."

"De fato, *sir*. E, na verdade, pensei que eles fossem voltar."

"E por que tem certeza de que não voltarão?"

"Capitão", disse o sr. Elphinstone, falando pela primeira vez, "um tripulante me contou confidencialmente que, segundo os boatos, os três já estavam planejando desertar. Falou comigo com a condição de que os outros homens não descobrissem seu nome."

"Que nome é esse, senhor Elphinstone?"

"Ellison, *sir*. Thomas Ellison."

Eu ri por dentro. Ora, ora, Thomas Ellison — aquele que deixou Flora-Jane Richardson esperando na Inglaterra, a que o havia deixado beijá-la e tomar certas liberdades na véspera da viagem, aquele que era superior a mim e adorava me lembrar disso —, pois Thomas Ellison não passava de um dedo-duro. Merecia apanhar e muito!

O capitão não gostou nada da notícia, e eu vi sua cara se transformar. Passou alguns minutos andando de um lado para o outro, pensando no caso, então voltou a encarar os oficiais. "Mas por quê? É o que eu não consigo entender. Por que fizeram isso? A situação aqui não é boa? Eu não criei um acampamento harmonioso? Eles não agradecem pelo menos o fato de haver tão poucas questões disciplinares no nosso grupo? Fugir por quê? E *para onde*, diga-se de passagem, *para onde* hão de ir? Nós estamos numa ilha, cavalheiros, tenha a santa paciência!"

"*Sir*, eles têm a possibilidade de sair da ilha, roubando uma lancha ou canoa, e talvez se escondam num dos atóis vizinhos. São tantos que, se fizerem isso, será difícil capturá-los."

"Eu conheço a geografia da região, senhor Fryer", rosnou o capitão, já bem irritado. "Mas o senhor ainda não me explicou o porquê."

"*Sir*, são muitos os motivos possíveis."

"E a sua hipótese?"

"Posso falar sem rodeios, *sir*?"

O sr. Bligh olhou para ele com desconfiança. "Faça o favor."

"Nosso trabalho aqui está quase terminando. O senhor Nelson passa todo dia pela praia, informando que os brotos a bordo estão indo às mil maravilhas. Em breve todos os vasos estarão cheios e já não será preciso colher plantas nem semear."

"Claro", disse o capitão, a confusão estampada no rosto. "Nada mais óbvio: o nosso trabalho tem um fim. E daí? Quer dizer que os homens gostam tanto de trabalhar que receiam o fim das suas tarefas?"

"Não, senhor. Eu estou dizendo é que, em breve, o senhor Nelson virá procurá-lo aqui, nesta cabana, para anunciar que a nossa missão na ilha de Otaheite chegou ao fim. E, nesse momento, *sir*, é bem provável que o senhor dê ordem de desmontar barracas, pegar nossos pertences e voltar ao navio."

"Levantar âncora e dar adeus a Otaheite", acrescentou sem necessidade o sr. Elphinstone.

O sr. Bligh fez que sim e sorriu. Olhou para mim, que tentava a todo custo prestar atenção ao meu trabalho com a farda. "Ouviu, mestre Turnstile? Os tripulantes vão ficar contentes em terminar o trabalho e poder voltar para casa e para os entes queridos com dinheiro no bolso. Desculpe-me, senhor Fryer", acrescentou, voltando-se novamente para ele. "Tenho certeza de que o senhor está dizendo uma coisa muito razoável, mas ainda não consegui entender."

"Nada mais simples, *sir*. Os homens não querem ir embora."

O capitão retrocedeu um pouco e enrugou a testa. "Não querem?", perguntou. "Mas as esposas e namoradas deles já devem estar no cais de Spithead, esperando que voltem sãos e salvos."

"*Sir*, pode ser que as esposas e namoradas estejam lá, mas as suas amantes estão aqui."

"Amantes?"

"As mulheres da ilha. Pelas quais eles mandaram tatuar o corpo." Nesse momento, o sr. Fryer olhou de soslaio para mim, pois, uma semana antes, tivera a sorte de ver a tatuagem no meu traseiro. "Os homens têm muita liberdade aqui. A vida deles é, na falta de um termo melhor, agradabilíssima. O que o senhor fez..." Calou-se e tentou se corrigir. "O que nós fizemos aqui..."

Ele pode ter tropeçado nas palavras, mas o capitão não era idiota a ponto de não notar. "O que eu fiz aqui, *sir*, era isso que o senhor ia dizer."

"Não, senhor, eu apenas..."

"Está dizendo que eu proporcionei vida mansa à tripulação. Que tornei a sua existência muito menos disciplinada do que devia ser. O senhor está dizendo que, se eu tivesse sido um pouco mais enérgico, os homens não iam querer ficar aqui, iam querer voltar para casa. Iam estar desesperados para regressar à Inglaterra, a Portsmouth, à queridíssima Londres." Sua voz foi subindo num crescendo enquanto ele falava. "Está dizendo que a culpa dessa catástrofe é toda minha."

"Sinceramente, capitão, não foi isso que ele disse", interferiu o sr. Elphinstone. "Eu creio que o senhor Fryer apenas quis dizer que..."

"Faça o favor de calar a boca, senhor Elphinstone", fulminou o sr. Bligh, silenciando-o com um gesto. "Quando quiser saber a sua opinião, eu pergunto. Ocorre que, pela primeira vez, estou de total acordo com o senhor Fryer. A culpa é minha mesmo. Eu tornei a vida dos tripulantes excessivamente feliz, e eles pagam a minha bondade optando por abandonar seus deveres e ficar numa ilha selvagem apenas para satisfazer sua luxúria a qualquer hora do dia ou da noite. Acredito que o senhor Fryer está coberto de razão. E, se a culpa é minha, eu assumo a responsabilidade, e a única coisa que me resta fazer é me emendar. Senhor Fryer, todos os marinheiros, com exceção dos que estão sob o comando do senhor Christian no viveiro, vão voltar imediatamente para o navio. E, quando eu digo imediatamente, significa que, assim que sair desta cabana, o senhor vai reunir as lanchas e os homens e ir para o *Bounty*. De agora em diante, não haverá confraternização nenhuma com os nativos, nem lazer na ilha, nem oportunidade de se entregarem a essas malditas patuscadas e perversões. Isso é para já, senhor Fryer", prosseguiu ele. "Agora mesmo, entendeu?"

"Sim, senhor", respondeu em voz baixa, mas urgente. "Mas posso propor uma breve carência para que eles se despeçam das moças..."

"Eu disse *já*, senhor Fryer."

"Mas o moral, *sir*..."

"Dane-se!", urrou o capitão. "Três homens desertaram. A sanção para isso, se eles forem capturados — e serão, senhor Fryer —, entenda bem, a pena para isso é capital. Suspensos pelo pescoço até a morte, *sir*. E a herança que vão deixar para os colegas é o fim da luxúria e a cessação da minha generosidade. Reúna os homens, senhor Fryer. O *Bounty* os aguarda."

Os dois saíram no mesmo instante, e o capitão se pôs a caminhar, perdido em pensamentos. Eu também estava perdido. Só conseguia pensar em Kaikala. Precisava dar um jeito de falar com ela.

Foi uma noite triste. Uma das mais tristes. Ao cair da tarde, todos os tripulantes do *Bounty*, com exceção dos três desertores — Muspratt, Millward e Churchill —, voltaram para o barco. O sr. Byrn tentou nos alegrar com a rabeca, mas logo ameaçaram quebrá-la na sua cabeça e jogar os dois no mar, e ele, que não era bobo, fechou-se em copas. O capitão falou à equipagem reunida, enumerando as regras que passariam a vigorar nas nossas últimas semanas em Otaheite, e os homens ficaram arrasados, bastante arrasados. Puseram-se a falar como nunca se atreviam a falar, e o capitão pouco pôde fazer para contê-los. Toda vez que ele obtinha silêncio para prosseguir, um tumulto irrompia na praia, onde as mulheres dançavam ao redor das fogueiras, gritando, aflitas, e rasgando a escassa roupa que as cobria; eu sabia que também estavam se machucando e rezei para que Kaikala tivesse a sensatez de conservar intacta a sua beleza. Confesso que cheguei a temer pela segurança do capitão no momento em que ele informou à tripulação que, dali por diante e até a nossa partida, só haveria duas situações possíveis: ou trabalhar sob a vigilância de um oficial, ou ficar a bordo do navio. Creio que, se os oficiais não estivessem presentes, a cena teria ido de mal a pior; e, de fato, quando nós todos voltamos à coberta, eu vi que o sr. Bligh estava muito abalado com o aperto por que passara.

Horas depois, eu estava deitado na minha tarimba, tão excitado e tão atormentado pela ideia de talvez nunca mais tocar na pele de Kaikala nem saborear o seu beijo, que me sentia a ponto de explodir. Resolvi me aliviar sozinho e, nisso, quase fui surpreendido pelo sr. Fryer, que, apressado, veio em minha direção, bateu na porta da cabine do capitão e entrou sem esperar autorização. Naturalmente, eu me levantei de um salto e fui colar o ouvido à porta, mas os dois homens estavam falando baixo e não deu para escutar uma palavra.

Meia hora depois, o sr. Fryer saiu e se afastou com passos decididos, e eu vi o capitão parado à porta, a derrota e a perplexidade estampadas no rosto.

"Tudo bem, *sir*?", perguntei. "Quer alguma coisa?"

"Não", murmurou ele. "Obrigado, garoto. Pode dormir."

Então ele entrou, e eu já estava quase pegando no sono quando um ruído de passos me sobressaltou, dessa vez era o sr. Fryer acompanhado do sr. Christian e do sr. Heywood. Levantei-me às pressas e bati na porta da cabine do capitão para que entrassem. Os três passaram por mim sem me notar, e eu entrei atrás deles.

"Fora", disse o capitão na mesma hora, apontando o dedo para mim.

"*Sir*, talvez os oficiais queiram um..."

"Saia já!", repetiu.

Eu obedeci, fechando a porta com cuidado, mas fazendo o possível para deixar uma fresta pela qual pudesse ouvir o que se passava lá dentro. Não consegui entender tudo, mas as palavras que escutei me chocaram.

"... O senhor diz nas coisas do senhor Churchill?", indagou o capitão.

"Sim, senhor", respondeu o sr. Fryer. "Eu mesmo a achei há menos de uma hora."

"E a lista de nomes. O que o senhor acha que significa?"

"Cabe ao senhor decidir, capitão. Mas, como se vê, os nomes dos três desertores estão aí. No alto."

"Sim, eu sei. E os nomes de vários outros marujos. O que me diz disso, senhor Christian?"

Sei lá onde ele estava, pois, quando respondeu, só ouvi uns sons abafados e não pude distinguir nenhuma palavra.

"Mas nove, *sir*", perguntou o capitão. "Nove homens planejando desertar e ficar na ilha? Que disparate!" O sr. Christian falou outra vez, seguido do sr. Heywood, mas não consegui entender o que diziam; então as palavras do capitão me chegaram novamente. "Não, a lista fica comigo, Fletcher. Ninguém mais deve saber a identidade desses homens. Sei que é frustrante para você, mas prefiro cuidar disso à minha maneira."

As vozes começaram a se aproximar, e eu voltei correndo para a minha tarimba, cobri-me e fingi dormir. Um ou dois minutos depois, os quatro saíram e os três oficiais se afastaram em silêncio. Senti a presença do capitão perto de mim, observando-me, mas não tive coragem de me mexer. Passados alguns instantes, ele entrou na cabine e fechou a porta. Pouco depois, adormeci.

Acordei no escuro, ouvindo vozes. Pelo barulho à minha volta, percebi que era de madrugada e que a maioria dos homens e oficiais estava dormindo, mas alguma coisa me despertara: um leve ruído de passos perto de mim e leves batidas na porta do capitão. Quando fiquei consciente, já tinha perdido a maior parte da conversa, mas tratei de ficar imóvel, respirando normalmente, de olhos fechados, para ouvir o fim.

"Não era melhor o senhor lhes pedir explicação, *sir*?", foi a pergunta, e eu reconheci a voz do sr. Fryer.

"Talvez", respondeu o capitão Bligh. "Mas que utilidade teria? Nós não sabemos por que o senhor Churchill incluiu os nomes deles na lista."

"Não estavam só *na* lista, capitão. Estavam no topo da lista."

"É simplesmente impossível", disse o sr. Bligh. "Dois oficiais diplomados? É simplesmente impossível", repetiu. "Vá para a cama, senhor Fryer. Não fale mais nisso."

Houve ainda alguns momentos de silêncio e, então, o imediato tornou a passar por mim e foi para a sua cabine; o capitão entrou e fechou a porta.

Dessa vez eu não adormeci.

13.

Passaram-se os dias e, para minha grande tristeza, fiquei a bordo do *Bounty*, quase sem oportunidade de voltar a terra. Tampouco tinha tido oportunidade de me despedir de Kaikala, tão repentina fora a decisão do capitão de mandar a tripulação de volta para o navio. Noite após noite, eu ficava na minha tarimba, sonhando com ela e com o que ela devia pensar de mim, mas quando me oferecia para acompanhar o capitão em suas viagens diárias à ilha para inspecionar os canteiros, ele sacudia a cabeça, dizendo que não precisava de mim e que eu seria mais útil ajudando a preparar o navio para a iminente partida.

Mas a minha tristeza por ficar deitado no canto de um corredor empoeirado não era nada em comparação com o rancor dos marinheiros a bordo, todos cada vez mais irritados com o confinamento. Naturalmente, parte deles culpava Muspratt, Millward e Churchill, os três desertores, de terem sido os catalisadores daquela mudança infeliz da nossa situação, mas o grande objeto do seu ódio era o capitão, que, na minha opinião, apenas reagira à insubordinação de um grupo de descontentes, sem a intenção de desencadear uma campanha destinada a exorbitar sua autoridade.

"Ora, eu devia ter ido com eles e agora me arrependo de ter ficado", disse Isaac Martin uma noite em que estávamos no convés, de olho nas fogueiras acesas na praia e nas mulheres à roda delas, tão tentadoramente próximas, mas longe demais para nós.

"Quer dizer que você andava planejando isso, hein, Isaac?", perguntou George Simpson, o auxiliar do quartel-mestre, um sujeito traiçoeiro em quem ninguém confiava devido a um incidente durante uma partida de trunfo pouco depois que atravessamos o paralelo 55; houve confusão por causa de umas cartas de baralho escondidas na traseira da sua calça, as quais sempre reapareciam no momento oportuno. O cambalacho degenerou em troca de murros, e ele passou um bom tempo com fama de trapaceiro, e mesmo agora não era merecedor de confiança. A honestidade no jogo era um dogma da vida naval.

"Eu não", respondeu Martin, tomando o cuidado de não dizer nem uma palavra rebelde na presença de um homem como Simpson. "Eu nunca desertaria do meu posto, nunca na vida. Só disse que os invejo pela liberdade que têm e pelos prazeres que a liberdade proporciona."

"Rabudos, isso é o que eles são", disse James Morrison, o homem que, em virtude do privilégio de ser o ajudante do contramestre, teria a infeliz incumbência de pôr a corda no pescoço dos desertores caso fossem capturados. "Esses caras não estão longe, aposto. Entram e saem do acampamento de madrugada, quando os oficiais estão no navio e eles ficam com vontade de dar um trato no pingolim."

Era bem verdade. A insatisfação baseava-se principalmente no fato de os homens terem convivido com mulheres que lhes permitiam tomar certas liberdades quantas vezes quisessem por dia. Todos nós estávamos imersos no físico. Eu não era melhor do que ninguém, se bem que, para surpresa de muitos colegas marujos, tivesse concentrado a atenção numa só.

"Maldito Bligh", murmurou alguém atrás de mim; eu me virei e dei de cara com o tanoeiro Henry Hilbrant, já totalmente recuperado do açoitamento de semanas antes. "Ele faz isso por inveja. Essa é a única razão."

"Inveja?", perguntei, sem entender bem a lógica da afirmação. "Quer me explicar do que o capitão tem inveja?"

"De nós, seu trouxa", respondeu, olhando não para mim, mas para a praia. "Todo mundo aqui sabe que o capitão não encosta o dedo numa mulher desde o dia em que saiu de Spithead. Com tanto petisco por aí, ele se interessou por algum? De jeito nenhum. Vai ver que não gosta da coisa, é o que eu digo. Vai ver que nem pinto tem."

Eu olhei para Hilbrant com asco: era uma infâmia dizer aquilo, a mais vil das calúnias. Tive até vontade de defender o capitão, porque ele era bom para mim, mas nem por isso deixei de me perguntar se não havia um fundo de verdade na acusação. Claro que ele amava a esposa, mas eu sabia, pelas conversas com os marinheiros, que muitos amavam a esposa e prefeririam morrer a magoá-las. Mas aquilo, a vida que estávamos levando em Otaheite, aquilo não era traição. Pelo menos, ninguém o via como tal. Era considerado um prêmio, uma recompensa pelo tempo enorme que passamos no mar e pelo nosso sacrifício durante a difícil travessia. Tratava-se de uma questão física, não emocional. A mera satisfação de uma necessidade.

"Ele deve ter enlouquecido", prosseguiu Hilbrant. "Qualquer um enlouquece se não tiver lá os seus prazeres. Não acha, Tutu? Claro que acha: você mesmo, que se regalou há apenas alguns dias, já está quase enlouquecendo. Há loucura nos seus olhos, não enxerga? Se a lua sair, dá até medo de pensar no que você é capaz de aprontar."

Eu não fiz caso do comentário por medo de que fosse verdade. Ainda tínhamos uma longa viagem pela frente. E, agora que havia praticado regularmente o ato do amor, não conseguia imaginar as minhas manhãs, tardes e noites sem aquele gozo. A mera ideia me dava dor aqui na região meridional.

"Só nos resta rezar para que o *Bounty* seja destruído", disse Isaac Martin. "Aí, sim, nós somos obrigados a ficar." Abriu-se um prolongado silêncio, então ele começou a rir. "É claro que eu estou brincando, gente."

"Em todo caso, seria o máximo, não?", sorriu Hilbrant. "Poder ficar para sempre."

"E, se ficássemos aqui, ninguém ia mandar em nós. Nem o capitão, nem os oficiais, ninguém. Cada um seria dono do seu nariz como quer Nosso Senhor."

"Quimeras, rapazes, quimeras", disse James Morrison, levantando-se e encobrindo por um instante a minha visão dos outros marujos. Ficou ali, calado, e eu o vi mover a cabeça, olhando-os e se demorando um tempinho em cada um. Não dei a mínima para isso na ocasião, apenas achei curiosa a rapidez com que a conversa mudou de rumo, passando da ilha para um caso, narrado por Hilbrant, de seu irmão Hugo, que se engalfinhara com um valentão de certo renome. Logo, então, esqueci o bate-papo, que me pareceu trivial na época, e passei a pensar numa coisa bem mais importante: o que fazer para rever Kaikala?

Todo santo dia, novas mudas eram plantadas nos vasos de cerâmica do porão inferior, e eu observava as fileiras e fileiras alinhadas: muitas centenas deles. Sabia que, quando chegassem à porta oposta, seria praticamente o fim do nosso tempo; e, na tarde em que vi, pelo ritmo da coisa, que esse dia estava se aproximando com rapidez, resolvi pôr em execução um plano meio arriscado.

Quando era pequeno e vivia da minha malandragem e da generosidade tão especial do sr. Lewis em Portsmouth, eu estava longe de ser o que talvez se considere um bom exemplo de virilidade. Era mirrado e franzino, tinha braços finos e compridos, peito meio afundado. Zanzava o dia inteiro pela cidade sem me fatigar, mas se tivesse de correr — como acontecia quando um policial me via pegando uma coisa que não era minha, ou um otário sentia meus dedos ágeis afanarem seu relógio – teria que, assim que achasse um lugar para me esconder, ficar lá pelo menos uma hora resfolegando sem parar. Entretanto, tudo isso mudara radicalmente nos últimos dezoito meses. Eu tinha ficado forte. Tinha ficado robusto. Era o que se pode chamar de um sujeito sadio.

O *Bounty* estava ancorado a um quilômetro e meio da praia de Otaheite; era o máximo a que se podia chegar sem encalhar o navio. Embora eu nunca tivesse tido motivo, ocorreu-me que um rapazinho tão ágil, com a capacidade tão intacta e com um determinadíssimo leme a apontar para aquele destino, podia muito bem vencer a distância a nado sem perigo. E, já que me era negada a possibilidade de voltar a visitar a ilha até a nossa partida, eu decidi me encontrar com Kaikala uma vez mais e esperei a noite para ir até lá.

Era óbvio que os oficiais podiam transitar sem problemas entre a ilha e o navio — o capitão Bligh se encarregara de traçar a linha divisória da sua liberdade —, e essa era outra fonte de descontentamento entre a marujada. Imaginar o sr. Christian, o sr. Elphinstone, o sr. Heywood e até o sr. Fryer dispondo de todas as damas da ilha, damas essas que antes estavam até certo ponto comprometidas com um ou outro marinheiro, deixava os homens desesperados e, antes de mais nada, suscitava muita raiva daquilo que permitia a um sujeito chegar ao posto de oficial, fosse o mérito, fosse o dinheiro do pai.

Mas todos eles iam e voltavam, levando consigo as lanchas, e os oficiais que ficavam a bordo à noite contavam essas embarcações para que não roubassem nenhuma, não que fosse possível voltar à ilha numa delas sem ser visto, é que eram muito grandes para isso. Cada lancha tinha vinte e três pés de comprimento, sem espaço suficiente para transportar muitas pessoas, mas não pequena a ponto de empreender semelhante viagem sem ser detectada. Portanto, não me ofereciam a menor possibilidade. A minha escolha era simples: nadar ou ficar. E preferi nadar.

Esperei até a noite que me pareceu ser a nossa penúltima ou antepenúltima naquele lugar e, por sorte, a lua estava semicoberta pelas nuvens, de modo que era menor a possibilidade de ser visto e detido. O capitão tinha ido tarde para a cabine, mas logo adormecera — coisa que percebi pelo ronco que vinha do seu beliche —, e o navio ficou em silêncio. Eu sabia que os dois oficiais a bordo eram o sr. Elphinstone e o sr. Fryer, mas este também já tinha se recolhido; portanto, ao subir, os passos que ouvi indo e vindo no convés só podiam ser do sr. Elphinstone.

Saí lá de baixo e olhei à minha volta com cautela. Como não o vi em parte alguma, imaginei que ele tivesse ido para a proa e corri para a popa, transpus rapidamente a amurada, desci pela escada e mergulhei sem fazer barulho.

Cruzes, lembro que a água estava um gelo. Eu ia com pouca roupa, só mesmo o calção e a camisa, para nadar com mais facilidade, mas logo fiquei com medo de morrer congelado antes de terminar a viagem. Mantendo-me colado ao navio, aguardei até ouvir as pisadas do sr. Elphinstone se aproximarem de um lugar acima de mim, momento em que ele daria meia-volta e eu começaria a nadar. O sr. Elphinstone estava sem pressa e lá ficou o que me pareceu uma eternidade: primeiro assobiou para dar o tom, e se pôs a cantar em voz baixa. Eu comecei a perder a sensibilidade dos pés e até duvidei que conseguisse chegar à ilha, mas ele enfim deu meia-volta e reiniciou a caminhada em direção à proa, momento que aproveitei para partir.

Fui obrigado a nadar bem devagar, percorrendo longos trechos debaixo da água para diminuir o barulho da minha passagem pelas ondas que iam bater no navio. Achava improvável que me ouvissem, mas decidi agir com o máximo cuidado. E aquela que, do convés do *Bounty*, parecia ser uma distância curta e superável ganhou feição muito diferente desde a perspectiva das ondas: de uma hora para outra, a ilha ficou terrivelmente longínqua. Decidido, porém, eu me empenhei ao máximo, nadei como se a minha própria vida dependesse disso, não só as minhas paixões.

Quando finalmente senti os pés tocarem o fundo, tive a impressão de que meus pulmões iam parar de funcionar, tal a minha exaustão. Fiquei estirado na praia, ofegante, depois massageei os pés gelados, mas minhas mãos estavam tão frias que não consegui estimular a circulação nelas. Em parte, queria ficar ali, simplesmente ficar e dormir, mas sabia que, se o fizesse, o mais provável era que o sr. Christian ou o sr. Heywood me descobrissem, e eu seria acusado de traição e enforcado. Por isso me levantei e embrenhei-me com total cuidado na floresta rumo à casa de Kaikala.

Demorei um pouco a chegar e, quando espiei pelos espaços entre os juncos, não a vi. Dei a volta por todos os lados e distingui sua irmã e seus pais dormindo, mas ela não, ela não estava. Coisa esquisita. Sentei-me na areia e fiquei pensando. Mas, depois de algum tempo, ocorreu-me que Kaikala podia estar à minha espera no nosso cantinho especial à beira da lagoa. Sempre havia a possibilidade de ela saber que eu ia voltar — ainda me faltava decidir como colocá-la secretamente a bordo do *Bounty* e escondê-la durante a viagem de volta — e ficar toda noite me aguardando, certa de que eu a encontraria.

Essa ideia me fez levantar de novo e, saindo da aldeiazinha, tomar o rumo da cachoeira. De noite, com o céu encoberto, não foi fácil achar o caminho, e eu me perdi várias vezes. Por fim, fui obrigado a parar a cada pequeno trecho percorrido para me orientar. O tempo estava contra mim. Eu tinha de achar o lugar, depois encontrá-la, ficar algum tempo com ela, planejar nossa fuga e voltar para o navio antes que dessem pela minha ausência; mesmo porque não era impossível que, naquele momento, o capitão estivesse me chamando e pedindo chá. O que me preocupava já não era o frio, e sim minha captura.

Passado um tempo que me pareceu longuíssimo, atravessei finalmente uma série de pequenos soutos e percebi que estava perto. Meu coração disparou com a ideia de Kaikala estar à minha espera, e preferi não pensar aonde ir caso não a encontrasse lá. Comecei a ouvir o doce murmúrio da água da lagoa e não tardei a me aproximar do lugar. Vacilei, espiando entre as árvores, desejando passar alguns instantes contemplando a sua beleza sem que ela me visse, e não me decepcionei, pois a distingui pelas frestas, deitada à beira da lagoa, aguardando.

Eu sorri. Meu coração se acelerou. E admito que tive uma excitação repentina. Mas continuei onde estava. Só queria observá-la um pouco mais. E então Kaikala falou.

"Você prometeu me levar para Inglaterra", disse, e eu arreganhei um sorriso. Ela era incrível. Podia sentir minha presença. "Vai me trair? Vai me levar e me transformar numa dama finíssima?"

Abri a boca para responder, para lhe dizer que sim, sim, claro que a levaria, claro que nunca a abandonaria e nunca a trairia. Ergui o pé direito para sair do mato e abraçá-la e fazê-la toda minha. Porém, antes que eu desse o primeiro passo, alguém respondeu à pergunta.

"Claro que sim. Eu a levarei aonde eu for. Já disse que sou um homem de palavra."

"Pit-a", ronronou Kaikala feito uma gatinha, "como eu desejo ser esposa sua. Vou cuidar do palácio para você e ser boa para os criados, se eles se comportarem bem. E fazer amor com você quatro, cinco vezes por dia. Quanto você quiser."

Pit-a? Minha respiração chegou a parar, e então eu vi o vulto de um homem nu, pouco mais do que um menino, sair de um lugar à direita e se deitar ao lado dela. Arregalei os olhos e, juro, juro que nunca senti uma dor tão funda dentro de mim.

Era o sr. Heywood. Nada menos do que o calhorda em carne e osso.

Afastei os galhos e soube no mesmo instante que era ele que me seguira na ocasião anterior, ele que andava nos vendo fazer amor, e, com toda certeza, ficara com vontade. Mas, além de me enfeitar a testa, roubou-me aquilo que era tão puro com a falsa promessa de levá-la para a Inglaterra. Eu devia ter percebido, pensei, tinha de dar um jeito naquilo. Olhando à minha volta, achei um galho caído e me curvei para apanhá-lo. Assim armado, sabia que bastava desferir uma boa pancada em sua cabeça; na posição em que os dois estavam, seu miolo salpicaria o corpo de Kaikala. Um segundo golpe, e o dela ia boiar na lagoa, ao lado do dele. Eu o empunhei, segurei-o com força e iniciei minha arremetida.

Se o sr. Heywood ou Kaikala chegaram a me ouvir correr na floresta, afastando-me deles, eu não sei. Pouco me importava ser capturado ou considerado desertor. Mas eram muitas as coisas que eu tinha feito e muitas as que tinha sido na vida, nem todas me envergonhavam, nem todas me enchiam de orgulho. Mas uma coisa eu não era.

Não era assassino.

Voltei com toda pressa para a praia, o coração partido dentro do peito, os olhos marejados, uma agonia a me atormentar o cérebro como nenhum outro sofrimento que eu conhecesse: a dor do amor. A dor terrível do amor. Eu não sabia quem era nem onde estava, não sabia como sobreviver àquela traição. Mas, de um modo ou de outro, consegui chegar à praia, entrar na água — cuja temperatura glacial agora me causava pouca dor — e nadar até a escada. Alheio ao perigo, simplesmente subi ao convés, sem ligar em ser descoberto na volta; mas ninguém me viu e, atordoado, desci à coberta, fui pelo corredor e me enfiei na tarimba junto à cabine do capitão.

14.

A notícia se espalhou como um rastilho de pólvora na noite em que os três desertores foram presos e levados de volta ao *Bounty*.

O capitão se achava na cabine, traçando a rota das Índias Ocidentais, para onde logo rumaríamos com as mudas de fruta-pão, quando o sr. Elphinstone veio em desabalada carreira pelo corredor e entrou sem bater. Eu, como não podia deixar de ser, estava ocupado em recolher a louça do jantar do sr. Bligh.

"*Sir*", disse ele, surpreendendo-nos, e o capitão se virou bruscamente, levando ao peito a mão assustada.

"Santo Deus, homem, tenha mais cuidado ao entrar na minha cabine, sim? O senhor quase me matou de susto."

"Desculpe, *sir*. Mas eu achei que o senhor ia querer saber imediatamente. O senhor Fryer e o senhor Linkletter estão se aproximando do navio numa lancha; eles vêm da ilha."

O sr. Bligh o encarou um instante, depois olhou para mim e sacudiu a cabeça. "Essa é que é a grande novidade, senhor Elphinstone?" Suspirou e sacudiu a cabeça. "Por que, diabo, eu ia me interessar tanto pelo fato de o senhor Fryer voltar para o navio?"

"Porque ele traz Muspratt, Churchill e Millward, *sir*. Conseguiu capturá-los."

A coisa mudou inteiramente de figura, e, sem pestanejar, o capitão largou as cartas de navegação e subiu correndo ao convés. Eu o segui no mesmo passo, pois o acontecimento era digno de nota e um agradável interlúdio numa noite enfadonha.

Fazia dois dias que eu tinha descoberto a traição de Kaikala — ainda por cima, com o sr. Heywood —, fato que só serviu para piorar tudo. Como ela podia deixar aquele corpo esquálido e espinhento aproximar-se do dela era um mistério para mim, mas estava claro que Kaikala nos usara. Queria dar o fora de Otaheite quase tanto quanto os marinheiros davam tudo para ficar lá, e quem podia saber quantos outros marujos lhe fizeram promessas iguais em troca dos seus favores? Eu me sentia um idiota por ter acreditado nas suas palavras. Mas não conseguia detestar aquela menina, pois era meu primeiro amor, e pensar nela me doía muito aqui dentro, deixava-me deprimido e com lágrimas nos olhos. Quanto ao pulha, preferi não brigar com ele por ora. Tinha sido tão otário quanto eu.

O convés do *Bounty* formigava de marinheiros quando nós três chegamos, e todos se calaram ao ver o capitão Bligh se aproximar da amurada para ver a lancha se aproximar e ser içada para que os homens subissem a bordo. Nem o sr. Fryer nem o sr. Linkletter, que havia algum tempo estavam empenhados em localizar os três desertores, exibiam ar triunfante; na verdade, para contar o caso tal como o recordo, diria que os dois estavam até tristes, pois a pena por deserção era a morte e, ultimamente, o capitão não andava nada clemente.

Quanto aos tripulantes, foi com uma mescla de emoções que viram os ex-colegas aparecerem no convés; era por culpa deles que estávamos trancafiados no navio; por culpa deles, fazia uma semana que ninguém roçava o dedo na namorada. Mas, apesar de tudo, eles eram membros da equipagem. E não faltava quem admirasse a sua coragem de fugir. De modo que ninguém disse nada. Todos se limitaram a observar. Como eu.

"Capitão", anunciou o sr. Fryer, subindo no convés à frente dos outros e tirando o chapéu. "Os três homens que desertaram: William Muspratt, John Millward e Charles Churchill."

O sr. Bligh respirou fundo pelo nariz e balançou vagarosamente a cabeça. "Onde os encontrou, senhor Fryer?"

"Em Tettahah", respondeu, referindo-se a uma parte da ilha a pouco mais de uma légua de distância, "sentados ao redor de uma fogueira."

"Por acaso estavam comendo leitão roubado?"

"Não, senhor."

O capitão enrugou o sobrolho, um tanto surpreso. "Bom, ao menos isso para aboná-los. Cavalheiros", acrescentou, avançando um passo, "levantem a cabeça. Quero olhar para os senhores."

Os três homens ergueram a vista e, pela primeira vez, eu pude ver-lhes o rosto. Estavam sujos de terra. John Millward, o mais jovem, parecia ter chorado, pois trazia as lisas bochechas marcadas de riscos e sulcos. Charles Churchill estava com um machucado no olho, uma mancha com vários matizes de vermelho e roxo.

"Senhor Churchill", perguntou o capitão, "o que aconteceu com seu olho?"

"Uma briga", respondeu ele com muita contrição na voz. "Uma coisa à toa por minha culpa."

"É mesmo? Muito bem, cavalheiros, os senhores foram descobertos. O que me dizem?"

Os desertores ficaram algum tempo calados, e nós todos até paramos de respirar, esperando suas justificativas. Mas eles estavam pateticamente debilitados e não emitiram nenhum som além de uma série de abafados pedidos de desculpas.

"É um pouco tarde para pedir perdão", disse o sr. Bligh. "Presumo que saibam qual é a pena para a deserção, não?" Os homens o encararam, Millward mais depressa que os outros, com pânico no olhar, e o capitão franziu a testa. "Vejo que sabem. Sim, pela cara de vocês, sabem perfeitamente. E, quando abandonaram o posto, sabiam tão bem quanto agora."

"Capitão, por favor, *sir*, posso...", implorou Muspratt, mas o sr. Bligh sacudiu a cabeça.

"Não, senhor Muspratt, não pode. Não quero ouvir nada. Senhor Morrison", gritou o capitão para o ajudante do contramestre, que estava a menos de um metro dele. "O senhor e o senhor Linkletter levem esses... homens para baixo e ponham-nos a ferros. O castigo será aplicado amanhã."

"Sim, senhor", disseram os dois em coro e, em seguida, conduziram os prisioneiros ao porão, deixando cada um de nós, lá em cima, com um misto de entusiasmo pelo que ia acontecer e medo do horror que pairava no ar.

O capitão olhou para a tripulação reunida e chegou a dar a impressão de que ia dizer alguma coisa; mas, mudando de ideia, sacudiu a cabeça e voltou para a coberta, entrando no seu corredor. O sr. Christiam o acompanhou e eu fui logo atrás.

"O que o senhor vai fazer, *sir*?", perguntou o sr. Christian quando se viram longe dos marujos.

O sr. Bligh girou nos calcanhares, surpreso. "O senhor pergunta o que eu vou fazer? Por acaso se acha no direito de me perguntar uma coisa dessas?"

"Não, *sir*", apressou-se a dizer o outro. "Eu só queria saber..."

"Existem regras, *sir*", disse o capitão com voz trêmula. "Existem condições de recrutamento, *sir*. Existem artigos de guerra, *sir*. E eles aceitaram tudo. Por acaso o senhor veio atrás de mim a fim de propor indulgência? Para os seus amigos", acrescentou com cautela.

Mostrando-se por um momento afetado pelas quatro últimas palavras, o sr. Christian as sopesou com cuidado antes de falar. E me pareceu — se eu não me enganei — que aquelas quatro palavras o levaram a mudar radicalmente a sua atitude. "De modo algum, capitão", afirmou com firmeza. "Na verdade, eu vim lhe dizer que o senhor conta com todo o meu apoio, seja qual for a sua decisão."

"Claro que conto, Fletcher", sorriu o sr. Bligh. "Eu sou o capitão. Você não. Ou você me apoia, ou muito vai se arrepender."

Nervoso, o sr. Christian engoliu em seco, e percebi que, durante a nossa permanência na ilha, a direção do vento entre os dois homens mudara um pouco. O capitão já não confiava nele; aliás, parecia encará-lo do mesmo modo como encarava o sr. Fryer na primeira parte da viagem. E isso eu reportava a dois fatos: primeiro porque o sr. Christian se regalara mais do que todos os outros com as mulheres de Otaheite, perversão essa que não escapou ao capitão; e, em segundo lugar, o nome do sr. Christian figurava no papel com a lista dos desertores encontrado entre os pertences de Churchill. Era gravíssimo atribuir semelhante delito a um oficial diplomado, mas a suspeita existia, e o sr. Bligh não podia se dar ao luxo de ignorá-la.

"Eu vejo o senhor amanhã cedo no convés. Reúna a equipagem antes das oito."

O sr. Christian fez que sim e se retirou, e o capitão ficou olhando para mim. "Cuide para que eu não seja importunado, sim?", disse em voz baixa. "Preciso pensar muito esta noite. Preciso consultar minha consciência e o Nosso Senhor."

Compreendendo a gravidade da situação, eu não disse nada, mas ele tomou meu silêncio por aquiescência e fechou a porta.

O sr. Christian não teve muito trabalho para reunir a tripulação, pois todos os homens acordaram cedo e se aglomeraram no convés antes que o capitão subisse. Este envergava farda e chapéu formais, coisa que me pareceu um mau sinal. Os tripulantes, a maioria dos quais estava com uma faixa preta no braço em manifestação de solidariedade aos colegas em desgraça, calaram-se ao vê-lo. Ele parecia cansado, como se não tivesse dormido e ainda estivesse inseguro quanto à sua decisão.

Depois de ter se posicionado, acenou a cabeça para o sr. Fryer, que trouxera os prisioneiros acorrentados ao convés. Os dois mais velhos, Churchill e Muspratt, pareciam assustados, mas controlados, dispostos a aceitar o destino, porém John Millward, nos seus dezoito anos, já estava semimorto e mal se mantinha em pé. Quando saiu à luz do dia, eu o vi olhar para cima, à esquerda e à direita, para ver se a laçada já estava pendurada no mastro. O fato de ainda não estar não lhe serviu de consolo, pois ele tremia visivelmente e o medo o impedia de encarar o capitão.

"Marujos", disse este com voz grave, e a equipagem se calou para ouvi-lo. "Hoje nós vamos tratar de um assunto grave. Nos últimos dezoito meses, a nossa vida oscilou dramaticamente entre bons e maus tempos. Nós enfrentamos tormentas e demos meia-volta, acrescentando milhares de milhas à viagem, mas chegamos à nossa ilha, cumprimos nossa missão e, dentro de alguns dias, estaremos prontos para partir para as Índias Ocidentais e, depois, para a nossa terra. E isso nós fizemos juntos, como uma tripulação, sendo todos membros dela. E, devo acrescentar, com um registro disciplinar inigualável. De modo que é uma tristeza para mim, marujos, uma grande tristeza, ter três covardes entre nós. Três homens indignos de pertencer à Marinha do rei. William Muspratt, Charles Churchill e John Millward, vocês foram capturados na sua desonra. São culpados de deserção, não são?"

"Sim, senhor", murmuraram eles um por um.

"Sim, senhor", repetiu o capitão. "Vocês envergonharam este navio e desonraram sua família. A constituição da Marinha dispõe claramente que a única sanção adequada ao seu crime é a morte."

Nesse momento, os três olharam fixamente para ele, e havia medo em seus olhos. Eu mesmo senti o estômago virar, pensando no horror que iria presenciar. Toda a equipagem ficou em silêncio, tanto os oficiais quanto os marinheiros, aguardando para ouvir o que o capitão ia dizer a seguir, se a frase se iniciaria com aquelas duas palavras simples que significavam a suspensão da execução da pena. Não tiveram de esperar muito, pois essas palavras não tardaram a brotar dos seus lábios.

"No entanto", disse ele, baixando a vista um instante para pensar; em seguida, balançou a cabeça como se só então tivesse se convencido da justiça da sua decisão, "eu sei que os homens fazem coisas estranhas e inusitadas quando estão há muito tempo longe de casa, sofrendo o calor do sol e corrompidos pelos prazeres naturais de um lugar como Otaheite. Sinto que, neste caso, a pena de morte pode ser suspensa."

Os três acusados relaxaram no mesmo instante, e juro que as pernas de Millward chegaram a dobrar, mas ele se recompôs rapidamente. Todos os homens soltaram um feroz grito de alegria, e eu confesso que abri um sorriso de alívio de orelha a orelha. Somente o sr. Christian ficou indiferente ao espetáculo.

"Senhor Morrison", disse o capitão. "Cada um receberá duas dúzias de chibatadas pelo que fez. Daqui a uma semana, quando as feridas tiverem cicatrizado, os três receberão mais duas dúzias. De regresso à Inglaterra, serão submetidos à corte marcial. Mas viverão. Assunto encerrado. Amarrem esses homens."

E os oficiais conduziram os três até o mastro, ataram-nos, tiraram-lhes a camisa, e o castigo começou. E, embora aquela fosse a punição mais grave aplicada até então, um sentimento de alívio se espalhou pelo convés porque somente a pele seria rasgada, o pescoço dos três ficaria intacto.

"Eles vão me agradecer, Turnstile?", indagou o sr. Bligh à noite, quando eu estava arrumando a cabine. O capitão tinha acabado de tirar os olhos da carta que estava escrevendo, e fiquei um pouco surpreso com a pergunta.

"Como, *sir*?"

"Eu perguntei se eles vão me agradecer, se vão se lembrar da minha indulgência."

"Claro que vão, *sir*. Vão ficar eternamente agradecidos. Como capitão, o senhor tinha o direito de tirar a vida dos três, e não o fez. Todos os homens vão considerá-lo uma ótima pessoa e sempre serão leais ao senhor."

Ele sorriu e fez que sim. "Você é um garotinho ingênuo mesmo, hein, Turnstile? Será que a ilha não lhe ensinou nada?"

Eu não soube o que responder e senti um certo desconforto ao pensar naquelas palavras, por isso não disse nada, peguei as coisas que precisava pegar e saí, perguntando-me que diabo ele queria dizer.

Isso eu iria descobrir antes que a semana chegasse ao fim.

15.

A manhã em que íamos partir de Otaheite foi uma das mais estranhas que passei no mar. O capitão se levantou antes das cinco e fez questão de me acordar.

"Que bela manhã, Turnstile", disse alegremente quando eu estava preparando o café da manhã. "Um ótimo dia para levantar âncora."

"Sim, senhor", respondi, deixando transparecer que não gostava da ideia tanto assim.

"O que é que há, menino? Não está contente em iniciar a viagem de volta?"

Eu pensei um pouco. "Desculpe, *sir*, mas a volta não é para já, é? Vamos demorar muitos meses a chegar. Temos de ir às Índias Ocidentais antes de voltar para a Inglaterra."

"É verdade, mas a navegação não vai ser tão difícil quanto na vinda. Acredite, Turnstile. Vamos fazer uma ótima viagem."

Eu nunca tinha visto o capitão tão bem disposto como agora que estávamos prestes a deixar a ilha e singrar os mares. Sem dúvida, seu humor melhorou muito depois que ele trouxe os homens de volta ao navio, mas isso ocorria em proporção inversa ao humor dos marinheiros, que não queriam partir. Esse era um fato incontestável. Se fosse possível, a maior parte deles ficaria para sempre em Otaheite, no entanto, essa possibilidade lhes era negada. Tínhamos uma missão a cumprir e ninguém era livre para fazer escolhas pessoais, nem eu, nem os marujos, nem o próprio capitão.

"Vou me despedir do rei Tynah, você me acompanha?", perguntou. "Será sua última visita à ilha? Faz tempo que você não vai, imagino."

"Se o senhor desejar, *sir*", respondi, pois eu não sabia se queria cruzar com Kaikala. Continuava obcecado com o que vira naquela noite e com o fato de ela me ter feito de bobo — sim, e também ao sr. Heywood. Se bem que tudo indicasse que Kaikala é que sairia perdendo, pois eu sempre tive boas intenções com ela e estava disposto a embarcá-la clandestinamente e levá-la para a Inglaterra, coisa que decerto nunca passou pela cabeça do sr. Heywood, o calhorda.

"Desejo, sim, Turnstile. O que há com você, menino? Por que tanto desânimo? Os homens também estão assim. Todos chateados, como se não quisessem voltar para casa."

Não havia o que discutir quando o sr. Bligh estava naquele estado de espírito; era como se ele não admitisse que sua percepção das coisas não coincidia necessariamente com a do resto da tripulação. Quanto a mim, estava começando a pensar no que fazer para não voltar para a Inglaterra. A nossa única escala na viagem de volta seria nas Índias Ocidentais, de modo que a equação era bem simples: ou eu fugia quando lá estivéssemos, ou tornaria a cair nas garras do sr. Lewis. O castigo que me aguardava em Portsmouth era terrível demais para não ser levado em conta.

"Quanto tempo vamos ficar ancorados?", perguntei. "Quer dizer, nas Índias Ocidentais."

"Não muito, penso eu. Uns quinze dias. Temos de transplantar mais de mil frutas-pão e, quando chegarmos, é possível que precisemos fazer alguns consertos no navio e nos abastecer. Vinte dias no máximo. Aí vamos para casa."

Vinte dias. Tempo mais do que suficiente para me escafeder. E, quando o fizesse, pelo menos não estaria numa ilha, portanto não seria capturado tão facilmente quanto Muspratt, Millward e Churchill. Eu ia sumir.

O rei estava no trono, ao lado da rainha Ideeah, tal como no dia em que chegamos e o saudamos, cerca de três meses e meio antes. Um servo postado atrás dele dava-lhe manga na boca, pois o protocolo não consentia que a mão régia alimentasse a boca régia. Nosso grupo era formado pelo sr. Bligh, por todos os oficiais (com exceção do sr. Elphinstone, que ficou a bordo do *Bounty*) e por mim.

Embora o capitão tivesse dado muitos presentes a Tynah durante a nossa estada, ainda restavam alguns, os quais ele ofertou com muita pompa. Tynah aceitou-os com gratidão, e parecia que todos os ilhéus tinham vindo despedir-se de nós. Como de costume, choravam e se lamentavam até não mais poder — eu me perguntei se não era melhor nós partirmos de uma vez para que eles voltassem a se alegrar —, e as mulheres correram à praia, agitando histericamente os braços para os marinheiros no navio.

Terminadas as formalidades, Tynah se levantou e chamou o capitão Bligh de lado para lhe falar em particular, e os oficiais e os nativos se reuniram para conversar. Nesse momento, eu avistei Kaikala à beira da floresta, gesticulando para eu ir falar com ela. Resisti um pouco, mas, vencido por outra parte da minha anatomia, acabei indo ao seu encontro, e ela me arrastou direto para o mato, onde ninguém nos podia ver.

"Yay-Ko", disse, dando-me mil beijinhos nos lábios e no rosto, como se sua própria vida dependesse de mim. "Onde você estava? Eu não vi você."

"O capitão fez questão de que eu ficasse a bordo", expliquei. "Você já deve saber disso."

"Sei, mas você não podia fugir? Para visitar Kaikala?"

"Acho que sim", disse, afastando-me e tirando seus braços do meu corpo, muito embora todas as partes dele desejassem jogá-la no chão e possuí-la ali mesmo. "Acho que podia ter nadado até aqui, correndo muito perigo, para visitá-la, mas, se eu tivesse feito isso, vai saber o que ia descobrir? Talvez eu fosse até o nosso cantinho e visse você brincando com o pingolim do senhor Heywood!"

Ela me encarou e enrugou a testa. "Você diz Pit-a?", perguntou.

"Sim, Peter. Peter Heywood, o calhorda mais vil que Deus pôs no mundo. Não entendo como uma cristã pode ter coragem de encostar o dedo naquele sujeito, tão deformado ele é."

"Mas Yay-Ko", sorriu ela, "eu não sou cristã."

Eu até quis responder, mas não achei o que dizer. "Como você pôde fazer isso, Kaikala?", perguntei, agora com voz chorosa. "Como teve a coragem de me trair assim?"

Ela sacudiu a cabeça, mostrando-se genuinamente perplexa com o que acabava de ouvir. "Eu não traí você, Yay-Ko", disse.

"Eu a vi com ele. Você é amante dele."

"Isso é traição? Por quê?"

Eu a encarei. No começo, acreditei que aquela fosse mais uma prova de que éramos de culturas diferentes, mas então me lembrei que os tripulantes do *Bounty* encaravam suas relações com as mulheres da ilha não como uma infidelidade, e sim como a mera satisfação de uma necessidade. Será que as ilhoas sentiam a mesma coisa?

"Você lhe pediu para levá-la para a Inglaterra."

"Ele negou", respondeu Kaikala. "Veio aqui ontem. Disse que não tem mais nada entre nós e que eu não vou para Inglaterra com ele."

"Então você está tão decepcionada quanto eu?"

"Por isso eu disse que você me levava. Disse que Yay-Ko nunca vai embora de Otaheite sem Kaikala, que você vai me levar para Inglaterra e me tomar de esposa e eu vou morar no seu palácio e montar cavalo e visitar o rei com você."

Eu estremeci. "Ah. Isso."

"E sabe o que Pit-a fez? Ele riu de mim. Disse que você fala mentira para mim. Que você não tem palácio, não tem cavalo. Que você não é rico. E você vem falar em traição?"

"Desculpe, Kaikala", disse com muita vergonha de mim, "não foi por mal, é que eu pensei que…"

"Oh, Yay-Ko, não faz mal", ela se apressou a dizer. "Eu não ligo. Eu quero ir embora. Você me leva?"

"Turnstile!", ouvi me chamarem da praia: era a voz do sr. Bligh.

"O capitão", disse, voltando-me. "Eu preciso ir."

"Não, espera", gritou ela, agarrando-me o braço. "Me leva junto."

"Não posso. Meus planos são outros. E, por mais que eu goste de você, depois do senhor Heywood…? Nunca! Jamais!"

Atravessei a clareira e fui correndo para a praia, onde os oficiais, parados junto à lancha, olhavam para todos os lados à minha procura.

"Até que enfim, Turnstile", gritou o capitão. "Cheguei a pensar que você tinha desertado. Ande, menino. Vamos para o navio."

"Desculpe, capitão. Eu não sabia…"

Não cheguei a concluir a frase, pois ouvi gritos atrás de mim, barulho de gente correndo, e vi os oficiais arregalarem os olhos. Cheguei a pensar que eu tinha sido assassinado quando algo me atingiu as costas, derrubando-me na areia. Era Kaikala.

"Me leva junto, Yay-Ko", berrava. "Por favor. Eu vou ser boa esposa para você."

Levantei-me e recuei, chocado com seus olhos desvairados, e olhei para os oficiais e o capitão, todos morriam de rir da minha situação, exceto o sr. Heywood, que estava furioso porque era a mim, não a ele, que Kaikala endereçava suas súplicas. Ela queria que eu me casasse com ela.

"Não posso", disse, tratando de fugir para a lancha. "Capitão, diga a ela!"

"Ei, Turnstile, eu acho que você conquistou a moça!"

"*Por favor*, capitão!"

"Lamento, senhorita", disse ele então, enxugando uma lágrima, pois estava chorando de rir. "É totalmente impossível. Navio não é lugar para uma dama."

Nós embarcamos às pressas e a lancha partiu, mas isso não a deteve, pelo contrário, Kaikala mergulhou e nadou no nosso encalço, e quase levou uma pancada na cabeça ao se aproximar dos remos.

"Caramba, Tutu", disse o sr. Christian. "Você deve ter talentos ocultos que nós não sabíamos."

Eu franzi a testa e não me atrevi a olhar para o sr. Heywood. Minutos depois, ela foi ficando para trás, vencida pelo cansaço, e começamos a nos aproximar do *Bounty*. Vi os homens ainda às gargalhadas, vi Kaikala dar meia-volta e nadar em direção à praia, a linda cabeça a subir e descer com as ondas, até desaparecer definitivamente da minha vida.

Kaikala me magoara, sem dúvida.

Tinha me traído, embora não visse aquilo como traição.

E, no fim, comportou-se de tal modo que achei bom abandoná-la.

Apesar de tudo, eu a amei durante algum tempo. O meu primeiro amor. E ela me ensinou muita coisa a respeito de mim. Doeu-me vê-la partir. Pronto, eis a verdade. E, se isso me faz parecer otário, paciência.

16.

E assim nós zarpamos.

A ilha sumiu atrás de nós, os homens retomaram suas obrigações, as mudas de fruta-pão foram muito bem acondicionadas no porão, o capitão estava feliz em voltar ao mar, os oficiais pareciam satisfeitos em percorrer o convés e dar ordens, e eu fui para o meu canto junto à cabine do sr. Bligh, sempre pronto para servir, sempre arquitetando a minha fuga, sempre a indagar aonde a vida me levaria depois das Índias Ocidentais.

Se me perguntassem, eu diria que os tripulantes — *todos* os tripulantes — lamentavam partir de Otaheite, mas compreendiam que tudo o que é bom um dia chega ao fim. Isso é o que eu diria e era no que acreditava.

Mas, como é sabido, eu estava redondamente enganado.

17.

Quando me lembro das poucas semanas decorridas entre a nossa partida de Otaheite e esta noite em que escrevo, assombra-me constatar que todo um universo de frustração, desengano e revolta fervilhava a bordo do *Bounty*, o qual eu ignorava por completo. Agora me parece que na embarcação havia quatro grupos diversos: o primeiro era um bloco do eu sozinho, o capitão; segundo, seus oficiais; o terceiro, os marinheiros; e o quarto, outro bloco solitário — eu —, um garoto comprometido com o comandante do navio, o que o distanciava da tripulação. Muitas foram as noites em que subi ao convés em busca de conversa e companhia e fui rejeitado pelos colegas, todos convencidos de que eu denunciaria ao capitão qualquer coisa que eles dissessem. Acusação injusta, sem dúvida, já que eu nunca havia traído a confiança de ninguém nos nossos dezoito meses de convivência, e, se a minha suposta desonestidade se explicava apenas pelo fato de minha tarimba ficar perto da cabine do capitão, ora, neste caso não havia o que fazer para que eles me vissem com outros olhos.

Às vezes, era apenas inveja da minha função. O capitão me ouvia, todos sabiam disso, tinha certa afeição por mim; entretanto, se ele soubesse do meu desejo constante de fugir do navio, essa afeição decerto se transformaria numa coisa bem mais sinistra. Mas os homens também gostavam de bajulá-lo; quando o sr. Bligh estava no convés, de bom humor e disposto a gracejar com um marujo, este não hesitava em lhe transmitir qualquer informação que ele pedisse e até mais, contava-lhe tudo da sua vida na Inglaterra e das pessoas de quem tinha saudade. A coisa se resumia a isto: o capitão mandava, era o poder, e não há quem não goste de um lugarzinho ao sol.

Mas acontece que eu não era confidente de ninguém.

Na noite do dia 28 de abril, fiquei com o espírito inquieto. Fazia quase vinte dias que tínhamos partido de Otaheite, mas ainda estávamos a uma grande distância das Índias Ocidentais. O tempo estava normal e um espírito de tédio envolvia tudo. Pelas conversas que ouvi, sabia que os homens, longe de esquecer a experiência na ilha, pareciam sentir cada vez mais falta dela. Falavam nas mulheres que lá deixaram, nos dias tranquilos que lá haviam passado e que tão cedo chegaram ao fim. Falavam num paraíso para sempre perdido. E então voltavam a se pôr de quatro para esfregar o chão.

À noite, quando o sr. Byrn tocava rabeca e nós dançávamos, como ordenara o capitão para que nos mantivéssemos em forma, não havia quem olhasse para aqueles marinheiros suados, sapateando e agitando os braços magros, sem imaginar as fogueiras, as nativas e a música da ilha; a dança em que eles acabavam sendo arrastados para a areia, onde lhes davam todo o prazer que podiam receber em uma noite. Estava claro para todos que o *Bounty* não substituía a ilha.

Acometido de uma forte dor de cabeça, o capitão foi se deitar cedo, o que era uma bênção por si só, pois ele andava intratável, descarregava o mau humor pelos conveses, insultando os oficiais ainda mais do que aos marujos, e eu tratava de ficar perto o suficiente para atendê-lo prontamente caso ele precisasse de mim, mas longe o bastante para não lhe chamar a atenção e não levar uma descompostura. Eu não sabia o que havia provocado semelhante ataque de cólera, mas naquela noite, quando o sr. Bligh foi para a cama, um espírito de antipatia reinava em todos os deques e não havia um só homem a bordo que não desejasse que ele passasse vários dias dormindo.

Para mim, no entanto, era muito cedo para ir dormir, de modo que fui tomar um pouco de ar no convés principal. Ouvindo um rumor de gente conversando, olhei e vi a maior parte da equipagem aglomerada perto do traquete, e o sr. Byrn tocando a rabeca baixinho. Mas, antes de me aproximar, fiquei irritado e pensei que, afinal de contas, não estava em busca de companhia naquela noite. Mesmo porque eles cessariam de conversar quando me vissem e eu não tinha a menor vontade de ser enxotado. Por isso dei meia-volta e fui em direção à vela da mezena, onde, pelo que os meus olhos podiam enxergar, ficaria sozinho e em paz. Como deixara os sapatos na coberta, não fiz barulho ao caminhar.

Parei junto à amurada e olhei para a escuridão da noite em direção ao lugar de onde vínhamos; logo percebi que havia gente conversando ali perto, mas eu não conseguia vê-los. Uma das vozes era, com certeza, a do sr. Christian; a outra eu não reconheci. Só dei atenção àquilo quando alguma coisa no tom e no palavrear me deixou intrigado. Então apurei os ouvidos. Vou contar essa conversa tal como a ouvi.

"Eu estou no *inferno*", disse o sr. Christian, sublinhando a última palavra, e juro que, a julgar pela sua voz, ele parecia extremamente ansioso. "Não aguento mais."

"Nós todos estamos no inferno, *sir*", concordou a segunda voz. "Mas os dias estão passando. E nós vamos ficando mais longe a cada hora. Tem de ser hoje."

"Não posso... estou inseguro", tornou ele. "Mas esses insultos são demais, a loucura dele. Por que esse homem está no comando afinal? Você conhece a família dele? Alguém conhece? E eu, nascido numa boa família, fico reduzido a isto?"

"*Sir*, não é uma questão de brasão, é uma questão de onde queremos viver. E como."

Seguiu-se um grande silêncio, e eu enruguei a testa, sem compreender do que eles estavam falando. Talvez agora pareça ingenuidade minha não ter percebido, mas alguém só poderia me fazer tal acusação depois de saber como aquela noite terminou. Eu não imaginava que a coisa tivesse chegado àquele estado.

"Vai ser hoje, *sir*?", perguntou a segunda voz.

"Não me pressione!", gritou o sr. Christian.

"Vai ser hoje?", insistiu o homem, e eu me perguntei quem se atrevia a falar daquele modo com o ajudante do imediato; somente outro oficial? Mas não, os oficiais, até mesmo o calhorda, falavam como fidalgos. Aquele homem não.

"Vai", respondeu enfim o sr. Christian. "Você acha que nós contamos com todos os homens?"

"Sou capaz de jurar. Eles têm memória curta. Seu coração está na ilha."

Os dois conversaram mais um pouco antes de se separar; eu olhei para a esquerda e vi uma sombra voltando para junto dos marinheiros, mas na escuridão da noite não consegui distinguir sua forma. Tornei a me virar para o mar e fiquei pensando no que ouvira. E eis a ironia da situação: eu estava inclinado a esquecer tudo e a não tornar a pensar naquele diálogo, certo de que se tratava de uma tolice qualquer que não era da minha conta, quando avistei nada menos do que o sr. Christian vindo do outro lado, avançando com passos rápidos e decididos em minha direção; ele parou de súbito ao me ver, boquiaberto de surpresa, como se nunca tivesse contemplado uma forma tão gloriosa quanto a minha.

"Tutu. Você está aqui."

"Estou, *sir*", respondi, fitando-o. "O capitão foi dormir. Vim tomar um pouco de ar."

"Faz tempo que está aqui?"

Eu o encarei e fiz uma careta, sabendo que sugerir que tinha ouvido a conversa podia ser ruim para mim. "Não, senhor", respondi. "Acabo de chegar."

Ele me mirou com desconfiança. "Você não está mentindo, está, Tutu?"

"Eu, *sir*?", perguntei com toda inocência. "De jeito nenhum! A última vez que menti foi para um quitandeiro de Portsmouth: disse que suas maçãs estavam bichadas e exigi uma moeda, do contrário ia espalhar a notícia na rua."

O sr. Christian sacudiu a cabeça depressa e, virando-se, também ficou olhando para a noite. "Você está olhando em direção à ilha", disse num tom menos hostil. "De frente para Otaheite."

"É verdade. Não tinha pensado nisso."

"Não? Não acha que uma parte de você o trouxe até aqui para olhar com saudade nessa direção?"

Eu ri um pouco, mas seu rosto sério me fez parar. "De que serve a saudade, *sir*? Nunca mais vou ver aquela praia."

"Não, talvez não. Você tinha uma garota lá, não tinha?"

"O senhor sabe que sim, *sir*."

"E a amava?"

Eu o encarei; aquele tipo de conversa entre dois homens a bordo era totalmente insólita. O fato de os interlocutores serem o sr. Christian e eu era bem surpreendente. "Sim, senhor", respondi. "Às vezes três vezes por dia."

Ele riu e sacudiu a cabeça. "Creio que eu tinha uma reputação e tanto naquela ilha", observou.

"É mesmo, *sir*?", perguntei, sem vontade de agradá-lo, fingindo não ter conhecimento disso. "Eu não sabia."

"Em todo caso era pura falsidade. Sim, eu me entregava ao prazer em qualquer lugar em que o encontrasse, que homem natural não faz isso, mas havia uma mulher... uma mulher muito especial. Diferente das outras."

"O senhor *a* amava?"

"Às vezes quatro vezes por dia", sorriu o sr. Christian, e eu confesso que achei graça. Não havia a menor dúvida de que eu não ia com a cara dele, nós nunca nos demos bem. Eu o desprezava pela pomada no cabelo, pelo espelho no beliche, pelo asseio das unhas e pelo fato de ele e o sr. Heywood terem sido tão odiosos para mim aqui no *Bounty*, mas há momentos entre todos os homens, sejam amigos, sejam inimigos, em que eles baixam a guarda e o resultado pode ser uma coisa muito próxima da candura. Eu desviei a vista e, tolo que sou, baixei a guarda natural.

O que então aconteceu foi tão repentino que só entendi que estava acontecendo quando já tinha acontecido. Ele me agarrou o pescoço de uma hora para outra e me dobrou por cima da amurada.

"Você ouviu tudo, não ouviu, seu bastardo? Estava me espionando."

"Não, senhor", sussurrei quase sem voz, já que ele me apertava a laringe. Virei os olhos para ver as ondas baterem no costado. "Não sei do que o senhor está falando."

"Estou dizendo que você é o espião do capitão. Veio aqui escutar coisas que não são da sua conta para depois ir contar tudo ao seu amo. Diga que eu estou errado!"

"O senhor está errado, *sir*. Terrivelmente errado. Eu estava aqui, só isso. Estava pensando em outra coisa."

"Jura?"

"Pela vida da minha mãe", disse, muito embora não tivesse a menor ideia de quem era essa senhora nem soubesse se estava viva ou morta.

Ele relaxou um pouco a pressão e pareceu ceder. "Você sabe que eu posso jogá-lo no mar", rosnou. "Posso matá-lo sem que ninguém note. Vão pensar que foi uma tragédia. E a vida aqui prosseguirá como sempre."

"Por favor, *sir*...", sussurrei com um grande anseio por sobreviver, aquele desejo de continuar vivo que só aparece quando a vida está em perigo.

"Mas eu não sou assassino", disse ele, soltando-me.

Eu caí direto no chão, tossindo de um modo desagradabilíssimo, e esfreguei a garganta, olhando para ele com ódio. Juro que, se tivesse um alfanje ou um mosquete, eu teria acabado com aquele maldito ali mesmo, sem dar a mínima para as consequências. Mas não tinha nem uma coisa nem outra, tampouco tinha coragem de me engalfinhar com ele e jogá-lo no mar. De modo que fiquei ali sentado, com vontade de chorar, mas fazendo um grande esforço para refrear as lágrimas.

"Desça", disse o sr. Christian com ansiedade na voz. "Vá para sua tarimba. Os homens estão no convés."

Ele passou por mim esbarrando a bota na minha perna, e, quando o perdi de vista, fiz exatamente o que ele mandou. Corri para o conforto da minha tarimba e cobri a cabeça, deixando as lágrimas rolarem à vontade, lágrimas que duraram tanto e me causaram tanta dor que, enfim, se transformaram em sono. O resto foi silêncio até algumas horas depois, quando me ergui de repente no leito. A conversa do sr. Christian com seu companheiro conspirador, eu percebi o que significava. Agora percebi. Era evidente. Ergui a mão para sair da tarimba, mas a força de um murro me empurrou para trás.

Quatro homens. Passando por mim. Invadindo a cabine do capitão.

Estava começando.

"Que diabo...?"

Lá fora, eu ouvi as palavras do capitão e imaginei o choque da surpresa e a imediata incompreensão dele. O sr. Bligh nunca tinha sido acordado assim. No assombro do despertar, não sabia o que estava acontecendo.

"Senhor Christian! O que significa isto?"

"O que significa?", gritou o sr. Christian. "Não interessa. E não pergunte mais nada, senhor Bligh. O tempo das suas perguntas acabou."

"O quê? Em nome de Deus, o que...?"

Eu saltei da minha tarimba e entrei na cabine a tempo de ver dois homens — o guarda-marinha George Stewart e o MC Thomas Burkett — arrancando o capitão do beliche e obrigando-o a ficar de pé. Tratavam-no com brutalidade e gritavam com ele. *Levante! De pé, cachorro! Faça o que a gente manda, senão você está lascado.* Coisas assim. Viraram-se para me olhar quando eu apareci à porta, mas me esqueceram num instante e retomaram seu sórdido trabalho.

"Senhor Christian!", gritou o capitão, tentando se livrar dos seus captores. "O que o senhor pensa que está fazendo? Eu sou capitão da Marinha de Sua..."

"Um capitão precisa ter navio", afirmou o sr. Christian, sem alterar o tom de sua voz. "O seu foi confiscado."

"O senhor diz confiscado? Para o inferno se foi confiscado. Quem o confiscou?"

"Eu, *sir*", respondeu ele, também erguendo a voz. "Eu assumo o comando do navio daqui por diante."

Seguiu-se um grande silêncio na cabine. O capitão parou de se debater e encarou o ajudante de imediato com um misto de pavor e incredulidade. Os homens que o seguravam também se calaram, como se aquelas palavras lhes tivessem dado uma pausa para pensar.

"Não assume", disse o capitão com uma voz uniforme.

"O senhor transformou isto aqui num *inferno*, *sir*. Se ao menos tivesse visto... se tivesse sido capaz de pensar o que era para nós estar lá, viver aquilo. E depois tirar tudo de nós? Mostrou-nos o paraíso para logo nos expulsar como se o senhor fosse o próprio Deus. O que nós fizemos para merecer tanta inclemência?"

O capitão olhou fixamente para ele, estava estarrecido com o que acabava de ouvir. "O paraíso?", perguntou. "Que paraíso? Fletcher, eu não..."

"Otaheite!", respondeu ele, pondo-se a andar de um lado para outro. "Você nos deu Otaheite. Levou-nos até lá! Para quê? Por causa de umas plantas?"

"Mas essa é a nossa missão", exasperou-se o sr. Bligh. "Você sabia disso quando... Arrá, soltem-me, marujos, do contrário, eu os verei enforcados amanhã cedo!"

Desembaraçou-se dos dois marinheiros, que continuaram perto dele, olhando para o sr. Christian à espera de orientação.

"Fletcher, você tomou sol demais, só pode ser isso", disse o capitão, dando um passo em sua direção e espalmando as mãos num gesto conciliador. "O sol afetou sua cabeça. Você se aviltou com maus exemplos e álcool, com a depravação das meretrizes, e sua mente adoeceu. Pare já com isso, pare *já* com isso, Fletcher, e deixe-me ajudá-lo, e o caso está encerrado."

O capitão estava cara a cara com o sr. Christian, e eu vi este baixar ligeiramente a cabeça e levar a mão aos olhos como para enxugar as lágrimas. Cheguei a pensar que estava tudo acabado, que ele ia reconhecer seu desvario e que o equilíbrio se restauraria. No entanto, traindo o seu código e a própria honra com um ato inominável, ele levantou a mão contra o sr. Bligh e lhe desferiu uma bofetada.

A pancada jogou o capitão para o lado, mas na hora ele não revidou nem olhou para o sr. Christian. Nós quatro o observamos, e talvez tenha decorrido meio minuto até que os dois voltassem a se encarar, e, olhando para o sr. Bligh, eu vi que sua generosidade havia chegado ao fim.

"O que você pretende fazer?", perguntou.

"Muito simples", respondeu o sr. Christian. "Nós não queremos voltar para a Inglaterra."

"Nós? Quem é 'nós'?"

"Nós, a tripulação do *Bounty*."

"Vocês três?", indagou o sr. Bligh com um riso amargo. "Acredita mesmo que três homens podem tomar um navio assim? Eu tenho quase quarenta do meu lado."

"Eles estão comigo, *sir*", retrucou o sr. Christian.

"Nunca."

"Ah, estão."

O capitão engoliu em seco e sacudiu a cabeça, assombrado; como era possível que aquela conspiração tivesse envolvido toda a equipagem? Como aconteceu sem que se evidenciasse pelo menos um sinal? O mais perto que eu cheguei disso foi a conversa que ouvi pouco tempo antes, mas, na ocasião, não tive a cautela de traduzir as palavras. O meu movimento chamou a atenção do capitão, e ele olhou para mim com a testa enrugada.

"E você, Turnstile?", perguntou. "Até você?"

"Não, senhor, eu não", respondi rápida e desafiadoramente. "O senhor pensa que eu iria atrás de um vira-lata empestado feito o senhor Christian?"

Mal acabei de dizer essas palavras, o auxiliar do imediato se virou e me deu um pescoção tão violento que me jogou para trás, por cima da escrivaninha do capitão; caí no chão, atordoado, levando comigo dois retratos, sendo que Betsey Blair ficou tão próxima dos meus lábios que eu podia tê-la beijado.

"Infame", disse o capitão, espantado com o golpe. "Você vai ser enforcado por isso, Fletcher."

"Por esbofetear um criado? Duvido."

"Por agredir um oficial superior, por tomar um navio..."

"Nunca nos encontrarão, capitão, será que o senhor ainda não entendeu isso? Vai ser como se nós nunca tivéssemos existido. Não se pode enforcar um espectro. Levem-no, rapazes."

Stewart e Burkett agarraram-lhe novamente os braços, e dessa vez ele não resistiu, deixou que o levassem para a porta. Eu ainda estava no chão, tentando estancar o sangue que me escorria do lábio.

"Esperem", disse o sr. Christian. E, olhando para mim, ordenou: "Pegue o casaco do senhor Bligh".

"Eu não faço nada que o senhor mandar", retruquei.

"Pegue esse casaco, Tutu, do contrário, juro por Deus que eu o levo ao convés e o jogo no mar antes que este minuto termine. Pegue-o já!"

Eu me levantei com dificuldade, peguei o pesado casaco azul-marinho e o entreguei ao sr. Bligh, que o aceitou sem dizer uma palavra e o vestiu, pois estava apenas com a camisa de dormir, um modo inadequadíssimo de se apresentar em público.

"Levem-no para cima, rapazes", disse o sr. Christian antes de se virar para mim. "Você ou vem conosco, ou eu mesmo o levo. O que prefere?"

Eu concordei em acompanhá-los, e ele saiu primeiro, abrindo caminho nos vastos cômodos contíguos. O sr. Bligh se pôs a injuriar os marinheiros que o prendiam, informando-os em termos claríssimos do grande mal que estavam fazendo à própria vida, da vergonha que levariam à família, da infâmia com que sujariam o próprio nome, mas eles não deram a mínima. Pareciam tomados de uma espécie de sanguinolência que lhes permitia xingar o capitão de nomes que não se atreviam a dizer quando ele estava no comando do navio, por temor de que os amarrasse e os mandasse açoitar pela falta de respeito.

Levaram-nos apressadamente pelos corredores entre as frutas-pão, e, quando nos aproximamos da escada do convés principal, um burburinho de grande comoção chegou-me aos ouvidos, e eu senti um frio no estômago ao pensar no martírio que teríamos de enfrentar quando saíssemos ao ar da noite.

O sr. Christian foi recebido por uma ruidosa saudação.

Seguiram-se os dois homens e o capitão, e houve um súbito silêncio sucedido de mais gritos e patadas no chão.

Em meio à enorme confusão, acho que ninguém me viu sair, mas fiquei chocado com o panorama com que me deparei.

O estado de espírito no convés não estava tão favorável ao sr. Christian quanto ele nos fez acreditar. Pelo contrário, no momento em que o capitão se deteve entre os marujos, sua autoridade natural bastou para que diminuísse a voz da maioria no apoio ao novo regime. Eu vi que nem todos respaldavam o motim; o sr. Fryer, leal e fidedigno apesar de sua relação pessoal com o capitão, estava sendo contido por vários homens, ao passo que alguns marinheiros discutiam qual seria a linha de ação correta.

"Silêncio, rapazes", esgoelou-se o sr. Christian, erguendo o braço, e a tripulação se calou para ouvi-lo; ele parecia ter recobrado um pouco da compostura que lhe faltou quando prendeu o capitão. "O senhor Bligh foi informado da nova estrutura a bordo do *Bounty* e reconheceu que se comportou mal."

"Eu não reconheci nada, seu cão imundo!", bramiu o capitão, espumando de raiva. "Vocês todos serão enforcados, todos os que aderirem ao senhor Christian. Se querem ter uma chance, sugiro que o prendam e o ponham a ferros neste instante."

"Eu estou com o senhor, capitão", bradou William Cole, o contramestre, e foi imediatamente cercado por marinheiros furiosos.

"Eu também", vociferou o auxiliar do quartel-mestre George Simpson.

"E então, senhor Christian?", sorriu o sr. Bligh. "O senhor tem toda a equipagem? Quem mais está comigo? Você, cirurgião Ledward?"

Thomas Ledward era o assistente do cirurgião Huggan e, com a morte deste, assumira as suas responsabilidades. Nervoso, o jovem médico olhou para os lados e enfim fez um gesto afirmativo.

"Sim, capitão", disse. "Eu fico com o senhor."

"Está vendo, Christian?", perguntou ele, triunfante. "E o senhor, senhor Sumner?", disse, certo de poder confiar no jovem MC. "Vai ficar do meu lado, não vai?"

"Eu não", respondeu ele, avançando. "Não me leve a mal, *sir*, mas, se o senhor pensa que eu quero passar o resto da vida navegando pelos mares para encher o bolso dos outros quando posso voltar para o paraíso e ficar com a mulher pela qual me apaixonei, o senhor é doido."

"E o senhor é um amotinado, *sir*!", esbravejou o capitão. "É um desgraçado e será condenado ao inferno por seus atos."

"Sim, pode ser que sim. Mas até lá vou ser muito feliz."

O sr. Bligh desviou a vista e esquadrinhou a tripulação. "O senhor", gritou, apontando para George Stewart, um dos guardas-marinha. "De que lado está, senhor Stewart?"

"Firme com o senhor Christian, *sir*", foi a resposta.

"E você, William Muspratt?"

"Com o senhor Christian, *sir*."

"Eu sabia. Desertor e amotinado. E sem um pingo de remorso na cara, apesar de eu ter livrado seu pescoço da forca."

Muspratt deu de ombros. "Não estou nem aí", disse ele, rindo do capitão.

"Matthew Quintal, o que você diz?"

"Com o senhor Christian, *sir*."

"E você, Matthew Thompson?"

"Com o senhor Christian."

"William Brown?"

"Com o senhor Christian."

"Agora chega!", gritou o próprio sr. Christian. "Os homens estão do meu lado, *sir*, isso é o que o senhor precisa saber. O seu tempo aqui acabou."

O capitão balançou a cabeça e respirou fundo pelo nariz; eu vi que estava tentando desesperadamente pensar no que fazer para recuperar o comando. "Pois bem, então o que vai acontecer agora?", indagou. "Quais são as suas intenções, Fletcher? Pretende me degolar?"

"Eu já disse que não sou assassino."

"Você vale menos que um assassino, portanto não me venha com essa lenga-lenga."

"Skinner, Sumner, Ellison", gritou o sr. Christian, olhando para os três homens. "Desçam uma lancha."

"Sim, senhor."

Eles correram para a lateral da embarcação e desceram uma lancha até a água, ainda mantendo-a nas amarras.

"Este navio", gritou o sr. Christian para que todos ouvissem, "não vai voltar para a Inglaterra. Também não vai para as Índias Ocidentais. Tem outra destinação em mente. Todos os que quiserem ficar serão bem-vindos, mas não tenham a ilusão de que não precisarão trabalhar e muito. Quem quiser ir com o senhor Bligh que vá agora para a lancha."

Fez-se silêncio e os homens se entreolharam com surpresa. O capitão o quebrou.

"Quer dizer que você não é assassino? Não é assassino? Vai me deixar à deriva, a milhares de milhas da Inglaterra, sem nada para me nortear. Se não for assassinato, eu quero saber qual é o nome disso."

"O senhor levará uma bússola, *sir*", disse o sr. Christian. "E todos os homens que quiserem acompanhá-lo. É o que posso dar. O resto depende da sua capacidade."

"Pode dissimular com a fantasia que quiser. Continua sendo assassinato."

Nesse momento, John Norton, um jovem marinheiro que nunca chamou a atenção nem despertou o interesse de ninguém, abriu caminho entre as fileiras de homens. Seus colegas ficaram tão surpresos — pois Norton era tímido, dado a silêncios e ideias poéticas — que lhe abriram passagem sem pestanejar, e ele percorreu a distância que o separava do capitão. Cheguei a temer que o rapaz tivesse perdido o juízo, em meio ao entusiasmo geral, e pretendesse agredi-lo, mas ele se limitou a balançar a cabeça diante do sr. Bligh e, em seguida, fez uma coisa estranhíssima. Foi até a lateral, trepou na amurada e desceu até a lancha. Os marujos tudo observaram, pasmos, e então romperam em uníssono numa cacofônica melodia de risos e apupos, zombando do marinheiro tão leal. Norton não ligou. Sentou-se e ficou à espera dos companheiros.

E não teve necessidade de esperar muito. Logo depois, outros o imitaram e fizeram o percurso até a lancha. O botânico Nelson foi para lá, embora eu tenha notado que estava trêmulo. E o contador Samuel. O auxiliar do quartel-mestre George Simpson também desceu. O guarda-marinha John Hallett. O contramestre Cole. O artilheiro Peckover. O carpinteiro Purcell. Foram descendo, um a um, até que ficassem dezesseis homens embaixo e trinta em cima.

"Senhor Heywood", disse o capitão com voz entrecortada, pressagiando o destino cruel que o aguardava. "Sinto que não preciso perguntar, mas e o senhor? O senhor é oficial da Marinha de Sua Majestade."

"Por mim, Sua Majestade que venha chupar meu pau, se quiser", respondeu, e o capitão se limitou a balançar a cabeça, recusando-se a se mostrar chocado com a observação escandalosa.

"Eu estou do seu lado, capitão", disse uma voz à minha esquerda. "Até o fim." Olhei e vi o sr. Fryer a caminho da amurada.

"O senhor, *sir*?", perguntou o sr. Bligh com uma nota de ternura na voz.

"Até o fim", repetiu, e transpôs a amurada. O capitão acenou a cabeça e engoliu em seco, olhando com tristeza para o convés. Imaginei que estivesse pensando, com remorso, na maneira como havia tratado aquele excelente camarada no período que passaram juntos.

"Mais alguém?", gritou o sr. Christian, olhando à sua volta, e o resto da tripulação sacudiu a cabeça. "Então desça, senhor Bligh."

Sem hesitação, o capitão foi para a amurada e se voltou para fazer a observação final. "Vocês ainda vão me ver", disse sem rancor na voz. "Todos vocês. Vão me ver de frente quando o carrasco os vendar para enforcá-los. O meu rosto vai ser o último que vocês verão, não se esqueçam disso."

Os homens urraram, assobiaram e riram, e ele se virou para transpor a amurada; nesse momento ele me viu.

Confesso, bastante envergonhado, que eu tinha ficado meio escondido do campo visual dos outros, de cabeça baixa, torcendo para que se chegasse a um acordo e aquilo não fosse necessário. Era evidente que os homens na lancha e o próprio capitão não tinham a menor chance de sobreviver; era impossível. Tratava-se de uma impossibilidade náutica. Eles não sabiam onde estavam, para que rumo aproar; tampouco levavam comida ou água. E a lancha já estava superlotada, pois tinha pouco mais de vinte pés de comprimento e não comportava os dezessete homens que haviam embarcado, sem contar o capitão.

"Turnstile. Você tem de decidir."

Eu olhei para ele e para o sr. Christian, a quem desprezava de todo o coração. Mas a grande verdade estava na minha alma. Não queria retornar à Inglaterra e ao meu destino nas mãos do sr. Lewis. E não queria morrer na lancha em pleno mar, o corpo devorado pelos peixes, os ossos espalhados no fundo. Se ficasse no *Bounty*, era bem possível que voltasse à ilha, ao paraíso, talvez me reconciliasse com Kaikala. O sr. Lewis nunca me encontraria. Eu seria feliz. Não era uma escolha difícil.

Aproximei-me do sr. Bligh, apertei-lhe a mão e sorri. "O senhor foi muito bom para mim, *sir*", disse. "E eu lhe serei eternamente grato."

Tive a impressão de ver seu corpo estremecer de tristeza quando ele balançou a cabeça, mas não soltou logo a minha mão. Quando o fez, deu um tapinha no meu ombro, virou-se e foi para a lancha. Eu esperei o capitão descer, então olhei para o sr. Christian.

"Esta foi uma experiência mais do que inesperada", sorri, e então me virei para o sr. Heywood e, cerrando o punho direito, desfechei um soco tão forte no queixo do calhorda que ele caiu de costas e se estatelou no chão, estonteado. Os marujos e o sr. Christian olharam para ele, depois para mim.

"Eu vou com o capitão", declarei com firmeza e, dando meia-volta, saltei a amurada do *Bounty* e desci à lancha e a um futuro incerto.

QUARTA PARTE
A barca
28 de abril — 14 de junho de 1789

PRIMEIRO DIA: 28 DE ABRIL

John Jacob Turnstile, o louco varrido. Eu não tinha a menor ideia do que iria me acontecer.

Embora tivesse me restado pouquíssimo tempo para pensar nas minhas opções naquela confusão medonha, tinha intenção de ficar a bordo do *Bounty* e voltar para a ilha com os amotinados. É bem verdade que não ia com a cara de nenhum deles e os considerava uma súcia de covardes e canalhas por terem se comportado como se comportaram com um sujeito tão decente como o capitão; mas eu tampouco era leal a um homem ou a uma causa a ponto de me preocupar com o bem-estar de qualquer um que não fosse John Jacob Turnstile. Durante todo o esparrame, pensei que, se retornasse a Otaheite, poderia improvisar uma jangada e viajar de ilha em ilha em busca de uma vida e de um mundo melhores. Em vez disso, fui insolente com o sr. Christian, esmurrei o sr. Heywood e acabei virando passageiro de uma lancha do *Bounty* numa noite fria e escura, tendo por única certeza a iminência do meu fim.

Éramos dezenove ao todo. Dos oficiais, só o sr. Fryer, o sr. Elphinstone e o capitão estavam ali. O cirurgião Ledward vinha conosco, assim como o botânico Nelson. Os contramestres John Norton e Peter Linkletter preferiram manter-se leais ao sr. Bligh, mas, como não tínhamos amarras que ferrar nem cabos que enrolar, sua função habitual seria inútil. Reparei no cozinheiro Hall sentado num canto com uma expressão de pavor e me perguntei qual de nós ele esquartejaria primeiro. O carniceiro Lamb não era um grande navegador. Tampouco o carpinteiro Purcell. E muito menos eu. Não contávamos com um só MC no nosso desgraçado grupo; todos aqueles rudes marujos já estavam a caminho de Otaheite para se refestelar com o mulherio.

Ao nos soltarem do navio, os homens que outrora temiam o capitão assobiaram para ele e gritaram-lhe os piores palavrões, e eu senti o estômago virar de raiva de tanta sordidez. Era uma coisa vil, deveras vil, ver outros cristãos partirem para a morte certa numa barquinha em plena madrugada, mas pior era achar tal coisa divertida. O capitão, por sua vez, continuou imperturbável e não reagiu às provocações, pois não abriria mão da sua dignidade. Eu o observei, e ele parecia alheio a tudo, como se aquilo fosse apenas uma parte da viagem para casa. Movia os olhos espremidos de um lado para outro, escrutando o negrume da noite como se nele pudesse enxergar a linha branca que nos conduziria, sãos e salvos, à Inglaterra, e juro que foi como se estivesse estudando um mapa na escuridão da madrugada.

Quando nossa lancha se afastou do *Bounty*, eu ouvi um chape forte e surdo; virando-me, vi, pelas tochas acesas, que os piratas estavam entregues a uma comoção na popa do navio, atirando através das vigias coisas pelas quais tantas vezes passei a caminho da cabine do capitão. Ao baque dos objetos que caíam na água, seguia-se a alegre gritaria dos homens no convés.

"O que estão fazendo?", perguntei ao sr. Nelson, o botânico, que ficou na ponta dos pés e franziu os olhos para observar melhor. "Parece que estão se desfazendo dos objetos mais sofisticados."

"São coisas mais preciosas, Tutu.", disse ele, balançando a cabeça e cerrando o maxilar em sinal de raiva. "Você não percebe? São as frutas-pão. Os escrotos estão lançando todas ao mar."

Boquiaberto de surpresa, eu me virei para o capitão, mas agora a luz estava tão escassa que só pude distinguir seu vulto quando ele mudou de posição no assento, os olhos esgazeados; sua expressão era invisível para mim.

"É um crime", gritei, consternado. "Um crime terrível depois de tudo que passamos. Por que nós viemos para cá, afinal, senão por elas? Por que arriscamos a vida tantas vezes? Por que nos largaram aqui, no meio deste bendito oceano, senão por causa das malditas frutas-pão?"

O sr. Nelson deixou escapar uma espécie de bufido grave, tonante, e juro que nunca o tinha visto tão furioso. Ele sempre foi um sujeito sereno, feliz em meter o nariz num punhado de folhas. Ver as plantas de que ele tanto cuidara serem arremessadas com desdém dava-lhe vontade de mergulhar, nadar até o navio e entrar em combate corpo a corpo com cada marinheiro.

"Esses bandidos serão enforcados!", ouvi um homem dizer no outro lado da lancha, não sei quem.

"Todos eles vão enfrentar a justiça", prognosticou outro.

"Mesmo que a enfrentem, nós não vamos ver", disse baixinho uma voz que eu reconheci, a do sr. Hall. "Estaremos no fundo do mar, um belo manjar para os peixes."

"Pare com isso", pediu o sr. Fryer com voz incerta, pensando no que tínhamos pela frente. Suas palavras, no entanto, encontraram eco no capitão, que as tomou para si não com raiva, mas para nos advertir.

"Segure essa língua, senhor Hall", ordenou. "A punição dessa gente, e pode ter certeza de que todos serão punidos, não nos interessa agora. No momento, temos uma noite calma. Pode ser que não tenhamos muitas outras assim. Conservem a lancha estável enquanto eu penso. Eu continuo sendo o seu capitão. E vou levá-los a um lugar seguro. Vocês precisam ter fé."

Ninguém disse nada, mas a verdade é que não tínhamos o que dizer; as ondas estavam plácidas como nunca. Naquele momento, comecei a pensar que talvez não tivéssemos de nos preocupar tanto quanto me pareceu no começo; e, acreditando que o dia seguinte traria uma solução para o nosso problema e um breve retorno à civilização, fiz a única coisa que achei que podia ser útil naquelas circunstâncias.

Reclinei-me, fechei os olhos e adormeci.

SEGUNDO DIA: 29 DE ABRIL

Ao amanhecer do segundo dia, eu me dei conta da terrível situação em que nos encontrávamos. Como a lancha não ultrapassava os vinte e três pés de comprimento, os dezenove lealistas a bordo nos apinhávamos da maneira mais promíscua e desagradável. O capitão ia na proa, trocando ideias com o contramestre John Norton e o sr. Fryer, enquanto dois outros homens velejavam o barco sem muito entusiasmo, e o resto tentava dormir. Rumávamos para a ilha de Tofoa, que, segundo o capitão, não ficava a uma distância tão grande assim e onde podíamos pôr em seco a nossa pequena embarcação e mandar um grupo procurar provisões para o resto da viagem. Confesso que não fiquei com medo na ocasião; aliás, quase me alegrava estarmos juntos naquele confinamento, com pouquíssimo trabalho, a não ser o de nos conservarmos vivos. Fazia tanto tempo que eu navegava com o sr. Bligh — sim, e também com o sr. Fryer — que eu tinha plena confiança na sua capacidade de nos levar a um lugar seguro.

"Foi uma loucura", ouvi o segundo contramestre Linkletter cochichar para seu auxiliar, o sr. Simpson. "Que possibilidade de sobrevivência nós temos? Isso é que eu pergunto. Não sabemos onde estamos e temos poucas provisões. Vamos morrer antes do fim do dia."

"Não diga isso", foi a resposta corajosa. "O capitão sabe o que faz, não sabe? Com que facilidade você capitula!"

Era confiança, sem dúvida, mas nós estávamos apenas no segundo dia. Ninguém sabia o que as semanas seguintes nos reservavam.

Avistamos Tofoa ao meio-dia, e foi muito animador o panorama das rochas escarpadas e do aspecto pétreo daquela ilha esquecida por Deus, como se estivéssemos avistando o liso cais do próprio porto de Portsmouth. Eu estava na popa da lancha, mas o capitão ia na parte mais dianteira da proa, olhando para a frente, às vezes examinando atentamente a água para então dar ordens aos velejadores atrás dele num tom que era como se ainda nos achássemos no *Bounty*, e não amontoados naquela barquinha miserável.

"Atenção, marujos", gritou, erguendo a mão. "Mantenham-na estável um momento."

A lancha foi parando, e os homens olharam para o mar. Na água azul, vimos uma longa série de pedras sob nós, prontas para despedaçar a embarcação se nos atrevêssemos a avançar. A terra ainda estava muito longe para ancorarmos, e era uma tristeza ficar a tal distância quando a ideia de desembarcar nos dava tanta esperança.

"Virem-na", gritou o capitão. "Norte-noroeste."

A lancha mudou de rumo e navegamos devagar e com cuidado, circundando a pontiaguda extremidade de Tofoa até chegar a um trecho de água escura que indicava a possível presença de uma passagem mais fácil para a margem. O sr. Fryer deu ordem de rumar a terra, e foi o que fizemos; só paramos quando as águas voltaram a mudar e ficou claro que avançar mais era arriscar o nosso transporte e, por extensão, a nossa vida.

"Senhor Samuel", disse o capitão, escolhendo o contador do navio ao acaso. "O senhor, o senhor Purcell e o senhor Elphinstone. Entrem na água e vão para a praia. Vejam que provisões conseguem encontrar e voltem o mais depressa possível."

"Sim, senhor", disseram os três homens, mergulhando e nadando em direção à ilha, que, aliás, não ficava muito longe. Um ou dois minutos depois, já estavam andando com água pela cintura. Enquanto isso, eu me mudei para a proa da lancha a fim de ficar mais perto do capitão; seria a minha posição preferida na maior parte da viagem que tínhamos pela frente.

"O que acha, senhor Fryer?", perguntou o sr. Bligh ao seu primeiro oficial. "Não parece ser muito promissor."

"Talvez não, *sir*", concordou o imediato. "Seremos obrigados a continuar velejando e a tomar muito cuidado com as provisões que nos restam."

"Ah, nós vamos tomar muito cuidado, *sir*", disse o capitão, quase rindo. "Isso eu prometo." Olhei à sua esquerda, onde havia um pequeno engradado cheio de pão e com algumas frutas, o único alimento com que os nossos ex-colegas julgaram necessário nos abastecer. "O senhor talvez se surpreenda com o pouco que um homem precisa ter na barriga para sobreviver."

"Sim, talvez", respondeu o sr. Fryer em tom monocórdio, virando-se para o outro lado, e eu achei a resposta bem curiosa.

Passamos várias horas lá estacionados, oscilando na água, todos se perguntando como tínhamos ido parar naquela situação infeliz. Quase ninguém falava, mas, quando alguém desanimava, o homem em questão olhava para a barra, espiava a rochosa ilha de Tofoa e se consolava. O motivo é difícil de explicar. Qualquer chão firme parecia reconfortante, seria isso?

Os nossos três companheiros retornaram a nado quando o sol começava a se pôr e com más notícias. Lá não havia nada, afirmaram. Nada para comer. Nenhuma árvore frutífera. Nenhuma verdura. Uma pequena bica rendera apenas dois garrafões de água, os quais eles trouxeram consigo e o capitão se apressou a tomar de suas mãos. Àquela altura, estávamos todos com uma sede terrível, e eu tive certeza de que o sr. Elphinstone, o sr. Samuel e o sr. Purcell haviam bebido uma boa quantidade desses garrafões antes de voltar, mas não havia o que fazer. Eles se reinstalaram nos respectivos assentos, e todos olhamos para o capitão na expectativa de saber quais seriam os próximos passos.

"Vamos continuar a viagem", disse ele depois de algum tempo, respondendo à nossa tácita pergunta. "E, se acaso alguém a bordo duvidar que vamos conseguir, guarde para si as suas ideias infames, pois nós temos dias difíceis pela frente e só se admite uma perspectiva positiva, do contrário, juro que eu mesmo me encarrego de dar todos vocês de comer aos peixes. Senhor Fryer, passe-me aquele pão."

O imediato tirou do caixote um dos pães maiores, e eu olhei para ele com horror, pois, embora fosse grande, mal dava para satisfazer três homens, que dizer de seis vezes esse número? E então, para minha surpresa, o sr. Bligh partiu o pão em dois e, em seguida, em dois novamente, tornou a guardar no caixote três daqueles preciosos quartos e ergueu o último para que o víssemos. Os marinheiros olharam para ele sem dizer palavra, estarrecidos com o pedaço que seria dividido por dezenove — parecia impossível realizar semelhante proeza —, mas, em pouco tempo, cada qual recebeu algumas migalhas e tratou de engoli-las depressa, e isso atiçou tão cruelmente o nosso apetite que todos nos queixamos aos gritos.

"Para onde agora, *sir*?", quis saber o sr. Fryer, dispondo os marinheiros em ambos os lados da lancha para receber instruções.

"Não é óbvio, senhor Fryer?", perguntou o capitão, esboçando um sorriso. "Para casa, *sir*. Aproe à Inglaterra."

TERCEIRO DIA: 30 DE ABRIL

Por mais que estivéssemos no rumo da Inglaterra, ainda não tínhamos avançado, pois havia uma série de ilhas ao nordeste de Tofoa, e, nesse dia, o sr. Bligh achou conveniente parar numa delas e averiguar se havia alimento por lá. A escolha foi uma ilha que tinha uma enseada fácil, pela qual era possível desembarcar perto do penhasco do próprio atol, e, além disso, apresentava uma fileira de densas e longas trepadeiras que desciam do cimo dessa rocha até o chão, deixadas, sem dúvida, pelos nativos daquelas ilhas que as haviam usado para chegar ao topo.

"Creio que eu mesmo vou subir", disse o capitão, surpreendendo a todos com sua decisão, pois não ia ser nada fácil escalar aquela parede escarpada; era preciso ter aptidões de macaco.

"O senhor, capitão?", admirou-se o sr. Fryer. "Não é melhor mandar um dos homens?"

"Eu sou um homem, senhor Fryer", foi a ríspida resposta. "Caso não tenha notado, saiba que Sua Majestade confia o comando dos seus navios aos melhores homens, portanto, por que não haveria de subir? Senhor Nelson, o senhor vem comigo?"

Todos viraram a cabeça ao mesmo tempo para olhar o botânico Nelson, que naquele momento estava entregue à requintada arte de coçar o saco, a mão enfiada no calção, onde não lhe faltava o que fazer. Talvez não tivesse ouvido a conversa dos dois oficiais, mas, percebendo o súbito interesse por ele, tirou a mão das regiões inferiores e, sem um pingo de vergonha, cheirou-a rapidamente e fez cara de quem gostou do perfume, então olhou para a plateia e, surpreso, arqueou uma sobrancelha.

"O quê?", perguntou. "Será que um homem não pode se coçar sem cobrar um *penny* de quem quiser assistir?"

"Senhor Nelson, o senhor não me ouviu, *sir*", gritou o capitão na proa, esforçando-se para dar um toque de jovialidade à voz. "Eu pretendo escalar esse penhasco pelas trepadeiras para verificar se há alguma coisa no cume. O senhor vem comigo?"

O sr. Nelson fez uma careta, examinou o panorama à sua frente e sacudiu a cabeça como se estivesse realmente refletindo. "Eu estou com as pernas meio fracas hoje, *sir*. Os braços também. Não sei se tenho força para isso."

"Absurdo", disse o capitão alegremente, levantando-se e fazendo sinal para que o botânico o imitasse. "De pé, homem. O exercício lhe fará bem. Vamos ver: o último que chegar é um dândi."

O botânico exalou um longo suspiro, mas se levantou; sabia que o pedido do capitão não era bem um pedido, e sim uma ordem, a qual tinha de ser cumprida mesmo que o contramestre não estivesse com os instrumentos do seu ofício para punir o infrator. Os outros, eu me lembro, nos encolhemos no nosso canto, torcendo para que o capitão e seu companheiro partissem logo e não chamassem nenhum de nós para acompanhá-los.

"Capitão", disse o sr. Elphinstone, ajudando o sr. Bligh a sair do barco e ficar submerso até a cintura, embora ele não estivesse a mais de seis metros do lugar em que pendiam as trepadeiras. "O senhor acha sensato?"

"Acho mais do que sensato descobrir se há comida no alto daquele penhasco", respondeu o capitão. "Não sei em que condições está sua barriga, senhor Elphinstone, mas a minha precisa de recheio."

"Eu só pergunto, *sir*", explicou, "porque é uma escalada perigosa e difícil, e, se não houver nada que nos interesse lá em cima, será também inútil."

O capitão balançou a cabeça e olhou para as plantas, depois para o cimo do penhasco, cujos tesouros não podiam ser vistos de onde estávamos. "A minha pergunta é a seguinte, senhor Elphinstone", disse enfim, como se explicasse o óbvio para um menino simplório: "por que os nativos destas ilhas se esforçaram tanto para criar essa escada vegetal se não há nada interessante lá no alto? Pode imaginar o motivo, *sir*?".

O sr. Elphinstone pensou um instante, então deu de ombros e, sacudindo a cabeça, voltou ao seu lugar na barca. Nesse ínterim, o sr. Nelson havia se levantado, mas ainda não dera um passo, e o capitão o exortou com um estalar dos dedos. "Depressa, depressa, senhor Nelson. Venha, faça o favor."

Poucos minutos depois, a nossa pequena tripulação, agora reduzida a dezessete, estava de cabeça erguida para assistir à corrida dos dois homens escalando o penedo. Não foi difícil adivinhar quem venceria; o capitão era robusto e sadio e, apesar das dificuldades iniciais de suas mãos e de seus pés com a pedra musgosa, trepou no penhasco com a facilidade de uma aranha. Já o sr. Nelson teve de lutar um pouco mais, e chegamos a temer que despencasse e se esborrachasse nas pedras, desfalcando assim nossa tripulação.

Embora tenham subido com muito esforço, os nossos dois camaradas, em meio aos aplausos dos marujos, não tardaram a chegar ao topo, ocasião em que os perdemos de vista. Ficamos conversando, a princípio contentes por eles terem conseguido, depois já meio preocupados com a demora. Olhei para os dois oficiais restantes — o sr. Fryer e o sr. Elphinstone — em busca de iguais sinais de apreensão, mas nada vi.

O sol estava alto e baixei a cabeça devido ao excesso de luz e à dor no pescoço, então aconteceu uma coisa estranha. Os homens soltaram um grito, todos ao mesmo tempo, e olharam para o alto. Eu me virei para olhar também e, nesse momento, eles fizeram uma expressão de surpresa e tive a impressão de que se afastaram de mim. Sem saber o que estava acontecendo, tentei de novo erguer a vista, mas o sol forte me ofuscou; em seguida, divisei uma espécie de projétil que vinha em minha direção, e, antes que eu pudesse me esquivar, a luz do dia se apagou, dando lugar à mais negra escuridão.

Segundo me contaram, só recuperei os sentidos uns quinze minutos depois. Nesse meio-tempo, os homens jogaram água do mar no meu rosto, cuidando para que eu não a engolisse, e me deram uns tabefes nas bochechas para que voltasse a mim; mas isso demorou e, ao despertar, senti uma grande dor de cabeça. Levei a mão à testa e percebi um inchaço pouco acima dos olhos e o que parecia ser o início de um bom hematoma. Gemi quando rocei os dedos nele; tentei erguer o corpo e, quando consegui, dei com o capitão sentado à minha frente, com ar ao mesmo tempo divertido e constrangido.

"Desculpe-me, mestre Tutu. Parece que hoje você não está com muita sorte, hein?"

"Eu fui atacado, *sir*. Um projétil qualquer."

"Um coco", corrigiu, apontando para cerca de uma dúzia dessas frutas peludas agora armazenadas na proa da lancha. "Não encontramos muitos, isso eu garanto, mas esses serão uma boa ajuda nos próximos dias. O sr. Nelson e eu os atiramos lá de cima. Parece que você se interpôs no caminho."

Eu acenei a cabeça e me senti insultado pela experiência. Minutos depois, porém, quando o capitão se dignou a abrir um dos cocos e repartir a polpa entre os marujos, deu-me uma porção um pouco maior — e isso, na falta de coisa melhor, deixou-me agradecido.

Logo esqueci meu ferimento, mas comecei a temer que as pontadas no estômago fossem coisa mais grave do que qualquer um de nós admitia. Podíamos vagar entre as ilhas durante algum tempo; mas chegaria a hora de sair ao largo, e o que seria de nós quando isso acontecesse?

QUARTO DIA: 1º DE MAIO

Hoje nossa situação melhorou. Fomos a mais uma das tantas ilhotas da região, as quais o capitão Cook batizou de ilhas Amigáveis — nome que me deu uma sensação cálida e agradável. Nessas ilhas, achamos uma pequena enseada que possibilitou atracar a lancha, de modo que pudemos sair do confinamento, esticar as pernas e andar ou deitar na areia sem medo de chutar a cara de um dos companheiros, bem como imaginávamos. Depois de setenta e duas horas preso na lancha, não podia acreditar no quanto era bom sentir as pernas livres, e pulei e dancei e rodopiei na praia feito um maluco, até que o capitão se aproximou e me lascou um pé de ouvido, como se o galo na testa, provocado pelo coco, tivesse sido pouco para me desfigurar.

"Tenha mais compostura, mestre Turnstile", disse, sacudindo a cabeça com irritação. "Não é porque ninguém o está observando que você pode ter uma conduta tão ridícula. Pensa que é bailarino no Covent Garden?"

"Não, *sir*, eu não", respondi, fazendo uma pirueta na ponta do pé, os braços estendidos no alto, entregue a uma sensação tão gostosa que eu era capaz de passar um fim de semana inteiro naquela cômica posição. "Só quero estimular um pouco a circulação das pernas, pois ficaram muito encolhidas na barquinha do *Bounty*."

O sr. Bligh grunhiu e ficou olhando para meu contínuo saltitar, sem saber se convinha pôr fim à minha insanidade de uma vez por todas com uma ordem ou com uma boa bofetada, mas, quando se voltou, uma outra cena o desafiava: sete ou oito colegas entregues a um comportamento igualmente burlesco, estirando-se, posando e dançando à vontade.

"Estou rodeado de um bando de malucos", resmungou enfim, sacudindo a cabeça, mas sem deixar de esboçar um sorriso encoberto pelo bigode e a barba tão crescidos que já começavam a lhe dominar o rosto. "Um bando de bobos alegres." Mas acabou nos deixando em paz, talvez por saber que aquilo não deixava de ser um exercício, aliás, bem parecido com a dança que ele mesmo havia imposto a bordo do navio. Ou, talvez, por admitir que a natureza da autoridade sofrera uma mudança nos últimos quatro dias e que o mais sensato era relaxar um pouco as normas.

Quatro homens formaram um grupo de reconhecimento, com a missão de explorar a ilha, que, à primeira vista, parecia ser muito mais hospitaleira do que as que tínhamos visto ultimamente. O pessoal já estava se alimentando de frutas e bagas, tratando de encher a barriga, embora a falta de água continuasse sendo um problema, já que o nosso nível de hidratação baixara muito. Aliás, uma das coisas que os homens deviam procurar com todo empenho era uma fonte para que bebêssemos e enchêssemos os garrafões antes de seguir viagem.

Para nossa surpresa, partiram quatro, mas voltaram seis, e nós que aguardávamos na praia ficamos atônitos ao ver que uma moça — que, sem ser linda, não deixava de agradar aos olhos — e um menininho de três ou quatro anos os acompanhavam; os homens, muito sorridentes com sua descoberta, traziam uma boa quantidade de tanchagens, algumas frutas-pão e mais coco. A mulher não falava inglês, mas seu sorriso sugeria que era meio ruim da cabeça, com a qual ela quebrava coco sem se preocupar com o cérebro lá dentro. Aliás, até parecia gostar da atividade.

Os homens acharam aquilo ótimo, afinal, era uma pessoa nova para lhes despertar o interesse, mas talvez tenha despertado interesse demais, pois, quando a cercamos, ela se assustou e, pegando o filho, fugiu correndo. Apenas um ou dois homens a perseguiram sem muita vontade, entre eles Lawrence LeBogue, que se pôs a cantar uma música obscena e a ameaçar a virtude da mulher, o sacana.

"Vamos passar a noite aqui, marujos", anunciou o capitão. "Acho mais fácil dormir deitados na areia do que aglomerados na lancha. E vocês?"

Os homens aplaudiram alegremente, e eu juro que cheguei a pensar em como seria bom ficar lá o resto da vida. Claro que podíamos ter feito outras coisas. Podíamos ter procurado mais comida e água. Podíamos ter verificado se a lancha não precisava de reparo e aproveitar a madeira da ilha. Mas, no momento, só estávamos interessados em movimentar as pernas e depois descansar, e foi o que fizemos.

Duas horas mais tarde, o guarda-marinha Robert Tinkler soltou um grito e nos voltamos para a direção que ele apontava. Saindo de trás de um morro, um grupo de homens, mulheres e crianças vinha com presentes nos braços, mas lanças às costas; no ritmo em que avançavam, estariam conosco em poucos minutos.

"Fiquem todos juntos", disse o capitão, colocando-se à nossa frente, como era correto. "Nada de movimentos bruscos nem de hostilizar os selvagens. Eles podem ser amistosos."

"Estão em superioridade numérica, *sir*", disse-lhe, colocando-me ao seu lado. "Devem ser uns trinta ou até mais."

"E daí, Turnstile? A metade são mulheres. Um quarto, crianças. E nós somos todos homens, não?"

O grupo chegou à nossa frente e parou, não tão aglomerados como nós, e, embora o seu presumível líder tenha ficado frente a frente com o capitão, os outros começaram a se espalhar e a nos cercar, examinando-nos um a um como se os selvagens fôssemos nós, não eles. Apontavam para a nossa cara, a pele branca, e pareciam nos achar divertidíssimos, o que era ao mesmo tempo um insulto e uma chatice. Uma garota de idade indeterminada se aproximou de mim, e fiquei imóvel como o soldado destemido que eu acreditava ser; ela se inclinou e, para meu grande espanto, me cheirou! Eu não sabia se devia sair correndo ou cheirá-la também.

O chefe do grupo entregou um pedaço de carne de porco ao sr. Bligh, empurrando-a como se houvesse uma possibilidade de ele a recusar, e, em troca, o capitão tirou um lenço do pescoço e o enrolou no do chefe, o que provocou o riso dos seus companheiros. Ambas as partes falaram, mas as palavras não combinavam, de modo que se iniciou uma conversa em que um não sabia o que o outro dizia, nem se era amigável ou ameaçadora.

Depois de mais ou menos uma hora de semelhante loucura, o chefe soltou um grito e seu grupo se reuniu atrás dele; então, sem a menor cerimônia, deram meia-volta e se foram, deixando-nos, nós ingleses, sozinhos na praia e juntos outra vez.

"Bem, capitão", disse o sr. Fryer, "eles pareciam amigos. E aqui nós podemos obter boas provisões. Não convém ficar algum tempo?"

O sr. Bligh se pôs a refletir; sua fisionomia quase não denunciava o que estava pensando. "Esta noite, sim", disse. "Vamos deixar os homens dormirem. E encherem a barriga. Mas, sr. Fryer, organize uma guarda, por favor. Três marujos de sentinela em todas as horas. Este lugar pode não ser o que parece."

E foi assim que tivemos a nossa primeira noite bem-dormida desde que saímos do *Bounty* e despertamos descansados e alertas, prontos para a aventura seguinte. O capitão parecia desconfiar do povo da ilha, coisa que achei lastimável, pois todos se mostravam felizes, generosos e decididos a não nos fazer mal. E foi com tais sentimentos alegres e otimistas que fechei os olhos e dormi um sono necessário e reparador.

QUINTO DIA: 2 DE MAIO

Na manhã seguinte, ao acordar, dei de cara com um sujeito em cima de mim e levei um susto, praguejei, levantei-me aos trancos e barrancos e fui me esconder atrás da moita mais próxima. O rapaz que me observava parecia ter mais ou menos a minha idade, talvez um pouco mais, embora fosse difícil saber, pois aqueles selvagens de aspecto tosco podiam ter qualquer coisa entre, digamos, quinze e quarenta anos.

"O que é que está olhando?", perguntei, tentando falar com firmeza, embora a voz me saísse entrecortada. "Será que não se pode mais dormir sem ser observado?"

O sujeito riu baixinho e sacudiu o dedo no ar, depois se virou e me mostrou o traseiro, o qual era todo tatuado, preto como o dos homens casados de Otaheite, embora isso não revelasse a idade de ninguém, pois aquela gente era como coelho ou francês e partia para a luta assim que saíam os primeiros pelos nas suas partes pudendas.

"Meu nome é Turnstile", disse então, na tentativa de entabular conversa. "John Jacob Turnstile. Muito prazer em conhecê-lo." Sujeitando-me a um grande risco, ofereci-lhe a mão, mas ele deu a impressão de achar o gesto ofensivo, pois parou de rir, fez cara feia para mim e se foi, desaparecendo no mato quase no mesmo instante. Retornou cerca de um minuto depois, quando eu estava andando de um lado para o outro, perturbado com aquele encontro, mas veio acompanhado de três homens mais altos e mais corpulentos do que ele, os quais estavam falando aos berros e apontando para mim, zangados. Passaram alguns minutos me encarando, endereçando-me um olhar tão malcriado que cheguei a pensar em brindá-los com uns catiripapos; em seguida, porém, me deram as costas e desapareceram entre as árvores, deixando-me exasperado com tudo aquilo.

Se uns trinta nativos haviam cercado a gente na tarde anterior, naquele dia vieram ainda mais, talvez quarenta ou cinquenta, e ainda apareceram três canoas numa curva do litoral, cada qual com dois remadores e um sujeito imponente e calado entre eles. Foram gentis com o capitão, deixaram-no descascar algumas tanchagens e quebrar alguns cocos e levar sua polpa para o nosso caixote, mas a tensão no ar era sensível e nos atemorizou.

O carpinteiro Purcell e alguns homens estavam consertando parte da madeira da lancha, que tinha aguentado bem até então, mas já não estava tão firme para enfrentar uma viagem mais longa, e o capitão quis saber quanto tempo ainda iam demorar.

"Amanhã à tarde fica pronta", respondeu o sr. Purcell, que havia preparado um pouco de cola com a seiva das árvores e uma fogueira para prender as tábuas e os pregos. "Então nós partimos?"

"Acho que sim", disse o capitão, olhando cautelosamente à sua volta. "Sinto que nós não seremos bem-vindos aqui durante muito tempo."

Eu sentia que a nossa falta de capacidade de nos comunicarmos com os nativos muito contribuía para a atmosfera carregada. Nós, ingleses, e os selvagens falávamos constantemente, como se a nossa própria vida dependesse disso, mas ninguém compreendia o que o outro dizia, e tudo parecia uma farsa terrível.

Ao anoitecer, deu-se outro drama quando um jovem nativo — que tinha se aproximado de cada um de nós e apontado para o próprio coração antes de dizer a palavra "Eefor", a qual imaginamos que fosse o seu nome — apareceu com duas outras canoas, sempre rindo muito, como se nós estivéssemos fazendo uma coisa engraçadíssima, desembarcou, foi até onde estava ancorada a nossa frágil barca e fez o que pôde para arrastá-la à praia.

"Pare com isso, homem!", gritou o sr. Fryer, indo em sua direção, seguido do capitão, do sr. Elphinstone e de alguns marujos mais valentes. "Tire as mãos dessa lancha!"

Eefor proferiu um longo e ininteligível discurso para explicar por que era preciso deixá-lo continuar com o esforço e, em breve, foi cercado por dez outros nativos, que, embora não o tenham ajudado, ficaram observando e soltando loucas gargalhadas.

"Jovem Eefor", disse o sr. Bligh, também rindo, como para atestar a sua natureza amistosa, e mostrando o rosto aos selvagens. "Peço-lhes que tirem as mãos da embarcação. É nossa; nós não queremos negociar."

Eefor sorriu, sacudiu os ombros e continuou tentando arrastá-la até a praia, embora fosse pesada demais para ele, de modo que olhou para os seus camaradas que estavam assistindo à cena e lhes gritou alguma coisa. Nesse momento, sabendo que o prosseguimento daquilo podia significar o fim da nossa viagem, o capitão levou a mão ao cutelo que trazia à cinta e desembainhou parte dele, fazendo a lâmina brilhar ao sol poente; virou um pouquinho o corpo até a luz bater no aço e se refletir nos olhos de Eefor, ofuscando-o momentaneamente. Este, então, soltou a embarcação e se afastou, desacorçoado, como se o mundo inteiro o tivesse insultado e ele estivesse prestes a chorar feito um bebê.

"Senhor Fryer, pegue seis homens e vá para a lancha. Leve-a mais um pouco para dentro do mar, por favor", pediu o sr. Bligh em voz baixa, e o imediato respondeu com um "Sim, capitão". Logo depois, a barca estava segura nas mãos dos donos.

O sr. Bligh se aproximou dos selvagens e fez uma leve reverência antes de lhes dar as costas, e, dessa vez, o grupo começou a se dispersar, deixando na praia apenas a tripulação leal do *Bounty*.

"Amanhã, senhor Purcell?", gritou o capitão ao carpinteiro, que estava na lancha no mar.

"Sim, senhor", respondeu ele também aos gritos. "De manhã, o que o senhor acha?"

"Acho que de manhã é mais sensato", foi a sua sombria resposta.

SEXTO DIA: 3 DE MAIO

A última vez que senti tanto medo foi na madrugada em que várias mãos sujas me arrancaram da tarimba e me arrastaram ao tribunal do rei Netuno. No sexto dia de viagem fora do *Bounty*, passei a manhã convencido de que, se o meu coração ainda estivesse batendo ao meio-dia, eu era um garoto de sorte, realmente um garoto de muita sorte.

Não havia a menor dúvida de que estava passando da hora de dar o fora daquelas ilhas Amigáveis. De manhã cedo, o sr. Purcell disse ao capitão e aos oficiais que a nossa barca estava pronta para zarpar. Tínhamos colocado tantas provisões dentro dela quanto julgamos seguro somar ao nosso peso, que vinha diminuindo dia a dia.

"Ninguém vai para a lancha antes que eu dê sinal", disse o sr. Bligh. "Quando eu disser que é hora de embarcar, quero que cada um vá para lá muito devagar, levando seus pertences. Ninguém deve mostrar medo nem hostilidade. Vamos agir como se tudo estivesse perfeitamente normal."

Nada mais fácil do que falar. Quando me virei para o outro lado, o que vi e ouvi sugeria que a coisa estava muito longe da normalidade. Ao que tudo indicava, todos os selvagens da ilha foram à praia naquele dia. Havia pelo menos uma centena, seis para cada um de nós, e eles nos cercaram, observando cada movimento nosso, todos com o maldito sorriso grudado nos lábios. Aquilo já era de dar nos nervos de qualquer um, mas o pior era que eles — homens, mulheres e crianças — traziam enormes pedras nas mãos, pedras do tamanho da cabeça de um homem e capazes de triturar um crânio sem a menor dificuldade. Batiam uma na outra a intervalos regulares, produzindo um barulhão cacofônico à nossa volta, anunciando que em breve teríamos problemas. Quando mais alto o ruído, maior era o meu pavor.

"As pedras significam que estão se preparando para nos atacar", disse o capitão aos oficiais, em voz baixa. "Já vi isso quando estava navegando com o capitão..."

"O capitão Cook, *sir*?", perguntei.

"Sim, claro que com o capitão Cook", respondeu, irritado. "Turnstile, quer fazer o favor de se preparar para a viagem? Já pegou o máximo de água que pôde?"

"Sim, senhor."

"Então fique com os guardas-marinha até a hora de partir."

Quando me afastei, vi um selvagem se aproximar do grupo do capitão, segurar-lhe o braço com delicadeza e tentar puxá-lo para a linha deles, sempre com um largo sorriso estampado na cara; pareciam querer que ele ficasse na ilha, e, presumi, que nós também.

"Não, não", riu o capitão afavelmente, tratando de se soltar. "Não podemos ficar, é pena. Claro que gostaríamos. Vocês foram muito bons para nós, mas chegou a hora de seguir viagem. Adeus a todos e que o rei os abençoe."

Eu sacudi a cabeça, perguntando-me por que falar inglês a um grupo que não o entendia, mas o capitão insistia. Quando ele se voltou, o ressoar das pedras aumentou, e eu observei alguns selvagens começando a vir em nossa direção.

"Agora depressa, mas com cuidado", disse o capitão em voz alta para que todos ouvissem. "Todos para a lancha."

Nós obedecemos e entramos na água mesmo com os nativos tentando nos puxar de volta. Era a única coisa que podíamos fazer para nos livrar deles, e senti que a qualquer momento a cena ia ficar macabra. Havia uma chance de eles nos deixarem partir, magoados, é verdade, mas sem ameaças. Ou então nos atacariam. Alcancei a lancha e fiquei observando o capitão e alguns outros avançarem devagar. Cheguei a estimulá-los mentalmente, desejando que andassem mais depressa, porém o sr. Bligh não queria dar a impressão de que qualquer um de nós, inclusive ele, estivesse com medo.

Quando todos nos instalamos, os nativos estavam até a metade na água, gritando para nós, já sem rir, mas não pareciam dispostos a nos atacar. Fui para o meu lugar na popa, onde, infelizmente, fiquei sendo o homem mais próximo deles; com o canto do olho, vi John Norton, o contramestre, saltar para fora e voltar para a praia, ou para o poste que ali havíamos fincado a fim de amarrar a lancha. Era óbvio que ele pretendia nos soltar para que pudéssemos navegar.

"Volte aqui", gritou o sr. Fryer, mas sua voz foi encoberta pela do capitão, que, já de pé, gritou:

"Senhor Norton, volte imediatamente. Nós vamos cortar a corda."

Norton se virou ao ouvir a voz do capitão, e vi o grande alvoroço dos selvagens no momento em que lhes deu as costas. Ao perceber esse alvoroço, Norton tornou a se virar; no mesmo instante, uns trinta o atacaram. Ele caiu de costas na água e então se ouviu o horrendo e mortífero chape-chape dos nativos se arremetendo contra ele, com as pedras erguidas, a lhe esmagarem o crânio com muito deleite, às gargalhadas.

"Corte a corda, Turnstile!", gritou o capitão, e eu olhei bem a tempo de segurar pelo cabo a faca que ele acabava de atirar na minha direção; pensei por um instante que ele podia ter me atingido a cabeça ou decepado a mão. Examinei-a, sem saber o que fazer, e tornei a olhar para a cena terrível à minha frente. Já havia sangue do sr. Norton na água, e os selvagens pareciam querer mais. Viraram-se para nós, e eu cortei depressa a corda; a lancha, então, recebeu um grande impulso, e nos distanciamos um pouco. Sem dúvida, os selvagens podiam ter nos alcançado a nado ou em canoas e nos liquidado, mas, como estávamos longe da sua praia, pareciam inclinados a nos deixar partir.

A última imagem que guardei daquele lugar foi a do cadáver de John Norton, a cabeça já despegada do corpo, o toco sangrento e contorcido do pescoço à vista, sendo arrastado para a ilha por sei lá que motivo. A barca ficou em silêncio, todos calados e imóveis, todos aterrorizados e tristes com a morte do nosso camarada. Eu desviei a vista daquela cena horrenda e olhei para a frente.

Não havia nada que ver. Nada que tirasse aquela cena da minha cabeça.

SÉTIMO DIA: 4 DE MAIO

Não deixou de ser um alívio sair daquele maldito lugar e ficar longe dos assassinos, a volta à barca lembrou-me como eram escassas as possibilidades de sobreviver àquela aventura. Tínhamos perdido um homem em menos de uma semana — um bom homem, aliás, pois John Norton sempre foi gentil comigo e era um dos poucos a bordo do *Bounty* que não me chamavam pelo detestável apelido de Tutu —, e todos lamentaram muito o acontecido, embora se ouvisse uma voz sinistra cochichar uma observação obscena acerca do espaço extra na lancha que caberia a cada um se os selvagens tivessem conseguido levar mais alguns além do pobre Norton.

Recordo que naquele dia o mar estava agitado, e, embora a lancha se mostrasse mais robusta e firme do que quando chegamos às ilhas Amigáveis, o bramido das ondas arremetendo contra nós significava que passávamos grande parte do tempo tirando água do fundo da embarcação e devolvendo-a ao lugar de onde vinha. Era um trabalho ingrato e durou tanto tempo que meus braços pareciam a ponto de cair com o esforço; quando os ventos arrefeceram um pouco e nós pudemos nos sentar e descansar, meus músculos tinham se transformado em gelatina a tremer sob a pele, horrorizados com o que tinham sido obrigados a fazer.

"Senhor Fryer", perguntou o carniceiro Robert Lamb no final daquela tarde, virando um pouco a cabeça e olhando para os quatro pontos cardeais sem nada ver além de mar aberto, "aonde nós estamos indo, *sir*, o capitão sabe?"

"Claro que sabe, Lamb", respondeu o imediato. "O capitão tem ótimo faro para essas coisas e você deve confiar nele. Estamos na rota oeste-noroeste, rumo às Fiji."

"As Fiji, o senhor diz?", perguntou o carniceiro, com descontentamento na voz.

"Sim, senhor Lamb. Algum problema?"

Ele sacudiu a cabeça. "Ah, não, *sir*. Ouvi dizer que são umas ilhas muito bonitas."

Eu cismei que o carniceiro estava escondendo alguma coisa, pois notei o tremor em sua voz e vi seu ar preocupado; mas esperei o sr. Fryer voltar à proa da barca para me aproximar do sr. Lamb e cutucar suas costelas.

"Ora, o que é isso, jovem Tutu?", perguntou, olhando para mim com irritação, embora sua antiga predileção pela violência, exibida sempre no alojamento dos marinheiros do *Bounty*, tivesse diminuído naquele espaço exíguo.

"As Fiji", disse-lhe. "O senhor conhece essas ilhas?"

"Eu ouvi falar", respondeu. "Mas acredite na palavra de um homem honesto, Tutu: não queira saber o que eu sei."

Um pouco nervoso, engoli em seco e enruguei a testa. "Conte, senhor Lamb", pedi. "Estou muito interessado."

O carniceiro olhou para os lados para ver se não nos ouviam, porém, naquele momento, a maioria dos homens estava cochilando, o bom vento nos impelia no rumo certo.

"Mais mulheres?", indaguei. "E são como as de Otaheite? Quer dizer, liberais com a sua virtude?" Fazia uma semana que eu estava enfiado naquela lancha, mais exausto do que era natural e sadio, mas nem por isso deixava de ser um rapazinho de quinze anos. A excitação me judiava muito e, como eu não tivera oportunidade de me virar sozinho desde a nossa expulsão do *Bounty*, andava com um tesão terrível. O mero fato de mencionar a liberalidade da virtude das mulheres bastava para enviar um impetuoso fluxo de sangue às minhas regiões meridionais.

"Não é isso, garoto", confidenciou-me o sr. Lamb. "Eu tinha um amigo, um bom camarada chamado Charles Conway. Charles navegou com o capitão Clerk, e eles pararam nas Fiji para visitá-las, e você sabe o que aconteceu? Os nativos capturaram três colegas deles, ataram-nos, jogaram-nos num caldeirão de água, cozinharam-nos vivos e os comeram."

"Com osso e tudo?", perguntei, arregalando os olhos.

"Os ossos eles usaram para palitar os dentes. Como os ogros dos contos da carochinha que você lia quando era pequeno."

"Acho melhor a gente não ir para as tais Fiji", eu disse, sem me importar em esclarecer que não havia lido absolutamente nada na infância. "Não tenho a menor vontade de ser comido vivo."

"Primeiro eles o cozinham", ponderou o sr. Lamb, dando de ombros, como se isso tornasse a coisa muito mais palatável. "Imagino que você esteja morto depois disso."

"Mesmo assim, não é uma maneira agradável de morrer."

"Não", concordou. "Não é. Mas escute aqui, o capitão lhe dá ouvidos. Talvez valha a pena você lhe propor que a gente procure uma ilha alternativa, de preferência uma que seja mais hospitaleira."

Eu olhei para a proa da barca, onde o capitão estava começando a repartir o festim noturno. Chamava-nos um a um e nos dava um pedaço de coco, uma lasca de tanchagem e uma colher de chá de rum. Aquilo não enchia a barriga nem de um bebê desmamado, mas nós ficamos agradecidos, especialmente agora que nosso estômago voltara a se acostumar à comida após a nossa breve estada nas ilhas Amigáveis.

"Capitão", cochichei quando ele me entregou a ração que me cabia.

"Ande logo, Turnstile", disse ele, enxotando-me. "Os outros estão esperando o jantar."

"Mas, capitão, as Fiji", disse-lhe. "Contam histórias terríveis sobre..."

"Ande *logo*, Turnstile", repetiu, agora mais impositivo, e antes que eu pudesse dizer alguma coisa, fui cruelmente agarrado pelo sr. Elphinstone e levado de volta ao meu lugar.

Mas estava decidido a não deixar nenhum selvagem se banquetear com John Jacob Turnstile. Nunca, jamais.

OITAVO DIA: 5 DE MAIO

Hoje saiu briga entre o sr. Hall, que era o cozinheiro do *Bounty*, e o cirurgião Ledward. Começou com uma tolice quando o cirurgião disse que qualquer cozinheiro de meia-tigela era capaz de pegar a nossa escassa provisão e transformá-la numa iguaria deliciosa.

"O que o senhor quer que eu faça, cirurgião?", perguntou o sr. Hall, que geralmente era afável, mas virava onça quando questionavam seu talento culinário. "Nós só temos uns cocos e tanchagens, um pouco de rum e algum pão, que está ficando cada vez mais duro. Quer que eu vire Deus", prosseguiu, alheio à blasfêmia, "e transforme a água em vinho para todo mundo a bordo?"

"Sei lá o que você pode fazer com isso", retrucou o cirurgião, encostando-se no bordo da barca e coçando a barba com petulância. "Não é meu ofício conhecer a arte da cozinha. Mas sei que qualquer homem capaz dá um jeito de..."

"E qualquer *cirurgião* capaz teria pulado na água e tirado o corpo morto de John Norton das mãos dos selvagens e feito com que ele ressuscitasse", replicou o sr. Hall, inclinando-se e sacudindo o dedo feito uma lavadeira velha. "Não me fale em homem capaz, cirurgião Ledward, já que até agora o senhor não mostrou capacidade nenhuma."

O cirurgião respirou fundo, sacudiu a cabeça e estreitou os olhos. Era óbvio que semelhante discussão teria descambado para uma troca de murros se estivéssemos em Otaheite ou no convés do *Bounty*, mas aquela barquinha não dava a menor liberdade de movimento; os marujos podiam ter atrito, mas não havia meio de chegar às vias de fato. Comecei a pensar que aquilo podia levar à nossa dissolução final.

"John Norton estava morto, senhor Hall", disse ele enfim. "Não cabe ao cirurgião talentoso ressuscitar quem já partiu desta para melhor, isso depende da vontade de Deus."

"É, e depende da vontade de Deus transformar as poucas migalhas que o capitão guarda a sete chaves numa coisa comestível. Nós estamos juntos nisto aqui, cirurgião Leward. Sugiro que o senhor mantenha a dignidade e não permita que seu péssimo estado se volte contra os companheiros à deriva."

O cirurgião concordou com um gesto e deixou por isso mesmo. Os ânimos estavam eriçados, as vozes se erguiam, as brigas se generalizavam, mas, se eles tivessem continuado, um dos oficiais seria obrigado a intervir, e isso já começava a ser considerado injusto. Nós éramos um pequeno grupo de dezenove. Dezoito agora. Não podíamos começar a brigar.

Um vento forte nos assediou naquela noite, mas soprava leste-nordeste, impulsionando-nos no rumo que o capitão dizia que nos levaria para casa. Acabei pegando num sono intermitente, e houve um momento em que despertei sobressaltado, convencido de que estava no estabelecimento do sr. Lewis, em Portsmouth. A batida da água ao meu redor não me atiçou os sentidos para me informar que eu estava muito longe da Inglaterra e tinha pouca esperança de voltar a vê-la; quando finalmente recuperei a consciência e entendi onde me encontrava, descobri, com surpresa, que tinha saudade do meu suposto lar. Não do sr. Lewis, é claro. Por ele eu não dava um tostão. Mas tinha saudade da Inglaterra. E de Portsmouth. E de alguns dos meus irmãos. Dos bons. Daqueles de quem eu gostava.

Ergui o corpo, esfregando os olhos, e olhei para a nossa pobre tripulação com um sentimento de esperança no coração. Éramos um grupo bem maltrapilho, sem dúvida. Todos sujos, fedorentos, barbudos — até meu queixo já começava a criar penugem —, mas éramos uma tripulação. Largaram-nos no mar sem a menor preocupação com a nossa sobrevivência. Mas íamos sobreviver. O capitão cuidaria disso. Sim, nós todos íamos sobreviver.

Forçando a vista, olhei para a vastidão. Lá longe, talvez a meio mundo de distância, ficava a Inglaterra. Ficava Portsmouth. E lá estava o sr. Lewis. O lugar do qual eu vinha fugindo havia dezesseis meses, o lugar que jurava não tornar a ver. Mas, naquela noite, a bordo da barca e cercado pela flatulosa e fedorenta equipagem expulsa do *Bounty*, jurei fazer justamente o contrário. Ia voltar. Para me vingar. E depois recomeçar. Era possível que a vida ainda tivesse um grande tesouro para John Jacob Turnstile, e eu nunca mais deixaria ninguém abusar de mim.

"Seus olhos estão faiscando, Turnstile", disse o capitão, abrindo os dele para me fitar; estava sentado perto de mim, o corpo todo retorcido em busca de uma posição confortável para dormir. Eu sorri e balancei a cabeça, mas não respondi. E, quando o sr. Bligh tornou a fechar os olhos e começou a roncar, eu o observei e pensei comigo que ele era um grande homem. Do tipo heroico. Um companheiro com o qual outro companheiro podia ir à batalha. E, naquele momento, encontrei a ambição da minha vida.

Um dia eu também seria um grande homem como o capitão Bligh. Eu iria sobreviver, crescer e vencer.

E todos nós iríamos voltar sãos e salvos para a Inglaterra.

NONO DIA: 6 DE MAIO

Enfim avistamos uma nova ilha, e a nossa tripulação faminta, sedenta e exausta comemorou com muita alegria a possibilidade de descansar e se alimentar.

"Virem nessa direção, marujos", gritou o capitão para os remadores, apontando para a região verde e montanhosa à nossa frente; o vasto e arenoso trecho de praia era de deliciar os olhos. Reparei que a voz do capitão tinha mudado nos últimos nove dias, desde que saímos do *Bounty*; como todos nós, ele estava desidratado, mas ficara completamente rouco. Suspeitava que ele andava cada vez mais deprimido com os imprevistos. No entanto, reinava entre nós o sentimento de que, se conseguíssemos ir sobrevivendo de ilha em ilha e, depois, percorrêssemos o grande pedaço de mar entre as duas últimas, ainda viveríamos para contar a nossa história, e a visão da nova ilha aumentou ainda mais essa esperança.

À medida que nos aproximávamos, olhávamos para a terra com muita expectativa, mas não tardamos a ver um grupo de selvagens saindo do mato para nos espiar. Ainda estávamos longe da praia, o suficiente para que não pudessem nos alcançar, mas o capitão deu ordem de estabilizar a posição da lancha; os remadores, então, ergueram os remos e ficamos todos observando.

"Capitão", disse o sr. Fryer. "O que o senhor acha?"

Havia uns trinta ou quarenta homens na praia, pareciam bastante amistosos. Acenavam para nós e alguns executavam uma dança curiosíssima, mas não traziam pedras nas mãos como os selvagens das ilhas Amigáveis.

"A primeira coisa que eu vejo é que estão em maior número", disse o capitão. "Mas pode ser que seja para nos saudar."

"Talvez a gente demore alguns dias para chegar a outra ilha", observou o sr. Elphinstone, que era mais alto do que a maioria e estava sofrendo muito com a falta de espaço, pois, sem poder esticar as pernas, mal conseguia dormir. "Não vale a pena mandar alguns homens averiguarem se eles querem nos fazer mal e então decidir? Eu me ofereço para ir."

"E eu agradeço, senhor Elphinstone", respondeu o capitão. "Mas não quero mandar ninguém para a morte. Não podemos esquecer o exemplo do senhor Norton, não é mesmo?"

"Vejam!", gritaram à minha esquerda, era Peter Linkletter, o contramestre. "Vejam o que eles trouxeram!"

Nós todos olhamos para a praia, onde mais alguns selvagens, talvez uma dezena, acabavam de chegar com enormes tinas de frutas e as dispuseram diante de nós. Logo depois, apareceram outros com peças de carne. Aquele panorama me fez salivar. E então vieram vasos e vasos de água para regar o banquete. Eles nos chamavam, e os marinheiros urravam de prazer, levantando-se com tanta agitação que quase viraram a barca.

"Sentem-se, marujos!", rosnou o capitão, a rouquidão o impedia de gritar. "Fiquem nos seus lugares. Não vamos pegar nada disso."

"Nada, senhor Bligh?", escandalizou-se William Purcell. "Não é possível! A gente pode sobreviver semanas com os presentes que eles trouxeram."

"Não vamos sobreviver com nada se nos matarem", retrucou o capitão. "O senhor pensa que eles são amigos?"

"Penso que não estariam oferecendo tantos presentes se não fossem hospitaleiros."

"Então o sol deve ter cozinhado seu cérebro, *sir*", disse o sr. Bligh. "Pois, se o senhor não consegue enxergar uma armadilha colocada bem na sua frente, deve ter perdido a metade da inteligência que tinha quando eu o contratei. Eles estão nos atraindo, senhor Purcell, não vê? Nós vamos para lá, comemos a comida, participamos do festim e, dentro de uma hora, estaremos com a cabeça esmigalhada e nunca mais veremos a Inglaterra."

Ao ouvir isso, eu me lembrei do que Robert Lamb me contara dois dias antes acerca das ilhas Fiji e me perguntei se valia a pena dar a vida em troca da barriga cheia. E a minha fome e sede eram tais que, naquele momento, quase acreditei que valia.

"Vire, senhor Fryer", ordenou o capitão, provocando um grito de dor na tripulação. "Vire, eu disse!", repetiu mais alto, sem olhar para nenhum de nós e assumindo a atitude característica do homem que passara mais de um ano no comando do *Bounty* sem que ninguém lhe questionasse a autoridade.

"Remadores", disse o sr. Fryer com uma ponta de frustração na voz, embora eu ache que ele compreendia o acerto da decisão do capitão, "norte-nordeste outra vez."

Os marujos resmungaram, e eu me prostrei, derrotado e decepcionado, mas o capitão tinha toda razão. Na praia, os selvagens começaram a berrar quando viram que não íamos cair na arapuca, e alguns entraram na água para nos perseguir, mostrando lanças curtas e atirando-as em nossa direção, mas nós estávamos muito longe para ser atingidos ou para nos assustar com as suas intenções.

"Vamos achar um porto seguro, homens", disse o capitão depois de algum tempo. Eu sei que vocês estão com fome e precisam de água, mas não podemos aceitar essas coisas em troca da nossa vida. Já sobrevivemos até aqui. Vamos voltar para casa."

"Mas como, capitão?", perguntou o contador John Samuel com extremo desespero na voz. "Como vamos fazer isso com pouca comida e menos água ainda? O que será de nós?"

O sr. Bligh o encarou um instante, sacudiu a cabeça e desviou a vista, e, nesse momento, mudou um pouco sua expressão. Eu o vi olhar fixamente para a água, e o que aconteceu a seguir foi um grande triunfo. Nós todos havíamos tentado várias vezes pescar com o arpão, mas em vão. Todos achavam que o primeiro que conseguisse muito se gabaria. E bem naquele momento, surpreendendo a todos, sobressaltando alguns, pois tudo aconteceu muito depressa, o sr. Bligh pegou um dos arpões aos seus pés, lançou-o rápida e habilmente nas ondas, e, quando o puxou de volta, trazia um peixão, eu diria de uns seis quilos, trespassado bem no centro. Jogou-o no fundo da barca, onde o coitado se debateu algum tempo e enfim se imobilizou, o olho vidrado tão cheio de susto e surpresa quanto os nossos.

"Nós vamos sobreviver", repetiu o capitão, olhando para cada um. Era tal o nosso assombro e a nossa fome que ninguém se dispôs a fazer qualquer coisa além de esperar a distribuição do peixe.

DÉCIMO DIA: 7 DE MAIO

O capitão nos dividiu em dois turnos para que a metade da tripulação viajasse sentada no bordo enquanto a outra metade tentava arranjar onde se deitar o mais horizontalmente possível. Isso era quase impossível, e, como sempre havia água no fundo da barca, o incômodo de ficar ensopado não deixava ninguém dormir. Os nossos ossos já rangiam. Que vida miserável!

Quando o sr. Bligh adormeceu, eu me aproximei do sr. Fryer e o encontrei perdido em pensamentos, olhando fixamente para o mar.

"Ah, Turnstile", disse ele enfim, esfregando os olhos como se acabasse de acordar. "Você está aqui. Queria falar comigo?"

"Sim, *sir*. O senhor parecia estar em outro mundo."

"Bom, isso é fascinante, não acha?", perguntou, contemplando a vastidão azul que nos rodeava. "A gente se perde só de olhar."

Eu concordei. Ocorreu-me que as linhas demarcatórias entre capitão, oficiais, marujos e criado iam se apagando com o passar dos dias. Nós conversávamos com muito mais familiaridade do que quando a bordo do *Bounty*, e o capitão nos tratava quase como iguais, embora isso talvez se devesse ao fato de que éramos uma tripulação leal a ele, coisa que, naturalmente, despertava sua simpatia.

"É verdade, *sir*. Senhor Fryer, posso perguntar uma coisa?"

"Claro", disse ele, olhando para mim.

"É que...", pensei um pouco mais, na esperança de formulá-la corretamente. "O nosso curso, *sir*. O senhor sabe que curso nós estabelecemos?"

"Quem estabelece o curso é o capitão, meu rapaz, você sabe. Não tem confiança no sr. Bligh?"

"Tenho, sim, *sir*", apressei-me a dizer. "Claro que tenho. Ele é um bom cavalheiro, o melhor que já existiu. Só pergunto porque, como os outros homens, *sir*, eu estou morrendo de fome e de sede e estou fraco das pernas e, às vezes, não sei se vamos voltar a ver terra."

O sr. Fryer sorriu um pouco e balançou a cabeça. "Essa preocupação é natural. Meu pai também era marinheiro, sabe? Foi para o mar mais ou menos com a sua idade. Mais novo até."

"É mesmo, *sir*?", perguntei, sem saber se a combinação de mar e sol lhe subira à cabeça, já que eu não indagara sobre a sua família.

"Sim. E quando ele tinha mais ou menos a sua idade, o navio em que viajava naufragou na costa da África. Não estava tão longe da Inglaterra quanto nós, é claro, mas ele e seus companheiros — sete ao todo — conseguiram chegar ao extremo sul da Espanha numa barca quatro vezes menor do que esta. Não tinham capitão, havia apenas um oficial a bordo. Mas todos sobreviveram. E ele foi um grande homem, o meu pai."

Eu arregalei os olhos. Não sabia nada da família do sr. Fryer e achei maravilhoso ele me falar dela.

"Ele é rico, *sir*?"

"Rico é quem tem a alma rica, Turnstile", respondeu, uma frase que nada significava para mim. "Não é pela riqueza que eu me lembro dele. Sim, eu vi a cara que você fez: ele morreu há muitos anos. Febre tifoide."

"Lamento, *sir*."

"Todos lamentamos. Meu pai teve uma vida de aventura. Foi ele que me mandou para o mar. E eu só posso agradecer. Mesmo sendo obrigado a passar meses longe de mulher e filhos e cada vez com mais saudade deles. Mas eu agradeço. Vou lhe dizer uma coisa, Turnstile, se ele tivesse visto o que Fletcher Christian fez naquela noite, a bordo do *Bounty*... ah, teria puxado o cutelo sem pensar duas vezes."

"Ele era um homem violento, *sir*?", perguntei, recordando o meu tempo no estabelecimento do sr. Lewis. "Castigava-o muito quando o senhor era pequeno?"

"Você não entendeu, Turnstile", disse o sr. Fryer, irritado. "Eu estou dizendo que ele jamais toleraria um motim. Teria arranjado um meio de impedi-lo. E Christian seria enforcado pelo que fez. Eu me pergunto se meu pai não nos observava naquela noite, lamentando-se do fato de eu nada ter feito para impedi-los."

"O senhor? Mas o que o senhor podia fazer. Eles eram muitos!"

"E eu era o imediato do navio. Talvez eles me ouvissem se eu tivesse falado. Mas não falei. Ah, eu continuei sendo leal, essa é a verdade. E sabe por quê?"

"Não, *sir*."

"Por causa do capitão, Turnstile. Pela admiração que tenho por ele."

Confuso, fiquei pensando. Era fantástico que um homem da estatura do sr. Fryer se dignasse a conversar comigo, porém, mais curioso ainda era que falasse com tanta candura. Cheguei a duvidar de que soubesse com quem estava falando, pois não seria tão emotivo se estivesse plenamente consciente disso.

"Eu sei o que você deve estar pensando", sorriu. "Que o capitão e eu nunca nos demos bem. É verdade que ele foi excessivamente... severo comigo. Mas o sr. Bligh é mais moço que eu, Turnstile, e capitão da Marinha de Sua Majestade. Ou quase isso. E a sua carreira até agora... Eu o admiro muito, por isso quis assumir este posto. Sua aptidão para desenhar mapas talvez seja a mais perfeita desde Da Vinci. Você sabia disso, Turnstile?"

"Eu sei que ele desenhava bem. Mas não sabia que..."

"Desenhava bem?", riu. "Então você não sabe nada mesmo. Os mapas que o sr. Bligh desenhou quando estava com o capitão Cook, puxa vida, tornaram-se indispensáveis para todos nós durante uma década. É como se ele visse o mundo de uma distância enorme e o reproduzisse. Só um grande homem tem todo esse talento. Não, se eu pudesse voltar àquela madrugada, desembainharia a espada e atacaria os amotinados."

"Para virar picadinho, *sir*", disse uma voz grave à minha direita. Eu me virei e dei com o capitão, ainda no mesmo lugar em que estava dormindo, mas de olhos bem abertos.

"Capitão!", disse o sr. Fryer, corando um pouco, acanhado com o que acabava de dizer.

"Turnstile, é melhor você nos deixar a sós alguns minutos", disse o sr. Bligh. "Suma daqui."

"Sim, senhor", respondi, louco para ficar, pois queria saber como o capitão tinha recebido aquele voto de admiração do homem que ele humilhara em tantas ocasiões, mas ordem é ordem, e eu me afastei e fui me sentar ao lado de Robert Tinkler, um dos que estavam de guarda.

"O que aconteceu afinal", quis saber ele. "Você e o senhor Fryer."

"Sei lá", respondi. "Eu só perguntei que rumo estávamos tomando, e a conversa mudou de repente."

"Os oficiais são assim. Nunca dão uma resposta clara."

Ainda passei algum tempo observando o sr. Bligh e o sr. Fryer conversarem em voz baixa. Sobre o quê? Acaso o capitão estava dizendo ao sr. Fryer que o respeitava muito e agradecia sua lealdade? Era impossível ouvi-los. E até hoje eu continuo sem saber do que falaram.

DÉCIMO PRIMEIRO DIA: 8 DE MAIO

Uma vez mais, avistamos terra e, como de hábito, fomos tomados de uma grande alegria ante a perspectiva de sair da barca e descansar e comer. Automaticamente, os quatro remadores começaram a virar os remos em direção à ilha, mas o capitão sentiu a mudança e soltou um grito, mandando-os manter o curso.

"Mas, capitão", exasperou-se William Cole, apontado para o leste, para terra. "O senhor não está vendo a ilha?"

"Claro que estou, senhor Cole. Eu tenho dois olhos e o senhor sabe que não sou cego. Mas precisamos nos prevenir. Vamos contornar a linha da costa antes de nos aventurar lá."

Nós ficamos um pouco desanimados, mas era preciso obedecer ao sr. Bligh, de modo que os remadores tornaram a virar e começaram a circundar a ilha, que ainda se achava a uma boa distância.

"Onde estamos, capitão?", quis saber George Simpson. "O senhor já esteve aqui?"

"Creio que estas são as ilhas Fiji. Sim, eu estive aqui uma vez com o capitão." Naturalmente, estava se referindo ao capitão Cook, como sempre. "Mas temos de tomar cuidado. Nas Fiji, há nativos amistosos e outros nem tanto. Canibais e outros que tais."

Meu coração saltou no peito quando ouvi essa palavra e recordei o que o sr. Lamb me contara sobre os costumes do povo daquela região do mundo. Eu tinha viajado muito desde Portsmouth, vivera muitas aventuras em dezesseis meses e não estava disposto a virar almoço de selvagem. Por mais que quisesse deitar na praia e movimentar as pernas, comecei a me perguntar se não era mais seguro permanecer na nossa pequena embarcação.

"Capitão", disse o sr. Elphinstone, "veja!"

Todos olhamos na direção indicada e vimos um grupo de nativos levando canoas para a praia, arrastando-as até a água e remando ao nosso encontro.

O sr. Bligh enrugou a testa. "Ah. Era o que eu temia."

"O que está acontecendo, capitão?", gritei. "O grupo vem nos dar boas-vindas?"

"Garanto que não vale a pena conhecer essa gente", respondeu. "Remadores, virem outra vez, vamos seguir viagem."

Ouviu-se uma grande gritaria entre aqueles selvagens dispostos a arriscar a vida por uma chance de aprisionar a barca. Eu olhei para trás e vi duas canoas avançando em nossa direção, cada qual com quatro homens, número bem inferior ao nosso.

"Eles são só nove, *sir*", disse. "Nós somos dezoito."

"São oito nativos, Tutu", contrapôs o sr. Elphinstone. "Será que você não sabe nem a tabuada do dois?"

"Tudo bem, oito", admiti, irritado com a sua pedantice, pois, afinal, aquilo reforçava o que eu acabava de dizer. "Menos do que a metade do nosso número!"

"Menos do que a metade!", tornou o sr. Elphinstone e ia dizer mais, porém foi interrompido pelo capitão:

"Onde há oito, há outros oitenta. Remem depressa, marujos. Vamos continuar a viagem. Logo eles desistem de nos perseguir."

E tinha razão: minutos depois, as duas canoas foram perdendo velocidade até ficar apenas balançando na água, e quatro homens, os que iam no centro de cada uma delas, levantaram-se e brandiram lanças para nós, lanças que podiam servir de espeto para nos assar sobre uma fogueira.

"Não fiquem tão tristes, marujos", disse o capitão. "Nós vamos achar um lugar seguro. Fomos bem até agora, não fomos?"

"Mas quando, *sir*?", indagou o cirurgião Ledward com voz chorosa como a de um bebê a que tivessem roubado o doce. "Nós pelo menos sabemos o rumo que estamos seguindo? Não temos mapa."

"O nosso mapa está aqui dentro, cirurgião", respondeu o capitão, batendo na própria cabeça. "A única coisa de que precisamos é a minha memória. Esqueceu que está falando comigo?"

"Eu não esqueci nada, *sir*, e não quis lhe faltar ao respeito. Só digo que não podemos continuar navegando assim indefinidamente."

A tripulação começou a resmungar baixinho, e o capitão nos endereçou um olhar contrariado. Não por temer um novo motim — afinal, agora não tínhamos como nos amotinar, a não ser que o jogássemos no mar, e isso estava longe de ser útil para nós —, mas porque sabia que o desânimo era o nosso pior inimigo. Selvagens, canibais, assassinos, isso era uma coisa. A falta de esperança de sobreviver, outra bem diferente.

"Vamos continuar no rumo oeste", disse o sr. Bligh. "Até as Novas Hébridas. Eu posso vislumbrar essas ilhas, marujos. Estão ali adiante. Sei que estão. E, de lá, seguiremos até o estreito de Endeavour, no extremo norte da Austrália. Um lugar isolado, sim, mas lá poderemos nos reagrupar antes de empreender a viagem final a Timor. Encontraremos amigos em Timor e faremos uma viagem segura à Inglaterra. Imagino as águas tão claramente quanto imagino o rosto da minha mulher e dos meus filhos, marujos. E o que me impulsiona é a ideia de voltar a vê-los. Mas eu preciso de vocês, rapazes. Vocês estão comigo?"

"Sim, capitão", gritamos todos, ainda que sem entusiasmo.

"Eu perguntei se vocês estão comigo, marujos."

"Sim!", bradamos com mais alegria, e, para o nosso grande prazer, o céu se abriu naquele momento e despejou sobre nós um aguaceiro que nos possibilitou encher os garrafões e escancarar a boca para as nuvens até nos reidratarmos. Foi como se a própria Providência estivesse do nosso lado.

DÉCIMO SEGUNDO DIA: 9 DE MAIO

Por mais contentes que tivéssemos ficado com a chuva da noite anterior, nós despertamos em pleno caos, os homens que haviam conseguido algumas horas de sono mal podiam se mover de tanta contratura muscular. Essa, garantiu o capitão, ia ser uma queixa comum com o correr dos dias. Se dormíssemos com a roupa molhada, acordaríamos com os ossos encharcados. Eu tinha medo de pensar nas dificuldades que aquilo podia criar à medida que a vida prosseguisse. Quanto a mim, já não conseguia mexer a cabeça e qualquer tentativa de virá-la para a esquerda ou para a direita resultava numa agonia tão grande que decidi passar o dia quieto no meu lugar, restringindo-me a movimentar lentamente os braços e pernas até a circulação se restaurar por completo.

"Leward, Peckover, Purcelll e Tutu, assumam os remos", gritou o sr. Fryer pouco depois do nosso pretenso café da manhã: um dedal de água e uma raspinha de coco. Eu me encolhi no assento, tentando não ser percebido, proeza difícil numa barca de apenas vinte e três pés de comprimento. Observei os quatro remadores anteriores largarem os remos e meus três companheiros se arrastarem ao seu lugar, mas continuei me fazendo de morto. "Tutu!", gritou o sr. Fryer. "Você me ouviu?"

"Eu estou indisposto", respondi. "Peço desculpas."

"Indisposto?", perguntou, olhando à sua volta com assombro. "Por acaso esse garoto disse que está indisposto?" Eu não sabia a quem se dirigiam aquelas palavras, mas ninguém respondeu. "Como indisposto?"

"É uma coisa terrível, *sir*. Eu acordei com torcicolo e com uma dor no corpo que não quer passar. Acho que se eu tentasse velejar a barca, só conseguiria fazê-la andar em círculos."

"Não se eu estiver de olho em você, não mesmo", disse ele. "Vamos, tire esse traseiro preguiçoso daí, venha para cá e pegue o remo antes que eu lhe dê uma coça que você nunca mais esquecerá."

Resmunguei, gemi e grunhi, mas foi inútil, a sorte tinha sido lançada. Sentando-me ao lado de William Purcell, tentei esboçar um sorriso de resignação, mas o carpinteiro tomou-o por um sinal de insolência e me endereçou um olhar carrancudíssimo.

"Todo mundo tem de fazer isso. Você não é mais o criado do capitão, você sabe."

"Claro que sou", contrapus. "Se é que eu tenho um posto na Marinha de Sua Majestade, o meu é esse."

Ele arreganhou os dentes: "Acabaram-se os privilégios especiais. A coisa não é mais como era. Nós estamos todos juntos nisto aqui".

Eu fiz uma careta. Então era assim que os marinheiros me encaravam naqueles dezesseis meses? Como um sujeitinho que tinha uma situação especial e bem diferente da deles simplesmente por causa da minha proximidade da cabine e da pessoa do capitão? Não sabiam como era árduo o meu trabalho. Ora essa, eu me levantava cedo para preparar o café da manhã do capitão, depois cuidava da roupa dele, e depois vinha o almoço, e então talvez uma folguinha, caso eu conseguisse me esconder num lugar em que ele não me achasse, e depois o jantar, e, claro, a hora de dormir. Como era possível que achassem a vida deles mais difícil que a minha?

"Eu sei disso, William Purcell", disse-lhe, ofendido. "É só o torcicolo que..."

"Ah, você vai lamber o meu rabo se disser mais uma palavra sobre esse seu torcicolo", disparou o porco imundo. "Agora comece a remar e vamos ver se a gente chega um pouco mais depressa aonde tem de chegar."

Na barca, todos os homens se revezavam nos remos, até o capitão e os oficiais, e pelo menos isso nos dava uma sensação de unidade e igualdade. Duas horas por vez, quatro remadores por turno. Nos primeiros dias da nossa aventura, senti os músculos do braço virarem geleia e tive certeza de que, se me mandassem pegar os remos outra vez, eles iam se desprender dos ombros; mas agora, tendo feito esse trabalho durante quase quinze dias, os músculos dos meus braços haviam se desenvolvido e a coisa já não era um trauma tão grande. Eu podia passar duas horas remando alegremente sem sentir nenhuma dor. Mas, naquele dia, com o corpo tão encharcado e o esqueleto em pandarecos, foi uma provação terrível.

Entrementes, o capitão improvisou uma espécie de balança com as duas metades de uma casca de coco e um par de balas de pistola fazendo as vezes de peso e anunciou que, dali por diante e até que chegássemos ao nosso destino — as Novas Hébridas —, as rações seriam reduzidas novamente e divididas em partes iguais pelo peso determinado por aquela geringonça. Não foram poucos os gritos que se ouviram, pois todos os estômagos sentiam que nunca mais tinham sido alimentados, tão exígua era a quantidade que nos serviam três vezes por dia, mas não havia o que dizer ou fazer para mudar aquilo, e o capitão não daria ouvidos a nenhuma alegação.

Foi um dia triste, eu me lembro. Um dia deprimente. Um dia em que me senti arrasado, arrasadíssimo.

DÉCIMO TERCEIRO DIA: 10 DE MAIO

Fome. Fome. Fome. Fome.

E sede.

Se a palavra fome pudesse girar sobre a própria cabeça e se transformar num ser humano vivo e que respira, juro que ele seria um rapazinho inglês de não mais que um metro e sessenta e cinco de altura, cabelo escuro e desgrenhado, um dente da frente lascado, que atendia pelo nome de John Jacob Turnstile. Nesse dia, eu acordei com uma dor de barriga como nunca sentira até então, o tipo da dor que faz a gente se dobrar e uivar.

Quando me levantei do meu lugar no fundo da barca, após algumas horas de sono inquieto em que fiquei com os pés na cara de Thomas Hall e sofri a indignidade de receber os de John Hallett na minha, senti o corpo todo protestar contra o trauma que eu lhe impingia. Meus braços e pernas doíam e minha cabeça latejava, mas, Santo Deus, o que mais me maltratava era a dor de barriga. Arrastando minha pobre carcaça até a lateral da lancha, peguei um arpão e fiquei observando as águas à procura de um sinal de peixe. Se conseguisse fisgar um, pensei, ia escondê-lo debaixo da camisa — embora esta não passasse de uma fina camada de tecido todo esgarçado e roto — e mastigá-lo cru quando me desse vontade. Claro que seria uma cachorrada não oferecer nada aos outros, e decerto haveria uma grande comoção se me descobrissem, mas agora era cada um por si, e eu jurei que, se pegasse um peixe, ele iria direto para a minha barriga.

As águas daquela região eram de um azul curioso, com uns tons esverdeados tingindo suas profundezas e um rolo negro que aparecia de quando em quando para acrescentar mais uma cor ao arco-íris. Ao contemplá-las, eu me senti arrebatado como o sr. Fryer na ocasião em que o surpreendi perdido em devaneios e olhando para o mar. Concentrando-me, descobri que podia ver o meu reflexo na água e, quando mergulhava a mão para agitá-lo, meus olhos, minha boca, meu nariz e minhas orelhas se fragmentavam num caleidoscópio de Turnstile, espalhando-se em todos os pontos cardeais até que a atração mútua fosse demasiada e a água se estabilizasse, tornando a unir ante os meus olhos os cacos da minha fisionomia. Isso me fez sorrir e suspirar.

Pouco depois, tive um sobressalto. De olhos arregalados, me perguntei quem era aquele que olhava para mim. Seria John Jacob Turnstile, do estabelecimento do sr. Lewis? De Portsmouth? O inglês? Achei que não. Este aqui tinha a mandíbula muito forte e firme para um garoto de quinze anos. Seu rosto era chupado. E já apresentava um esboço de bigode e barba. Levei a mão ao rosto, senti a penugem que brotava e fiquei por um momento orgulhoso da minha virilidade. Durante alguns segundos vitais, foi maravilhoso estar vivo. Será que iam me reconhecer em Portsmouth caso acontecesse a coisa mais improvável do mundo e os dezoito retornássemos à terra do rei? E passou-me pela cabeça que eu podia recomeçar, sim, mesmo na minha cidade natal, e ninguém ia saber o ofício que havia suportado outrora, o ofício diurno e o outro, pior, o noturno. Mas tais ideias não podiam durar mais do que um momento, como as minhas feições dissolvidas na água, antes de tornarem a se unir para que ressurgisse a verdade.

Pestanejei e ouvi movimento às minhas costas; os outros andavam. Marinheiros que se levantavam, instáveis, ansiosos por erguer as mãos para o céu, levantar o pé e pô-lo para fora, sacudi-lo, tentando manter o equilíbrio, para que o sangue voltasse a correr. Vozes chamavam o capitão para saber quando o nosso jejum seria interrompido, e ele dava uma resposta que não agradava a todos.

Mas não olhei para trás. Continuei com os olhos fitos na água. E então o vi: um peixe comprido. Vermelho, não? Ou verde-escuro? Não importava. Era um peixe. Tinha carne. Empunhei o arpão curto sobre a água. Bem nesse instante, a dor de barriga me atacou como um chute no saco e fiz a única coisa que eu pude fazer para não gritar de agonia; quando voltei a abrir os olhos, o arpão tinha desaparecido, um dos dois que possuíamos. Deixei-o cair. Ele mergulhou nas profundezas do oceano. Eu arfei, horrorizado, e fiquei esperando a mão que ia me agarrar pelo fundilho e me jogar no mar para buscá-lo, mas nada aconteceu. Ninguém tinha visto.

Olhei à minha volta com cautela, receando deixar transparecer o medo, mas nenhum dos meus companheiros estava olhando para mim. O capitão se virou e reparou na minha expressão.

"Turnstile", disse, "você está passando bem? Parece muito ansioso."

"Eu estou bem, *sir*", respondi. Era melhor guardar segredo. Em breve dariam pela ausência do arpão, mas eu não ia dizer nada. Não valia a pena.

DÉCIMO QUARTO DIA: 11 DE MAIO

O pessoal a bordo da barca era, sem dúvida, uma cambada de tagarelas. Quando estava no meu turno de remador, eu tentei puxar conversa com o artilheiro William Peckover e não recebi nada em troca. Estávamos lado a lado, e ele era muito maior do que eu, mais alto, mais corpulento e muito mais gordo, entenda isso como quiser, seu ombro batia no meu toda vez que ele puxava o remo na nossa direção. Aquilo me incomodava um bocado, mas o pessoal estava com os nervos à flor da pele naquela manhã e eu achei que um bate-papo faria bem.

"Ouvi dizer que esta não é a primeira vez que você navega com o senhor Bligh", disse. Ao me ouvir, Peckover se virou e me olhou com um ar tão ofendido como se fosse o próprio rei da Inglaterra, e eu tivesse virado a bunda para ele ao me retirar.

"É mesmo, Tutu, ouviu dizer? E se for verdade? O que você tem a ver com isso?"

"Nada, amigo. Eu falei por falar."

Ele me encarou mais um pouco e continuou remando. "Sim", disse depois de um bom tempo, tanto que eu já tinha esquecido a minha pergunta e estava ocupado com a lembrança de uma ímpia e deliciosa tarde em que Kaikala e eu passamos à beira da nossa lagoa, lembrança essa que, em qualquer outra ocasião, teria me deixado excitadíssimo, mas não naquela, devido à exaustão do meu corpo e ao vazio da minha barriga. "Sim, é verdade. Nós navegamos juntos no *Endeavour* quando ele era imediato e o capitão Cook nos comandava."

"Ele era muito diferente naquele tempo?", perguntei, pois achava difícil imaginar o capitão no posto do sr. Fryer, não dando ordens, mas recebendo-as e obedecendo."

"Um pouco", respondeu. "Era mais moço, com certeza." Eu suspirei, sem saber se ele estava sendo evasivo ou achava aquela uma resposta razoável à minha pergunta. "Só digo uma coisa", acrescentou depois de mais alguns minutos. "O capitão Cook não teria deixado isto acontecer."

"Isto o quê?"

"Isto, Tutu. Isso aqui! A nossa tripulação à deriva, rumando Deus sabe para onde, sem saber se vamos viver ou morrer. Ele não teria deixado a situação chegar a tanto."

"Mas o capitão foi pego de surpresa", protestei, pois, embora a situação tivesse mudado, eu continuava achando que tinha o dever de defendê-lo. "Ele não sabia dos planos do senhor Christian."

"Não sabia? Pois devia ter aberto os olhos e os ouvidos quando nós estávamos em Otaheite, porque mais de um homem sabia da conspiração, e havia outros, não muito longe de nós, que ficaram divididos entre duas ideias: a fornicação e o dever."

Eu olhei para os lados, desejando saber quem entre nós era o vilão imundo que chegou a pensar em se opor ao capitão, mas me ocorreu que eu também tive momentos de dúvida quanto ao lado em que ficar.

"Você sabia?", perguntei em voz baixa. "Sabia que ia haver um motim?"

Peckover deu de ombros. "Eu sabia que era possível. Sabia que o senhor

Christian não queria ir embora da ilha, e sabia que havia gente disposta a ficar com ele a qualquer preço."

"E você? Nunca pensou em passar para o lado de lá?"

Ele sacudiu a cabeça com vigor. "Eu não. Eu sou homem do rei, sempre fui, desde o dia em que nasci. Não, nada seria melhor para mim do que mais um pouco de farra com as damas de Otaheite, mas eu não ficaria lá, não acrescentaria o meu nome à lista de amotinados. A minha família cairia em desgraça. Mas acho esquisito você ter se unido a nós, Tutu. Acho esquisito não ter preferido gozar as liberdades oferecidas."

"Eu não tenho por que voltar para a Inglaterra, admito. Mas o capitão foi bom para mim desde o momento em que eu entrei no navio. Cuidou de mim nos primeiros dias, quando fiquei doente. Estabeleceu uma relação de confiança comigo durante a viagem. Ensinou-me um monte de coisas."

"É, havia até quem tivesse inveja disso", riu.

"Verdade?"

"Claro! Você pensa que os oficiais jovens gostavam de vê-lo entrar e sair da cabine a qualquer hora do dia ou da noite? Pensa que achavam justo você ficar lá, trabalhando ou descansando, enquanto eles encaravam o serviço pesado do navio? O senhor Christian e o senhor Heywood falaram disso com o capitão. Disseram que estavam preocupados."

"Preocupados comigo?", peguntei, o sangue já fervendo. "Que calhordas! Ora, eu nunca dei nenhum motivo!"

"E também houve a história da lista", prosseguiu, sorrindo como se ele se alegrasse com o muito que sabia a meu respeito.

"Lista? Que lista?"

"A lista que encontraram. Os nomes dos homens que podiam estar metidos na conspiração. O do senhor Christian estava lá. Sim, e o do senhor Heywood."

"Eu me lembro", disse, recordando a noite em que eu estava na minha tarimba, fingindo dormir, quando o sr. Fryer e o sr. Bligh discutiram a lista recém-descoberta e se deviam revelar os nomes ou não. "O capitão não sabia o que fazer com ela."

"Imagino", concordou Peckover. "Só que da lista também constava outro nome, jovem Tutu. Você ficaria surpreso se o lesse. Ou talvez não."

Eu fechei a cara. Não conseguia imaginar quem podia ser, à parte os próprios amotinados. "Quem?", perguntei. "Quem era?"

"Não sabe mesmo?", perguntou, virando um pouco a cabeça e me dando um olhar inquisitivo, como para averiguar se eu estava sendo sincero.

"Claro que não. Eu não li a lista. Que nome estava lá? Algum outro oficial? Thomas Burkett? Ele sempre foi um sujeito ruim. Edward Young? Ele vivia falando mal do capitão."

"Nenhum deles", disse Peckover, sacudindo a cabeça. "Embora esses dois pudessem muito bem figurar na lista. Mas não. O nome a que me refiro é o de um cara muito mais próximo do capitão do que eles.

Eu fiquei pensando. Havia só um nome que me parecia possível, embora improvável. "Não era o senhor Fryer?", perguntei.

"Não, nada disso", riu. "O nome era Turnstile. John Jacob Turnstile."

DÉCIMO QUINTO DIA: 12 DE MAIO

Só dois dias depois foi que perceberam o sumiço de um arpão. O sr. Elphinstone, que de um tempo para cá dera para falar dormindo, gritando repetidamente o nome Bessie — um fato desconcertante pois era o nome da mulher do capitão —, estava organizando o turno de remadores do dia quando Lawrence LeBogue reparou num cardume passando perto da barca.

"Veja, *sir*", disse, apontando para a água, e metade da equipagem olhou para estibordo, quase que inclinando a lancha. "Poderíamos apanhar um punhado se tentássemos."

"Os arpões", disse o sr. Elphinstone, olhando ao redor para localizá-los; como fazia vários dias que não víamos um peixe sequer, os arpões não tinham sido necessários. George Simpson achou um debaixo do seu assento, e todos foram procurar o segundo. "Ora, não é possível, homens, deve estar em algum lugar."

"O que é isso?", quis saber o capitão, que estava dormindo e despertou com o barulho. "O que houve, senhor Elphinstone?"

"Os arpões, *sir*. Só achamos um."

"Mas são dois."

"Sim, senhor."

O sr. Bligh suspirou e sacudiu a cabeça como se o problema não fosse digno de atenção. "Ora, nós não o podemos ter esquecido em outro lugar; tem de estar aqui."

Todos procuraram, inclusive eu, que sentia o sangue fluir mais depressa dentro do peito à medida que a busca prosseguia. Ocorreu-me que devia ter confessado meu crime logo que aconteceu. Seria uma enrascada para mim, é claro, mas pelo menos eu teria sido sincero. Meu medo era que os homens me pegassem e me jogassem no mar para procurar o arpão perdido: seria o fim da minha aventura.

"*Sir*, parece que não está na lancha", disse enfim o sr. Elphinstone, sentando-se e sacudindo a cabeça. Cheguei a pensar que fosse ter um acesso de choro, tal era a sua contrariedade.

"Não está aqui?", gritou o capitão. "Só podem tê-lo jogado no mar, concorda?"

"Sim, senhor."

"Então quem foi?", perguntou, levantando-se e olhando para todos. "William Purcell, foi o senhor que perdeu o arpão?"

"Deus é testemunha de que não fui eu", respondeu o carpinteiro, mostrando-se mortalmente ofendido com a ideia.

"E o senhor, John Hallett, jogou-o no mar?"

"Eu não, *sir*. Nunca pus a mão nesse arpão."

Uma voz gritou na proa da embarcação: "Fui eu, *sir*". De repente, fiquei de pé e me dei conta de que acabava de falar, admitindo a perda. O fato surpreendeu até a mim, mas eu tinha certeza de que o capitão interrogaria todos os homens a bordo, um a um, e era mais fácil eu beijar um macaco do que mentir para ele ou ocultar a verdade. "Eu perdi o arpão."

"Você, Turnstile?", perguntou, sem dissimular a decepção comigo.

"Sim, senhor. Eu o estava segurando. Queria pegar um peixe. E ele escorregou. E sumiu."

O sr. Bligh respirou fundo e sacudiu a cabeça, estreitando as pálpebras para melhor me observar. "Quando foi?"

"Há dois dias. Quando estava anoitecendo."

"Há dois dias, e só agora você vem nos contar?"

"Desculpe-me, *sir*. Eu lamento muito."

"É para lamentar mesmo", gritou o botânico David Nelson, erguendo-se bruscamente, justo ele, em geral mais sereno do que um pato na lagoa. "Nós tínhamos dois arpões e agora só temos um. Como vamos sobreviver? E se toparmos com outros selvagens?"

"Sente-se, homem", urrou o capitão, e o sr. Nelson se virou para encará-lo, sem lhe obedecer de imediato.

"Mas capitão, o garoto mentiu e..."

"Ele não mentiu; simplesmente omitiu a verdade. A diferença é sutil, reconheço, mas não deixa de ser uma diferença. Sente-se, senhor Nelson, eu já disse, e você, Turnstile, venha cá."

O botânico se sentou, ainda resmungando, e eu fui para a proa bem devagar, passando pelos outros marujos, que me olharam com raiva e murmuraram comentários sujos sobre o meu nascimento e a minha mãe, como se eu tivesse conhecido essa pobre mulher. O sr. Bligh estava de pé, as mãos na cintura, e eu engoli em seco ao me aproximar.

"Desculpe-me, *sir*", pedi outra vez. "Foi um acidente."

"Acidentes vão ocorrer com todos nós. Mas como vamos sobreviver se não formos sinceros com os outros? Veja o senhor Lamb e o senhor Linkletter."

Eu me virei e olhei para os dois homens, que estavam sentados a cada lado da embarcação com baldes pequenos, tirando a água do fundo, trabalho que passara a ser tão constante quanto o remar e a dor de barriga.

"Se um dos dois perder o balde, você não acha importante ele nos informar e admitir a perda?"

"Sim, senhor, claro que sim."

"Pois bem, você precisa ser punido. Vai fazer turno duplo nos remos o dia todo. E que isso lhe sirva de lição." E, para arrematar, cascou-me um pé de ouvido. "Senhor Samuel, dê seu lugar para o Turnstile."

O contador do navio se levantou e eu me sentei e comecei a remar, o rosto ardendo de vergonha, sabendo dos olhares de condenação que os outros me dirigiam, mas não importava. Tudo estaria esquecido no dia seguinte. Tínhamos outras coisas com que nos preocupar.

DÉCIMO SEXTO DIA: 13 DE MAIO

Neste dia, não ocorreu nada que nos interessasse. Só tédio. Tédio e fome.

DÉCIMO SÉTIMO DIA: 14 DE MAIO

Um dia ruim, que piorou de madrugada, quando acordei ao ser atingido por uma onda enorme que arremeteu contra a barca. Cuspi a água que entrou na minha boca e ergui o corpo, sem entender por que os outros sete ou oito homens que dormiam ao meu lado ou por cima de mim não despertaram. Sem dúvida, devia ser pelo fato de agora estarmos todos cansados e debilitados demais para que uma ducha fria os perturbasse. Olhei à minha volta e me surpreendi ao ver o capitão sentado atrás de mim, na popa da lancha — seu lugar habitual era a proa —, e, sentindo os meus olhos, ele se virou para me encarar.

"Não está dormindo, Turnstile?", perguntou em voz baixa.

"Eu estava. Mas fui acordado."

"Procure dormir", aconselhou o sr. Bligh, virando-se e olhando para a água; era noite de lua cheia e o clarão dava-lhe um ar espectral. "Nós precisamos descansar quando possível para conservar a força."

"O senhor está bem, *sir*?", perguntei, pisando no corpo roncante de Robert Lamb para ir me sentar ao seu lado. "Alguma coisa que eu possa fazer?"

"Nós não estamos mais no *Bounty*, garoto", disse ele com tristeza. "Não há muito que você possa fazer. Eu perdi o navio, lembra?"

"Lembro que o roubaram, *sir*. Lembro que ele foi tomado. Por amotinados e piratas."

"Sim, e nunca mais vou vê-lo, eu sei disso."

Eu concordei com um gesto e fiquei pensando no que dizer para animá-lo um pouco. Naquele momento, éramos apenas dois homens unidos por uma situação difícil, não mais capitão e criado. Eu queria lhe dizer qualquer coisa que o alegrasse um pouco, como antigamente, mas nunca fui bom nessas coisas. Para minha alegria, ele resolveu falar primeiro.

"Você sabe por que eles fizeram isso, John?", perguntou, chamando-me pelo prenome, coisa rara. "Quer dizer, por que roubaram meu barco?"

"Por que eles não prestam, *sir*", respondi. "Isso é inegável. São uns canalhas, todos eles. Sabe de uma coisa, eu nunca confiei no senhor Christian. Sempre com aquela cara de transviado. Sei que ele é oficial, *sir*, mas agora eu posso dizer isso, não? Posso dizer o que penso?"

O capitão deu de ombros. "Ele não é mais oficial. É pirata. Traidor. Traiçoeiro. Será um homem procurado quando nós voltarmos para a Inglaterra. E, cedo ou tarde, vai acabar enforcado."

Eu sorri, grato porque o sr. Bligh sempre fazia questão de dizer *quando* nós voltarmos para a Inglaterra, e não *se*. "Nunca vi homem com cabelo mais limpo do que o dele", continuei, empolgando-me. "Ou com unhas mais limpas. Ou tão cheiroso. Não sabia se devia lhe obedecer ou assobiar para ele. E quanto ao pulha do senhor Heywood... Logo no começo, eu vi que ele não valia nada."

"Fazia tempo que Fletcher... quer dizer, que o senhor Christian e eu... nos conhecemos. Eu conheço a família dele. Eu o promovi, Turnstile. Ato que hoje me envergonha. Por que eles fizeram o que fizeram?"

Eu mordi o lábio e refleti sobre a questão. Havia dias que uma coisa me atormentava, mas ainda não tivera oportunidade de falar com o capitão sobre ela. "Havia uma lista, capitão", disse enfim.

"Lista?"

"A que o senhor Fryer encontrou. Com os nomes dos amotinados. O do senhor Christian estava lá. E o do senhor Heywood. Além de outros."

"Sim, então você sabe disso?", perguntou, olhando para mim com desconfiança. "Quem contou?"

"A verdade é que eu estava acordado naquela noite, *sir*, quando os dois oficiais foram à sua cabine. E, quando o senhor Fryer lhe falou nela, eu ouvi a conversa."

"Pelo jeito, você escutou muita coisa durante a viagem, Turnstile. Sempre o achei um rapazinho de ouvidos abertos e boca fechada."

"Tem razão."

"Que bom", sorriu o sr. Bligh. "Pode ser que eu precise da sua memória quando estivermos na Inglaterra." Outra vez aquele assunto. "Quando a corte se reunir, e vai se reunir. Quando sujarem meu nome." Ele hesitou, e eu tive a impressão de que sua voz falhou. "E vão sujá-lo", acrescentou.

"O seu nome, *sir*? Mas por quê? O que o senhor fez para merecer isso?"

"Nós vivemos numa época difícil", disse ele, encolhendo os ombros. "Sempre se pode alterar uma história. Não faltará quem pergunte por que um grupo de homens, inclusive oficiais de família decente, se sublevou contra o seu capitão. Alguns vão me culpar. Só uma história será lembrada no fim. Ou a minha, ou a deles."

"Mas a sua é a verdadeira, *sir*", contrapus, surpreso com tanto pessimismo. "Nunca existiu um capitão mais justo. É disso que vão se lembrar."

"Você acha? Quem há de saber? Um de nós — quer dizer, o senhor Christian e eu — será lembrado como um tirano e um tratante. E o outro será lembrado como herói. É possível que eu ainda precise dos seus ouvidos e da sua memória para assumir o lugar que me cabe."

"*Sir*, meu nome estava na lista?", perguntei de supetão, falando mais depressa do que eu mesmo esperava.

"O quê?"

"Na lista dos amotinados. Meu nome estava lá?"

O capitão respirou fundo pelo nariz e me fitou nos olhos; as ondas bateram no costado da barca enquanto ele refletia. "Estava", disse.

"Então é uma calúnia", apressei-me a retrucar. "Eu nunca entraria nisso, *sir*. Nunca. Não sabia de nada e não participei de nenhuma conversa desse tipo."

"Não era a lista dos amotinados", explicou, sacudindo a cabeça. "Era a lista dos homens que o senhor Christian achava que iam se unir a ele. Gente que, em sua opinião, estava... infeliz com a vida. Você estava infeliz, Turnstile? Eu lhe dei motivo para ser infeliz?"

"Não, *sir*. Infeliz eu era em casa. Na Inglaterra."

"Ah, sim", disse ele, pensativo. "Isso."

"Isso, *sir*."

"Você não vai voltar para aquela vida, garoto. Eu prometo."

"Eu sei."

O sr. Bligh sorriu e deu um tapinha no meu ombro. "Sabe de uma coisa?", disse. "Pelos meus cálculos, hoje é 14 de maio. Aniversário do meu menino. Que saudade!"

Eu assenti com a cabeça, mas não disse nada. Sabia que ele estava emocionado com a lembrança do filho, e, instantes depois, voltei para o meu lugar, deitei-me e tentei dormir. E consegui. Dormi de forma intermitente no começo; depois, profundamente.

DÉCIMO OITAVO DIA: 15 DE MAIO

Eu estava no meu turno de remo, uma ou duas horas depois do amanhecer, quando o guarda-marinha Robert Tinkler teve a sua primeira alucinação. O cirurgião Ledward remava à minha esquerda e nós dois íamos concentrados no trabalho, sem conversar nem pensar em nada, simplesmente movimentando os remos para frente e para trás. O tempo mudara de repente e, pelo menos dessa vez, não estávamos ocupados em tirar água da barca; alguns marujos até despiram a camisa e o calção molhados e os estenderam na esperança de que secassem em algumas horas.

"Charles", disse o sr. Tinkler, aparecendo por trás de nós e dirigindo-se ao cirurgião Ledward, cujo prenome não era Charles, e sim Thomas. "Disseram que a égua do *paddock* lá de cima está com potro outra vez. Você não me contou que a pôs com o garanhão."

Ledward virou a cabeça e olhou para ele com um misto de surpresa e desinteresse estampado no rosto. Nesse momento, reparei num longo trecho de pele branca e escamosa alastrando-se em seu pescoço e camisa adentro e me perguntei o que o próprio cirurgião faria com aquilo.

"Eu disse ao papai que a gente devia comprar um garanhão nosso", prosseguiu Tinkler, entregue à sua alienação. "Os *shillings* que gastamos cada vez que..."

"Que maluquice é essa?", perguntou Ledward. "Quem você pensa que eu sou, Robert, seu irmão? Seu amigo?"

Tinkler o encarou, e eu detectei algo desagradável em seu olhar, como se ele estivesse mais habituado a brigar com a pessoa com a qual estava confundindo o cirurgião do que a se entender com ela.

"Você não é mais meu irmão, é isso?", rosnou. "Eu já disse que o que falam de mim e Mary Martinfield é pura mentira. Eu não encostaria um dedo na pessoa a quem você entregou o coração. Se deixarmos uma coisa dessas acontecer conosco..."

"Robert, vá descansar um pouco", aconselhou o cirurgião com voz mansa. "Deite a cabeça ali onde houver espaço e feche os olhos. Quando você acordar, as coisas estarão muito mais claras."

O sr. Tinkler abriu a boca para dizer algo mais, porém, dando a impressão de se acalmar, fez que sim e foi para o lugar apontado pelo cirurgião. Eu o vi deitar-se e fechar os olhos; poucos segundos depois, ele dormiu e seu corpo começou a arfar.

"Ele precisa ir para o hospício?", perguntei ao cirurgião, apontando com o queixo para o companheiro adormecido.

"Talvez. É difícil saber. A viagem está mexendo com a cabeça dele. Assim como a fome. E a falta de água."

"Está mexendo com a cabeça de todo mundo. Mas não é por isso que eu vou pensar que sou o duque de Portland."

"Vai afetar cada um de modo diferente", disse ele. "O importante é não piorar a situação. Pode ser que o senhor Tinkler esteja em estado de demência ou que seja uma loucura passageira. Mas o nosso espaço é muito pequeno e o estimula. Proponho que, se ele começar a falar assim outra vez, tente apenas acalmá-lo e represente o papel que ele lhe atribuir."

"Santo Deus!", exclamei, admirado com aquilo, perguntando qual de nós seria o próximo a perder o juízo. "Quer dizer que o senhor já viu esse tipo de coisa?"

"Eu nunca estive perdido no meio do Oceano Pacífico, Tutu, numa lancha concebida para oito pessoas, não para dezoito, sem comer e com a morte quase certa à minha espera, não, nunca." Eu arqueei uma sobrancelha, esbocei um sorriso e sacudi a cabeça. "Desculpe-me", pediu. "Foi desleal da minha parte."

"Foi uma pergunta muito simples", disse-lhe. "Só queria saber se o senhor tem experiência com lunáticos e sabe tratá-los."

"Eu não. Meu pai e meu avô também eram médicos, mas nós três lidamos com coisas do corpo, não da mente. É uma região que não desperta o interesse da maioria dos verdadeiros cirurgiões, já que não há cura para os que têm o cérebro doente. O encarceramento é a melhor solução para a sociedade."

"Já ouvi histórias horríveis desses lugares", eu disse, estremecendo. "Deus me livre de ir parar num deles."

"Então procure conservar-se sadio e não se viciar. É comum garotos da sua idade se entregarem ao vício, e juro que essa é uma das causas da demência mais tarde."

Eu não disse nada. Já tinha observado que o sr. Ledward era muito religioso e desconfiei que estivesse sugerindo que passar muito tempo batendo punheta, coisa que na verdade eu fazia, ia acabar me levando à loucura. Durante a viagem de navio, ele andava com uma bíblia e a lia com frequência, se bem que, ao contrário de muitos da sua laia, não procurava impor sua visão ao resto da tripulação.

"Eu nunca me entreguei a vício nenhum", protestei, fungando de leve e virando a cara. "E acho essa insinuação uma infâmia contra o meu caráter."

"Sim, sim, Tutu", disse ele, irritado. "Então eu acredito na sua palavra."

Eu desviei a vista com a intenção de ficar olhando para o mar em silêncio, mas fui perturbado pelo sr. Tinkler, que, sentando-se, começou a comentar a atual situação das ruas de Cardiff e sua tendência a ficarem emporcalhadas com o esterco dos cavalos. Sacudi a cabeça e suspirei, esperando que o cirurgião estivesse enganado, pois, se eu conseguisse sobreviver àquela viagem, que fosse com saúde, não para ser trancafiado no hospício assim que desembarcasse.

DÉCIMO NONO DIA: 16 DE MAIO

Se na véspera o Todo-Poderoso houve por bem brindar-nos com um pouquinho de sol nas costas, muito se deleitou em nos proporcionar o contrário neste dia, pois a ventania e a tempestade se desenfrearam de modo tão terrível que, durante seis ou sete horas, ameaçaram nos precipitar numa sepultura aquática. Os nossos melhores e mais fortes remadores — John Hallet, Peter Linkletter, William Peckover e Lawrence LeBogue — pegaram os remos e lutaram como se fossem um único homem de quatro membros para nos manter à tona. Outros tratavam de tirar água da barca enquanto o resto ousava proferir, mentalmente, orações apavoradas, rogando que saíssemos com vida daquela peripécia.

Quando os furacões por fim esmoreceram e passamos a enfrentar apenas vento e chuva, o capitão percebeu a nossa miséria e nos ofereceu um pouco de carne de porco salgada, que era o melhor remanescente da nossa breve passagem pelas ilhas Amigáveis, assim como um pedaço de pão e um dedal de água. Confesso que, ingeridos juntos, os três itens foram um grande banquete, e, se meu estômago não insistisse tanto em gritar que aquilo não bastava — e não bastava mesmo —, eu teria me deitado, feliz e saciado, achando-me um sujeito satisfeitíssimo.

"Capitão", disse o sr. Tinkler, que havia recuperado um pouco a razão, embora talvez não toda, considerando o disparate que se seguiu. "Capitão, não é concebível que o senhor nos dê só isso!"

"Só isso o quê, senhor Tinkler?", perguntou o sr. Bligh, passando o dorso da mão nos olhos para enxugar a chuva, as olheiras profundas denunciando a sua exaustão.

"Este pão", disse Tinkler com frustração na voz. "Não dá para alimentar nem um periquito, imagine uma tripulação de homens adultos e mais o garoto Tutu."

Eu não gostei do que ouvi, mas achei melhor ficar calado, limitando-me a acrescentar mais um insulto ou grosseria à minha lista.

"Senhor Tinkler", suspirou o capitão, "é o que há. Adianta eu lhe dar mais agora e vê-lo morrer de fome amanhã? E depois de amanhã? É isso que o senhor quer que eu faça?"

Ao ouvir tais palavras, o ex-lunático se levantou, estendeu vagarosamente os braços diante dele e cerrou os punhos, não para o agredir, mas para agitá-los no ar, encolerizado. "Amanhã é amanhã", disse, afirmando o óbvio. "Deixe de se preocupar com isso."

"Não", disse o capitão, sacudindo a cabeça.

"Mas eu estou faminto. O senhor quer que eu morra de fome? Olhe aqui." Tinkler ergueu a camisa e mostrou as costelas, nas quais bastava passar uma colher para extrair um efeito harmonioso. "Eu virei pele e osso!"

"Nós todos viramos pele e osso, *sir*", gritou o sr. Bligh. "E vamos continuar virando pele e osso até nos salvarmos. É o preço que pagamos pelos crimes dos nossos antigos marinheiros."

"É o preço que pagamos pela insensatez de ter ficado do seu lado, não é isso?", bradou o guarda-marinha, indignado, virando-se para olhar para nós, o rosto ao mesmo tempo pálido pela doença e vermelho de raiva, se é que se pode entender tal descrição. Mas deu com uma plateia surda, pois nenhum de nós estava disposto a escutar suas injúrias. "O que vocês dizem, marujos? Nós estamos desnutridos. Estamos famélicos. Lá dentro..." Olhou para o engradado que sempre ficava trancado ao lado do capitão, a chave pendurada em seu pescoço. "Lá dentro há comida. Comida com a qual o senhor Bligh decide se e quando vamos nos alimentar. Quem lhe deu essa autoridade? Por que tolerar isso?"

O capitão se levantou de um salto na proa e, num instante, ficou cara a cara com o sr. Tinkler; seus olhos fulminavam ódio, e eu cheguei a temer que aquilo acabasse muito mal. "Sente-se, *sir*", gritou ele tão alto que até o sr. Christian deve ter ouvido. "Eu não admito esse tipo de discurso, entendeu? Será que nós já não tivemos motim suficiente para uma vida inteira? O senhor pergunta quem me deu autoridade? O rei, *sir*! O rei me deu autoridade e só o rei pode tirá-la de mim."

O sr. Tinkler passou cinco, seis, sete segundos olhando nos olhos do capitão, e ninguém sabia se ia responder e atacá-lo. Vi o sr. Fryer e o sr. Elphinstone preparando-se para intervir caso a situação ficasse incontrolável, mas ainda se contendo. Eu já estava meio fora do assento, pronto para sair em defesa do capitão. Mas não foi preciso, pois o olhar do poder bastou para Tinkler, que baixou a cabeça com um misto de dor, contrariedade, fome e demência, jogou-se no fundo da barca e chorou feito uma criança. O capitão chegou a levantar a mão, creio que para tocar o ombro dele, mas pensou duas vezes e, dando meia-volta, voltou para o seu lugar.

"Vocês vão comer quando eu disser que vão comer", gritou para todos ouvirem. "E vão comer o que eu der. Eu não como mais do que ninguém a bordo, vocês sabem perfeitamente. Nós vamos sobreviver, entenderam? Vamos sobreviver! E vocês vão me *obedecer*!"

Ouviram-se fracos murmúrios de aprovação, mas, na verdade, nós eramos a metade dos homens que tínhamos sido e nem mesmo uma cena daquelas conseguia quebrar a monotonia da nossa viagem e o terror da nossa nova vida. Poucos minutos depois, voltamos a nos ocupar das tarefas de sempre e tudo foi esquecido, a não ser aquele fato que tanto indignava Robert Tinkler.

Nós, todos nós, inclusive o capitão, estávamos morrendo de fome.

VIGÉSIMO DIA: 17 DE MAIO

Sonhei que a nossa barquinha tinha feito o impossível e percorrido todo o caminho entre o nosso lugar atual e o porto de Spithead, e que, quando nos aproximamos, eu vi nada menos do que o sr. Lewis aguardando no cais, as mãos na cintura, o olhar enfurecido. Sonhei que, ao pôr os pés em terra, não fui acolhido como herói, fui, isto sim, levado de volta ao estabelecimento, onde ele me castigou na frente dos meus irmãos.

E acordei sobressaltado.

Fazia tempo que havíamos ultrapassado o ponto em que os gritos e espasmos de um companheiro dormindo acordavam os outros a bordo; pouco nos lixávamos para a agitação dos vizinhos. Mas, ali deitado, recebendo na cara os respingos das ondas com as oscilações regulares da lancha, eu me perguntei se ele estaria mesmo à minha espera ou se, àquela altura, já esquecera a minha existência.

Eu tinha uma vaga recordação do nosso primeiro contato. Ainda era um menininho de quatro ou cinco anos, vivia de mão na boca, comendo as migalhas que acaso encontrava, quando, numa tarde, o sr. Lewis passou por mim na rua e eu estendi a mão de pedinte. Ele seguiu seu caminho sem dizer uma palavra, mas parou um pouco mais adiante e assim ficou alguns segundos. Eu o observei, perguntando-me se mudara de ideia e ia procurar no bolso uns cobres soltos, mas ele se virou e sorriu para mim, mediu-me da cabeça aos pés e então voltou.

"Oi, garoto", disse, agachando-se para se aproximar do meu nível, mas mesmo assim ficou mais alto.

"Boa tarde, *sir*", respondi com toda cortesia de que era capaz.

"Você está com cara de fome. Sua mãe não lhe dá comida?"

"Eu não tenho mãe, *sir*." Essas tristes palavras me fizeram baixar os olhos.

"Não tem mãe? E pai?"

"Também não, senhor."

"Que história triste", disse ele, sacudindo a cabeça e cofiando a barba. "Uma história terrivelmente triste para um garotinho tão pequeno. Onde você dorme então?"

"Em qualquer lugar, *sir*. Mas, se o senhor me der uma moedinha, hoje eu passo uma noite melhor do que ontem, quando dormi abraçado com um cachorro fedorento para me aquecer."

"É, você está fedido mesmo", sorriu ele, e eu notei que não recuou de nojo.

"Vamos ver o que eu tenho aqui", murmurou, vasculhando os bolsos. "Moedinha eu não tenho nenhuma, mas quem sabe você se contenta com dois *pence*?"

Eu arregalei os olhos. Dois *pence* correspondiam a oito moedinhas; eu era pequeno e inocente, mas dinheiro conhecia bem. "Obrigado, *sir*", disse, apressando-me a pegá-los antes que ele se arrependesse. "Muito obrigado mesmo."

"Não há de quê, garoto", sorriu, passando o dedo no meu braço, mas isso não me preocupou porque eu estava rico e só pensava em ir gastar logo a minha fortuna. "Você tem nome, garoto?"

"Sim, senhor."

"E qual é o seu nome?"

"John."

"John de quê?"

"John Jacob Turnstile."

Ele balançou a cabeça e sorriu. "Você é um menininho bem bonito, sabe?", disse, mas de um modo que parecia não pedir resposta, e eu não respondi. "Sabe quem eu sou, John Jacob Turnstile?"

"Não, senhor."

"Eu me chamo Lewis. Senhor Lewis para você. E tenho um... como dizer?... dirijo um estabelecimento para meninos como você. Um lugar que abriga desalojados. Lá os famintos ganham comida. Os cansados recebem uma cama. Lá há muitos garotos da sua idade. Claro que é um excelente estabelecimento cristão."

"Puxa, que bom, *sir*", disse, tentando imaginar como seria ter comida e cama todo santo dia sem precisar catar restos na rua e dormir nos becos fétidos.

"É muito bom, John Jacob Turnstile", sorriu, levantando-se, de modo que tive de inclinar a cabeça para olhar para ele; não vi bem seu rosto porque o sol bateu direto nos meus olhos. "Sim, é excelente. Quem sabe você vai nos visitar um dia?"

"Eu gostaria muito, *sir*."

"E ninguém... ahn... ninguém vai sentir sua falta? Nem mãe nem pai, você disse. Mas talvez uma tia? Um tio bonzinho? Uma avó bem velhinha?"

"Ninguém, *sir*", respondi, sentindo um pouco de tristeza. "Sou totalmente sozinho no mundo."

Ele sorriu e balançou a cabeça. "Não é, não, garoto", disse. "Você não é sozinho. De hoje em diante, nunca mais vai ser."

E me ofereceu a mão. Eu vacilei um ou dois segundos.

E a segurei.

VIGÉSIMO PRIMEIRO DIA: 18 DE MAIO

Houve mais miséria neste dia depois de uma manhã de chuva e ventania implacáveis. A barca era jogada para cima e para baixo com tanta violência que eu me convenci de que íamos morrer, mesmo porque o vento nos impedia de repor o suprimento de água. Quando voltamos a nos estabilizar e a avançar — agora rumo à Nova Holanda, que, segundo o capitão, ficava a umas sessenta ou setenta léguas —, ficou claro que alguns homens estavam em péssimas condições. O contador John Samuel não conseguia realizar nenhuma tarefa e seu aspecto era tal que duvidei que fosse viver muito tempo; ele deixara de se queixar ou pedir ração extra e parecia resignado à sua sina. O botânico Nelson estava no mesmo estado, mas me assustava, a intervalos de horas, dobrando-se e segurando a barriga como se uma lança estivesse trespassando lentamente sua pele e os intestinos, então soltava um grito igual ao de uma raposa ao cair na armadilha. Eu tinha medo de imaginar a dor que tanto o maltratava; a intensa agonia estampada em seu rosto era explicação suficiente para mim, e tive certeza de que entre a esperança continuada e a morte certa ele não titubearia em escolher. Os oficiais não estavam imunes. O sr. Elphinstone encontrava-se num estado lamentável; seu rosto era o mais pálido de todos e sua barriga parecia inchada de fome. Fazia dois dias que não falava nem mesmo com o capitão, que estava consternado com o declínio do companheiro. Já o sr. Tinkler, seu soçobro na demência aumentava a passos largos, embora ele tivesse se acalmado um pouco, pois a falta de alimento e água reduziu sua energia.

Eu me considerava um felizardo nesse quesito; por mais faminto e desesperado por água que estivesse, ainda conservava certa força no corpo e não sofria a terrível dor de barriga que acometia os demais. Claro que isso significava passar mais tempo remando do que antes, se bem que eu gostasse de executar esse trabalho. Pelo menos achava que o constante movimento para frente e para trás, enquanto eu arrastava todos na água, me dava um alívio interior que me parecia reconfortante. Também me dava a impressão de estar no controle do meu destino e, de certo modo, de mim. Se me restringisse a continuar remando, talvez fosse o primeiro a avistar terra. Afinal, os meus olhos foram os primeiros a contemplar Otaheite... quando tinha sido mesmo? Era como se tivesse decorrido uma vida inteira.

Três vezes por dia, o capitão dividia um pedaço de pão por dezoito. Como ele conseguia manter igualdade entre as migalhas era um mistério para mim, mas conseguia, e nenhum homem recebia mais do que lhe cabia, nem mesmo os que estavam sofrendo mais, atitude que eu aprovava, pois tal coisa só levaria à desonestidade entre os outros.

No entanto, eu passei mal à noite; pouco tenho a contar a respeito disso, a não ser que tive certeza de que ia morrer naquela barca.

Isso me deixou deprimidíssimo.

VIGÉSIMO SEGUNDO DIA: 19 DE MAIO

Hoje aconteceu uma coisa espantosa. Um bando de atobás se aproximou de nós — grasnavam lá no alto, fazendo uma barulheira terrível. Nós ficamos mais do que empolgados, pois, se capturássemos um deles, teríamos um almoço e tanto. O sr. Fryer pegou o arpão bem devagar e nos mandou ficar quietos, imóveis, que apenas esperássemos para ver se um atobá pousava no bordo da barca.

"Se tivéssemos dois arpões, seria muito melhor", disse uma voz às minhas costas, a qual não reconheci, mas continuei olhando para a frente, sem me virar, só para não dar ao velhaco o prazer de uma reação minha.

"Silêncio, cavalheiros, por favor", pediu o sr. Fryer em voz baixa e serena. "Senhor Bligh, talvez um pedaço de pão no rebordo?"

"Se o perdermos, será um prejuízo enorme", ponderou, sem saber se convinha concordar.

"Se a isca fizer uma dessas aves pousar, prometo que ela não voará mais."

O capitão hesitou um instante, mas nenhum atobá mostrava intenção de pousar; para não arriscar que todos fugissem, ele pegou um belo bocado no engradado e, com cuidado, colocou na beira do bordo, perto do imediato.

"Se o senhor conseguir matá-lo antes que ele o coma, tanto melhor", disse em voz baixa ao depositá-lo.

Era um bom pedaço, sem dúvida, mais do que ele nos oferecia, pois tinha de ser daquele tamanho para que o pássaro o visse e arriscasse um mergulho. Minha barriga roncou e revirou de fome e dor quando eu olhei para o pão, e acho que não fui o único a bordo que teve vontade de saltar, agarrá-lo e engoli-lo antes de ser impedido, muito embora tal ato provavelmente resultasse em assassinato instantâneo.

"Venha, bichinho", sussurrou o sr. Fryer, e juro que trocou olhares com uma das aves, porque, momentos depois, ela começou a descer e a adejar sobre o pão, observando-o com cautela, observando-nos, tentando descobrir se pretendíamos lhe fazer mal. "Todo mundo imóvel", disse ele, e ninguém a bordo ousou sequer respirar, muito menos mover-se no assento. Os segundos pareciam horas, mas então, para nossa alegria, o pássaro pousou as patas na lateral da barca, bicou o pão e o engoliu antes que fosse possível impedi-lo, e foi logo recompensado com o arpão certeiro do sr. Fryer, que o trespassou e foi se cravar no fundo da embarcação.

O grito surpreso do atobá coincidiu com o nosso rouco aplauso e com a revoada dos outros no céu, que fugiram no mesmo instante, e juro que eu não me lembrava de quando tinha me sentido tão delirante de felicidade.

"Viva o senhor Fryer", gritou o sr. Elphinstone, e nós, mortos de prazer, lhe demos vivas, e a expressão de alegria e alívio do imediato era coisa digna de ser vista. Não me lembrava de tê-lo visto tão satisfeito consigo. Ele se virou para o capitão e lhe entregou o pássaro morto, e o sr. Bligh deu-lhe um tapinha de agradecimento nas costas.

"Parabéns, senhor Fryer", disse, tentando conter o entusiasmo. "Acho que nunca vi um golpe tão certeiro."

Ficamos observando o capitão retirar o arpão do corpo do animal e começar a depená-lo. Não passou pela cabeça de nenhum de nós que ele fosse dividir o pássaro por dezoito; pelo contrário, sabíamos perfeitamente que a carne ficaria muito bem guardada e podia durar quatro ou cinco dias se o sr. Bligh tomasse cuidado. Mas, mesmo assim, seria uma alternativa maravilhosa aos pedaços de pão a que estávamos acostumados, um dos quais acabava de ser deglutido pela nossa vítima.

O capitão apoiou a ave depenada no bordo e tirou a faca para desentranhá-la. Quando a lâmina penetrou a carne, pressionando-a para cima a fim de dividir o corpo pelo centro, um grito de asco escapou dos que estávamos próximos. Em vez da sadia carne branca e do sangue vermelho e dos órgãos que esperávamos ver, surgiu uma substância parecida com alcatrão. O sr. Bligh vacilou, torcendo o nariz, mas continuou cortando; logo a seguir, no entanto, para nossa surpresa, soltou um grito e jogou a carcaça no mar.

"Capitão", bradei, chocado com o que ele acabava de fazer.

"O atobá estava doente", disse o capitão, e juro que, se ele tivesse alguma coisa no estômago, teria vomitado. "Não dava para comer, o gosto nos mataria."

"É um presságio", disse William Peckover, levantando-se com um ar bastante abalado, vencido. "É um presságio, homens", repetiu. "Um pássaro preto e doente é sinal de que vamos morrer."

"Sente-se, senhor Peckover!", ordenou o capitão.

Peckover abriu a boca para repetir a afirmação, mas, pensando duas vezes, voltou ao seu lugar e sacudiu a cabeça. Ninguém falou, os remadores continuaram a remar, a barca seguiu avançando, a chuva começou a cair, e cada um de nós se perguntou se o sr. Fryer simplesmente teve o azar de pegar o pássaro errado ou se o sr. Peckover tinha razão no que dizia.

VIGÉSIMO TERCEIRO DIA: 20 DE MAIO

Por ordem do sr. Bligh, o cirurgião Ledward, que por sorte parecia ser um dos mais saudáveis da nossa equipagem, passou boa parte da tarde examinando um a um para avaliar o nosso estado. Eu não estava perto o suficiente para ouvir a conversa dele com o capitão no fim dos exames, mas não faltaram caras preocupadas e cochichos, e, depois dessa conversa, o sr. Bligh decidiu que não remaríamos mais duas horas seguidas, e sim uma. O resultado foi a diminuição do nosso tempo de descanso, mas, pelo menos, não terminávamos o turno semimortos.

Olhando à minha volta, vi claramente que era péssimo o nosso estado. A maior parte dos homens, inclusive eu, estava debilitada, cheirava mal e seu couro cabeludo se descamava em flocos devido às queimaduras. John Hallett, Peter Linkletter e alguns outros foram dispensados dos turnos de remo durante vinte e quatro horas devido ao seu estado. Dias antes, eu mesmo tinha sido dispensado de dois turnos, mas melhorei misteriosamente nesse intervalo.

"Capitão, o que será de nós?", perguntei numa ocasião, esperando consolo. "Sobrevivência e longa vida, mestre Turnstile", disse ele, esboçando um sorriso. "Sobrevivência e longa vida."

VIGÉSIMO QUARTO DIA: 21 DE MAIO

O pior dia até agora. A chuva começou cedo e prosseguiu o dia todo, abatendo-se sobre nós em grandes e horrendas enxurradas tão intensas que mal podíamos enxergar a própria mão quando estendíamos o braço. Era impossível dirigir o rumo para a Nova Holanda, à qual, segundo insistia o capitão, estávamos aproados; limitávamo-nos a fazer o possível para seguir flutuando. Até mesmo os marujos que passaram os últimos dias submersos no delírio deram um jeito de se levantar e, com a concha das mãos, ajudaram a tirar água do fundo da barca, pois era iminente o perigo de irmos a pique. Nunca na vida eu tinha sentido de tal modo a insanidade de um projeto. Por todos os lados, o vento arremessava a chuva sobre nós e, mesmo assim, todos nos abaixávamos e entrelaçávamos os dedos para formar um recipiente capaz de conter um pouco de água e a atirávamos no mar, muito embora o vento a colhesse no meio do caminho e a arremessasse diretamente em nossos olhos e boca. Era um jogo terrível, apenas isso. Uma luta entre o homem e a natureza, na qual pelejávamos para evitar o aniquilamento. Em certa ocasião, eu caí de costas, empurrado pela força do furacão, e fui parar no costado da barca; naquele momento, estávamos tão desequilibrados que senti que uma leve inclinação da cabeça bastava para me abismar nas águas do Pacífico, e foi o que fiz por uma fração de segundo. Sob a água, tudo era silêncio e eu abri os olhos, imaginando como seria fácil deixar o corpo tombar, não para lutar, mas só para flutuar um instante, afundar, afogar-me, morrer. Havia uma extrema quietude sob as ondas, e juro que era nefandamente relaxante.

Alguém estendeu a mão e me arrancou daquela insanidade, pôs-me de pé e tornou a me depositar no fundo da embarcação, onde no mesmo instante comecei a jogar água no mar outra vez. Não tinha ideia de quem me resgatara — era impossível identificar as pessoas ou entender as vozes —, mas, fosse quem fosse, só podia ter pensado que eu perdera os sentidos e estava prestes a me afogar. Ele me salvou, embora eu ainda não estivesse pronto. Mais um momento de paz, só isso, e eu teria me recuperado.

Minhas mãos se moviam independentemente do meu corpo e, pelo balanço contínuo da barca, eu sabia que os outros estavam fazendo a mesma coisa. Um homem colidiu comigo de repente, fazendo-me perder o equilíbrio, e eu caí para a frente, chocando-me com outro como se nós fôssemos um conjunto de bolas no relvado de um fidalgo. Não havia tempo para reclamar: ninguém tinha alternativa senão reiniciar o trabalho onde quer que fôssemos parar. Dezoito homens dentro de vinte e três pés de madeira, cola e pregos, lutando pela vida. Foi para isso que eu saí de Portsmouth? Foi para isso que abandonei o *Bounty* e a ilha de Otaheite?

Retrocedi uma vez mais, e uma onda me atingiu com tanto ímpeto que foi como se tivesse me rasgado a pele do rosto e os olhos, arrancando-me um grito, um grito de tanta autopiedade e horror que continha os elementos dos muitos gritos que, havia anos e anos, eu trazia escondidos nos desvãos da alma. Gritei mais alto, escancarando a boca ao máximo, e, mesmo assim, não ouvi um só tom desse grito, tal era a força da ventania e da tempestade que nos arremessava de uma onda para outra, por cima da água, por baixo da água, à mercê do mar. Como o Todo-Poderoso nos abandonava assim, me indaguei. Eu teria chorado de frustração ante o rumo deplorável dos acontecimentos se em meu corpo ainda restasse força para tanto. Mas não restava. De modo que fiz a única coisa que podia fazer naquelas circunstâncias.

Tirei água da barca.

E tirei mais.

E tirei mais ainda.

E roguei a Deus que me deixasse vivo só mais uma noite.

VIGÉSIMO QUINTO DIA: 22 DE MAIO

Eu sobrevivi. Todos sobrevivemos. Mas a um custo muito maior, pois agora somente uns poucos continuavam em condições de remar.

"Sinto que não estamos longe da Nova Guiné", disse o capitão, que parecia tão doente quanto qualquer um de nós e cuja barba, notei, estava muito mais grisalha do que o cabelo. Juntos contemplávamos o horizonte, e ele acabava de escrever suas anotações diárias no caderninho que o sr. Christian, o asno, lhe permitira levar consigo.

"Sabe em quem eu pensei hoje cedo, *sir*?", arrisquei.

"Não, Turnstile", suspirou. "Em quem? Num amigo? Num dos irmãos de que você me falou?"

Eu sacudi a cabeça. "Não, neles não. Estive pensando no garoto Smith. John Smith, acho que era esse o nome dele."

O capitão fez uma careta e, erguendo a sobrancelha, olhou para mim. "John Smith", disse lentamente. "Acho que já ouvi esse nome, mas é um nome tão comum. Ele era...?"

"O garoto que antes ocupava meu posto", atalhei.

"Não é curioso que todo mundo aqui se ache no direito de me interromper? Aqui na lancha, digo. No *Bounty*, ninguém se atrevia."

"Não, *sir*, lá eles preferiam se amotinar", respondi. Foi um comentário insolente, sem intenção de insultar, e que, seis meses antes, teria me valido umas boas chibatadas, mas o capitão se restringiu a sacudir a cabeça e desviar a vista.

"Você deve ter razão", murmurou com tristeza.

"John Smith era o seu criado", expliquei. "Ia navegar no *Bounty* antes de mim. Mas quebrou as pernas num acidente."

"Ah, já sei", disse o sr. Bligh, balançando a cabeça. "Ele navegou comigo um ano antes. Um garoto terrível, aliás. Fedia como o diabo. Por mais que eu o mandasse para a sala de banho, ele voltava com um bodum capaz de ressuscitar um morto. Mas não foi acidente, Turnstile. Que eu saiba, o senhor Hallett o agrediu e ele acabou caindo do bailéu."

"Sorte dele", disse-lhe, sorrindo da minha própria ironia. "Porque nós estamos aqui, o senhor, eu e o senhor Hallett, todos a bordo desta maldita barca, e ele, com certeza, está em Spithead com as pernas descansadas, tomando um caneco de rum e comendo uma boa refeição no quentinho da hospedaria local."

"É, você não teve sorte. Espero que pelo menos tenha sentido que o resto da viagem, quer dizer, antes do... do contratempo, valeu a pena."

"Sim, senhor, eu senti", disse, sorrindo do emprego da palavra "contratempo" para descrever a nossa desgraça. "Para minha surpresa, eu senti."

Ficamos algum tempo em silêncio até que o tédio nos vencesse e ele voltasse a olhar para mim. "Afinal, Turnstile, como foi que você veio fazer parte da tripulação? Acho que eu não soube."

"A verdade", comecei a dizer, sentindo vergonha do que tinha acontecido, "é que fui preso por ter roubado o relógio de um francês, e esse mesmo francês propôs ao magistrado que me deixasse participar da sua viagem em vez de enfrentar doze meses de cárcere."

"Um francês?", perguntou o capitão Bligh.

"Um tal senhor Zéla."

"Ah, Matthieu", disse ele, balançando a cabeça. "Sim, eu não o conheço direito, mas ele pareceu ser um bom sujeito. E se dá muito bem com *sir* Joseph Banks."

"O tal que financiou a nossa missão?"

"O tal... sim, o patrocinador da nossa missão, Turnstile."

"O engraçado é que, se o senhor Zéla tivesse me largado lá, agora eu estaria saindo da cadeia. A minha sentença era mais curta do que a que estou cumprindo aqui."

"Ele não fez por mal. Acho que tanto o senhor Zéla quanto *sir* Joseph vão ficar aflitos quando souberem do que nos aconteceu."

"Mas como eles vão saber, *sir*?", perguntei, confuso. "Os amotinados decerto nunca mais vão voltar para a Inglaterra."

"*Nós* vamos voltar para a Inglaterra, Turnstile", disse o capitão com segurança. "E vamos contar."

"E o que vai acontecer depois, *sir*?"

"E alguém sabe?", disse ele, dando de ombros. "Acho que o almirantado vai mandar um navio para localizar o senhor Christian e seus comparsas. Tenho esperança de comandá-lo."

"O senhor, *sir*?"

"Sim, eu, *sir*", disse ele depressa. "Pensa que não quero?"

"Penso que o senhor tem toda razão de nunca mais querer se aventurar em nenhum desses lugares perdidos do mundo, capitão. Eu sei que não vou."

"Claro que vai, Turnstile."

"De jeito nenhum, *sir*. Sem querer contradizê-lo, senhor Bligh, caso eu volte a Portsmouth, nunca mais vou olhar para a água, muito menos vir aqui. Nem banho eu quero saber de tomar."

Ele sacudiu a cabeça e disse: "Isso é o que nós vamos ver".

VIGÉSIMO SEXTO DIA: 23 DE MAIO

Aos dias de bonança, agora, sempre se seguiam outros em que o mau tempo nos atormentava, e nós voltávamos a ser jogados pelo oceano afora, agarrados aos bordos da barca para não cair, torcendo para que não fosse aquele o dia em que finalmente pereceríamos. Mais tarde, exausto e faminto, achei um pedacinho de conforto na proa, reclinei a cabeça e fechei os olhos, desesperado para dormir e ter a paz que o sono me oferecia. O capitão e o sr. Fryer estavam conversando em voz baixa, e eu ouvi parte do que diziam.

"Uma semana", garantiu o sr. Bligh. "Duas no máximo."

"Duas semanas?", cochichou o imediato. "Capitão, garanto que alguns homens não têm nem dois dias de vida. Como vamos sobreviver duas semanas?"

"Nós vamos sobreviver porque não temos escolha", retrucou ele com ar de resignação. "O senhor e eu nada podemos fazer para alterar esse fato. O que o senhor quer que eu faça?"

O sr. Fryer suspirou e respirou fundo pelo nariz. O capitão tinha razão. Nós todos estávamos juntos e não era questão de ele ganhar com aquela viagem alguma coisa que nós perdêssemos. "Talvez se alterarmos o curso", propôs enfim. "Parece que estamos vogando a esmo."

"Nós não estamos vogando a esmo", apressou-se a dizer o capitão, e eu cheguei a notar em sua voz aquela nota de irritação que, durante tanto tempo, marcara a sua relação com o imediato do navio. "Vamos passar pelo norte da Nova Holanda, pelo estreito de Endeavour, e seguir até Timor. Lá há uma colônia holandesa. Eles vão nos dar de comer, cuidar da nossa saúde e nos mandar para a Inglaterra num de seus navios."

"Tem certeza disso, *sir*?"

"É o que nós faríamos se uma lancha de holandeses semimortos aparecesse numa das nossas colônias. A única coisa que nos resta é confiar no cristianismo deles. Alterar o curso agora seria desastroso, senhor Fryer."

"Eu sei", disse ele com tristeza. "Como todos nós, estou exausto desse arrastar constante pela água."

"O senhor quer voltar para a Inglaterra. É o que todos queremos." O sr. Bligh hesitou alguns instantes antes de perguntar: "O senhor voltará a navegar quando regressarmos?".

"Talvez. Minha esposa e eu... passamos pouco tempo juntos."

"Sim, eu soube que o senhor se casou novamente", disse o capitão. "Fiquei contente. Eu tive oportunidade de conhecer a primeira senhora Fryer e a achei muito gentil." O sr. Fryer não disse nada, e seguiu-se um prolongado silêncio, que foi quebrado pelo capitão. "O senhor é feliz com sua nova esposa?"

"Muito feliz. Depois da morte de Annabel, pensei que nunca mais teria essa felicidade. Mas então conheci Mary e, uma semana depois do nosso casamento, parti nesta viagem. Eu sou louco, senhor Bligh?"

"Não, louco não. Homens como o senhor e eu... os nossos deveres são para com o rei e o mar. Nossas mulheres têm de entender isso. A senhora Bligh sabia com que tipo de homem ia se casar."

"Mas, se nós temos apenas alguns anos pela frente", prosseguiu o sr. Fryer, que era dado a contemplações, "por que passá-los entre homens, a milhares de milhas de casa? Por que fazer isso se, na Inglaterra, podemos ter o conforto de uma lareira e uma família?"

"Porque é assim que nós somos", disse o capitão, dando a entender, pelo tom de voz, que o mundo tinha sido concebido desse modo e que ele não queria ouvir mais nenhuma palavra a esse respeito. "Os homens nesta lancha, quantos o senhor acha que voltarão a navegar quando retornarmos à Inglaterra?"

"Nenhum, *sir*."

"Pois eu diria que a maioria voltará. Está no sangue deles. Anote as minhas palavras, no ano que vem, nesta mesma época, eles estarão em outro navio, atrás de aventura e excitação, deixando a esposa ou a namorada em casa."

Cá comigo, eu perguntei se aquilo era verdade e pensei que talvez o capitão tivesse razão, mas não era verdade no meu caso. Tentei imaginar o que me reservava o futuro, mas o sono chegou e eu o deixei me envolver e nele mergulhei.

VIGÉSIMO SÉTIMO DIA: 24 DE MAIO

Houve um problema terrível neste dia. Cheguei a pensar que íamos ter uma briga como nunca se viu na lancha. Por volta de meio-dia, eu estava ao lado de Lawrence LeBogue, o veleiro, e nos lembrávamos da ilha de Otaheite e da boa vida que lá tivemos antes que os nossos problemas começassem. No entanto, passado algum tempo — talvez mais do que o necessário para que eu notasse —, percebi que o sr. LeBogue entrara num estado de inconsciência e não estava ouvindo uma palavra da minha conversa-fiada.

"Capitão!", chamei, erguendo a voz para que ela fosse da popa, onde eu me achava, até a proa, onde o sr. Bligh estava no seu lugar habitual. "Capitão! Ei!"

"O que é, garoto?", perguntou, virando-se para mim.

"É o senhor LeBogue, *sir*. Acho que ele morreu."

Todos os homens se voltaram para nós, e juro que notei um brilho de cobiça em alguns olhos; se LeBogue morresse, haveria um dezoito avos de espaço na barca no qual se poderia esticar braços e pernas e um dezoito avos a mais da nossa escassa ração.

"Afaste-se, garoto", ordenou o cirurgião Ledward, acercando-se de nós, e eu obedeci; em seguida, ele se ajoelhou e contou as pulsações do senhor LeBogue no pulso e no pescoço. Calados, ficamos esperando sua reação, mas antes de dizer alguma coisa o médico encostou o ouvido no peito do paciente; só então se levantou, virou-se para o capitão e sacudiu a cabeça. "Ele não morreu, *sir*", disse. "Mas está muito mal, com certeza. Desmaiou. Acho que está completamente desidratado e desnutrido."

"Excelente diagnóstico, cirurgião", riu William Peckover. "Diga quantos anos o senhor passou na universidade para aprender tanta coisa da anatomia humana?"

"Silêncio aí, homem", disse o sr. Fryer, embora o sr. Peckover não deixasse de ter razão. Afinal, todos estávamos desnutridos. Todos desidratados. Não era preciso ser um gênio para desconfiar disso.

O sr. Bligh, então, abriu seu engradado e tirou um pouco de pão e água. O pão não bastava para satisfazer nem um camundongo de tão pequeno, mas, aos nossos olhos, era um banquete, tinha peso correspondente ao de todas as nossas refeições de um dia; a água equivalia à que cairia num copo em meio minuto de chuva, mas, para nós, era um verdadeiro oceano.

"Passe isto para lá, senhor Fryer", disse o capitão, esperto o suficiente para não confiar o alimento a nenhum de nós; era bem possível que desaparecesse antes de percorrer os vinte e três pés da lancha.

"Capitão, não!", gritou Robert Lamb, e, ouvindo esse protesto, pelo menos meia dúzia de marujos começou a se queixar.

"É demais!"

"E nós?"

"Será que vamos ter de desmaiar para sobreviver?"

"Silêncio!", urrou o capitão, muito embora sua voz não passasse de uma sombra do que era outrora, quando ele trovejava no navio ou na ilha. "Um companheiro está doente. Nós precisamos salvá-lo."

"Mas a que preço?", indagou o sr. Samuel. "Ao preço da nossa vida?"

"O preço será contado com o passar dos dias. Mas não vamos começar a sacrificar cada camarada cujo corpo não estiver aguentando. Onde isso acabaria? Amanhã ao meio-dia sobraria só um homem a bordo, o mais forte."

Nós todos resmungamos e protestamos em voz baixa, mas era óbvio que ele tinha razão. Se passássemos a deixar os outros morrerem ao primeiro sinal de fraqueza, era impossível saber com que rapidez cada um de nós seria lançado ao mar para engordar os peixes. No entanto, era muito cruel ver toda aquela comida desaparecer na goela do sr. LeBogue, e não chegou a ser uma compensação quando, horas depois, ele abriu os olhos e voltou para a nossa companhia, lambendo os beiços e olhando à sua volta sem compreender o olhar de desprezo que os companheiros lhe endereçavam.

"O quê?", perguntou, olhando para todos com cara de menino do coro da igreja. "Que diabo eu fiz agora? Estava dormindo, só isso!"

VIGÉSIMO OITAVO DIA: 25 DE MAIO

Este dia foi melhor. Muitos pássaros no céu e a possibilidade de capturarmos um. Após o incidente de quase uma semana antes com o atobá cujas entranhas enegrecidas sugeriram mau agouro para todos, grassou entre nós o temor de que, se tivéssemos sucesso na caçada, receberíamos novos preságios ruins, mas não foi o que aconteceu desta vez. Para nossa grande satisfação, uma ave pousou no fundo da barca antes mesmo que tivéssemos concebido um plano para pegar uma, e lá ficou, balançando a cabeça para frente e para trás e observando-nos. Segundos depois, quase toda a tripulação saltou sobre ela. Quando a aglomeração se dispersou e se restaurou o equilíbrio, a coitada, já de pescoço quebrado, foi entregue ao capitão pela mão de Lawrence LeBogue, que se recuperara bem do desmaio da véspera.

"Marujos, hoje estamos com sorte", bradou o capitão alegremente, pois, de fato, depois de um mês no mar, aquela era uma grande satisfação para todos. Não me lembro de ter sentido tanto regozijo como quando o sr. Bligh enfiou a faca nas entranhas do pássaro, produzindo um sadio jorro de sangue e uma carne de deliciosíssima coloração. "Teremos um banquete, camaradas", disse ele. "Vamos dividir a ave em partes iguais e comê-la em vez de pão. Todos concordam?"

"Sim, senhor!", gritamos, pois todos nós a bordo abriríamos mão da ração diária de pão em troca de um naco de carne. O capitão cortou o pássaro — carne, miúdos e até mesmo os ossos menores — em dezoito partes, fazendo o possível para dividi-lo em porções iguais, ainda que algumas saíssem um pouco maiores do que outras. Na verdade, um homem em terra que visse o minguado quinhão de cada um não se daria ao trabalho nem de abrir a boca para ingeri-lo, mas nós não estávamos em terra. Éramos dezoito pedaços de pele e osso aglomerados em vinte e três pés de madeira molhada, tentando conservar o sangue circulando e o coração batendo. Olhamos para as porções quando ficaram prontas, aguardando que o sr. Bligh as distribuísse, cada qual com os olhos fitos nos pedaços que pareciam mais tentadores.

"Senhor Fryer", disse ele.

O imediato, acenando a cabeça quando o capitão se virou com o prato na mão e ficou de costas para nós, tomou seu lugar na proa e olhou para cada marujo. Agora sem poder nos ver, o sr. Bligh ergueu o primeiro pedaço para que todos o enxergássemos. O único que não podia vê-lo era o sr. Fryer.

"Para quem vai este?", perguntou o capitão em voz alta.

O sr. Fryer olhou para nós, fez sua escolha e anunciou com voz uniforme, "William Purcell."

O capitão passou-lhe uma porção de carne de bom tamanho, e ele a entregou ao sr. Purcell, que a examinou com assombro, como se não pudesse acreditar na sua sorte de ser servido em primeiro lugar; mordiscou-a com parcimônia e logo a devorou de uma vez.

"Devagar, marujos", ralhou o sr. Fryer em tom cauteloso. "Procurem saborear a carne antes de engolir."

"Para quem vai este?", tornou a perguntar o sr. Bligh, erguendo no ar mais um pedaço, e nós ficamos com a respiração suspensa; era maior do que o primeiro.

"Peter Linkletter", disse o imediato, e o escolhido soltou um grito de prazer antes de se apossar da sua presa, a qual atacou com muita continência, comendo-a aos poucos, fazendo o possível para que durasse mais. Eu olhei fixamente para ele, salivando de desejo, cheio de esperança de receber um quinhão parecido.

"E para quem vai este?", quis saber o capitão, que parecia estar gostando do papel tanto quanto o sr. Fryer.

"Esse é do cirurgião Ledward", foi a resposta, e lá se foi o terceiro naco.

"E este?", perguntou o sr. Bligh, levantando a porção seguinte, que, aos nossos olhos famélicos, era bem menor do que as três anteriores. "Para quem vai este?"

Todos paramos de respirar para não influenciar o sr. Fryer com o nosso olhar de pavor.

"O auxiliar do imediato", respondeu o sr. Fryer. "William Elphinstone."

Fomos suficientemente machos para conter um grito de alegria pelo fato de o pedaço não se destinar a nenhum de nós, e o sr. Elphinstone, crédito lhe seja dado na qualidade de oficial, recebeu sua ração com um "muitíssimo obrigado, *sir*" e não deixou transparecer nenhuma decepção nem reclamou um segundo voto. Todos aprovamos com muito entusiasmo.

"Para quem vai este?", continuou indagando o sr. Bligh, e, a cada vez, o marinheiro escolhido avançava sem mostrar satisfação nem desapontamento. Eu cheguei a sentir um frio na barriga de admiração pela grande equipagem que nós éramos, a mais decente das tripulações, a mais unida. Naquele dia, naqueles momentos, tão forte foi esse sentimento que eu tive certeza de que poderíamos navegar direto até a Inglaterra e todos sobreviveríamos.

Por fim, sobraram apenas quatro pedaços de carne; além do capitão e do sr. Fryer, o cozinheiro Hall e eu éramos os únicos que ainda não tinham comido.

"Pra quem vai este?", perguntou o sr. Bligh, mostrando o maior dos quatro pedaços restantes; súbito eu compreendi que, fosse como fosse, os nossos dois líderes iam ficar com a pior parte.

"John Jacob Turnstile", disse o sr. Fryer, e eu avancei e aceitei a minha parte com toda gratidão. Não chegava a ser mais comprida do que o meu polegar, tampouco mais grossa, mas dei graças a Deus, pois era uma refeição tão maravilhosa quanto eu podia desejar, e, quando a mordi, descobri que tinha textura carnosa e deliciosa suculência. Minha boca se animou num instante: as papilas gustativas da minha língua despertaram, sobressaltadas, e perguntando-se por que tinham ficado tanto tempo esquecidas; meu estômago se agitou com nervosismo ao detectar os primeiros sinais de que em breve a digestão ia se iniciar. Salivando, eu o comi o mais lentamente possível, saboreando cada textura e cada momento de sabor; nem vi o pedaço que o sr. Hall recebeu.

"E para quem vai este?", indagou o capitão instantes depois, segurando a penúltima ração.

"O senhor, capitão", decidiu o imediato.

O sr. Bligh concordou com um gesto, virou-se para a tripulação e entregou ao sr. Fryer o último pedaço, que era praticamente da mesma forma e do mesmo tamanho que o dele; ambos eram as menores frações da ave, para eles reservadas desde o começo, fato admirável que não escapou a ninguém. "Então o senhor fica com este", disse ele ao sr. Fryer, e os dois homens inclinaram a cabeça para comer.

"Três hurras para o capitão Bligh", gritou John Hallett num arroubo de emoção. "*Hip, hip...*"

"Hurra!", respondemos diversas vezes, todos tomados de um grande entusiasmo após o drama da divisão e a alegria de comer.

"E três hurras para o senhor Fryer", acrescentei, pois ele também havia participado e, além disso, recebera o menor bocado. "*Hip, hip...*", gritei.

"Hurra!", responderam os homens ainda com mais vigor, e tanto o capitão quanto o imediato sorriram, meio sem jeito, mas satisfeitos com o resultado da operação.

"Talvez a gente cace mais um", vaticinou o sr. Bligh, olhando para o céu, no qual agora não se via nenhum pássaro, apenas nuvens escuras, pois aos nossos momentos felizes sucediam-se, inevitavelmente, furacões e chuva.

Os homens concordaram, alimentando a mesma esperança, mas sem lhe dar muito crédito. Em todo caso, até que o céu se despejasse, juro que ficamos felizes. Todos nós.

VIGÉSIMO NONO DIA: 26 DE MAIO

Choveu muito durante a noite, mas nós já tínhamos enfrentado coisa bem pior, e o tempo melhorou ao amanhecer. Avistamos aves no céu e até tentamos capturar uma, mas elas não eram otárias como a do dia anterior e não pousaram na barca nem se aproximaram a ponto de nos permitir agarrá-las no ar. Mas isso não nos desesperançou, pois sabíamos que o aumento do número de pássaros significava proximidade de terra.

O único drama digno de nota deu-se quando John Samuel desmaiou que nem uma donzela nas ruas de Londres num dia de calor; mas voltou logo a si quando jogamos água do mar em seu rosto e tomou o cuidado de ficar de boca fechada para não engolir nem um pouco. Todos concordamos que aquilo era melindre de mariquinhas, já que tínhamos comido bem no dia anterior e estávamos de espírito mais do que elevado. Ele passou cerca de uma hora procurando simpatia e, tendo sido rejeitado em toda parte, recolheu-se num canto para lamber as feridas do seu orgulho.

À tarde, no entanto, fui vítima da minha autocomiseração quando cocei a cabeça e senti abundantes flocos de sei-lá-o-quê caírem do meu cabelo e rosto. Fiquei olhando para aquelas escamas espalhadas no fundo da barca, sem saber se minha pele estava se desprendendo; levei a mão à cabeça uma vez mais, e a chuva de pó continuou. Não contei nada a ninguém durante algum tempo, receando ter contraído uma pestilência virulenta capaz de fazer com que me jogassem no mar antes que eu contagiasse os demais. Mas, enfim, com medo de acabar morrendo, consultei o cirurgião Ledward.

Ele deu uma olhada e sacudiu a cabeça com desdém. "Você está com escorbuto, só isso. Quase todos a bordo estão. A causa, garoto, é a falta de ferro e proteína na nossa dieta."

"É a falta de dieta na nossa dieta", retorqui.

"Cale-se, garoto, você comeu ontem", disse ele com rispidez, e eu pensei em mandar também o cirurgião calar a boca, pois meu patrão não era ele, e sim o sr. Bligh.

"Quer dizer que eu não vou morrer?", perguntei.

"Claro que não. Presumindo que a gente aqui não morra. Agora volte para o seu lugar, Tutu. Você fede tanto que poria um gato para correr."

Fui para o meu assento com um suspiro; dei uma cheiradinha em mim mesmo para conferir, e, sem dúvida alguma, eu estava longe de ser um garoto asseado, qualidade, aliás, de que nenhum de nós podia se gabar. Olhei à minha volta e só vi homens de pele e osso, o rosto coberto por uma barba hirsuta, os olhos fundos e escuros, alguns espreitando o horizonte em busca de sinais de vida, outros procurando pássaros no céu, outros de cara vazia, sem olhar para nada.

TRIGÉSIMO DIA: 27 DE MAIO

No final daquela tarde, apareceram mais aves; uma delas foi capturada e morta, e o capitão tornou a jogar o "Para Quem Vai Este?", e nós ficamos contentes em devorar a nossa caça. E mais contentes ainda ficamos ao ver um pedaço de madeira passar pela nossa barquinha, pois o tomamos por um sinal de que em questão de horas chegaríamos aos Grandes Recifes do estreito de Endeavour, ainda a uma boa distância do nosso destino, mas um lugar em que talvez pudéssemos desembarcar numa praia e descansar depois de tanto tempo no mar.

Reparei que eu sentia um pouco mais de tontura do que antes à luz forte do sol e achava cada vez mais difícil ficar acordado. Não havia mal algum em dormir tanto, pois isso fazia o tempo passar quando eu não estava remando, mas não era um sono pesado e, longe de ser reparador, deixava-me ainda mais exausto; preferi, então, me fechar em copas por ora e não dizer nada a ninguém.

O capitão contou que tinha estado naquela região com o capitão Cook, a bordo do *Resolution*. "Esperávamos nos reabastecer lá", explicou aos que estavam sentados perto dele, "mas não havia quase nada. Por isso, o capitão a batizou de baía Sedenta", acrescentou com um sorriso. "Sim, lembro-me bem de quando ela foi batizada."

"Então não convém ter grandes expectativas", disse o sr. William Peckover em tom insolente, e o sr. Fryer lhe endereçou um olhar maligno.

"Pode ser que tenha mudado", ponderou o sr. Bligh. "Mas, se pudermos descansar, já é alguma coisa, não acha?"

O sr. Peckover balançou a cabeça e desviou a vista, e espero que tenha se envergonhado do seu atrevimento.

"O senhor ia me contar uma história, *sir*, lembra?", sugeri depois de algum tempo.

"Uma história?", perguntou o capitão, olhando para mim e arqueando a sobrancelha.

"Do capitão Cook", recordei. "Quando o senhor estava com ele no fim. Quando ele morreu."

"Você quer dizer quando ele foi assassinado", apressou-se a me corrigir.

"Sim, senhor. Quando ele foi assassinado."

O capitão Bligh exalou um leve suspiro e sacudiu a cabeça. "Vou contá-la, Turnstile", disse. "Não pense que estamos no fim da nossa viagem. Ainda temos muitas noites de tédio pela frente. Eu vou contar essa história, não se preocupe."

"Mas, *sir*..."

"Hoje não, garoto", disse ele e, pousando a mão no meu ombro, calou-me. "Hoje nós vamos procurar os recifes. Isso é o que importa."

Eu me reclinei e fechei a cara. Mas ouviria a história mais cedo do que esperava.

TRIGÉSIMO PRIMEIRO DIA: 28 DE MAIO

Passamos o dia oscilando entre a expectativa e a decepção, pois esperávamos encontrar os recifes e seguir até a ponta da Nova Holanda para descansar e comer, mas aquelas malditas águas não nos davam entrada. Depois de várias horas de tentativa, a rebentação convulsionou-se ao nosso redor, e, com medo de perder a barca nas pedras que devia haver sob nós, o capitão ordenou que virássemos e continuássemos navegando para tentar o acesso em outro ponto.

"Capitão, por favor, *sir*", implorou um dos homens na popa, não lembro quem. "Nós remamos com todo cuidado se o senhor deixar."

"Pode remar com o cuidado que quiser, *sir*", foi a obstinada resposta. "Se a embarcação se destroçar, nós todos morremos aqui mesmo. O senhor sabe disso tanto quanto eu."

Houve resmungos e sussurros, mas ele tinha razão, é claro. O risco não valia a pena. De modo que retornamos à água e, por ora, nos afastamos dos recifes. Foi uma tarde desalentadora, e a captura de um atobá no ar e sua divisão entre os dezoito infelizes malucos serviu-nos de frio consolo.

TRIGÉSIMO SEGUNDO DIA: 29 DE MAIO

Neste dia, conseguimos enfim dirigir a nossa pequena embarcação por entre os recifes e chegar ilesos à ponta da Nova Holanda. O entusiasmo que para lá nos conduziu só foi temperado pela insistência do capitão para que ficássemos alerta, pois poucas semanas atrás quase tínhamos perdido a vida nas mãos dos nativos das ilhas Amigáveis, embora, para mim, era como se tivesse acontecido meses antes.

Quando a nossa barca arribou na areia, desembarcamos depressa e experimentamos um enorme prazer ao sentir, finalmente, os pés pisarem chão firme. Ao contrário de antes, não corremos nem dançamos, esticando as pernas e procedendo como um bando de alienados; estávamos muito debilitados para isso, meio tontos, de estômago vazio, um tanto macambúzios. Preferimos passar algum tempo deitados — excepcionalmente, havia sol —, despir-nos para secar a roupa e estirar os membros sem medo de chutar o rosto do vizinho ou de lhe esmurrar o olho. Lá deitado, tive certeza de que assim devia ser a paz do sepulcro, mas logo abandonei essa ideia, ciente do quanto estava próximo desse lugar e do tanto que ainda tinha de viajar para dele fugir.

Passado algum tempo, quando já sentíamos a energia um pouco restaurada, o capitão nos dividiu em dois grupos, um para procurar comida e água, qualquer coisa que nos sustentasse, e outro para iniciar os necessários reparos na embarcação.

"A ilha parece deserta, rapazes, mas tomem cuidado e fiquem alerta", advertiu — eu fui um dos escolhidos para procurar comida, o que muito me alegrou. "Pode ser que os selvagens estejam escondidos, caso nos tenham visto chegar e, se estiverem, podem ter certeza de que são mais de dez para cada um de nós."

"Sim, senhor", dissemos, já nos embrenhando no mato para ver o que encontrávamos. Nosso grupo era de uns seis ou sete. Lembro apenas que Thomas Hall estava comigo, e também o cirurgião Ledward e o artilheiro William Peckover; os outros, eu não sei mais quem eram. A experiência de caminhar era uma delícia para mim. Surpreendentemente, eu me sentia ao mesmo tempo cansado à medida que andava, apesar de ter passado tantas semanas sentado no acanhado espaço da barca, e energizado. Pensei que, se apertasse o passo, ou cairia exausto, ou dispararia a correr para nunca mais parar. Era uma sensação curiosa, difícil de entender.

"Por aqui, rapazes", disse Peckover, no mesmo momento em que meus ouvidos detectaram o som mais glorioso conhecido pelo homem: o murmúrio da água de um rio. Abrimos caminho na mata e, sem dúvida, aquele era o lugar, não mais de duas braças quadradas, mas suficiente para nos satisfazer. A água era gelada e revigorante, e nela nos arremessamos feito cães sedentos numa poça. Eu mergulhei totalmente de cabeça e adorei a sensação da água doce a me engolfar. Uma vez saciados — não sei quanto tempo isso durou —, nós nos entreolhamos e caímos na gargalhada.

"Vamos ser heróis", disse o cirurgião Ledward, sacudindo a cabeça e olhando à sua volta. "Uma quantidade infinita para cada marujo."

Essa frase foi suficiente para preencher a pausa, e nós nos precipitamos a beber novamente. Juro que, dessa vez, senti a água me percorrer as entranhas e entrar na minha barriga e, por um momento, eu me perguntei se não seria arriscado beber demais e acabar assim estourando meu tão sofrido órgão, mas deixei isso de lado e bebi até mais não poder.

"Olhem, rapazes", disse Thomas Hall, levantando-se sem muita firmeza e apontando com o beiço para um trecho de pedras que aflorava no solo e cuja superfície parecia salpicada de conchas. "Será que é o que estou pensando?" — ninguém ali sabia o que ele estava pensando. Hall logo se aproximou de uma das conchas, mas só conseguiu arrancar metade dela, pois a outra metade estava presa à rocha e continuou firme no lugar. Ao abri-la, viu que dentro havia uma ostra clara e brilhante. "Oh, meu Deus!", exclamou com um suspiro de prazer, um suspiro parecido com os que eu deixava escapar toda vez que fazia amor com Kaikala, um suspiro de satisfação e contentamento extremos. Hall tirou o molusco da toca, enfiou-o na boca e fechou os olhos, delirando ao sentir-lhe o sabor. Pouquíssimos instantes depois, nós todos o imitamos: agarramos, abrimos, tiramos e comemos. Olhando à minha volta, vi que havia milhares dessas criaturas, e mal pude esperar para retornar e contar aos companheiros.

Melhor ainda, na volta, topamos com uns arbustos carregados de bagas silvestres vermelhas e pretas — dezenas de milhares, devo dizer — e as atacamos qual um bando de animais, pouco ligando para os espinhos que nos picavam os dedos. Comemos até encher a barriga e ficar com a língua manchada e a boca e os lábios deformados pela acidez da fruta. E cada mordida era como um parto.

Quando finalmente retornamos à praia para comunicar aos demais a nossa descoberta, eu estava começando a me sentir mal, um latejamento por trás dos olhos ameaçava estourar minha cabeça e jogar meu cérebro na areia feito um mingau. Gemendo, segurei a barriga e me perguntei se não teria sido mais sensato não comer tão depressa após um prolongadíssimo período de fome. Senti as ostras e as bagas misturando-se dentro de mim e, quando fui ter com o capitão e ele olhou para os meus lábios tingidos de preto e vermelho, essa foi a única coisa que pude fazer para manter a compostura.

"Turnstile", disse ele, encarando-me com surpresa no olhar, tentando achar uma explicação para a minha aparência. Com o canto dos olhos, vi que ele tinha feito uma pequena fogueira com gravetos e lenha, o esperto. "Que diabo vocês acharam?"

Eu abri a boca para lhe contar, mas, antes de articular a primeira palavra, percebi que não seria necessário, pois meu estômago se encarregou de expelir o conteúdo daquele almoço, rejeitado feito um eunuco num bordel. Na areia entre o capitão, que se esquivou lepidamente, e mim, vi então a colorida mixórdia e, pestanejando numa espécie de estupor etílico, caí de costas, desmaiado.

Foi uma tarde fantástica. Uma das melhores de que me recordo em toda a maldita viagem.

TRIGÉSIMO TERCEIRO DIA: 30 DE MAIO

Agora preciso contar uma coisa que talvez pareça vulgar, mas creio que pode interessar a quem porventura se encontrar em situação parecida. Durante várias horas dessa manhã, eu enfrentei o mais inusitado caso de diarreia de que já ouvi falar.

Era como se cada ostra e cada baga ingerida na véspera tivesse se sublevado contra a sua temporária presença no meu aparelho digestivo e esperneasse para sair imediatamente. E, na guerra que empreenderam contra os meus intestinos, elas foram as incontestáveis vencedoras. Eu mal podia andar de tanta dor, e apenas terminava um movimento que sugeria que havia concluído provisoriamente a desagradável atividade, eis que era novamente atacado por terríveis espasmos e não me restava senão ir me acocorar atrás da moita e fazer mais força para me aliviar.

Consolava-me um pouco saber que muitos outros marujos estavam na mesmíssima situação naquele dia, fato óbvio para todos cada vez que um deles corria da praia para o mato em busca de um pouco de privacidade. Alguns, inclusive o sr. Fryer, ficaram totalmente pálidos com o prolongamento da coisa, ao passo que outros davam a impressão de não estar sofrendo. Quanto ao capitão, que já tinha passado pelo mesmo transe em Otaheite, o qual o transformou num sujeito intratável, parecia impermeável ao efeito daquela comida e, aliás, achou tudo tão divertido que até fez umas observações, em minha opinião, incompatíveis com o seu caráter e, além disso, de péssimo gosto.

Nós constatamos que, embora não fosse muito grande, a ilha era generosíssima no butim que oferecia. Lá tampouco havia selvagens batendo uma pedra na outra e ameaçando fazer o mesmo com as nossas cabeças, e essa era uma grande vantagem. Aliás, acho que muitos do nosso grupo teriam ficado de bom grado naquele lugar, que o capitão batizou ilha da Restauração, já que a nossa chegada coincidiu com a data da restauração do rei Carlos II no trono, mas isso nem passou pela cabeça do sr. Bligh. Ele fazia questão absoluta de nos levar para a Inglaterra.

E, assim, passamos o dia enchendo a barriga outra vez — mesmo aqueles para quem a refeição era o caminho mais seguro para as moitas — e colhendo o máximo de ostras e bagas possível a fim de armazená-las no engradado do capitão para a parte seguinte da viagem. Pegamos todos os garrafões e cascas de coco ao nosso dispor e os enchemos de água fresca da fonte. Quando estávamos prontos para partir, eu me dei conta de que, embora as nossas provisões parecessem ser de ótimas proporções, na verdade mal davam para alimentar dois homens durante dois dias, imagine dezoito durante sabe-se lá quanto tempo. O que nos empolgou mesmo foi o fato de o caixote estar de novo cheio. Ninguém imaginava que em breve estaríamos reduzidos às nossas parcas rações e aos dedaizinhos de água caso quiséssemos tentar sobreviver.

"Tratem de dormir bem, rapazes", disse o capitão quando nos deitamos na praia para um bom descanso. "Vocês precisam estar com a energia restaurada no nível natural se quisermos chegar a Timor. Ou o mais próximo disso."

Naquela noite, após abrir um grande bocejo, adormeci vendo o sol se pôr no horizonte, certo de que a parte seguinte da viagem seria bem-sucedida e segura. Afinal, apesar dos pesares, tínhamos chegado até lá com a perda de uma única vida. Certamente não íamos falhar agora.

TRIGÉSIMO QUARTO DIA: 31 DE MAIO

Neste dia, o capitão fez conosco uma oração antes de zarparmos, e eu estranhei bastante pois isso nunca fizera parte do nosso ritual. Ele agradeceu a Deus por ter nos permitido chegar ilesos até lá — não era bem o caso de John Norton, não pude deixar de pensar — e rogou-Lhe que tivesse piedade da nossa pequena lancha e nos auxiliasse a chegar logo e a salvo ao nosso destino. No fim, todos dissemos amém, mas duvido que fôssemos um bando devoto. Os marinheiros, eu descobri, raramente são. Eles são mais chegados às superstições e às ideias de feitiçaria.

No início da tarde, quando o sol estava alto, levantamos âncora com um peso no coração, pois não sabíamos quando voltaríamos a pôr os pés em terra firme. No entanto, para nossa surpresa — embora aparentemente não para o capitão Bligh —, acabamos passando por diversas ilhas ao longo do caminho e, quando a noite caiu, como não tínhamos avançado para o largo, o capitão achou sensato parar numa delas que, segundo ele, devia ser uma ilha chamada Fair Cape, e lá pernoitar. Foi o que fizemos, e houve uma sensação de anticlímax nesse desembarque, pois não nos precipitamos na praia com o prazer e o delírio habituais, nem saímos direto à cata de alimento e água, embora o sr. Bligh nos tivesse autorizado a comer à vontade contanto que reabastecêssemos nosso engradado na manhã seguinte, antes de partir.

Nós concordamos e tivemos uma noite agradável na praia, onde Robert Lamb demonstrou o seu até então desconhecido talento para cantar. Entreteve-nos com várias canções de natureza obscena referentes às aventuras de uma marafona de nome Melody Blunt, que parecia não ter nem moral nem critério nas suas conquistas, e nós todos rimos muito, e até o capitão, que não era lá muito amigo de vulgaridades; depois, dormi profundamente com imagens de Melody Blunt na mente. Todavia, não pela primeira vez desde que saí do *Bounty*, descobri que estava excitado de novo e me lembrei da maldição terrível que isso podia ser.

TRIGÉSIMO QUINTO DIA: 1º DE JUNHO

Tornamos a zarpar depois de passar a manhã na mata à procura de alguma coisa que servisse de alimento. Três grupos tomaram três direções diferentes, mas só um teve sucesso, e, quando voltaram ao acampamento com braçadas de bagas, estavam com a boca vermelha e com manchas escuras de suco, com certeza haviam se regalado tanto quanto eu dias antes. Embarcamos uma vez mais e tomamos o rumo noroeste-oeste-noroeste, e o sr. Fryer e Peter Linkletter nos conduziram rápida e cuidadosamente por entre os recifes, evitando problemas com as rochas submersas e levando-nos sem incidentes ao mar alto. Eu tive um momento de grande alegria quando, ao ver um peixe passar pela nossa popa em direção aos recifes, mergulhei as mãos na água, mas as retirei na mesma hora, pois, para minha surpresa, um peixão branco, assustando-se, saltou para fora do mar e acabou caindo não na água, e sim no fundo da lancha. Todos ficaram contentíssimos, não havia nada como um peixe para garantir um gostoso jantar. O capitão me parabenizou com um tapinha nas costas, e os homens me chamaram de bom camarada, e comecei a pensar que tinham me perdoado a perda do arpão.

As águas estavam serenas naquela tarde, e meu pensamento voou até Otaheite e até os homens que haviam nos expulsado da segurança do *Bounty* para o perigo da barca. Fazia mais de um mês que partíramos nessa aventura, e me perguntei como a vida tinha tratado o sr. Christian e seus cúmplices nesse período. Eles voltaram direto para a ilha, quanto a isso eu não tinha a menor dúvida, mas se iam lá ficar era um mistério. Afinal, deviam ter presumido que, se sobrevivêssemos, nós voltaríamos para a Inglaterra e o almirantado não tardaria a mandar outro navio persegui-los. Em minha opinião, os piratas iam pegar as mulheres que quisessem e procurar uma ilha próxima. Centenas e centenas de ilhas salpicavam aquela parte do oceano, de modo que não era difícil achar uma mais remota, de difícil acesso, e lá estabelecer um novo lar, talvez depois de afundar o *Bounty* para não serem descobertos.

Por outro lado, eles podiam muito bem ter ficado em Otaheite, convencidos de que os dezenove antigos colegas marujos e amigos se afogariam em pouco tempo nas águas do Pacífico sul e de que a verdade da sua covardia e depravação nunca seria conhecida. Apesar da minha antipatia por muitos daqueles marinheiros e oficiais, era triste pensar que estavam contentes em me julgar morto.

Ao anoitecer, houve uma grande comoção na lancha quando David Nelson, William Cole e William Purcell, os três que de manhã formaram o bem-sucedido grupo de provedores de alimento, começaram a se queixar de muita dor de barriga e de um latejar na cabeça, por trás dos olhos. O cirurgião Ledward os examinou um por um, e nós ficamos observando o doutor tomar-lhes o pulso entre o polegar e o indicador e apertar-lhes a barriga e o baixo-ventre com a palma da mão. Logo depois, ele se aproximou do capitão e os dois cochicharam, e creio que só eu e o sr. Elphinstone conseguimos ouvi-los.

"Eles estão intoxicados, *sir*", diagnosticou o cirurgião. "O senhor viu quando voltaram do mato com o suprimento. Tinham comido bagas em excesso. Talvez fossem venenosas."

"Santo Deus", respondeu o sr. Bligh, cofiando a barba sem dissimular a preocupação. "O senhor acha que vamos perdê-los?"

O médico sacudiu a cabeça. "Provavelmente não. Mas acho que eles vão ter um ou dois dias de dores terríveis. Não vai ser nada fácil."

"Então vamos evitar a palavra *venenosas*", propôs o capitão. "Não faz bem para o moral nem muda a situação." Em seguida, levantou-se e foi falar com os nossos três companheiros doentes. "Parece que vocês comeram mais bagas do que deviam em Fair Cape e seu estômago não está preparado para semelhante abuso. Mas não precisam se preocupar. Como tudo na vida, essa dor vai passar."

William Purcell não gostou nada desse prognóstico e soltou um berro de agonia ao mesmo tempo que abraçava o ventre e dobrava os joelhos até encostá-los no peito, mas o sr. Bligh se limitou a balançar a cabeça, encerrando a conversa, e voltou para o seu lugar.

Aquela noite foi povoada pelos gemidos dos três marujos e, quando a luz morreu e a escuridão nos cercou, confesso que tive ideias homicidas, pois, como eu era impiedoso, confesso que eles me davam arrepios cada vez que soltavam um grito de agonia.

TRIGÉSIMO SEXTO DIA: 2 DE JUNHO

Embora eu tivesse passado dezoito meses na companhia do sr. Fryer, nós quase não conversávamos. Ele me recebeu bem quando cheguei ao *Bounty* — aliás, depois do sr. Hall , o imediato foi o primeiro membro da equipagem do navio que conheci, à porta da cabine do capitão na bela véspera do Natal de 1787 —, mas, desde então, poucas vezes ele fez mais do que registrar minha presença, tão envolvido estava com seus deveres e suas tentativas de ter uma relação minimamente civilizada com o sr. Bligh.

De modo que fiquei bastante surpreso ao acordar de um cochilo vespertino e descobrir que eu estava usando justamente a sua perna como travesseiro, e ele não se mostrou nada ofendido com isso.

"Desculpe-me, *sir*", pedi, mortificado, erguendo o corpo e esfregando os olhos. "Não sei como aconteceu. A gente faz cada coisa quando está dormindo."

"Esqueça, garoto", respondeu, dando de ombros como se aquilo não significasse nada. "Você dormiu um pouco e recuperou a energia, isso é o que importa."

"Sim, senhor", disse, tratando de me recompor e esticando o corpo ao máximo, encostando-me no bordo da embarcação. Olhei para William Cole e David Nelson, que estavam remando; palavra que cheguei a ver certa translucidez na sua pele, e seus olhos nunca estiveram tão inquietos e escuros.

"Quem é o senhor Lewis, se é que eu posso perguntar?", disse o sr. Fryer depois de algum tempo.

Palavra que quase caí no mar de surpresa. "O senhor Lewis?", perguntei, esquecendo-me do meu lugar. "O que o senhor sabe do senhor Lewis?"

"Não sei nada. É que você falou nele quando estava dormindo, só isso."

Eu semicerrei os olhos e senti uma ligeira dor de estômago, mas, como fazia mais de um mês que aquela parte do meu corpo era puro espasmo e agonia, não liguei. "Eu falei no senhor Lewis?", perguntei. "O que foi que eu disse?"

"Não deu para entender. Deve ter sido um pesadelo. Você gritava para que ele o soltasse. Dizia que não ia voltar nunca mais."

Eu fiz que sim e fiquei calado, pensando. Não me lembrava do sonho. "Pois é", disse enfim. "Foi um pesadelo, nada mais. Eu não sabia que falava dormindo."

"Todo mundo fala dormindo às vezes. Lembro-me da minha querida esposa Mary dizendo que eu falava em corujas de madrugada."

"Em corujas, *sir*?"

"Sim, é uma coisa curiosa, já que eu não tenho o menor interesse por corujas. Mas acontece. São as brincadeiras que a mente faz com a gente."

Eu concordei e olhei para o mar, reprimindo um bocejo bem capaz de me devolver aos meus devaneios se não estivéssemos conversando. Olhei de relance para o imediato e notei que sua barba tinha ficado ruça nas bordas, mas grisalha na ponta. Não sabia a sua idade — uns quarenta, imagino —, mas nossa temporada no mar não estava fazendo bem a ele, vinha envelhecendo a olhos vistos.

"*Sir*", eu disse após um prolongado silêncio, pensando numa pergunta que havia muito eu queria lhe fazer. "*Sir*, posso perguntar uma coisa?"

O sr. Fryer olhou para mim. "Pode", respondeu.

"É que eu não sei se o senhor vai gostar da pergunta. Mas queria saber a resposta."

Ele sorriu e mostrou a vastidão do oceano que nos cercava. "Turnstile", disse, "nós mantemos a farsa da hierarquia a bordo de uma embarcação como esta para chegar ilesos ao nosso destino. Mas, olhando à sua volta, você não sente certa igualdade de status com os seus colegas marinheiros? Nós podemos nos afogar juntos de uma hora para outra e, se isso acontecer, vamos todos acabar no mesmíssimo lugar."

"Sim, senhor", respondi, pois não havia como negar a verdade dessa observação. "Então eu vou perguntar. Queria saber como o senhor veio parar aqui."

"Aqui nesta lancha?", indagou ele, enrugando a testa. "Você perdeu o juízo, menino? Os traidores nos puseram aqui..."

"Não", atalhei eu, sacudindo a cabeça. "O senhor não me entendeu, *sir*. Eu pergunto por que o senhor veio para a barca junto com o capitão e não ficou com o senhor Christian. Otaheite era um lugar maravilhoso, *sir*, nós todos sabemos. E lá havia grandes prazeres para qualquer um. E, se o senhor me dá licença de dizer, sempre tive a impressão de que o senhor não morria de amores pelo capitão."

O imediato riu um pouco da minha expressão, e eu também sorri, contente porque ele não se zangou com o meu atrevimento, mas enfim deu de ombros e baixou a voz para responder."

"A sua pergunta é natural. Acho que muitos marujos a fazem. E você tem razão em pensar que o capitão e eu tivemos as nossas... divergências durante a viagem."

"Eu sou um grande admirador do capitão, *sir*", apressei-me a dizer. "Espero que o senhor saiba. E eu nunca disse uma palavra contra ele. Mas acho que às vezes ele o tratava muito mal."

"Obrigado, Turnstile. É muito atencioso da sua parte, especialmente considerando a sua lealdade ao senhor Bligh. A sua dedicação a ele é conhecida de todos os homens a bordo desta barca e de todos os que estão em Otaheite."

Isso me surpreendeu. Eu não esperava que os outros me vissem como uma pessoa tão leal, aliás, nem suspeitava que pensassem nisso. No entanto, tive uma sensação agradável e me alegrei.

"A verdade", prosseguiu, "é que eu nem sempre tive com o capitão a boa vontade que devia ter tido. Achava-o rancoroso e grosseiro, teimoso e, às vezes, até simplório."

"Senhor Fryer!"

"Nós estamos conversando de igual para igual, não? Não podemos dizer o que pensamos?"

"Sim, senhor, mas dizer uma coisa dessas..."

"É a pura verdade do que eu sentia. Via nele um homem tão amargurado com a sua baixa patente — refiro-me à falta de status de capitão, já que seu posto atual é de tenente — que às vezes ficava com o raciocínio embaçado. O senhor Christian soube explorar muito bem esse sentimento de inferioridade durante toda a viagem. Eu via isso, mas não podia fazer nada. O capitão invejava o berço do senhor Christian, seu status, seu privilégio. Talvez até a sua beleza."

Fiquei boquiaberto de surpresa. Nunca tinha ouvido ninguém a bordo falar com tanta liberdade.

"Reconheço que não percebi o motim que se preparava, mas acho que o capitão às vezes se comportou de modo a incitar os homens sem necessidade. Obrigá-los a dormir a bordo no fim da nossa estada na ilha, por exemplo, foi uma baixeza da parte dele. Não era preciso, e isso só serviu para chamar a atenção dos marujos para aquilo de que sentiriam falta quando partissem. Eles tinham feito amizades, tinham casos amorosos; tirá-los de lá sem a menor consideração foi um erro. Eu esperava muitos problemas na nossa viagem de volta, mas isso não." Fez um gesto abrangente. "Isso não, Turnstile, isso nunca."

"Então por que...?", perguntei, tentando escolher bem as palavras. "Então por que o senhor veio conosco? Por que não ficou com os amotinados?"

"Porque eram uns canalhas, por isso. E eu jurei fidelidade ao rei quando entrei na Marinha, assim como jurei obedecer às ordens do meu comandante. Há dezoito meses que o meu superior é o senhor Bligh e, sendo assim, vou obedecê-lo até a última gota de sangue que me restar no corpo e até o último alento que me restar na alma. Isso se chama dever, John Jacob Turnstile. Dever, lealdade e bom serviço. É a melhor tradição da Marinha inglesa, a tradição na qual meu pai e o pai dele serviram. A tradição que eu queria ver meu filho servir. Nada que o senhor Bligh fizesse ou dissesse me levaria a me rebelar contra ele. Ele está no comando, ele é o homem do rei. Nada mais simples."

Acenei a cabeça, satisfeito com a resposta. Não era a que eu esperava, mas deu-me uma ideia mais clara de quem era aquele homem.

"E, além disso", disse o sr. Fryer pouco depois, "eu queria voltar para casa e rever minha mulher. Dever, lealdade e bom serviço são uma coisa, garoto, mas amor é outra. Talvez um dia você descubra isso por si.

Eu sorri e corei. Perguntei se esses eram os atributos que eu podia esperar no meu futuro, trouxesse ele o que trouxesse, durasse quanto durasse. Dever, lealdade e bom serviço.

E amor.

TRIGÉSIMO SÉTIMO DIA: 3 DE JUNHO

Quando a chuvarada desabou na nossa cabeça, o cirurgião Ledward se viu na intolerável situação de ter de tratar de si próprio, atacado que estava por cãibras terríveis no estômago e na tripa. Ao ver a brancura da sua cara, confesso que roguei ao Todo-Poderoso que aliviasse seu sofrimento e lhe desse um pouco de consolação. Mas não foi bem isso que aconteceu, e o coitado continuou sentindo a pressão dupla da fadiga e da fome e, encolhidíssimo no seu canto, às vezes soltava uns gritos que suscitavam ao mesmo tempo simpatia e irritação nos companheiros de viagem.

Em certo momento, o capitão foi até ele, mas, não sendo treinado nas artes médicas, pouco pôde fazer para ajudá-lo; limitou-se a se deitar ao seu lado e a lhe cochichar ao ouvido. Não consegui ouvir o que dizia — ninguém conseguiu —, mas talvez lhe tenha feito algum bem, pois o sr. Ledward não tardou a cessar de rolar e gritar e, pouco depois, era apenas mais uma alma na barca, lutando contra as forças opressoras da chuva, do mar e da degradação para conservar o ânimo e a vida.

À tarde, nós nos aproximamos de alguns recifes e, em seguida, de uma série de ilhas desabitadas, tão estreitas que um homem sadio podia atravessá-las de ponta a ponta numa manhã. Desembarcamos em várias delas na esperança de encontrar mais comida, e o sr. Bligh colheu uma braçada de ostras, mas tão pequenas que mal davam para o café da manhã de um homem, que dizer do almoço de dezoito?

Na segunda ilha, achamos rastros de tartaruga, mas, para nossa decepção, nada de tartaruga. Esquadrinhamos as matas e as praias à procura delas, mas ou eram muito espertas para serem descobertas, ou tinham se fundido com o brejo feito um camaleão, e, uma vez mais, nós partimos de mãos abanando. Ao anoitecer, estávamos novamente na barca, rumando para o que o capitão chamava ilha de Timor, mas que nós denomináramos Sei-lá-onde.

"Ah, quem me dera uma hora de Michael Byrn", disse uma voz no centro da lancha quando avançávamos em silêncio pelas águas noturnas. Eu concordei plenamente, pois um pouco de música do rabequista do navio decerto nos faria muito bem; até a lembrança da dança noturna para estimular a circulação sanguínea era saudosa.

"O senhor Byrn é um pirata e amotinado", disparou o capitão Bligh. "E eu não quero que ninguém pronuncie o nome dele nesta lancha."

"Sim, mas ele sabia tocar *Nancy o' the Gales* como ninguém", disse o sr. Hall com um pouco de tristeza, e eu me lembrei da noite em que ele foi designado para dançar justo essa música e eu escolhi, despreocupadamente, o sr. Heywood para bancar a sua parceira. Esse tempo parecia tão remoto. Outra existência. Quando eu era um mero moleque.

"Não quero ouvir isso", retrucou o capitão, e, pelo seu tom, eu percebi que, em outras circunstâncias, ele teria berrado, mas não nessa noite em que estava muito cansado para forçar a voz. "Se alguém quiser cantar, que cante", acrescentou. "Mas nada de falar em traidores nem de cantar essa música."

Mas ninguém se deu ao trabalho de cantar. Faltava-nos energia.

TRIGÉSIMO OITAVO DIA: 4 DE JUNHO

Fletcher Christian, o porco miserável, permitira ao sr. Bligh levar o diário de bordo quando o expulsou do seu legítimo comando, e, no qual, o capitão passava boa parte da manhã rabiscando com um lápis. Em certas noites, ficava muito tempo escrevendo, em outras nem tanto, mas palavra que ele não passava um dia sem anotar alguma coisa sobre o progresso da nossa viagem.

"Porque nós vamos voltar para a Inglaterra", explicou-me com um esboço de sorriso no dia em que lhe perguntei por que se dava a esse trabalho. "E, quando voltarmos, creio que teremos realizado uma proeza notável de navegação. Escrevo o diário para registrar tudo que ocorreu desde a nossa saída do *Bounty*, e também para anotar as ilhas, recifes e litorais que vimos no caminho. É o meu dever de navegador, entende?"

"O senhor escreve sobre mim?", perguntei.

Ele riu um pouco e sacudiu a cabeça. "Isto aqui não é um melodrama, mestre Turnstile. É um registro dos lugares e paisagens, da flora e da fauna, da longitude e latitude dos lugares que podem interessar os futuros viajantes. Não é meu diário pessoal."

"O senhor pensa em transformá-lo em livro?"

"Em livro?", disse ele, enrugando a testa e refletindo. "Nunca pensei nisso. Eu o concebo como um relatório para o almirantado, não para o público. Que tipo de leitor você acha que se interessaria?"

Eu me limitei a dar de ombros, pois nada sabia de leitores, eu que só tinha lido dois livros na vida e ambos referentes à China. "Isso eu acho que o senhor pode perguntar ao senhor Zéla", sugeri. "O fidalgo francês. O tal que me meteu nesta enrascada."

"Ah, Matthieu, sim", disse ele, balançando a cabeça. "Se bem que, na verdade, eu acho que a culpa foi toda sua de acabar a bordo do nosso navio, não dele, concorda?"

"Talvez."

"Mas pode ser que você tenha razão", disse ele, escrevendo um pouco mais. "É possível que o almirantado ache conveniente publicar o meu relatório para que os cavalheiros e as damas decentes da Inglaterra conheçam exatamente o caráter de oficiais como Fletcher Christian e Peter Heywood. Depois disso, Turnstile, pode ter certeza de que o nome deles se arrastará na infâmia." Eu nunca duvidara disso e lhe contei, sugerindo que valeria a pena ler as suas memórias. O capitão sorriu e até riu um pouco. "Turnstile, você andou tomando sol demais?"

"Não, senhor. Por quê?"

"Hoje você está bastante animado."

"É o meu caráter, *sir*", respondi, um pouco ofendido com o comentário. "O senhor não tinha notado?"

Sem responder, ele olhou para as inúmeras ilhotas, à esquerda e à direita, pelas quais estávamos passando a caminho do alto-mar. "O estreito de Endeavour", disse. "É magnífico, não? Quase valeu a pena tanto sofrimento só para passar por aqui nesta embarcação."

"Sim, senhor", disse, olhando à minha volta, e a verdade é que ele tinha razão. Era uma vista lindíssima, e seria mais linda ainda se eu não estivesse havia mais de um mês não fazendo outra coisa senão olhar para a água.

TRIGÉSIMO NONO DIA: 5 DE JUNHO

E eis o GRANDE tormento. Já fazia trinta e oito dias que estávamos navegando e, quando encontrávamos ilhas, parávamos para descansar e comer. Entretanto, pelos mapas estudados durante um ano na cabine do capitão, eu sabia muito bem que, quando passássemos pelo estreito de Endeavour, já não teríamos aonde ir e só nos restaria seguir adiante até Timor, que ficava a pelo menos uma semana de distância. Teríamos de manter as nossas provisões e sobreviver à fome e à sede até avistarmos terra, mas, quando isso acontecesse — *caso* acontecesse —, a nossa viagem chegaria ao fim e nós nos salvaríamos.

Nesse dia, a resignação se estampou no olhar de muitos homens. Alguns, como Peter Linkletter e George Simpson, que, no tocante à sanidade, tinham bons e maus dias, pareciam com muito medo do que estava por vir, e eu creio que a mais leve expressão de dúvida manifesta por qualquer outro marujo os teria precipitado numa grande consternação. Outros, como Robert Lamb, mostravam-se quase empolgados com o desafio que os aguardava, confiantes por saber que, acontecesse o que acontecesse, aquele padecimento não ia durar muito mais tempo. E ainda havia homens como o capitão Bligh e o sr. Fryer, que não mudavam de expressão, sempre com a mesma paciência, e tinham confiança na salvação. Na cabeça, eu levava os temores do primeiro grupo; na alma, a bravura do segundo; e no coração, o desejo de ser como o terceiro, pois nele estava a garantia da nossa sobrevivência, pelo menos era nisso que eu acreditava.

Naquela noite, quando o capitão tirou o jantar do engradado e nos serviu, não foram poucos os suspiros e outros sinais de frustração que os marujos lhe endereçaram.

"Vocês sabem onde estamos", disse ele, sacudindo a cabeça. "Sabem que só nos falta uma semana ou um pouco mais. Basta a gente comer o suficiente para manter a mente e o corpo em funcionamento. Não temos alternativa se quisermos sobreviver."

Os marujos concordaram, claro que concordaram, mas isso não tornou as coisas mais fáceis. E começou hoje, no nosso trigésimo nono dia.

QUADRAGÉSIMO DIA: 6 DE JUNHO

Passei o dia com tontura, como se a minha mente não fosse inteiramente minha. Depois de ficar duas horas remando, levantei-me e tive de agarrar o ombro de dois homens para não cair no mar, e eles se irritaram com isso e disseram palavrões bem cabeludos. Tentei consultar o cirurgião Ledward, mas ele estava dormindo um sono intermitente e, quando se mantinha acordado, não parecia ser o mesmo, de modo que desisti.

Fora isso, quase não me lembro de nada, a não ser das reclamações dos marujos quando o capitão cancelou o almoço, servindo-nos apenas o café da manhã e o jantar, ambos paupérrimos. Ele não podia fazer nada. Queria que sobrevivêssemos.

A chuva também foi de amargar. Disso eu me lembro.

QUADRAGÉSIMO PRIMEIRO DIA: 7 DE JUNHO

Voltei a passar mal neste dia e, toda vez que olhava para o céu, tinha de me segurar em alguma coisa com as duas mãos para conservar certa aparência de realidade. Meu olho — o esquerdo, se me não me engano — ficou embaçado, e eu não sabia ao certo se enxergava com ele. Pisquei com força, mas não adiantou e, quando falei sobre isso ao capitão, ele explicou que era a fome pregando peças no meu corpo. Pediu a opinião do cirurgião Ledward, mas este se restringiu a balançar a cabeça e a dizer que sim, e virou a cara, coisa que eu nunca vi ninguém fazer com o capitão. Mas ele parecia muito deprimido, por isso o deixamos em paz.

"Talvez isso melhore amanhã quando você acordar", ponderou o sr. Bligh, o que só serviu para me irritar e não me ajudou em nada.

"E talvez eu acorde cego dos dois olhos", retruquei. "Preciso esperar até amanhã para saber?"

"Bom, o que você quer que eu faça, Turnstile?", perguntou, igualmente irritado. "Nossa única preocupação agora é a sobrevivência e nada mais."

Resmungando um palavrão inaudível, eu me afastei e voltei para o meu lugar, o qual, na minha ausência, tinha sido invadido por três homens, fato que me obrigou a atacá-los verbalmente até que se dispusessem a sair. Eu tinha a impressão de que os dias estavam ficando mais longos, e o meu nível de tolerância ao tormento que estávamos sofrendo diminuía a cada minuto. Antes sempre havia a esperança de uma ilha, de um lugar onde descansar e comer e no qual sabíamos que não morreríamos afogados. Agora só havia o oceano, um lugar terrivelmente ermo e solitário. O capitão disse que não sabia quando íriamos avistar Timor, talvez dentro de uma semana, e eu me perguntei se todos sobreviveríamos à viagem. De fato, era muita sorte havermos perdido só um homem até então — John Norton —, embora na barca houvesse pelo menos meia dúzia de almas que pareciam destinadas a bater as botas em muito pouco tempo se a salvação não chegasse.

Na verdade, eu me sentia como se fosse uma delas.

QUADRAGÉSIMO SEGUNDO DIA: 8 DE JUNHO

Hoje houve muito desgosto com o estado do cirurgião Ledward, que parecia soçobrar com rapidez; por causa disso, o capitão lhe deu uma ração maior de comida e água do que aos outros marujos, e nós nem nos queixamos. Para meu desalento, passei boa parte do dia sentado ao lado dele, coisa que não me agradou, pois tinha certeza de que ele ia expirar ali mesmo, na minha frente, e isso seria de péssimo agouro para a minha sobrevivência. Ocorre que pequei por excesso de pessimismo e ele continuou conosco o dia todo, tal como Lawrence LeBogue e os outros que estavam quase no mesmo estado.

O sr. Hall e eu passamos duas horas lado a lado, remando, e, quando William Peckover e o capitão nos substituíram, fomos para perto da proa. Nessa hora, notei que o cozinheiro estava com um sorriso curioso grudado nos lábios e perguntei o motivo, pois tinha certeza de que, no íntimo, estava zombando de mim.

"Calma, garoto", disse ele. "Eu estava lembrando, só isso. De quando você chegou ao *Bounty*. Você era tão cru, não sabia patavina."

"Sim, é verdade", reconheci, acenando a cabeça. "Mas eu nunca tinha subido a bordo de um navio, muito menos de uma fragata de Sua Majestade. O senhor tem de desculpar a minha ignorância."

"Mas você aprendeu depressa, esse mérito ninguém pode lhe negar."

"E o senhor foi muito gentil quando eu cheguei", respondi. "Ao contrário do senhor Samuel, o velho fuinha, ele fez de tudo para eu me sentir inferior desde o primeiro momento. Dizia que todo mundo no navio era superior a mim e me dava ordens sem parar."

"Eu nunca fui com a cara dele", disse o sr. Hall, arreganhando o beiço com nojo. "Não me admirei quando ele passou para o lado do senhor Christian e seus piratas. Aquele sujeito sempre teve ar de deslealdade. A estas horas, deve estar se divertindo à beça com as garotas de Otaheite", acrescentou com um suspiro.

"Ele é feio como o diabo", observei. "Elas não o deixariam chegar perto."

"E você, Tutu? Tem saudade da ilha?"

"Eu tenho saudade da comida", respondi. "Saudade da sensação de barriga cheia e de um lugar decente onde dormir à noite. Tenho saudade da certeza de que acordaria vivo no dia seguinte."

"E da sua namoradinha?"

"Dela também. Um pouco. Apesar de Kaikala ter me traído com o senhor Heywood. Mas, mesmo assim, foi bom enquanto durou. Sim, eu tenho saudade dela."

Ao dizer isso, percebi que meu olho bom estava ficando cada vez mais empanado, enquanto o outro continuava recoberto por uma espécie de neblina que se negava a desaparecer.

"Haverá outras", sorriu ele. "Quando você estiver na Inglaterra, digo. Vai se apaixonar outra vez."

Eu fiz que sim e concordei, embora não tivesse tanta certeza. Afinal, não havia garantia nem de que voltaria a ver a Inglaterra, muito menos de lá encontrar amor. Mas a gente precisava se conservar otimista. Ou isso, ou mergulhar de vez no oceano e nunca mais subir à tona para respirar.

A noite trouxe mais chuva e mais dor de estômago. Em dado momento, as pontadas ficaram tão fortes que gritei, e os outros me mandaram calar a boca, mas, santo Deus, a dor era tanta que pensei que fosse morrer.

QUADRAGÉSIMO TERCEIRO DIA: 9 DE JUNHO

Passamos o dia sofrendo bastante com a chuva e a ventania, a fome e a sede, e, embora tenhamos finalmente entrado em águas mais serenas, senti o espírito mais decaído que nunca. Quando eu estava junto ao bordo da barca, o capitão se sentou ao meu lado e começou a falar em voz baixa.

"Na época, nós estávamos na baía de Kealakekua, no Havaí", disse sem preâmbulo. "A bordo do *Resolution*. Tínhamos passado algum tempo lá e era evidente que a tensão entre nós e os selvagens não fazia senão aumentar. As coisas começaram bem, é claro. O capitão Cook sabia impressionar qualquer chefe nativo. Mas eles andavam abusando demais. Eu sempre o achei muito indulgente com os selvagens. Ele acreditava piamente na sua bondade intrínseca."

Ergui um pouco o corpo, surpreso com o fato de o sr. Bligh ter escolhido bem aquela noite para me contar a história, mas fiquei contente. Talvez ele tivesse visto como eu estava macambúzio.

"Naquele dia", prosseguiu, "houve um incidente sem muita importância, mas que, somado a uma série de pequenos insultos nos últimos dias, foi a gota-d'água. Quando nós ancorávamos em climas mais quentes, o capitão costumava deixar os batéis e as lanchas do navio na água, e os selvagens roubaram um deles, um batel grande. Isso era inaceitável, claro, e quando soube do fato ele determinou que bloqueássemos a baía até que nos devolvessem o batel. Mandou duas embarcações, um colega de nome John Williamson no comando da lancha, e eu no do batel pequeno."

"O senhor, *sir*?", perguntei, arregalando os olhos. "O senhor foi buscar o barco roubado?"

"Sim, de certo modo. E, se eles o tivessem devolvido pacificamente, as consequências seriam mínimas. Porém, quando nos aproximamos da baía, vimos logo que os nativos não queriam paz. Tinham se espalhado no alto dos morros, adotando postura belicosa e vestindo o tipo de roupa que eles sentiam que os protegia dos cutelos e mosquetes. Era evidente que estavam dispostos a combater."

"Mas por quê, capitão? Eles tinham se sublevado contra vocês?"

"Acho que sim. No começo tudo foi bem, mas eles não reconheciam o nosso direito à sua terra nem às suas frutas. Ficaram beligerantes por causa disso. Nós não tínhamos escolha senão demonstrar força."

"Que direito, *sir*?", perguntei, confuso.

"O nosso direito de emissários do rei, Turnstile", disse ele, olhando para mim como se eu fosse o último dos idiotas. "Não é óbvio? Eles queriam que nós partíssemos. Aqueles selvagens! Onde já se viu mandar ingleses embora?"

"Da terra deles."

"Mas será que você não entende?", irritou-se, como se a ideia fosse a mais simples do mundo. "Não era mais a terra deles. Nós tínhamos tomado posse dela. Enfim, quando nos aproximamos, ficou claro que haveria problemas, e foi então que eu vi uma canoa grande, com uns vinte selvagens dentro, sair da baía e se dirigir, sem sombra de dúvida, ao *Resolution*. Eles estavam entusiasmados, devo reconhecer, pois remavam num ritmo que me obrigou a ameaçar meus remadores com o inferno para obrigá-los a mudar de direção e remar para o oeste a fim de interceptá-los. Quando nos acercamos o bastante, erguemos os mosquetes e disparamos e, com a Providência e a justiça do nosso lado, atingimos alguns selvagens. O resto, um bando de covardes, se atirou na água, e a canoa virou, e os que não tinham sido mortalmente feridos voltaram para a praia a nado. Foi uma vitória precoce para nós, uma demonstração de força, e se eles a tivessem reconhecido talvez a coisa parasse por aí.

"Logo a seguir, vi que o capitão Cook, com mais quatro ou cinco homens, vinha em nossa direção em um batel. Mantivemos nossa posição até que nos alcançasse, e ele estava furioso, bem furioso.

"'Não quero derramamento de sangue', informou, como se eu tivesse sido o autor da desgraça. 'Eu vou para a terra, prendo o rei, levo-o para o *Resolution* e faço dele refém até que nos devolvam o barco e os nossos pertences.'

"'Mas, capitão', disse, alarmado com a ideia, 'será que convém? Nós acabamos de...'

"'Pode vir comigo, senhor Bligh', disse ele entre dentes. 'Ou, se não quiser, volte para o *Resolution*. O que prefere?'

"Ora, nem preciso dizer que saltei de um batel para o outro, e logo estávamos em terra. Marchando à nossa frente, o capitão foi direto para a casa do sumo sacerdote da ilha, com quem ele já tinha estabelecido boas relações, e o informou de que nós não queríamos machucar ninguém, mas, enquanto vivêssemos, não toleraríamos ser vítimas de roubo. Informou-o do plano de levar o rei para o *Resolution*, mas disse que ele ficaria apenas detido como hóspede, não como prisioneiro, e atribuiu ao sacerdote a responsabilidade de encontrar uma solução rápida e satisfatória.

"Sem esperar resposta, dirigiu-se à aldeia quando alguns dos nossos homens ainda estavam desembarcando na baía, todos armados de mosquete. Eu ouvi o estrondear dos canhões do nosso navio e imaginei que outras canoas estavam indo para lá a fim de atacá-lo e que um dos oficiais tomara a decisão de repeli-las. Achei isso muito razoável e o disse, mas o capitão se virou, encolerizado, e gritou: 'Maldição, é assim que um incidente se transforma em catástrofe. Cada tiro disparado destrói nossa reputação e piora nossa relação com essa gente. O senhor não vê?'. Eu respondi que ele tinha razão, mas que convinha mostrar aos selvagens quem eram os senhores ali, e presumo que concordou comigo, pois não disse nada, simplesmente seguiu adiante. Mais tarde, soube que as outras canoas, as que tinham sido danificadas pelo fogo de artilharia, voltaram a Kealakekua, certamente em busca de vingança.

"Chegamos à casa do rei Terreeaboo e ficamos esperando do lado de fora. Quando o monarca apareceu, acompanhado de dois filhos, o capitão Cook o convidou a jantar na sua cabine a bordo do *Resolution*, e ele aceitou com alegria. Era um sujeito idoso, Turnstile, e precisou ser conduzido à praia com o auxílio dos dois filhos, e nenhum deles sabia que nós tínhamos outros planos em mente. Consideraram aquilo um mero ato de hospitalidade, tal como o haviam recebido de nós em muitas outras ocasiões.

"Quando chegamos à praia, os canoístas tinham retornado e era óbvio que se armava um grande drama. Logo se espalhou a notícia de que o meu batel e o *Resolution* tinham alvejado os selvagens, matando alguns; armou-se um grande tumulto e, na confusão, o rei caiu pesadamente na praia.

"Então a situação escapou totalmente ao controle. Os nativos nos cercaram e começaram a atirar pedras, derrubando vários dos nossos homens, e nós empunhamos os mosquetes e não tivemos saída senão atirar. O capitão gritou alguma coisa para mim, mas eu não consegui ouvir, e matei vários selvagens que se aproximaram de mim. Virei-me e vi que o capitão Cook, satisfeitíssimo com os meus tiros, vinha em minha direção, decerto para me dar os parabéns. Nesse momento, os selvagens arremeteram contra ele pelas costas e golpearam sua cabeça com um bloco de pedra. O grande homem caiu na praia, mas ainda rolou para se defender. Um selvagem o atacou com uma adaga, o covarde, cravando-a profundamente no pescoço do capitão; em seguida, arrastou-o alguns metros e mergulhou sua cabeça na água. Eu rumei naquela direção, porém mais de vinte selvagens avançaram correndo contra mim e meus marujos. Estávamos em desvantagem de cinco para um e não nos restou outra saída senão fugir. Por sorte, conseguimos voltar para o batel sem nenhum ferimento, apesar da chuva de pedras zunindo junto à nossa cabeça. Mas, quando partimos, vi o capitão, aquele homem impávido, levantar-se uma vez mais para se defender, subir desajeitadamente nas rochas, e então um último grupo de nativos arrojou-se contra ele e o liquidou a pedradas."

O sr. Bligh ficou um bom tempo calado depois de me contar a história.

"Ele foi assassinado, um crime terrível", disse enfim com a voz entrecortada. "Mas é um fato da nossa vida, esse pode ser o fim de qualquer um que aceitar o *shiling* do rei. A questão é o destemor com que tombamos. E a nossa vingança foi das mais sangrentas, é claro. Aqueles sujeitos mal tiveram tempo de se arrepender do que fizeram."

Eu me reclinei e fiquei pensativo. Não era bem a história que esperava ouvir, mas agora ele a havia contado, atendera ao meu pedido, e nenhum dos dois tinha muito que dizer. Não pude deixar de me fazer perguntas sobre a participação do capitão Bligh naquele drama, e ele deve ter percebido isso ao narrar os fatos pavorosos, mas se tinha algum remorso não o mencionou. Por fim, levantou-se e foi substituir um dos remadores, pegando o remo com as mãos enormes e exortando o companheiro a remar, a remar mais depressa, para que chegássemos logo ao nosso destino.

Naquela noite, convém dizer, nós singramos as águas com muita facilidade.

QUADRAGÉSIMO QUARTO DIA: 10 DE JUNHO

Hoje David Nelson e Lawrence LeBogue recuperaram-se um pouco e ficou claro que ainda não iam passar desta para melhor. Sentaram-se e ingeriram um pouco de pão e água — mais do que a ração ordinária, por ordem do capitão — e melhoraram bastante.

Quem adoeceu foi o capitão, com problemas no estômago, e passou muito mal, ficando intratável a maior parte da noite. Pela primeira vez na nossa viagem, encolheu-se feito um bebê, abraçando o próprio corpo para se aquecer, embora isso fosse impossível com a chuva empapando sua roupa.

Mais tarde, vimos alguns atobás e pelicanos, e isso nos deu esperança de estarmos perto de Timor, mas nada surgiu no horizonte, de modo que só nos restou continuar navegando.

QUADRAGÉSIMO QUINTO DIA: 11 DE JUNHO

Esta manhã, o capitão melhorou um pouco, mas ficou com uma aparência tão lastimável quanto a de qualquer um de nós. A nossa cara estava mais do que chupada, os membros de muitos homens pareciam ter encolhido ou inchado intoleravelmente devido à exiguidade do espaço, e nós passávamos grande parte do dia dormindo. Lembro-me de ter pensado que agora a nossa vida se resumia a duas coisas: remar e dormir. Já não se conversava, as discussões morreram, a esperança se extinguia.

Quando os homens lhe suplicavam que calculasse a distância, o capitão Bligh dizia que não faltava muito e nos mandava ficar alerta, pois, caso tivéssemos nos desviado muito do curso, seria difícil avistar terra; mas, para muitos, essa tarefa era difícil, a vista já não valia nada. Meu olho esquerdo tinha melhorado um pouco, mas continuava turvo e, embora não houvesse espelho para comprovar, eu duvidava que ainda fosse o garoto bonito de outrora, de quando saí de Portsmouth ou mesmo de Otaheite.

Foi nesse estágio que tornei a entrar em depressão. Fazia quarenta e cinco dias que estávamos no mar, e, embora eu ainda estivesse vivo, era uma existência miserável. Ansiava por liberdade, por terra para correr, por um bom almoço. Pilhei-me lamentando amargamente ter preferido a lealdade ao sr. Bligh a uma vida sossegada e repleta de prazer sensual na ilha. Espumava de raiva e, quando olhava para o capitão, perguntava que diabo de homem era aquele afinal e por que eu o seguira rumo à morte certa.

Desejava comida e água.

Desejava desesperadamente.

QUADRAGÉSIMO SEXTO DIA: 12 DE JUNHO

Eu dormi.

Sonhei com as ruas de Portsmouth, desertas, abandonadas, o vento soprando, as bancas de frutas tombadas. Vi-me correndo para o estabelecimento do sr. Lewis, desesperado para encontrá-lo, escancarando a porta e subindo ao quarto em que ficava o meu catre e o dos meus irmãos, mas os achei vazios, sem lençóis. Olhei à minha volta. Estava sozinho.

Acordei.

Sentei-me aos remos, alguém remava ao meu lado, eu nem sabia quem. Estendia os braços e tornava a recolhê-los junto ao corpo, arrastando a água comigo. Observava o horizonte. Passava a língua nos lábios na esperança de encontrar alguma umidade. O sol me crestava. Eu remava e talvez tivesse remado até morrer, mas o capitão me avisou que meu turno terminara e eu me afastei e achei um pedacinho de barca que podia chamar de meu.

E adormeci.

Vi o *Bounty* em melhores dias. Imaginei-me sentado à mesa da copa do capitão com uma bela refeição diante de mim, o capitão e o sr. Fryer a cada lado. O francês Zéla em frente. O capitão Cook narrando uma aventura que ele viveu no *Endeavour*. E então apontando para o sr. Bligh com o garfo e fazendo uma observação acusadora, e nesse ponto...

Despertei.

Olhei para o horizonte. Nada. Examinei os marinheiros. Ninguém falava. O sr. Bligh dividiu um pedaço de pão por dezoito e, quando me entregou a minha parte, eu comecei a rir, uma gargalhada esquisita, desprovida de humor. Olhei para o pedaço de pão: do tamanho da unha do meu polegar, e era o alimento do dia. Não sei o que me levou a fazer isso, mas apoiei o braço no bordo da embarcação, o pão preso entre o polegar e o indicador, e o soltei na água. O sr. Elphinstone abriu os olhos ao me ver fazer isso, mas não deu sinal; tornou a fechá-los. Fiquei alguns momentos observando o pão oscilar na superfície da água e, então, para minha surpresa, apareceu um peixe e engoliu o meu café da manhã, o meu almoço, o meu jantar, e voltou a descer às profundezas.

Não fazia a menor diferença. Não tinha sentido continuar comendo.

A morte estava próxima.

Eu a sentia.

QUADRAGÉSIMO SÉTIMO DIA: 13 DE JUNHO

Sono.
Fome.
Remo.
Fome.
Sede.
Fome.
Nada mais.

QUADRAGÉSIMO OITAVO DIA: 14 DE JUNHO

O capitão encostou o pão na minha boca.

"Coma, Turnstile", disse. "Você precisa comer."

Eu travei os lábios. Já não queria nada. Só queria que ele me deixasse em paz, que me largasse.

"Suma daqui", disse, esquecendo o meu lugar e empurrando-lhe a mão.

"Senhor Fryer, abra a boca dele."

Um par de dedos desconhecidos pressionou-me os lábios, separando-os. Eu não resisti. Estiquei a língua e senti gosto de sal. Era pão, que mastiguei, embora isso me deixasse doente. Depois um gosto de água.

"Capitão, esse é o seu..."

"Silêncio, senhor Fryer", cochichou. "O garoto está morrendo. Isso eu não vou deixar."

"Mas o senhor é tão importante..."

"Silêncio, *sir*", repetiu baixinho.

Eu abri os olhos um instante e vi luz, o sol se derramando. Fechei-os e se fez noite. As chuvas pareciam ter cessado, a ventania também, ou então eu já não sentia nem uma coisa nem outra. Não sentia nada. Meus braços e pernas eram leves como plumas. As pontadas na barriga também tinham desaparecido. Num momento de clareza, senti que era chegada a minha hora, o Todo-Poderoso me chamava. Sob a minha cabeça parecia haver um travesseiro, mas como? Pressionei um pouco o crânio e senti a solidez de um osso. Erguendo os olhos, vi o sr. Bligh; eu estava com a cabeça recostada em seu regaço, ele a correr os dedos no meu cabelo, bem devagar. Eu sorri, os nossos olhares se encontraram, e ele também sorriu.

"Fique acordado, John Jacob", disse com uma voz quase sumida. Não estava sussurrando; simplesmente não conseguia falar mais alto. "Nós vamos sobreviver. Nós vamos sobreviver."

"Ele me quer", murmurei.

"Quem?"

"O Todo-Poderoso."

"Ainda não, garoto. Ainda não."

"Então o senhor Lewis. Que me criou. Está me chamando."

"Ele nunca mais vai ter domínio sobre você, menino. Deixe por minha conta."

Eu fiz que sim e exalei um suspiro fundo e dolorido.

"Fique comigo, garoto", disse ele com mais energia. "É... é uma ordem: fique comigo!"

Eu tentei sorrir, mesmo com a cabeça girando. Senti uma tontura no crânio, e o mundo ficou muito escuro, depois muito branco. Senti o próprio alento me escorrer do corpo. Exalei uma vez e aguardei, com interesse, para ver se minha alma deixava meu corpo inspirar outra vez. Ela deixou, mas foi uma coisa profunda e dolorosa, e eu tentei engolir e decidi parar. Para que o fim chegasse de uma vez.

E chegou. O mundo foi se amarelando, como se eu estivesse entrando na luz do sol, e tive a curiosa sensação de que, se tentasse me levantar e correr e dançar novamente no convés do *Bounty*, eu conseguiria. A minha força retornava. E eis que chegou, pensei, aceitando a sua liberdade.

Este é o momento da minha morte.

E então um diminuto som... Ainda posso ouvi-lo... uma voz... alta... quase alta... dizendo "Capitão, capitão, olhe!".

"Capitão, olhe lá!"

"Nós conseguimos."

"Capitão, nós conseguimos."

E uma voz muito distante, baixa, resignada, agradecida.

"Sim, rapazes, nós conseguimos. Estamos salvos."

QUINTA PARTE
O retorno
15 DE JUNHO DE 1789 — HOJE

1.

A primeira coisa que senti ao abrir os olhos foi fome. A segunda, a impressão de haver dormido muito tempo, e gemi, lembrando-me de onde estava, naquela maldita barca, sem nada para comer ou beber e com a vida a se esvair do meu corpo. Mas quando a névoa dos olhos se dissipou e comecei a enfocar o arredor, percebi que já não estava na lancha, e sim estendido num leito. Um lençol limpo me cobria o corpo, e o ar não tinha o cheiro que tem no mar; era mais fresco e mais cálido, e não havia sal ameaçando bloquear minha garganta e me sufocar. Sentindo no rosto a agradável carícia de uma brisa, virei a cabeça devagar e vi uma mulher sentada ao meu lado, balançando lentamente um leque enorme para me refrescar.

Lambi os lábios, e a minha língua quase grudou na gengiva, tão seca estava, e eu senti uma grande necessidade de água. Sem saber o que fazer para chamar a atenção da moça, pois ela estava perdida em pensamentos e não me dava a menor atenção, procurei dentro de mim alguma coisa parecida com um som e, em poucos segundos, um grunhido me escapou da boca, tal como deve sair de um urso-pardo ou de um bezerro que acaba de ser parido.

A mulher olhou para mim e teve um grande sobressalto.

"Oh!", exclamou. "Você acordou."

"Sim", eu disse, com uma voz muito grave, diferente da habitual. "Onde estou? Eu morri?"

"Morreu?", riu, sacudindo a cabeça como se eu não tivesse mais nada que fazer a não ser diverti-la. "Oh, não, garoto. Isto aqui não é o céu, garanto."

"Então, onde...?", tentei perguntar, mas antes de terminar a frase senti que estava afundando, e o quarto escureceu; quando voltei a abrir os olhos, tive certeza de que haviam transcorrido muitas horas, embora a mulher continuasse lá, abanando-me. Dessa vez, quando olhou para mim, não ficou tão surpresa.

"Boa tarde, mestre Turnstile", disse. "Sua aparência já melhorou muito. Você deve estar querendo água, imagino."

"O meu nome", sussurrei. "Como a senhora sabe o meu nome?"

Perdi no mesmo instante o interesse pela resposta, pois ela verteu numa caneca a água de um jarro de cerâmica, tão fria que ressumava e escorria pelo lado de fora. Olhei para aquilo e tive vontade de chorar, mas sacudi a cabeça.

"Não posso", disse-lhe. "Só um dedal. Precisamos racioná-la."

"Não há necessidade. Água é o que não falta. Por favor, não se preocupe mais com isso."

Eu aceitei a caneca e a examinei um instante. Uma caneca com água até a boca. Que coisa assombrosa, o melhor presente que recebi na vida. Levei-a aos lábios e bebi tudo de uma vez, mas ela a tomou de mim e sacudiu a cabeça:

"Devagar, mestre Turnstile. Quer ficar doente? *Mais* doente ainda", acrescentou, corrigindo-se.

Ao tentar me sentar, percebi que estava totalmente nu por baixo do lençol e já semiexposto para a senhora. Puxei no ato a coberta até os ombros e corei.

"Não precisa ficar com vergonha", sorriu, desviando por um momento a vista. "Faz uma semana que eu cuido de você. Você já não é mistério para mim."

Eu fiz uma careta, mas, sem energia para me envergonhar, simplesmente tirei os olhos dos dela e examinei o recinto. Já não estava no mar, quanto a isso não havia a menor dúvida. Estava numa espécie de quarto cujas paredes pareciam de bambu. O chão era sólido; a minha cama, a mais macia do mundo, e lá fora havia movimento e vozes de homem.

"Onde estou?", perguntei, sentindo lágrimas nos olhos, pois aquilo era um choque imenso para mim, se bem que nada desagradável.

"Em Timor. Não sabia?"

"O capitão...", murmurei, e a lembrança da nossa viagem começou a retornar lentamente. "Ele falou nisso. Quer dizer...?" Era difícil acreditar que o que eu ia sugerir fosse uma possibilidade. "Quer dizer que nós chegamos sãos e salvos? Não morremos afogados?"

"Claro que você não morreu afogado", disse ela. "Nem foi comido pelos peixes. Sim, vocês chegaram. Eu soube que passaram quarenta e oito dias no mar depois do ato de pirataria. É uma façanha notável."

"Nós sobrevivemos", balbuciei, admirado. "O capitão disse que nós íamos sobreviver."

"O capitão é um homem admirável."

Eu pestanejei e fiquei olhando para ela. De súbito, uma preocupação invadiu minha mente e me sentei de modo que minhas partes ficaram à mostra, mas não dei a mínima para isso. "Ele também está vivo?", perguntei. "Diga logo: o capitão, o senhor Bligh, ele está vivo?"

"Está, está", respondeu, pousando a mão fria no meu ombro nu para me tranquilizar. "Agora deite, garoto. Ainda não convém gastar energia. Primeiro você precisa se recuperar."

"E ele está bem?"

"Não estava nada bem quando chegou", admitiu. "Como todos vocês, estava muito mal. Aliás, era um dos piores. Mas se recuperou rapidamente. Ele tem muita... energia, sem dúvida. E muito ressentimento."

"Ressentimento?"

Ela me fitou sem saber se devia prosseguir, mas acabou sacudindo a cabeça e mudando de assunto. "Ele está vivo, você está vivo e todos estão em segurança aqui. Esta é uma colônia holandesa de gente cristã e civilizada. Nós estamos cuidando de vocês."

"Muito obrigado", disse, voltando a me deitar, aliviado com a notícia. "Eu estava muito mal?"

"Muito. Houve um momento em que chegamos a pensar que o perderíamos. No primeiro dia, você estava muito debilitado. Nós lhe demos água e o obrigamos a comer um pouco de fruta, mas você rejeitou tudo. No segundo dia, melhorou. No terceiro, acordou um momento, sentou-se, assustado, e falou comigo."

"Não falei!", exclamei, surpreso. "Não me lembro."

"Estava delirando, só isso. Você gritou 'Eu não vou voltar para o senhor' e 'Preciso salvar meus irmãos'."

"Eu disse isso?"

"Sim. Mas seus irmãos se salvaram. Também estão se recuperando."

Eu enruguei a testa e pensei nessa observação. "Meus irmãos? Então a senhora os conhece?"

"Claro. Você precisa se concentrar mais, garoto, não está conseguindo me entender. Os seus irmãos. Os homens que estavam na lancha com você. Depois do motim."

"Ah, eles. Entendo. Você pensa que eu estava me referindo a eles."

"Não estava?"

"Sim", disse, dando de ombros, sem saber a quem havia aludido. "E depois?"

"Depois disso, você piorou outra vez, e nós passamos alguns dias sem saber se conseguiríamos mantê-lo neste mundo. Mas ontem eu notei mais cor no seu rosto e você acordou."

"Eu acordei ontem?"

"Nós conversamos. Eu lhe dei água, e você queria racioná-la."

Eu mal pude acreditar. "Isso foi ontem? Tenho a impressão de que foi há alguns minutos."

"E hoje você está muito melhor. Voltou a si, e o pior já passou."

"Quer dizer que eu vou viver?"

"Parece que sim."

"Puxa, que bom", suspirei, sacudindo a cabeça, assombrado com o fato. Senti um grande cansaço e pedi para dormir. A mulher sorriu com muita delicadeza e disse que era uma ótima ideia, meu corpo precisava se restaurar, e ela ia cuidar para que eu comesse, bebesse, ficasse limpo e dormisse à vontade até poder me levantar e voltar para a Inglaterra.

A Inglaterra, pensei. Tinha me esquecido dela.

E, enquanto eu vogava uma vez mais e a minha mente resvalava daquele quarto tão confortável para outro lugar, o lugar dos sonhos e das lembranças, juro que ouvi uma voz familiar se dirigir à moça e indagar pela minha saúde, e ela responder que já não havia motivo de preocupação, que talvez ainda demorasse uns dias, mas eu era um rapazinho forte e vigoroso e não ia deixar um pouco de fome e sede me vencerem.

"Ótimo, ótimo", disse a voz, era a do capitão. "Porque eu vou precisar dele e da sua memória para o que nos espera."

E, depois disso, adormeci outra vez.

Em agosto, cerca de um mês e meio após nossa chegada a Timor, a tripulação da lancha do *Bounty* recebeu salvo-conduto num navio holandês, o *Resource*, com destino a Java, onde nos transportariam à Inglaterra pois navios europeus partiam de lá para a Europa. Por sorte, eu tive quase quinze dias para me recuperar, durante os quais fiz ginástica e adotei uma dieta saudável, o que melhorou muito a minha condição física e acabou com a minha palidez.

Mas nem todos tiveram a mesma sorte.

Lamento dizer, mas, desde o momento em que a tripulação da barca avistou terra e o dia em que tornei a abrir os olhos, nós perdemos cinco companheiros, homens que, embora tivessem sobrevivido quarenta e oito dias no mar, encontraram a morte quando aportamos em Timor. O contramestre Peter Linkletter não sobreviveu mais que uma ou duas horas quando desembarcamos e parece que nem soube que havíamos chegado a lugar seguro; na verdade, fazia dois ou três dias que estava semimorto, apenas esperando que o Todo-Poderoso se lembrasse dele e viesse buscá-lo. Nesse mesmo dia, ao anoitecer, perdemos Robert Lamb, o carniceiro no navio, que, segundo me recordo, adoecera bastante na última semana que passamos na barca e sucumbiu a um ataque pouco depois de pisar em seco.

O capitão falava com muito pesar na perda do botânico do *Bounty*, David Nelson, que não pôde ser reanimado com alimento e água e faleceu dois dias depois de chegar. Creio que o sr. Bligh ficou bem perturbado com essa perda, pois Nelson era seu último vínculo com a fruta-pão de Otaheite, um homem tão apaixonado pela nossa missão quanto o próprio capitão, que certamente esperava que ele depusesse a seu favor quando estivéssemos na Inglaterra.

Além dos marinheiros comuns que não sobreviveram, o pobre sr. Elphinstone foi o único oficial diplomado a perder a vida. Como todos nós, estava em péssimo estado quando chegamos a Timor, mas, ao contrário de mim, que tive a sorte de recobrar a saúde, ele perdeu toda a força e expirou logo depois.

E, enfim, um dia após a minha recuperação, nós perdemos Thomas Hall, o cozinheiro, fato que muito me entristeceu, pois ele tinha sido muito bom para mim a bordo do navio e, embora preparasse a nossa comida com o cuidado que um cachorro ou um porco sujo dedica ao sabor e à higiene, era ele que a preparava, e eu o achava um bom colega e um bom amigo. O enterro do sr. Hall foi o único que pude acompanhar, e a pressão da nossa situação, a compreensão paulatina do quanto havíamos sofrido e suportado, além do fato de eu ter despertado para tantas mortes, deixaram-me num estado deplorável, e eu chorei como um bebê quando o sepultamos. O capitão teve de me levar para a minha cama para que eu não armasse um escândalo.

"Desculpe-me, *sir*", pedi, enxugando os olhos, sentindo que uma única palavra bondosa dele aumentaria meu choro. Mais do que lágrimas, meus olhos vertiam muita miséria e infelicidade.

"Não peça desculpas, garoto. Nós fomos uma tripulação nas últimas sete semanas. Sim, e nos últimos dois anos. Como não chorar os companheiros mortos?"

"Mas por que eu sobrevivi? Por que o Todo-Poderoso escolheu..."

"Isso não se pergunta", ralhou o sr. Bligh, calando-me de chofre. "O Bom Deus escolhe quem fica e quem vai. Não cabe a nós questioná-lo."

"Mas eu pensei que tivesse morrido, *sir*", contei-lhe, sentindo uma grande tristeza novamente. "Nos últimos dias na barca. Eu sentia a morte chegando. Sentia que a minha vida estava no fim, que não havia futuro para mim."

"Eu pensei a mesma coisa, garoto", disse ele sem se preocupar com o efeito da frase em mim. "De fato, houve um momento, algumas horas antes de chegarmos a terra, em que tive certeza de que você ia morrer e fiquei muito triste, muito triste mesmo. Mas você tem uma força que não sabia que tinha. Você a acumulou, garoto, não percebe? Durante o tempo que passamos juntos. Você virou homem."

Eu não me sentia muito homem ali sentado, chorando em seu ombro, mas ele me deixou chorar, aquele companheiro tão bondoso, e não fez com que me sentisse um maricas por causa disso; e, quando eu terminei, ele disse que não queria mais saber de choradeira, que eu já tinha derramado lágrimas suficientes e, se tornasse a abrir o berreiro, ia ver com quantos paus se fazia uma canoa.

E eu disse "Sim, senhor", e não chorei mais.

Treze dos dezenove homens expulsos do *Bounty* embarcaram no *Resource* com destino a Java. Nós tínhamos perdido um terço do nosso grupo: as cinco baixas recentes e a de John Norton, que tombou quando os selvagens lhe esmagaram a cabeça na primeira ilha que visitamos. Uma época que parecia bem remota.

Eu tinha certeza de que haveria muito entusiasmo entre os marujos, a sensação de sermos um bando que jamais se dispersaria depois da nossa grande aventura; mas, para minha surpresa, a atmosfera que encontrei a bordo desse navio foi das piores. Os outros camaradas não poupavam o capitão de críticas cheias de rancor, apesar de ele nos ter guiado com sucesso do meio do oceano a um lugar de onde certamente chegaríamos sãos e salvos à Inglaterra, mas não havia o menor sinal de gratidão: tinha chegado a hora da recriminação.

Uma noite, houve uma briga terrível entre o capitão e o sr. Fryer — a discussão que eles vinham preparando havia dois anos —, e ambos disseram coisas que não deviam ter dito. O sr. Fryer acusou o sr. Bligh de provocar o motim com o seu péssimo comportamento com os marujos: retirar privilégios que ele mesmo havia concedido a título de prêmio, tratá-los como se fossem propriedade sua e oscilar de um estado de espírito a outro, da jovialidade extrema para o mau humor extremo, como uma noiva na véspera do casamento. O capitão não concordou com nada e retrucou que o sr. Fryer nunca foi o imediato que devia ter sido. Disse ainda que, aos vinte e um anos de idade, ou seja, quando era doze anos mais moço que o sr. Fryer, ele foi o imediato do capitão Cook. Que diabo de oficial, perguntou, não tinha uma capitania aos trinta e três?

"O senhor não é capitão", contrapôs o imediato, atingindo o calcanhar de aquiles do sr. Bligh. "Tem a mesma patente que eu, *sir*, não passa de tenente."

"Mas eu tenho o comando, *sir*, tenho o comando!", gritou o sr. Bligh, vermelho de cólera. "E isso o senhor nunca terá."

"Um comando como o seu eu não quero mesmo", respondeu o outro também aos berros. "E quanto a ter sido o imediato do capitão Cook?" Ele sacudiu a cabeça e teve o desplante de cuspir no chão. "Um homem honesto levaria em conta os seus próprios atos naquele dia fatídico."

Foi a gota-d'água, mais do que isso até. O sr. Bligh, que eu pensei fosse pegar um cutelo e destripar o sr. Fryer ali mesmo, limitou-se a insultá-lo e a avançar contra ele, as duas caras separadas por nada mais que um beijo, embora o sr. Fryer tenha mantido bravamente a sua posição, e o capitão o chamou de covarde e charlatão e lhe perguntou por que, já que o tinha em tão mau conceito, ele não aderiu ao sr. Christian e não adotou o mesmo procedimento desprezível na ilha de Otaheite.

"Fletcher Christian nunca foi meu amigo", devolveu o sr. Fryer. "Por acaso era eu que saía do navio com ele? Por acaso era eu que ficava ao seu lado a cada légua de mar de lá até aqui? E o senhor tem a coragem de me acusar de..."

"Eu o acuso do que quiser", atalhou o capitão. "E o chamo de covarde, *sir*, está ouvindo? E ainda vou vê-lo enforcado pelo seu comportamento e a sua insubordinação."

Armou-se então um grande tumulto entre os marinheiros, e dois deles, William Purcell e John Hallett, correram para junto do imediato e começaram a gritar com o capitão, acusando-o de nos ter conduzido àquele dia infeliz e garantindo que eles também iam prestar depoimento quando retornássemos à Inglaterra. Foi o que bastou para o sr. Bligh, e ele mandou chamar o mestre de armas do *Resource*; por incrível que pareça, poucas horas depois, os três homens — Fryer, Purcell e Hallett — estavam a ferros no porão, um ótimo lugar, segundo o capitão, para refletirem sobre o seu comportamento até então.

A atmosfera a bordo ficou pesadíssima e, pela primeira vez, eu me perguntei se nós — e, realmente, pensava era no capitão — seríamos considerados heróis, como sempre imaginei, quando voltássemos para a Inglaterra.

Ou se não seríamos encarados de forma muito diferente.

Chegamos a Java confusos e perplexos, e eu não sabia qual seria o fim daquela história, se os homens iam continuar se amotinando e brigando até chegarmos à Inglaterra, onde cabeças mais sensatas se encarregariam de nos separar e de pôr um fim àquilo.

O chefe da colônia de Java informou ao sr. Bligh que dois navios partiriam em breve para a Inglaterra; o primeiro, um holandês chamado *Vlijt*, zarparia dentro de alguns dias; o segundo seguiria pelo menos uma semana depois. Eram navios mercantes, não de passageiros, se bem que o segundo tivesse condições de transportar o grosso da equipagem. Informado de que o *Vlijt* oferecia apenas três leitos, o capitão escolheu o contador Samuel e a mim para acompanhá-lo.

"*Sir*, eu protesto", disse o sr. Fryer, que entrementes tinha sido solto, mas continuava sob acusação. "Na qualidade de segundo no comando, eu é que devo viajar com o senhor na primeira embarcação."

"O senhor deixou de ser o segundo no comando quando se insubordinou", respondeu o sr. Bligh em voz baixa, num tom que sugeria que ele não queria discutir mais, que o drama logo cessaria. "E, caso ainda se considere oficial do rei, eu o aconselho a se encarregar desses homens que eu deixo aos seus cuidados. Em breve nós nos encontraremos na Inglaterra, garanto."

"Sim, senhor", respondeu o sr. Fryer, estreitando os olhos. "Em breve."

"Foi o que eu disse, não?", disparou o capitão, e, aos meus olhos, eles eram dois garotinhos precisando de uma boa surra.

No entanto, toda a tripulação foi se despedir de nós no porto, e o capitão fez questão de apertar a mão de cada um, inclusive a do sr. Fryer, desejando-lhes boa viagem antes de subir a rampa com seus livros e cadernos e desaparecer para dentro do navio. Momentos depois, o sr. Samuel o seguiu, deixando-me sozinho para me despedir daqueles homens que eu conhecia havia tanto tempo, que lutaram comigo durante a nossa provação de quarenta e oito dias e que comigo sobreviveram.

"Adeus, marujos", disse, e juro que foi difícil não ficar comovido com a experiência, pois eu sentia um afeto fora do comum por cada um deles. "Nós passamos por poucas e boas juntos, hein?"

"Passamos, sim, garoto", disse William Peckover, cujos olhos também estavam marejados. "Aperte aqui."

Eu fiz que sim e apertei a mão dele e a de cada camarada, e todos disseram "Boa sorte, Tutu" ou "A gente se vê na Inglaterra, Tutu" e ficaram tristes com a minha partida. Achei esquisito pensar que a nossa aventura tinha chegado ao fim.

"Adeus, senhor Fryer", eu disse quando ele me acompanhou até o começo da rampa de embarque para não ser ouvido pelos outros. "Tomo a liberdade de dizer que foi um grande prazer servir com o senhor, *sir*. Tenho muito respeito pelo senhor." Engoli em seco, nervoso, pois era um comentário atrevido.

"Muito agradecido, John Jacob", respondeu, chamando-me pela primeira vez pelo prenome. "Está ansioso por voltar?"

"Estou tentando não pensar muito nisso, *sir*."

"Você vai chegar antes de nós, é claro. Queria lhe pedir..." Ele hesitou e mordeu o lábio, escolhendo as palavras. "Mestre Turnstile", disse, "quando você estiver na Inglaterra, haverá muitas perguntas e muitos casos pedindo resposta. Você é leal ao capitão, naturalmente. Eu também sou, só que o maluco não reconhece isso."

"*Sir*...", comecei a dizer, mas ele me interrompeu.

"Não digo isso para sujar o nome dele, garoto. Digo porque é assim. A única coisa que eu lhe peço é que responda com sinceridade e decência a tudo que perguntarem. A sua lealdade, entende, não é com o capitão, nem comigo, nem com o rei. É com você mesmo. Pode ser que você não entenda o valor das coisas que viu e ouviu, mas, se as relatar leal e sinceramente, ninguém poderá lhe pedir mais. Nem o capitão, nem eu. Nem mesmo o senhor Christian com a sua quadrilha de rufiões. Compreende?"

"Sim, senhor", respondi, e prometi fazer isso.

"Então, quero apertar sua mão e lhe desejar boa viagem."

Eu estendi a mão, e ele a olhou um instante, mas, mudando de ideia, avançou e me deu um abraço apertado. "Você foi um ótimo companheiro de viagem", disse baixinho ao meu ouvido. "E tem tudo para ser um ótimo marinheiro. Pense nisso."

"Eu, *sir*?", perguntei, retrocedendo e enrugando a testa.

"Sim, você, *sir*. Prometa pensar nisso."

Ele se virou e levou os homens de volta à colônia, onde ficariam até que seu navio zarpasse.

E assim se iniciou a nossa viagem final, a que nos levaria para casa.

O capitão não tinha responsabilidades oficiais a bordo e, embora se alegrasse em prestar todo auxílio que pedissem, não era mais do que um passageiro ilustre. Geralmente, jantava sozinho na sua cabine, mas, de quando em quando, comia com os oficiais e o capitão do *Vlijt*. Mas eu sentia que ele não gostava daquilo, pois os nossos anfitriões o olhavam com assombro, sem entender como era possível o capitão de uma das fragatas de Sua Majestade ter perdido o navio.

Creio que essa pergunta ele a fez a si mesmo durante toda a viagem de volta.

Quanto a mim, tampouco tinha muito que fazer. O capitão do *Vlijt* tinha o seu próprio criado, de modo que eu ajudava o sr. Bligh quando ele precisava de alguma coisa, mas isso era raro, e, à medida que a nossa viagem se prolongava, fui ficando cada vez mais entediado e inclinado a devaneios. Estava de barriga cheia, é claro, e bem hidratado, mas, a bordo daquele navio mercante, não havia nem sombra do drama do *Bounty*, e até o tempo foi clemente durante a maior parte da viagem. A verdade é que eu sentia falta da antiga empolgação.

O capitão Bligh ocupou-se de seus cadernos durante esse tempo, continuou escrevendo o relato da viagem e do motim a fim de se preparar para aquilo que o sr. Fryer tinha chamado de "perguntas sérias" que estariam à nossa espera.

Também escrevia longas cartas a *sir* Joseph Banks, aos almirantes da Marinha, à esposa Betsey, muito embora eu não entendesse por quê, já que ia se encontrar com todos eles antes de poder remetê-las.

Antes de partir, o capitão havia feito a lista completa dos amotinados, assim como a descrição de sua aparência física e personalidade, a qual foi distribuída em vários portos; esperava que isso fosse o início da sua captura, mas eu não tinha tanta certeza de que seria assim.

E então, na manhã do dia 13 de março de 1790, dois anos e três meses depois de sairmos de Spithead, esse nosso navio nos trouxe de volta à Inglaterra. De volta para casa.

O tenente William Bligh, um capitão sem navio.

E John Jacob Turnstile, um rapazinho de dezesseis anos que não tinha para onde ir.

2.

Na minha infância, as ruas de Portsmouth me pareciam larguíssimas. Eu achava a cidade enorme, como se o mundo inteiro coubesse nela. Seus habitantes eram as únicas pessoas providas de algum significado. Mas, ao percorrer novamente aquelas ruelas tão estreitas, fiquei admirado com a sua pequenez, ou talvez com o muito que os meus horizontes haviam se ampliado. Eu já não era o garotinho que partiu naquela fria manhã de dezembro de 1787. Senti logo a diferença.

Já fazia algum tempo que estávamos na Inglaterra e, embora não me faltassem deveres a cumprir em Londres, descobri que tinha uma semana à minha disposição e decidi rever a terra onde nasci e cresci.

Ao chegar, senti o estômago revirar de apreensão com a possibilidade de encontrar o sr. Lewis, embora já não o temesse como antes. Durante a viagem no *Bounty*, vivia planejando a minha fuga, procurando um lugar onde ficar para não tornar a ver o seu olhar sinistro. E agora estava lá por vontade própria. Sentia-me forte quando pensava nisso, mas nem por isso deixava de ficar nervoso.

Fui pelas ruas, e meus pés me levaram ao exato lugar em que tinham começado as minhas aventuras: a livraria na qual o francês Zéla conversou comigo enquanto eu procurava um jeito de lhe roubar o relógio. As bancas de frutas e verduras continuavam no mesmo lugar, as pessoas eram as mesmas, mas agora não pulavam em cima de mim nem tentavam me arrancar os membros; pelo contrário, apregoavam aos berros as suas nozes e maçãs, dizendo-me que eram as melhores do país, as mais gostosas que se podia encontrar de norte a sul, e me perguntavam por que eu não comprava algumas. Eu estava muito mais bem-vestido do que antigamente, essa era a razão. E de cabelo bem aparado e penteado. A Marinha me dera um bom calção e duas camisas, de modo que o mundo me tomava por um jovem cavalheiro.

"Quer comprar um lenço, *sir*?", perguntou uma voz às minhas costas. Eu me virei e dei com Floss Mackey, aquela para quem vendia lenços antigamente. Eu os roubava dos cavalheiros e ela, em troca de uma moedinha, desmanchava o monograma para que eu os pudesse vender por um *penny*. "São finíssimos, *sir*", acrescentou. "Melhores o senhor não encontra em lugar nenhum."

"Quer dizer que você não me conhece mais, Floss?", perguntei, com um sorriso no rosto, e ela fez uma careta assustada, como se eu fosse acusá-la de algo grave e chamar a polícia.

"Não, *sir*", ela se apressou a dizer. "E, caso o senhor ache que há algo errado com estas mercadorias, não tem obrigação nenhuma de comprá-las e eu vou embora."

"Sou eu, Floss, John Jacob Turnstile. Não lembra?"

Ela me encarou um instante e ficou boquiaberta e de olhos arregalados, até pensei que fosse cair de costas. "Não é", disse.

"Sou eu, sim, em carne e osso."

Floss sacudiu a cabeça, depois riu e estendeu a mão para me tocar e sentir a qualidade da minha indumentária. "John Jacob Turnstile", disse. "Pensei que você tivesse morrido."

"Eu estou vivo como um passarinho."

"E parece que está com ótima saúde. Você fugiu para o mar. Foi o que me contaram. Meteu-se num navio mercante."

"Não era um navio mercante. Era uma fragata do rei Jorge. Mas, é verdade, eu andei viajando. Acabo de voltar."

"Puxa", disse ela, sorrindo e medindo-me de alto a baixo. "Como você cresceu! Um morenão alto e bonito, eu não o reconheceria. Onde esteve afinal?"

"Numa ilha chamada Otaheite. No Oceano Pacífico."

"Nunca ouvi falar. Mas lhe fez muito bem. Você acertou em dar o fora de Portsmouth, isto aqui não tem nada que preste para um menino. Você nasceu para coisa melhor do que bater carteira, a não ser que eu esteja muito enganada."

"Isso é coisa do passado", eu disse, balançando a cabeça, com vergonha da minha vida pregressa. "Não é o que pretendo fazer no futuro."

"Ah, não? Quer dizer que agora você é bom demais para isso?", perguntou, com uma ponta de maldade na voz. "E o que pretende fazer? Houve muita comoção quando você partiu, sabe? Aquele homem andou à sua procura em toda parte.

"O senhor Lewis?", perguntei, nervoso.

"Sim, aquele em cuja casa você morava."

"Ele mesmo."

"Lembro que houve muito barulho com um policial por causa disso; ele soube que você partiu e que a polícia tinha alguma coisa a ver com isso. Queria uma compensação pela perda. Mas disseram que ele não tinha nenhum direito sobre você, não era seu pai nem nada, e ele teve de se conformar. Mas não gostou nem um pouco da história, juro que não. Passou meses sem falar em outra coisa. Depois acabou esquecendo, é claro. Você também não é tão especial quanto pensa, John Jacob Turnstile..."

"Eu nunca pensei que..."

"Mas o homem ficou fulo da vida. Se eu fosse você, tratava de ficar bem longe dele."

"Então ele está vivo?"

"Vivíssimo."

"Só vim rever a cidade", apressei-me a dizer. "Não pretendo ficar."

Isso me valeu os insultos de praxe, e ela sugeriu que agora eu me achava importante demais para ficar em Portsmouth, mas estava enganada. Eu simplesmente tinha outros planos. Tinha uma ideia para o futuro.

Mais tarde, eu estava em outra região da cidade, almoçando numa hospedaria e pagando com o meu próprio dinheiro, quando vi um garoto de nove ou dez anos rondando uma chapelaria em frente. Era bonito, loiro de olhos azuis, ainda que um pouco magro, e eu percebi de cara o que ele pretendia, pois estava com aquele ar muito conhecido de quem espera o momento certo para dar o bote.

Na loja, havia um senhor e uma senhora, e ela estava experimentando chapéus, e mesmo de onde eu me achava pude ver a ponta da sua carteira saindo do bolso do sobretudo. Eu podia furtá-la num instante sem que ninguém percebesse, mas o menino não era tão habilidoso, e, pelo seu comportamento, achei que seria capturado no ato e entregue à polícia. Eu estava a ponto de me levantar para impedi-lo de cometer um erro fatal, mas antes disso um sujeito se acercou dele.

Ele veio do lado oposto da rua — devia já estar ali havia algum tempo, fora do meu campo visual, à esquerda da janela junto à qual eu me sentara —, atravessou-a e agarrou o pulso do garoto; depois o arrastou a um canto escuro sob um toldo e começou a ralhar com ele, não por ser um ladrãozinho, e sim por não saber roubar direito.

Eu senti a comida se revirar na barriga ao assistir àquela cena. Tive vontade de dar meia-volta e sair correndo, mas fiquei paralisado.

E a intensidade do meu olhar, talvez, fez o homem parar de censurar o garoto e hesitar, como que sentindo que estava sendo observado.

Então virou a cabeça na minha direção e forçou a vista, e nossos olhares se encontraram.

E, pela primeira vez em dois anos e meio, eu olhei diretamente nos olhos do sr. Lewis. E ele, diretamente nos meus.

As coisas haviam mudado. Se tivéssemos nos encontrado poucos meses depois do meu sumiço, era bem possível que ele avançasse e, agarrando meu braço com brutalidade, me arrastasse a um beco escuro qualquer para me espancar até tirar sangue. Talvez até me matasse. Ou então me prenderia no primeiro andar do seu estabelecimento e me obrigaria a trabalhar para ele cada minuto do dia até liquidar minha dívida. Impossível saber. O que eu sei é que nós dois tínhamos mudado muito — ou melhor, eu mudara de tamanho e ganhara confiança —, tanto que ele preferiu não fazer nada. Simplesmente cochichou alguma coisa no ouvido do garotinho, sem tirar os olhos de mim, e o mandou embora; em seguida, encostou-se na parede como se não tivesse nada que fazer, um quase sorriso nos lábios, e ficou esperando que eu terminasse de almoçar e saísse.

O sr. Lewis conservava a aparência de outrora — eu o reconheceria no mesmo instante em qualquer lugar —, mas talvez estivesse um pouco mais grisalho nas têmporas do que em 1787 e com olheiras mais profundas. E continuava sendo o grosseirão incivilizado de sempre, a coçar as partes em plena rua, onde a qualquer momento podia passar uma senhora.

Eu olhei para o resto do almoço e compreendi que era inútil prosseguir. Perdera o apetite. Titubeei, sem saber o que fazer, mas não tinha muita escolha. Era obrigado a sair pela porta, sem a menor possibilidade de fuga. Era obrigado a enfrentá-lo.

Quando finalmente saí, o sr. Lewis fez uma reverência profunda, revirando a mão diante de mim como se eu fosse um príncipe. "Ora, mestre Turnstile", disse, "quem diria, hein? Era mais fácil topar com o rei Jorge, quando eu saio para trabalhar, do que com a sua belíssima pessoa. Que bom revê-lo."

"Boa tarde, *sir*", respondi, engolindo em seco e tratando de manter a distância. "Alegra-me saber que minha presença lhe é gratificante, mas o senhor sugerir que suas atividades sejam trabalho é uma deturpação absurda do significado desta palavra, não acha?"

"Ah, essa não!" Ele riu, sacudindo a cabeça. "Que diabo de linguagem você usa agora, posso saber? Ouvi dizer que você tinha ido fazer fortuna no mar, mas parece que entrou na universidade para virar maricão."

"Eu sou aquilo que o senhor fez de mim", retruquei, baixando a voz.

"Isso mesmo, garotão", respondeu, aproximando-se mais e me conduzindo a um banco do cais, onde havia menos gente e nós podíamos conversar sem ser ouvidos. "Quem o fez fui eu, sem dúvida alguma. Eu sou o seu criador. Mas você me abandonou, moleque ingrato."

"Que eu saiba, senhor Lewis, quem me fez foram os meus pais. O senhor apenas me achou na rua."

"Eu me lembro dos seus pais", disse ele, sentando-se, e eu me sentei ao seu lado, se bem que mantendo uma distância tão grande que um terceiro homem podia se instalar comodamente entre nós. "Seu pai era um bêbado; e sua mãe, uma puta. Nunca lhe contei?"

"Não, senhor", respondi, olhando para o chão e suspirando. Devia ter me afastado, largando-o sozinho, mas não quis. Havia coisas que precisavam ser ditas.

"Pois é, eles eram exatamente isso. E, por terem sido o que eram, acho que você devia levantar as mãos para o céu por ter sido criado por um sujeito como eu. Eu não lhe dava comida?"

"Sim, senhor, muita comida, aliás."

"Eu não lhe dava cama de noite?"

"Sim, senhor, uma boa cama, aliás."

Ele me olhou com desconfiança, inclinando a cabeça para o lado. "E você não sabe o que é gratidão, rapazinho? Não sentiu que tinha uma dívida de honra comigo?"

"Eu me lembro de passar os dias vagando por estas ruas, surrupiando coisas que não eram minhas e levando-as para o seu cofre", disse com rispidez. "E me lembro de render muito mais dinheiro naquele outro passatempo em que o senhor era tão ativo."

"Em que *eu* era ativo?", riu. "Essa é a melhor de todas, palavra. Ora, nunca houve um garoto tão ativo naquelas coisas quanto você, essa é a lembrança que eu guardo."

Eu cerrei os dentes com força e os punhos com mais força ainda; ele notou, mas não se perturbou.

"Para que isso, menino?", perguntou. "Quer me bater? Vai armar um escarcéu? Há policiais em toda parte, pensa que eles não o levam para a cadeia se você me agredir? Talvez fosse melhor mesmo. Não era para lá que você ia quando o roubaram de mim?"

"Ninguém pode dizer ter sido roubado do que não lhe pertence", contrapus, e isso o enfureceu, pois o sr. Lewis se inclinou e me agarrou pela gola.

"Você era meu, sim, garoto. Eu era o dono do seu corpo e da sua alma. E quero ser indenizado pelos dois anos e meio que fiquei sem você."

"Não será", respondi, afastando-me, mas sentindo-me menos confiante. O domínio que ele tinha sobre mim estava se reafirmando.

"Você vai voltar comigo e pagar o que me deve, do contrário, juro que vai se arrepender, e muito. Você ainda é bem bonitinho, tem alguns anos de trabalho pela frente."

Eu me levantei de um salto e engoli em seco, tentando evitar que a emoção transparecesse em minha voz.

"Eu vou embora de Portsmouth. Pretendo..."

"Você não vai a lugar nenhum", atalhou, levantando-se e segurando meu braço. "Você vem é comigo."

Sua mão me prendeu feito uma tenaz, e eu cheguei a urrar de dor, mas como ele se recusasse a me soltar não me restou senão pisar no seu pé, e foi o que fiz antes de sair correndo.

"Você não foge de mim, moleque", riu às minhas costas. "Eu sou dono de Portsmouth e de todo mundo aqui. Será que você ainda não percebeu?"

Continuei correndo até deixar de ouvir as suas gargalhadas, só então me dei conta de que estava numa rua desconhecida — talvez as coisas tivessem mudado desde a última vez que passara por lá — e parei, ofegante. Não sabia que explicação dar: se era a familiaridade da situação, a consciência do quanto o sr. Lewis era capaz de ser cruel ou a subordinação que eu sentira por ele a vida toda. Descobri que, apesar de tudo que me acontecera, meus pés me levavam de volta ao seu estabelecimento e cheguei a acreditar que aquele era o único lugar onde eu poderia morar, aquele era — na falta de palavra melhor — o meu lar.

No entanto, não estava olhando para onde ia, pois acabei dando um encontrão num policial que acabava de sair da chefatura de polícia.

"Olhe onde anda, rapaz", disse ele com rigor, mas sem brutalidade, e eu pedi desculpas e parei para lhe dar passagem. "Você está bem?", perguntou. "Parece perturbado."

"Acho que estou mesmo", respondi. "Tenho um problema."

"E está em frente à chefatura. É por acaso ou de propósito?"

Ergui os olhos e vi o emblema da autoridade afixado na parede externa e soube logo o que fazer. Talvez fosse tarde demais para me salvar, talvez a minha alma estivesse perdida para sempre, mas havia outros, como o menininho loiro que eu tinha visto rondando a chapelaria. Havia outros que eu podia ajudar.

"Posso entrar, *sir*?", perguntei, recuperando a autoconfiança, pensando que só havia um modo de lidar com aquilo. "Quero denunciar um crime."

"Então venha comigo, rapaz", respondeu, dando meia-volta e mostrando o caminho.

E eu o acompanhei. Lá dentro, sentei-me e passei a tarde contando tudo a ele. Não omiti nada, apesar da vergonha que sentia, apesar do modo como ele me olhava. Contei quem eu era e o que tinha feito; quando terminei, ele se reclinou na cadeira com outro policial e sacudiu a cabeça.

"Você está de parabéns por ter vindo falar conosco", disse enfim. "Não sei mais o que dizer. E agora, com licença, creio que o tal senhor Lewis merece uma visitinha, não acha?"

Naquela noite, fiquei no fim da rua observando quando os policiais arrombaram a porta do estabelecimento do sr. Lewis, subiram ao primeiro andar e puseram os homens que lá encontraram em seu coche e recolheram os meninos sob custódia. A operação não durou mais do que meia hora, e a rua se transformou num caos, com homens e mulheres saindo à porta, tochas acesas na mão, para assistir à ação policial. Nenhum dos garotos lamentou ir embora; eu reconheci um dos mais novos, que era mais novo ainda quando eu morava lá. Não sei aonde a polícia os levou, mas, fosse aonde fosse, eles teriam uma vida melhor do que no estabelecimento do sr. Lewis.

E os adultos que lá estavam foram todos presos. No entanto, faltava uma pessoa, o próprio sr. Lewis. Os policiais foram de casa em casa, perguntando aos vizinhos se o tinham visto, mas ninguém respondeu; antes de ir embora, eles vedaram a porta com tábuas para ninguém entrar no imóvel.

Algumas horas depois, perto de meia-noite, saí do quartinho em que estava hospedado e fui a pé até o porto, onde fiquei olhando para os navios ancorados na distante Spithead. Tinha certeza de que havia movimento em alguns e me perguntei qual seria o seu destino, e em que companhia, e com que missão. Para minha surpresa, me bateu uma curiosa saudade e enfim compreendi o que o capitão sentiu quando estávamos ancorados em Otaheite e ele olhava para o

Bounty com anseio no coração. Fiquei surpreso de me sentir assim, mas foi o que aconteceu, e eu não sabia o que fazer com uma emoção tão forte.

Dei meia-volta para retornar ao meu quarto. Como era tarde da noite, fui por uma rua que estava bastante movimentada; os cavalheiros que voltavam do clube passavam em alta velocidade, e mais de uma carruagem quase me atropelou. Seria um triste fim para a minha história depois de tanta aventura.

"Turnstile."

Eu me virei ao ouvir meu nome e dei com o sr. Lewis atrás de mim, com ódio no olhar.

"O senhor!", exclamei, sobressaltado.

"Eu mesmo", disse ele, avançando. "Pensou que tinha se livrado de mim?"

"Não, senhor", gritei, retrocedendo.

"Primeiro você foge, menino, apesar de ser minha propriedade. Depois volta e joga a polícia em cima de mim. Destruir meu negócio, é isso que você quer? Tomar de mim os meus garotos?"

"Eles não são seus", disparei, sentindo-me agora valente o suficiente para responder. "Não pertencem a ninguém."

"Eles me pertencem, assim como você", disse ele, e o ódio em sua voz estava mais intenso do que nunca. "Você não passa de um ladrão, John Jacob Turnstile, e vai pagar caro por isso."

Olhou à sua volta — não viu ninguém — e tirou uma faca do paletó. Eu arregalei os olhos diante da comprida lâmina.

"Senhor Lewis", balbuciei em tom de súplica, mas ele avançou contra mim e isso foi o máximo que pude fazer naquele momento para tentar escapar à facada. "Senhor Lewis, por favor!"

"Esta é a sua última noite na terra, pirralho", rosnou, mudando de direção, e eu saltei para trás, ficando de frente para a rua, e ele entrou no espaço entre mim e a pista. "E este é o seu último instante."

Ergueu a faca. Sabendo que dentro de um ou dois segundos ia ficar com o corpo perfurado, eu fui para cima dele, surpreendendo-o por um instante e fazendo-o recuar dois passos em direção ao meio da rua.

"Mas que...?", disse ele ainda. Foram as suas últimas palavras.

Eu podia tê-lo avisado? Ou fiz de propósito? Não sei. Uma carruagem virou a esquina e o atropelou sem que ele chegasse a entender o que estava acontecendo; imagino que tenha sentido um momento de pavor e, depois, nada. Vi, horrorizado, a carruagem continuar a se mover mais um pouco e então parar, e ouvi o cocheiro gritar alguma coisa, mas me escondi na sombra quando ele se acercou do corpo inerte nas pedras do calçamento e procurou, em vão, um sinal de vida.

Ao vê-lo sair correndo à procura de um policial, virei para o outro lado e fui para o meu quarto.

Estava tudo acabado.

3.

No fim de outubro, os treze sobreviventes da lancha do *Bounty* fomos intimados pelo almirante Barrington a depor na corte marcial acerca de acusações contra o tenente William Bligh pela perda de uma fragata de Sua Majestade.

Quando recebi a intimação, fiquei muito consternado, pois me pareceu que o capitão estava sendo injustamente acusado, mas os oficiais do almirantado me tranquilizaram, dizendo que aquela era a maneira habitual de resolver tais questões. A discussão do capitão com o sr. Fryer também parecia coisa encerrada, pois tudo indicava que os dois se apoiaram mutuamente e não se contradisseram nas questões principais.

Tal como os outros sobreviventes, fui chamado ao banco das testemunhas e fiquei nervoso, pois temia ser induzido a dizer o que não queria. No entanto, meus interrogadores não me deram grande importância e me dispensaram em meia hora. Os juízes deliberaram em pouquíssimo tempo, o capitão foi absolvido e saiu do tribunal como herói.

Nos meses que se seguiram ao nosso retorno, o povo inglês ficou fascinado com a história do motim do *Bounty* e, pelo menos naqueles primeiros dias, o capitão Bligh foi muito aplaudido por ter conseguido levar nossa barquinha a um destino seguro. O próprio rei o elogiou, e o sr. Bligh finalmente recebeu o título que lhe faltava antes das nossas aventuras — o de capitão —, o que garantiu sua carreira na Marinha.

Naquele mesmo ano, a fragata *Pandora*, sob o comando do capitão Edward Edwards, foi enviada a Otaheite em busca dos amotinados, e fiquei admirado ao ler no jornal os nomes dos capturados: Michael Byrn, o rabequista; James Morrison, o mestre de navio; os auxiliares de carpinteiro Charles Norman e Thomas McIntosh, os MCs Thomas Ellison, John Millward, Richard Skinner, John Sumner e Thomas Burkett; o marinheiro de convés George Stewart; o ajudante de cozinheiro William Muspratt; o espingardeiro Joseph Coleman; e o tanoeiro Henry Hilbrant.

E mais um: Peter Heywood, o calhorda.

O dândi Fletcher Christian não foi localizado.

Mas a surpresa que tive com isso e com a informação de que eles voltariam para a Inglaterra e seriam julgados por motim não foi nada em comparação com a notícia que chegou pouco depois. O *Pandora* sofreu danos e foi a pique na viagem de volta, e quatro daqueles miseráveis prisioneiros — Skinner, Sumner, Stewart e Hillbrant — pereceram no desastre. Os demais foram transportados a Timor, em várias lanchas, pelo capitão e a equipagem da fragata naufragada, seguindo a mesma rota que nós fomos obrigados a seguir, e depois voltaram para a Inglaterra.

Se alguma vez o Todo-Poderoso deu a impressão de estar pregando peças no mundo, essa vez foi essa.

O julgamento dos amotinados despertou, naturalmente, muito interesse público. O capitão depôs contra alguns marinheiros, mas somente seis — Morrison, Ellison, Muspratt, Millward, Burket e o sr. Heywood — acabaram sentenciados; os outros foram considerados lealistas detidos pelos responsáveis pelo motim.

Entretanto, por insistente solicitação dos seus familiares, o sr. Heywood, assim como Morrison e Muspratt, receberam o indulto do rei e foram postos em liberdade.

Os demais — Thomas Ellison, que nunca se casaria com a tal Flora-Jane Richardson, Thomas Burkett, que prendera o capitão na sua própria cabine naquela noite fatídica, e John Millward — foram condenados à morte e enforcados, um aviso para os outros sobre a pena para o motim.

E, desde então, a história do HMS *Bounty* foi relegada ao esquecimento.

4.

Só vinte e seis anos depois, pouco antes de completar quarenta e seis anos de idade, eu voltei a recordar os fatos daqueles turbulentos dois anos e meio. A causa dessa lembrança foi o enterro de um dos meus amigos mais antigos e mais queridos, o capitão William Bligh, o herói do *Bounty*, na igreja paroquial de Lambeth, não muito antes do Natal de 1817.

Esperava rever alguns antigos camaradas no funeral, porém a maioria já tinha morrido ou estava viajando pelo mundo, de modo que não restou ninguém para representar o *Bounty*, só eu. Aliás, pouca gente compareceu, apesar do grande serviço prestado pelo capitão durante toda a vida: serviu sob o comando do almirante Nelson na Batalha de Copenhague, na qual deu provas de bravura; foi governador-geral de Nova Gales do Sul durante algum tempo, e o consideraram um grande herói naquelas regiões antípodas; foi contra-almirante e, depois, vice-almirante dos Azuis, um dos postos mais elevados da Marinha. No entanto, a lembrança do motim nunca desapareceu e, para alguns, o vilão da história era ele, uma caracterização que não podia estar mais longe da verdade.

O sr. Bligh não era perfeito, poucos o eram entre nós, mas valia mil Fletcher Christians, e nisso eu apostaria a vida.

Depois do enterro, eu me vi sozinho em Lambeth, pois minha esposa não pôde me acompanhar devido à iminência do nascimento do nosso oitavo filho, que veio ao mundo três semanas depois. (O nosso terceiro filho — e segundo menino — foi batizado com o nome do meu amigo e seu padrinho, William.) Sem vontade de voltar para casa, a lembrança daqueles anos se difundira profundamente na minha mente, causando-me uma curiosa mescla de tristeza, decepção e prazer, fui à hospedaria local, pedi um caneco de cerveja e me recolhi num canto perto da janela para refletir sobre os fatos da minha vida.

Mal notei o cavalheiro que se aproximou, mas sua voz grave dispersou todos os meus pensamentos:

"Capitão Turnstile."

Eu ergui a vista e não o reconheci de imediato. "Boa tarde, *sir*", disse.

"Posso lhe fazer companhia um instante?"

"Claro que sim", respondi, indicando o banco em frente.

Era um cavalheiro bem-vestido e com uma bela voz. Ele, sem dúvida, me reconhecera e queria conversar; embora eu preferisse ficar sozinho, concordei. Contudo, ficou algum tempo calado quando se sentou, colocou sua cerveja na mesa e sorriu para mim.

"Acho que você não me reconheceu", disse.

"Peço desculpas, *sir*. Nós já nos conhecemos?"

"Conversamos uma vez, há muitos anos. Será que, se eu tirar o relógio do bolso, consigo refrescar sua memória?"

Eu franzi a testa, perguntando-me o que aquele homem queria dizer com tais palavras, mas logo percebi seu significado e arregalei os olhos, surpreso. "Senhor Zéla", disse, pois era de fato o fidalgo francês cujo relógio eu furtara tantos anos antes, o mesmo que me livrara do cárcere e me colocara no convés do *Bounty*.

"Matthieu, por favor", sorriu.

"Não posso acreditar", disse, sacudindo a cabeça. "O tempo o tratou muito bem", acrescentei, pois embora ele tivesse quase setenta parecia vinte anos mais moço.

"É o que me dizem com muita frequência", respondeu. "Mas procuro não me preocupar com isso. Para que tentar o destino, este é o meu lema."

"E o senhor está aqui", disse-lhe, ainda assombrado. "Veio ao..."

"Enterro do almirante Bligh? Sim, eu estava no fundo da igreja. Vi quando você saiu. Queria cumprimentá-lo. Faz tantos anos."

"De fato, muitos anos. É um grande prazer revê-lo. O senhor mora em Londres?"

"Eu viajo um pouco", foi a resposta. "Tenho muitos negócios no mundo todo. Bem, quero lhe dizer que fiquei contente em vê-lo aqui. Eu acompanho sua carreira com grande interesse."

"Eu devo minha carreira a duas pessoas", admiti. "Primeiro ao senhor, por ter me colocado a bordo do navio, depois a William, por ter me protegido."

"Quer dizer que vocês continuaram amigos todos esses anos?"

"Ah, sim. Quando voltei para a Inglaterra, senhor Zéla... Matthieu... eu fiquei perdido. Pensei em retomar a vida em Portsmouth, mas lá não havia mais nada para mim. Quando foi absolvido e promovido, o capitão me convidou a ser MC no primeiro navio que ele comandou."

"Então as suas aventuras não lhe deram aversão ao mar?"

"Pensei que dariam. Aliás, nos quarenta e oito dias que passamos na lancha, jurei muitas vezes nunca mais tomar nem banho se sobrevivesse, muito menos navegar. Mas talvez essa experiência tenha me mudado para melhor. William me deu uma oportunidade, eu pensei e acabei aceitando. Depois disso..."

"Como dizem, o resto é história."

"Só viajei mais uma vez com ele", expliquei, "na viagem seguinte. Depois disso, passei a trabalhar sozinho. Tive a sorte de descobrir que tinha talento para a cartografia, assim como uma capacidade natural, imagino, no mar, e acabei sendo promovido. Quando vi, já era auxiliar de imediato e, depois, imediato."

"E agora é capitão", disse ele com orgulho. "E, se dermos crédito aos boatos, sua carreira não vai acabar aí?"

"Isso eu não sei, *sir*", respondi, corando um pouco, embora tenha de reconhecer que minha ambição ainda não estava plenamente satisfeita. "Homens mais importantes que eu tomarão essa decisão."

"E a tomarão, amigo", afirmou com segurança. "Não tenho a menor dúvida. Estou muito orgulhoso de você, John Jacob."

"E me alegro com isso", sorri. "Mas acho que não tanto quanto William. Ele foi comigo ao almirantado no dia em que recebi o diploma de capitão. Depois jantamos com amigos e ele me homenageou quando brindamos, deixando-me bem comovido. Falou em lealdade. E dever. E honra. As características que, em minha opinião, definiram a vida dele." Senti meus olhos se encherem de lágrimas ao recordar aquela noite feliz e o modo como William se referiu a mim.

"Ele o considerava um filho", disse o sr. Zéla.

"Talvez. Algo assim. E sei que nunca vou esquecê-lo."

"E a ilha? Taiti. Você pensa muito nela?"

"Nós a chamávamos de Otaheite, Matthieu. Sim, eu penso muito nela. Penso nos homens que lá ficaram. Os amotinados que nunca foram encontrados. Mas já não tenho raiva deles. Foi uma época estranha. E os homens mudam de comportamento em climas como aquele. Só sinto inimizade por Fletcher Christian."

"Ah", fez o sr. Zéla, balançando a cabeça, pensativo. "Claro. O verdadeiro vilão da história."

"O pior dos vilões."

"E você acha que ele é lembrado como tal?"

Franzi a testa. "Claro que sim. Ele não se rebelou contra o seu próprio capitão? Não tomou um navio que não lhe pertencia? Não quebrou o juramento solene do seu ofício?"

"Não sei se a história lembrará essas coisas."

"Pois tenho certeza que sim", eu disse. "Em todo caso, o mais provável é que ele já tenha morrido. Faz tanto tempo. A sua vilania terminou e a sua infâmia se perpetuou."

O sr. Zéla esboçou um sorriso, mas guardou silêncio algum tempo. Quando voltou a falar, não estava pensando no tempo de Bligh e de Christian, e sim na minha vida:

"E você, John Jacob, é feliz?"

"Sim, sou feliz e realizado. E ainda espero muita coisa. Tenho uma mulher adorável, filhos felizes e sadios. Uma carreira que muito me satisfaz. Não sei o que mais posso querer do mundo."

"Eu me lembro de você menino", disse ele. "Naquela manhã em que nos encontramos perto das livrarias de Portsmouth. Nós dois conversamos um pouco, lembra?"

Eu recuei trinta anos no tempo e fiz uma careta ao me lembrar do garoto que era. "Não muito", respondi. "Faz tanto tempo."

"Você disse que queria escrever um livro. E que um dia ia se dedicar a isso. Alguma coisa sobre a China, se não me falha a memória."

Soltei uma gargalhada e me lembrei. "Eu era um menino esquisito", disse, sacudindo a cabeça, divertido.

"Quer dizer que não aconteceu? Você não escreveu?"

"Não, *sir*. Em vez disso, naveguei."

"Pois ainda há tempo", sorriu. "Talvez você ainda escreva."

"Duvido. Não tenho imaginação para inventar histórias."

"Neste caso, relembre a sua. No futuro, pode ser que alguém goste de ler as suas aventuras. Talvez haja quem queira saber a verdade daquele tempo e dos anos que você passou na sua primeira expedição." Então ele consultou o relógio de bolso, o qual era muito mais luxuoso do que o que possuía quando nos conhecemos. "Eu gostaria muito de continuar conversando com você, mas, infelizmente, o meu sobrinho e eu temos negócios em Londres e, daqui a uma hora, vamos tomar a carruagem para lá."

Eu olhei na direção por ele indicada e vi que um rapaz moreno de dezesseis ou dezessete anos, parecidíssimo com o sr. Zéla, estava esperando pacientemente o tio.

"Posso lhe escrever?", perguntei, levantando-me para apertar sua mão. "Eu gostaria de continuar a nossa conversa."

"Naturalmente. Eu lhe mando meu endereço pelo almirantado." Ele hesitou e apertou a minha mão com força ao mesmo tempo que me fitava nos olhos. "Estou muito contente, senhor Turnstile, em saber que sua vida é um sucesso. Talvez eu tenha agido bem naquele dia no cais de Spithead."

"Disso eu tenho certeza, *sir*. Não sei o que teria sido da minha vida."

Ele sorriu e balançou a cabeça, mas não disse mais nada, apenas saiu da hospedaria, acompanhado do sobrinho. Fiquei observando pela janela até perdê-lo de vista; nunca mais tive notícia dele. Não sei se seu endereço se extraviou ou nunca foi enviado.

Passei dias e dias recordando a minha conversa com o sr. Zéla. Pensei na sua ideia de registrar os acontecimentos da minha vida, mas logo voltei ao mar e não tive tempo para isso. No entanto, uma década depois, eu estava novamente em Londres, os meus dias de navegação definitivamente encerrados. Uma batalha naval me deixou privado da perna esquerda, e, embora eu não corresse perigo de morte, fui obrigado a retomar uma vida mais calma aos cinquenta e cinco anos de idade, uma vida que envolvia o consolo dos netos e a satisfação de trabalhar no Ministério da Marinha, selecionando oficiais, escolhendo capitães, atribuindo grandes missões a homens de valor.

Mas, naturalmente, tinha um pouco mais de tempo livre do que antes, de modo que voltei àquele dia e àquela conversa e me sentei com a pena e o papel e escrevi, no alto, uma única frase:

Era uma vez um fidalgo, um homem alto, com ares de superioridade, que todo primeiro domingo do mês aparecia no mercado de Portsmouth a fim de abastecer sua biblioteca.

E assim iniciei estas memórias que agora parecem ter chegado ao fim. Espero que o verdadeiro caráter do capitão tenha emergido nestas páginas, assim como o do vilão Fletcher Christian; e que, quando as gerações vindouras tiverem motivo para pensar naqueles homens, como certamente terão, as honras sejam conferidas a quem as merece.

Quanto a mim... tive uma vida longa e feliz, uma vida abençoada pelo encontro casual com um homem que me levou a sucessivas situações em que me coube cumprir o meu dever. Tive muitas outras aventuras nas décadas seguintes — aventuras que ocupariam milhares de páginas, mas agora a minha pena secou e já não posso escrevê-las —, mas, na verdade, nenhuma superou o entusiasmo ou o assombro das que vivi, quando garoto, na nossa missão na ilha de Otaheite e durante o retorno.

Mas esse tempo já passou. Ainda preciso pensar no futuro.

Referências

Os livros abaixo me foram de grande utilidade ao escrever este romance:

Caroline Alexander, *O motim no Bounty* (Companhia das Letras, 2007);
William Bligh & Edward Christian, *The Bounty Mutiny* (Penguin Classics, 2001);
ICB Dear & Peter Kemp, *The Oxford Companion to the Sea*, 2ª ed. (Oxford University Press, 1005);
Greg Denning, *Mr Bligh's Bad Language* (Cambridge University Press, 1992);
Richard Hough, *Captain James Cook* (Hodder Headline, 1994);
Richard Hough, *Captain Bligh & Mister Christian* (Hutchinson, 1972);
John Toohey, *Captain Bligh's Portable Nightmare* (Fourth Estate, 1999).

As transcrições dos diversos processos relativos ao motim do *Bounty* também foram extremamente úteis na montagem do meu relato do ocorrido a bordo do navio.

JOHN BOYNE nasceu na Irlanda, em 1971. É autor de sete romances e foi traduzido em mais de trinta línguas. *O menino do pijama listrado*, publicado pela Companhia das Letras em 2007, conquistou dois Irish Book Awards, vendeu mais de 5 milhões de cópias ao redor do mundo e foi adaptado para o cinema em 2008. Também de sua autoria, a Companhia das Letras publicou *O palácio de inverno*, *Noah foge de casa* e *O pacifista*.

1ª edição [2008] 6 reimpressões
2ª edição [2013] 1 reimpressão

tipologia JANSON TEXT
diagramação VERBA EDITORIAL
papel PÓLEN BOLD
impressão RR DONNELLEY

A marca FSC® é a garantia de que a madeira utilizada na fabricação do papel deste livro provém de florestas que foram gerenciadas de maneira ambientalmente correta, socialmente justa e economicamente viável, além de outras fontes de origem controlada.